献给

我的父亲、母亲和曾经的普明坝子

本书获得国家社会科学基金西部项目资助
项目批准号：10XWW002

二十世纪西方文论与英国浪漫主义研究

张旭春◎著

20th Century
Critical Theories and
English Romanticism Studies

图书在版编目(CIP)数据

二十世纪西方文论与英国浪漫主义研究/张旭春著.—北京：北京大学出版社，2021.9
ISBN 978-7-301-32476-9

Ⅰ.①二… Ⅱ.①张… Ⅲ.①文学理论–研究–西方国家–二十世纪②浪漫主义–英国文学–文学研究–二十世纪 Ⅳ.① I0 ② I561.06

中国版本图书馆 CIP 数据核字 (2021) 第 182469 号

书　　　名	二十世纪西方文论与英国浪漫主义研究 ERSHI SHIJI XIFANG WENLUN YU YINGGUO LANGMAN ZHUYI YANJIU
著作责任者	张旭春　著
责任编辑	张　冰　吴宇森
标准书号	ISBN 978-7-301-32476-9
出版发行	北京大学出版社
地　　　址	北京市海淀区成府路 205 号　100871
网　　　址	http://www.pup.cn　　新浪微博：@北京大学出版社
电子信箱	wuyusen@pup.cn
电　　　话	邮购部 010-62752015　发行部 010-62750672　编辑部 010-62759634
印　刷　者	河北滦县鑫华书刊印刷厂
经　销　者	新华书店
	720 毫米 ×1020 毫米　16 开本　26.5 印张　480 千字 2021 年 9 月第 1 版　2021 年 9 月第 1 次印刷
定　　　价	98.00 元

未经许可，不得以任何方式复制或抄袭本书之部分或全部内容。
版权所有，侵权必究
举报电话: 010-62752024　电子信箱: fd@pup.pku.edu.cn
图书如有印装质量问题，请与出版部联系，电话: 010-62756370

目 录

导 论 …………………………………………………………… 1

第一章　新批评与英国浪漫主义研究 ………………………… 1
　　一、新批评对浪漫主义诗歌的基本态度一览 ……………… 2
　　二、燕卜荪:浪漫主义诗歌中的含混 ……………………… 10
　　三、布鲁克斯:浪漫主义诗歌中的悖论 …………………… 24
　　四、维姆萨特:浪漫主义诗歌中的自然意象结构 ………… 41

第二章　神话—原型—《圣经》批评与英国浪漫主义研究 ……… 61
　　一、浪漫主义隐喻结构的下降和内转 ……………………… 62
　　二、浪漫主义风奏琴与应和风的神话—《圣经》渊源及其独特性
　　　　…………………………………………………………… 81
　　三、浪漫主义与启示革命的内在—世俗化 ………………… 97
　　四、布鲁姆:追寻—罗曼司的内在化 ……………………… 119

第三章　解构主义批评与英国浪漫主义研究 ………………… 131
　　一、"语词像花朵一样绽放"? …………………………… 133

二、寓言与象征 ……………………………………………………… 145
三、《序曲》第一卷前300行中的礼物馈赠与"自我存在缺失"等问题
　…………………………………………………………………………… 162
四、寓言与语言：《序曲》第一卷前两个偷窃故事 ……………… 176
五、第三次偷窃事件：自然与自我的相互挪用和修辞盗窃 …… 186

第四章　新马克思主义—新历史主义批评与英国浪漫主义研究 ……… 201
一、何谓浪漫主义的意识形态？ ……………………………………… 205
二、浪漫主义意识形态的历史批判：海涅、马歇雷与
　《沉睡锁住了我的心》 ……………………………………………… 214
三、《毁坏的村舍》《不朽颂》与《忽必烈汗》中的置换与抹去策略 …… 222
四、"没有丁登寺的《丁登寺》" ……………………………………… 232
五、《迈克尔：一首牧歌》与湖区"田产"问题 …………………… 242
六、"历史想象"与华兹华斯的行乞诗 ……………………………… 254

第五章　生态批评与英国浪漫主义研究 …………………………… 283
一、《秋颂》与坦博拉火山爆发 ……………………………………… 289
二、爱自然、爱自由与爱人类：《序曲》对传统牧歌形式的颠覆 …… 305
三、湖区的政治意义与生态意义：华兹华斯的农耕—共和主义思想
　及实践 ………………………………………………………………… 322
四、雪莱的素食主义思想及素食生活 ……………………………… 334
五、素食主义思想与雪莱的文学创作 ……………………………… 346

结论　文史互证与文学诠释的限度 ………………………………… 363

补遗　《采坚果》的版本考辨与批评谱系 ………………………… 375
一、版本考辨 …………………………………………………………… 377
二、批评谱系 …………………………………………………………… 384

附录 ·· 393
　一、"鸽庐手稿 15 号"第 64 页的左面 ·················· 393
　二、"鸽庐手稿 15 号"第 65 页的右面 ·················· 395

参考文献 ·· 397

消失的普明坝子,消失的乡村中国(代后记) ··············· 407

导　论

　　一般来讲,"文学研究"基本上可分为品评—鉴赏式批评和理论—方法论批评两种。在西方,品评—鉴赏式批评最早由英国18世纪一些以文为生的文人或新闻记者(如爱迪生和约翰逊)所开创。他们为当时一些诸如《旁观者》(Spectator)等大众通俗杂志撰稿,一方面卖文为生,另一方面也展示个人的文学品鉴能力并引领社会大众趣味。这个传统至今仍然没有断裂——《泰晤士报—文学副刊》《伦敦书评》和《纽约述评》当代三大书评杂志就是《旁观者》传统的继承者。辛普森指出,这种凭借个人才气的鉴赏式和直觉性文学批评写作的特征就是不刻意遵从任何外在的理论范式和哲学模式,也即没有所谓"方法论的自觉意识"(methodological self-consciousness)。但是,一旦文学研究者在解读作品的时候具有自觉而明确的方法论意识,文学研究就进入了理论化时代。所谓理论—方法论的自觉,指的是批评家"在某一种明晰的原则或规范的指导之下来进行文学批评或文学阅读"。在具有理论意识的文学批评家看来,所有科学的文学批评都应该按照这样或那样的理论原则来展开。反之亦然,在此批评实践过程中,文学批评家们也能够支撑、批驳某种理论,甚至构建出某种新的文学理论。① 于是,我们可以清楚地看到,当文学研究全面理论化(批评实践的理论化和批评方法的元理论化)之后,它就成了现代大学的一门专业化学科。

英国浪漫主义文学研究近两百年的研究史就生动地体现了这两种"文学研究"的变迁。

"英国浪漫主义批评"肇始于英国浪漫派诗人的自我评价(如华兹华斯、科尔律治、雪莱和济慈等人零星的论述)和他们之间的相互品评(如科尔律治、雪莱、济慈等人对华兹华斯的评价),经由19世纪初浪漫派同代批评家(如杰弗里、黑兹利特、德·昆西、麦考来等)和维多利亚时代批评家(如阿诺德、穆勒、罗斯金、佩特、史蒂芬等)的推进,到20世纪上半叶(以休姆、白璧德、艾略特、巴赞等为代表)遂告基本成型。② 这一时期的英国浪漫主义研究就主要体现为品评—鉴赏式阅读。穆勒对华兹华斯诗歌的欣赏就是这种批判的典型代表。③

但是,品评—鉴赏式阅读虽然不时闪烁着个人的灵气、才气和文学感知品位,但是其局限也是非常明显的,那就是不够深刻、格局小气,从而无法追问、回答更为宏大深刻的问题。比如,不管是浪漫主义诗人自己,还是他们的同代

---

① David Simpson, "Romanticism, Criticism and Theory", in Stuart Curran, ed., *The Cambridge Companion to British Romanticism* (Cambridge: Cambridge University Press, 1993), pp. 1—2.

② 英国浪漫主义诗人的自我评价以华兹华斯为《抒情歌谣集》1798年版和1815年版所写的两个《序言》(主要涉及华兹华斯自己诗歌的题材、语言以及情感问题)、科尔律治的《文学生涯》(广为人知的是科尔律治对浪漫主义想象与幻想问题的论述)、雪莱《为诗一辩》(浪漫主义诗人"未经认可的立法者"的地位问题)以及济慈的书信集(济慈本人诗歌创作中的消极能力问题)中所提出的诗歌创作主张为代表。浪漫主义诗人之间的相互评价最为典型的是科尔律治在《文学生涯》中对华兹华斯诗歌创作和诗学主张的批评(尤其是第二十二章中对华兹华斯诗歌创作中六大缺陷和六大优点的评论至今仍然值得我们关注。See S. T. Coleridge, *Biographia Literaria*, George Watson, ed. [London: J. M. Dent & Sons Ltd., 1977], pp. 246—278.)浪漫派同代批评家的批评的代表是黑兹利特对浪漫主义与其"时代精神"(spirit of the age)的关系的论述。维多利亚时期浪漫主义批评多为传记—历史考证和个人赏析。进入20世纪,对英国浪漫主义文学的评价逐渐由传记—历史考证和个人赏析转入文化保守主义的政治批判,其代表就是白璧德的新人文主义批评以及由休姆和艾略特所开创的现代主义批评。

③ 穆勒对华兹华斯诗歌的"疗治性"特征表示出由衷的欣赏。在《自传》中穆勒指出,在他曾经遭遇个人精神危机的时候,华兹华斯的诗歌中秀美的风景、深刻的思想和沉静的心境就如同"心灵的良药",给予了他极大的慰藉和疗治。See John Stuart Mill, *Autobiography*, John M. Robson, ed. (London: Penguin Books Ltd., 1989), pp. 120—122.

批评家以及后来的维多利亚和新人文主义—现代主义批评家,他们对于英国浪漫主义诗歌创作特征、诗学主张以及英国浪漫主义运动的文学—美学、政治—社会意义等问题要么根本不予关注,即使偶然涉及,则显得偏颇浅陋,甚至纷乱矛盾。于是,到了20世纪上半叶,在梳理总结前人研究的基础之上,洛夫乔伊和韦勒克两位学者开始自觉地尝试着回答上述问题,从而正式开辟了学术意义上的20世纪英国浪漫主义研究。

在1923年美国现代语言学会(MLA)年会上,洛夫乔伊发表了一篇题为《论浪漫主义的定义区分》("On the Discrimination of Romanticism",先发表于 PMLA, Vol. XXIX [1924],后来收入《观念史文集》[Essays in the History of Ideas]一书中)的文章。在该文中,洛夫乔伊列举了大量关于浪漫主义的不同定义,然后得出结论说:

> "浪漫"这个词已经被用来指涉太多的现象,以至于它自己已经变得没有什么意义了。它已经丧失了一个语言符号所能够发挥的全部功能。……我们应该将"浪漫主义"这个词当作复数来使用。……一国的浪漫主义与另一国的浪漫主义所共有的因素几乎没有,因此我们应该用不同的术语来分别称谓它们……对浪漫主义的任何研究都首先清楚地意识到浪漫主义的复数性和浪漫心智的多元复杂性。……各种浪漫主义或许存在着某个共有的最小公分母,但是这个最小公分母却从来没有在任何关于浪漫主义的定义中得到清晰的展现——当然这个最小公分母也不应该被先入为主地予以设定。①

在后来(1941年)发表的《观念史家的浪漫主义意义》一文中,洛夫乔伊更明确地指出:"各种浪漫主义思想在很大程度上是互为异质的,逻辑上是完全独立的,有时候,它们的含义在本质上甚至是完全相悖的。"②

针对洛夫乔伊的观点,韦勒克提出了相反的意见。在发表于1949年的《文学史中的"浪漫主义"观念》一文中,韦勒克提出,在定义浪漫主义问题上,

---

① Arthur O. Lovejoy, *Essays in the History of Ideas* (Baltimore: Johns Hopkins University Press, 1948), pp. 232, 235, 236.
② Arthur O. Lovejoy, "The Meaning of Romanticism for the Historian of Ideas", *Journal of the History of Ideas* 2.3 (1941), p. 261.

人们不应该纠结于"术语的绝对性"(extreme nominalism),而是应该注意浪漫主义运动的"理论主张、哲学思想、创作风格"等方面所构成的"统一性",它们"相互支撑,共同构成了一个互为协调的观念体系"。① 因此,韦勒克明确反对洛夫乔伊的观点,认为浪漫主义虽然在欧洲各国以及各个作家的创作中千差万别,但是他们/它们的确存在着某种洛夫乔伊所怀疑的最小公分母,那就是"诗歌创作问题上的想象论、世界观问题上的自然论、诗歌风格的象征论和神话论"②。韦勒克的立论也是来自对大量浪漫主义作家——尤其是英国浪漫主义诗人布莱克、华兹华斯、科尔律治、雪莱、拜伦和济慈——的梳理、归纳和总结。

应该指出的是,英语并非韦勒克的母语,韦勒克更不是英国浪漫主义文学研究专家,他对英国浪漫主义文学的阅读很难说是全面而深入的(比如他对浪漫主义诗歌创作风格的象征和神话问题的论述就显然是来自弗莱《可怕的对称》一书中对布莱克的研究,但韦勒克将其加诸华兹华斯就显得相当牵强!),因此他所抓住的这三个问题和他所列举的例子(尤其是英国浪漫主义文学的例子)都有很大的简单化倾向。③ 但是正是因为其简明扼要,所以他对后来许多有关浪漫主义文学的教科书编写和大学课堂教学有很大的指导作用。在我国,对于浪漫主义的认识至今仍然局限在韦勒克的"三点论"(尤其是想象与自然)范围之内,以至于国内某些学者甚至将韦勒克模式借来套用中国现代文学中的浪漫主义思潮,更是显得方枘圆凿、悖谬之极。

然而教科书的编写和课堂教学与专业的浪漫主义学术研究是完全不同的两个领域。

我们发现,虽然韦勒克模式在大学课堂里影响很大,但是事实上,随着新批评,尤其是第二次世界大战结束后各种新文论流派的出现,英国浪漫主义研

---

① René Wellek, "The Concept of 'Romanticism' in Literary History. I. The Term 'Romantic' and Its Derivatives", *Comparative Literature* 1.1 (1949), pp.1—2.

② René Wellek, "The Concept of 'Romanticism' in Literary History. II. The Unity of European Romanticism", *Comparative Literature* 1.2 (1949), p.147.

③ 麦克干就指出,韦勒克这篇文章对于后来的浪漫主义研究产生了很大的影响,而洛夫乔伊的观点则被许多人忽略了。但是,韦勒克模式的过分简单化使得他难以回答英国浪漫主义文学中的一些难题——比如拜伦的古典主义倾向和简·奥斯丁到底是否属于浪漫派的问题。See Jerome J. McGann, *The Romantic Ideology* (Chicago and London: University of Chicago Press, 1983), p.18.

究却基本上是沿着洛夫乔伊"复数的浪漫主义"(而非韦勒克的"三点论")路线推进的:20世纪风起云涌的各种理论范式为英国浪漫主义文学的研究提供了多种研究方法和切入的视角,取得了丰硕的成果,进而发展成为一个体系独立、资源丰富的学术领域。也就是说,从新批评开始,英国浪漫主义研究就正式进入了理论自觉的学院派研究阶段。

本书的主要目的就是对这个学术领域进行尽可能全面的批判性清理。通过本书的梳理,我们会发现,一方面,借助于新理论范式的深刻洞察力,英国浪漫主义经典文学作品多元而复杂的面相将得到全方位的揭示(即辛普森所说的文学理论指导文学批评实践),如新批评对浪漫主义诗歌悖论—反讽语言的揭示,解构主义批评对浪漫主义诗歌中自然、语言与意识三者复杂的纠缠关系的洞悉,女性主义批评对"沉默的多罗茜"问题的思考,新马克思主义—新历史主义批评对华兹华斯诗歌创作背后"政治置换策略"的挖掘,生态批评对华兹华斯《湖区指南》一书的发现和解读以及对雪莱素食主义思想和日常生活实践的考证,后殖民主义批评对英国浪漫主义东方风的研究等;另一方面——同时也是常常被国内理论界所忽略的是,20世纪西方文论的多种流派在很大程度上也是英国浪漫主义经典文学研究的产物(即辛普森所说的批评实践催生元理论的建构),如弗莱的神话—原型理论在很大程度上是起源于他在《可怕的对称》一书中对布莱克的解读,保罗·德·曼的解构主义思想并非先入为主的理论假设,而是他对华兹华斯和卢梭等浪漫主义作家批评实践的产物,麦克干、列文森和辛普森等的新马克思主义—新历史主义理论在一定程度上也是产生于他们对华兹华斯经典作品的重新解读(就如同格林布莱特的新历史主义是产生于他对文艺复兴文学的研究一样),贝特和莫顿的生态批评理论则是源于对以华兹华斯和雪莱为代表的浪漫主义生态思想资源的思考。①

---

① 值得注意的是,所谓"英美浪漫主义批评界"这个提法可能并不完全准确。在辛普森看来,具有自觉理论意识的浪漫主义研究主要存在于美国大学英语系中——英国文化传统对常识、经验、传统、习俗因素的重视使得英国的浪漫主义批评家漠视,甚至鄙视理论;英国大学中的浪漫主义文学教授——如巴利尔(John Barrel)和巴特勒(Marilyn Butler)的浪漫主义研究都拒绝抽象的文学理论支撑,而是坚持所谓的"历史具体性"(historical specificity)。因此,辛普森指出:"我们可以比较公允地说,在英国,浪漫主义与文学理论之间的联系一直很弱,部分的原因就是文学理论本身在英国就是一种稀有商品(an uncommon commodity)。"但是在美国,情况却"非常不同"——英国浪漫主义研究与20世纪文学理论的纠缠(转下页)

然而，我们也必须指出，虽然"英国浪漫主义研究与 20 世纪西方文论"业已形成了一个独立的学术领域，但是在当今英、美学术界，除了一些零星偶然的涉及，有意识地系统清理 20 世纪西方文论与英国浪漫主义批评范式之关系的工作未全面展开——迄今为止，在英、美学术界还没有一本与此相关的专著问世。① 在此意义上，本书的写作既有一定的开拓性，但同时也不可避免地存在着不少疏漏，甚至盲点与讹误。这一点，请广大学界同仁和读者朋友给予批评指正。

本书主干部分共分五章：第一章《新批评与英国浪漫主义研究》、第二章《神话—原型—〈圣经〉批评与英国浪漫主义研究》、第三章《解构主义批评与英国浪漫主义研究》、第四章《新马克思主义—新历史主义批评与英国浪漫主义

(接上页)非常紧密。辛普森认为，首先，这或许是因为第一代美国作家都是欧洲浪漫派的同代人，或者因为有关美国民族性的神话制造就主要是建筑在所谓的个性和表达性(individuality and expressivity)——这些都是浪漫派所追求的——基础之上的。其次，大多数美国浪漫主义批评家(如洛夫乔伊、韦勒克、威瑟曼、哈特曼、艾布拉姆斯、布鲁姆、德·曼)都是具有多语种背景的欧洲移民。他们的国际背景决定了他们比英国的教授们更青睐一种超越民族文学边界的，甚至超越了英语文化圈的比较文学的浪漫主义研究范式——这种比较文学的浪漫主义研究范式势必导致对具有普适性文学理论的追求。辛普森指出："(美国学术界)这种浪漫主义研究中的国际主义(internationalism)势必呼唤理论的出现。"再次，在美国，文学批评是一种"职业化的亚文化"(professionalized subculture)。所有这些因素使得美国大学对于理论的追求要远远超过英国。See David Simpson, "Romanticism, Criticism and Theory", in Stuart Curran, ed., *The Cambridge Companion to British Romanticism*, pp. 13—14。

① 零星的梳理工作见于 David Simpson, "Romanticism, Criticism and Theory", in Stuart Curran, ed., *The Cambridge Companion to British Romanticism*; Aidan Day, *Romanticism* (London: Routledge, 1996); Sharon Ruston, *Romanticism* (Shanghai: Shanghai Foreign Language Education Press, 2007); 等等。伊维斯和费希尔合作编写的《浪漫主义与当代批评》一书对这个问题也有一定的意识。参见 Morris Eaves and Michael Fischer, eds., *Romanticism and Contemporary Criticism* (Ithaca and London: Cornell University Press, 1986), pp. 9—11。此外，还有一些关于浪漫主义具体诗人研究的简单综述成果值得关注，如伊斯索普的《华兹华斯的现在与过去：浪漫主义与当代文化》一书就简要总结了 20 世纪华兹华斯批评中的六大批评范式：1) 合作性范式(collaborative)；2) 赞誉性范式(celebrative)；3) 认识论范式(epistemological)；4) 解构性范式(deconstructive)；5) 马克思主义范式(Marxist)；6) 性别研究范式(gender)；等等。而卡洛琳·富兰克林的《拜伦》一书也简要归纳梳理了后结构主义、精神分析、新历史主义、后殖民主义、性别研究、文类/形式研究等 20 世纪文论与当代拜伦研究的关系。这些材料也给予了本书作者很大启发。分别参见 Antony Easthope, *Wordsworth Now and Then: Romanticism and Contemporary Culture* (Buckingham: Open University Press, 1993), pp. 129—133; Caroline Franklin, *Byron* (New York: Routledge, 2007), p. XIV。

研究》和第五章《生态批评与英国浪漫主义研究》。① 本书的基本思路是对上述五大浪漫主义批评范式的成果展开全面的清理:一方面进行实证性的梳理和考辨;另一方面则对其进行批判性剖析,将各家的洞见、盲点及其相互之间的承递、颠覆关系清楚地还原出来。在此基础上,笔者将得出本书的基本观点:1)浪漫主义文学经典的形成与20世纪西方文论发展两者之间存在着密切的互动关系。一方面,浪漫主义文学经典为20世纪文论提供了生长的丰富土壤,另一方面,20世纪文论又在理论探索中进一步强化了浪漫主义文学的经典地位——文学理论与文学经典之间存在着微妙的互动关系;2)20世纪西方文论对英国浪漫主义文学的研究充分体现出西方文学批评的重大问题:批评范式之间的强烈排他性、内在研究(语言—形式研究)和外在研究(历史—社会—政治研究)的互斥性,以及由此而来的"过度诠释"问题;3)笔者试图以陈寅恪先生的"文史互证"为指导,尝试性地探讨如何才能够在文学批评中将审美沉思与历史考证结合起来,从而构筑起文学诠释的界限等问题。

本书最后所附一篇拙文《消失的普明坝子,消失的乡村中国(代后记)》是笔者在该课题写作过程中最为艰难的时候偶感而发随意草就的一篇随笔。这

---

① 由于本书篇幅和国家课题结题时间限制,本书没有囊括女性主义理论和后殖民主义理论对英国浪漫主义文学的研究。英国浪漫主义研究的女性主义范式兴起于20世纪90年代,其代表性的成果有:安妮·梅勒的《浪漫主义与性别》、米娜·亚历山大的《浪漫主义中的妇女》和波拉·R.菲尔德曼与特里莎·凯勒合编的论文集《浪漫主义女性作家:呼声与反呼声》等。这些批评家或者借助女性主义相关理论对浪漫主义的经典作家及其作品进行重新解读(如梅勒用崇高/秀美的二元对立来解读华兹华斯的《序曲》所体现出的男性中心主义的崇高美学),或者致力于挖掘被(男性中心主义)文学史所长期湮没的浪漫主义女性作家的作品(如吉尔伯特、古巴尔和阿姆斯特朗等人对玛丽·雪莱的《弗兰肯斯坦》、多罗茜·华兹华斯的《日记》等作品的研究分析)。对这两个领域有兴趣的读者可参阅 Meena Alexander, *Women in Romanticism* (Basingstoke and London: Macmillan Education, 1989); Anne K. Mellor, *Romanticism and Gender* (New York and London: Routledge, 1993); Paula R. Feldman and Theresa M. Kelley, eds., *Romantic Women Writers: Voices and Countervoices* (Hanover and London: University Press of New England, 1995); Gaura Shankar Narayan, *Real and Imagined Women in British Romanticism* (New York: Peter Lang Publishing, Inc., 2010)。此外,笔者在本书补遗部分附上了《〈采坚果〉的版本考辨与批评谱系》一文,该文对于女性主义批评的浪漫主义研究有所涉及,可参阅。浪漫主义研究的后殖民主义批评研究的代表成果有 Nigel Leask, *British Romantic Writing and the East* (Cambridge: Cambridge University Press, 1992); Michael J. Franklin, ed., *Romantic Representations of British India* (London and New York: Routledge, 2006); Peter J. Kison, *Romantic Literature, Race, and Colonial Encounter* (New York: Palgrave Macmillan, 2007); Elizabeth A. Bohls, *Romantic Literature and Postcolonial Studies* (Edinburgh: Edinburgh University Press, 2013);等等。

篇随笔的写作既是为了舒缓课题艰难推进过程中的压力和焦灼,在某种程度上也说明了笔者本人多年以来的学术兴趣为何一直集中在阅读和思考英国浪漫主义文学(尤其是华兹华斯作品)的个人原因之一。

第一章

新批评与英国浪漫主义研究

在 20 世纪西方学术界的浪漫主义研究中,最早具有自觉文学理论意识的成果出现在英、美新批评界。不管是对于浪漫主义文学运动的评价还是对于浪漫主义文学作品的阅读,新批评都是"20 世纪西方文论与浪漫主义研究"首先必须面对的课题。我们甚至可以说,在某种意义上,新批评的理论主张和批评方法源于新批评派学者对于浪漫主义文学的关注——虽然这种关注总体上呈否定趋势。比如新批评奠基人之一的休姆就是通过《论浪漫主义与古典主义》一文中对浪漫主义的全面批判而为新批评奠定了基本理论主张。另一位新批评的奠基人、著名诗人艾略特也是在推崇玄学诗、批判浪漫主义的过程中开创了现代主义的诗学理论和诗歌风气的。接下来,我们先对新批评运动的兴起与浪漫主义研究的关系进行简要的介绍。只有在此基础上,我们才有可能详细剖析新批评究竟是如何"细读"浪漫主义文学作品的。

一、新批评对浪漫主义诗歌的基本态度一览

进入20世纪,英、美浪漫主义研究界逐渐从维多利亚时期对浪漫主义文学价值的肯定(以穆勒对华兹华斯的阅读体验为典型代表)逐渐让位于以白璧德(Irving Babbit)和摩尔(Paul Elmer More)为代表的新人文主义对浪漫主义的否定性评价。英、美新批评的浪漫主义研究基本上是在白璧德的新人文主义浪漫主义研究基础之上展开的。对于浪漫主义文学的总体评价,新批评与新人文主义一样,都持负面态度。但是新批评主要是从文学问题而非政治问题入手来展开其浪漫主义研究的。因此,就对于浪漫主义文学本质——如浪漫主义诗歌语言中的含混、反讽和悖论等——的揭示而言,新批评的浪漫主义研究要远胜于新人文主义对浪漫主义运动进行的空洞政治批判。但是,正如伯恩鲍姆(Ernest Bernbaum)所指出的那样,新批评的问题在于他们所提出的新批评文学理论在根本上是为了捍卫他们自己所喜欢的诗歌流派,如17世纪英国玄学诗和现代主义诗歌。因此,浪漫主义诗歌并非新批评关注的焦点——新批评家们仅仅是偶尔涉及浪漫派的个别诗歌作品,而且基本都是持坚决的否定态度,肯定性评价很少——这都是由新批评基本的理论主张所决定的。[1]

伯恩鲍姆这个判断并不完全准确。浪漫主义诗歌的确非新批评派所钟爱——至少没有像玄学派诗歌那样备受新批评家所钟爱。但是,这种否定浪漫主义诗歌的立场只是新批评派在评价整个浪漫主义文学运动的时候才出现,而当新批评家们在进行浪漫主义诗歌作品批评实践的时候,我们会发现,他们的态度并非完全是否定性的——这一点我们下面将会清楚看到。因此,新批评派对于浪漫主义文学的态度事实上呈现出两种不同的面相:一是对于浪漫主义文学运动和浪漫主义诗人总体上的否定,二是对浪漫主义具体诗歌作品的相对肯定。这种矛盾态度构成了新批评派浪漫主义研究的一大特色。

让我们来简要梳理一下新批评对于浪漫主义诗人和浪漫主义文学运动的

---

[1] Ernest Bernbaum, "The Romantic Movement", in Thomas M. Raysor, ed., *The English Romantic Poets: A Review of Research* (London: Oxford University Press, 1956), p.31.

否定性观点。总体来看,对于浪漫主义诗人,新批评的攻击靶子主要是强调想象的华兹华斯和雪莱以及情感过于夸张的拜伦;他们也攻击科尔律治,但奇怪的是,新批评派却从科尔律治那里挪用了许多非常有创建的文学观念(比如科尔律治对于"异质中的和谐"的论述就构成了新批评的"异质诗"这个主要论点)——当然,正如伯恩鲍姆所指出的那样,"新批评派却往往扭曲科尔律治的观点以便为他们所用"①。在英国浪漫主义诗人中,只有济慈逃过了新批评派的火力——这大概是因为济慈的"消极能力"论恰恰启发了新批评所持的"不动情"主张。在笔者看来,艾略特的"逃避情感—逃避个性"理论与济慈的"消极能力"说肯定存在师承关系——虽然艾略特自己从来没有承认过。

对于浪漫主义文学运动,新批评派是彻底否定的。新批评派认为,一方面,浪漫派"是厌世的、物质主义的和怀疑主义的,对人类生活状况感到迷茫和绝望",因而造成了"浪漫主义文学(包括莎士比亚)都显得太滥情、太绵软(too emotional, too soft)——即,不'干燥、坚硬,不古典'(not 'dry, hard, and classical')"。另一方面,浪漫主义对于"人类天性能够战胜邪恶又太过乐观",而且浪漫派还"太执着于将人类经验简单化为一些容易被理解的模式之中、太轻信表面看起来是异质性的宇宙的内在和谐,尤其是,对于想象力与理性的结合能够在美中展示出这种真理的信念太过确信"。因此,新批评家们对于浪漫主义文学的观点就是:

> 优秀诗歌一定不浪漫,浪漫的诗歌一定不优秀——最优秀的诗歌和文学都必定是不浪漫的——不浪漫派的优秀诗歌强调的是不动情的思想、异质性、悖论、机巧、反讽,以及难以调和的(思想和经验的)复杂性、人类生命的荒谬性与可悲性——简言之,强调的是科尔律治所说的没有"一"的"多元"(the Many without acknowledging the One)。②

事实上,伯恩鲍姆所总结的新批评派对于浪漫派的态度主要是新批评理论奠基者休姆的观点。在《论浪漫主义与古典主义》(该文被公认为新批评派的理论基石)一文中,休姆毅然决然地声称,即使是"浪漫派中最优秀的诗人我

---

① Ernest Bernbaum, "The Romantic Movement", in Thomas M. Raysor, ed., *The English Romantic Poets: A Review of Research*, p. 31.

② Ibid., 31—32.

也是坚决反对的"①。休姆对浪漫主义的反感与白璧德和摩尔等新人文主义代表对浪漫主义的反对出发点是一样的,那就是,都认为浪漫主义的自我扩张和膨胀,未经理性节制的、无度的想象,个人主义的神秘幻象等问题都是病态的现代社会的症候。因此,白璧德号召应该以一种"内在节制"(inner check)来制止浪漫主义无度的冲动和对无限的渴望。因此,在如何认识浪漫主义的问题上,两者都以古典主义为皈依(正因为如此,从新人文主义到新批评的过渡是非常自然而顺畅的)②。也就是说,新人文主义和新批评两者的精神气质都是古典主义的,其不同之处仅仅在于新批评比新人文主义更关注文学作品、更注重作品形式研究而非政治批判。休姆指出:"浪漫主义全部的根子在这里:人,个人,是无限可能性的储藏所;假若你们能够摧毁那些压迫人的法律,这样重新整顿社会,那么这些可能性便会得到一种发展机会,那么你们就会进步。"与此相反,休姆接着指出,古典主义则认为"人是一种非常固定的和有限的动物,他的天性是绝对不变的。只有(文化)传统和(社会)组织中,才能够见出人的得体和优雅"③。具体到浪漫主义与古典主义在文学创作上的不同,休姆指出,由于"浪漫主义认为人是无限的,因而他们总是喜欢讨论无限。但是在人希望实现的理想与他的实际能力之间存在着巨大的鸿沟,于是浪漫派到了后期往往显得相当消沉沮丧"。而古典主义则不同,即使

> 是在最为奔放的想象中(古典主义)也总有一种节制,一种保留。古典主义诗人从来不忘记人的有限性存在这一事实,也即他们时刻知道人

---

① T. E. Hulme, "Romanticism and Classicism", in Mark Schorer, et al., eds., *Criticism: the Foundations of Modern Literary Judgment* (New York: Harcourt, Brace and Company, 1948), p. 261.

② 根据伯恩鲍姆所提供的材料,在新人文主义盛行一时的时候,也不是没有人对新人文主义的反浪漫主义立场进行反击。其中具有代表性的有赫福德的《现代世界中的浪漫主义》(C. H. Herford, "Romanticism in the Modern World", 1922)、福赛特的《争议中的新人文主义》(Hugh I'A. Fausset, "The New Humanism Disputed", 1929)和海德的《新人文主义的前景》(Lawrence Hyde, *The Prospects of Humanism*, 1931)。伯恩鲍姆认为,这三位学者对于英国浪漫主义——尤其是英国浪漫主义文学对"人、自然和神性三者之间的和谐的坚定信念和不懈追求"——的理解要远胜于白璧德。吉拉尔德被认为是新人文主义—反浪漫主义立场的最后一位捍卫者。他的《普罗米修斯与风奏琴》(Albert Guérard, Jr., "Prometheus and the Aeolian Lyre", 1944)坚持认为浪漫主义的那些信念都不过是一些美丽的"神话"而已。这篇文章被伯恩鲍姆认为是沟通新人文主义与新批评的桥梁。

③ T. E. Hulme, "Romanticism and Classicism", in Mark Schorer, et al., eds., *Criticism: the Foundations of Modern Literary Judgment*, p. 258.

的限度范围在哪里。因此,古典主义者……(虽然)可能跳跃,但他总要落回到地面上,他从来不向周围的空气中飞去。

但浪漫派却走向了一个与古典主义完全相反的道路,像雨果这样的浪漫派"总是在飞翔……他的诗句每隔一行就会出现'无限'这个词"[①]。

正是出于对无限的无度追求,浪漫主义著名的想象论因此产生。休姆以罗斯金为例来阐述他对浪漫主义想象论以及由此而来的浪漫主义诗歌显著的修辞手法——浪漫隐喻的论述。罗斯金说:想象

> 把事情看得太深奥、太阴沉、太严肃、太热忱,以至于她从不微笑……富于想象的人所写下的每个字,其中都包含着可怕的意义的潜流,在上面有着它所出自的深处的印迹和影子。它的意义是含混不清的,常常是半吞半吐的;因为,写它的人既然清楚地了解到底层的事物,可能不耐烦作详细的解释;因此,假如我们愿意仔细研究它、探索它的由来,它总会把我们安全地带回灵魂的领土的首都,从那里我们可以安全地通往它最远的国境的道路与足迹。[②]

休姆指出,罗斯金在《现代画家》中所论述的这种对于不可言传的无限、神秘、终极本质的想象以及用于表达这种想象的修辞语言就是隐喻:这是一种"精神的黏土……纵使不能说明那种本质上不可言传的直觉,还是能给你一个类似的东西……"[③]显然这种作为不可言传的"精神黏土"的隐喻手法与古典主义主张的诗歌语言的逻辑明晰性是相悖的。休姆指出,诗歌语言"不是数学性的语言(a counter language),而应该是看得见的、具体的语言",应该让我们在具体感知感受物的物性,而非在抽象的直觉中体会神秘的无限。[④] 具体而言,休姆所推崇的是一种质地"干燥坚硬"(dry and hard)的古典主义诗歌语言(这预示着意象派诗歌的出现),而浪漫主义诗歌语言在休姆看来则因为想象和滥情而质地"濡湿"(damp)、臃肿和轻浮,因为浪漫派"永远是在围绕着无限

---

① T. E. Hulme, "Romanticism and Classicism", in Mark Schorer, et al., eds., *Criticism: the Foundations of Modern Literary Judgment*, p.259.
② John Ruskin, *Modern Painters*, Vol. II (London: George Allen, 1906), pp.17, 182.
③ Mark Schorer, et al., eds., *Criticism: the Foundations of Modern Literary Judgment*, p.262.
④ Ibid., 264.

这个词进行滥情堆砌"①。

艾略特也是反对浪漫主义的急先锋。在著名的《传统和个人才能》一文中,艾略特提出了反对浪漫主义在诗歌中表现诗人个性和情感的诗歌观,因为在他看来,"诗人有的并不是有待表现的'个性',而是一种特殊的媒介……通过这个媒介,许多印象和经验,用奇特的和料想不到的方式结合起来"。因此,艾略特指出华兹华斯的"在宁静中被唤起的情感"之说是"一个不准确的公式",因为"诗歌既不是感情,也不是回忆,更不是宁静……诗歌是一种集中,是这种集中所产生的新东西。诗歌把一大堆经验集中起来……诗歌的集中并不是有意识的或经过深思熟虑的……"②在他的《诗歌和批评的用途》一书中,艾略特对浪漫主义进行了比较系统的研究。该书第四章题为"华兹华斯和科尔律治",第五章为"雪莱和济慈"。对于科尔律治,艾略特评价不高,认为科尔律治如果要成为一个好的诗人的话,他最好多读一些游记探险之类的书籍,而不是他自己所喜欢的"玄学和政治经济学"。在艾略特看来,正是科尔律治对"玄学和政治经济学"的浓厚兴趣造成了他诗才的迅速凋零;当写作《文学生涯》时候,科尔律治"已经是一个颓败的诗人了"。在该书中,艾略特再次评价了华兹华斯。这一次,艾略特对于华兹华斯的评价颇高。他说,虽然不能够说华兹华斯的诗歌创作都优于科尔律治,但是,华兹华斯没有经历过科尔律治那种诗才和想象力耗尽的沮丧感,因为华兹华斯"终身都沉浸在人间的沉浸悲曲之中",以及他的想象从来不像科尔律治那样"突如其来、恣肆任性和令人恐怖"。但是对于华兹华斯所主张的使用普通人的语言,艾略特评价不高,而且认为这个主张并非华兹华斯所独创——华兹华斯只不过是在重复德莱顿早就说过的话。③ 对于拜伦,艾略特非常貌视,仅仅一笔带过,认为拜伦的作品都仅仅只是一些"社会消遣读物"(society entertainers)。对于雪莱,艾略特注意到了《麦布女王》中雪莱所论述的素食主义思想(这个问题本书在论述浪漫主义的生态批评范式的时候要详细展开),但认为那些思想仅仅是一个"聪明而热情的小学生"的奇想。虽然雪莱自己的思想是严肃的,但是艾略特却认为雪莱那

---

① Mark Schorer, et al., eds., *Criticism: the Foundations of Modern Literary Judgment*, p. 261.
② T. S. Eliot, *Selected Essays* (London: Faber and Faber Ltd., 1932), pp. 19—20, 21.
③ T. S. Eliot, *The Use of Poetry and the Use of Criticism* (London: Faber and Faber Ltd., 1933), pp. 68—69.

些乱七八糟的思想都是"幼稚的念头"(ideas of adolescence),因而认为他的诗歌是不成熟的。值得关注的是,艾略特对于济慈评价非常高。他说:"在我看来,济慈是一个伟大的诗人。"他尤其推崇济慈的《海披里安》、六大《颂歌》和书信等。①

  I. A. 理查兹的著作被公认为是新批评派最重要的理论来源之一:理查兹的《文学批评原理》和《科尔律治与想象》两书被认为为新批评派提供了心理学和美学基础。在这两部著作中,理查兹从浪漫主义那里吸取了许多文学理论和文学创作的资源来阐述他自己的批评主张。比如,在名著《文学批评原理》一书中,理查兹提出了诗歌"组织冲动"说。他认为,人类种种经验中存在着一种独特的经验,那就是审美经验,而诗歌——他援引雪莱《为诗一辩》说——"是最幸福最美好的心灵最美好最幸福时刻的记载"。也就是说,诗歌是审美经验的最高表达。② 那么诗歌何以具有如此的功能呢? 理查兹从心理学的角度对这个问题进行了分析。他指出,人类经验充满着各种复杂的冲动,这些冲动有的高尚,有的卑劣。因此,"任何个人的生活片刻都离不开极其错综复杂而在有限程度上又是极其理想的冲动协调"③。但是,并非所有的人都有能力协调组织好自己的经验冲动——除了诗人之外,因为只有诗人才"具有整理经验的过人能力……通常相互干扰而且是冲突的、独立的、相斥的那些冲动,在他的心里相济为用而进入一种稳定的平衡状态"。那么诗人何以具有这样独特的组织冲动的能力呢? 理查兹从科尔律治关于想象能力能够将各种异质因素组织成一个和谐整体的理论那里受到了启发。在《文学生涯》中,科尔律治有这么一段著名的论述:

  什么是诗? 这个问题等于什么是诗人的问题? ……诗人按照感官的不同价值和地位,以绝美的辞藻,将人的整个灵魂催动起来,但同时又使得各个感官相互协调。他将同一性的精神和基调(a tone and spirit of unity)扩散开来,使得万物相互融合——我们用一个专门的名字来命名

---

① T. S. Eliot, *The Use of Poetry and the Use of Criticism*, pp. 87, 88—89, 100.
② 艾·阿·瑞恰慈:《文学批评原理》,杨自伍译,南昌:百花洲文艺出版社,1992年,第11、19页。瑞恰慈即理查兹。
③ 同上书,第44页。

这种具有综合(synthetic)魔力的力量,那就是想象。这种力量……能够将对立性的和异质性的因素平衡协调起来:将同一性与差异性协调起来;将普遍性和具体性协调起来;将观念与意象协调起来;将个体性与代表性协调起来;将新鲜新奇感与老旧陈腐感协调起来;将异乎寻常的情感与异乎寻常的秩序协调起来;将始终如一的清醒和稳重自持的判断与炽热磅礴的热忱和激情协调起来……①

理查兹说:"这一段表述……足以表明,科尔律治完全有资格比任何人更确切地指明诗歌以及一切有价值的经验的本质特征。"②这个诗歌的本质特征就是诗人组织协调异质因素和异质冲动的能力,即想象力。在这里我们可以清楚地看到,美国新批评派后来所提出的一系列观点,如悖论、反讽、张力等,都能够在理查兹对科尔律治的解释中找到源头。

与《文学批评原理》不同,《科尔律治与想象》则是理查兹毕生所写的唯一一部浪漫主义研究的专论。在这部著作中,理查兹从语义符号学的角度对科尔律治及其想象论进行了语义—符号学分析。理查兹认为,对于科尔律治,研究者们有不同的定位:诗人、哲学家、布道家、政治理论家和文学批评家,等等,"但是几乎没有人意识到他也是一个语义符号学家(a semasiologist)"。理查兹注意到科尔律治追问语词的意义,而"追问语词的意义就是追问一切"。理查兹敏锐地意识到符号学必将成为一门新学问而诞生。对于这门新学问,科尔律治的贡献功不可没,然而,对此,科尔律治研究界的认识仍然不够。③篇

---

① S. T. Coleridge, *Biographia Literaria*, George Watson, ed., pp.173—174.

② 艾·阿·瑞恰慈:《文学批评原理》,杨自伍译,第221页。同样值得关注的还有理查兹对华兹华斯关于诗歌是"在宁静中唤起的对情感的回忆"之论述的解说。理查兹指出:"形容顶峰上的闪电比形容从山谷中看到的这道闪电更加困难。……用华兹华斯谈论诗歌的著名论述来说,'情感,和成为观照的对象以前的那种感觉是同源的',它然后'逐渐被显现出来,它本身便存在于心灵之中'。华兹华斯说的是,在表达的时刻,所要交流的经验在交流着的心灵之中渐渐展开时要充实、稳定、清晰。滚滚而来的情感,伴随着一鳞半爪的少许意象、思想和初期的获得,这些都不是平常鲜见的,而把那一刻出现于心灵的东西信笔写出来的过程才是一位想成为诗人的作家所能达到的全部造诣。"华兹华斯的意思其实就是,不是情感本身——而是作为审美观照对象的情感,才是写出好诗的秘密。而这个宁静中回忆—观照情感的过程在理查兹看来与科尔律治的想象论是一样的,也是组织异质因素的过程。艾·阿·瑞恰慈:《文学批评原理》,杨自伍译,第167页。

③ I. A. Richards, *Coleridge on Imagination* (London: Kegan Paul, Trench, Trubner & Co. Ltd., 1934), pp. xi—xii.

幅所限，在这里我们就不进一步展开介绍该书的详细内容，我们将在本章后面结合布鲁克斯和维姆萨特对华兹华斯的解读再来介绍理查兹在《科尔律治与想象》一书中涉及浪漫主义想象的某些观点。

作为理查兹的学生，燕卜荪以一部《含混七型》享誉英、美文学研究界。《含混七型》中也分析了许多浪漫主义诗歌作品中的含混（下文中我们要详细展开分析），但是纵观全书，我们会发现燕卜荪对浪漫主义诗歌成就的总体评价不高。在第一章论述隐喻的多义性产生的含混时，燕卜荪就明确宣称："浪漫派诗人均非伟大的诗人。"①为什么呢？在燕卜荪看来，包括浪漫派在内的19世纪诗人都受制于一种"思想框架"（intellectual framework）的制约，因而写不出好诗。燕卜荪所说的这种"思想框架"其实就是主宰19世纪英国社会的主流意识形态：理性主义—科学主义的社会思潮和边沁的功利主义哲学。19世纪诗人以及读者大众都意识到这种主流意识形态对情感和人性的扼杀，因而都努力想要逃离这个思想桎梏。但他们逃避的手段则是沉浸到童年回忆中去——如华兹华斯诗歌的灵感总是来自儿时所见的山丘溪流、拜伦终身受困于对其姐姐难以割舍的乱伦固恋、济慈对死亡的向往和对母亲的追忆、雪莱不能够区分真实的世界和虚幻的世界、科尔律治经常依靠鸦片写作，等等。燕卜荪指出，所有这些都表明，浪漫主义诗歌的"旨趣与题材"都来源于"一种牵强附会的激情、一种无缘无故的热度、自我实现和自我满足感以及一种拥抱私己梦幻世界的虚幻感"。这体现在诗歌语言的运用上就是：浪漫主义诗歌中很难找到他所说的第一类含混（即隐喻含混）。在燕卜荪看来，浪漫主义诗歌不是没有含混，但浪漫派的含混更多是来自"他们幽深的心灵对意义的扭曲"。

---

① William Empson, *Seven Types of Ambiguity*, 2nd edition (London: Chatto and Windus, 1947), p.21. 但是在笔者看来，心理意义上的含混与语法意义上的含混事实上是有着密切联系的。比如燕卜荪讨论第一种隐喻含混时候，他就以威利（Arthur Waley）所译陶潜《时运》中"迈迈时运，穆穆良朝"这一句为例来说明"两个矛盾的形容词来修饰同一名词"所产生的矛盾感。威利的译文是："Swiftly the years, beyond recall, / Solemn the stillness of this spring morning."燕卜荪认为"迈"（swift）和"穆"（still）两个词分别代表了诗人衡量时间的两种不同的尺度：大的尺度以整个"人生"（a human life）为单位，抒发的是时光飞逝、人生如梦的感慨，小的尺度以人生的某一"片刻"（the conscious moment）为单位，表明的是汲汲于热闹红尘之中的人生态度。陶潜在两行诗句中用了两个矛盾的形容词将这两种矛盾的时间尺度和人生态度以隐喻的方式呈现了出来，燕卜荪认为这就是语法意义上典型的隐喻含混。但是显然，正如燕卜荪自己所分析的那样，这种语法意义上的隐喻含混在本质上还是源自一种"悖论"的心理含混。因此，笔者认为燕卜荪对于语法含混和心理含混的区分是站不住脚的。

即,如果说浪漫派诗歌也存在一定程度上的隐喻含混的话,那么,浪漫派的隐喻含混主要是"心理意义上而非语法意义上的"。① 也就是说,在燕卜荪看来,由于浪漫主义诗人太过专注于个人内在情感从而忽视了对外在事物的观察和对语言修辞以及思想之复杂性的探索,其结果就是:在浪漫主义诗歌中隐喻——尤其是隐喻含混——很少,即使有也远没有他们的前辈所用的隐喻复杂。这一点启发了维姆萨特关于浪漫主义诗歌隐喻逐渐让位于意象的论点(见下文)。

在美国新批评界,对浪漫主义的批评来自兰塞姆的《世界的身体》(*The World's Body*,1938)与《新批评》(*The New Criticism*,1941)、布鲁克斯的《现代诗歌和传统》(*Modern Poetry and the Tradition*,1939)与《精制的瓮》(*The Well Wrought Urn*,1942)以及艾伦·泰特的《疯狂中的理性》(*Reason in Madness*,1941),等等,此处不再一一介绍。总而言之,新批评派的理论预设以及他们对于浪漫主义诗歌的基本态度被大卫·戴绮斯(David Daiches)言简意赅地表述得非常清楚:"新批评派的基本观点是诗歌的本质和精髓在于悖论,所以,如果济慈要被证明是一个伟大的诗人的话,他的诗歌就首先得被证明具有悖论性。"②

当然新批评的理论基点并不仅仅只是悖论一种——除了悖论之外,还有含混、反讽、张力等。接下来,我们将主要从含混、反讽和悖论入手来展开分析新批评派对浪漫主义诗歌作品的解读。我们将会看到,虽然新批评在文学主张上否定一种宏观的浪漫主义文学—思想运动,但是在面对浪漫主义具体诗歌作品的时候,他们的批评态度还是非常实用主义的,即,对于浪漫主义的优秀诗歌作品,新批评干将们仍然是推崇备至的。或许,正如戴绮斯所言,只要符合新批评的诗学理论,作品本身是浪漫诗还是玄学诗并不是一个问题。

二、燕卜荪:浪漫主义诗歌中的含混

在《含混七型》一书中,燕卜荪对华兹华斯的《丁登寺》、雪莱的《致云雀》以

---

① William Empson, *Seven Types of Ambiguity*, 2nd edition, p. 21.
② 转引自 Ernest Bernbaum, "The Romantic Movement", in Thomas M. Raysor, ed., *The English Romantic Poets: A Review of Research*, p. 33。

及济慈的《忧郁颂》中的含混修辞进行了独到的分析。因此,在某种意义上,我们可以说,燕卜荪对上述浪漫主义诗歌的阅读开启了20世纪英国浪漫主义研究中的形式—修辞研究路线——这条路线被美国新批评家布鲁克斯和维姆萨特等人进一步推进,并最后在保罗·德·曼的浪漫主义解构—修辞阅读中达到了顶峰(德·曼对浪漫主义诗歌的解构—修辞阅读见下文)。

那么,什么是燕卜荪所说的含混呢?在1930年《含混七型》初版中,燕卜荪对"含混"的定义是:"任何能够给语篇的直接陈述(direct statement of prose)附加上某些歧义——不管这种歧义有多么细微——的语言效果",就是含混。在1947年第二版中,燕卜荪将该定义修改为:"任何语言歧义(verbal nuance)——不管有多么细微,只要能够导致对一个语言片段的不同反应(alternative reactions)",就是含混。当然,燕卜荪自己也意识到修改过后的这个定义本身仍然是含混的,以至于这个定义本身"基本上是没有任何意义的"。因此,他建议说,要弄清楚他所说的"含混"到底是什么,最好"通读(《含混七型》)全书"。①

在燕卜荪所分析的七种含混中,华兹华斯的《丁登寺》属于第四种,雪莱的《致云雀》属于第五种,济慈的《忧郁颂》被归为第七种。

让我们来看一看燕卜荪对华兹华斯的分析。

燕卜荪认为,华兹华斯在本质上不是一个"含混诗人",因为华兹华斯对"素朴的崇拜"(cult of simplicity)使得他往往"将复杂的思想驱赶到潜意识之中……将心智中那些本质性的混乱(the fundamental disorders of the mind)以尽可能简单明了的方式表达出来"。燕卜荪指出,尽管如此,华兹华斯有的时候还是会使用一种被称为"哲学含混"(philosophical ambiguities)的手法。例如,他指出,华兹华斯诗歌中的许多著名段落都有泛神论思想(pantheism),但是,华兹华斯的泛神论思想到底到达了一种什么样的程度却取决于读者的理解,因为不同的读者都能够"毫不困难地根据自己对(华氏诗歌中的)语法理解来坚持他自己所认定的(华氏的)思想"②。也就是说,在燕卜荪看来,华兹华斯对素朴思想和素朴写作的倡导决定了华兹华斯诗歌的"非含混性",但是

---

① See William Empson, *Seven Types of Ambiguity*, 1st edition (London: Chatto and Windus, 1930), p.1; William Empson, *Seven Types of Ambiguity*, 2nd edition (London: Chatto and Windus, 1947), p.1.

② William Empson, *Seven Types of Ambiguity*, 2nd edition, p.151.

即便如此，在涉及泛神论这样复杂的哲学问题上，华兹华斯的创作意图仍然会呈现出一定的含混性，因而也给读者的理解造成了含混。燕卜荪将华兹华斯的这种"哲学含混"归入含混七型中的第四型，其实也就是诗人创作意图的含混。对于这种含混，燕卜荪的定义是："当一个陈述中所包含的两个或多个意义之间不相互协调，而仅仅是被组合在一起以表达作者本人复杂的心灵状态的时候，第四种含混就发生了。"他进而指出：

> 人们所关注的往往是事物最为重要的，而非其最为复杂的方面（complicated）。因此，（与事物的主要性相比，）那些处于次要地位的复杂性即使被察觉到，也仅仅只是在人们心目中留下这么一个印象：它们产生了这样那样的某种效果，（它们虽然复杂但却不重要，所以）只要稍加注意和留心，它们都是可以被我们所把握理解的。

他指出，第四种含混与他前面所讨论过的第三种含混意义，其关键词都是"精微"（subtlety），不同的是，第三种双关语含混所体现的是"语言的精微"（verbal subtlety），而在第四种含混中，

> 精微同样重要、双关语义同样明显、判断模式的混杂（the mixture of modes of judgment）同样令人迷惑不解，但它们却不是意识的主要焦点——因为情境太过巨大从而掩盖了它们——在那种巨大的情境之中，它们给人的感觉好像就是自然而然（而非难以理解）的。①

也就是说，第三种含混人们是可以意识到的，但第四种含混却往往因为诗歌情境巨大的力量，诗人被情感的巨大情境所裹挟，从而使其原本明晰的创作意图中夹杂了一些根本不相容的意义。对此，诗人自己在创作的时候不仅没有意识到，反而认为是理所当然的。这种因为情感太过巨大而产生的创作意图含混在华兹华斯的《丁登寺》第89行至第103行体现得尤其明显。②

---

① William Empson, *Seven Types of Ambiguity*, 2nd edition, p.133.
② 本书所用《丁登寺》版本选自 James Butler and Karen Green, eds., *Lyrical Ballads, and Other Poems, 1797—1800* (Ithaca and London: Cornell University Press, 1992), pp.116—20. "Though of ample power"在燕卜荪所引中为"but of ample power"。部分中文译文参考了杨德豫和黄杲炘的译本。参见杨德豫译：《华兹华斯抒情诗选》，长沙：湖南文艺出版社，1996年，第107—119页；华兹华斯：《华兹华斯抒情诗选》，黄杲炘译，上海：上海译文出版社，2000年，第76—83页。若无特别说明，本书所引诗句的中文翻译均为笔者自译。

熟悉《丁登寺》的读者都知道,在完成了前 22 行对丁登寺周围美丽山水的描绘之后,从第 23 行到第 112 行,华兹华斯的意识焦点流向不再是外在自然景色,而是由外转内,叙述留存在他"血脉"(blood)和"心灵"(heart)之中的"自然美景"(beauteous forms)在过去的五年中是如何给予了他"安恬的心境"(serene and blessed mood),舒缓了他的困顿、焦躁、烦忧和"昏沉热病"(fretful stir),恢复了他纯净的心灵,照亮了"幽晦难明世界的如磐重压",赋予了他"安详静穆的眼光"从而使他能够"洞悉物象的生命本质"(see into the life of things),升华了他的精神和心灵。因此,华兹华斯说,在他童年时期,自然美景吸引他的是美丽的形式,"那种感情,/本身已令人餍足,无需由思想/给它增添几分韵味,也无需另加/不是由目睹得来的佳趣"[①]。但是,写作《丁登寺》时的华兹华斯已经是经历过人世沧桑的成人,他从自然中看到的不仅是美丽的形式,还有儿童所看不到的、更为深刻的东西(这让我们想起《不朽颂》最后一段对"儿童乃成人的父亲"的纠正!):

> For I have learned
> To look on nature, not as in the hour
> Of thoughtless youth, but hearing oftentimes
> The still, sad music of humanity,
> Not harsh or grating, though of ample power
> To chasten and subdue. And I have felt
> A presence of that disturbs me with the joy
> Of elevated thoughts; a sense sublime
> Of something far more deeply interfused,
> Whose dwelling is the light of setting suns,
> And the round ocean and the living air,
> And the blue sky, and in the mind of man,
> A motion and a spirit, that impels
> All thinking things, all objects of all thought,

[①] 杨德豫译:《华兹华斯与抒情诗选》,第 109—113 页。

And rolls through all things.

燕卜荪认为,仅仅说这几行诗行以极其优美的辞藻传达出了诗人自己所想要表达的情绪是不够的。他指出,在这一段诗行中,华兹华斯似乎有明确的意图,这就是他的泛神论思想,同时华兹华斯希望读者也能够理解他所想要表达的泛神论思想。燕卜荪说,如果是这样的话,我们就能够通过细读的方式来确定在这几行诗中,华兹华斯本人对于上帝、人以及自然之间的关系的观点到底是什么,以及他是通过何种方式来表述这种关系的。然而,燕卜荪指出,通过对这几行诗的细读,他发现华兹华斯并没有为我们展示一个明确的答案,从而给读者造成了极大的理解困难。简言之,燕卜荪的意思是,在这一段中,华兹华斯想要表达的是关于上帝、自然以及心灵之间关系这些哲学问题的思考,但由于诗人的情感太过巨大,这些哲学问题并没有得到清楚的解答,酣畅磅礴的诗绪裹挟着一连串急遽的词语韵律洪流喷薄而出,因而造成了语法以及思想的含混。

燕卜荪认为,对于这几行诗的理解的困难首先来自多处语法上的含混。

首先,more deeply interfused 之句就令人不解:到底什么与什么相比较是"more deeply interfused"?① 其次,读者也不清楚 the still, sad music of humanity(人间悲曲)与 presence(某种存在)是不是一回事,因为它们分别所在的上下两句被一个句号和 and 隔开了。② 再次,in the mind of man 当中的 in 这个介词似乎将 the mind of man 与 ocean, air 以及 sky 等自然物区分开了(虽然这种区分非常细微)。与此同时,in 这个介词似乎也区分开了 motion/spirit 组合与 presence/ something 组合。但是,燕卜荪认为,这些东西又似乎

---

① interfuse 这个词其实有两个意思,一是"融合",二是"弥漫"。显然对于 interfused 这个词燕卜荪的理解是"融合",所以才有这个迷惑,如果理解为第二个意思,即"弥漫"则不存在含混之说。国内两个译本也有不同的理解和翻译。黄杲炘译为"这是种庄严/感觉,感到落日的余晖、广袤的/海洋、新鲜的空气、蓝天和人类/心灵这样一些事物中有什么/以及远为深刻地融合在一起……"杨德豫的翻译是:"我还庄严地感到/仿佛有某种流贯深远的素质,/寓于落日的光辉,浑圆的碧海,/蓝天,大气,也寓于人类的心灵……"黄译的理解是融合,而杨译的"流贯深远"则大概是"弥漫"之意,但杨译没有译出 more deeply 这个比较级。

② 在笔者看来,燕卜荪这个问题实属多余。"人间悲曲"指的是华兹华斯自己所经历、目睹的人世沧桑,presence 则是他心灵中的泛神幻象。燕卜荪纠缠这个根本不存在的含混显然有点钻牛角尖了。

与 music(悲曲)所指相同。① 燕卜荪指出:

> 华兹华斯可能感觉到了一种比"扰乱了他的那种存在"(the presence that disturbed him)"更为深沉地 interfused"(far more deeply interfused)的某种"东西"(something)。这样的话,我们就可以将其理解为:华兹华斯是一个神秘主义诗人,他不仅感觉到了上帝的显现,而且这种显现贯穿于他诗歌创作的全部过程。或者说,something 是 presence 的同位语(sense 等同于 joy),于是这两者都比"人间悲曲"更为深刻地 interfused 在一起,但 interfused 的方式显然是一样的。这种解读仅仅是将上帝设想为华兹华斯创作过程的内驱力,即,上帝对于华兹华斯想象力的影响一如华兹华斯本人的想象力影响了其他事物一样。或者,上帝仅仅是弥漫在诗人创作过程中的想象的产物——一如"人间悲曲"一样,也是一种被想象为弥漫在人间的产物一样。

燕卜荪指出,在第一种理解中,华兹华斯的思想是基督教的,在第二种理解中,华兹华斯的意图部分是泛神论(上帝影响无处不在),部分是诺斯替教(想象的产物)。② 也就是说,在写作这些诗句的时候,华兹华斯的基督教思想和泛神论思想是交织混杂在一起的,连诗人自己也难以区分。

然而,这还不是燕卜荪在《丁登寺》这一段中所读出的全部含混。他接着指出,这里还可能有另外一种解释。something 存在于其中所提到的所有自然景物之中,sky 这个词后应该断句;于是,motion 和 spirit 就不应该被认为融入了自然之中,而是活跃在人的心灵之中的某种东西。但与此同时,它们又与 something 相类似,因此,

> 华兹华斯要么感受到它们确实存在,要么只是感觉到一种关于它们存在的*感觉*(Wordsworth either feels them or feels a *sense* of them)。如果这样理解的话,那么在我们读到 mind of man 的时候声音就应该有一种高亢的胜利感觉,以传达这样的思想:如同上帝在自然中无处不在一

---

① 笔者认为,燕卜荪对前半句的观察是准确的,自然与心灵中的确不同。但 motion/spirit 组合与 presence/something 组合的区分似乎没有必要:前者是后者的升华。而且,它们与 human music 完全不是一回事。燕卜荪显然有点过度解读了。

② William Empson, *Seven Types of Ambiguity*, 2nd edition, pp. 152—153.

样,人的精神也弥漫在自然之中,而且高贵地(decently)独立于上帝而存在着。或者something也存在于自然之中,与motion和spirit是同位语。这种语法结构安排当然有点不幸,因为这样一来上帝就是自然本身,而且将决定着人的前世今生。①

燕卜荪的这个观点值得重视,因为它涉及华兹华斯的意义之源是来自主体心灵的赋予还是来自自然景物本身——我们将看到,这个问题理查兹、布鲁克斯、艾布拉姆斯以及德·曼都有更为深入的讨论。

除了上述"语法含混"(grammatical ambiguities),燕卜荪认为,"最后三行也让人迷惑",首先,我们搞不清楚此处的"主语到底是人还是某种形式的神",即,motion或spirit到底是指上帝还是人。其次,华兹华斯在这里"区分开了两种事物:其一是思想的客体或主体(objects or subjects of thought)"——华兹华斯impels(驱动、推动)这些事物的运行流转;另一种可能性是"那些事物既非思想的客体亦非其主体"——华兹华斯只是rolls(运行)于其间。但显然这两种解释似乎都可以成立。最后,华兹华斯在此所思考的那些"非思想客体的事物的逻辑地位"(the logical status of things not objects of thought——大概是指思想主体的逻辑地位,亦即,all thinking things指的是华兹华斯本人还是所有有思想的生灵?)也是不清楚的。燕卜荪指出,后三行的这些含混使得spirit这个词既具有"无须思想的思想性"(at once intelligent without intelligence)、"既是上帝又是自然"(at once God and nature)——也即,在这些含混中,上帝、神性、自然和心灵是完全混杂在一起的:在巨大情感的冲击之下,心灵、自然、神性完全交缠、难以区分,读者可以根据自己的感受任意解释其意义。从而"使得我们将他(him)既当作第二种意义来理解,但同时又不用放弃其第一种意义"②。应该承认,《丁登寺》这三行的语法意义以及主题意义的确非常含混(尤其是后三行的语法结构实在不明确),也的确传达出华兹华斯在写作过程中由于巨大情感的冲击,其明晰的写作意图逐渐变得模糊起来的问题。但是燕卜荪的分析却显得太过烦琐累赘,不仅没有帮助我们理解《丁

---

① William Empson, *Seven Types of Ambiguity*, 2nd edition, p.153. 着重号为笔者所加,下划线处的原文为斜体。
② Ibid., 152—153.

登寺》的美感,反而使读者更加迷糊。事实上,燕卜荪所要证明的就是心灵、自然和神性的交缠融合问题。其实这个问题读者在跟随华兹华斯的文本展开过程仅凭审美直觉就能够部分体悟得到,根本无须燕卜荪做这么琐碎的分析。而且,这事实上是一个审美想象的问题而非泛神论问题,即艾布拉姆斯所说的"融合想象"(coadunating imagination)——也即罗斯金的"情感误置"(pathetic fallacy)问题(对于这两个观点下文有论述)。这个过程是非逻辑的、是心灵与自然、神性的相互融合,在想象力的驱使之下,诗人写下了这些诗句,但其展开的过程并非燕卜荪所学习的数学那样逻辑精密——燕卜荪固有的数学思维显然妨碍了他对华兹华斯和浪漫主义独特的诗学思想的把握。①

最后,燕卜荪总结说,不管《丁登寺》是否具有伟大的思想,但有一点是可以肯定的,那就是该诗为我们展示了一种独特的"二律背反性模式"(a mode of antinomies)。他认为这是华兹华斯独有的诗才,即一种能够将含混融汇起来并在诗歌中完整保留下来的才能。《丁登寺》是华兹华斯这种独特的含混诗才的代表:"它表达了泛神论思想,但又不至于明显得让读者察觉到;它既显得高贵昂扬,又看不出任何个人思想倾向的痕迹……或许,如果华兹华斯想要一直保持其诗学观点的话,含混对于他来说是必须坚持的诗学修辞。"但他同时又指出:"《丁登寺》这个例子表明,对含混的使用表明的是诗人思想的混乱不清,而非说明其思想的复杂性。"②也就是说,燕卜荪认识到意图含混是华兹华斯的特色之一,但是这种含混却不是来自华兹华斯思想的复杂(因为华兹华斯崇尚素朴),而是巨大情感冲击之下思想意图混乱的产物。

---

① 在接下来对这段话的注释中,燕卜荪也承认说:"有些批评家对于这一段话的平庸(meanness)和小题大做(fussiness)表示不满。我经过这些年后自己也觉得,当时(指他写作《含混七型》第一版的时候)我的思想应该更为成熟、表述应该更为平和一些。M. C. 布莱德布鲁克小姐认为句号后面的名词都是同位语,因为这一段的主题就是关于主客体(对峙)关系的超越(the transcendence of the subject-object)。"显然,抛开句号后面的名词都是同位语这个语法分析正确不谈,布莱德布鲁克关于该诗超越主客体的主题的看法比燕卜荪更为深刻,更像是文学批评。燕卜荪自己也承认:"我认为,几乎可以肯定地说,华兹华斯对于语法的处理的目的就是这样的。但是,即使那些从句是同位语它们也仍然是有区别的,否则的话,为什么它们一个接一个地被连续展开? 人们对于华兹华斯的哲学背景通常都是给予同情的理解。毫无疑问,如果 I. A. 理查兹的《科尔律治论想象》在我写作这本书的时候已经出版,我可能完全是另外一种论述。但是,人们越是纠结与华兹华斯的哲学思想,这一段诗行就越是显得修辞有问题。"William Empson, *Seven Types of Ambiguity*, 2nd edition, p. 153。

② William Empson, *Seven Types of Ambiguity*, 2nd edition, p. 154.

总之,燕卜荪的观点是:在《丁登寺》中,华兹华斯所要表达的是一种泛神论的思想,但对于这个思想,华兹华斯自己并没有明确清楚的意识或认识,尤其是在对于上帝、自然以及人的心灵之间的关系问题上,华兹华斯的认识是混乱纠缠不清的,因此造成了一系列语法指代的含混。应该说,燕卜荪的直觉是正确的,华兹华斯有泛神论倾向,但没有明确的主张,尤其是严密的哲学体系,他只是凭借自己的想象来言说他所感受到的泛神论意识。因此,审美想象和审美体验的问题才是分析华兹华斯的关键,用含混修辞来分析不仅将沉郁恢宏、寄情深远的《丁登寺》弄得索然寡味,反而还使得我们更加迷惑。就此而言,文学教授艾布拉姆斯要比数学学生燕卜荪敏锐得多。在后文中我们会通过艾布拉姆斯再回到这个问题上来。

雪莱的《致云雀》被燕卜荪归为第五型含混。对于这一类含混,燕卜荪的定义是,"当作者在写作过程中才逐渐发现自己的思想,或者当作者心目中并没有完全抓住其写作思想——以至于,比如说,出现了一个比喻,但这个明喻的比喻对象却不明确,而是介乎两种事物之间"的时候,第五种含混就发生了。① 也就是说,第五种含混指的是作者在写作过程中采用了一个明喻,但是第一个明喻却会在文本展开过程中产生出作者自己也意想不到的另一个明喻,因此造成读者在理解上的困难。燕卜荪所举的第一个例子是莎士比亚《一报还一报》的一段话:

> Our Natures do pursue
> Like Rats that ravyn downe their proper Bane
> A thirsty evil, and when we drinke we die.

> 别笑那耗子贪吃,
> 不知道吞下的是毒饵;人也是这样,
> 为了满足那七情六欲,会饮鸩止渴,
> 把自己的命也赔上了。②

---

① William Empson, *Seven Types of Ambiguity*, 2nd edition, p. 155.
② 莎士比亚:《自作自受》,方平译,见莎士比亚:《新莎士比亚集》(第十卷),方平译,石家庄:河北教育出版社,2000年,第382页。

燕卜荪指出,在这段话中,莎士比亚本来是将人的淫欲比作毒药,但是"proper"这个词却产生了含混。这个词本来的意思是"恰当的"——这是对于老鼠而言。但是,在这一段话中该词却产生了莎士比亚未曾料到的意义:"正当的和自然的"(right and natural)。人的欲念事实上就像喝水一样,本来是自然的和正当的,但是放纵欲念却如同老鼠吞噬毒药一样造成了"人的堕落"(the Fall of Man)。于是,"proper Bane 到底是什么意思就变得含混了,因为它可以既是毒药又是水"①。也就是说,燕卜荪想要表达的是,"淫欲是毒药"本来是莎士比亚所想要呈现的一个明喻,但由于 proper 这个词的双重意义,造成了毒药—淫欲如同水一样,虽然造成了人的堕落和死亡但又是正当和自然的这层作者意想不到的意思。

燕卜荪特地指出,"这一类含混在 19 世纪(诗歌中)十分普遍"。(但为什么在 19 世纪诗歌中第五类含混十分普遍他并没有回答。)他的好几个例子都来自雪莱。比如雪莱的《希腊》一诗中有这样的句子:

>The world's great age begins anew,
>　　The golden years return,
>The earth doth like a snake renew
>　　Her winter weeds outworn;
>Heaven smiles, and faiths and empires gleam
>Like wrecks of a dissolving dream.

>世界的伟大时代重新开始
>　　黄金的岁月又复来归,
>大地,像一条蜕过皮的蛇,
>　　换掉了穿破的冬衣:
>蓝天在欢笑,宗教和皇权
>像消逝的噩梦残留的遗迹。②

---

① William Empson, *Seven Types of Ambiguity*, 2nd edition, p.155.
② 雪莱:《希腊》,江枫译,见江枫主编:《雪莱全集》(第 4 卷),第 72—73 页。译文稍有改动。

艾略特说,蛇并不用一件新衣服"更换"(renew)旧衣服(它们蜕下的皮),而且蛇也不是在冬末蜕皮,因此批评雪莱的"renew"一词用词不当。但燕卜荪却为雪莱辩护说,我们应该将注意力放在"weeds"这个词上——只有理解了"weeds"的含混意义,"renew"的意义就清楚了。燕卜荪指出,"weeds"既有"衣服"(garments)——尤其是寡妇的衣服的意思(寡妇的衣服看起来像老而干枯的蛇皮),又有"植物"(vegetation)的意思——尤其是那些熬得过冬天的粗劣顽强的植物(这些植物在春天重新长出鲜嫩的新叶)。燕卜荪说,显然"weeds"这个双关语的第二层意思(即草木复苏)传达出了"renew"所蕴含的年年万物更新之自然进程:"蛇在这里之所以有关系是因为蛇闪闪发光(的鳞片)、蛇代表传统的生殖象征和大地之精气,以及蛇暗示的寡妇形象。"在对这一段话的脚注中,燕卜荪继续延伸他的解释:"蛇的新皮闪闪发亮;蛇的旧皮虽然破敝,但是它却似乎可以被比喻为(衰落的)宗教和皇权(两者皆凋败)。"燕卜荪指出,这些意义的确是因为雪莱自己在写作过程中思想混杂紊乱造成的,但这种紊乱反而造成了奇特的含混修辞效果。①

燕卜荪花了大量篇幅讨论雪莱的《致云雀》中的几行诗句:

> The pale purple even
>   Melts around thy flight;
> Like a star of Heaven,
>   In the broad daylight
> Thou art unseen, but yet I hear thy shrill delight—
>
> Keen as are the arrows
>   Of that silver sphere
> Whose intense lamp narrows
>   In the white dawn clear,
> Until we hardly see, we feel that it is there.

---

① William Empson, *Seven Types of Ambiguity*, 2nd edition, p.160.

All the earth and air
　　With thy voice is loud,
As, when night is bare,
　　From one lonely cloud
The moon rains out her beams, and Heaven is overflowed.

淡淡的紫色黄昏
　　在你的航程周围消融,
像昼空里的星星,
　　虽然不见形影,
却可以听得清你那欢乐的强音——

那犀利无比的乐音,
　　似银色星光的利箭,
它那强烈的明灯,
　　在晨曦中逐渐暗淡,
以至于难以分辨,却能感受到就在空间。

整个大地和大气,
　　响彻你婉转的歌喉,
仿佛在荒凉的黑夜,
　　从一片孤云背后,
明月放射出光芒,清辉洋溢遍宇宙。①

艾略特说他不知道 silver sphere 指的是什么。唐纳德·戴维说艾略特过分挑剔了,silver sphere 在这里显然指正在消失的"启明星"(morning star)。②

---

① 英文版选自 Thomas Hutchinson, ed., *The Complete Poetical Works of Percy Bysshe Shelley* (London: Oxford University Press, 1961), p.602;译文选自江枫主编:《雪莱全集》(第1卷),石家庄:河北教育出版社,2000年,第249—250页。
② Donald Davie, *Purity of Diction in English Verse* (London: Chatto & Windus, 1952), pp.133—134.

燕卜荪也基本赞同艾略特的观点,认为这个词指代含混:

> 从语法上看,它指的是(上一节中所提到的)星星(the *star*)。但是这个明喻却磕磕绊绊地进入下一节中——clear-there-air 这一系列糟糕的韵脚证明了这一点。于是 sphere 也可以是月亮(the *moon*)。在晨光熹微中,启明星和月亮都逐渐变得暗淡。①

燕卜荪指出,这样一来,上述所引第二节就有两种可能的句法结构:第一,"你(云雀)的欢乐与 sphere 射出的银箭一样尖锐犀利";第二,"尽管射程很远(我们完全在其射程范围之内),但 sphere 射出的银箭仍然是那样的尖锐犀利,以至于我们仍然能够感觉到它的美"。也就是说,第二节最后一句的意思大概是1)"长久以来我们就感觉到你的欢乐,但事实上我们却看不到你";2)"sphere 的光亮逐渐暗淡下去直到我们看不见它,直到我们只能够感觉到它的存在"。② 在燕卜荪的理解中,所有上述理解都呈现出第一个显而易见的明喻,那就是将 sphere 比作云雀:sphere 虽然逐渐淡出我们的视线,但其射出的银箭却使得我们依然能够感觉到它的美——云雀虽然飞升在苍穹尽头,消失在我们的视野之外,但其银铃般美丽而高亢的歌声却似利箭一样仍然使我们感觉到它的存在。在这个比喻中,sphere 显然就是启明星,因为启明星利箭般闪烁不定的光芒就像云雀时断时续的尖锐歌声一样——两者都是的诗人心醉神迷。

燕卜荪进一步指出,云雀—启明星这个明喻以及它们都使得诗人心醉神迷这一点导致了一个新比喻的出现:诗人就像云雀和启明星一样——在沉醉于云雀美妙的歌声和星星银箭的光芒之中的诗人,也逐渐忘记了自己的存在,他的意识逐渐泯灭,他的灵魂与云雀和星星一起飞升到了清晨的苍穹之外。燕卜荪继续深入推论说,不仅云雀(和星星)是诗人的象征,那片飘荡在天际的"孤云"(lonely cloud)也是诗人孤清傲世之形象的象征。这样一来,孤云背后的月亮就是诗人灵感的象征:像月亮将月华清辉洒满澄澈的夜空一样,诗的灵感也如月华一样照亮了诗人的心灵。因此,燕卜荪指出:

---

① William Empson, *Seven Types of Ambiguity*, 2nd edition, p. 157.
② Ibid.

> 云雀在雪莱心目中就是诗人的象征。凄清孤独的云雀从地面直冲云霄,并引吭歌唱。它飞翔着,直到消失在天穹深处;它歌唱着,直到精疲力竭,尖锐的歌声逐渐暗哑,消失在尘世之外。最后它又从云霄坠回尘世,重新回到那个田野间,回到它凡庸、孤独和不为人知的生活。作为精神世界象征的云雀(它奋争着,最后却也一样死亡)身上还有另外一层象征意义:云雀的生命外在于凡俗人生——它没有凡俗人生的痛苦和庸俗,也没有凡俗的乐趣,因此,云雀就像夜莺一样,是不朽的精禽。就此而言,飞升的云雀就是自然的羽化(an apotheosis of nature)……云雀尖锐的歌声是一种绝对的、一种本质的、外在于时间的存在……①

因此,云雀—星星—月亮—灵感—沉醉—羽化——这一连串混杂的比喻代表着的是一种美,一种非世俗的神秘的美,它越是纯粹,有限的人就越是难以看见——它只会出现在"浪漫主义诗人对此种神秘之美的迷狂沉醉之中——唯有泯灭凡俗的意识,浪漫主义诗人才能够窥见此种永恒的、绝对的美(雪莱曾经在其他地方将泯灭凡俗意识比喻成烧红的木炭之逐渐暗淡)"。总之,燕卜荪指出,在《致云雀》这几行中,语法—句法上的混乱或含混恰恰是对雪莱美学原则的最好表达。②

总之,在燕卜荪的分析中,上述所讨论的《致云雀》三节诗中的确存在着一系列明喻含混:雪莱的本意是以启明星比喻云雀,但在文本的逐渐展开过程中,这个比喻被延伸到孤云、诗人、灵感、不朽、永恒、超验的美等一系列新的含混比喻。在燕卜荪看来,也正是这种创作过程中含混的诗思及其所导致的修辞含混才能够将雪莱美学—诗学观念中的一个悖论思想完整体表达出来:只有泯灭凡俗的意识之眼,诗人才能够获得一种超自然的慧眼,从而窥见神秘、绝对和终极的美。在接下来对《普罗米修斯的解放》和《生命的凯旋》的讨论中,燕卜荪进一步解释了雪莱美学思想及其诗歌创作中的这种悖论及其所导致的含混修辞。

---

① William Empson, *Seven Types of Ambiguity*, 2nd edition, pp. 157—159.
② Ibid., 158—159.

三、布鲁克斯:浪漫主义诗歌中的悖论

受到燕卜荪的启发,新批评代表人物之一的柯林斯·布鲁克斯也注意到浪漫主义诗歌中存在着大量的含混。比如他认为华兹华斯的名作《不朽颂》就存在着大量的"燕卜荪式的含混"①。然而,布鲁克斯的浪漫主义研究却并非沿着燕卜荪所开创的含混修辞路线进行的,而是围绕着悖论—反讽手法来展开对诗歌的语言本质及其在浪漫主义诗歌,尤其是华兹华斯作品及其诗学中的体现。② 布鲁克斯式的新浪漫主义批评研究最为典型地体现在收录在《精制的瓮》当中的三篇文章:《悖论语言》《华兹华斯与想象的悖论》和《济慈的山野史家:没有脚注的历史》之中。(需要特别指出的是,这三篇文章不仅是布鲁克斯将反讽—悖论诗学用于浪漫主义批评实践的典型代表,也为维姆萨特最后走出新批评浪漫主义研究狭隘的语言—修辞路线奠定了基础。)

在介绍布鲁克斯的浪漫主义批评之前,我们有必要先简要介绍收录在《精致的瓮》一书中的另一篇关键性文章:《意义诠释的谬误》,因为这篇文章从理论上透彻地阐述了布鲁克斯的悖论—反讽诗学的基本思想。在该文中,布鲁克斯明确提出了一个至今仍然值得我们思考的观点:他明确反对传统文学批评在诗歌中寻求某种具体主题寓意的做法,因为诗歌根本就没有什么明确的主题意义:诗歌中存在的只有反讽、悖论等表达诗人复杂情感经验的语言修辞——诗歌批评的任务就是还原出这些修辞,而非寻求主题。他指出:"大部分批评谬误都是产生于我们对诗歌想当然的解释——如诗歌表达了什么陈述、言说了什么真理、展示了哪些模式。"③他从科学与诗歌语言的区分来说明这个问题。布鲁克斯指出:

> 科学的术语是一些不会由于语境压力而改变的抽象符号。它们是纯粹(或期望是纯粹的)的外延意义;是预先定义的。它们不会被曲解成新

---

① Cleanth Brooks, *The Well Wrought Urn* (New York and London: Harcourt Brace & Company, 1942), p.125.
② 布鲁克斯对于反讽和悖论这两个概念没有严格区分,而是常常将两个概念混用。
③ Cleanth Brooks, *The Well Wrought Urn*, p.199.

的意义。但是哪里有包括一首诗的术语词典呢？诗人被迫不断地再造语言是毋庸争辩的事实。正如艾略特所说，诗人的任务就是"打断语言、生成意义"。……理想的语言应该是一个术语对应一个意义，术语和意义之间的关系应是稳定的。但是诗人笔下的词语，不应该被看成是意义不连续的颗粒，而是意义的可能性(potential)，是意义链或意义的集成。①

因此，布鲁克斯主张："我们永远不能用哲学或科学的尺度来衡量一首诗，因为当你用这样的尺度衡量一首诗时，那就不再是'完整的诗'了，而是从那首诗中抽象出来的东西。"②在他看来，用科学或哲学的方法来分析挖掘一首诗的主题意义就是一种"意义诠释的谬误"："任何一首好诗原本都是拒绝那些释意的企图"，因为"我们清楚地知道构成诗歌精髓的真正核心不是释意"。③

既然"构成诗歌精髓的真正核心不是释意"，那又是什么呢？布鲁克斯认为是"结构"。但他所说的结构与我们通常所理解的作品的谋篇布局以及结构主义的那种二元对立结构不是同一个意思，而是指"一种统一性原则"，这种原则"可以平衡和协调诗的内涵、态度和意义"，即，能够"将相似和不同的元素统一起来"。④ 具体而言，布鲁克斯所说的这个结构包括他所用的一系列特殊的术语，如含混、悖论、反讽、态度情节，等等。正是这些修辞手法使得诗人与科学家区分开来：

> 对于诗人而言，像科学家那样去分析他的经验是远远不够的，科学家们把经验分成几部分，区分各部分的异同，并将各部分分门别类。诗人最终的任务是统一各种经验。他呈现给我们的应该是经验自身的统一体，正如人们可以通过自身经验而感知的一样。诗，假如是真正的诗，就是现实的幻象——在这一点上，至少是"仿象"——它应该是一种经验，而非仅仅是关于经验的表述或是纯粹从经验中抽象出来的东西。丁尼生不会满意于给予诗人似乎既死又生的说法。诗人必须使死中之生戏剧化……如果我们在表述戏剧化的过程要求把记忆中的对立面缝合成一个统一体。

---

① Cleanth Brooks, *The Well Wrought Urn*, p.210.
② Ibid., 202—203.
③ Ibid., 197.
④ Ibid., 195.

如果我们在表述层面上谈论戏剧化，这个统一体就是一种悖论，即关于对立统一的断言。济慈的古瓮必须表现一种超越生命及其沉浮的生命，但同时又要见证生命非但不是生命反而是一种死亡这一事实。换一种说法，古瓮必须以史学家的口吻声称神话要比历史更真实。多恩的恋人必须弃世以便拥有这个世界。……如果人必须把他的经验的同一性戏剧化，即使要赞颂它的多样性，那么，他所使用的悖论和含混就被认为是必要的……因此，华兹华斯的《不朽颂》不只是一首诗，而且是一首关于诗歌的寓言。济慈的《希腊古瓮颂》显然也是这样的寓言。①

在《悖论语言》一文中，布鲁克斯对悖论修辞进行了更深入的探讨。他开宗明义地宣称："诗歌语言就是悖论语言。"他指出，很多人对于悖论有误解，以为悖论仅仅只是卖弄巧智的格言警句之类。但是，这其实是一种由来已久的"偏见"——这种普遍存在的偏见使得我们将悖论往往当成是"智性的而非情感的、狡黠的而非深刻的、理性的而非神圣的非理性（divinely irrational）"。我们应该如何理解这一段话？他的意思其实就是说，悖论并非逻辑上的诡辩，不是戏谑的格言，它不能够用理性/理智来判断，因为它是人类复杂情感和经验的本真存在状态，因而是神圣而庄严的——也可以说是非理性的。而这种人类经验的本真状态是明晰清楚、逻辑谨严的科学语言所无法言说的——只有诗人才能够在诗意灵动的一瞬间，感觉、捕捉并言说出这种看似矛盾的本真经验状态。因此，布鲁克斯骄傲地宣称，所谓"诗歌语言就是悖论语言"之说"敞亮了诗歌中的某些本质性因素（some element in the nature of poetry）"②。

为了证明他的观点，布鲁克斯一开始就以华兹华斯为例。华兹华斯的诗歌语言以素朴、平实著称，在《〈抒情歌谣集〉序》中华兹华斯明确表示，他的语言和题材都是来自普通的村俗生活，只不过为其赋予想象的色彩，从而使它们

---

① Cleanth Brooks, *The Well Wrought Urn*, pp. 213—214. 值得注意的是，布鲁克斯在这里所说的诗人通过反讽、悖论和含混等修辞手法将经验统一起来的观点与理查兹的组织冲动有相似之处。而我们知道，理查兹的观点在很大程度上是来自科尔律治的。在上文中我们已经指出艾略特"逃避情感—逃避个性"论与济慈"消极能力"论之间可能存在的呈递关系。布鲁克斯的主张再一次说明虽然新批评在总体态度上反对浪漫主义诗歌，但是他们的某些核心论点事实上与浪漫派存在着千丝万缕的联系。

② Ibid., 3.

展示出"非普通的一面"(an unusual aspect),因而被认为是最不具有悖论性的诗人。但是事实果真如此吗?布鲁克斯以华兹华斯的《好一个美丽的傍晚》("It is a Beauteous Evening, calm and free")和《威斯敏斯特桥上》("Composed upon Westminster Bridge")为例反驳了这个论点。①

<table>
<tr><td>好一个美丽的傍晚</td><td>It is a Beauteous Evening, calm and free</td></tr>
<tr><td>好一个美丽的傍晚,安恬,自在;</td><td>It is a beauteous evening, calm and free,</td></tr>
<tr><td>这神奇的时刻,静穆无声,就像</td><td>The holy time is quiet as a Nun</td></tr>
<tr><td>屏息默祷的修女;硕大的夕阳</td><td>Breathless with adoration; the broad sun</td></tr>
<tr><td>正冉冉西沉,一副雍容的神态;</td><td>Is sinking down in its tranquility;</td></tr>
<tr><td>和煦的苍天,蔼然俯临着大海:</td><td>The gentleness of heaven broods o'er the Sea:</td></tr>
<tr><td>听呵!这庞大生灵已经醒寤,</td><td>Listen! the mighty Being is awake,</td></tr>
<tr><td>他那永恒的律动,不断发出</td><td>And doth with his eternal motion make</td></tr>
<tr><td>雷霆的巨响——响彻千秋万代。</td><td>A sound like thunder—everlastingly.</td></tr>
<tr><td>亲爱的孩子!走在我身边的女孩!</td><td>Dear Child! Dear girl! That walkest with me here,</td></tr>
<tr><td>即使你尚未感到庄严的信念,</td><td>If thou appear untouched by solemn thought,</td></tr>
<tr><td>天性的圣洁也不因此而稍减:</td><td>Thy nature is not therefore less divine:</td></tr>
<tr><td>你终年偎在亚伯拉罕的胸怀,</td><td>Thou liest in Abraham's bosom all the year;</td></tr>
<tr><td>虔心敬奉,深入神庙的内殿,</td><td>And worshipp'st at the Temple's inner shrine,</td></tr>
<tr><td>上帝和你在一起,我们却茫然。</td><td>God being with thee when we know it not.</td></tr>
</table>

在这首诗中,面对这西沉的巨大落日、感受着安恬美丽的傍晚,华兹华斯突然感觉到了伟大神性的存在。但是,奇怪的是他身边的小女孩却似乎对于这种神圣的感觉无动于衷。然而,更为奇怪是,华兹华斯突然意识到:"亲爱的孩子!走在我身边的女孩!/即使你尚未感到庄严的信念,/天性的圣洁也不因此而稍减。"这是为什么呢?华兹华斯告诉我们,这是因为"你终年偎在亚伯拉罕的胸怀,/虔心敬奉,深入神庙的内殿,/上帝和你在一起,我们却茫然"。布鲁克斯敏锐地注意到,这首诗的美来自一个"隐含的悖论"(underlying paradox):

> 为什么那个懵懂无知的姑娘比走在她身边那个对于神性具有自觉意识的诗人显得更加虔敬呢?这是因为她对于大自然中的一切——不仅仅

---

① 英文版本选自 Damian Walford Davies, ed., *William Wordsworth: Selected Poems* (London: J. M. Dent, 1994), p.195。译文选自杨德豫译:《华兹华斯抒情诗选》,第128页。

是宏大壮丽的景象——一直都充满着某种无意识的同情(an unconscious sympathy)。……她无意识的同情就是无意识的虔敬。她"终年"都在自然交流,因此她对神性的虔敬是一直持续的,而(作为成人的)诗人对于神性的感受却是零星的和偶尔的。

也就是说,该诗的魅力在于这样一个悖论:对神性一无所知的儿童对神性最为虔敬(因为她每时每刻都沉浸在自然神性的殿堂之中),而(成年)诗人却因为世俗云翳的遮蔽,只有在落日西沉这个特定的壮丽时刻才能够有意识地体悟神性。而这种有意识的神性体悟——布鲁克斯指出,就如同穿着黑袍的修女一样,其实"暗示的是一种做作的虔诚"——这与小女孩"懵懂无知的天真"所代表的最为本真的虔敬形成了鲜明对比。①

另一个例子来自华兹华斯的《威斯敏斯特桥上》。②

威斯敏斯特桥上	Composed upon Westminster Bridge
大地再也没有比这儿更美的风貌;	Earth has not anything to show more fair:
若有谁,对如此壮丽动人的景物	Dull would he be of soul who could pass by
竟无动于衷,那才是灵魂麻木;	A sight so touching in its majesty:
瞧这座城市,像披上一领新袍,	This City now doth, like a garment, wear
披上了明艳的晨光;环顾周遭,	The beauty of the morning; silent, bare
船舶,尖塔,剧院,教堂,华屋,	Ships, towers, domes, theatres, and temples lie
都寂然、坦然、向郊野、向天穹赤露,	Open unto the fields, and to the sky;
在烟尘未染的大气里粲然闪耀。	All bright and glittering in the smokeless air.
旭日金辉洒布于峡谷山陵,	Never did sun more beautifully steep
也不比这片晨光更为奇丽;	In his first splendour, valley, rock, or hill;
我何尝见过、感受过这深沉的宁静;	Ne'er saw I, never felt, a calm so deep!
河水徐流,由着自己的心意;	The river glideth at his own sweet will;
上帝呵!千门万户都沉睡未醒,	Dear God! The very houses seem asleep;
这整个宏大的心脏仍然在歇息。	And all that mighty heart is lying still!

这首诗被公认为是华兹华斯的名诗之一。但是,布鲁克斯指出,该诗到底

---

① Cleanth Brooks, *The Well Wrought Urn*, pp. 4—5.
② 英文版本选自 Damian Walford Davies, ed., *William Wordsworth: Selected Poems*, p. 294。译文选自杨德豫译:《华兹华斯抒情诗选》,第 147 页。

美在何处？有的人认为来自该诗"高贵的情感"(nobility of sentiment)，另外还有些人认为来自其"意象的鲜亮"(brilliance of its images)。但是，布鲁克斯指出，这些解释都不对，因为该诗只不过为我们展示了一幅晨光熹微中伦敦城的图景，其意象其实也不过是一些模糊的屋顶和教堂的尖塔。不仅如此，该诗还充斥着大量陈腐的辞藻和已经用滥了的比喻。那么，布鲁克斯问道："该诗的力量（power）到底来自哪里？"他的答案是，这种"力量"来自催生了该诗的"悖论情景"(the paradoxical situation)。① 布鲁克斯指出，面对晨光中的伦敦，诗人被深深地震惊了：大自然可以是壮丽的——如斯诺顿峰和白朗峰——但肮脏、喧嚣、嘈杂、拥挤的伦敦在刹那间何以也显得如此"奇丽"？因此，诗人发出了这样的惊叹："旭日金辉洒布于峡谷山陵，/也不比这片晨光更为奇丽；/我何尝见过、感受过这深沉的宁静！/河水徐流，由着自己的心意；/上帝呵！千门万户都沉睡未醒，/这整个宏大的心脏仍然在歇息。"因此，该诗的美和力量就来自这样一个基本的悖论：在晨光熹微的刹那间，作为工业文明代表的人造城市——一如华兹华斯笔下的水仙花和山间小溪一样——也突然展现出其"有机的"(organic)、自然的一面，即，人工城市其实也是自然的一部分。②

在此基础上，布鲁克斯非常新颖地重新解读了华兹华斯《〈抒情歌谣集〉序》中关于以微贱题材和村俗语言入诗这些浪漫主义研究领域内都耳熟能详的诗歌主张。他引用科尔律治对华兹华斯的评价："华兹华斯先生……认为他作诗的目的就是为日常事物（重新）赋予新奇的光彩，是为了激发其一种类似于超自然的感觉，其手段是把读者从习惯的麻木状态(the lethargy of custom)中唤醒，从而使得读者注意到展现在我们面前的这个世界上所存在的秀美与宏大。"布鲁克斯进一步解释道："简而言之，华兹华斯有意识地企图向他的读者展示这样一个基本事实：最为微贱的事物其实最是高贵的事物，最为平庸的事物其实最富有诗意的。"③这，就是悖论——是布鲁克斯所发现的华兹华斯以及所有浪漫派诗人的诗歌和诗学之所以成功的秘密。我们必须承认，这是

---

① Cleanth Brooks, *The Well Wrought Urn*, p.5.
② Ibid., 5—7.
③ Ibid., 7. 布鲁克斯的这个观点非常类似俄国形式主义批评家什克洛夫斯基所提出的著名"陌生化手法"。

浪漫主义研究领内对于华兹华斯《〈抒情歌谣集〉序》最为精彩的解读。①

在悖论—反讽诗学的指导之下,布鲁克斯在《华兹华斯与想象的悖论》一文中对华兹华斯的《不朽颂》进行了更为细致精微的分析。

众所周知,《不朽颂》也是华兹华斯广为传颂的名篇之一。批评界大多认为该诗表明了这样的主题意义:

> 这首诗……常被视为华兹华斯特别重要的作品。……爱默生认为这首诗标志着"19世纪诗歌的最高水平"。全诗大意是:人的灵魂来自永生的世界(即天国);童年离出生时间较近,离永生的世界也较近,因而能够时时在自然界中看到、感受到天国的荣光;以后渐渐长大,与尘世的接触渐渐增多,这种荣光便渐渐消失;但是无须悲观,因为永生的世界的影响仍有留存,童年往事还可以通过回忆而再现,只要善于从中汲取力量,并亲近自然,接受自然的熏陶,便依然可以感受到永生的信息,依然可以望到永生之海。②

黄杲炘也认为,在该诗中,华兹华斯所要表达的是一种关于人生历程的哲学思想:

> 人在幼年时期对自然界的影响比较敏感,是世界上欢乐和美的集中体现,因为婴儿直接来自创造了大自然的造物主,带有对前生那个世界的回忆。按照他的说法,人在童年时与自然界、造物主之间所具有的这种亲密关系,贯串于人的一生,使人的整个一生崇高而又幸福;然而社会生活和反自然的城市生活却在削弱和扭曲人的这种天赋,因此只有返回自然,去过简朴的生活,才能使人免除那种不幸。不仅如此,他感到人在童年时的天然本能和欢乐是人间的真正幸福,而一切人为的欢乐则很快就会让人感到厌倦。③

---

① 《悖论语言》一文所主要分析的并非华兹华斯的诗歌,而是多恩的《圣谥》。对于《圣谥》,布鲁克斯的基本观点就是:该诗既非体现了多恩对宗教的不敬,亦非表明了多恩对爱情的戏谑态度——多恩的爱情观和宗教观都是严肃认真的;将热恋情人比喻成宗教圣人所展现的恰恰是一个最为人们所忽略的悖论:最为凡俗的肉体之爱恰恰是最为神圣的精神之爱。

② 参见杨德豫译:《华兹华斯抒情诗选》,第245页。

③ 参见华兹华斯:《华兹华斯抒情诗选》,黄杲炘译,第12—13页。这个思想是对"好一个美丽的夜晚"中"最懵懂无知的儿童对于神性的感悟却是最为虔敬的"这个悖论更为明确的表达。

这些观点不仅代表了国内外华兹华斯学界对《不朽颂》主题意义基本一致的看法,事实上也得到了《不朽颂》大量文本证据的支撑——如"儿童乃成人的父亲"这句著名的论断。①

但是,并非所有人都对该诗给予肯定性评价。科尔律治对《不朽颂》就有不客气的批评。在《文学生涯》的第22章中,科尔律治论述了华兹华斯诗歌的五种弊病,最后一种就是"思想和意象太过巨大,以至于题材难以承受"。科尔律治将这个弊病称之为有别于"语言浮夸"的"思想浮夸(mental bombast)"——"在前者中,思想与表达思想的语言不成比例;在后者中,思想与引起思想的情景和触媒不成比例(a disproportion of thought to the circumstance and occasion)"。② 科尔律治举了三个例子来说明华兹华斯的这个弊病,第三个例子来自《不朽颂》的第八节中华兹华斯将一个6岁的儿童视为哲学家:

> Thou best philosopher, who yet dost keep
> thy heritage! Thou eye among the blind,
> that, deaf and silent, read'st the eternal deep—
> haunted forever by the eternal mind—
> might prophet! Seer blest!
> on whom those truths do rest,
> which we are toiling all our lives to find!
> In darkness lost, the darkness of the grave,

---

① 本书所用版本为 Ernest de Sélincourt and Helen Darbishire, eds., *The Poetical Works of William Wordsworth*, Vol. 4 (Oxford: Clarendon Press, 1966), pp. 279—285. 译文参考了杨德豫译:《华兹华斯抒情诗选》,第245—264页。需要指出的是,该版本以及诸多流行的版本(如 John O. Hayden, ed., *William Wordsworth: The Poems*, Vol. I [New Haven and London: Yale University Press, 1977])中的题记都是"The Child is Father of the Man:/ And I could wish my days to be/ Bound each to each by natural piety."(儿童乃成人的父亲;/我可以希望:/我一世光阴/自始至终贯穿着天然的孝敬。——杨德豫译)但是,在邓肯·吴和 D. W. 戴维斯所用的版本中,其题记则是"Paulò majora canamus"。根据邓肯·吴的注释,该句来自维吉尔的"Eclogue, iv I",意思是"Let us sing of somewhat more exalted things"(让我们歌吟更令人激动的事物)。见 Duncan Wu, ed., *Romanticism: An Anthology*, 3rd edition (Oxford: Blackwell Publishing Ltd., 2006), p. 538.; Damian Walford Davies, ed., *William Wordsworth: Selected Poems* (London: J. M. Dent, 1994), p. 314。

② S. T. Coleridge, *Biographia Literaria*, George Watson, ed., p. 258.

> thou, over whom thy immortality
> broods like the day, a Master o'er the Slave,
> a presence which is not to be put by…①

科尔律治认为,这一段问题很多:把儿童比作慧眼的这个隐喻太大胆,而且说眼睛是 deaf and silent(不听也不说)也显然不恰当;这个段落有句法含混甚至错误;a master o'er the slave 这个表达显然也不恰当等。但科尔律治认为,这些都还不是最成问题的——足以成问题的是:华兹华斯费劲地说了这么多,到底想要表达什么意思?比如,一个 6 岁的儿童在何种意义上是一个"卓越的哲人"?他如何"谛视着永恒之海"?在何种意义上最高的真理(Supreme Being)、"永恒的灵智时时"在儿童的"眼前闪现"?通过何种方式儿童被醍醐灌顶从而能够洞悉真理,因而可以享受"超凡的智者,有福的先知"这些称号?通过冥思?知识?顿悟?——总之,科尔律治的问题是:一个懵懂的儿童如何拥有华兹华斯所说的那些深邃的思想?②

在《科尔律治论想象》一书中,I. A. 理查兹逐一回答了科尔律治对《不朽颂》的批评。在理查兹看来,首先,"又聋又哑"(deaf and silent)的眼睛这个比喻就如同弥尔顿《利西达斯》(*Lycidas*)中出现的"聋嘴"(Blind mouths!)一样,没有什么不恰当的。这个手法其实就是修辞学中的"代换修辞法"(hypallage)——将用于描绘一种事物性质的形容词移植到另一种事物身上。理查兹指出,在《不朽颂》中,"眼睛"其实指代的是一种"灵视性的回应力量"(visionary responsive power)——只有在这种力量的作用之下,我们才能够臻于大音希声、大道无言的境界。③ 其次,上述所引诗句的句法也没有错,只是它需要读者用心去思考才能够予以理解:

> 读者必须注意到,眼睛是作为哲学家的隐喻而出现的——两者之间共享一个难以分开的意义。"心灵之于自然法则(的洞悉力)就如同视力

---

① "卓越的哲人!保全了异禀英才,/你是盲人中间的明眸慧眼,/不听也不说,谛视着永恒之海,/永恒的灵智时时在眼前闪现。/超凡的智者,有福的先知!/真理就在你心头栖止/(为寻求真理,我们辛劳了一世,/寻得了,又在墓穴的幽冥里亡失);/'永生'是凛然不容回避的存在,/它将你抚育,像阳光抚育万物,/它将你荫庇,像主人荫庇奴仆……"译文引自杨德豫译:《华兹华斯抒情诗选》,第 255—257 页。
② S. T. Coleridge, *Biographia Literaria*, George Watson, ed., p. 260.
③ I. A. Richards, *Coleridge on Imagination*, p. 133.

之于光芒"(的敏感)——科尔律治自己也曾经这样说。作为慧眼的哲学家无须做任何事情,只需要回应生命法则。"又聋又哑"只是进一步扩展了这个隐喻……儿童听不见(也听不懂)我们的声音,他无法告诉我们什么。华兹华斯从儿童那里得到的东西儿童自己无法讲述,他的沉默是全诗最为重要的因素。这一点,我们可以从老子的智慧那里得到印证——"知者不言,言者不知"……①

显然,科尔律治与理查兹隔代论战的焦点就在于《不朽颂》一系列悖论陈述(儿童是成人的父亲、儿童是伟大的哲学家、盲人具有慧眼、"我们的诞生其实是入睡")到底是否可以成立——这就如同最为懵懂无知的儿童比有意识感悟到神性存在的成人对神性更为虔敬这个悖论是否可以成立?科尔律治认为儿童不可能具有超凡的洞察能力,当然更不可能是成人的父亲——这些陈述属于难以理喻的悖论。而理查兹对华兹华斯的维护恰恰是从悖论在更高层次上的合理性入手的——他的出发点就是老子哲学中那种朴素的辩证法——智者不言、言者不知、大道无言、大音希声。而这个辩证法恰好就是布鲁克斯所发现的悖论!

布鲁克斯对于该诗的解读基本是沿着理查兹的路线推进的,但布鲁克斯的分析更为精细,充分显示出了新批评见微知著的文本细读功夫——虽然有些地方在我们看来因为过分细致而显得牵强附会、方枘圆凿。

布鲁克斯一开始就明确指出,《不朽颂》存在着大量的悖论(以及含混):

> 首先,该诗所运用的悖论远远多于我们的预料。对于这些悖论,华兹华斯自己可能意识到了,也可能根本没有意识到。其次,该诗展现出了一种贯穿全诗的象征。这一点可能并不令人惊讶。令人惊讶的是华氏的象征所体现出的大量的含混(ambiguities)。在该诗的个别地方(华兹华斯对于这些含混也显然只是部分意识到的),这些含混完全沦为彻头彻尾的混乱(confusion)。但不管怎么说,该诗中大部分含混都具有燕卜荪式的丰富而精妙的意义——正是这些含混使得该诗之中那些最为精妙的效果得以实现。再次,《不朽颂》中还有几种不同类型的反讽。事实上,该诗中

---

① I. A. Richards, *Coleridge on Imagination*, pp. 132—134.

有些主题只有通过反讽手法才能被呈现出来。然而,《不朽颂》的主要败笔或缺陷恰恰来自华兹华斯本人并非始终都愿意接受他自己的那些反讽所产生的全部效果。最后,从以上陈述我们已经能够估计到,尽管《不朽颂》有不少精彩的段落,但作为一首诗,《不朽颂》并非完全成功之作。但是,我们将从我们所认识到的含混象征(ambiguous symbol)和悖论陈述(paradoxical statement)入手(按照这两个问题展开:含混象征——光和悖论陈述——盲视与慧眼),尽我们最大的努力来捍卫该诗作为华兹华斯经典作品的地位。①

布鲁克斯的基本思想是:《不朽颂》其实并没有一个明确的、可供分析诠释的主题寓意,而是华兹华斯的想象力在一系列含混、悖论和反讽(也就是他所说的含混象征和悖论陈述)中的自然展开。因此,与其徒劳地寻找、挖掘华兹华斯到底想要说什么,或者说得对或错,不如将该诗当作"一个自在自为客体(an object in itself)"或"一个独立的诗歌结构(an independent poetic structure)"来考察。他指出:"读者将会惊讶地发现,当我们将该诗视为一个封闭的客体的时候,该诗本来有非常丰富的内容要说,但结果却到底说了多少。"②

布鲁克斯的分析冗长而散漫,为了清楚起见,我们下面的讨论将集中在一系列"含混象征和悖论陈述"中"光亮"这个"中心象征"所蕴含的悖论—含混的象征之上,因为布鲁克斯认为,贯穿于《不朽颂》中的中心象征是"光亮"(light)。然而,这个中心象征却呈现出明显的悖论性和含混性——太阳既是神圣之光又是使人们沉沦的凡俗之光。③

布鲁克斯分析说,在第一节一开始诗人就说他失去了某种东西。那么诗人失去的究竟是什么呢?布鲁克斯认为那是只有儿童才拥有的"一种灵视,一种显形(revelation)"④。正是这种灵视和显形给予了少年华兹华斯一双明亮的慧眼:"大地的千形万态,/绿野,丛林,滔滔的流水,/在我看来/仿佛呈现天国的明辉(apparelled in celestial light)……"因此,布鲁克斯认为,在第一、二

---

① Cleanth Brooks, *The Well Wrought Urn*, p.125.
② Ibid., 124—125. 这其实就是他反对诠释诗歌主题主张的具体体现。参见前文对《意义诠释的谬误》一文内容的介绍。
③ Ibid., 130.
④ Ibid., 128.

节中,华兹华斯就设立了"贯穿全诗的那个基本比喻的两极:接受光辉的俗世与给予光辉的太阳、月亮河星辰"①。

在这个基本隐喻的基础之上,从第 67 行开始华兹华斯就开始描述儿童如何一步步离开天国,开始了其成长,从而也是沉沦于黑暗、囚禁于牢笼之旅:"当儿童渐渐成长,/牢笼的阴影(shades of the prison-house)/便渐渐向他逼近。"布鲁克斯指出,如果诗人将这个比喻手法贯彻始终、完整运用的话,"我们应该看到的是成长的孩子将逐渐进入黑暗或至少是几近黑暗的领域之中:牢笼的阴影将完全笼罩那个孩子,少年将进入某个幽暗朦胧的西方(日落的)世界"②。即,我们应该看到的是身披天国霞光、拥有慧眼的纯真少年如何逐渐长大成人,如何由光辉的天国进入黑暗的世俗牢笼(shades of the prison-house)并逐渐丧失其明慧,最后变成一个个盲视的庸人。

然而,布鲁克斯指出,在《不朽颂》接来下的展开中,读者却遭遇一系列含混:盲视与黑暗并非想当然的就是洞见与光明的对立物(blindness and darkness are not the easy and expected antithesis to vision and light)。正如我们已经看到的那样,逐渐远离生命之源的世俗人生之旅的高峰并不是黑夜的降临,儿童成人之后并未进入黑暗的牢笼,而是生活在一个充满光亮的世界之中:"及至他长大成人,明辉便泯灭,/消溶于暗淡流光,平凡日月(fade into the light of common day)。"布鲁克斯指出,在这里,我们看到的是两种光亮的对比,而非黑暗与光亮的对比!这是一个完全令人迷惑不解的含混。③

此外,布鲁克斯还注意到,第九节中还有一个明显的含混——童年的记忆既是迷蒙的,但同时又是"我们整个白昼的光源",是"我们视野里主要的光焰"。当诗人向儿时的幻象表示感激的时候,他将这种幻象与盲视和幽暗——而非明辉——联系了起来:

> 我歌唱、赞美、感谢,
> 并不是为了这些;
> 而是为了儿时对感官世界、
> 对世间万物寻根究底的盘诘;

---

① Cleanth Brooks, *The Well Wrought Urn*, p. 127.
② Ibid., 130.
③ Ibid.

> 为了失落的、消亡的一切；
> 为了在迷茫境域之间
> 漂泊不定的旅人的困惑犹疑……为了早岁的情思
> 为了迷蒙的往事(shadowy recollections)——
> 它们不论怎样，总是我们整个白昼的光源(the fountain light of all our day)，
> 总是我们视野里主要的光焰(a master light of all our seeing)……①

布鲁克斯指出：

> 在此，我们清楚地看到，我们视野里一闪而过的神圣之光(supernal light)或主宰光焰(master-light)是来自"迷蒙的往事"(shadowy recollections)，即模糊的记忆。即使我们将"shadowy"理解为转瞬即逝、一闪而过，我们发现，我们还是难以不把这个词与阴影(shades)、幽暗(darkness)联系起来。考虑到该诗不断变换的视角，我们就会明白华兹华斯的基本思路，那就是：光与暗在不断地相互转换。②

也就是说，"光亮"这个主宰全诗的中心象征令人十分迷惑：它到底是属于燕卜荪意义上那种精妙的诗学含混(Empsonian ambiguity)还是源于华兹华斯思维的混乱(confusion)？

在布鲁克斯看来，"光亮"这个隐喻的难解并非源于华兹华斯思维的混乱，恰恰相反，它体现了华兹华斯诗思中的"精微和精妙"(subtlety and accuracy)：

> 我认为，将儿童比喻为太阳或月亮的隐喻在此依然活跃，华兹华斯对这个隐喻的依赖程度超过了许多批评家的认识，甚至他自己对此都有可能没有清醒的认识。如果说旭日的金辉照亮了梦幻一般明丽的世界，但随着它的逐渐升高，这个太阳逐渐成为它先前所创造并烛照的美丽世界的摧毁者……。事实上，诗中有一个关于太阳运行的深藏不露的隐喻：灵魂就如同我们生命的星辰，也就是太阳，它"原先在异域安歇"……少年就像太阳，随着运行轨迹逐渐由东向西去，将旭日的金辉逐渐抛在自己的身

---

① 译文引自杨德豫译：《华兹华斯抒情诗选》，第259页。
② Cleanth Brooks, *The Well Wrought Urn*, p.133.

后,从而逐渐接近凡俗的日常之光(the prosaic daylight)。但是,发出凡俗日常之光的也是太阳自己,就如同每天生活在凡俗日子中的俗世众生恰恰就是这种凡俗生命的营造者——对这种远离上帝和彼岸之光的俗态人生,凡俗众生蝇营狗苟、度日如年。①

布鲁克斯的解释啰唆、散乱,有些地方还显得相当牵强——如他认为华兹华斯在使用"迷蒙(shadowy)"这个词的时候预示了后面的"阴影(shades)、幽暗(darkness)"等;另外,他说"太阳逐渐成为它先前所创造并烛照的美丽世界的摧毁者,从而也使自己成为囚徒"就太牵强,不好理解——但其大意还是基本清楚的:华兹华斯的"光亮"隐喻本身的确是一个燕卜荪式的含混,但这个含混却超出了燕卜荪式的修辞层面,为我们传达了一种深刻而精微的人生悖论——人生被比喻为太阳运行之旅,一开始清澈明净、旭日金辉,逐渐地便被尘世的云翳和世俗功利追求所污染蒙尘;然而,反讽的是,在成人(尤其是对于一个曝晒在人生正午炽热光线之下的、功名利禄之心最为炽热的中年人)的眼中,童年时代那个纯真光亮的世界已经晦暗不清,浮华的俗世才是一片光明(但那种光亮已经不再是旭日的金辉了,而是凡俗尘光!)。因此,正如布鲁克斯所指出的那样,华兹华斯的视角一直在光亮与阴影、慧眼与盲视之间进行微妙的转换,这其实是在暗示我们注意光亮与晦暗、慧眼与盲视等一系列人生悖论:人生的正午虽然阳光炽热,却恰恰是离天国的本真之光最远的,因而也是最为晦暗的时候;成年人太过纠缠于功利算计,即因为沉溺醉心于"分析和解剖(analysis and dissection)",因而也就变得盲视,从而忘记了生命的本真,因此看似精明,其实却是盲人,恰恰是最为盲视之人。② 事实的确如此! 人到中年,功利之心最为炽热,所以虽然是人生的正午时分,阳光普照,但却也是人生当中最盲视、心灵最蒙尘的时候。最后一节中"对于审视过人间生死的双眸,/落日周围的霞光云影/色调也显得庄严素净"道出的应当是垂暮之人的心声:经历过人世间悲欢离合、荣辱沉浮之后,心灵终于又开始感悟到神性、天国的庄严。简言之,正午的阳光最为炽热,却也是人生之中最为凡俗,因而也是最为盲视的时候——人越是在清醒的时候就越不清醒,光在最为明亮的时候恰

---

① Cleanth Brooks, *The Well Wrought Urn*, p. 131.
② Ibid., 133.

恰是最有遮蔽性！因此，"光亮"这个含混的比喻其实论证了"儿童乃成人的父亲"这个该诗一开始就设立的论点。

然而，如果我们以为上述解读将华兹华斯写作《不朽颂》的主题寓意已经挖掘得十分清楚了的话，那就违背了布鲁克斯反对意义诠释这个新批评的基本主张。事实上，上述盲视与洞见、光亮与晦暗的悖论并不能首尾一致地证明"儿童乃成人的父亲"、儿童是哲学家、儿童能够眺望到永生之海等看似明确的（悖论性）主题寓意——因为在该诗最后一节中，我们突然遭遇了另一个诠释困难："对于审视过人间生死的双眸，/落日周围的霞光云影/色调也显得庄严素净……感谢人类的心灵哺养了我们，/感谢这心灵的欢乐、忧思和温存；/对于我，最平淡的野花也能启发/最深沉的思绪——眼泪所不能表达。"布鲁克斯指出，这说明，云霞"庄严素净的色彩"（sober colouring）是来自双眸而非云霞擦亮双眸（暗示是心灵给予了自然以意义，而非自然照亮了人的心灵）。而在最后两句中，平淡的野花给予心灵深刻的思想，而非从心灵那里获得思想（自然本身有其深刻的意义，能够照亮心灵）。对于两者我们分别理解都是有道理的。但是诗人所要告诉我们的是，两者看似矛盾，但同时都对——其实不矛盾。云霞庄严素净的色彩的确来自心灵（移情）。与此同时，野花虽然也展示出色彩，但野花给予心灵比心灵给予云霞更多——野花给予心灵的是思想和情感。

不仅如此，最后结尾这几行诗句事实上在一定程度上颠覆了对天国的光辉、儿童的稚心或者自然之美的赞美，而是对成熟心灵和深邃思想的颂扬——因为诗人最后感谢的不是上帝，而是"感谢人类的心灵哺养了我们，/感谢这心灵的欢乐、忧思和温存；/对于我，最平淡的野花也能启发/最深沉的思绪——眼泪所不能表达"。这充分表明，真正有能力洞悉自然的意义的，或者能够眺望到永生之海的似乎并非懵懂的儿童，而是人的心灵——只有"审视过人间生死的双眸"，才能够见出"落日周围的霞光云影子"及其"庄严素净"的色调，也才能够从"最平淡的野花"中读出伤感的眼泪所难以洞悉的"深邃的思想"。① 因此，在这里我们遭遇双眸（人的心灵）与野花（自然）的矛盾和含混：到底是心

---

① Cleanth Brooks, *The Well Wrought Urn*, p. 148. 或许正是困惑于这些矛盾，《不朽颂》的题记才会有两个不同的版本：1) "The Child is Father of the Man;/ And I could wish my days to be/ Bound each to each by natural piety." （儿童乃成人的父亲；/我可以指望；/我一世光阴/自始至终贯穿着天然的孝敬。）；2) "Paulò majora canamus." （让我们歌吟更令人激动的事物。）

灵给予自然以意义还是自然本身就具有内在意义?①

不仅如此,布鲁克斯还敏锐地注意到,诗人最后感谢的不是上帝——至少在本诗中没有感谢上帝,而是"人类的心灵",而且这个心灵并非该诗前面各节所一直推崇、讴歌的儿童纯净的心灵,而是"审视过人间生死"的成年人成熟心灵。这样一来,我们在前面自以为找到的"儿童乃成人的父亲""儿童是伟大的哲学家"这些讴歌童心的主题寓意就被颠覆了:真正让世人感动并感谢的并非自然,也非童心,而是成熟的心灵和深邃的思想! 布鲁克斯指出,该诗最后几节所呈现出来的理解困难"并非使全诗意义得以丰富的含混而是偏题的混乱"(not enriching ambiguities but distracting confusions):既然岁月的流逝使人成熟,从而获得哲学家那样的心智,那么,还未经岁月磨砺的儿童何以有资格成为"伟大的哲学家"? 于是,读者最后被彻底弄迷糊了:到底华兹华斯推崇的是纯真的童心还是成熟的智心? 是自然还是心灵?②

---

① Cleanth Brooks, *The Well Wrought Urn*, p.148. 这的确是一个值得注意的重大问题。在笔者看来,意义的来源应该是心灵——平淡的野花哪里可能有什么深刻的思想? 野花后面的思想其实是审视过人间悲喜的双眸看出来的。因此,华兹华斯所推崇的还是心灵和思想,而非自在自为的自然。就此而言,科尔律治的批评是有道理的:华兹华斯将自然过分神秘化了。童心—自然虽然是华兹华斯经常鼓吹的,但睿智的思想和具有洞察力的心灵同样也是华兹华斯诗歌和诗学的主要组成部分。也就是说,在华兹华斯的诗学思想中,自然的确有意义,但自然的意义却不是源于自然本身,而是心灵的赋予——这与源于道家美学的中国山水诗有所不同。笔者认为,《不朽颂》如果真正存在某些败笔或混乱的话,那就是华兹华斯一开始赞美儿童的纯真、霞光、慧眼,但最后给出的答案似乎还是承认成人的理性和睿智胜于儿童的纯真和懵懂。这其实是认识更高的层次。以禅宗认识论观之,华兹华斯在写作《不朽颂》的过程中经历了从儿童见山是山,到中年的见山不是山,再到经过人世沧桑以及自然熏陶的成熟的心灵见山又是山的三层境界。所以自然对于华兹华斯虽非意义之源,但却能够给予心灵以自由、滋养和熏陶,使得他能够重新获得业已失去的儿童的灵视。总而言之,根据叶维廉对中国山水诗的定义,华兹华斯的确不是以展现纯然山水为目的的诗人,而是仅仅以山水为触媒讴歌心灵的西方诗人。就此而言,布鲁克斯的批评也不是没有道理,华兹华斯在《不朽颂》中对于儿童的无意识的纯真与成人有意识的自我意识和成熟的心灵的确看法矛盾、含混。这都源于华兹华斯在自然和智心问题上的不清楚所致。关于英国自然诗与中国山水诗之间的异同,请参见叶维廉:《中国古典诗和英美山水诗美感意识的演变》和《美感意识意义成变的理路——以英国浪漫主义前期自然观为例》两篇文章。分别载于《叶维廉文集》(第壹卷),合肥:安徽教育出版社,2002年,第167—215页;《叶维廉文集》(第贰卷),合肥:安徽教育出版社,2003年,第80—123页。但需要指出的是,叶维廉建立在道家美学上的这个观点仍然流于简单化,因为他没有注意到语言对意识的建构作用,没有注意到语言、意识和自然三者之间的复杂关系。对于这个问题,请见下文浪漫主义研究中的解构主义范式的有关论述。

② Ibid., 149.

对于上述问题,布鲁克斯并没有做出明确的回答,而是指出:"该诗是关于人类心灵的——关于心灵的成长,心灵的本质和发展。该诗的中心就是理查兹所说的"想象的事实"(fact of imagination)。其中涉及神学、伦理学和教育等问题。但我们的重点却不是这些:华兹华斯的注释说他从来不强行给读者灌输前世论有助于支撑我们的观点。《不朽颂》的伟大即在于华兹华斯写作该诗的目的在于探讨诗人的职责——这个职责不是灌输什么东西给读者——他所做的仅仅是捕捉并呈现(dramatize)该诗中主要意象的不断变化关系(to dramatize the changing interrelations which determine the major imagery)。① 也就是说,在布鲁克斯看来,《不朽颂》并没有一个明确而统一的主题寓意,华兹华斯并没有想过要为我们"灌输"什么观念。该诗只是诗人对自己心灵成长以及想象过程的记录,这个过程并非逻辑严谨、环环相扣的分析推理,而是想象之流、经验之流的自然流淌。② 在这个过程中出现含混、反讽、悖论,甚至是前后矛盾也就不可避免了。正因为如此,布鲁克斯才在《意义诠释的谬误》一文中明确地声称,就像济慈的《希腊古瓮颂》一样,"华兹华斯的《不朽颂》不只是一首诗,而且是关于诗歌的寓言"。因为它是诗人想象力对诗歌写作过程的自然流露——虽然其中也有人工修改后留下的败笔。③

布鲁克斯的悖论诗学的基础在于科学语言(明晰)与诗歌语言(悖论)的区分。正如我们所看到的那样,在这种区分的指导之下,布鲁克斯敏锐地发现了大量存在于浪漫主义诗歌中的含混、反讽,尤其是悖论等修辞手法。这对于我们深入认识浪漫主义诗歌在语言—修辞领域内的贡献具有极大的启发意义。但是,布鲁克斯显然忽略了另一个重大的问题,那就是诗歌语言中的悖论并不仅仅只是一个语言—修辞的问题,而是涉及人们经验—情感的复杂性。当布鲁克斯指出华兹华斯《好一个美丽的傍晚》中"屏息"(breathless)一词所包含

---

① Cleanth Brooks, *The Well Wrought Urn*, p. 149.
② 《不朽颂》的写作经历了两个阶段,并非一气呵成的,布鲁克斯没有注意到这一点——当然,新批评也不关注作家传记之类文本之外的因素。关于《不朽颂》的创作过程,见 Mary Moorman, *William Wordsworth*, *a Biography*: *The Later Years*, *1803—1850*(Oxford: Oxford University Press, 1968), pp. 19—20; Jared Curtis, ed., *The Fenwick Notes of William Wordsworth*(Tirril: Humanities-Ebooks, 2007), pp. 159—161。
③ 布鲁克斯认为《不朽颂》的败笔主要在于"含糊"(vagueness)、"松散的结尾"(loose ends)以及"令人不解的反高潮(anticlimax)"三个问题。参见 Cleanth Brooks, *The Well Wrought Urn*, p. 149。

的"平静"(calm)与"巨大情感"(tremendous excitement)的并存的时候,他其实已经触及悖论语言后面的本质,那就是对人类经验、生命,乃至世界本身悖论性存在的反映。① 这其实是一个哲学问题,可惜新批评狭窄的形式主义视野限制了他们对这个重大问题的深入追问。

所以说,修辞意义上的悖论研究还需要从经验的复杂性入手做进一步推进。在这个问题上,理查兹和维姆萨特要高于布鲁克斯。在某种意义上,维姆萨特的《浪漫主义诗歌中自然意象的结构》一文为浪漫主义研究走出狭隘的语言—修辞范式,逐渐走向弗莱、艾布拉姆斯等人的认识论范式奠定了基础。

四、维姆萨特:浪漫主义诗歌中的自然意象结构

在上文中我们已经看到,《不朽颂》在儿童无意识的纯真和成人成熟的心灵之间的确存在着矛盾和含混,这些矛盾和含混都源于华兹华斯在意义究竟是源于自然还是心灵这个问题上前后不一致所造成的。我们应该如何来理解这个问题?理查兹关于浪漫主义想象论的论述有助于我们对这个问题进行进一步追问。

理查兹认为,在科尔律治(以及华兹华斯)对想象力的论述中存在着两个原则:"第一,诗人的心灵有时候能够穿越'日常生活的麻木和个人渴念的帷幕(the film of familiarity and selfish solicitude)',从而获得一种对现实的洞见。在此洞见观照之下,自然本身成为一种象征——象征着那深藏于自然背后或内部的、通常不为人们所察觉的某种意义。第二,诗人的心灵能够创造出一种自然,从而将他自己的情感、期望和领悟投射进自然之中。"② 也就是说,根据第一种原则,意义内在于自然之中——只有具有灵视的人(如儿童和诗人)才能够洞悉这种意义——《不朽颂》中的儿童由于还没有被日常生活的麻木和个人私欲所遮蔽,因而就能够看到自然所披着的"天国的光辉"(celestial light)。而根据第二种原则,意义并不存在于自然之中,而是主体心灵的投射和创造——《不朽颂》中平淡的野花那些眼泪所不及的意义与其说是内在于野花本身,毋宁说是诗人心灵创造的产物。这似乎是两个完全不相容的原则。然而,

---

① Cleanth Brooks, *The Well Wrought Urn*, p. 9.
② I. A. Richards, *Coleridge on Imagination*, p. 145.

在接下来的论述中,理查兹将问题引向了更为深入和复杂的符号语义学思考——即,在上述两原则所涉及的自然、心灵和意义三者之外,他又为研究浪漫主义想象论引入了"意象—概念"这一重要的因素,从而使得上述两种区分变得没有任何意义了。理查兹说:"想象不是将心灵的生命投射向第一义的自然,即,那种笼罩着并影响着我们的自然,而是投向了一种已经是我们情感投射的自然。原本死气沉沉的自然一旦能够被我们所理解,就是被我们创造出的另一个自然。这是一种我们根据自己的某些需要而改造过的自然。当我们'将人类精神投射给自然、从而赋予自然以生命',自然就被我们按照我们另外的某些需要改造了。"①这个观点值得高度重视:浪漫主义的想象力所投射并不是道家美学所说的那种自在自为的自然——在理查兹看来,那种自然根本就不存在——而是一种被我们的思想、情感、逻辑、语言所改造过的自然,是一种人格化的、情感化的自然。

在这里值得注意的是"我们的某些需要"这个表述:什么是我们的"需要"?理查兹指出,所谓"我们的需要"并非"源于我们自己",即,并非我们内在的某种需要,"而是来自我们与第一义自然的关系"。概而言之,理查兹在这里所说的"需求"就是我们需要认识外在自然的认识论需求。正是在这种需求的推动之下,我们创造了那个帮助我们认识自然的意象:"我们不创造所吃的食物、所呼吸的空气、所交谈的朋友,但是我们却根据我们与它们的关系创造出了关于它们的意象(image)。"②根据上下文,理查兹的"意象"并非指诗歌意象,而是相当于"符号"或"概念"——人对于世界的认识就是通过符号来进行的,符号、尤其是语言符号赋予人的观念世界以意义。简言之,我们所谓的自然或现实其实都只是我们观念中的符号化了的现实和自然。因此,理查兹接着指出:"在此,'意象'是一个具有歧义的、不令人满意的词,因为这个词有可能表明,所有意象……都是不具有实存性的或不真实的,都仅仅只是现实的摹本而非现实本身——也就是说,都仅仅只是虚构之物(figments)……说某物是虚构之

---

① I. A. Richards, *Coleridge on Imagination*, p.164. 着重号为笔者所加。华兹华斯的《丁登寺》中有这样的诗句,或可佐证理查兹的观点:"all this mighty world/of eye, and ear, —both what they half create,/and what perceive…"("……我耳目所及的森罗万象——/其中,有仅凭耳目察觉的,也有/经过加工再创造的……")相似的诗句也出现在《序曲》第一卷中。

② Ibid.

物等于就是设定某种比这种虚构之物更为真实的存在。然而事实却是：在我们的知识范畴中，没有什么东西比意象更为真实。说某物是意象就意味着存在着与该意象所对应的某个实体。然而事实却是：所有的对应（correspondence）都发生在意象之间。简言之，现实这个概念其实是来自意象与意象之间的比较，将这个概念用于意象与非意象的实体（之间的对应）是不恰当的推衍，因此反而使得现实这个概念本身变得谬误百出。"①

这一段话清楚地告诉我们，在理查兹看来，在我们的认识范畴中，并没有观念—符号及其所表征的现实之间的对应，所有对应都仅仅只是发生在观念与观念之间、符号与符号之间，与外在实体无关（这其实就是索绪尔的论点！）。也就是说，认识只是发生在观念—符号与观念—符号之间，而非观念—符号与真实现实之间。比如多恩的《别离辞》中，离别的爱人与圆规在现实上并不存在任何的相似性，只有将它们观念—符号化之后，这两种东西才具有可比性。这种将现实进行观念—符号化转化的过程就是心灵的创造过程，就是所谓的"巧智"（wit）。玄学诗有其巧智，新古典主义有其巧智，而浪漫派也有自己的巧智。前两者是故意在异中求同，而后者则是在巨大情感激发下的诗情想象展示两者的合一。但是不管怎样，浪漫主义的"合一巧智"也不是人与自然的合一，而仍然是被心灵改造了的自然与心灵的合一——也就是说仍然是观念与观念之间的合一问题——这与道家美学和中国古典山水诗所追求的以纯然之心容受未经符号—观念所分割的自然山水那种神秘主义认识论是完全不同的。

理查兹的观点将对浪漫主义自然诗的研究从布鲁克斯简单的悖论—反讽修辞引向了更为复杂的隐喻—符号修辞问题——这正是维姆萨特《浪漫主义诗歌中自然意象的结构》这篇文章的意义所在。

与布鲁克斯认为悖论是一切伟大诗歌共同的特征（不管是多恩的《圣谧》还是华兹华斯的《不朽颂》）不同，维姆萨特认为17世纪的玄学诗与19世纪的浪漫主义诗歌在本质上是完全不同的——这种不同主要体现在自然意象结构的历史性变化之中。也就是说，维姆萨特不是从具有普遍意义的诗歌形式—修辞入手来研究浪漫主义诗歌的，而是认为，英国浪漫主义诗歌的修辞手法具

---

① I. A. Richards, *Coleridge on Imagination*, pp. 164—165.

有历史的独特性,是英国诗歌历史发展的必然产物。① 这种历史—修辞性的研究方法比起布鲁克斯等人狭隘的语义—修辞更能够展示浪漫主义诗歌的独特(历史)本质及其认知模式。维姆萨特的观点在某种程度上可以被视为英、美浪漫主义研究领域内连接新批评和艾布拉姆斯之间的桥梁。

为了更清楚地理解维姆萨特的主要论点,让我们再次回到华兹华斯的《不朽颂》。《不朽颂》第9节中有一段著名的诗行:

> Hence in a season of calm weather
> Though inland far we be,
> Our souls have sight of that immortal sea
> Which brought us hither,
> Can in a moment travel thither,
> And see the Children sport upon the shore,
> And hear the mighty waters rolling evermore.
>
> 因此,在天朗气清的季节里,
> 我们虽幽居内地,
> 灵魂却远远望得见永生之海:
> 这海水把我们送来此间,
> 一会儿便可以登临彼岸,
> 看得见岸边孩子们游玩比赛,
> 听得见终古不息的海浪滚滚而来。②

对于这一段,布鲁克斯是这样解释的:

> 华兹华斯说过,儿童是最好的哲人,能"谛视着永恒之海"("read'st the eternal deep"——第8节第5行),这是诗中第一次非常明确地将儿童与永恒之海并置。那么根据这首诗,这些最好的哲人(即儿童——译者

---

① W. K. Wimsatt, "The Structure of Romantic Nature Imagery", in W. K. Wimsatt, *The Verbal Icon* (Lexington: University of Kentucky Press, 1967), pp. 103—116.
② 杨德豫译:《华兹华斯抒情诗选》,第261页。

注)是如何阅读这永恒之海的呢?那就是在海岸上的嬉戏。他们沿着海浪拍打的海滩,玩着小铁锹和沙桶。这是该诗唯一的明确展示儿童对永恒的"阅读"……虽然这片大海是永恒之海,海浪汹涌奔腾,但孩子们却并不感到害怕,而是感到很自在,他们充满了天真的欢乐。孩子们面对永恒的态度为其他哲人、为成熟的哲人做出了榜样,而其他哲人若要获得这种态度,势必要克服千辛万苦。对于孩子们而言,"真理栖息于心头","而我们则穷尽毕生苦苦探寻"。

因此,布鲁克斯认为:"这一段中存在着一个令人震惊的反讽(an ironic shock)——天真—欢乐与庄严—恐怖构成强烈对比——但是,我们不得不指出,这种令人震惊的反讽在最伟大的诗篇中几乎比比皆是,并不稀罕。"[1]布鲁克斯的意思是,这几行诗句是对前面"儿童是伟大的哲学家"这个悖论的进一步发挥(虽然他在这里用的是反讽这个术语):纯真的儿童在沙滩上游戏玩耍,对于汹涌的大海他们之所以没有任何畏惧之感,是因为他们就是大海—自然—永恒的一部分。因此,"天真—欢乐/庄严—恐怖"这对貌似对立的因素其实就是矛盾中的和谐、对立中的融合,是科尔律治理论的体现,也是布鲁克斯悖论—反讽诗学的核心。但是问题在于,这几行诗句语义之复杂却并非反讽—悖论能够穷尽的。一个简单的问题是:上述诗行中的"我们"是谁?"我们"与海滩上玩耍的儿童是什么关系?而且,请不要忘记,能够眺望"永生之海","看得见岸边孩子们游玩比赛,/听得见终古不息的海浪滚滚而来"的是"幽居内地"的"我们"而不是那些懵懂的孩子。因此,我们可以看出,布鲁克斯号称所有诗歌都具有的普遍存在的悖论—反讽论对于以《不朽颂》这一段诗行所体现的浪漫主义独特的隐喻修辞缺乏解释力度。

在维姆萨特看来,《不朽颂》这几行诗句的力量和美感不是来自"令人震惊的反讽",而是来自复杂的浪漫隐喻:

> 我们可以这样来解释这一节,在宁静心境之中,我们的灵魂回望灵魂所来的永生之海,就如同内陆的人在天气晴朗的日子里眺望送他们上岸的大海一样。在这里,喻本包含了灵魂、年龄和时间。喻体包含旅行者和

---

[1] Cleanth Brooks, *The Well Wrought Urn*, pp. 143—144.

空间。那么接下来的问题是：为什么我们在沙滩上看到了小孩？他们的出现在何种程度上增加了大海的庄严和神秘？或者说，他们是否的确增加了大海的庄严和神秘？答案是：在严格意义上，小孩不属于旅行者—空间这一喻体的一部分，而是属于灵魂—年龄—时间这一喻本。在时间和空间里回望的旅行者看到自己，就像看到沙滩上的孩子一样，就像从海水泡沫中诞生的维纳斯一样。这一节诗的用词非常精妙，展示了华兹华斯所说的想象力是如何通过修正力量（modifying power）将意象重重叠加起来。①

也就是说，《不朽颂》第 9 节中的力量并非来自反讽和悖论，而是源于难以清楚辨析的喻本—喻体之对立。如果一定要清楚辨析的话，那么我们只能够说，儿童仅仅只是该诗复杂喻本的组成部分之一。进而言之，回望大海的旅行者（喻体）所看到的就是时间的流逝和他自己灵魂的成长和思想的成熟（看到了他自己的儿童时代），因此，在这里，成人—旅行者与海滩上玩耍的儿童这一对喻体—喻本逐渐合二为一了。因此，"儿童"这个喻本就被回望大海的旅行者这个喻体"扭曲或修正了"。② 这就是维姆萨特所分析出的浪漫隐喻的复杂化问题。③

---

① W. K. Wimsatt, "The Structure of Romantic Nature Imagery", in W. K. Wimsatt, *The Verbal Icon*, p.115.

② Ibid., 114.

③ 维姆萨特指出，《不朽颂》这一段诗行典型地体现出浪漫主义诗歌在使用隐喻方面的创新，那就是，在强烈复杂的情感冲击中，喻本和喻体基本合二为一，难以区分。这与玄学诗以及新古典主义那种喻本—喻体截然对立、逻辑清晰的比喻是明显不同的。浪漫隐喻的这个特征也体现在雪莱的《西风颂》第 2 节中。维姆萨特指出："我们在雪莱的《西风颂》的第 2 节看到的是纷呈的意象及其急遽的转换：撕扯着天空的飞渡乱云、漫天纷扬的枯叶、天使和女祭司飞扬的乱发、挽歌、苍穹、水汽、一连串跨行的三连音（enjambment from tercet to tercet）——等这些都给我们一种超越了其极端的隐喻所要传达的那个喻体：大自然的狂野、力量和呼啸。"（W. K. Wimsatt, *The Verbal Icon*, p.115.）陆建德教授在《雪莱的流云与枯叶——关于〈西风颂〉第 2 节的争论》一文中也指出，雪莱虽然"渴慕一种平实沉稳的诗风"，但他的诗作却往往趋向"高蹈奇伟的风格"，缺乏"他本人暗中钦羡的'为力量的标志的平静'。《西风颂》堪称这崇高诗体的杰作：那五彩缤纷的词藻和呼啸而来的铿锵音节自有神奇的豪力，使读者如狂风下草木，无不靡披"。陆建德教授展开讨论的是《西风颂》中的几行著名诗句："Thou on whose stream, mid the steep sky's commotion,/ Loose clouds like Earth's decaying leaves are shed,/ Shook from the tangled boughs of Heaven and Ocean./ Angles of rain and lightening: there are spread/ On the blue surface of thine aery surge,/ like the bright hair uplifted from the head/ Of some fierce Maenad, even from the dim verge/ Of the horizon to（转下页）

那么浪漫隐喻何以具有如此的复杂性？在维姆萨特看来，问题关键就在于一种兴起于 18 世纪中期的"新感觉"以及由此而来的浪漫主义想象论对自然物象、认知模式的全面革新。维姆萨特指出，早在蒲伯的时代，英国诗歌中就已经开始出现"一种新感觉"（a new sensibility）以及用于传达该感觉的新的隐喻结构。① 那么，这种"新感觉"到底是什么呢？维姆萨特没有明确说明这种新感觉到底是什么，但是根据上下文以及英国诗歌的发展史推断，他所谓的新感觉可能就是指一种面对自然而产生的触景生情之感，它源于 18 世纪中期感伤主义的伤感与自然景物之美的混合，此种情感与景物的交织后来逐渐发展成为浪漫主义的自然—悲悯—崇高情怀。② 在《浪漫主义诗歌中自然意象的结

（接上页）the zenith's height, / The locks if the approaching storm."（没入你的急流，当高空一片混乱，/ 流云像大地的枯叶一样被撕扯/脱离天空和海洋的纠缠的枝干，/成为雨和电的使者：它们飘落／在你的磅礴之气的蔚蓝的波面，/犹如狂女的飘扬的头发在闪烁，/从天穹最遥远而模糊的边沿/直抵九霄的中天，到处都在摇曳/欲来雷雨的卷发。）英文版选自 Thomas Hutchinson, ed., *The Complete Poetical Works of Percy Bysshe Shelley* (London: Oxford University Press, 1961), p. 578；译文选自雪莱：《雪莱抒情诗选》，查良铮译，北京：人民文学出版社，1995 年，第 73 页。陆建德教授评论说，第四行"它们飘落"中的"它们"应该是指第二行似枯叶一样的"流云"。但是，"原文中由 there are spread 开始的一句的实际主语是第九节'欲来雷雨的卷发'"。因此，陆建德推断，查良铮肯定是经过一番琢磨后断定"飘扬的头发"和"欲来雷雨的卷发"所比的云就是流云，"故而大胆地用代词'它们'承前启后。可能出于同一考虑，译者在第八行添加了不见于原文的'摇曳'一词，与前面'流云像大地的枯叶'的形象呼应"。"不过"，陆建德教授追问："枯叶和闪烁的头发（bright hair）怎么可以同时用来比流云呢？"为了弄清楚这个问题，陆建德教授仔细研究了利维斯对《西风颂》第二节的分析："'流云'在什么方面和'枯叶'相似？两者在形状和色彩和动态上都不相像。只是那狂风乱舞，把云和树一扯在一起；如果第一行'急流'这比喻合适的话，那么它不是指云可以像树叶那样'脱落'（shed）在急流的水面上，而是增强了一种泛泛的'流动'（streaming）的效果，于是'脱落'一词用得不当就不为人注意。再说，什么是'天空和海洋的纠缠的枝干'呢？它们并不表指雪莱在他眼前所见到的景色里可以指给我们看的东西；显然，'枝干'由前一行的'枯叶'引申而来，我们不必问一问那究竟是怎样的树。我们也不应该仔细分析'急流'的比喻如何展开：那'蔚蓝的波面'应指天穹，既然有'磅礴之气'，那波面何以出奇地平滑……而且，暴风雨将至……和飘动的头发又有相干？"陆建德：《破碎思想体系的残编——英美文学与思想史论稿》，北京：北京大学出版社，2001 年，第 19—21 页。

① W. K. Wimsatt, *The Verbal Icon*, p. 105.
② 在西方世界，对自然之美的发现始于 17、18 世纪。在 17 世纪之前，崇山峻岭是"大自然的耻辱和病症，是原本美丽的自然之脸上长出的痈疽、囊疹、疱疹、肿块"。而到了浪漫主义时代，那些山峰"是上帝所建造的自然神殿"。尤其重要的是，自然山水在这个时候拥有了情感："'对我而言'，拜伦的恰尔德·哈洛尔德说，'高山就是情感'。……但是从维吉尔、贺拉斯、但丁，到莎士比亚和弥尔顿，高山却根本没有（拜伦所说的）情感。"参见 Marjorie Hope Nicolson, *Mountain Gloom and Mountain Glory: the Development of the Aesthetics of the Infinite* (Ithaca and New York: Cornell University Press, 1959), pp. 1—2。根据尼科尔森的研究，这股新的审美风潮的兴起有很多原因——如 17、18 世纪欧洲盛行一时的中国风（*chinoiserie*）以及哥特建筑艺术的复兴等，但在英国，朗吉弩斯的《论崇高》一文的发表和英文翻译可能也是这股风潮的主要推动因素之一。See Marjorie Hope Nicolson, *Mountain Gloom and Mountain Glory: the Development of the Aesthetics of the Infinite*, p. 30。

构》一开始,维姆萨特就指出,浪漫主义诗歌的读者拥有与新古典主义时代读者完全不同的"感知"——"蒲伯时代令人激动的'粉扑、香粉、美人斑、《圣经》、情书'到了华兹华斯时代却风光不再"。总之,在华兹华斯时代,人们认识到:"崇山峻岭是情感,城市的喧嚣是折磨。"①维姆萨特所说的这种新感觉其实就是诗人面对自然景物而生发出来的强烈情感,将这种情感外化即为浪漫主义的自然诗。维姆萨特指出,这个新的感觉首先出现在汤姆森(Thomson)的《四季》(*Seasons*)以及柯林斯(Collins)等人的作品中。但是,维姆萨特指出,18世纪的这些早期的自然诗虽然朦胧地传达出了一种对自然的新感觉,但他们的诗中却明显缺失某种能够将这种新感觉"具体化或客体化"(embody or objectify)的诗歌结构。所以,"对于这种新感觉,似乎这些另一个时代的先驱者们只是感觉到了,但还不是那么强烈,因而还难以为他们的那些感觉找到一种相对应的客体来清楚地将其言说"②。注意维姆萨特在这里提到的将对自然的感觉予以"客体化"的观点。所谓的"客体化"其实就是后来浪漫主义诗歌标榜的主体心灵将其情感投射到外在自然景物之中、将其概念—符号化,并最终找到一种能够传达出此种新感觉的恰当修辞方式,这就是一种与玄学诗与新古典主义诗歌异中求同、追求认知、卖弄巧智的比喻完全不同的新的隐喻方式:浪漫隐喻。③

然而,维姆萨特指出,对于浪漫主义的自然诗的本质,多年以来学术界有着诸多不同的解释理解,如,

> 认为这种诗歌是自然神学、牛顿物理学和泛神自然主义的融合——这种融合贯穿在华兹华斯写作《丁登寺》时那些典型的华兹华斯式的风景之中;科尔律治《风奏琴》("The Eolian Harp")当中的一神论;即使在雪莱的《普罗米修斯的解放》也无法解决的、存在于法国无神论与柏拉图唯心

---

① W. K. Wimsatt, *The Verbal Icon*, pp. 103—104.
② Ibid., 105.
③ 显然,维姆萨特的浪漫隐喻与理查兹的符号—观念论有相似之处。上文中我们已经介绍了理查兹的观点:浪漫主义自然诗并非是对自然的纯然呈现,而是将自然情感化—观念化。在这样的自然诗中,自然就不是纯然的物象,而是被诗人心灵投射改造后的概念,物象因而被改造为隐喻。但是浪漫隐喻(即维姆萨特所说的意象结构)之所以具有独特性,就在于浪漫情感的强烈参与,从而使得浪漫隐喻变得极其复杂,喻本和喻体相互交织融合,难以区分,以至于被许多人误解为是心灵与自然的交融。事实上浪漫主义诗歌并没有达到艾布拉姆斯所说的那种主客体交融,而是理查兹所说的观念—符号、喻本—喻体的交融。

论之间的矛盾,等等。我们甚至还被告知,浪漫主义自然诗中还存在着一些纯粹的科学主义的味道——如那些源于地质学、天文学、电磁学,以及电磁学家们所研究的神秘的绿色光亮(在雪莱诗歌中被转化为"大地的精气")。

但是,维姆萨特却认为,这些解释统统有问题。要完全理解浪漫主义自然诗的本质,我们必须回到浪漫主义的想象论。他指出:"浪漫主义的想象论,尤其是科尔律治从德国哲学那里挪用来的观点——诗歌想象具有一种将异质因素综合协调起来的力量(esemplastic power)——这种力量能够将我们对世界的初始意识重新整合为象征,从而借此感悟到神秘神性的存在。"①而自然山水就是科尔律治所言能够引领诗人意识通往神秘领域的那种具有将异质因素融合协调起来的象征。② 因此,维姆萨特说,我们在阅读浪漫主义自然诗的时候所面对的主题虽然是自然和对于自然本身(花鸟林木丘壑溪流)的特殊感觉,但最为根本的问题却在于浪漫主义自然观背后的"生命论"——一种基于生命原则的形而上学(a metaphysic of an animating principle),以及一种一直处于争论之中关于"诗歌想象的理论"。也即,归根结底,浪漫主义研究的核心问题就是弄清楚"浪漫主义诗歌(具体而言就是浪漫主义的自然诗)是否的确展示出了一种想象的结构(imaginative structure)——这个结构就是(想象的)主体、哲学、感性以及理论构成的对应物,同时也是对想象理论的解释"③。简言之,在这篇文章中,维姆萨特研究的核心问题就是重温浪漫主义的诗歌想象—认知论,但其最终目的是揭示浪漫主义诗歌独特的意象—隐喻结构以及这种意象结构背后所涉及的诗人的主体性问题、哲学背景、新的感觉—认知模式等。我们将会看到,对于这些问题的深入分析,维姆萨特的浪漫主义研究在新批评阵营内无出其右。

为了更好地理解浪漫主义自然诗独特的意象—隐喻结构,维姆萨特首先梳理了从17世纪玄学诗歌到18世纪新古典主义诗歌中的隐喻结构的变迁。他认为,多恩的《别离辞》中那个将离别的爱人比作圆规的玄学怪喻虽然在多

---

① W. K. Wimsatt, *The Verbal Icon*, pp. 103—104.
② 在此,维姆萨特提到了科尔律治的象征论,但可惜他只是一笔带过,没有充分展开。在下文《解构主义批评与英国浪漫主义研究》一章里,我们会通过德·曼再次回到这个重要问题。
③ W. K. Wimsatt, *The Verbal Icon*, p. 104.

恩诗歌中被解释得似乎十分圆熟，然而这个比喻显然是十分牵强的：活生生的爱人与冷冰冰的金属这两个意象对比所展示出的与其说是两者之间的相似之处，不如说是明显的差异。因此，维姆萨特指出："多恩完全是以一种半命令式的口吻强迫读者接受这个怪喻——也就是迫使读者注意两者之间的差异，迫使读者绞尽脑汁刻意地去进行异中求同。也就是说，在这个玄学奇喻中，喻体与喻本之间的差异远超其相似性，因而形成两者之间的张力。"① 应该说，维姆萨特对于玄学奇喻"异中求同"的认知论特质的发现是非常具有创见的。或者说，玄学奇喻与其说是在卖弄所谓的"玄学巧智"（metaphysical wit），毋宁说是一种探索事物的认知方式。诗歌隐喻的这种张力性认知探索一直持续到18 世纪的新古典主义诗歌之中，因而构成了新古典主义机趣（neo-classical wit）。他的例子是蒲伯《论批评》的两句诗："'Tis with our judgments as our watches, one,/Go just alike, yet each believes his own."（我们的判断就像我们的钟表一样，/虽然同样滴答行走，但各自认可的时间却不同。）这种将判断比做钟表的手法其实反映出的是新古典主义对认知的追求——在完全不同的事物中去寻求相似性。维姆萨特指出，蒲伯的这种隐喻结构也大量出现在萨缪尔·约翰逊的英雄双韵体以及其他新古典主义诗歌作品中。

但是，维姆萨特也注意到，与玄学诗那种喻体—喻本之间因为明显的差异而形成的强烈张力相比，18 世纪诗歌比喻中的喻体与喻本之间的距离开始有所接近，张力逐渐舒缓。到了浪漫主义时期，强烈情感的冲击之下，喻体—喻本便逐渐合二为一了。

为了进一步说明这个问题，维姆萨特比较了鲍尔斯的《致衣钦河》（"To the River Itchin", 1789）与科尔律治模仿鲍尔斯的《致奥特尔河》（"To the River Otter", 1796）。②

---

① W. K. Wimsatt, *The Verbal Icon*, pp. 104—105.
② 科尔律治明确承认该诗是对鲍尔斯的模仿。维姆萨特指出，科尔律治的诗歌灵感最早就是来自鲍尔斯，而且他对鲍尔斯毫"无保留的仰慕"一直持续到1796 年。华兹华斯与骚赛也都一度迷恋鲍尔斯的十四行诗，他们都拥有与新古典主义不同的新感觉。在维姆萨特看来，鲍尔斯体悟到了那种对于自然的新感觉，但他对于这种感觉传达却还停留在哈特利式的机械联想层次上——这种机械联想大概相当于中国山水诗兴起之前，尤其是《诗经》中经常出现的起兴——也即，还没有上升到浪漫主义的有机想象所产生的喻本—喻体交融合一那样的认知高度。Ibid., 107。

第一章 新批评与英国浪漫主义研究

《致衣钦河》这样写道:

> Itchin, when I behold thy banks again,
> Thy crumbling margin, and thy silver breast,
> On which the self-same tints still seem to rest,
> Why feels my heart the shiv'ring sense of pain?
> It is, that many a summer's day has past
> Since, in life's morn, I carol'd on thy side?
> Is it, that oft, since then, my heart has sigh'd,
> As youth, and Hope's delusive gleams, flew fast?
> Is it, that those, who circled on thy shore,
> Companions of my youth, now meet no more?
> Whate'er the cause, upon thy banks I bend
> Sorrowing, yet feel such solace at my heart,
> As at the meeting of some long-lost friend,
> From whom, in happier hours, we wept to part.

> 衣钦河,当我再次目睹你的两岸
> 你倾圮的河堤,你粼粼波光,
> 似乎仍然闪烁着当年的色彩,
> 为何我的心中却翻涌着阵阵痛楚?
> 是否——自从儿时我在你岸边纵声欢歌之后
> 无数个夏日已经悄然流逝?
> 是否——从那时起,我在心中常常悲叹
> 青春和破灭的希望飞速流逝?
> 是否——那些曾经在水边围成一圈
> 游戏欢唱的少时玩伴,已经消失无踪?
> 不管原因为何,在你的河岸边,我踯躅
> 怅惘,但内心深处却也感到一丝慰藉,
> 就如同看到一位多年未见的老友,

我们曾经共度美好时光,但最后却洒泪告别。①

在此,我们看到的是一种与新古典主义完全不同的典型的感伤时代(the age of sensibility)的感伤情感:岁月的流逝如同滔滔河水一去不复还,时间之流如同衣钦河水,冲淡了儿时的幻象和一个个快乐的日子,不仅带走了儿时的玩伴,还带来诗人一个又一个青春梦想的幻灭和打击。维姆萨特指出:

> 当诗人再次回到衣钦河畔,那种怀旧的感觉带给他的既是感伤又是慰藉(sorrow and consolation)——一连四个反问句和结尾处的感叹句都表明了这种百感交集的情绪。在此,衣钦河的景色以及那种景色对于诗人某种情感的唤起是一个十分重要的问题——"倾圮的河堤"具有隐喻暗示(metaphoric suggestions:隐喻过去的美好日子已经沉淀为记忆的碎片?),波光粼粼的水面上那些幻觉般的斑斓色彩令人惊讶地依旧闪烁,而他的青春和希望却消失殆尽。②

在这里,"倾圮的河堤"所隐喻的就是过去的美好日子如同"倾圮的河堤"与"粼粼波光"一样,已经消散为记忆的碎片。因此,维姆萨特进一步指出,在该诗中,风景与岁月之间的关系仅仅是

> 一种基于时间相邻性(by contiguity in time)的简单而机械的联想(association)——即一种基于休谟或哈特利(Hartley)联想论的东西,或类似于黑兹利特在《论乡村之爱》("On the Love of the Country")一文中所提出的观点:"我们之所以爱自然……是因为自然景物让我们联想起了儿时的童趣……联想起了我们独处时的那种孤寂感……因此我们爱自然一如爱自己。"③

也就是说,鲍尔斯虽然展示了一种英国诗歌传统中几乎没有过的新的触景生情的诗歌写作模式,但是,开篇的景物描写在《致衣钦河》中仅仅是引起作者自己感慨的触媒,即,维姆萨特所说的哈特利式的机械联想——这有点像

---

① 引自 W. K. Wimsatt, *The Verbal Icon*, p. 106, 中文为笔者所译。
② Ibid.
③ Ibid., 106—107.

《诗经》中常常出现的"起兴"——风景仅仅是作为引出情感的机械背景而存在,或者说,情感仅仅是被机械地附着在风景之上的。正因此,维姆萨特指出,鲍尔斯十四行诗中"充满了说教意味的感伤",尤其明显的是"这种感伤情绪和自然景色之间的人为联系(asserted connection)",即,机械联想。

在分析了鲍尔斯的《致衣钦河》以自然景色为起兴的触媒和哈特利式的机械联想之后,维姆萨特转而分析并比较了以科尔律治《致奥特尔河》为代表的浪漫主义自然诗的特征,从而为我们展示出了18世纪中期的风景诗与浪漫主义的自然诗之间的根本区别。① 在《致奥特尔河》中,科尔律治这样写道:

> Dear native Brook! Wild Streamlet of the West!
> How many various-fated years have past,
> What happy and what mournful hours, since last
> I skimmed the smooth thin stone along thy breast,
> Numbering its light leaps! Yet so deep imprest
> Sink the sweet scenes of childhood, that mine eyes
> I never shut amid the sunny ray,

---

① 根据维姆萨特的论述,科尔律治早在1796年的时候就已经开始关注更为复杂的联想的本体基础问题——如各种层次的相同、感应和类比——在那些层次上,心智行为超越了简单的"联想回应"(associative response),即,一种18世纪末那些联想论者以及浪漫派诗人都耳熟能详的、具有统摄综合(unifying)功能的能力:想象。1796年,科尔律治给自己的那个十四行诗集所写的序言中提到"心智和物质世界那种甜美的、不可分离的融合"。维姆萨特认为这个观点既适用于对鲍尔斯十四行诗的理解,也适用于解读那些最为优秀的浪漫主义诗歌作品。维姆萨特还提到,在1802年写给索斯比(Sotheby)的一封信中科尔律治强调说:"诗人的心灵不仅应该与理智(heart and intellect)相互融合,而且还应该与大自然的壮丽景色紧密融合统一,而不仅仅只是松散机械地混合在一起。"在同一段中,科尔律治评论鲍尔斯的后期诗歌创作时说:"鲍尔斯有诗人的敏感(sensibility),但缺乏一个伟大诗人应有的激情(passion)……他缺乏这种本能的激情(native passion)是因为他不是一个思想者。"Samuel Taylor Coleridge, "To Willam Sotheby", 10 September 1802, in Earl Leslie Griggs, ed., *Collected Letters of Samuel Taylor Coleridge*, Vol. II (Oxford: Clarendon Press, 1956), pp. 864—865. 这段话其实如同《政治家手册》一样,阐述了科尔律治对于象征和寓言的区分。"鲍尔斯缺乏激情,因而也就缺乏思想"——这个论点充分表明,在科尔律治看来,鲍尔斯的那种以风景来起兴式的作品显得机械而做作,因为他难以将情感和风景融合起来。而科尔律治本人所坚持的"心智"风景"甜美的、不可分离的融合"的真正原动力就是浪漫主义想象力的功能。在这里我们再次看到,科尔律治大力推崇的心灵与自然应该通过想象有机地融合起来,而不是像以鲍尔斯为代表的18世纪诗歌那种将风景仅仅作为寓言装饰——这与科尔律治推崇象征贬斥寓言也是有关联的。关于科尔律治在象征与寓言问题上的论述以及德·曼对科尔律治的批判,参见本书第三章。

But straight with all their tints thy waters rise,
Thy crossing plank, thy marge with willows grey,
And bedded sand that veined with various dyes
Gleamed through thy bright transparency! On my way,
Visions pf childhood! Oft have ye beguiled,
Lone manhood's cares, yet waking fondest sighs:
Ah! that once more I were a careless Child!

故乡亲爱的清流啊！西部奔涌的溪水！
多少个宿命的岁月已经逝去,自从上一次
我扔出平滑的薄石片在你的水面飞起水漂,
轻快的水漂跳跃着掠过水面,我嘴里数着次数！
然而童年甜美的日子却深深地镌刻在心底,以至于
即使在炫目的阳光里我也从未闭上凝望的眼睛,
而是直视你的河水泛起的五彩斑斓,
你河上的浮桥,你河岸凋败的垂柳,
以及流光溢彩的砂砾河床
都泛映在明净清澈的水面！踯躅在河岸,
我的心中不断泛起童年的幻景！它们常常帮助
一个孤独的成人驱走烦扰焦灼,
但是一旦清醒却未免长叹:
哦！我是多么希望回到那一个无忧无虑的童年时代！①

踯躅徘徊于河岸边,目睹儿时曾经的甜美景色,回忆带来了错觉与伤感——这一切都几乎是鲍尔斯《致衣钦河》的翻版。"然而",维姆萨特提醒读者:"我们应该注意到其中一个细节,在科尔律治的这首诗中,言说者的目光一直扫视着客体,景物细节更为丰富,画面也更生动。"也就是说,在《致奥特尔河》中,科尔律治没有呈现鲍尔斯诗中那一连串做作的问句。然而,维姆萨特

---

① 该诗版本选自 Ernest Hartley Coleridge, ed., *The Complete Poetical Works of Samuel Taylor Coleridge* (Oxford: The Clarendon Press, 1912), p.48。中文为笔者自译。

认为,景物描写的细致生动并不是该诗比鲍尔斯的《致衣钦河》更为优秀的根本原因:

> 画面的生动与诗人所注入的某些思想观念有关系。……儿时的诗人,纯真自由,自然率性一如淙淙的溪流。诗人通过对一个最为无忧无虑的童趣细节来回忆童年的美好日子——用薄石片在水面上打水漂。人们一般会认为那些儿时的游戏就如同沉入河水中的石片一样消失殆尽了,但诗人却用"yet so deep imprest"表明儿时的记忆非常深刻。当他闭上双眼,那些美好的记忆立刻浮现出来——"rise"这个词可以被理解为某种比喻,暗示全诗没有明说的那个明喻——如河水水面变幻的斑斓色彩。它们从记忆——那些沧桑浮沉的岁月的深处闪现出来——如河床底部那些斑斓色彩。①

也即,在科尔律治的这首诗中出现了一个典型的浪漫比喻:河水的奔流与记忆岁月的流逝。但是这个比喻并没有像鲍尔斯诗中那样机械地被附着在风景之上,而是相互交融在一起的。即,诗人不是机械地将其感伤怀旧的情感附着在风景之上,而是注入风景之中,因而造成了情感与风景、心灵与外物的交融(如薄石片打水漂这个意象就将外物与主体的情感——岁月的流逝和人世的沉浮——完美地融合在一起)。维姆萨特将这种复杂浪漫隐喻手法称为"浪漫巧智"(romantic wit):

> 这首十四行诗的景物细节描绘之所以如此生动形象是因为科尔律治为那些外在景物注入了意义。这是一种特殊的感物方式(a special perception),我们或可以用"创造"(invention)、"想象"(imagination),甚至是"巧智"(wit)来命名这种新的感物方式。其中的丰富意义需要读者运用自己的巧智才能够发现和品味。

维姆萨特接着指出,这种以创造性想象为主的新的感物方式完全不同于哈特利联想论式的直白陈述,"后者不会引起质疑,因此也无须自我证明"②。

然而,在维姆萨特看来,为景物注入意义——即将风景人性化—主体化

---

① W. K. Wimsatt, *The Verbal Icon*, pp. 108—109.
② Ibid., 109.

(这正是理查兹的观点,但是维姆萨特没有认识到,将风景主体化的本质并非情景交融、主客体融合,而仅仅是观念—符号与观念—符号的融合)——却并不能够完全解释清楚浪漫主义自然诗的全部意义。因为这种意义的注入事实上采用了一种独特的修辞手法:维姆萨特将其称之为"浪漫巧智"(romantic wit)的浪漫隐喻。维姆萨特指出,就修辞分析而言,这种浪漫巧智与玄学巧智之根本不同就在于"前者更少使用后者经常采用的对于喻本、喻体之间的相似点的强调和直接陈述——从亚里士多德到文艺复兴的修辞学中,这种直接陈述手法一直占据重要地位"①。也就是说,浪漫巧智的核心不是刻意地强调喻体与喻本之间的异中之同,强调喻体与喻本之间的张力——而是恰恰相反,模糊了喻体与喻本之间的界限,因而造成了隐喻几乎难以察觉。因此,维姆萨特更进一步阐述道:"在(科尔律治的)这首诗中,其隐喻几乎不被意识到。也就是说,喻体和喻本围绕着同一题材,相互交织在一起并平行展开。奥特尔河的景色既是引起回忆的触媒(occasion of reminiscence),同时又是诗中一系列隐喻的来源(正是依靠这些隐喻诗人才能够言说他的回忆——这是科尔律治与鲍尔斯的根本区别)。"②因此,维姆萨特指出,在这种典型的浪漫隐喻中,

> 喻本基本上是主体性的回忆、悲伤或被欺骗感,而非与喻体完全不同的某个客体(如同多恩诗歌那种恋人或恋人的灵魂与圆规的双脚那样大的差异)。正因为如此,鲍尔斯、科尔律治以及其他浪漫主义诗人都强调情感的自然兴发和真诚流露。也正因为如此,(在浪漫主义诗歌中)才会不断出现太一与风行(One Being and Eolian Influence)的主题以及华兹华斯的那种"内在心灵与外在自然律动之间的盎然交融"之说。在那种(浪漫主义)诗歌结构中,对异质性之间的张力因素的强调远非玄学巧智那样重要。其兴趣不是来自我们对异质性中的相似性的认识和强调,而是恰恰相反——在多彩多姿的大千世界的内部去发掘那种万物合一的神

---

① W. K. Wimsatt, *The Verbal Icon*, p.109.
② Ibid. 着重号为笔者所加。维姆萨特指出:"具有如此结构的诗歌作品典型地展示了那种谬误(或策略),其中,死亡往往发生在冬天或深夜,恋人往往在春日的乡村幽会。"维姆萨特在这里所说的"谬误"(fallacy)大概就是指罗斯金所谓的浪漫主义想象的情感误置(pathetic fallacy),其实也就是说外在景物与内在情感存在着内在感应:冬天的肃杀对应死亡感、春日的暖意对应温馨的爱情。显然,这个观点与弗莱《批评的解剖》中关于四季与四种文类相互对应的论点极其相似。

性设计。①

也就是说,在浪漫主义风景诗中,喻体(风景)与喻本(诗人主体情感)之间其实难以做出清晰的区分——如多恩的恋人与圆规那样。在浪漫风景诗中,主体情感与外在景物融为了一体,传统隐喻中那种因为喻体/喻本之间的差异而导致的从事物的差异性中看出相似性的认知功能已经不复存在——在浪漫隐喻中,由于诗人强烈情感的参与,喻体—喻本都已经被概念—情感化,它们之间的距离因而大大缩小,甚至合二为一。进而言之,维姆萨特在这里想要表达的是风景之于浪漫主义诗人的重要性就在于某种类型的风景与某种类型的心灵感触之间的相似性或共鸣性。这与《诗经》中那种找一种与内心情感相似的外在风景来起兴的手法相似。但浪漫主义风景诗比《诗经》更进一步,想要追求的是情景交融或主客体的合一,追求外在风景与内在心灵的交融。然而,我们必须指出的是,这种交融却仍然是一种隐喻——只不过是一种非常复杂的隐喻——如雪莱《西风颂》在西风中飞扬的乱发与枯叶。

那么,这种独特的浪漫修辞是如何形成的呢?维姆萨特用华兹华斯的想象论对这个问题进行了精彩的分析。维姆萨特指出,在《〈诗集〉(1815)—序言》(*Preface of 1815*)中,华兹华斯论及想象的抽象和修正力量:"人的头脑中由于受到某些本来明显存在的特性的激发,就使这些形象具有它们本来没有的特性。想象的这些程序是把一些额外的特性加诸于对象;或者从对象中抽出它的确具有的一些特性。这就使对象作为一个新的存在,反作用于执行这个程序的头脑。"②他的例子是他自己的作品《决心与自立》。当华兹华斯看到一位在沼泽中捉蚂蟥的老人时:

  那里,我意外地看见一个男子,

---

① W. K. Wimsatt, *The Verbal Icon*, pp. 109—110.
② W. J. B. Owen and Jane Worthington Smyser, eds., *The Prose Works of William Wordsworth*, Vol. III (Oxford: Clarendon Press, 1974), p. 32. 中文见伍蠡甫、胡经之主编:《西方文艺理论名著选编》(中卷),北京:北京大学出版社,1989年,第60—61页。应该特别提醒中国华兹华斯研究界注意的是,华兹华斯于1815年选编出版了他的第一部自选诗集(*Poems, 1815*),并写下了这篇《序言》——国外华兹华斯学界一般都将其表述为"*Preface of 1815*",本书将其命名为《〈诗集〉(1815)—序言》。该《序言》并非《抒情歌谣集〉序》的1815年版,因为根本就没有一个所谓的《抒情歌谣集》"1815年版"。伍蠡甫和胡经之主编的《西方文艺理论名著选编》(中卷)将其标为《抒情歌谣集一八一五年版序言》有误。

> 看来,满头白发的他老迈之至。
> 像有时见到的一个巨大石块,
> 横卧在一个草木全无的高处;
> 一切看到它的人都感到奇怪:
> 它如何来到那里?原先在何处?
> 看起来它像一只有知觉的动物:
> 像一头海兽爬着,要去礁石上
> 或者海滩边休息,要在那儿晒太阳。①

在这里,捉蚂蟥的老人被比喻成为一块石头,石头又被比喻为一头爬上海滩晒太阳的海兽。所以,维姆萨特指出,在华兹华斯、科尔律治,甚至是布莱克的诗中,我们能够看到一个共同的现象,那就是字面意义和比喻意义之间的界限模糊了。② 这个例子充分证明了前文中我们已经论述到的理查兹的观点:浪漫主义想象就是将外物人性—概念—符号化,因而导致了浪漫隐喻的复杂化,即,并非概念—符号指涉外物,而是概念—符号与另一种概念—符号的相互指涉,其结果就是维姆萨特所洞悉的浪漫隐喻中喻本与喻体接近,甚至合一的秘密——这种合一在其他批评家(如艾布拉姆斯)看来是外在风景与内在心灵、主体与客体的合一。应该指出的是,后一种观点也并非不可以成立,但是却显然没有理查兹的语义—符号学理论更深刻。

在上述问题解决之后,另一个问题也就随之而来了:较之浪漫主义之前英国的诗歌传统,浪漫主义自然诗之感物方式以及独特的浪漫隐喻何以如此独特呢?对于这个问题,维姆萨特采用了新批评派都基本上予以否定的历史语境考察方法。维姆萨特指出,浪漫主义时期在哲学、神学甚至科学等领域内流行各种奇奇怪怪的"精气说"(theories of spirit),如牛顿的"电和弹性活性原则"(electric and elastic active principle)(在浪漫主义诗人中,雪莱诗歌就中充满了大量与电学相关的意象)、哈特利的"无穷小粒子"(infinitesimal elementary body),等等。这些学说各自不尽相同,但都有一个共同的观点:自

---

① 华兹华斯:《华兹华斯抒情诗选》,黄杲炘译,第213页。译文稍有改动。
② W. K. Wimsatt, *The Verbal Icon*, p.114.

然并非没有生命,而是生机勃勃、气韵生动。① 维姆萨特指出,这些精气说直接导致了浪漫主义的自然观和想象论,如华兹华斯的自然主义、科尔律治的神学体系、雪莱的柏拉图主义以及布莱克的神秘灵视论等。因此,维姆萨特指出,"浪漫主义自然诗人都是试图在风景中读出意义"。华兹华斯的《丁登寺》是这种在风景中读出意义的浪漫主义诗歌的优秀代表。在开头22行对于"内河的喁喁低语""一片片牧场,一直绿到门前"以及"树丛中悄然升起"的"袅绕的烟缕",也许是"没有屋宇栖身的过客"等一系列景色描绘之后,作者很容易就跳跃到"低沉的人间悲曲"以及一种"庄严的感觉,/感到落日的余晖、广袤的/海洋,新鲜的空气/……心灵这样一些事物中有什么/已经远为深刻地融合在一起……"我们都知道,《丁登寺》是华兹华斯多年之后回访怀伊河之旅的产物,也即回忆之作。在维姆萨特看来,该诗是鲍尔斯与科尔律治所追求的那种诗学理想的完美实现(鲍尔斯与科尔律治的作品展示的仅仅是素描而已,华兹华斯则完全实现了他们的追求,即,风景与诗人主体的内在心灵的融合)。②

维姆萨特总结道:

> 诗歌结构总是观念(ideas)与材料(material)的融合。作为一种陈述(a statement)的诗歌结构,(观念的)抽象并没有冲淡(诗歌)象征的坚硬性(the solidity of symbol)和语言(符号)的可感性。就此效果而言,语言的图像功能或直接模仿功能(iconic or directly imitative powers)就是非常重要的——我们所熟知的拟声词、象声词等仅仅是这种功能中最为简单的一种。多恩的双脚圆规意象就其挺直性和度量功能而言就具有这种图像性。新古典主义的图像性整体来看是由一系列高度有序的、形式化的和思想性修辞手法,诸如对偶(antithesis)、等同结构(isocolon)、串句脱文(homoeoteleuton)以及交错配列法(chiasmus)等构成。但是,浪漫主义的自然诗则是通过一种对强烈的、无节制的情感的直接感官模仿来获得语言的象似性,浪漫主义自然诗没有玄学诗和新古典主义诗歌那种严

---

① W. K. Wimsatt, *The Verbal Icon*, p.111. 维姆萨特是从科学史角度来解释浪漫主义自然诗歌想象论产生的根源。这个观点有助于补充上述尼科尔森的论述。
② Ibid.

谨性,而是显得理智不足(subrational)。①

维姆萨特在这里所表达的观点再次呼应了上述理查兹的论点:符号并非是对某一外在实体的表征,而是对概念化后的实体的表征;任何比喻都不是语言符号与客观实体的比较,而是符号与符号之间的比较;浪漫主义强烈的情感参与使得符号与符号之间的差异变得模糊,给人的印象就是主客体合一和情景交融,但事实上那是隐喻符号复杂化的结果。在此基础上,维姆萨特从修辞的历史变化入手为我们清楚区分开了玄学诗歌、新古典主义诗歌和浪漫主义诗歌的不同:

> 如果我们将诗歌结构分为两极:一极诉诸高度严谨的逻辑、推理和抽象思想,另一极则趋向非理性、超现实、不注重形式,甚至是毫无节制的物象和印象(即以混乱的语言来呈现混乱的物象和思想),我们就可以得出结论,玄学诗和新古典主义诗歌属于逻辑谨严的前者(虽然还没有完全呈现为逻辑推理),而浪漫派诗歌则开始走向对感觉的直接呈现(虽然还没有完全走向非理性)。浪漫派诗歌结构青睐暗示而非直接陈述,因此,浪漫主义诗歌背离了玄学诗而更接近于象征主义诗歌,甚至是当今流行的各种后象征派诗歌。②

总而言之,玄学诗和浪漫诗的诗歌结构都具有各自的价值,它们各自的探索都极大地丰富了英语诗歌的内涵。维姆萨特从英国诗歌修辞的历史发展对浪漫隐喻的研究不仅在一定程度上纠正了新批评派对于浪漫主义文学的偏见,也为英、美学界的浪漫主义研究从新批评狭隘的文本语境走向以弗莱和艾布拉姆斯为代表的《圣经》—原型范式奠定了基础。

---

① W. K. Wimsatt, *The Verbal Icon*, p.115. 从上下文看,维姆萨特的"material"当指具有所谓"象似性"的语言符号。但是,维姆萨特对语言"象似性"之定位是非常草率和肤浅的。在这个问题上他的见解不仅没有理查兹深刻,甚至还不如两百多年前的约翰·洛克(John Locke)。

② Ibid., 116.

第二章

神话—原型—《圣经》批评与英国浪漫主义研究

在上一章中我们已经看到新批评独特的修辞批评是如何成功地挖掘出了浪漫主义诗歌中那些常常被读者忽略的含混、反讽、悖论和隐喻结构中所蕴含的理论和美感。也就是说,新批评的优势就在于其能够在语言修辞中探幽发微,但其问题也在于此:基于绝对排他性批评立场,新批评家们固执地否定文化语境、历史语境和作家意图等所谓外在研究范式,将自己完全局限在狭窄的文本语境中进行饾饤式解剖,从而造成了新批评见木不见林这一广为批评界诟病的问题。关于这一点,神话—原型批评的开创者弗莱有深刻论述。在《批评之路》中,弗莱指出,作为一种修辞批评的新批评

> 建立了一种与传记方式抗衡的方法,反对将诗歌看作是一种个人自己的修辞。这种分析批评的最大优点在于它承认诗的语言和形式是诗歌意义的基础。在此基础上,它确立了对所有用非文学来解释文学的"背景"批评的抵制立场。与此同时,它

也使自己失去了文献批评的巨大力量:语境的意义。它只是一个接一个地解释文学作品,而对文类或对将所分析的不同文学作品联系起来的任何更大的结构原则却不加注意。①

正是基于对"文类"和将所有文学作品联系起来的那种更大的"结构原则"——也就是神话—原型——的关注,继新批评之后,弗莱建立起了一种以文化语境而非文本语境为批评框架的更为宏大的神话—原型批评。

西方文学批评模式的这一转向也体现在浪漫主义研究领域中。从弗莱开始,注重语言—形式的浪漫主义研究范式就逐渐让位于更为宏大、更具历史感的神话—原型—《圣经》批评范式以及随之而来的关注自然与意识的现象学研究范式和解构主义范式。英国浪漫主义研究范式的这一转向事实上早在弗莱1947年出版的《可怕的对称:威廉·布莱克研究》(*Fearful Symmetry: A Study of William Blake*,以下简称《可怕的对称》)与艾布拉姆斯1953年的《镜与灯:浪漫主义理论与批判传统》(*The Mirror and the Lamp: Romantic Theory and the Critical Tradition*,以下简称《镜与灯》)中就已经拉开序幕。② 后新批评时代浪漫主义研究领域中影响最大的当属艾布拉姆斯。下面我们将首先介绍弗莱的浪漫主义研究,然后在此基础上展开对艾布拉姆斯浪漫主义研究的介绍,最后介绍艾布拉姆斯的学生布鲁姆对艾氏以及弗莱思想的集成和发展。从弗莱、艾布拉姆斯到布鲁姆,再经由布鲁姆到哈特曼,我们可以梳理出一条比较清晰的由神话—原型—《圣经》批评到认识论—现象学批评的浪漫主义研究发展之路——而这条浪漫主义研究之路又为后来的德·曼等人的解构主义浪漫主义批评奠定了基础。

一、浪漫主义隐喻结构的下降和内转

在中国学术界,诺思洛普·弗莱是以神话—原型批评著称。早在20世纪

---

① 诺思洛普·弗莱:《批评之路》,王逢振、秦明利译,北京:北京大学出版社,1998年,第6页。
② 本书不对《镜与灯》的内容进行详细介绍,首先因为该书已经被翻译成中文,其"浪漫主义表现论诗学观"也广为中国学术界所熟知;其次,该书本身是艾布拉姆斯的博士论文,其浪漫主义研究理路在该书中并未完全成熟。

80年代,他的代表作《批评的解剖》就被介绍到中国学术界,并在中国文学批评界产生了持续而深远的影响。但是,鲜有人知道的是,在中国学术界名声大噪的《批评的解剖》其实是弗莱第一部学术专著《可怕的对称》删节改写后的产物。直言之,弗莱的神话—原型批评其实是起步于与浪漫派有密切关系的布莱克,而且,在他后来的文学批评学术研究中,浪漫主义文学也是其主要关注的焦点之一。因此,要梳理后新批评时代英、美浪漫主义研究,弗莱是不可避免的关键人物之一。下面我们将首先简要介绍《可怕的对称》一书的大致思想,在此基础之上,我们再展开对其《醉舟:浪漫主义的革命因素》(1963)一文和《英国浪漫主义研究》(1968)一书的详细评述。

《可怕的对称》全书共分三部分。第一部分的五章主要从布莱克与洛克的对立入手总体论述布莱克独特的知识论、宗教观、画论和文学主张等。第二部分的四章主要论述布莱克诗歌创作中象征主义体系的发展。第三部分包括最后三章,解读了布莱克的《四天神》(*The Four Zoas*)、《弥尔顿》(*Milton*)和《耶路撒冷》(*Jerusalem*)等长篇预言诗。其中,最值得我们关注的是弗莱在布莱克思想中所发现的以想象为中心的知识论、以灵视为核心的诗歌创作论以及创世(creation)、堕落(fall)、救赎(redemption)和启示(apocalypse)构成的中心神话及其所对应的四个想象层次——伊甸园(Eden)、比乌拉(Beulah)、更生(Generation)和乌罗(Ulro)所构成的诗歌象征体系。

弗莱指出,布莱克在年轻的时候仔细阅读过洛克的《人类理解论》,但是布莱克对洛克的经验主义知识论十分憎恨。洛克区分开了感觉(sensation)和反思(reflection)两种知识获取的方式——前者主要是感知(perception),后者则是对感觉素材的分类并将其抽象化为观念。对感觉材料的抽象化就是寻求事物的普遍性(generality)——这是18世纪启蒙哲学家的共识——如约翰逊博士在其《莎士比亚导论》中就指出,莎士比亚之所以伟大是因为莎翁为我们呈现出了普遍的人性。[①] 但是布莱克却坚决反对那种事物存在着普遍性的观

---

① 约翰逊博士在其《莎士比亚导论》中指出:"除了那些能够给普遍性(general nature)予以正确表现的(作品)之外,没有任何东西能够为大多数人所持续地喜爱。……莎士比亚超乎所有作家之上——至少超乎许多现代作家之上——的原因,就是他是一位自然诗人,他是一位向读者举起风俗习惯和真实人生镜子的诗人。……在其他诗人的作品里,一个人物往往不过是一个个人,但在莎士比亚的作品里,他通常代表一个类型。" Hazard Adams, ed., *Critical Theory since Plato* (New York: Harcourt Brace Jovanovich, Inc., 1992), p.321.

点:"什么是普遍性?存在着那种东西吗?什么是普遍知识?存在着那种东西吗?严格地讲,所有的知识都只具有具体性。……所谓普遍性的知识只有傻瓜才会拥有。"①弗莱指出,在布莱克的思想中,洛克所说的"反思"其实仅仅只是记忆。而对一个形象的记忆永远没有对一个形象的即时感知那么真实生动,因为"感觉永远是复数的:当我们看见一棵树的时候,我们看到的是关于这棵树的大量具体事实,我们看得越是专注,我们获得的关于这棵树的事实就越多。但如果我们长久地、努力地观察一棵树,以至于最后获得了关于这棵树的形象现象—视觉记忆(phenomenal visual memory),这时候,我们就离开这棵树本身了"。也即,当我们获得了一棵树的记忆的时候,这棵树生动丰满的物象也就消失了。但是,弗莱指出,在布莱克的思想中,此种记忆虽然远离了树本身,但与抽象概念相比仍然是高出一筹——抽象"仅仅是一种企图弥补我们记忆之不足的精神速记(mental shorthand)"②。

这些观点似乎表明,布莱克类似于意象派诗人,偏重再现物象的生动丰满。但事实却并非如此:在布莱克的知识学体系中,主体心灵的作用占据着绝对重要的地位。弗莱指出,对洛克经验主义哲学诟病最猛烈的是唯心主义哲学家贝克莱(Berkeley)。贝克莱"存在就是被感知"(to be is to be perceived)的著名论断深刻地影响了布莱克。贝克莱指出:"只有精神性事物(Mental Things)本身才是真实的;没有人知道所谓的具体事物(Corporeal)存在哪里;具体性事物这个概念是一个谬误,其存在是一个谎言。有任何离开人们心灵和思想的事物吗?那种事物只存在于傻瓜的头脑中。"③这个观点蕴含的一个重要论断就是:我们对外在事物的感知不是其表象,而是其精神—灵魂。也就是说,对于布莱克而言,感知并非指用我们的感觉器官去触摸事物,而是"一种心智活动"(a mental act):观看事物的并不是我们的眼睛而是心灵——眼睛只是心灵观看事物的工具或通道;同样的道理,驱使我们行走的并不是我们的双腿——双腿仅仅是在心灵驱使下帮助我们行走。因此,心灵活动与身体感觉是不可分离的(洛克"反思论"的问题就在于将主体与客体、心灵与肉体截然

---

① 转引自 Northrop Frye, *Fearful Symmetry* (Princeton: Princeton University Press, 1969), p.15.
② Ibid., 15—16.
③ Ibid., 14.

分开了!)——感觉着的身体与被感觉的身体同样活跃。"如果被感觉的人呈现为一种形式或形象,那么感觉的人则是形式或形象的建构者(a former or imaginer)。"正是在这个问题上,想象发挥着关键的作用:"布莱克常常使用想象这个术语来指代作为一种行动着的和感知着的存在的人(man as an acting and perceiving being)。也即,想象是一个人生命的全部。"①

那么想象何以具有如此重要的功能呢?弗莱以布莱克的一段话来说明这个问题。布莱克曾经说:"如果太阳升起的时候你看到的不是一个圆盘状的东西,或一团状如钱币的火焰,那将会是怎样一种情形?哦,不,不,我看到的是一队由无数天使组成的军团,他们高声歌唱着:'神圣,神圣!神圣的万能的主!'"弗莱指出,在布莱克眼里,因为想象力的洞悉,天使军团太阳比状如硬币的太阳更为真实。② 具有这种洞悉—想象力——布莱克称之为"灵视"(vision)——的人就是诗人艺术家:

> 通过艺术我们才了解到为什么感知高于抽象,为什么如果没有想象的组织,感知就是无意义的,为什么想象力的组织作用取决于感知者的心智,为什么此种感知心智只有天才——而非庸才——才具有,为什么天才就是指艺术家的创造能力。最后一种能力就被布莱克称之为"灵视"——它是一切自由、能量和智慧的目标。③

在灵视—认识论体系中,我们所拥有的就不是现象和本质两个世界,而是三个世界:

> 灵视世界、视觉世界和记忆世界,也即我们创造的世界、我们生活的世界和远离我们而去的世界。记忆的世界是由反思和抽象概念所组成的不真实的世界;视觉世界是由主体和客体组成的可能真实的世界;灵视世界是创造者和创造物的世界。在记忆的世界中我们什么景象也看不见;在视觉的世界中,我们看我们不得不看的景象;在灵视世界中,我们看我们希望看见的景象。④

---

① Northrop Frye, *Fearful Symmetry*, p.19.
② Ibid., 21.
③ Ibid., 25.
④ Ibid., 26.

所谓灵视世界就是艺术世界和宗教世界,在这样一个绝对精神的世界里,感知的主体与被感知的客体、内在与外在之对立被彻底消解。不仅如此,时间和空间的概念也彻底消失。弗莱指出,在时空范围内,物象动荡摇曳,晦暗不清。而在摆脱了时空限制的艺术—宗教的灵视世界中,物象永远是澄澈鲜明的。[①]因此,在弗莱看来,那种认为布莱克是神秘主义者的观点是不公正的:布莱克并非神秘论者,而是一个通灵艺术家。

在弗莱的分析中,布莱克的灵视认识论来源颇杂,包括《圣经·启示录》、斯威登堡(Swedenborg)的新耶路撒冷神学、绘画经验、异教神话谱系,等等。这些奇奇怪怪的知识帮助布莱克在其诗歌创作中建立起一个庞大而完整的象征体系。在这个体系中,一种被布莱克称之为"果尔刚努查"(Golgonooza)的结构构成其中心。弗莱指出:

> 所有想象性和创造行为都是永恒的,它们共同参与构筑布莱克所说的超越时间的永久性的结构"果尔刚努查"。这个结构一旦建成,作为其脚手架的自然会被拆卸,它也将成为人类的(终极)家园。(因此,)"果尔刚努查"其实就是上帝之城(the city of God),就是新耶路撒冷,是人类文化和文明最为完美的形式。(为了建造这个家园,)所有英雄、烈士、预言家、诗人们在过去的努力都不会白白付出,所有缄默无闻的人和未曾被发现的贡献都不会被忽略。在这个上帝之城中,保存着所有圣人所付出的一切——他们希望完成的伟业终于得以完成。(在这个世界中,)就像荷马和弥赛亚一样,艺术家能够尽显其能量和天才,他们将会发现,他们将能够与荷马和弥赛亚同时安居于同一个宫殿之中。[②]

显然,"果尔刚努查"其实就是布莱克心目中的伊甸园,是人类堕落前的家园、赎罪后的归宿、《圣经·启示录》中的新耶路撒冷。围绕着这个乌托邦幻象,布莱克构建出了一个庞大的神话体系,它由"创世、堕落、救赎和启示"所构成,并分别对应着四个想象性层次:"伊甸园、比乌拉、更生和乌罗。"在弗莱看来,布莱克就是在这一庞大而复杂的中心神话体系中苦苦探究着四个核心问题:"思

---

① Northrop Frye, *Fearful Symmetry*, p. 83.
② Ibid., 91.

想领域内的想象和记忆、宗教领域内的天真和经验、社会领域内的自由和暴政以及艺术领域内的概述(outline)和模仿。但是这四个问题其实都是围绕着一个问题展开的,那就是生与死的对立。"①

在弗莱的研究中,布莱克艺术创作中这个庞大的象征体系并非他个人的独创——如上文所述,布莱克的思想来源非常庞杂,虽然其主要来源是《圣经》,但是《圣经》却非布莱克象征体系的唯一源泉。事实上,布莱克本人也深感"《圣经》并未穷尽上帝之言":"天堂之下的每一个古老的民族都不见得不如犹太民族更理解上帝……那么为什么其他古老民族(对上帝的体验)要被忽略和抛弃,而唯独犹太民族的历史单独受到重视呢?这是一个值得考古学家和神学家深入思考的问题。"②因此,弗莱倡导一种"对位象征主义"(contrapuntal symbolism)的阅读法,即,考察布莱克神话体系中除了《圣经》之外的"非基督教神学,尤其是古典神话"是如何参与了布莱克神话象征体系的建构的。③ 也即,弗莱想要在布莱克象征体系中发掘出西方文化文学(希腊罗马文化、北欧神话以及基督教文化等)中的基本原型及其相互呈递关系。这个思想在《批评的解剖》中被表达得更为清楚:

> 目前,在文学中有一个组织原则被发现,即年谱的原则……它意味着当我们看到一堆杂乱的东西按照编年史的顺序排列起来的时候,这纯粹的顺序就赋予了它某种连贯性……全部文学史为我们提供了一组程式的复合,这种程式(formulas)可以通过对原始文化的研究而获得。随后我们又意识到后来的文学与这些原始程式的关系并非仅仅是单纯的一种复合,即如我们看到的那样,这类原始的程式在最伟大的经典作品中不断重复,而且在事实上,这些伟大的经典文学作品似乎本来就存有一种回复到这些原始性程式去的基本倾向。……深刻的作品吸引着我们,让我们能够看到数量巨大的作品聚集成一些意义的定式(patterns)。④

这里所说的程式、定式等就是文学传统中的原型。在《批评之路》中,弗莱再次

---

① Northrop Frye, *Fearful Symmetry*, pp. 124—125.
② Ibid., 110.
③ Ibid.
④ 诺思罗普·弗莱:《批评的剖析》,陈慧、袁宪军、吴伟仁译,天津:百花文艺出版社,1998年,第21页。

论述了原型之于文学批评的重要性:"我需要一种历史的方法来研究文学……我强烈地感到文学传统中的某些结构因素极其重要,例如常规、文类以及反复使用的某些意象或意象群,也就是我最终称之为原型的东西。"①这种源于《可怕的对称》的神话—原型批评后来被弗莱运用在浪漫主义研究中,并取得了丰硕的成果。这些成果主要体现在《醉舟:浪漫主义的革命因素》一文和《英国浪漫主义研究》一书中。

《醉舟:浪漫主义的革命因素》收录在弗莱所编《再论浪漫主义》(*Romanticism Reconsidered*,1963)一书中。②

在该书的《前言》部分,弗莱指出:"在英国和美国,20世纪20年代早期那条以休姆—艾略特—庞德为代表的反浪漫主义批评路线现在终于走到了尽头,批评界重新找回了文学传统中合适的焦点。"他指出,召开那次学术研讨会的目的是为了"检视浪漫主义这个名词所包含的真正内涵"。众所周知,传统的浪漫主义文学史家们有一个共识:1798年是英国文学史的分水岭——与此前相比,1798年之后的文学基调"更加阴暗"。但是文学史家们用于描述1798之后文学的语汇却是语义模糊朦胧的,如"情感""自然"等。但弗莱却认为,从思想观念入手来界定浪漫主义意义不大,因为"诗人所依靠的是意象而非观念"。因此,像浪漫主义这样的文学史术语"就应该属于意象史而非观念史"③。因此,弗莱指出:"浪漫主义在本质上是一场诗歌意象的革命;浪漫主义不仅是一场革命,而且具有内在的革命性(inherently revolutionary),它使得诗人能够言说一个革命的时代;当从费希特的本体世界(the noumenal world of Fichte)转向了叔本华更为阴暗的作为意志的世界(the sinister world-as-will of Schopenhauer)之后,浪漫主义的醉舟就从狂喜颠转为反讽的绝望(ironic despair)——这些就是我将要论述的主要论点。"④

---

① 诺思洛普·弗莱:《批评之路》,王逢振、秦明利译,第8页。

② Northrop Frye, ed., *Romanticism Reconsidered* (New York: Columbia University Press, 1963). 该书是1962年9月一次学术会议的论文集,共收录了四篇论文,分别是弗莱的《醉舟:浪漫主义的革命因素》、艾布拉姆斯的《英国浪漫主义:时代精神》、特里林的《愉悦的命运:从华兹华斯到陀思妥耶夫斯基》和韦勒克的《重温浪漫主义》。

③ Northrop Frye, ed., *Romanticism Reconsidered*, pp. v—viii. 弗莱在这里所说的意象并非意象派诗人那种具体的物象,甚至也不是维姆萨特所讨论的那种隐喻结构,而是文学史中不断重复的原型—象征。

④ Ibid., viii—ix.

也就是说,弗莱反对那种以文学思想观念为标准进行文学史划分的做法,因为"在文学中,尤其是在诗歌中,观念总是从属于意象,从属于一种更为'简洁、感性和激情'的语言,而非(抽象的)哲学语言。因此,即使两位诗人的宗教观、政治观或艺术理论主张并不相同,但他们所使用的诗歌意象却有可能具有相同的特征"①。

那么浪漫主义作为一场声势浩大、影响深远的文学运动,其"意象革命"体现在何处呢?要回答这个问题,就必须回到浪漫主义之前西方文学传统中去考察前浪漫主义时期西方文学中的主宰意象体系,只有在此基础上,我们才能够弄清楚弗莱所说的浪漫主义意象革命到底体现在何处。

弗莱认为,中世纪和文艺复兴时期的西方文学中一直有一个稳定的意象体系。这个体系最为显著的特征就是将存在(being)分为四个层次:最高的层次是天堂,即上帝的居所。接下来是两个自然层次(the order of nature):人类自然层与物质自然层。人类自然层就是人类原来的家园,由《圣经》中的伊甸园故事或波伊提乌的黄金时代(the Golden Age of Boethius)所象征;人类现在不在这个家园中,但是人类所有的宗教、道德和社会教育的目的就是为了让他能够被提升至某种与其本来的家园相类似的层次。物质自然层指的是动物界和植物界——这是人现在居住的世界,但与动物与植物不同,人不从属于这个世界;他从降生那天起就面临一个道德困境(a moral dialectic)——他要么超越这个物质自然世界,回到他原来的家园,要么他堕落到第四个层次,那就是罪恶、死亡、地狱,是一切败坏的渊薮。② 这就是弗莱为我们揭示的普遍存在于中世纪和文艺复兴时期文学中的四重原型结构。

不仅如此,他还注意到从中世纪、文艺复兴到启蒙时代和浪漫时代,这个四重结构的空间分布位置的逐渐变化。在早期(从中世纪晚期到文艺复兴鼎盛期)的空间秩序中,罪恶、死亡、败坏和混乱秩序构成了人间世界;与此相对,人类所居住的地球之上辽阔的星空,则是由天使主导的秩序井然的领域——当然也是人原来的家园。于是我们便看到在但丁文学体系中那种上/善—下/恶的结构分布:伊甸园位于炼狱山之上,天堂又位于伊甸园之上,而地狱则位

---

① Northrop Frye, ed., *Romanticism Reconsidered*, p. 3.
② Northrop Frye, *Fearful Symmetry*, p. 4.

于地球中心的深处。这表明,但丁是有意识地按照上/下等级秩序来安排、表达天堂/地狱这些观念的。也就是说,作为一个具有宇宙论意识(cosmological),但又不了解托勒密体系之外的宇宙论知识的诗人,但丁必须将天堂/地狱这些抽象的概念以空间隐喻的方式转化为具体的自然意象以表达自然秩序,也就是说,他就只能够按照上/下这种简单方式来安排自然秩序。与但丁不同,弥尔顿时代人们的天文—宇宙学知识超越了托勒密体系,这使得弥尔顿能够将天堂与地狱安排在宇宙之外(也就是说,在弥尔顿的体系中地狱不再位于地球中心深处),但是弥尔顿的四重结构分布仍然呈现为一种绝对的上/下秩序安排,比如弥尔顿在《圣诞颂》(*Nativity Ode*)中用"天堂"来指代上帝之城与天空。但在牛顿的《自然哲学的数学原理》(1687)出版后,传统的宇宙论知识被彻底颠覆,于是,后牛顿时代的诗人就必须思考地球引力和太阳系的问题——以前那种简单机械的上/善—下/恶的空间结构不再为诗人们所采用。[①]

在后牛顿时代诗歌中,天堂—人间—自然—地狱之四重结构的空间分布开始发生革命性变化,这被深刻地反映在浪漫主义诗歌中。弗莱指出:

> 对于浪漫主义,我的看法是:浪漫主义是一场巨变,但这个巨变并不发生在信仰领域内,而是对现实(秩序)进行空间重构的结果。这一巨变又导致了现实领域内各意象层次的重新确立。这种(现实世界中)意象位置排列的改变必然会伴随着,甚至引发(精神)信仰和(对世界的)态度的改变——这种(意象位置安排的)变化就被浪漫主义诗人展现了出来。[②]

也就是说,在弗莱看来,浪漫主义本身并非萌生于某种政治理念或宗教信仰,而是宇宙—现实之空间意象结构在诗歌中的重新安排,但这种意象结构的安排最后却仍然能够导致信仰或思想的变化。下文中我们将要看到,这个思想与艾布拉姆斯将浪漫主义与法国革命理念紧密联系的观点不同,但他们的出发点都是基督教的启示—革命论。

那么浪漫主义诗歌是如何重组了宇宙—现实之空间意象结构呢?弗莱首先分析了布莱克写于1798年的《欧洲》一诗。该诗检视了从耶稣诞生到法国

[①] Northrop Frye, *Fearful Symmetry*, pp. 4—6.
[②] Northrop Frye, ed., *Romanticism Reconsidered*, p. 5.

革命爆发的欧洲历史。弗莱认为,该诗充分反映了浪漫主义诗人的宇宙意识与其政治思想的关系。在《欧洲》一诗中我们看到了布莱克的宇宙设计:所有对应于行星或星际的神祇——主宰他们的最高神是天堂女王艾妮萨蒙(Enitharmon, the Queen of Heaven)——其实都是人们向往专制暴政的心理投射(a human will to tyranny),也就是说,通过将天体宇宙与众神体系相对应,人们将一种"永恒的必要性和秩序"(an eternal necessity and order)予以了合理化。因此,我们看到在该诗中,基督教对于将天体与神灵相对应的古代文化中的自然神教并没有予以摧毁,反而予以了强化。然而这个专制体系终于被法国革命所摧毁,而吹响自由号角的人就是牛顿。①

但是,后牛顿世界却并没有铲除专制、实现自由大同——牛顿力学和宇宙论虽然推翻了一个旧的专制体制,但与此同时又建立了一种新的专制体制,那就是机械理性对人心的主宰。弗莱指出:

> 简言之,布莱克的观点就是由牛顿所开创的现代天文学所绘制的宇宙图景展现的仅仅是一个盲视的、机械的、非人的秩序安排。……在布莱克看来,牛顿理论所导致的是一系列思想上的谬误(intellectual errors),如:推崇抽象概念、贬斥具体事物;现实世界是一个由诸多不可见元素所构成的、但又是一个完全可度量的世界。布莱克的主要观点是,对宇宙机械秩序的尊崇会导致人类生活模式的机械化。②

弗莱指出,布莱克笔下那些邪恶的天—神(sky-gods)形象,如乌拉尼亚、农博大帝(Nobodaddy)、艾妮萨蒙、撒旦等与雪莱笔下的朱庇特、拜伦的阿里曼尼丝(Arimanes)等相似,都是邪恶的化身。这意味着中世纪—文艺复兴时期那种上/善—下/恶的空间隐喻开始被颠倒过来——位于外太空的不再是美丽的伊甸园,而是死气沉沉的机械系统;居住在天上的神祇也不再是天使的象征,而是邪恶的化身。这种颠转充分反映在浪漫派广为人知的机械性/有机性这一二元对立概念的空间隐喻中。弗莱指出:

---

① Northrop Frye, *Fearful Symmetry*, p. 6.《欧洲》的卷首插图就是天神乌拉尼亚(Urizen)的形象:他左手紧握圆规——这个形象与布莱克所画的牛顿肖像非常相似。
② Ibid., 6—7.

机械性与有机性的截然对立深深地植根于浪漫派的思想中。浪漫派诗人都倾向于将机械性与日常经验（ordinary consciousness）相联系，如科尔律治《文学生涯》中的联想性幻想以及雪莱《为诗一辩》的逻辑思想（discursive thought）——这与笛卡尔传统形成了鲜明对比——在后者中机械性是与潜意识联系在一起的。机械性是日常经验的特征，它位于"外在"（outside）世界之中，而更高一级的、有机的世界则存在于"内在"（inside）世界之中——尽管它被称为高一级的存在，但这种内在世界的自然隐喻指向（the natural metaphorical direction）却是向下的（downward），指向的是意识的核心深处。①

既然浪漫派所追求的有机性存在于内在意识深处，那么，上帝的位置应该如何安排呢？弗莱指出，正是在上帝的位置安排问题上，浪漫派遭遇困难——原因很简单，牛顿体系已经改变了中世纪和文艺复兴时期的宇宙秩序安排，在一种机械意义上，上帝已经无处安身了。因此，弗莱指出，如果一位浪漫主义诗人想要表现上帝的话，他会感到为上帝安排一个位置要比为但丁和弥尔顿安排困难得多。于是浪漫派诗人要么避谈上帝，要么为上帝寻求一个比外在隐喻更为可靠的"内在"隐喻（"within" metaphors）。比如当华兹华斯在《序曲》以及其他作品中论及他对神性在场的体悟感觉的时候，他所呈现的是一种人类心灵与自然力量相互融合的感觉。②

既然上帝也只能够存在于内在隐喻之中，那么作为上帝之作品的人的自然世界（旧的存在体系中的第二层，即伊甸园）当然也就不可能呈现为纯然的外在存在了。在旧体系中，伊甸园是上帝所建造，是"上帝之城周围空气清新的郊区"（a fresh-air suburb of the City of God）。该隐的后代在地球上所建造

---

① Northrop Frye, *Fearful Symmetry*, p. 8. 在这里，弗莱终于触及了意识的内转这个关键的问题了。下文中我们将会看到，这个观点与艾布拉姆斯所持的革命内在化以及布鲁姆的罗曼司内在化属于同一路线。也即，从弗莱开始，浪漫主义研究就从新批评的语言—修辞逐渐转向了对内在意识的探索。这种探索由弗莱的神话—原型批评所开创，经由艾布拉姆斯的启示革命论，最后演变为布鲁姆和哈特曼的现象学—认识论范式。

② Northrop Frye, ed., *Romanticism Reconsidered*, p. 8. 笔者以为，弗莱的这个观点具有相当深刻的洞见，它有助于我们更进一步认识诸如《丁登寺》和《好一个美丽的傍晚》中华兹华斯对神性的那种神秘感悟：神性并非来自高高在上的上帝，而是心灵与自然——如《好一个美丽的傍晚》中小女孩与落日——的交融。

的城市都仅仅是对上帝之城和伊甸园的模仿,因而是低级的。尽管与上帝之城和伊甸园相比,人造城市是低级的,但人造城市及其所蕴含的宗教、法律、道德、艺术、教育等却是人用于对抗并战胜蛮荒自然,从而最终返回伊甸园的媒介和手段。弗莱指出,这种上帝之城←伊甸园(人的自然)←物质自然←地狱的等级秩序导致了前浪漫主义时代诗歌重视外在经验世界、忽略内在心智世界的趋势:诗歌是对上帝和上帝所造自然的模仿、诗人的创造力不是来自内心而是外在世界:"前浪漫主义诗歌的意象结构属于一种被认为是上帝的作品的自然……自然是一种诗人们必须模仿的客观存在的结构或系统。因此,普遍出现的模仿隐喻往往是视觉性的或物质性的。所谓诗人的创造力其实就是模仿外在于诗人心灵的某些模式。"①然而,浪漫主义的先祖卢梭在认识论领域内发动了一场彻底颠覆了外—内/物—心的革命。卢梭认为,文明并非上帝的作品,而纯粹是人类自己的创造——直言之,是人类心灵创造力的产物。弗莱指出,这种观点产生了两个后果。第一,它将艺术置于文明的中心,因为艺术创造中所体现出的人的灵视也是人类文明共同的源泉。第二,灵视位于心灵深处之内在天国(the mind's internal heaven)之中——外在世界仅仅是反映内在心灵的镜子。因此,弗莱论述道,

> 到浪漫主义时代,大多数空间位置居于上方的外在世界的重要性已经让位于内在世界(inner world)。所以科尔律治在《笔记》(*The Notebooks*)中说:"在观察自然客体的时候……我似乎并非在观察某种新事物,而是在寻求或吁求一种象征语言,以传达早已存在于,而且将永远存在于我自己内心深处的某种东西。"这个原则也可以被延伸到华兹华斯对周遭世界的看法(周遭世界之所以重要是因为它仅仅只是沉静的人间悲曲的象征)以及用来解释济慈的星空(starry heavens)——因为它是"对一部高级罗曼司巨大云雾的象征"(huge cloudy symbols of a high romance)。②

正因如此,与前浪漫主义诗歌完全不同,浪漫主义诗歌的重点不是去感知外在

---

① Northrop Frye, ed., *Romanticism Reconsidered*, pp. 9—10.
② Ibid., 10—11. "一部高级罗曼司巨大云雾的象征"出自济慈《每当我害怕》("When I have Fears")一诗。

世界，而是心灵的建构力量——现实仅仅是心灵体验的产物：

>浪漫主义诗人都试图通过创造一种统一的基调和情绪来抗拒外在现实。最优秀的浪漫派诗歌所共有的一个典型特征就是这种统一的基调和情绪的建立，并排除任何与之不相符合的（外在性）因素。或许我们可以将这种基调或情绪称为感性的解体（dissociation of sensibility）——即使我们碰巧不喜欢这个说法的话。……就文学史和文类而言，此种诗学主张和实践类似罗曼司，即，追求一种以自我为中心的、不受到现实主义或反讽浸入的唯心化的世界（a self-consistent idealized world）。①

这种认识论的革命也直接导致了浪漫派对第三个层次——物质自然之态度的根本转变。在前浪漫主义时代，自然山水不是出自上帝之手的规整匀称的作品，而是大洪水之后地球表面上留下的满目疮痍，因而不仅是丑陋的，而且也是堕落的。人虽然出生、生长、生活于这个自然世界之中，但他在本质上却不属于这个蛮荒的世界。因此，前浪漫主义诗人对于自然有一种根本的疏离感，甚至厌恶感。然而，浪漫派强调内在创造力的"唯心主义"认识论革命必然使得他们改变对自然的态度——浪漫派不仅不排斥自然，而且积极地追求内在心灵的创造力量与外在自然伟力的合一。弗莱指出，浪漫派追求的这种

---

① Northrop Frye, ed., *Romanticism Reconsidered*, p.11. 弗莱指出，正因为如此浪漫主义很难在小说领域取得成功，因为小说需要的是经验主义的仔细观察。但浪漫主义对罗曼司的复兴却是有贡献的。因为在罗曼司当中，人物总是倾向于一种心理投射的象征（psychological projections），其背景也往往是一个难以用经验主义予以考证的遥远的过去。(Ibid., 12.) 在弗莱看来，古老的罗曼司形式一般都是由一系列似乎永无尽头的冒险经历所构成——直到作者思路枯竭了才打住。在浪漫主义中，这种内在的永无尽头的罗曼司又复活了——《恰尔德·哈洛尔德游记》以及《唐璜》就是典型的罗曼司——只有拜伦死亡或对他的主人公感到厌倦了，这两部作品的写作才会打住。华兹华斯的《序曲》以及他原来所构想的那个极其宏大的《隐士》的写作计划、济慈的《睡眠与诗歌》、雪莱的《麦布女王》等都属于同一性质，也就是说，浪漫长诗都是罗曼司的复活。那么为何浪漫主义要复活罗曼司这一古老的文类呢？弗莱认为，这是因为浪漫派都坚信济慈所说：生命本身就是一场似乎永无尽头的罗曼司的冒险之旅或罗曼司寓言。因此，他们就必须去寻找一种能够为生命的罗曼司冒险之旅不断注入能量的力量，于是，狂飙、风暴、航船、醉舟等能够体现内在生命与外在力量合一的意象普遍出现在浪漫主义诗歌中也就不奇怪了。（参见 Northrop Frye, ed., *Romanticism Reconsidered*, p.16.）弗莱在这里已经隐约表达了布鲁姆后来所持"浪漫主义是罗曼司的内在化"这个论点（见下文）。我们几乎可以肯定地认为，布鲁姆的观点是受到弗莱的启发。布鲁姆曾经明确表示弗莱的文学批评，尤其是《可怕的对称》对他影响很大。参见 http://en.wikipedia.org/wiki/Harold_Bloom(2021 年 5 月 8 日访问)。

第二章　神话—原型—《圣经》批评与英国浪漫主义研究

主体心灵与外在自然的合一非常明显地体现在浪漫主义诗歌中频繁出现的"风奏琴"意象之中——自然之烈风吹过心灵的风奏琴，相互应和、相互鼓动，最终形成一阵阵浪漫主义的"应和风"（correspondent breeze）。① 的确，在华兹华斯的《序曲》、雪莱的《西风颂》和拜伦的《唐璜》等作品中，我们会发现，凛冽的劲风与飞扬的情感之间相互催动、互为应答的场景比比皆是。下文中我们将会看到，浪漫主义诗歌中的"风奏琴"和"应和风"等意象被艾布拉姆斯教授进行了更为深入的挖掘和研究。

总之，弗莱认为，浪漫主义诗歌区别于前浪漫主义文学的关键就在于其隐喻结构的由外转内、由上转下：

> 对于浪漫主义诗人而言，具有创造力的世界、天堂或上帝之城都存在于人的心灵深处（deep within）。布莱克的欧克（Orc）和雪莱的普罗米修斯都是被囚禁于经验之下的巨人；阿童尼的乐园深藏于《恩底弥翁》的内部，而这些乐园在《仙后》和《卡德摩斯》（Camus）中却是位于上天。在《普罗米修斯的解放》中，任何能够拯救人类的力量都随着火山爆发和涌泉一道来到地下。在《伊斯兰的反叛》中，雪莱有一段让人印象深刻的浪漫派的内—下隐喻与古老的外—上隐喻的对比："一种力量，一种渴望，一种知识……位于下方/所有的思想，都如同大气之外的光。"②

也就是说，到浪漫主义时期，位于地球深处、内心深处的不再是中世纪—文艺复兴时期的黑暗的地狱，而是诗人沛然的创造力——这也充分体现在《忽必烈汗》"浪漫的地穴裂缝"与地下涌泉的地理结构设计之中：

> 忽必烈的乐宫
> 地处圣河阿尔夫
> 流穿深不可测的山窟，
> 注向阴暗的海里。……
> 但是啊，那浪漫的地穴裂缝深邃而充满幻想……

弗莱指出，科尔律治的这个设计也深深地影响到了雪莱。在《形而上学沉

---

① Northrop Frye, ed., *Romanticism Reconsidered*, p. 14.
② Ibid., 17.

思录》(*Speculations on Metaphysics*)中雪莱说:"然而虽说不无困难,人的思维却可以造访记忆所居住的错综复杂、蜿蜒曲折的一间间居室。人的思维犹如一条大河,它迅疾的、永恒的水流源源流溢出来……意识的洞穴是黯淡朦胧、影影绰绰的,或许,它的周身上下遍布着一种光芒,这光芒灿烂明亮,然而它照耀的界限却从不超越山洞的洞门。"①

不仅诗人的创造力转向了下/内,在浪漫主义诗歌中,天堂、上帝的恩惠也下降和内化了:

> 在前浪漫派诗歌中,天堂代表着恩惠的秩序(the order of grace),而恩惠则被认为是从高高在上的上帝那里向下流入人的灵魂之中。但对浪漫派而言,存在着一个中心点——在那里,有着共同运动和精神的内在世界和外在世界得到了融合;在那里,自我(ego)与自己(itself)合二为一,因为自我与非我的所有事物都合二为一。在布莱克那里,这个世界(中心点)位于上帝之城耶路撒冷的地下深处——人类……一直在寻求这个上帝之城,但却均遭失败,因为人类找错了方向——他们一直在向外寻找。耶路撒冷伊甸园,堕落前的伊甸园就像耶稣基督走过的英格兰的绿色原野一样;英格兰的绿色原野也是亚特兰蒂斯——那个沉入海底的王国——只有把心灵之上那片"时空之海"(the "Sea of Time and Space" off the top of the mind)抽干,亚特兰蒂斯才能够重见天日。在《普罗米修斯的解放》中,当普罗米修斯获得自由之后,亚特兰蒂斯重新出现。华兹华斯在《隐士》中也灵光一现、窥见这个幻象……②

弗莱在《可怕的对称》一书与《醉舟:浪漫主义的革命因素》一文中所建立的神话—原型批评的浪漫主义研究范式在1968年出版的《英国浪漫主义研究》一书中得到了更为详细的阐发。在该书中,弗莱再次强调了他的观点:浪漫主义文学运动是西方文学传统内部结构—程式的革命,与信仰、观念和政治运动没有关系。而所谓的结构—程式即具体体现为神话——那种将人的精神世界与外在自然环境相互连接起来的"虚构和隐喻"。弗莱指出,自中世纪以

---

① 雪莱:《形而上学沉思录》,徐文惠译,见江枫主编:《雪莱全集》(第5卷),第291页。
② Northrop Frye, ed., *Romanticism Reconsidered*, p. 18.

来,西欧的文学和哲学传统隐喻结构和神话体系是建立在《圣经》之上的,而西欧浪漫主义运动在本质上就是"这个神话体系内部的首次重大变革"①。

那么西欧浪漫主义在西欧文学传统中所发动的神话变革具体体现在何处呢?弗莱指出,这首先体现在上帝角色的变化上。在旧有的神话体系中,上帝是最高的、唯一的创造者,他不仅创造了世界和人类,还创造了文明的各种形态。在传统文学中,城市和花园是文明的象征,而城市和花园的意象——上帝之城和伊甸园——是上帝在创造人之前创造出来的。法律、道德原则以及神话都非人所创造,而是被上帝创造出来的,目的是用它们来显现上帝的存在。因此,伊丽莎白时代的理查德·胡克(Richard Hooker)就认为,法律的本源在于神意;完美的自然法(natural law)就是神意的组成部分;遵守教会和国家的法律就是遵守神圣的自然法。但是从维科开始,人们逐渐认识到,这种上帝缔造万物的观点是有问题的:法律、神话等文明形态事实上都是人所创造出来的,因而也就因为人的不完美而不可避免地存在着不完美性,于是也就应当置于人的反思批判之下。浪漫主义反偶像精神将维科的观点推向了高潮。在浪漫派看来,传统神学将阶级等级概念予以了合理化,违背了自由思想,因而是不正当的。比如,"雪莱就认为自由是人所向往的,但是出于人的怯懦和迷信,他却虚构出种种神祇来剥夺他对自由的追求。然而,在前浪漫主义时代,在即使是最革命的弥尔顿看来,自由是上帝对人类的希冀而非人类的本能追求"②。总之,在浪漫主义的神话体系中,上帝让位于人和自然:对人的内在灵视—创造力的挖掘和对自然尊崇的探索构成了浪漫神话的核心。正是因为如此,弗莱才认为,大多数浪漫派诗人和哲学家都从有机论出发,探索人文科学与自然科学融合的可能性——当然,这种探索最后还是以对自然科学原则的神话化而结束。

因此,弗莱将浪漫主义定位为"一种新的神话"(a new mythology)。与中世纪基督教神话的强制性、封闭性不同,作为一种新神话的浪漫主义视神话为一种"想象结构"(a structure of imagination)而非强迫性信仰,因而一开始就是包容的而非封闭的。正是这种包容开放的态度使得浪漫派创造出了许多新

---

① Northrop Frye, *A Study of English Romanticism* (Sussex: Harvester Press Ltd., 1983), pp.4—5.
② Ibid., 14—15.

的信仰、复活了许多古老的信仰,并创造出了一种用于表达言说那些信仰的"新的神话语言"(a new mythical language)。在那些被浪漫派创造或复兴了的信仰中,有两点值得关注,其一是对以爱欲、狄奥尼索斯和大地母亲为象征的自然伟力的尊崇,其二是在社会、宗教和个人生命问题上浪漫派所持的革命思想。① 仔细阅读弗莱我们会发现,他所说的这两个问题其实是一个问题的不同体现:浪漫派向往革命(因为他们强烈地感受到堕落与异化),但是驱动浪漫主义革命的能量却是来自经验世界之下(爱欲、狄奥尼索斯和大地母亲),而且革命的目标是与爱欲或自然融合。

弗莱指出,浪漫派的革命思想来自其对《圣经》中关于创世、堕落和救赎的神话的重构改写。在浪漫派看来,失去的伊甸园不在天堂,而位于个人与自然—本性的原初融合状态之中——后者可能是失去的儿童纯真(如华兹华斯《不朽颂》中所表达的那样),也可能是一种失落的种族或集体记忆。于是,堕落或异化的神话也随之被改写。人不是堕落到原罪之中,而是堕落到一种自我意识的原罪(the original sin of self-consciousness)之中——也即,他以主体—客体二分来看待他自己与自然的关系。弗莱指出,就在人对自然突然萌生出的主体—客体意识那最初的一瞬间,他就与自然相分离了——科尔律治的老水手就是这样一种因为意识的侵入而遭遇主客体二分的后伊甸园时代的亚当(post-Edenic Adam)——他也因此不得不以讲故事的方式表达其希望重新回到自然怀抱中去的愿望。因此,救赎神话就被改写为重新回到人与自然那种原初合一状态的新神话。而象征那种原初合一状态的意象就是母亲。正因为如此,在浪漫主义诗歌中,与母亲相关的意象大量重新出现,如华兹华斯的大地—母亲和雪莱、拜伦、布莱克笔下那些新娘—母亲等意象。②

救赎神话的另一种改写体现为以爱欲替代上帝之爱。基督教救赎神话强调的是上帝给予人类的爱。这种爱被认为只有上帝才能够赋予。但在雪莱的诗歌中,弗莱指出:"我们看到,上帝之爱变成了爱欲(Eros)——一种源于人的性本能的爱。这种爱欲导致了一种独特的唯心论的出现,在这种唯心论中,救赎的主体不再是上帝,而是人自己。上帝之爱给予人道德升华,但爱欲和唯心

---

① Northrop Frye, *A Study of English Romanticism*, pp. 16—17.
② Ibid., 17—18.

论却为人提供了一种'诺斯'(gnosis),即,一种真知——这种真知极大地扩大了意识,它远远超越了异化主体所拥有的'意识知识'(conscious knowledge)。"这种超越主体之"意识知识"之上的"扩大了的意识"(诺斯—真知)其实就是主客体合一的泛爱论和泛神论意识。在弗莱看来,这种诺斯—真知就是华兹华斯《序曲》所展示的想象、科尔律治所一再推崇的高级理性以及雪莱毕生追求的爱欲。①

在弗莱所研究的浪漫主义具体作品中,雪莱的《普罗米修斯的解放》最为典型地体现了上述特征。弗莱认为,浪漫主义全面改写了对应于春夏秋冬四季的四种文类:喜剧、罗曼司、悲剧和反讽。《普罗米修斯的解放》被弗莱定位为浪漫喜剧(因为全剧以普罗米修斯战胜朱庇特的大团圆结局而告终)。在弗莱看来,这种浪漫喜剧事实上是对莎士比亚罗曼司喜剧的继承和改写。弗莱指出,莎士比亚的罗曼司喜剧经常开始于一个日常经验的世界(如一个法庭)——这个世界代表的是压制性力量,并与另一个世界冲突——后一个世界("绿色世界")常常与睡眠、梦幻、奇幻、仙踪、爱欲,尤其是未经人类文明污染的自然(如一片森林或一片牧歌般的风景)等相联系。但是莎士比亚的罗曼司喜剧强调的是外在经验社会,而浪漫主义喜剧则强调的是"扩大了的意识"(诺斯—真知)的获得。② 在《普罗米修斯的解放》(以及《恩底弥翁》)中,经验之下的"绿色世界"(普罗米修斯的世界)最后战胜了外在经验世界(朱庇特的世界),而帮助普罗米修斯获胜的能量一方面来自爱欲,另一方面来自底下洞穴或海底,但都表明浪漫主义彻底颠转了传统空间意象的上—善/下—恶的程式。比如,在《普罗米修斯的解放》位于经验世界之下的冥王狄摩高更(Demogorgon)的洞穴是全诗空间意象体系的中心,是革命能量的源泉:

> ……这
> 狄摩高更的领域,巍峨的大门
> 仿佛是火山喷吐烈火的火山口,
> 从中也升腾着预言的缭绕烟雾,
> 孤独的人们年轻时在流浪途中

---

① Northrop Frye, *A Study of English Romanticism*, p.20.
② Ibid., 98.

称之为真理、美德、爱、天才
或是欢乐而把它饮下……

此外,在第二幕第三场的精灵之歌中,"向下"以获得诺斯—真知的思想被表达得更为清楚:

向深层,向深层,
向下,向下!穿过睡眠的阴影,
穿过死亡和生命
反复无常的纷争;
穿过真实与虚伪
事物的屏障帘帷,
直到那遥远宝座的阶陛,
向下,向下!①

的确,在《普罗米修斯的解放》中,似乎所有的革命能量都来自洞穴、火山以及湖泊海洋的底部——甚至朱庇特都希望他能够从下面找到恢复其力量的源泉。这样的场景在该诗中(以及大量浪漫主义诗歌中)比比皆是。而且,普罗米修斯与朱庇特争夺的也不是天堂,而是海洋的控制权——普罗米修斯对阿西亚(Asia,海神之女)的爱和朱庇特与西蒂斯(Thetis,也是海神之女)的婚姻就是其象征。最后,当普罗米修斯获得自由之后,亚特兰蒂斯从海洋深处冉冉升起。在弗莱看来,这一切都表明《普罗米修斯的解放》一方面挪用了莎士比亚罗曼司喜剧中外—上经验世界/内—下爱欲—自然世界的二元对立程式,但另一方面却又完全颠转了这个程式。②

综上所述,弗莱从宏大的文化语境(神话—原型)批评入手,非常独到地分析了浪漫主义与前浪漫主义诗歌中意象—隐喻结构的空间安排领域内的巨大变化以及这种巨大变化所蕴含的政治—诗歌观念的革命。相比新批评的浪漫主义研究过分囿于狭隘的文本语境而造成的见木不见林之问题,弗莱的浪漫主义研究显得更具有历史的纵深感,意象—隐喻结构空间安排的巨大变化也

---

① 见江枫主编:《雪莱全集》(第 4 卷),第 155—156、159 页。
② Northrop Frye, *A Study of English Romanticism*, p. 111.

的确是一个重大发现。然而,我们认为,弗莱对浪漫主义批评的贡献并非在于他发现了意象—隐喻结构的由外—上到内—下的转变,而是在于他恰恰要忽略的、这种转变所蕴含的政治理念和诗歌观念的一场深刻革命。换言之,意象—隐喻结构的由外—上到内—下的转变仅仅是浪漫派政治理念和诗歌观念之内在化这一核心本质的形式表征。弗莱先入为主的神话—原型批评框架使得他固执地强调外在形式(意象—隐喻结构),贬低文学发展中思想观念的作用。也即,弗莱将形式革命置于观念革命之上,这不仅将文学发现简化为意象结构不同的排列组合,更为严重的是它颠倒了观念先于形式这一根本文学发展的基本规律——我们认为,在任何时候,文学的形式革命都是文学观念革命的外在表达而非相反。正因为弗莱对这一对关系的固执颠倒,造成了他事实上已经触及"浪漫主义内在化"这个关键问题,但却又遗憾地过门而不入。在接下来的讨论中,我们将会看到,艾布拉姆斯关于浪漫主义是法国革命—启示革命的内在化的论述在某种程度上弥补了弗莱之不足。

二、浪漫主义风奏琴与应和风的神话—《圣经》渊源及其独特性

在上文中我们已经看到,在《醉舟:浪漫主义的革命因素》一文中,弗莱论述到了浪漫主义的"风奏琴"和"应和风"现象。事实上,在《英国浪漫主义研究》一书中,弗莱也再次提到这个问题。他指出,浪漫派感到外在自然的伟力能够补充人的内在创造力之不足。因此,在浪漫派作品中,前浪漫派的"天体意象"(celestial imagery)被"崇高"(sublime)的自然意象所取代:"崇高来自粗犷的自然,强调的是一种神秘感和朦胧感,而非秩序或目的,它震慑的对象是孤独的个体而非群体,作为一种(美学)原则的崇高并非新思想。但是,一个孤独的旅行者面对高山、大海和荒野,并深切地感受其崇高之美——这却是一种全新的诗歌意象。"也就是说,对大自然崇高之美的感悟和挖掘是西方浪漫主义文学所独有的现象。不仅如此,浪漫派还在崇高的自然之美中感悟到主体心灵的巨大扩张,这就是浪漫主义诗歌中反复出现的"应和风"意象——该意象甚至构成了"华兹华斯的核心思想"。[①] 事实上,弗莱对这个问题的注意

---

① Northrop Frye, *A Study of English Romanticism*, pp. 28—29.

是受到了艾布拉姆斯教授的启发。在《应和之风：一个浪漫隐喻》(1957)一文中，艾布拉姆斯对"风奏琴"和"应和风"早就进行了深入的探讨。①

众所周知，在《〈抒情歌谣集〉序》中，华兹华斯对18世纪诗歌那种做作的贵族辞藻进行了猛烈的抨击。批评家亨利·泰勒说，到1834年的时候，华兹华斯的攻击已见成效：英国诗歌语言已经变得非常通俗易懂了，比如wild，bright，lonely，dream这些典型的浪漫主义的辞藻已经广泛地出现在诗歌之中。其中，一个引人瞩目的现象就是各种与"呼吸"(breathing)相关的词汇大量出现在浪漫主义诗歌之中，甚至已经到了被滥用的程度，以至于这些辞藻已经变得相当陈腐，因而基本"没有什么感觉了"。②

但是，在艾布拉姆斯看来，与breathe相关联的浪漫辞藻却并非陈腐而没有意义的，而是浪漫主义诗歌写作中的核心词之一，它反映出的是浪漫主义诗人的一个基本观点：心灵与自然如微风掠过风奏琴一样的相互感应现象——这个现象其实就是所有浪漫主义诗人都孜孜以求的创造力和想象力。艾氏指出：

> 这是一个极其精细的观察和发现。但我想要强调的是，breathing仅仅只是浪漫主义诗歌普遍模式中的一个小小的方面。这个词指的是空气的流动(air-in-motion)——不管它是以自然之风(自然力量的作用的产物)或人的呼吸(人的肺功能)形式出现。这个词广泛地出现在华兹华斯、科尔律治、拜伦、雪莱的诗歌作品——这是一个值得注意的现象。其中最为关键的问题是，在浪漫主义诗歌中，breathing不仅仅是作为一种自然现象而广泛存在，它更是引起诗人心灵激荡的载体。起风了(rising wind)，就意味着冬天即将结束、春天马上要来临，但同时也与复杂的主观思想过程有关：一种从孤独凄清重回热闹的团队生活的感觉、一种从死气沉沉的呆滞困顿重回生命和情感的汪洋恣肆的感觉，以及一种想象

---

① M. H. Abrams, "The Correspondent Breeze: A Romantic Metaphor"，原文载于 *The Kenyon Review*, XIX (1957), pp. 113—130. 本文所用版本为艾氏在原文基础上的修改稿，收录在 M. H. Abrams, ed., *English Romantic Poets: Modern Essays in Criticism*, 2nd edition (London: Oxford University Press, 1975).

② M. H. Abrams, ed., *English Romantic Poets: Modern Essays in Criticism*, 2nd edition, p. 37.

力枯竭之后感受到创造力重新迸发的感觉。①

也就是说,清风、暴风等词汇及其所描绘的自然现象之所以大量出现在浪漫主义诗歌之中,是因为这些外在的自然之风与诗人内在心灵的诗意律动正是在"轻风""呼吸"等现象中得到了呼应——微风—暴风因此就是一个典型的浪漫隐喻。艾氏指出:

> 科尔律治写于 1802 年的《沮丧颂》是这个问题最早的例子之一。该诗的背景在四月——一如艾略特的《荒原》——也是最为残忍的一个季节,因为它从死气沉沉的大地之中孕育出生命;混合着记忆和欲望,诗人—观察者痛苦地感到情感的复原。该诗一开始就出现了风的意象,它掠过风奏琴,使其发出声响——这个风奏琴的意象在浪漫主义诗歌中一再出现。②

因此,在浪漫主义诗歌中,随着清风—暴风等自然现象而出现的还有"风奏琴"或"风竖琴"等具有隐喻意义的乐器:"但正如泰勒所指出的那样,在浪漫主义诗歌中,阿波罗的竖琴(the lyre of Apollo)被风奏琴(the Aeolian lyre)所取代——启发后者奏出音乐的不是艺术、人或神,而是一种自然力量(a force of nature)。"③比如,在《为诗一辩》中,雪莱宣称:"一般说来,诗可以理解为'想象的表现';自有人类便有诗歌。人是一个工具,一连串外来的和内在的印象掠过它,犹如一阵阵不断变化的风,掠过风奏琴,吹动琴弦,奏出不断变化的曲调。"④因此,艾布拉姆斯指出:"在浪漫主义诗歌理论中,风奏琴基本上就是诗人心灵的对应物(analogue),是外在自然运行和内在情感之间的比喻性中介

---

① IM. H. Abrams, ed., *English Romantic Poets: Modern Essays in Criticism*, 2nd edition, pp. 37—38.

② Ibid., 38.

③ Ibid. "风竖琴""风奏琴"等意象的确频繁出现在浪漫主义诗歌之中,比如科尔律治就专门写过一首题为《风奏琴》("The Eolian Harp")的诗。根据邓肯·吴提供的材料,大概是在 1800 年左右,科尔律治在他所阅读的康德《纯粹理性批判》一书的页边空白处留下了这样的读书笔记:"心灵不一定完全像风奏琴……但心灵的确类似小提琴或其他琴弦虽少但音域宽广、由天才音乐家来演奏的乐器。"参见 Duncan Wu, ed., *Romanticism: An Anthology*, 3rd edition, p. 600。

④ P. B. Shelley, *A Defence of Poetry*, in David Lee Clark, ed., *Shelley's Prose or the Trumpet of a Prophecy* (London: Fourth Estate, 1988), p. 227.

(figurative mediator)。"如果没有这个意象,浪漫主义诗学的"观念模式"以及许多浪漫主义的诗歌名篇"将是不可想象的"①。

正因为如此,我们才发现,在浪漫主义诗歌中,清风—暴风和风竖琴—风奏琴的意象几乎是普遍存在的。比如在科尔律治的《沮丧颂》中,呜咽的风奏琴预示着风暴的来临——而这个风暴恰恰也是慵懒困顿悒郁的抒情言说者(lyric speaker)所期盼的:"使我的灵魂出窍"(sent my soul abroad),从而减轻那

> 不感疼痛的悲苦——空虚,晦暗,窒闷,昏倦,无情,
> 任何语言、叹息、泪水都不能
> 给以解脱或出路。②

在该诗中,科尔律治沮丧于其想象力的衰退枯竭和生命的困顿。然而正在这个时候,外在自然之风渐成为磅礴之势,最后形成暴风雨,并在风奏琴上奏出了狂飙般的音乐,进而使得诗人消沉委顿的生命突然间被重新激发起来:"与风奏琴隐隐相应的是诗人自己的精神生命……也开始再次振奋,并回应外在自然的风暴——直到最后风暴平息,诗人的内在心灵与外在自然重新归于平静。"③也就是说,科尔律治虽然抱怨自己的生命力—想象力枯竭了、诗才消失了,但是该诗却表明,在风暴的召唤下,诗歌的想象力仍然能够得以复苏。根据艾布拉姆斯的考证,该诗是科尔律治真实经历的再现,这可以从他的许多书信中得到证明。在那些书信中我们可以看出,科尔律治对于狂飙风暴等自然现象的喜欢往往溢于言表。他说,目睹大风起今云飞扬风暴来临之时,他总是"充满着对力量和能量的'永恒联系'全身心的敬意";在"极度的沮丧感觉中",在"思想……苍白的时候",他跋涉在风暴中,试图找回写作《克里斯托贝尔》的灵感。在另外一则写于《沮丧颂》大约 9 个月之后的书信中,我们再次发现科尔律治对于能够帮助他复原感觉和想象并能够促成内在心灵与外在自然

---

① P. B. Shelley, *A Defence of Poetry*, in David Lee Clark, ed., *Shelley's Prose or the Trumpet of a Prophecy*, p. 38.

② S. T. Coleridge, *Dejection: An Ode*, in Stephen Potter, ed., *Coleridge: Selected Poetry and Prose* (London: Nonesuch Press, 1971), p. 106.

③ M. H. Abrams, ed., *English Romantic Poets: Modern Essays in Criticism*, 2nd edition, p. 39.

合一的象征之风(symbolic wind)的期盼:

> 我必须坦陈,我从不喜欢在山丘岩石漫游,我从来就不是一个阿尔卑斯山崎岖山路间的孤独漫游者。我的精神之旅——其亢奋与凋谢——就像秋天里的一片落叶:那是思绪、想象、感觉以及冲动的狂野躁动。它发自我的内心——如同一阵内在之风(bottom-wind),它狂乱地吹着,没有固定的方向。我不知它从何而来,只清楚我的全身心都被它占据……在那个时候,生命对于我来说,似乎就是一种普遍精神(a universal spirit),其中没有,也不可能有任何对峙。①

清风—暴风和风竖琴—风奏琴的意象在华兹华斯的诗歌中也比比皆是。比如《序曲》一开篇,不断出现的风的意象就为我们展示出内在生命与外在自然的交流、交融的主题。艾布拉姆斯指出,古代史诗诗人往往都会在开篇呼唤缪斯、阿波罗或圣灵,以期获得写诗的灵感。《序曲》的开篇也基本遵守了这个程式,但那个给予华兹华斯灵感的却不再是缪斯或阿波罗,而是"微风":

> 哦,这清风衔着祝福,
> 它来自绿野,来自云端,
> 来自苍穹……②

终于从城市和昔日的负累中解脱出来之后,华兹华斯发现他"终于能够再次呼吸!"("I breathe again!"—*Prelude*, V, 222)。但与此同时,自然也在呼吸,并且与他的呼吸交相呼应,从而形成了应和之风:

> 当天国的呼吸掠过我的身体,
> 我隐隐觉得自己的胸中也
> 吹起了一股造物的应和之风(A corresponding mild creative breeze),
> 这哺育万物的和风温柔地
> 轻抚它所造就的山川草木,但现在已生成为

---

① M. H. Abrams, ed., *English Romantic Poets: Modern Essays in Criticism*, 2nd edition, p. 39.
② William Wordsworth, *The Prelude* (1805), in J. C. Maxwell, ed., *William Wordsworth, The Prelude: A Parallel Text* (Middlesex: Penguin Books Ltd., 1971), p. 34.

> 一股强劲的风暴,一股汹涌恣肆的能量,
> 蹂躏着自己的创造。它并非一种
> 陌生的力量,而是一场风暴,
> 融化了持久的冰霜,
> 带来了春的承诺,以及希望:
> 快乐、尊严、思想,
> 演武场勃勃的英姿,
> 纯洁的激情、美德、知识和愉悦,
> 以及音乐和诗歌神圣的生命。①

在笔者看来,《序曲》的开篇非常类似于中国古典诗歌中的起兴手法:春天的清风对于一个刚刚从冬天蛰伏状态中苏醒过来的心灵而言,既是唤醒沉睡心灵的触媒(起兴),又是心灵的外在对应物。但是,与中国古典诗歌不同的是,在华兹华斯的诗中,自然不仅仅发挥着起兴的功能,也是灵感的源泉,而且这种灵感与圣灵—神性("上帝的呼吸")相通。更为复杂的是,诗人的心灵被比喻为风奏琴:

> 那是一个灿烂的黄昏,我的灵魂
> 再次感受到她复苏的力量,并如
> 风奏琴那样享受清风的阵阵吹拂。②

此外,与科尔律治的《沮丧颂》一样,华兹华斯在《序曲》中也表达了自己在精神低沉、诗才枯竭的时候,清风—暴风是如何重新激活了他沛然的想象力。在第十一卷中,华兹华斯再次描述道,在他精神处于极端低谷的时候,在他

> 遭受着内在的悒郁、
> 失望、烦扰的思绪
> 和混乱的观念的重压,
> 和热诚减退的时候,

---

① William Wordsworth, *The Prelude* (1805), in J. C. Maxwell, ed., *William Wordsworth, The Prelude: A Parallel Text*, p. 36.
② M. H. Abrams, ed., *English Romantic Poets: Modern Essays in Criticism*, 2nd edition, p. 39.

> 尤其是希望本身和被希望之物
> 完全丧失之时,
> ……
> 你,轻快的气流,轻柔地
> 掠过原野,清风、温润的空气
> 吐息着天堂的气息,深深地
> 侵入我灵魂的深处。①

另外,在 1850 年版中,华兹华斯回忆道,使他想象力得以复原的两个"时间之点"也都与风雨有关:

> ……当荒谬的见解与纷争的思想
> 使我们消沉,当琐碎的牵挂与日常的
> 社交以更沉重、更致命的压力使我们
> 沮丧……②

在这个时候,华兹华斯在某一天偶然看到山顶的烽火台的背景映衬着一个姑娘,她"头顶着水罐,迎着呼啸的/疾风,步伐显得艰难沉重……"③另外一个"风疾/雨狂,阴沉昏黑"的一天,

> ……我坐在草上,
> 借一堵残墙遮住半个身子……
> 而从此以后,那狂风与冰雨、自然力
> 不息的运动……
> ——所有这些
> 都成为密切相关的景象与声音,
> 供我一次次重历……
> 甚至到今天,在冬日的夜晚,

---

① William Wordsworth, *The Prelude* (1805), in J. C. Maxwell, ed., *William Wordsworth, The Prelude: A Parallel Text*, p.464.
② 威廉·华兹华斯:《序曲或一位诗人心灵的成长》,丁宏为译,北京:中国对外翻译出版公司,1999年,第318—319页。
③ 同上书,第320页。

当狂风暴雨敲打着房顶……
我仍从那里
移来某种精神的活动……①

除了华兹华斯和科尔律治之外,在第二代英国浪漫主义诗人的作品中,风暴狂飙与诗人心灵飞升的激情相互激荡、相互碰撞也是频频出现。如《恰尔德·哈洛尔德游记》第三章中主人公的精神与阿尔卑斯山的风暴融为一体的场景:

天色骤变了!变化得多么剧烈!
夜、雷雨和黑暗呵!你们是惊人地雄壮,
……
给我分享一些你酷烈而宏伟的奇景,
让我成为雷雨和你的一部分!
……
现在就在这罗尼河上的山峡,
最猛烈的暴风雨聚集起来
……
然而雷雨呀,什么是你们的目标?
你们也像人类心胸中的风暴么?
……
要是现在我能抓住和吐露
我心坎上的那一种最强烈的感触,
要是我能把思想通过表现来发泄,
将我可能追求,正在追求、怀抱、认识
和感觉然而又确乎存在的一切压缩成一个字,
那么,我说,这个字就是"闪电"。②

当然,在艾布拉姆斯看来,最典型的例子来自雪莱,因为雪莱"是浪漫派诗

---

① 威廉·华兹华斯:《序曲或一位诗人心灵的成长》,丁宏为译,第322—323页。
② 拜伦:《恰尔德·哈洛尔德游记》,杨熙龄译,上海:新文艺出版社,1956年,第154—156页。

人中最具有灵视和先知性的"诗人。正是那种无与伦比的灵视和先知感,使得雪莱在《西风颂》中大声向劲风疾呼,请求西风穿透自己的身体——就像穿透风竖琴一样:

> 把我当作是你的竖琴吧,有如树林:
>   尽管我的叶落了,那有什么关系!
> 你巨大的合奏所振起的乐音
> 将染有树林和我的深邃的秋意:
>   虽忧伤而甜蜜,呵,但愿你给予我
> 狂暴的精神!奋勇者呵,让我们合一!
> 请把我枯死的思想向世界吹落,
>   让它像枯叶一样促成新的生命!
> 哦,请听从这一篇符咒似的诗歌,
>   就把我的话语,像是灰烬和火星
>   从还未熄灭的炉火向人间播散!
> 把昏睡的大地唤醒吧!要是冬天
> 已经来了,西风呵,春日怎能遥远?①

艾布拉姆斯指出:

> 在最后这一节中,精神上处于秋天的雪莱,就像科尔律治在《沮丧颂》中一样,向风暴发出呼喊,希望穿越竖琴的风暴也能够穿透他自己——"把我当作是你的竖琴吧"——扬起他枯死的思想犹如扬起落叶一样,从而"促成新的生命"。在这个结尾处,自然之中的狂飙风暴被比喻为摧毁生命和催生生命的启示号角(apocalyptic trumpet)——掠过死寂大地的秋风与诗人的灵感和预言存在着诸多相似之处。②

总之,在浪漫主义诗歌中,风竖琴—风奏琴以及清风—暴风等意象几乎是一个普遍的现象。那么这个现象说明了什么问题呢?在对这个问题的回答上,艾布拉姆斯与弗莱的神话—原型批评有着大致相同的思路。但艾布拉姆

---

① 雪莱:《西风颂》,见《雪莱抒情诗选》,查良铮译,北京:人民文学出版社,1995年,第75—76页。
② M. H. Abrams, ed., *English Romantic Poets: Modern Essays in Criticism*, 2nd edition, p. 43.

斯的独特性在于,他一方面沿袭了神话—原型批评的基本思路,但同时又对神话—原型批评模式有所超越。

艾布拉姆斯指出,仅仅就微风、气息、灵魂、呼吸和灵感、自然的复苏与人精神的复苏之间的象征性类比而言,这些手法却并非浪漫派所独有,也不是到浪漫时代才出现的。事实上,"这些手法其实十分古老,古老得超出了历史的记载。它们事实上一直内在于古代语言的构成之中,在神话和民间故事中比比皆是,同时在我们的宗教传统中也是非常普遍的现象"[①]。艾布拉姆斯以雪莱为例来说明这个问题。他指出,在《西风颂》中,西风被认为是秋天的精神和呼吸,最后又成了他自己的精神和呼吸;西风还穿过他的身体和灵魂吹响了响彻全宇宙的唤醒生命复苏的号角。但是,艾布拉姆斯指出,这种思想和手法却并非雪莱所独创——雪莱仅仅只是利用并复活了这些词本身缠绕不清的诸多神话—《圣经》古义。艾布拉姆斯指出,拉丁词 spiritus 的意思就是风(wind)、呼吸(breath)和灵魂(soul),而另一个拉丁词 anima 以及希腊词 pneuma、希

---

① M. H. Abrams, ed., *English Romantic Poets: Modern Essays in Criticism*, 2nd edition, p. 44. 笔者以为,艾布拉姆斯在这里所讨论的问题其实有点类似于中国古典诗歌中的"兴"。在孙筑瑾教授看来,"兴"这个手法在中国古典诗歌传统中经历了四个阶段。第一个阶段发生在商代,具体体现在"兴"这个字的甲骨文 𢍁(兴)的造型中——这个造型展示的是一群人用手向上托起祭祀的食盘,象征与上天神灵沟通的希望。《诗经》为第二个阶段。在这个阶段中,上天神灵被自然景物所代替,因此自然景物(当然也包括风雨)成为诗歌起兴的主要手段。第三个阶段发生于西汉初年,董仲舒的"天人感应"说进一步强化了人与自然的神秘关系。如在《春秋繁露·为人者天》中董仲舒指出:"人之喜怒,化天之寒暑;人之受命,化天之四时;人生有喜怒哀乐之答,春秋冬夏之类也。喜,春之答也;怒,秋之答也;乐,夏之答也;哀,冬之答也……"(董仲舒这个观点让我们想起弗莱关于春夏秋冬所对应的喜剧、罗曼司、悲剧和反讽四种文类的论述!)但作为一种诗歌创造手法的"兴"在理论和创作上均成熟于六朝时期。如刘勰《文心雕龙·物色》的论述:"春秋代序,阴阳惨舒,物色之动,心亦摇焉。……是以献岁发春,悦豫之情畅;滔滔孟夏,郁陶之心凝;天高气清,阴沉之志远;霰雪无垠,矜肃之虑深。岁有其物,物有其容;情以物迁,辞以情发。一叶且或迎意,虫声有足引心。况清风与明月同夜,白日与春林共朝哉!"在《物色》结尾处,刘勰赋诗一首以具体说明"物色"与"心"的关系:"山沓水匝,树杂云合。目既往还,心亦吐纳。春日迟迟,秋风飒飒。情往似赠,兴来如答。"钟嵘在《诗品序》中也说:"气之动物,物之感人,故摇荡性情,形诸舞咏。"参见 Cecile Chu-chin Sun, "Mimesis and 兴 Xing, Two Modes of Viewing Reality: Comparing English and Chinese Poetry", *Comparative Literature Studies* 43.3 (2006), pp. 332—337. 当然,首先,在中国古典诗学中,心灵在感物的时候往往处于虚静而非亢奋状态。其次,刺激诗兴的往往不是狂风暴雨,而更多的是"雨雪霏霏"之类的和风细雨。再次,在中国古典诗学中我们没有看到心灵与乐器的类比。最后,也是最主要的,中国古典诗学中的心物感应没有任何超验神性的参与。

伯来词 ruach 以及梵语词 atman 也具有大致相似的意义。① 为什么有这样的巧合呢？艾布拉姆斯认为，这是因为在神话和宗教中，风与呼吸都是创造宇宙和人等的传说中不可或缺的因素。创世之初，上帝的精魂、呼吸或风（ruach）掠过水面；塑造出人形之后，上帝"将生命的气息吹入人的鼻息，于是人就成了一个有生命的存在"。如在《以西结书》有这样的文字："人子啊，你要发预言，向风发预言……气息啊，要从四方来，吹在这些被杀的人的身上，使它们活了。"（Ezekiel 37:9）同样，在《约翰福音》中，耶稣说："我说：'你们必须重来'，你不要以为稀奇，风随着意思吹……凡从圣灵（Spirit）生的，也是如此。"（John 3:7—8）但是上帝的呼吸同样也可能成为一种摧毁性的力量。如在《列王记·上》中："那时，耶和华从那里经过，在他面前有烈风大作，崩山碎石……风后地震……地震后有火。"（I Kings 19:11）在《以西结书》中："所以主耶和华如此说：'我要发怒，使狂风吹裂这墙，在怒火中使得暴雨漫过，又发怒降下大冰雹毁灭这墙。'"（Ezekiel 13:13）可见在基督教中，风—呼吸—气息等既象征着上帝的爱和恩赐，也表达着上帝怒火的喷发。在《圣经·启示录》中我们也可以看到宣告现有世界的摧毁和新世界来临的号角这个意象。与基督教相似，希腊和罗马神话中的风神也都被认为是具有摧毁力量，需要人的臣服才能够抚慰之。但是另一方面它们（尤其是西风，即"Zephyrus"，或"Favonius"）也被认为是具有复苏生命或带来新的生命的力量。此外，风与灵感的联系隐藏在"激发"（to inspire）这个词中，因为这个词原来的意思是"吹，或吸进"。也就是说，"一个人受到神灵启示的时候就是他吸纳神或缪斯的呼吸或风的时候。在古代人的信仰里，这种超自然的呼吸能够启发和展现宗教神谕或具有预言能力的诗人的幻象或灵视"②。因此，在艾布拉姆斯看来，以上种种表明，雪莱对西风意象的使用其实涉及大量神话—《圣经》用典，也就是说，是西方文学文化传统的延续——不管是基督教的还是希腊—罗马异教传统。

不仅如此，艾布拉姆斯还提醒我们注意浪漫主义诗学与斯多葛哲学的渊

---

① 在艾布拉姆斯的考察中，这些拉丁词汇在阿拉伯语、日语以及其他语言中的对应词（但他没有列出这些词汇）——虽然其中有些语言根本就是没有任何历史亲缘关系的——也具有同样现象。M. H. Abrams, ed., *English Romantic Poets: Modern Essays in Criticism*, 2nd edition, p. 44。

② M. H. Abrams, ed., *English Romantic Poets: Modern Essays in Criticism*, 2nd edition, pp. 44—45.

源。斯多葛哲学思想的世界灵魂(Pneuma, Spiritus Sacer, Anima Mundi)观念最早都有呼吸和神性气体(a divine gas)的意思,据说正是因为这些神性的气体或呼吸被注入物质世界,从而不仅给予物质世界以生命,还构成人的心灵。罗马诗人卢坎(Lucan)说,阿波罗在一个巨大的峡谷中发现了特尔斐神谕(Delphic oracle),在那里,"大地吐息出神谕真理,并且……喷射出呼啸的狂风"。而且还说,驻扎在那里的皮媞亚女祭司(Pythian priestess)都被世界灵魂所呼出的气息所感染。在梳理了这些神话、宗教和文学传统之后,艾布拉姆斯指出,浪漫主义的微风—暴雨—精气—吐息—灵魂等意象事实上都是对这些传统的继承和发扬:"浪漫主义的自然灵魂(Romantic Soul of Nature)或宇宙精神(Spirit of the Universe)等观念仍然保留着其原始意蕴,即,与人的灵魂以及灵感相通。在《风奏琴》中,科尔律治认为,所有生机勃勃的自然景物其实都是有机的风奏琴,虽然形态各异,但它们都吹拂着'一股思想之风,既是每个人的心灵,又是万物的上帝'。"这种思想在华兹华斯的《序曲》、雪莱的《西风颂》以及爱默生的作品中也都是非常明显的。①

当然,在艾布拉姆斯的研究中,与浪漫主义的风雨诗联系最为密切的还是基督教神学思想。他指出:"在早期基督教神学家对《圣经》的注疏中我们可以看到,流动的空气、上帝的吐息、圣灵、人生命的更生和精神的复苏、先知的灵感等这些在《新约》与《旧约》中即使不是在字面上,也是在寓言意义上(allegorically)都有密切关系的。"我们都知道,早期基督教神学家们为了协调《新约》与《旧约》两个文本之间存在的诸多矛盾抵牾,便发展出以寓言诠释策略(allegorical interpretation)为主的早期《圣经》诠释学。艾布拉姆斯认为,正是通过此种寓言式注疏,上述因素便在《旧约》和《新约》中被整理成为一个相互呼应的完整体系。而此种注疏策略后来也逐渐影响到早期基督教神学家们自己的思绪和写作。比如大概在 4 世纪末的时候,圣·奥古斯丁(Saint Augustine)就将精神之风(spiritual breeze)这个概念引入了其自传写作之中(这种写作模式后来为浪漫主义诗歌写作普遍接受)。② 在《忏悔录》第八卷

---

① M. H. Abrams, ed., *English Romantic Poets: Modern Essays in Criticism*, 2nd edition, pp. 45—46.

② Ibid., 46—47.

中,圣·奥古斯丁先是表述了在皈依与否问题上他是如何备受折磨的:"我被这种心疾折磨着,我抱着不同于寻常的严峻态度斥责我自己,我在束缚我的锁链中翻腾打滚,想把它们全部折断……我还在迟疑着,不肯死于死亡,生于生命……"圣·奥古斯丁就一直被这种不生不死的萎靡倦怠所折磨。有一天,当他静坐在其寓所附近的一个花园中,内心的风暴突然涌起:"我灵魂深处,我的思绪把我的全部罪状罗列于我的心目之前。巨大的风暴(mighty wind)起来了,带着倾盆的泪雨。"然后,在一个孩子"拿着,读吧! 拿着,读吧!"声音的感召下,他拿起《圣经》默默地读着《罗马书》中的一段话,"顿觉有一道恬静的光射到心中,溃散了阴霾笼罩的疑阵"①。艾布拉姆斯指出,《忏悔录》开创了中世纪那种典型的"自我拷问和精神检视"的思想和写作模式:主人公一开始往往都被一种低落情绪和萎靡精神——这种情绪被称为"acedia"(慵懒)、"aridity"(死气沉沉)、"interior desolation"(内在的荒芜)和"tristitia"(即dejection"沮丧")——所笼罩。而且这些内在精神状态及其最后的舒缓也往往用于与自然或季节相关的隐喻中,被表现出来——前者如严冬、干涸和沙漠,后者如春天、春雨、花草树木或花园发芽返青等。这种写作程式到文艺复兴后期发展为宗教沉思诗的常见主题,即,"贫瘠与鲜活的交替、精神与想象力的死亡与自然景色的变化的相互对应"。到了 18 世纪,由于崇高美学观念的兴起,雄奇风景成为趋之若鹜的诗歌题材,其中"可怖然而又可爱的风暴"(pleasingly horrific storm)遂成为当时备受青睐的题材。②

在此背景之下,艾布拉姆斯指出,浪漫主义诗歌中大量出现的呼吸、精气、风暴与内在心灵之对应等写作手法就是这个悠久传统的延续:浪漫派那些描述在自然之风中个人心情如何从低迷到复苏的"忏悔抒情诗"(confessional lyrics)并不属于 18 世纪的"感伤诗和忧郁诗"(poems of melancholy and spleen)传统,而是属于更为古老的宗教忏悔诗(devotional poetry)的世俗化变体,

    这些宗教忏悔诗的目的是拷问灵魂在接近或背叛上帝的时候的种种

---

① 奥古斯丁:《忏悔录》,周士良译,北京:商务印书馆,1963 年,第 155—158 页。
② M. H. Abrams, ed., *English Romantic Poets: Modern Essays in Criticism*, 2nd edition, pp. 47—48.

表现。在浪漫主义忏悔抒情诗中,古老的宗教忏悔诗的某些世俗的——当然在某种程度上也仍然是宗教的因素——形式的或语言的或修辞的方式仍然被保留了下来。科尔律治那些最优秀的颂歌——如《沮丧颂》和《致华兹华斯》等——就采用了大量神学语汇,而且都以祷词韵律(cadence of a prayer)结尾。而华兹华斯的沉思诗也往往以西沉的落日传达神性的意象。甚至是号称无神论者的雪莱的《西风颂》其实也是对秋天之神气息和精魂所作出的祈祷。①

显然,艾布拉姆斯在这篇文章中对于浪漫主义风雨诗的神话—《圣经》渊源的梳理与弗莱的原型批评方法非常相似。但是,艾布拉姆斯却明确指出,他对神话—原型批评的基本主张事实上并不十分认可,因此也就"一直坚持不将这种(浪漫主义应和)风称之为'原型意象'(archetypal image)"。为什么呢?他指出,如果神话—原型能够从心理学入手对文学传统中某种"持续不断出现的物质性象征符号"予以客观科学解释的话,他"将会毫不犹豫地使用之"。但是,在艾布拉姆斯看来,原型—神话批评恰恰难以做到这一点。不仅如此,"原型"这个批评术语反而会捆住批评家的手脚,使他们削足适履,从而在一些既无必要,也无意义的概念中打转转。就浪漫主义诗歌中的"应和风"现象而言,"风和呼吸都是空气的运动、呼吸是生命的象征、呼吸的终止是死亡的标志——这些都是常识性问题——就如同自然环境中平静与风暴、干旱与豪雨、冬天与春天、呼入与呼出、绝望与欣快、想象力的高扬与愚钝、出生与死亡等节奏性的交替一样"。因此,外在自然与内在心灵之间在古人的心智中可能的确存在着某种神秘的感应,"一旦在某种普遍存在的内在体验与另外一种普遍存在的外在现象之间可以建立起一种类比关系,此种类比将会不断地出现(在某种文学传统之中),并终将形成口头文学与文字文学传统中的一种既定写作程式"②。艾布拉姆斯的意思是,这其实是一个简单的道理,但是荣格等人所提出的集体无意识假说及其所包括的"原始意象"(primordial images)、"种族记忆"(the racial memories)、"永恒的深度"(timeless depth)等术语却显得故弄玄虚。因此,如果将那些"所谓的科学概念去掉,那么原型—神话批评中那些

---

① M. H. Abrams, ed., *English Romantic Poets: Modern Essays in Criticism*, 2nd edition, p. 49.
② Ibid.

神秘主义色彩就可以被消除,因而也还是具有一定的解释力度的"①。

不仅如此,在艾布拉姆斯看来,神话—原型批评对所谓"原始意象"的排他性关注使得神话—原型批评家总是将形形色色的、复杂的文学作品还原到某个单一的、超时间的原型主题模式(如前文所论述的弗莱的四重空间结构说),因而导致了对作品进行过分简单化,甚至机械附会的诠释(这个问题也非常明显地反映在当代中国神话—原型批评界之中!)。也正因为如此,原型—神话批评不是将文本解释得更清楚,反而将作品意义弄得更含混:

> 那种刻意要在作品中去挖掘可能根本就没有的原始意象的批评不仅抹杀了每一部作品的独特性,还有可能彻底勾销掉作品作为艺术品的地位。这种阅读方式将艺术品丰富的多样性统统归纳为一个单一的原型意义,或归纳为屈指可数的几个所谓原型模式(archetypal patterns)——这些模式不仅为所有诗歌共有,也与其他那些非艺术现象,如神话、梦和心理妄想症所共有。②

在浪漫主义研究领域里,神话—原型批评问题同样存在。在艾布拉姆斯看来,神话—原型批评的浪漫主义研究也总是以少数几个原型模式来寻求对于浪漫主义文学具有普遍解释力度的批评模式,其后果就是对于浪漫主义文学在文学史中的独特性要么根本不承认,要么无法解释——这充分反映在弗莱固执地认为浪漫主义仅仅是发生在文学史内部的隐喻结构空间位置的变化,与文学、社会和政治观念的改变无关的论调中。具体就浪漫主义应和之风

---

① 艾布拉姆斯指出,荣格的理论认为,"某种意象一旦在神经系统中留下烙印,它就会深深地蛰伏在人的深层心理结构之中,然后偶尔以所谓集体无意识的形式表现出来",然而,这种看似理性—科学的解释事实上完全没有必要。(M. H. Abrams, ed., *English Romantic Poets: Modern Essays in Criticism*, 2nd edition, p.49.)艾布拉姆斯的意思是:应和之风这个文学现象就是自然环境及其对人的心灵所造成的错觉性感应——这种心灵与自然环境的错觉性对应—感应现象在人类文化的早期应该是普遍存在的,如《诗经》的"桃之夭夭,灼灼其华。之子于归,宜其室家"。

② 艾布拉姆斯对毛德·鲍德金(Maud Bodkin)影响巨大的《诗歌中的原型模式》(*Archetypal Patterns in Poetry*)一书就提出了批评。在该书中,鲍德金将荣格关于心理能的"前行和退行"(progression and regression)理论以及"再生原型"(the Rebirth archetype)用于解读科尔律治《古舟子咏》中的风暴意象。艾布拉姆斯认为这种解读太过简单化,而且对于所有文学作品都可以屡试不爽,得出的结论都是一样的,从而抹杀了艺术作品的个性与多样性。M. H. Abrams, ed., *English Romantic Poets: Modern Essays in Criticism*, 2nd edition, pp.50—51。

这个现象而言,艾布拉姆斯指出,虽然"应和之风"这个意象的确大量存在于前浪漫主义时代,尤其是古代的神话、宗教以及宗教沉思诗之中,但是,作为独特的"浪漫隐喻"(a Romantic metaphor)的"应和之风"——"就如同反叛的英雄、负罪的流放者、普罗米修斯或撒旦式人物一样——都是浪漫主义所独有的"。为什么这么讲呢?艾布拉姆斯指出,这是因为:首先,在浪漫主义时代之前,还没有任何一个时代应和之风在如此众多的诗人笔下如此大量频繁地出现——只有在19世纪前20年才出现这种独特的现象;其次,浪漫主义诗人大量诉诸神话和原始思维、将中世纪宗教忏悔诗进行世俗化改写也是浪漫主义所独有的特色(也就是说,虽然在前浪漫主义时代也存在着类似的文学现象,但是浪漫派诗人是有意识地挪用或改写了这种"应和之风"的文学隐喻,从而使之成为浪漫派文学的一大独特手法);再次——也是最为重要的一点——浪漫主义诗歌中的应和之风现象与其时代的哲学、政治和美学思潮密切相关——下面我们将要看到,最后这个观点预示了艾布拉姆斯浪漫主义研究另一篇里程碑式的文章《英国浪漫主义:时代精神》一文的主旨。[①]

那么,浪漫主义的应和风在何种意义上是其时代精神的反映呢?在艾布拉姆斯看来,这主要体现为浪漫之风所蕴含的狂飙精神对18世纪启蒙理性的反抗。首先,与以"水流、光亮和云彩"等广泛存在于18世纪诗歌中那些明晰清楚的意象相比,浪漫主义诗人笔下的自然风都是一种看不见的自然力量——如雪莱《西风颂》一开篇就说西风是一种"无形的存在"(unseen presence)、华兹华斯与科尔律治都抨击"视觉的专制"(despotism of the eye):自然之风作为一种不可见的力量只是通过其在自然中引起的视觉效果(乱云飞渡、山呼海啸、枯叶纷扬等)才让我们感到其存在。在艾布拉姆斯看来,这种自然观代表了浪漫主义诗人对于强调明晰、平衡、节制等原则的启蒙世界观的反叛。其次,自然中流动的空气是人与自然环境紧密联系的纽带——自然之风不仅是人的呼吸的对应物,自然之风也被人呼吸进身体并转化为人的精魂。艾布拉姆斯指出,这种以自然之风将人与自然融为一体的思想完全是对"后笛卡尔时代"那种人与自然相分离的二元论和机械论的反叛。最后,浪漫之风往往呈现为摧枯拉朽的狂飙,具有强大的破坏性和摧毁性力量(即使是华兹华斯

[①] M. H. Abrams, ed., *English Romantic Poets: Modern Essays in Criticism*, 2nd edition, p. 51.

《序曲》开篇的柔风也很快就飞扬成为风暴)。艾布拉姆斯指出,浪漫狂飙虽然有古代文学传统的渊源(古代诗歌中的狂飙往往是神灵附体的诗人诗性勃发的对应物),但这些浪漫风暴同时也是浪漫派所独有,表现出的是浪漫派对自由精神和革命风暴的渴求。以雪莱为例,狂暴的西风代表的即是荡涤一切污泥浊水、催生万物复苏、大地更新的革命力量。①

总之,与弗莱相似,艾布拉姆斯发现了作为一种典型浪漫隐喻的应和之风的神话—《圣经》渊源;但是,与弗莱不同的是,艾布拉姆斯认为只有到了浪漫主义时代这种手法才被有意识地大量广泛而且熟练地运用于诗歌的写作之中。因此,要更为清楚地解释这种现象,就必须回到浪漫主义时代的具体历史语境中去,回到浪漫主义的"时代精神"中去(而不是像弗莱那样固执地否认外在观念革命的影响)——这就是继《应和之风:一个浪漫隐喻》之后艾布拉姆斯下一篇文章《英国浪漫主义:时代精神》一文的主旨。

三、浪漫主义与启示革命的内在—世俗化

1825年,黑兹利特出版了《时代精神,或当代名人肖像系列》(*The Spirit of the Age, or Contemporary Portraits*)一书。在该书中,黑兹利特集中介绍了他的同代人——如边沁、戈德温、科尔律治、司各特、拜伦、华兹华斯、马尔萨斯、杰弗里、骚赛、亨特等——的思想,尤其是为我们再现了那些风云人物的思想与其时代氛围或精神(主要是法国革命)之间的关系。在黑兹利特看来,从18世纪后10年到1825年期间的英国政治—宗教思想和诗歌小说创作都与法国革命有关:法国革命的动荡起伏及其所蕴含的希望与幻灭、激昂与消沉、坚毅与怯懦等,都深刻地反映在这35年间英国的思想—文学界之中。在《华兹华斯》一章一开篇,黑兹利特就明确宣称:"华兹华斯先生的天才纯粹是时代精神的流溢……它是我们这个时代的产物。它参与了我们时代的革命运动,并被这个革命运动裹挟前行:这个时代的政治变革构成了华兹华斯先生诗歌实验的模式。他的缪斯是一个平等主义者——不了解这一点我们就无法解释

---

① M. H. Abrams, ed., *English Romantic Poets: Modern Essays in Criticism*, 2nd edition, pp. 51—52.

华兹华斯诗歌的种种特征。"①对于黑兹利特的观点,艾布拉姆斯评价道:

> 我认为黑兹利特及其同代人关于那个时代文学景观的描述是非常准确的:浪漫主义时代弥漫着对以暴力方式进行全面变革的崇尚和渴望。从历史的观点来看,如果不考虑这些时代因素对浪漫主义诗歌本质以及其形式的影响,我们将无法完全正确厘清浪漫主义诗歌的精髓……然而,当批评家和文学史家从总体上界定"浪漫主义"或"英国浪漫主义运动"这些术语的时候,他们却通常会忽略该运动与当时革命氛围的关联。②

艾布拉姆斯指出,浪漫主义虽然不能以一个简单化的、统一的定义来概括之,浪漫主义诗人的个性以及创作特征都千差万别,"但是,某些明显的特征的确为许多浪漫主义诗歌所共有,正是这些特征构成了一个特色鲜明的(浪漫主义)文学思潮。在很大程度上,这个思潮与我们现在愈来愈了解的那场世界巨变过程中的各种事件和观念有着密切的联系"③。艾布拉姆斯所说的"世界巨变"就是指法国革命。

那么,法国革命及其蕴含的时代精神到底是什么呢?它对浪漫主义,尤其是英国浪漫主义的兴起到底产生了怎样的影响呢?

艾布拉姆斯指出,从法国革命爆发到 1799 年 11 月 10 日拿破仑雾月政变

---

① William Hazlitt, "The Spirit of the Age, or Contemporary Portraits", in Duncan Wu, ed., *The Selected Writings of William Hazlitt*, Vol. 7 (London: Pickering & Chatto, 1998), pp. 161—162. 艾布拉姆斯指出,这种观点在当时并非黑兹利特的个人看法。雪莱 1819 年的《改革的哲学观点》、穆勒(John Stuart Mill)1830 年以《时代精神》为题目的系列论文,还有杰弗里、德·昆西等人都发表过类似的观点。M. H. Abrams, "English Romanticism: the Spirit of the Age", in Northrop Frye, ed., *Romanticism Reconsidered* (New York: Columbia University Press, 1963), pp. 27—28. 比如在《改革的哲学观点》一文中,雪莱就指出,在法国革命和美国革命的激发之下,英国社会也面临着巨大的危机,但这种危机感却催生了英国浪漫主义文学:"只要读一读我们这个时代最知名作家的作品,无论其思想方式或表现手法如何,我们无不震惊于他们言辞之中充满着的沛然活力。他们以广阔的视野和精深的追问精神来探索人性的广度和深度——这种穷尽一切的追问精神甚至连他们自己也感到吃惊,因为那其实并非他们的精神,而是这个时代的精神。" P. B. Shelley, "A Philosophical View of Reform", in David Lee Clark, ed., *Shelley's Prose or the Trumpet of a Prophecy* (London: Fourth Estate, 1996), p. 240。

② M. H. Abrams, "English Romanticism: the Spirit of the Age", in Northrop Frye, ed., *Romanticism Reconsidered*, pp. 28—29.

③ Ibid., 30.

这 10 年恰恰是第一代浪漫主义诗人文学创作的成熟期,他们主要的作品在这个时期都已经基本完成或开始全面动工:布莱克的《四天神》(*The Four Zoas*),华兹华斯两卷本《序曲》和全本《序曲》的大量零散手稿、《格拉斯米尔之家》、《漫游》第一部以及科尔律治的大部分作品在这个时期都已经基本完成。不仅如此,浪漫主义诗人也明确表示了法国革命对他们所产生的影响:

> "只有那些真正生活在那个时代的人",转向了保守的中年骚赛回忆说,"才知道或理解法国革命到底给他们留下了怎样的记忆,也只有他们才能够感受到,在当时,一个幻象般的世界(visionary world)似乎正在徐徐展开,人们也似乎正在迈入那个世界。旧世界的一切似乎都在消失,人们的唯一梦想就是全人类的再次重生。"……华兹华斯本人在《序曲》中也写道:"在那个黎明时分,活着是多么幸福啊!"……1792 年五月,塞缪尔·罗密力(Samuel Romily)激动地宣称:"这是人类有史以来发生的最伟大的事件,是人类最幸福的时刻。"……①

的确,在这个时期,"一切皆有可能"这种充满千年至福意味的乐观精神弥漫着整个英国社会,尤其是文学领域。艾布拉姆斯指出,阅读 18 世纪 90 年代早期的诗歌、布道文、小说以及戏剧作品我们就会明白,这个说法并非全然夸张,在一个全新的世界中人类正在获得新生——这是当时众多作家的共同主题。

但是,艾布拉姆斯指出,虽然早期英国浪漫派都深受法国革命的影响,然而两者之间却存在着本质的不同——这个观点是非常新颖的。他指出:"改造旧世界"以及"人类的更生"——这两个观念反映出当时法国激进派与英国激进派本质的区别。大多数法国哲学家(也包括他们在英国的代表——戈德温)都是持反宗教立场的无神论者和启蒙思想的实践者。而当时英国的激进主义者们基本都是英国本土不从国教的宗教激进分子,是 17 世纪英国内战狂热清教徒的继承人。这就决定了他们对法国革命的认识不是从启蒙思想出发而是

---

① M. H. Abrams, "English Romanticism: the Spirit of the Age", in Northrop Frye, ed., *Romanticism Reconsidered*, p. 31.

根源于《圣经》启示革命论。① 艾布拉姆斯的这个论点并非建立在猜测基础之上,而是从大量史料考证而来。比如,1791 年马克·威尔斯(Mark Wilks)牧师在布道时论及法国革命时便说:"耶稣基督就是一个革命者;耶稣降临人世的目的就是发动革命——这从耶稣本人所说的话就可以得到印证——'上帝派我来的目的就是为被囚禁的人带来自由'(Luke 4:18)。"而当时的一位论者(Unitarians)(主要成员基本都是科学家、文学家以及具有很大社会影响力的宗教权威人士)也几乎都用《圣经》中的观念(如预言论、弥赛亚、千年至福论和启示论等)来解释启蒙哲学关于人类进步的观念。托马斯·霍尔克罗夫特(Thomas Holcroft)在阅读潘恩的《人权宣言》的时候就激动地欢呼:"哦!这是新耶路撒冷!这是千年至福!"理查德·普莱斯(Richard Price)在 1785 年也将美国革命视为通往"古老预言"中关于一个由理性、美德、和平构成的理想王国之重要一步:在那里,狼将"与羔羊和平相处,豹子与山羊欢快嬉戏"(Isaiah 11:6)。到 1793 年,当法国革命走向了暴乱,英国的那些预言家们的解释便从以赛亚的温和道路转向了《圣经·启示录》的暴力革命论。华兹华斯的《漫游》中的那个孤独者的原型是约瑟夫·福赛特(Joseph Fawcett)——一个著名的一位论神学家和诗人。在《漫游》中,我们能够发现法国革命古典神话以及基督教预言论的融合:

> 我看见了
> 上帝的光辉——一种高于任何所见过的光亮,
> 它融汇着无限的天堂与大地,
> 闪烁在我们的灵魂之中。同时,预言的竖琴声
> 在树林中悠然回荡,"战争快停止了"。
> ……我歌颂农神统治(Saturnian rule)
> 的回归,——一个黄金时代的苗裔
> 被派遣下凡来祝福人类。
> ——希伯来的经书充满着美好的承诺。

---

① 笔者认为艾布拉姆斯的这个认识相当重要。中国学术界往往倾向于以启蒙运动来解释法国革命的起源及其在欧洲各国的影响,忽略了当时欧洲各国激进思想来源的具体性和复杂性——尤其是没有注意到英国浪漫主义与英国不从国教运动的渊源。

第二章 神话—原型—《圣经》批评与英国浪漫主义研究

> ……古人的灵智
> 那闪光的言辞也开启了我的心扉,
> 我也承诺,——以坚如磐石的信念
> 展望,并献上我对预言的祈求。

通过对这些史料进行详细研究,艾布拉姆斯明确表示:"(英国)浪漫主义诗歌的形成毫无疑问是对(基督教)启示论理想的表达,至少是对启示论远景的想象和憧憬——它将法国革命理想与深深地植根于欧洲基督教文化内核中的主宰性神话融合了起来。"[①]

综上所述,艾布拉姆斯的中心论点就是,英国浪漫主义的根源在于17世纪英国的不从国教激进主义;在法国革命期间,这些不从国教激进分子备受鼓舞,因为他们认为法国革命就是他们所一直追求的弥赛亚、千年至福和启示论等基督教理想的实现;它即将开启的并非18世纪启蒙思想家所设计的那种以自由、平等、博爱为基础的世俗意义上的理想世界,而是《新约》意义上的新耶路撒冷。正是在这种基督教思想的影响之下,英国浪漫主义诗人将自己视为具有灵视能力的预言者,比常人更能够看到启示论时代的到来。艾布拉姆斯明确指出,布莱克是浪漫派诗人中第一个明确表达这种基督教意义上的浪漫主义诗人—预言家思想的人:"《经验之歌》的《序言》提醒我们注意布莱克后来所有诗歌中的主调:'请倾听吟游诗人的声音吧!/他能够洞悉现在、过去和未来。'这个声音就是《新约》—《旧约》中那个诗人—预言家的声音。"[②]这是艾布拉姆斯对浪漫主义诗人"灵视能力"的独特诠释。也就是说,在艾布拉姆斯看来,所谓浪漫主义的灵视(Romantic vision)并非一个诗学问题,而是一个宗教政治问题。因此,与许多浪漫主义研究者不同,艾布拉姆斯不认为英国浪漫主义是一种政治逃避主义。他指出,英国浪漫主义诗人

> 在本质上都是政治和社会诗人。那种将浪漫主义视为逃避主义(逃

[①] M. H. Abrams, "English Romanticism: the Spirit of the Age", in Northrop Frye, ed., *Romanticism Reconsidered*, pp. 33—37. 所引华兹华斯《漫游》选自 Ernest de Sélincourt and Helen Darbishire, eds., *The Poetical Works of William Wordsworth*, Vol. 5 (Oxford: Clarendon Press, 1966), pp. 101—102。

[②] Ibid., 40—41。

避社会巨变、逃避暴力革命、逃避现代工业革命的种种丑恶)的观点是不公正的偏见。事实上,浪漫派诗人——甚至一些维多利亚诗人——都对现实政治和社会表示出强烈的关注——布莱克的妻子甚至还抱怨说她的丈夫总是沉浸在"天堂"(Paradise)之中,但是正是从这个(宗教)立场出发,布莱克与世俗现实保持着密切的联系。……华兹华斯说他"每天要花十二个小时来思考社会前途的问题,而花在诗歌上的却只有一个小时";科尔律治、骚赛和雪莱等都是这样的——他们都写下了大量讨论政治的小册子、散文、社论或布道文等;在他们大部分的诗歌、小说、戏剧、长短抒情诗中,他们都或隐或显地表达了对时下历史和思想形式的关注。①

但是,艾布拉姆斯也强调,浪漫主义诗人并不直接写作政治或道德评论,也就是说,他们所关切的并非现实意义上的政治革命,而是一种宗教意义上的政治——一种由某个受到圣灵启示的、集先知—祭司—诗人功能于一身的上帝选民所吐露的"幻象政治"(the politics of vision)。这种浪漫主义的幻象政治自有其独特性:

> 新古典主义对缪斯的呼唤仅仅是一种诗学仪式(a formality of poetic ritual)。感伤主义对斯本塞、莎士比亚和弥尔顿那种"神圣灵感"的追求仅仅是一种怀旧。但浪漫派对超越他们自身的神启灵感的追求却是来自他们对这种力量的绝对相信——如布莱克就不断地强调这一点,雪莱也宣称他那个时代的伟大诗人都是"拥有难以理喻之灵感的祭司,是鉴今兆来的镜子"——当他们表达这样的观点的时候,都是非常认真的。当华兹华斯说他自己是"一个年轻的德鲁伊特(a youthful Druid)……一个精选的行吟诗人(a Bard elect)……一个被上帝选中的儿子(a chosen Son)"的时候,当科尔律治在《致华兹华斯》中赞美《序曲》是一首由"一位伟大的行吟诗人"(a great Bard)所吟唱出的"气势恢宏的预言抒情诗(prophetic Lay)——……一首玄奥之歌(an orphic song)"的时候,他们也都是非常认真的。②

---

① M. H. Abrams, "English Romanticism: the Spirit of the Age", in Northrop Frye, ed., *Romanticism Reconsidered*, pp. 43—44.

② Ibid., 44—45.

所以,英国浪漫主义诗人都十分自信地认为自己不是普通人,而是上帝精选的歌者,是肩负神圣使命的行吟诗人,是布鲁姆所说的具有预言—启示—灵视能力的"灵视一族"(the visionary company),是但丁、斯本塞,尤其是弥尔顿的继承人。艾布拉姆斯明确指出,只有抓住这一点我们才能够对英国浪漫主义诗人及其诗歌做出正确的解读。

艾布拉姆斯尤其强调英国浪漫主义诗人对弥尔顿传统的继承。那么弥尔顿传统究竟是什么呢?一言以蔽之,就是宗教革命的审美化。弥尔顿是英国本土的德鲁伊特行吟诗人,他的思想中充满了社会、政治和宗教意义上的革命精神,他的灵感既来自缪斯,也来自圣灵。因此,对于17世纪英国革命,弥尔顿完全是怀抱着实现千年至福理想的憧憬去参与的,当最后革命在现实世界中遭遇失败之后,弥尔顿便将他的启示论革命理想予以审美化,转化为气势恢宏的史诗《失乐园》。正是在这些意义上,艾布拉姆斯指出,18世纪90年代的浪漫派诗人都是弥尔顿的继承者,即,都是以诗歌来记录和展现那个时代的伟大事件:

> 不管浪漫派诗歌采用的是何种题材,浪漫行吟诗人(the Romantic Bard)就是那种能够洞悉"现在、过去和未来"的灵视诗人。所以在处理时代题材的时候,他的手法往往是全景式的,他的舞台是半神话式的,他对社会事件的叙事逻辑是启示论式的。通过肯定神意安排或某种形式的自然目的论(Natural teleology)以便能够在看似混乱的人类历史中梳理出一个秩序,从而将现实的恶转化为未来的善,浪漫主义的诗歌幻象将历史、政治、哲学和宗教完美地融为一个宏大的景观。18世纪90年代中期的法国革命似乎恰好为他们的这种构想展现出了一个可实现的希望,或者说,法国革命就是他们的那种美好启示理想的早期阶段——从此开始,新人、新大地将会在乐园中得到恢复。①

为了进一步说明这个观点,艾布拉姆斯逐一分析了骚赛的《圣女贞德:一首史诗》(*Joan of Arc: An Epic Poem*,1793)、科尔律治的《宗教沉思》(*Religious*

---

① M. H. Abrams, "English Romanticism: the Spirit of the Age", in Northrop Frye, ed., *Romanticism Reconsidered*, pp.45—46.

Musings，1794)、华兹华斯的《素描随笔》(*Descriptive Sketches*，1793)等作品。比如艾布拉姆斯认为科尔律治通过《宗教沉思》，"展现了他对时事的看法；师法其一位论精神导师约瑟夫·普莱特斯利(Joseph Priestley)，科尔律治将其(指《宗教沉思》——笔者注)基本内容言简意赅地概括为'法国革命—千年至福—普适救赎—结论'。他的计划是在时下革命事件与《圣经·启示录》有关暴力的预言之间建立起某种一致性"①。尤其值得注意的是，艾布拉姆斯甚至还将雪莱的《麦布女王》也划入同类作品之中：

> 20年以后，雪莱再现并扩展了18世纪90年代早期的这些诗歌模式。19岁时雪莱写下了自己第一首长诗《麦布女王》。这首诗仍然遵从了悲伤的过去、梦魇的现在和幸福的未来之幻景展现模式。尽管有些观念来自英国和法国的启蒙思想家……但(《麦布女王》中的)大量意象却是来自《圣经》的千年至福论，如雪莱预言道："就在这同一个地方，将要出现/一座花园，它比神话中的伊甸园/更加美丽"；当这一天最后到来时，"所有的东西都重新经过创造"，狮子"蹲在太阳底下，/伴着毫不惧怕的小羚羊游戏"；人类的思想道德也将加入这个更生的过程，直到他"洁白的身体和心灵"到达"快乐的地球，真正的天堂"这"一切凡俗的希望的峰顶"。②

然而，在艾布拉姆斯看来，英国浪漫主义诗人最好的作品并非写于法国革命高潮期：上述诗歌虽然想象大胆新颖，但在艺术上并非好诗。艾布拉姆斯指出："优秀的浪漫主义诗歌并非写于革命高潮之时，而是在对革命幻灭或绝望的心境之下写成的。但幻灭期所写下的那些优秀诗篇却并非与前期的决裂，而是以一种新的形式延续了前期的题材、诗歌声音、构想、思想观念和意象。对这种变形的延续的研究能够使我们更为清楚地认识后期浪漫派诗歌的种种看似奇怪的特征。"③也就是说，在艾布拉姆斯看来，第一，对现实政治的幻灭是后期浪漫派那些优秀诗歌的写作背景，也是我们理解后期浪漫派经典作品

---

① M. H. Abrams, "English Romanticism: the Spirit of the Age", in Northrop Frye, ed., *Romanticism Reconsidered*, p. 49.

② Ibid., 51—52.

③ Ibid., 53.

的关键;第二,优秀的浪漫主义诗歌仍然怀抱启示革命的理想,但那种理想已经由外转内、由现实世界转向了心灵世界了。就此而言,希望—消沉/沮丧—想象构成了后期浪漫主义优秀诗歌的核心关键词。

的确如此。首先,我们在后期浪漫主义诗歌中仍然能够读到大量与革命相关的隐喻,如地震和火山爆发、净化的烈火、初升的太阳、美好一天的开始、春天大地苏醒等,其中出现得最为频繁的词就是"希望"(hope)。如在《序曲》第一卷中,当华兹华斯回忆其写作冲动时,他一连用了三个"hope"和一个"wish":

> ……继而我又产生
> 更高的希望(hopes):多年来一些飘忽的
> 幻影散漫地飞还,我愿赋予
> 它们实在的生命,并且适度地
> 向它们分配积压在我心头的许许
> 多多的感情。这一希冀(hope)已遭
> 阻挫:虽然东方的晨曦使人
> 欣悦,但是它只显现于瞬间,
> 留下的天宇将我嘲弄,因为天宇
> 虽能够延存,却不能使晨光长明;
> 我心灵也同样记得旧日的狂想,
> 但若有意抓牢某个崇高的主题,
> 该向往(wish)是徒然的:她各方寻找,
> 却见日日复生着心愿的阻障。
>
> 若将崇高的希望(lofty hope)暂且搁置一旁,
> 仅在眼前卑微的作品中施展
> 才能,我也该心满意足。①

---

① William Wordsworth, *The Prelude* (1850), in J. C. Maxwell, ed., *William Wordsworth, The Prelude: A Parallel Text*, pp.41—43. 译文参考了威廉·华兹华斯:《序曲或一位诗人心灵的成长》,丁宏为译,第5—6页。译文稍有改动,着重号为笔者所加。

在第一次听到华兹华斯朗诵《序曲》后,科尔律治写出了《致华兹华斯》一诗。诗中写道,当法国革命爆发时,华兹华斯

> 你就在那里,神采飞扬,
> 身处在一片喧嚣的光明之域中,
> 身处在一片欢欣鼓舞的伟大国度中,
> 那时,从人类的普遍胸怀中
> 迸发出的希望如同新生的神灵!①

其次,与"希望""希冀"一起大量出现的还有希望破灭之后的"沮丧"(dejection)、"消沉"(despondence)、"绝望"(despair)等。艾布拉姆斯指出,正是这种从希望到幻灭再到希望复苏的心路历程才是浪漫主义优秀诗歌的核心,也是我们理解浪漫主义优秀诗歌的关键。他以《序曲》第六卷中的一个片段为例详细论述了这个问题。在那个片段中,华兹华斯描述了1790年法国革命处于高潮阶段的时候,他第一次与罗伯特·琼斯(Robert Jones)一起去法国旅游时的感受:

> 壮观的景色激起我活跃的想象,
> 批准我去堂堂正正地实现平时的
> 偶思窃想……
> 欧洲一片欢呼雀跃,群情
> 激奋,法兰西正值金色的时光,
> 似乎人性再次在世上诞生。②

但是在接下来那段著名的阿尔卑斯山隘口场景中,华兹华斯突然展现出了一种悲伤感,一种"忧郁低迷"(a melancholy slackening)的情绪。在阿尔卑斯山隘口处,他们离开了向导,于是便独自向上攀登,直到一个农夫告诉他们:他们已经迷路,正在下山而不是上山:

---

① S. T. Coleridge, "To William Wordsworth", in Stephen Potter, ed., *Coleridge: Selected Poetry and Prose* (London: Nonesuch Press, 1971), p. 118. 着重号为笔者所加。

② William Wordsworth, *The Prelude* (1850), in J. C. Maxwell, ed., *William Wordsworth, The Prelude: A Parallel Text*, pp. 223—225. 译文引自威廉·华兹华斯:《序曲或一位诗人心灵的成长》,丁宏为译,第142页。

>……这是我们最不愿
>相信的悲讯,因为仍怀着直冲云霄
>的向往(hopes that pointed to the clouds),但是,尽管一再
>追问,他回答的每一句话都是那样
>简单,都被我们沮丧地归结为:
>我们已经翻过了阿尔卑斯山。①

在这一段诗行中华兹华斯想要表达怎样的意思呢？其实也不复杂:让华兹华斯感到沮丧的是现实意义上的攀登居然那么容易就实现了,而且实现得那么平庸,而他对顶峰的"向往"却仍然"直冲云霄"。进而言之,任何现实意义上的凡俗平庸事物都不可能满足诗人对无限的向往,于是,从向往到沮丧就必定是经历了法国革命的英国浪漫主义诗人共同的心路历程。

然而,从希望到沮丧却并非英国浪漫主义优秀诗歌的唯一主题——浪漫主义诗人对启示革命理想的追求、对无限的渴求决定了他们不可能一直徘徊在沮丧和消沉里,因为审美想象最终能够为他们提供一个将向往内在审美化的途径。因此,在接下来的一段中,华兹华斯突然从阿尔卑斯山旅行转入关于想象的论述:

>想象——一种因人类语言的无力
>而得此名称的功能,你那令人
>敬畏的力量从心灵的深渊升起,
>犹如无根的云雾,刹那间笼住
>一位孤独的旅人。我陷入迷茫,
>不愿尽力冲破这云屏雾障,
>但是,我现在能对我清醒的灵魂说——
>"我认出了你的辉煌"……②

艾布拉姆斯评论说:

---

① William Wordsworth, *The Prelude* (1850), in J. C. Maxwell, ed., *William Wordsworth, The Prelude: A Parallel Text*, p.227. 译文参考了威廉·华兹华斯:《序曲或一位诗人心灵的成长》,丁宏为译,第151—152页。

② Ibid., 237—239. 译文引自威廉·华兹华斯:《序曲或一位诗人心灵的成长》,丁宏为译,第152页。

只有现在,在追忆中,他(华兹华斯)才能够认识到,他的想象力已经穿越了攀登这个表面事实,触及了这个事实表象之下的象征性意义。这个象征性的事件预示了他将要叙述的《序曲》接下来的部分。人对无限的希望和追求永远不可能在现实世界中和人的有限生命中得到实现。两者之间的差异就如同"直冲云霄/的向往"与阿尔卑斯山隘口有限的高度之间的区别。但是,在这种极度失望的情绪之中却又存在着一些安慰(consolation),因为幻象的闪现(flash of vision)同时也展示出人类精神之中对无限的追求和向往。①

也就是说,只有在审美想象中,浪漫主义诗人对无限的向往才能够得到实现,也只有想象才能够使浪漫主义诗人从沮丧低迷中重获生命的沛然活力。因此,浪漫主义的审美想象与他们对幻想革命的追求是完全一致的——它深刻展示出人的尊严与伟大:

> ……我们的命运——我们生命的
> 心房与归宿——在于无限,别无
> 他方;在于希望,不灭的希望,
> 还有奋争、企盼、渴求,或某个
> 永远等待诞生的形象。②

"简言之",艾布拉姆斯指出,"受法国革命启发,华兹华斯萌生出了一种无限的、当然也是不可能实现的企盼和希望——这就是浪漫主义的中心原则。这个原则(对无限的追求)否定了新古典主义对可实现目标的追求的原则。新古典主义认为的人的悲剧性错误就在于自大和骄傲——他企图以其有限的生命追求无限。但浪漫主义却不认为这种对于无限的追求是人骄傲和自大,而是体现了人的尊严和超越有限性存在的勇气。就此而言,华兹华斯在《序曲》这个片段中所展示的就是英国浪漫派以及德国浪漫派所共有的追求无

---

① M. H. Abrams, "English Romanticism: the Spirit of the Age", in Northrop Frye, ed., *Romanticism Reconsidered*, p. 56.
② William Wordsworth, *The Prelude* (1850), in J. C. Maxwell, ed., *William Wordsworth, The Prelude: A Parallel Text*, p. 239. 译文参考了威廉·华兹华斯:《序曲或一位诗人心灵的成长》,丁宏为译,第152页。

限(infinite Sehnsucht)的伟大信念——他们永不满足的追求——如布莱克高呼'我向往！我向往！'('I want! I want!')，雪莱的'飞蛾对星星的欲望'"①。也就是说，只有在主体的内在化审美想象中，浪漫主义对无限的启示论追求才可能得以实现——千年至福理想没有在法国革命中得到实现，但是在诗人的心灵中却是可以实现的。这个观点有助于我们理解华兹华斯1800年为《漫游》所写下的《内容简介》(Prospectus)。② 在《内容简介》中，华兹华斯透露，他写作《隐士》的目的仍然是对早年由法国革命所激发出的千年至福理想的向往，仍然是对《圣经·启示录》中的"天堂，乐园/之林，幸运之邦"(Paradise, and groves/ Elysian, Fortunate Fields)的向往。然而，在写作《隐士》的时候，此种千年至福理想不再体现为法国革命所代表的外在政治追求，而是转化成为一种主体的内在向往：

> 当人的灵秀心智，与这个
> 祥和世界，在爱和神圣情感之中
> 被结合在一起，我们将发现这些

---

① M. H. Abrams, "English Romanticism: the Spirit of the Age", in Northrop Frye, ed., *Romanticism Reconsidered*, p.57. 但是，艾布拉姆斯同时又指出，个性精神气质的不同也决定了浪漫主义诗人追求启示论—无限性会呈现出不同的特征。与布莱克和雪莱相比，中年后的华兹华斯性格中少了几分激越，更多的是以"睿智的消极"在"宁静中唤起回忆"。因此，华兹华斯的审美—启示革命论更多地体现出矛盾的消解与和谐而非决绝的战斗："'在此战旗下，/灵魂不求奖杯，不争惠利，/不需它们证明自己的成就，/只满足于自我完善、自我奖励的/思想……'在此，我们可以看到，现实政治斗争的英勇气概(militancy of overt political action)已经转化为精神安宁的悖论(the paradox of spiritual quietism)：在这样的战旗之下，我们看到的不是勇往直前的行军，而是一种睿智的消极(a wise passiveness)。一旦认识到这个本质问题，华兹华斯立刻展示出了他在阿尔卑斯山隘口所顿悟的自然启示论思想(apocalypse of nature)。在那里，自然界中的对立—和谐现象(coincidentia oppositorum)在华兹华斯眼里就是《圣经·启示录》的象征：'放荡不羁的/云朵和云上的天宇则变换着骚动/与平静、黑暗与光明——峡谷中所有/这一切都像同一心灵的工场，/同一脸庞的容貌，同一棵树上的/花朵；是那伟大《启示录》中的/文字，是永恒来世的象征与符号，/属于最初、最后、中间、永远。'" M. H. Abrams, "English Romanticism: the Spirit of the Age", in Northrop Frye, ed., *Romanticism Reconsidered*, pp.57—58. 脚注中所引《序曲》来自威廉·华兹华斯：《序曲或一位诗人心灵的成长》，丁宏为译，第152—153页。

② 《内容简介》本来是《隐士》第一卷的结论部分。华兹华斯在为1814年版的《漫游》所写的"序"中明确声称将其单独拿出来，放在《漫游》开头，作为其《内容简介》。参见 Ernest de Sélincourt and Helen Darbishire, eds., *The Poetical Works of William Wordsworth*, Vol. 5 (Oxford: Clarendon Press, 1966), p.2.

都是凡俗日子的产物。
　　——早在这个幸福时刻到来之前,在
孤清宁静的情绪中,我将吟出一曲
婚礼颂,讴歌这伟大的结合……
个体心灵……
与外在世界结合得多么完美……
在这种结合中,创造……
终将由它们共同
完成:——这就是我们的中心论题。①

　　艾布拉姆斯论述道,在《内容简介》这一段中,我们可以清楚地看到,中年后的华兹华斯仍然怀抱着启示革命理想,而且他仍然坚信这个理想只能够通过"一种神圣的结合来予以象征"。"但是",艾布拉姆斯同时指出:"这个希望已经从人类历史转向了个人心灵;从外在政治斗争转向了个人的想象行为;耶稣(羔羊)与新耶路撒冷的结合被转化为主体与客体、心灵与自然的融合——这种融合能够从一个旧的感官世界(the old world of sense)中创造出一个新世界。"②也就是说,只有在审美想象中,在主体与客体、心灵与自然的融合中,神圣的结合、启示的理想才能够最终实现。

　　总之,在艾布拉姆斯看来,对法国革命的幻灭感以及对启示论的坚定信念是优秀浪漫主义诗歌的核心,也即,(启示)革命希望→内在消沉/沮丧→审美(想象)革命构成了浪漫主义诗人共同的心路历程。不仅是华兹华斯,其他浪漫主义"灵视诗人"——包括第二代浪漫主义诗人——也都一样。比如雪莱的《伊斯兰的反叛》《普罗米修斯的解放》《希腊》等都是在欧洲革命运动的再次兴起所激发出来的。但与此同时,雪莱对人性以及人类前途的看法却越来越悲观。因此他便逐渐从《麦布女王》那种"直白大胆的写实主义"(bald literalism)转向了更具"想象性的形式"(imaginative form)——这种形式中的《圣经》、象

---

① William Wordsworth, *Prospectus*, in Ernest de Sélincourt and Helen Darbishire, eds., *The Poetical Works of William Wordsworth*, Vol. 5, pp. 4—5.
② M. H. Abrams, "English Romanticism: the Spirit of the Age", in Northrop Frye, ed., *Romanticism Reconsidered*, p. 59.

征和神话意味变得越来越浓,但是坚信人性和世界能够再次得到完善的观点仍然是那些作品的主题。比如,在《普罗米修斯的解放》中,这个主题就由普罗米修斯与阿西亚的结合——这个结合是在充满宇宙的欢乐气氛中进行和完成的——被象征地表达了出来。但是,艾布拉姆斯敏锐地注意到,这个新世界到来的基础却是"人类道德天性的彻底净化以及由此而带来的想象力的净化(the purged imagination of Man)"。① 狄摩高更(Demogorgon)——这个启示论的神秘执行者(the inscrutable agent of apocalypse),将这种革命明确地描述为精神革命(spiritual revolution)——即坚韧、宽容、爱,尤其是希望等精神品质的复苏——虽然现在这个希望与绝望似乎难以区分:

> 忍受那希望以为是无穷的灾祸;
> ……
> 要爱、忍耐;希望,直到希望
> 从失望中创造出它所为之向往;
> ……
> 善良、正直、无畏、美好和坦荡;
> 这才是胜利和通知,生命和欢畅。②

狄摩高更在此道出了浪漫主义诗人在心灵—审美想象中追求无限的启示论理想之外的另一种启示革命理想,那就是对善良、正直、平等、坚韧、宽容和爱等世俗美德的追求。

那么,浪漫主义诗人是否真正实现了狄摩高更的预言呢?艾布拉姆斯的回答是肯定的:虽然在现实中他们遭遇法国革命之后的幻灭感,但是浪漫主义诗人却在诗歌领域内实现了——至少是实践着他们的追求。这具体体现在华兹华斯在《〈抒情歌谣集〉序》及其诗歌创作中对素朴语言和微贱题材的探索之中。正如上文中我们所论述到的那样,黑兹利特认为华兹华斯的"缪斯是一个平等主义者(a levelling one)"——这个论点一语道破了《抒情歌谣集》的精华:

---

① M. H. Abrams, "English Romanticism: the Spirit of the Age", in Northrop Frye, ed., *Romanticism Reconsidered*, p.60.
② 雪莱:《普罗米修斯的解放》,江枫译,见江枫主编:《雪莱全集》(第4卷),第232页。

（华兹华斯的诗歌）推进了平等原则，而且还努力将这一原则推广到其他一切事物。这种诗歌中有一种骄傲的谦卑（a proud humility）；它依靠自己的题材，鄙视外在的装饰和慰藉。华兹华斯所选取的题材都是最为普通的事件和事物，他之所以这么做是为了证明：自然自有其内在的美与真（自然也因此趣味盎然），无须任何外在的矫饰和炫耀。《抒情歌谣集》难以言传的秘密就在于此：它将表面的素朴与本质的深奥奇妙地融合在一起。……《抒情歌谣集》描写的事件是微贱的……但留给我们的反思却是深刻的……华兹华斯大众化的、非矫揉造作的文体（像一阵狂飙）摧毁了诗歌所有的花哨外饰和贵族气……我们因此得以在一块诗歌的白版（a *tabula rasa* of poetry）上开创一种新的诗风。悲剧中那些华丽的紫袍和摇曳的羽毛成为被嘲弄的对象，诗歌开始重新探索真理和自然的素朴。国王、王后、贵族、神龛、龙椅、头衔、门第、财富、权势、法官的袍服、元帅的权杖、盛大的庆典等，在这里是找不到的。（古代的）颂诗（the Ode）、抒情诗（Epode）、左—右/右—左回舞歌（the strophe and antistrophe）都被他嘲笑；荷马的竖琴，品达（Pindar）和阿尔凯奥斯（Alcaeus）的喇叭（在华诗中）都沉寂了。①

黑兹利特这段话清楚地表明，华兹华斯在浪漫主义的诗歌领域内成功地实践了并实现了平等主义原则——这具体体现为《抒情歌谣集》微贱的题材和素朴的语言两个方面。也就是说，在黑兹利特看来，《抒情歌谣集》的浪漫主义诗歌实践既具有文学意义，又具有社会意义，因为它颠覆了文艺复兴以来以迎合具有高雅品位的读者群为目的的新古典主义诗学基础，从而在美学领域内也推进了启蒙和法国革命所倡导的平等主义原则。艾布拉姆斯指出，新古典主义通过建立所谓的"措置得体理论"（theory of decorum）和在各种诗歌文类之间设立等级秩序，从而在艺术领域内认可并强化了不公平的社会等级秩序。但是在英国，情况却与欧洲大陆稍有不同：从16世纪开始，这种诗学体系就不再像在欧洲大陆那样被批评家们奉为圭臬；而且18世纪的批评家和诗人们已经有意识地开始摧毁这种贵族诗学中人为的社会等级——《抒情歌谣集》所代

---

① William Hazlitt, "The Spirit of the Age, or Contemporary Portraits", in Duncan Wu, ed., *The Selected Writings of William Hazlitt*, Vol. 7 (London: Pickering & Chatto, 1998), pp. 161—162.

表的浪漫主义诗歌理论和实践将这个在英国早已存在的趋势推向了极致。用黑兹利特的话来讲,华兹华斯以及《抒情歌谣集》的"意义就是在文学领域内发动了一场针对古典王国(ancien regime)的革命⋯⋯华兹华斯不仅摧毁了,而且还超越了文艺复兴和新古典主义的美学价值。为了探讨严肃和(人性的)悲剧性问题,华兹华斯刻意选择了各种可怜人作为其诗歌的题材,如罪犯、社会边缘人⋯⋯'农夫、乞丐、乡村理发师、囚犯、女漂泊者、吉卜赛人⋯⋯有智力缺陷的男孩和疯癫的母亲'"①。艾布拉姆斯的意思是,《抒情歌谣集》的微贱题材和素朴风格仍然传达出的是华兹华斯对法国革命的反思以及对启示革命的向往。这个思想也是我们理解《序曲》的关键。比如在《序曲》第 13 章中,华兹华斯就描述了他最后是如何学会了"恭顺"(meekness),并"借助谦卑的信仰(humble faith)"变得"高尚"起来。那么什么才是高尚的事物呢?经过对法国革命宏大理想美好承诺的幻灭之后,华兹华斯现在认识到:

>⋯⋯史学家的笔杆
>乐于大肆标榜的东西——那脱离
>道德意义的伟力与能量——本无甚
>价值,并非高贵,于是早早
>告诫自己,应以兄弟的情谊
>看待卑贱的事物,尊重这美好的
>世界中它们那默默无闻的位置。②

这清楚地表明,法国革命的暴力化倾向和革命者之间的互相残杀已经使得华兹华斯彻底放弃了对其所蕴涵的千年至福承诺的宏大叙事,从而转向了以关爱和同情来"看待卑贱的事物"和"面对生活的常态":

---

① M. H. Abrams, "English Romanticism: the Spirit of the Age", in Northrop Frye, ed., *Romanticism Reconsidered*, p. 62. 需要指出的是,艾布拉姆斯注意到了英国新古典主义传统不如法国那样强大,因而导致了浪漫主义运动率先在英国发动这个重要问题,但是,艾布拉姆斯没有注意到,在英国,新古典主义之所以受到一定程度上的抵制,存在着诸多复杂的原因——其中之一就是英国文学中以斯宾塞和莎士比亚为代表的强大的罗曼司传统在一定程度上制约了新古典主义教条在英国的生长。

② William Wordsworth, *The Prelude* (1850), in J. C. Maxwell, ed., *William Wordsworth, The Prelude: A Parallel Text*, p. 491. 译文引自威廉·华兹华斯:《序曲或一位诗人心灵的成长》,丁宏为译,第 328—329 页。

> ……现时代的许多许诺已退缩回到原有的
> 比例;乐观的构想或雄奇规划
> 已不再那样使我们着迷。面对
> 生活的常态,我寻求实在的收获,
> 在此基础上,期待理想的收益。①

艾布拉姆斯评论道,这表明华兹华斯已经从相信"人生活在千年至福的天真希望之中"或"启蒙哲学家关于人可以臻于无限美好的抽象理论"转向了关注千千万万普通人——尤其是生活在下层社会和乡村里的默默无闻的卑贱者的世俗生活。这些卑贱者们"靠体力劳动为生",没有城市上流社会的浮华与矫揉造作("照亮他们视野的只是/人造的光线"),因而能够将其强烈感情自然流露出来("他们自我依托,勇气、能量、意志力都来自自我,能受天然/情感的驱使,以生动的语言表达/最生动的思想")。但是,华兹华斯同时又清楚地告诉我们,他所歌唱的不只是这些,"而是天启神谕的事情(things oracular)",因为尽管他也是"这群人中卑微的一员",但"有一种信仰让我振作:/诗人们与预言家相似,在真理的宏大/体系中,他们互相关联,每个人/都有独特的才能,一种天赐的/意识,能让他发现未知的事物"。正是这种天赐的预言能力使得华兹华斯洞悉自然的伟力:她不仅有"献祭"(consecrate)的力量,"亦能使其怀抱中的/人们现出外表的神圣,向人世间/最卑贱的脸庞吹洒高尚与恢宏",以及使人们认识到"人类创造的那些/作品,尽管它们微不足道,/绝无自身的崇高与大自然对应",但也仍然具有"高尚与恢宏"的神圣气度和价值。②

艾布拉姆斯接着指出,正是在这里,"我们触及了华兹华斯主要创作阶段中各种涉及神谕论诗篇中的一个中心悖论:即由卑贱的伟大、恢宏的委琐和庸俗的崇高等构成的一个矛盾修辞法(the oxymoron of the humble-grand, the lofty-mean, the trivial-sublime)——如黑兹利特所认识到的,华兹华斯的缪斯之独特之处就在于她拥有'骄傲的谦卑'(a proud humility),他将'微贱的事

---

① William Wordsworth, *The Prelude* (1850), in J. C. Maxwell, ed., *William Wordsworth, The Prelude: A Parallel Text*, pp. 491—493. 译文参考了威廉·华兹华斯:《序曲或一位诗人心灵的成长》,丁宏为译,第 329 页。
② M. H. Abrams, "English Romanticism: the Spirit of the Age", in Northrop Frye, ed., *Romanticism Reconsidered*, pp. 63—64.

物'崇高化(elevates the mean),而且还努力'(并非徒劳地)将卑琐高扬化'(to aggrandise the trivial)"①。然而,艾布拉姆斯提醒我们,这种贯穿在《毁坏的村舍》和《序曲》等主要作品中的矛盾修辞法之根源却是源于支撑《圣经》,尤其是《新约》中的一个悖论:"最后者将成为最前者(the last shall be first)",以及上帝以一个卑微的木匠之子现身,他收渔夫为门徒,且与乞丐、客栈老板和堕落的妇人等卑贱者为伍,最后还非常不体面地与窃贼一起被钉死在十字架上。②艾布拉姆斯认为,恰恰是《圣经》的这种将高贵与低贱、神圣与卑鄙融合起来的悖论命题使其与追求理性、高雅、明晰和整饬有序的异教的古典主义趣味相去甚远。正如埃里克·奥尔巴赫(Erich Auerbach)所指出的,《圣经》的悖论对于习惯了古典主义主题和风格之等级划分的读者而言是一大阅读障碍(a stumbling-block);18世纪中叶,罗伯特·罗斯(Robert Lowth)也指出,《圣经》的风格有着特殊的得体性(propriety)和崇高感,人们不能以古典主义的合式(decorum)标准来量裁《圣经》,然后得出结论说它是不得体的、粗俗的、野蛮的和怪诞的。艾布拉姆斯认为,华兹华斯浓厚的宗教背景(华兹华斯的母亲是一个虔诚的基督徒,他自己则曾经被送往教会学校读书,因为其家人希望他日后能成为一个牧师)使得他不可避免地在其诗歌中反映出18世纪的敬虔派(pietism)和福音派(evangelicalism)运动——这两者都强调上帝的"屈尊"(condescension)和"协调"(accommodation):通过《圣经》中的一系列琐碎微贱的事件,尤其是将其子降生为芸芸众生中的一个卑贱者,上帝给有限的人类心智显示其无限的神性。艾布拉姆斯指出,华兹华斯笔下众多的孤独者的原型就是那个在雾霭、落日和广袤的苍穹等背景衬托下而变得崇高和光芒四射的卑贱的牧羊人。③

艾布拉姆斯认为,要研究华兹华斯诗学理论中的宗教、政治和美学因素就必须提到华兹华斯在《〈诗集〉(1815)—序言》所增加的《补遗》("Essay, Supplementary to the Preface")这篇重要然而却往往被批评家们所忽略的文章。在这篇文章里,华兹华斯解释了为什么《抒情歌谣集》自从出版以来遭到

---

① M. H. Abrams, "English Romanticism: the Spirit of the Age", in Northrop Frye, ed., *Romanticism Reconsidered*, pp. 64—65.
② Ibid., 65.
③ Ibid., 65—66.

了那么多的苛评。华兹华斯的观点是,"高尚的诗歌",尤其当它"呼吸到了宗教的精神",就会将"宏大"(grandeur)与"素朴"(simplicity)融合起来,因而也就可能引起读者的不满和怀疑。艾布拉姆斯认为,华兹华斯的这个观点被很多人曲解了,但这恰恰是华兹华斯诗学之精髓所在。华兹华斯在《补遗》中说:"基督教这谦卑的宗教是建立在我们最骄傲的天性(想象)之上,因此,除了矛盾之外我们还能从中期待到什么呢?……人与造物主之间的交流只有通过以小见大、以有限寓无限的方式才能实现,除此之外,别无他法。这就是诗歌与宗教之亲和(affinity)所在。"① 然后,华兹华斯将自己与一大批被忽略或遭到误解的诗人并列起来,以表明他自己的独创性就在于为诗歌引入了崇高这一革命性的诗歌模式,并试图以这种新的基督教的审美趣味来革新"读者头脑中根深蒂固的古典主义的阶级意识和市侩思想"——如"虚浮雕饰的偏见"(the prejudices of false refinement)、"骄傲"和"虚荣"等。华兹华斯认为,只有通过这种针对读者古典主义审美趣味的革命,才能够"在读者的精神中建立起这样一种思想的统治地位:为使自己纯洁化和崇高化,人必须首先以一种谦卑的态度将自己视为一个普通人"②。基于对《补遗》的分析,艾布拉姆斯再次得出了英国浪漫派之启示革命审美化—世俗化的论点:

> 在放弃了对社会和政治结构进行革命的理想之后,华兹华斯的新使命——那一度曾经使他遭受不可避免的轻蔑和讥讽的神圣的"使命"——就在于通过他的诗歌(继续)从事精神上的平等主义革命(也即他在其他地方所说的针对"上流阶级读者群"的彻底革命),从而使得上流社会读者群也和他一起分担这种灵魂平等的启示革命、凡俗生命中的英雄素质以及大自然中普通与琐碎事物的崇高性。……从1797年开始,华兹华斯逐渐认识到他的使命在于内在的精神世界之中,而不在于外在的行动和冒险;他的激进的诗歌革命在于传达这样一种独特而充满悖论的——自然也是遭到许多误解的思想:其诗歌或者直接借用民谣形式的质朴风格,或

---

① William Wordsworth, "Essay, Supplementary to the Preface", in W. J. B. Owen and Jane Worthington Smyser, eds., *The Prose Works of William Wordsworth*, Vol. III (Oxford: Clarendon Press, 1974), pp. 64—65.

② M. H. Abrams, "English Romanticism: the Spirit of the Age", in Northrop Frye, ed., *Romanticism Reconsidered*, p. 68.

者以获得幻象能力的神谕诗人的庄严声音,展示了卑微、低贱、普通和凡俗事物所蕴涵的超英雄的崇高品质。不管采用哪一种手法,华兹华斯认为,他的这个(精神革命)使命源于其革命情绪高昂期与其他诗人共同努力参与过的、旨在革新世界和人类的梦想。①

1971年,艾布拉姆斯将《英国浪漫主义:时代的精神》这篇文章扩展成专著《自然的超自然主义》(*Natural Supernaturalism*)。在这部专著里,艾布拉姆斯进一步明确阐发了他在《英国浪漫主义:时代的精神》所提出的论点,即,启蒙现代性是基督教的线性时间观、启示论和至福千年理想的世俗化;法国革命是其激进的政治表达形式,英国和德国浪漫主义则是这个"世俗化"的审美表达形式。他说:

> 《自然的超自然主义》这个标题表明了我一直以来对神学观念及其思维方式之世俗化这一问题的关注(虽然这并非我唯一的关注焦点)。英国和德国这两个伟大的新教国家有其固有的神学和政治激进主义的历史;因此,基督教文化孕育并影响了这两个国家对雪莱所称的"(我们)时代的伟大事件"的相应反应——这些"伟大事件"包括法国革命及其美好承诺和随之而来的幻灭,以及在那个动荡不安的新的现代政治、社会和工业世界里所引发的一系列革命和反革命浪潮。像费希特、谢林和黑格尔这些哲学家和想象性作家,如英国的布莱克、华兹华斯、雪莱和年轻的卡莱尔以及德国的荷尔德林和诺瓦利斯,还有席勒和科尔律治等,这些人既是玄学家又是吟游诗人,他们均将自己视为在一个巨大的文化危机中所出现的西方文化命定的代言人(elected spokesmen)。他们都将自己装扮成哲学家—先知(philosopher-seer)或诗人—预言家(poet-prophets)的角色……并且以各种在看似不同但在大方向上仍然是一致的方式来重新构筑希望之基石,并且确立一种信念——或至少是一种可能性,那就是:一个新生的世界必定要到来;更生的人类终将生活在那个其乐融融的幸福

---

① M. H. Abrams, "English Romanticism: the Spirit of the Age", in Northrop Frye, ed., *Romanticism Reconsidered*, p.71.

家园之中。①

艾布拉姆斯指出,文艺复兴以来的西方思想史其实就是一个不断世俗化的过程,然而,这一世俗化过程并非是对犹太—基督教观念的彻底否定,恰恰相反,这个过程是对犹太—基督教思想的吸收、消化和再诠释,从而使犹太—基督教思想成为现代性的构成成分。而浪漫主义的现代性意义正是体现在犹太—基督教世俗化这个命题之中:

> 我所称的"浪漫派"之最明显的共同特征就是:不管他们的宗教信仰是什么,或者有无宗教信仰,浪漫派诗人都致力于拯救传统的观念、构想和价值(这些传统的基石就是上帝与其创造物之间的关系),但是拯救的手段则是试图将这些观念、构想和价值纳入另一个(世俗化)主导性的二元论体系之中(予以解释):主体与客体、自我与非我、人的精神意识与自然的交流等。尽管他们已经从一个超自然体系中被抛置到自然的表征框架(a natural frame of reference),然而,古代那些关于人性和历史的种种问题、种种术语和思考方式却都保留了下来。

也就是说,在艾布拉姆斯看来,启蒙现代性并未导致西方思想—文学传统的彻底断裂,犹太—基督教观念仍然或隐或显地影响着浪漫派诗人,甚至包括自称为无神论者的雪莱。②

综上所述,艾布拉姆斯独特的浪漫主义研究观就是:英国浪漫主义内在的犹太—基督教因素使得英国浪漫主义诗人都将法国革命视为启示革命的世俗化,这个因素决定了英国浪漫主义的发展必定要是政治革命逐步进行内在化和审美化的过程(这与弗莱的出发点是一样的):

> 对华兹华斯及其同代人而言,至福千年并未到来。但至福千年的理想却并未被放弃,只不过其实现手段由外在的转向了内在的。这种置换在基督教早期就已出现,即,由于对"基督二度降临"(The Second Coming)承诺的失望,《圣经》诠释者们便将千年至福的实现推迟到了某

---

① M. H. Abrams, "English Romanticism: the Spirit of the Age", in Northrop Frye, ed., *Romanticism Reconsidered*, p.12.
② Ibid. 13.

个无限的将来,并且将《圣经》关于世俗王国的预言解读成一个关于对当下现实和笃信者心中整个精神世界的变革……浪漫主义文学与其神学先驱的不同之处在于其用以变革世界的手段从一种世俗论转向了另一种。简言之,对启示(apocalypse)的信念曾由天启(revelation)让位于革命(revolution),现在它更让位于想象或认知(cognition)。①

或许,对于艾布拉姆斯(以及弗莱)的浪漫主义研究范式的贡献及其问题,比较公允的评价来自列文森。列文森认为,艾布拉姆斯的浪漫主义研究既非汤普森和爱德曼等人的社会—历史研究,亦非耶鲁派的形式—解构研究,而是企图通过犹太—基督教思想将浪漫主义的文学形式与浪漫派的政治关切结合起来,从而勾勒出一幅极其宏大的浪漫主义图景。列文森指出,艾布拉姆斯的目标是"展现浪漫主义诗人对于法国革命失败的有意识的诗歌反映。他在华兹华斯诗歌中挖掘出大量与基督教神学相关的语汇用于解释浪漫主义诗人革命主题的种种变相。艾布拉姆斯的图景极其宏大,但与此同时也将浪漫主义诗歌归纳得太过简单、整齐划一,从而忽略了浪漫主义诗歌的复杂性甚至矛盾性"②。

四、布鲁姆:追寻—罗曼司的内在化

从上面的分析介绍中我们可以清楚地看到,弗莱和艾布拉姆斯虽然存在着诸多不同(比如弗莱仅仅是从诗歌的意象—隐喻结构的重新安排来定位浪漫主义,而且弗莱坚决不认可浪漫主义与文学观念和政治思想有任何关联;艾布拉姆斯则非常强调浪漫主义与法国革命的关系,而且艾布拉姆斯明确声称不赞同神话—原型批评对所谓原始意象和集体无意识的挖掘),但他们之间的共同点却也是非常明显的。首先,他们的理论资源都来自西方神话和基督教—《圣经》传统;其次,他们都强调浪漫主义的内在化问题——无论是弗莱对

---

① M. H. Abrams, "English Romanticism: the Spirit of the Age", in Northrop Frye, ed., *Romanticism Reconsidered*, p. 334.

② Marjorie Levinson, *Wordsworth's Great Period Poems: Four Essays* (Cambridge: Cambridge University Press, 1986), p. 8.

浪漫主义意象—隐喻结构内转问题的论述还是艾布拉姆斯对浪漫主义对法国革命—启示革命的内在化—审美化问题的挖掘——浪漫主义的内在化（interiorization）是他们的共识。弗莱和艾布拉姆斯的这个浪漫主义研究基本思路被艾布拉姆斯的学生、弗莱批评思想的追随者、耶鲁学派的代表人物之一的哈罗德·布鲁姆予以进一步推进。

与弗莱和艾布拉姆斯相同，布鲁姆的学术道路也是从浪漫主义研究开始的。他的博士论文是一部雪莱研究专著：《雪莱的神话创造》（*Shelley's Mythmaking*，1959）。之后他又独撰或选编了多部浪漫主义研究专著或论文集，如《灵视一族：英国浪漫主义诗歌解读》（*The Visionary Company：A Reading of English Romantic Poetry*，1961）、《布莱克的启示论：诗歌观念研究》（*Blake's Apocalypse：A Study in Poetic Argument*，1963）、《浪漫主义与意识》（*Romanticism and Consciousness：Essays in Criticism*，1970）、《塔内敲钟人：浪漫主义传统研究》（*The Ringers in the Tower：Studies in Romantic Tradition*，1971）等。接下来，本书将重点介绍布鲁姆的两篇文章：《普罗米修斯的复兴：浪漫主义诗歌的产生背景》和《追寻—罗曼司的内在化》，因为这两篇文章既是对弗莱和艾布拉姆斯浪漫主义研究的继承，又是对他的这两位前辈师长的深入推进。

《普罗米修斯的复兴：浪漫主义诗歌的产生背景》（"Prometheus Rising：the Backgrounds of Romantic Poetry"）一文是布鲁姆为其《灵视一族：英国浪漫主义诗歌解读》所写的序言。与艾布拉姆斯一样，布鲁姆也是从黑兹利特的"时代精神"说为出发点来展开其论点的。他指出英国六大浪漫主义诗人"都认为他们共有的东西就是黑兹利特所说的'时代精神'。在法国革命那个半启示论前夜（semi-apocalyptic dawn），这个时代精神就是：一个新生世界的诞生就在眼前——生活再也不会回到从前那个样子了……在那个时代，法国革命就是一种新的意识形态革命——因此它引起了敌人的恐慌，但唤起了同情者的希望"[①]。"半启示论前夜"这个表述清楚地告诉我们，与艾布拉姆斯一样，布鲁姆也认为在浪漫主义诗人心目中，法国革命本身是一种基督教意义上的

[①] Harold Bloom, *The Visionary Company：A Reading of English Romantic Poetry* (Ithaca：Cornell University Press, 1971), p. xvi.

革命。但是在这个问题上,布鲁姆的探索比艾布拉姆斯更为深刻,因为他敏锐地识别出了浪漫主义(包括黑兹利特)的新教—不从国教血统:"和所有英国浪漫主义诗人一样,黑兹利特的宗教背景也属于新教中的不从国教传统,这个传统来自英国清教运动中的左翼思想。"布鲁姆指出,英国浪漫主义诗歌中的新教—不从国教因素这个问题非常重要——事实上,英国浪漫主义诗歌就是一种"改头换面的新教"(a displaced Protestantism)——英国浪漫主义将新教—不从国教变形为"各种形式的人道主义或自然主义"(different kinds of humanism or naturalism)。但是遗憾的是,长期以来这个问题却被浪漫主义研究界有意无意地忽略了。因此,布鲁姆肯定地认为:"英国浪漫主义诗歌就是一种沿着新教路线发展出来的宗教诗。"①

不仅如此,布鲁姆还非常有创见地从宗教角度入手区分开了整个英国诗歌的两条路线:一条是弥尔顿以降的"新教的、激进的、弥尔顿—浪漫主义"诗歌传统(这个传统构成了英国诗歌的主线);另一条是以多恩、赫伯特为代表的玄学诗,由德莱顿、蒲伯、约翰逊博士为代表的新古典主义诗歌以及由艾略特和奥顿为代表的现代主义诗歌——这是一条"天主教的、保守的古典主义"路线。这个伟大的发现甚至也有效地解释了艾略特以及新批评派文学反浪漫主义批评旨趣背后的宗教因素:"艾略特及其追随者所攻讦的英国诗歌传统其实就是这种激进的、变了形的新教传统。这也是为什么新批评派所反对的诗人都是清教徒、新教个人主义者(Protestant individualists),或者是那些与基督教决裂了的并企图在其诗歌中建立起某种个人宗教观的诗人……这也是为什么新批评派偏爱的诗人都是天主教徒或高教会信徒",如多恩等玄学诗人以及德莱顿等新古典主义诗人。②

那么,英国浪漫主义诗歌与新教—不从国教路线的联系究竟体现在何处呢?为了回答这个问题就必须首先弄清楚新教—不从国教的基本教义是什么。布鲁姆指出,英国的新教—不从国教的主要特征就是"主张(个人)思想和精神的独立性,坚持道德问题上的个人判断权"——一言以蔽之,就是坚信"个

---

① Harold Bloom, *The Visionary Company: A Reading of English Romantic Poetry*, p. xvii. 在笔者看来,这是迄今为止浪漫主义研究界对英国浪漫主义诗歌做出的最为独特的定位,其中蕴含的洞见远非韦勒克的浪漫主义三要素(自然、神话和想象)所能比拟。

② Ibid.

体心灵的内心之光(the inner light)"能够引领个人最终走向救赎,从而实现一种内心—内在的启示革命。① 正是这种对于"内在之光"的笃信使得以斯本塞和弥尔顿为代表的新教—清教诗人一再声称个人"纯洁而公正的心灵"而非外在的"神殿"才是"创造性的上帝之言的居所"(the true dwelling place of the creative Word of God)。也正是在这一点上,浪漫主义诗人成了斯本塞和弥尔顿的继承者:

> 黑兹利特、布莱克、青年时代的华兹华斯以及雪莱和济慈等人的精神都是对斯本塞—弥尔顿精神传统的直接继承——这种精神体现为自足的心灵不需要依靠任何外在的教会等级组织而获得灵魂自我解放。黑兹利特、布莱克以及其他浪漫主义诗人的精神自白(spiritual nakedness)就是以弥尔顿为代表的英国不从国教精神的极端化表达……②

除了宗教理念上的"内在之光"外,17世纪清教革命的失败和斯图亚特王朝的复辟也是导致弥尔顿将启示革命理想内在化的因素之一。布鲁姆指出,"斯图亚特王朝复辟之后,弥尔顿便将其精力投向了探索每个人内心深处的天堂"。但是随着弥尔顿的去世和新古典主义时代的到来,这种在诗歌中探索内在天国的努力在英国诗歌传统中被终止了,直到18世纪40年代的"弥尔顿复兴"(the Miltonic revival)才再次活跃起来——其标志就是柯林斯的《诗品颂》(Ode to Poetical Character)。18世纪后期两位一位论运动(Unitarianism)神学家理查德·普莱斯(Richard Price)和约瑟夫·普利斯特里(Joseph Priestley)将这个思想进一步推进。而华兹华斯与科尔律治在青年时代都是一位论运动的追随者。尤其是科尔律治年轻时候所写的作品大多是模仿普利斯特里的布道书——在普利斯特里的布道书中,"法国革命被解释为千年至福——也就是《圣经·启示录》中圣约翰所预言的最后审判——到来之前的混乱动荡"。布鲁姆指出,"千禧年前夜的暴力革命"这个思想也同样出现在科尔律治写于1794—1796年间的长诗《宗教沉思》(Religious Musings)、华兹华斯

---

① Harold Bloom, *The Visionary Company: A Reading of English Romantic Poetry*, p. xviii.
② Ibid., xviii—xix. 因此,布鲁姆认为,要理解浪漫主义的诗歌,最好先阅读斯本塞《仙后》的第一章和弥尔顿的《失乐园》。

的《隐士》与《序曲》、布莱克的《天堂与地狱的婚礼》以及雪莱的《普罗米修斯的解放》等浪漫主义诗歌作品之中。① 总而言之,在布鲁姆看来,对"内在之光"的追求与"千年至福渴望"既是新教—清教的基本思想,也是浪漫主义诗歌的核心——新教—清教的"内在之光"导致了浪漫主义对心灵和想象的推崇,而"千年至福渴望"则转化为浪漫主义对法国革命的世俗化、内在化和审美化诠释。

在《追寻—罗曼司的内在化》("The Internalization of Quest-Romance")一文中,布鲁姆用弗洛伊德的理论将《普罗米修斯的复兴:浪漫主义诗歌的产生背景》的观点以及他从弗莱和艾布拉姆斯那里继承而来的浪漫主义研究思想进行了进一步融合与发展,提出了浪漫主义诗人罗曼司意识的内在化问题,从而将浪漫主义研究逐渐从以弗莱和艾布拉姆斯为代表的神话—《圣经》研究范式逐渐引向了以哈特曼等人为代表的关注浪漫主义诗人的内在意识与外在自然关系的现象学研究范式。

与《普罗米修斯的复兴:浪漫主义诗歌的产生背景》相比,《追寻—罗曼司的内在化》一文更为晦涩难懂。为了更好地理解布鲁姆艰涩的思想,我们必须首先对弗洛伊德的《创造性作家与白日梦》一文进行简单介绍。在《创造性作家与白日梦》一文中,弗洛伊德指出,就如同儿童整天沉溺于游戏中一样,大部分成人(尤其是现实生活中的不如意者)则往往耽于幻想或沉溺于白日梦之中。与儿童在游戏中向往"长大成人"稍微不同的是,成人的幻想—白日梦不仅指向未来,也回溯过去(自己幼年时期的美好经历)——也就是说,对未来的憧憬与对幼年时代的回忆都是成人用以改变现实的手段。当然,如果一个成年人的幻想—白日梦过分滋蔓则会导致神经症或精神病的发作。于是,创造性写作就是既能够恣意徜徉在幻想—白日梦之中又不至于导致神经症的必要手段。也就是说,创造性作家都是大白天的做梦者。弗洛伊德指出,创造性作家与白日梦的关系在罗曼司中体现得尤其突出:在罗曼司中,那种创造性作家的借助其英雄—主人公"万物其奈我何!"(Nothing can happen to *me*!)之豪言,将其自我英雄化情结——也就弗洛伊德所称的"膨胀的自我"(His Majesty

---

① Harold Bloom, *The Visionary Company: A Reading of English Romantic Poetry*, pp. xx—xxi.

the Ego)表现得尤其强烈。① 弗洛伊德在该文中没有明确说明的一个论点就是:这种创造性写作对于一个想象力过于旺盛的作家的心理健康来说是十分重要的,因为这种创造性写作就像是一种安全阀,它以替代或引导的方式将现实生活中的巨大焦虑予以舒缓。不仅作家,读者也在阅读过程中得到了巨大的美学和心理快感。②

在《追寻—罗曼司的内在化》一文一开篇布鲁姆就指出,布莱克与华兹华斯之于他们的读者与弗洛伊德的读者一样,就是"提供一幅心灵的图谱(a map of the mind),并且都坚信该图谱具有补偿性作用(a saving use)。尽管那些作用或许不尽相同,他们所提供的心灵图谱也不一定完全一样,但有一点是共同的,那就是,他们三位所从事的都是一种人本化的事业(a humanizing one)。只不过他们的人本主义(humanisms)各不相同:布莱克的人本主义属于启示论的,弗洛伊德的则是自然主义的,华兹华斯的……则是前两者的混合"③。需要指出的是,布鲁姆在这里所说的 humanisms 并非通常意义上的那种文艺复兴—人文主义,而是指对人的"心灵图谱"——也即人的内心意识进行探索的努力。

布鲁姆注意到了弗洛伊德对于创造性作家的幻想—白日梦中对于童年经历的追忆问题,因而非常新颖地提出:对童年的向往"是 18 世纪中期罗曼司意识复兴的根源之一,19 世纪的浪漫主义在很大程度上就是由此产生的"④。在此基础上,布鲁姆明确指出,英国浪漫主义在本质上就是"罗曼司的复兴"(a revival of romance),而且不是简单的复兴,而是"一种罗曼司的内在化(internalization of romance)——尤其是追寻类型的罗曼司"。更为重要的是,浪漫主义复兴并内在化追寻—罗曼司的目的并非仅仅具有弗洛伊德精神病理学意义上的"治疗性",而是带有强烈的人文主义追求和启示论热情(apocalyptic intensity)——也即艾布拉姆斯所说的"想象的启示论"(the

---

① Sigmund Freud, "Creative Writers and Daydreaming", in Hazard Adams, ed., *Critical Theory since Plato* (New York: Harcourt Brace Jovanovich, Inc., 1992), p. 715.
② Ibid., 716.
③ Harold Bloom, "The Internalization of Quest-Romance", in Harold Bloom, ed., *Romanticism and Consciousness* (New York: W. W. Norton & Company, 1970), p. 3.
④ Ibid., 4.

apocalypse of imagination）：从历史上看，它是法国革命的产物，从心理学意义上看，它源于英国浪漫派诗人都不愿意放弃的那种儿童对宏大宇宙的幻景。①这样，布鲁姆就将弗洛伊德理论与艾布拉姆斯的浪漫主义研究思想联系了起来。

那么，在何种意义上浪漫主义是"追寻—罗曼司"的复兴和内在化呢？正如在上文中我们所看到的那样，浪漫派都坚信济慈所言：生命本身就是一场永无尽头的罗曼司冒险之旅，但是这种浪漫主义的生命罗曼司之旅却并非发生在外在世界之中，而是体现为新教—清教浪漫主义所追求的心灵自我救赎（即对内在之光的追寻）。这些观点事实上已经被弗莱和艾布拉姆斯论述过，但是布鲁姆却用弗洛伊德《创造性作家与白日梦》中的理论对这个观点进行了重新诠释和进一步发展：作家的创作犹如白日梦，而白日梦本身就是一种类似于追寻—罗曼司的思想或精神之旅。但是，浪漫主义罗曼司又不同于传统意义上的追寻—罗曼司，是因为

> 在鼎盛时期的浪漫派干将们将罗曼司内在化之前，追寻—罗曼司的发展线索是从自然到被拯救的自然（from nature to redeemed nature）——拯救的获得是某种外在的、往往是超自然的精神权威的赐予。而浪漫主义的罗曼司发展线索则是从自然到想象的放纵（有时候这是一种难以自抑的放纵）。这种想象的放纵通常指向灵魂的净化和赎罪，但对于（诗人的）社会自我（social self）却是毁灭性的。②

这一段话包含着丰富的信息。传统意义上的追寻—罗曼司的结局往往是英雄获得救赎或英雄救赎了自然，简言之，救赎是外在性的；而浪漫主义罗曼司之

---

① Harold Bloom, "The Internalization of Quest-Romance", in Harold Bloom, ed., *Romanticism and Consciousness*, p.5. 布鲁姆的这个观点显然受到弗莱的影响。在前文中我们已经看到，弗莱认为拜伦的《恰尔德·哈洛尔德游记》《唐璜》、华兹华斯的《序曲》《隐士》、济慈的《睡眠与诗歌》以及雪莱的《麦布女王》等浪漫长诗都是典型的罗曼司。参见 Northrop Frye, ed., *Romanticism Reconsidered*, p.16. 此外，艾布拉姆斯关于浪漫主义是"启示革命内在化"的观点也显然是布鲁姆"追寻—罗曼司内在化"的另一个思想来源。见 Jerome J. McGann, *The Romantic Ideology* (Chicago and London: University of Chicago Press, 1983), p.26.

② Harold Bloom, "The Internalization of Quest-Romance", in Harold Bloom, ed., *Romanticism and Consciousness*, p.6.

旅则如同弗莱所指出的那样,呈现为一种内转倾向:从外在自然转向内在想象——浪漫主义罗曼司的救赎不是发生在外在自然之中,而是获得"内在之光",即,浪漫主义诗人自我心灵的救赎。但是,浪漫主义罗曼司对"内在之光"的获得却是以诗人的"社会自我"为代价的:

> 浪漫主义的内在化——即,在新生人的内心深处发现天堂(paradises within a renovated man)——付出了巨大代价,这个代价就体现为(狭隘的)自我意识。(浪漫罗曼司的)追寻本来是为着扩展和强化意识,但这个追寻却被另一种精神所主宰——这个精神倾向于将意识推向一种极端狭隘的自恋。这就是(浪漫)想象中的唯我论(solipsism),也即雪莱所说的"孤独的精神"或"阿拉斯特"(the Spirit of Solitude or *Alastor*)……①

也就是说,浪漫主义追寻—罗曼司由外转内的必然结果就是拒绝长大、拒绝社会自我、走向彻底的唯我中心主义。这让我们联想起上一章中我们介绍过的艾略特对雪莱的批评:艾略特《诗歌和批评的用途》一书中讥讽雪莱的思想仅仅只是一个"聪明而热情的小学生"的奇想,是完全"幼稚的念头"(ideas of adolescence)。就弗洛伊德关于儿童游戏与创造性作家的幻想—白日梦之间的相通性理论而言,艾略特对雪莱的批评是有一定道理的。

当然,艾略特的观点只是比较浅显地触及雪莱诗歌思想的表象,而布鲁姆却以弗莱的神话理论、艾布拉姆斯的"启示革命论"与弗洛伊德精神分析理论的融合为手段,对英国浪漫主义追寻—罗曼司进行了更为深入的分析解读。布鲁姆指出,弗莱在他的神话理论中曾经提出追寻—罗曼司就是对力比多的追寻,是欲望自我对(自我欲望的)满足的追寻——一旦欲望得到满足,自我将会从现实的焦虑中被解放出来。布鲁姆认为:"内在化的罗曼司——如《序曲》和《耶路撒冷》——可以被视为这种理论的最好例子。这种内在化的罗曼司所追寻的是一种普罗米修斯式的或革命的理想……在这种内在化的罗曼司追寻中,力比多是向内投射的——投射向了(内在的)自我。"也就是说内在化追寻—罗曼司的英雄其实就是浪漫主义诗人自己:"在浪漫主义的追寻—罗曼司

---

① Harold Bloom, "The Internalization of Quest-Romance", in Harold Bloom, ed., *Romanticism and Consciousness*, p. 6.

中,普罗米修斯式的英雄最后都孤独地站在一个高塔之上——这个高塔就是他自己,他的站姿就像是那团(孤独的)火苗。"①

正是基于这样的思想,布鲁姆提出了另一个更为独特的观点:所谓"浪漫主义自然诗"在本质上却是一种"反自然的诗歌"(an anti-nature poetry),"即使是号称要与自然进行对话和交融的华兹华斯诗歌中,自然也仅仅是一闪而过"。布鲁姆指出,将华兹华斯定位为自然诗人是批评界长期存在的误读,这个误读最早起源于阿诺德等维多利亚时期的批评家,这些批评家都倾向于认为华兹华斯是"一个疗治者":通过使主体心灵与山水完美融合在一起,华兹华斯的诗歌能够疗治心灵的创伤,给予心灵以慰藉。但是,与阿诺德等人不同,A. C. 布莱德利(A. C. Bradley)——虽然他的观点没有引起足够的重视——却强调华兹华斯诗歌中的"弥尔顿式的崇高"(Miltonic sublimity),即,心灵想象的伟力。也就是说,在华兹华斯所谓的自然诗中,我们事实上很难找到阿诺德等人所说的那种自然之于心灵的"疗治功能",恰恰相反,我们所看到的是"心灵的伟力对外在感官的吞噬",即,主体心灵、精神、想象的力量太过巨大以至于自然的力量显得微不足道。但是,布鲁姆同时也指出,华兹华斯并不是没有意识到这一点,他也试图用自然力量来控制心灵的无限飞升。这也就是为什么我们在《序曲》中看到华兹华斯也用了大量篇幅讴歌自然的伟力、睿智和仁爱等。但是不管怎样,在华兹华斯试图与自然达成的"契约"中,两种力量仍然是相互分离的。② 简言之,浪漫主义追寻—罗曼司的内在化决定了他们诗歌的唯我论指向,这种指向因而也决定了浪漫主义所谓的自然诗所蕴含的反自然之内在本质。笔者以为,这是布鲁姆这篇文章中最具有洞见的观点之一。

由此出发,布鲁姆认为浪漫主义对追寻—罗曼司的内在化导致了一种关于自然和意识的新型关系的出现:"罗曼司的内在化将自然的概念(the concept of nature)与诗歌意识(poetic consciousness)带入了一种18世纪末浪漫主义出现之前从未有过的关系之中。"布鲁姆指出,在所有浪漫派诗人那里都存在着两种区别明显的能量模式(two modes of energy):有机性(organic)

---

① Harold Bloom, "The Internalization of Quest-Romance", in Harold Bloom, ed., *Romanticism and Consciousness*, pp. 8—9.

② Ibid., 9—10.

能量和创造性(creative)能量。这两种能量在布莱克那里体现为奥克(Orc)与罗斯(Los),在雪莱那里体现为被囚禁的和解放了的普罗米修斯,在济慈那里体现为海披利安(Hyperion)与阿波罗(Apollo),在华兹华斯那里体现为儿童和成人——不管名称如何,前者都与本能—自然相关,后者则与心灵—精神相关。布鲁姆将第一种模式称为"普罗米修斯模式",第二种称为"真正的人、想象"(the Real man, the Imagination)的模式(后者来自布莱克)。他指出:

> 一般来说,普罗米修斯就是诗人追寻第一个阶段中的诗人—英雄(poet-as-hero)。在这个阶段中,诗人—英雄深深地卷入了政治、社会和文学革命运动之中,卷入了对欧洲和英国社会权威体制(如守旧的基督教、新古典主义的文学和思想传统——尤其是启蒙阶段)的讽刺性抨击。而"真正的人、想象"则出现在浪漫追寻(the Romantic quest)主要阶段的可怕危机之后,其特征是从革命激进主义中的相对疏离、从(政治社会)论辩和讽刺中抽身出来,冷眼旁观。其结果就是将追寻转入了自我的内心世界及其复杂性。①

也就是说,布鲁姆所说的追寻—罗曼司的内在化其实主要体现为第二个阶段,即,将外在政治—社会革命追求转入内心的想象——这段话基本上就是艾布拉姆斯"启示革命"审美化、世俗化和内在的观点的翻版。

那么,在具体作品中,他所说的这种追寻—罗曼司的内在化是如何体现出来的呢?在布鲁姆的分析中,最能够代表"真正的人、想象"阶段的浪漫主义作品之一的就是华兹华斯的《序曲》。布鲁姆认为,《序曲》启示就是"一部自传罗曼司"(an autobiographical romance),它记录着华兹华斯成长—追寻各个阶段所遭遇的挫折和创伤。比如第六卷中那个翻越阿尔卑斯山隘口的著名段落在布鲁姆看来就是创伤—挫折/内在升华的典型例子:

> 在第六卷中,当法国革命的爆发与诗人在阿尔卑斯山隘口企图征服自然的内在欲望相融合的时候,这种追寻便展示出了其伟大的力量。普罗米修斯的追寻失败了,这在一方面体现为诗人在阿尔卑斯山遭受的来

---

① Harold Bloom, "The Internalization of Quest-Romance", in Harold Bloom, ed., *Romanticism and Consciousness*, p. 11.

自自然的挫败,另一方面则体现为诗人自己一系列道德信念上的打击——英法宣战、法国革命自身的背叛等。当然,最为直接的普罗米修斯式的失败则是诗人自己对安妮特·瓦龙(Annette Vallon)的抛弃——这个诗人自己的隐秘只在1805年版中被隐约地提到,在后来许多读者所熟悉的、诗人去世后出版的1850年修改版中则被彻底删去。在他的(精神)危机中,华兹华斯认识到了他所拥有的那种超自然、超人类的想象力的伟大力量,因而能够(由此而)开始其(罗曼司)追寻的成熟阶段。①

对法国革命的幻灭、个人的爱情创伤经历——这一切都在想象的伟力中得到了内化和升华。正因为如此,在《决心与自立》("Resolution and Independence")和《不朽颂》("Ode: Intimation and Immortality")中,尤其是1850年版《序曲》第十四章的结尾处,华兹华斯为我们呈现的不是传统罗曼司那种被救赎的自然,而是浪漫主义追寻—罗曼司从外在自然逐渐转向内在心灵和想象的放纵:

> ……作为
> 大自然的代言人,我们将对他们
> 讲说出不衰的启示——它经过了理性的
> 净化,虔信又使它神圣:他们
> 将热爱我们的所爱,我们将教会
> 他们;教他们学懂,人类的心灵
> 能比其居住的大地美妙一千倍……②

我们应该如何评价布鲁姆在该文中的观点?英国马克思主义批评家戴伊

---

① Harold Bloom, "The Internalization of Quest-Romance", in Harold Bloom, ed., *Romanticism and Consciousness*, pp. 19—20.

② William Wordsworth, *The Prelude* (1850), in J. C. Maxwell, ed., *William Wordsworth, The Prelude: A Parallel Text*, p. 537. 译文引自威廉·华兹华斯:《序曲或一位诗人心灵的成长》,丁宏为译,第361页。关于《序曲》这一节,丁宏为教授有深刻论述,可与布鲁姆的观点相互佐证。丁宏为指出,华兹华斯此时"已不再着眼于政治性的社会风潮与革命(见253—254行),而是强调内在的革命,即通过文字的'耕耘',帮助人类获得灵魂的解放。……尽管是大自然的代言人,但诗人将告诉人们:心灵比自然和'世事'更美妙,更神圣。这一纯净而神圣的启示是通过语言传达的,即用诗歌对人们宣讲(第457—458行)……考虑到近代思想史中功利主义和工具理性等因素,华兹华斯启动想象力、解放心灵的信念更显出重要意义"。参见威廉·华兹华斯:《序曲或一位诗人心灵的成长》,丁宏为译,第367页。

的评论具有一定的可参考性。戴伊认为,布鲁姆对浪漫主义追寻—罗曼司的内在化问题的揭示在浪漫主义研究史中的确具有划时代意义,但是布鲁姆的问题却在于,他虽然看出了这种"内在化"对于"整个社会"是危险的,但他却仍然接受浪漫主义诗人自己的观点,并认为这种追寻—罗曼司的内在化本身是"具有人本性的"(humanizing),也即,布鲁姆没有仔细考虑这么一个基本的、常识性问题:人道价值(humane values)如何能够在一个孤独的心灵中或远离社会政治现实的孤芳自赏中得到实现?[①] 但不管怎样,布鲁姆将弗莱的意象—象征体系内在化论、艾布拉姆斯的启示革命内在化引向了自然与意识的关系问题,从而将英国浪漫主义文学研究从神话—原型—《圣经》范式逐渐引向了以德·曼、提摩西·巴赫梯、杰弗里·哈特曼、希里斯·米勒和玛丽·雅各布斯等人为代表的、注重自然、意识和语言之间的互动关系的解构主义研究范式。

[①] Aidan Day, *Romanticism* (London: Routledge, 1996), p. 105.

第三章

解构主义批评与英国浪漫主义研究

解构主义批评兴起之前,英国浪漫主义研究领域中虽然也存在着各种不同的观点,但是有两点基本上是各家各派的共识,那就是:第一,英国浪漫主义诗歌的主要特征之一是对自然风景的强烈关注;第二,英国浪漫主义自然诗通过交融想象和浪漫隐喻弥合了笛卡尔式的主客体分裂。这个观点的重要代表人物就是艾布拉姆斯。在前文中我们所讨论过的《应和之风:一个浪漫隐喻》(1957)一文中,艾布拉姆斯对"风奏琴"和"应和风"这个典型的浪漫隐喻的探讨的目的之一就是研究在想象力的作用之下心灵与自然的相互感应问题。在稍后所写下的《浪漫主义抒情长诗中的结构与风格》("Structure and Style in the Greater Romantic Lyric", 1965)一文中,艾布拉姆斯将这个思想进行了更为深入的挖掘。艾布拉姆斯指出,在科尔律治看来,自笛卡尔/洛克以降,西方哲学出现了两个本质性的谬误。其一是心物的截然分离,即,"一个(原本)由神意支配的、充满生命力的、彼此和谐共处的友爱世界被一个由无序运动着的微粒（particles）世界所取代"。其二是与第一种二元对立之谬误相伴而生的"推理方式"，即一种"泛滥开来的单子论（elementarism）。（这种推理方式）将不可还原的（irreducible）单子或构件作为其（宇宙论的）基本出发点，从而将一切整体性事物构想成由彼此毫无联系的构件——不管是物质性的原子或精神性的'理念'（ideas）——所构成的（机械世界）"。① 这种单子论所构想出的宇宙只是由一堆死寂的微粒所组成的死寂的世界；分析（analysis）而非综合（synthesis）的方法将宇宙万物包括作为主体的人彼此异化开来。艾布拉姆斯指出，这样的宇宙对浪漫主义者而言"是不可忍受的，所以许多后康德时代的德国哲学家和诗人，以及科尔律治和华兹华斯等人的所有努力就是试图重新弥合由现代理性（modern intellection）所剥离开了的、主体和客体之间的统一，从而恢复自然的生机，还原它的具体性、意义和人文价值（human values），从而使人能够重新栖居在那个曾疏离了他的世界家园之中"②。在艾布拉姆斯等人看来，浪漫派诗人用以弥合主客体分离的手段就是交融性想象及其所对应的独特的浪漫主义诗歌修辞——浪漫隐喻。

关于浪漫隐喻，我们在《新批评与英国浪漫主义研究》一章中曾经讨论过维姆萨特对这个问题的独到见解。在维姆萨特看来，语言内在地具有"图像功能"或"直接模仿功能"，即，维姆萨特坚信语言能够直接呈现外物——浪漫主义的自然诗就是其典型体现。与玄学诗与新古典主义呈现外物的方式稍有不同的是，浪漫主义的自然诗是通过一种对强烈的、无节制的情感的直接感官模仿来获得语言的象似性（见前文）。我们也已经指出，维姆萨特的观点呼应了理查兹的论点：符号并非是对某一外在实体的表征，而是对概念化后的实体的表征；任何比喻都不是语言符号与客观实体的比较，而是符号与符号之间的比较；浪漫主义强烈的情感参与使得符号与符号之间的差异变得模糊，给人的印象就是主客体合一和情景交融，但事实上那是隐喻符号复杂化的结果。这些观点为解构主义大师保罗·德·曼对浪漫主义诗歌的解构阅读埋下了伏笔。

---

① M. H. Abrams, "Structure and Style in the Greater Romantic Lyric", in Harold Bloom, ed., *Romanticism and Consciousness*, p. 217.

② Ibid., 218.

接下来,我们将集中讨论德·曼浪漫主义研究的两篇里程碑式的文章——《浪漫意象的意向结构》和《时间性的修辞》。从德·曼的思想中我们可以看出,解构主义一方面为我们展示了诗歌摹仿论和语言象似性难以洞察的客体、意识和语言之间的复杂关系——这是解构主义浪漫主义文学批评的洞见和贡献所在。但另一方面,我们也可以看到,解构主义的绝对怀疑主义立场又将艺术独特的审美功能予以了彻底的否定,从而走向了绝对的虚无主义。

一、"语词像花朵一样绽放"?

在《浪漫意象的意向结构》一文一开始,德·曼就指出,隐喻修辞在西方文学中地位突出,但其结构也充满变化:

> 隐喻最近的变化发生在 18 世纪末,这与浪漫主义的兴起恰好同步……这个变革往往以回归语言的具体性(的主张)以及(浪漫主义诗歌中)大量自然景物的出现而表现出来——这种回归被认为是恢复语言曾经失去的物质实存性(the material substantiality)。与此同时,语言结构变得越来越具有隐喻性,意象(不管它是以象征甚至是神话名称出现)被认为是诗歌风格最重要的组成部分。[①]

德·曼的意思是:一方面,浪漫主义诗歌语言结构具有极强的隐喻性;但另一方面,与前浪漫主义时代诗歌相比,浪漫主义诗歌中又充斥着大量的自然意象。也就是说,在浪漫主义自然诗中,隐喻修辞与自然意象是纠缠在一起的——连接两者之间的桥梁就是浪漫主义的交融想象。正如我们在前文所分析的那样,根据维姆萨特的观点,在浪漫隐喻中,由于诗人强烈情感的参与,喻体—喻本都已经被概念—情感化,它们之间的距离因而大大缩小,甚至合二为

---

① Paul de Man, "Intentional Structure of the Romantic Image", in Paul de Man, *The Rhetoric of Romanticism* (New York: Columbia University Press, 1984), pp. 1—2. 德·曼在这里所说的具有"物质实存性的语言"与华兹华斯所号称的"人的语言"类似。在 1800 年版《〈抒情歌谣集〉序》中,华兹华斯明确表示反对使用将"抽象观念拟人化"(personification of abstract ideas)的新古典主义那种"诗意的辞藻"(poetic diction),因为它是"一种制造风格的机械手段",它褫夺了语言的自然属性和原初的"血肉之感"(blood and flesh)。参见 W. J. B. Owen and Jane Worthington Smyser, eds., *The Prose Works of William Wordsworth*, Vol. I, p. 130。

一,从而成为融合了主客体的自然意象。但这种交融所形成的意象在本质上却仍然体现为一种隐喻——只不过是一种非常复杂的隐喻——如雪莱《西风颂》在西风中飞扬的乱发与枯叶。简言之,浪漫主义的自然意象并非由不受概念干涉的、具有物质实存性的语言所客观呈现出来的——任何经由意识—想象和语言而产生的意象或物象都非纯然物象本身,而是一种隐喻。正是在此基础之上,德·曼指出,情感—想象论与自然意象客观呈现论是一对不可调和的矛盾——浪漫派诗人的贡献就在于他们敏锐地发现了这个矛盾并展示了这个矛盾。

德·曼以德国诗人荷尔德林名诗《面包与酒》("Brot und Wein")的第5节最后几行诗句为例展开了对这个问题的讨论。荷尔德林写道:

> So ist der Mensch; wenn da ist das Gut, und es sorget mit Gaaben
>   Selber ein Gott für ihn, kennet und sieht er es nicht.
> Tragen muß er, zuvor; nun aber nennt er sein Liebstes,
>   Nun, nun müssen dafür Worte, wie Blumen, entstehn. ①

在该诗中,荷尔德林谈论到,凡俗生活中的凡俗之人对于神性总是麻木不仁的,但是终究有一天诸神会显形,顿悟会产生——在那个时刻,对神性的顿悟刹那间划过麻木的心灵,于是,言说神性的语言就如同鲜花般自然而然地绽放开来,从而可以用来命名人们所得到的珍贵财富。在此,德文词"wie"(如同)表明这是一个明显的明喻:语词的涌现如同鲜花绽放。然而,这却是一个令人费解的明喻:语词在何种意义上与鲜花类似?

德·曼指出,要弄清楚这个明喻首先必须明白,荷尔德林在这里所说的

---

① 英文译文:"Such is man; when the wealth is there, and no less than a god in / Person tends him with gifts, blind he remains, unaware. / First he must suffer; but now he names his most treasured/ possession,/ Now for it words like flowers leaping alive he must find."中文译文:"人便是这样,面对财富,面对神灵的关怀备至,他麻木不仁,视而不见。/他先得承受这些;而现在他已经能称呼心/爱之物/现在,现在,他的话如鲜花绽放。"此处所引荷尔德林《面包与酒》德文版本及英文译文选自 Eric L. Santner, ed., *Friedrich Hölderlin*: *Hyperion and Selected Poems* (New York: The Continuum Publishing Company, 1990), pp. 182—183. 中文译文选自弗·荷尔德林:《荷尔德林诗选》,顾正祥译注,北京:北京大学出版社,1994年,第143—144页。对该诗中德文词汇的理解得到了四川外国语大学德语系冯亚琳教授的帮助,特此感谢。

"语词"(Worte)并非用于日常交流的符号语言。这从动词"entstehn"(绽放)就可以看出。① 日常语言是用于交流的,因此,对于日常语词,人们希望它们越普通越好,意义越清晰越好。换言之,日常语言不被认为是可以"诞生"(originate anew)的,"它们是作为既定的符号而被使用,它们使我们确信,凡是被同一语词命名的事物的本质总是一成不变的,因此对同一事物的再认识完全无须追根溯源"。但是,德·曼指出,在诗人眼中,诗歌语言不是被当作符号使用,甚至不是名称,而是命名——如马拉美所言,是"赋予人间的词汇一个更加纯洁的意义"(Donner un sens plus pur aux mots de la tribu)。② 正是在诞生—回到本源这个意义上,荷尔德林将语词比喻为鲜花。因此,德·曼分析道,这个明喻中所涉及的喻本—喻体两极的相似性并非体现于性质(语词和鲜花的类属性质上完全不同),也不体现于外在表象(语词与鲜花没有任何外表的相似性)——荷尔德林的意思是,语词与鲜花只有就它们各自的产生方式而言才具有相似性,即,词语诞生的方式类似花朵绽放。但是,德·曼指出,荷尔德林在这里所指的"语词"(Worte)并非是用于日常交流的语言符号,而是具有本源—诞生性质的诗歌语言,而且甚至不是一般意义上的诗歌语言,"而是一种本真性语词(an authentic word),这种语词实现了语言的最高功能,那就是命名一种作为在场的存在(being as a presence)。于是,我们便可以推论,在荷尔德林的思想中,诗歌语言的根本目的(the fundamental intent of the poetic word)就是像花朵一样诞生、绽放"③。

那么荷尔德林这个明喻是否恰当呢?抑或说,语词的产生方式确如花朵之绽放吗?要回答这个问题,我们就必须先追问:"花朵是如何诞生的?"

德·曼指出,作为自然物的任何一朵具体的花朵在其本身自然本质(而非任何其他因素)的决定之下,发芽、生长于泥土之中。也就是说,花朵的诞生绽放无须追随或模仿某个非花朵的存在生长的模式——花朵的内在理式决定了任何具体花朵的诞生和绽放:"它们具体的存在方式没有任何游离不定——在

---

① entstehn 在德文中的意思是"出现"。德·曼将其译为 originate,笔者所用 Eric L. Santner 的德英对照本将其译为 leaping alive。

② Paul de Man, "Intentional Structure of the Romantic Image", in Paul de Man, *The Rhetoric of Romanticism*, p. 3.

③ Ibid.

任何花朵中,具体存在与其本质在任何时候都是统一的。"就此而言,与"像花朵一样诞生、绽放"的语词不同,"花朵像它们自己那样诞生(flowers originate like themselves):花朵就是花朵本身,对它们的定义无须隐喻的帮助(the assistance of metaphor)"。于是,荷尔德林的比喻就出现了问题:既然诗歌语言的目的就是像花朵一样诞生,那么诗歌语言就应该像花朵一样消除任何模仿、类比和隐喻的介入,或者说,应该像花朵一样以其自身来呈现自身而不是"像花朵一样诞生、绽放"。①

于是,另一个问题就接踵而至了:语词能够不依靠花朵的比喻、以语词本身的内在方式自然产生吗?或者说,语词真的具有马拉美所说的命名功能,即,显现出某个"更加纯洁的"本源意义(像一个具体的花朵那样显现花的本源理式)?进而言之,荷尔德林的诗歌真的能够召唤本源神性的到场吗?德·曼认为,要弄清楚这个问题就必须首先弄清楚什么是本源。在德·曼看来,本源意味着差异:任何本源都源自一种试图在其他地方以其他呈现方式将本源呈现出来的需求。也即,任何对本源的言述都意味着某种显现本源,但又不是本源本身的具体呈现形式——本源与本源的显现形式之间总是存在着差异。

为了进一步说明这个问题,德·曼对荷尔德林所用的 entstehn 这个德文词进行了精细的分析。entstehn 由 tstehn 加上前缀 en 构成。tstehn 的意思是"伫立",意味着静态、恒常、本源性的存在(大致相当于英文的 being)。en 是一个否定性前缀,于是 entstehn 的本义就是"非—伫立",是对 tstehn 的否定,其意义就是动态的"出现"或"生成"(大致相当于英文的 becoming)。因此,由于其否定前缀 en 的出现,"entstehn 这个词……(就)将本源与否定和差异等同了起来"②。德·曼这句话殊难理解。其大意可能是:entstehn 这个词中包含非时间性的、静态的本源(tstehn),但是任何对本源的显现都必须否定(en)本源的非时间性,在时间性—具体性中展示本源,从而呈现出本源与本源的具体显现之间的差异。所以,entstehn(出现)这个词既是非时间性的本源存在(being),又是时间性的具体生成(becoming)。

---

① Paul de Man, "Intentional Structure of the Romantic Image", in Paul de Man, *The Rhetoric of Romanticism*, p. 4.
② Ibid.

所以，entstehn 这个词只适合用于描述花朵绽放，但却不能够用于描述语词的诞生，原因很简单，作为自然物的花朵是非时间性花朵理式的时间性生成和流溢，而语词则没有任何非时间性的语词本源——语词是纯粹意识的产物，其本源并非任何本体—理式，而是虚空。德·曼指出："自然物产生于一种在本质上与之相同的存在，自然物的具体显现各不相同，但它们都包含着相同的本质。所有具体花朵都共享一朵本源之花（an original Flower），即，任何具体的花都是本源之花的流溢（emanations）……本源存在必定具有绝对的超验性（transcendental）。以本源之思来构想一种自然物就势必导致一种关于理式的超验观念（a transcendental concept of Idea）的产生：对理式的追寻往往都是始于对自然物具体显现的观察，然后一步步向上追问到超验本质（a transcendental essence）。"因此，作为自然物的具体花朵的绽放过程就是某个超验原则的显现过程。"wie Blumen，/ entstehn"（像花朵一样绽放）之句指的其实就是花朵以顿悟的方式（an epiphany）显现本体—超验原则的自然流溢这一事实。①

然而，顿悟同时也暗含着遗忘——因为我们遗忘了某种东西，所以我们才在某个时刻突然顿悟、回忆起那曾经遗忘之物。② 因此，"wie Blumen，/ entstehn"（像花朵一样绽放）蕴含着遗忘和欲望——因为遗忘，我们才有追忆的欲望，才有荷尔德林的乡愁冲动。"花朵"（Blumen）这个意象体现出的就是荷尔德林的乡愁："花朵给予人们的那种令人怜爱的感官质地表达了一种对于那个被遗忘的在场（a forgotten presence）的矛盾向往。"因此，花朵这个意象表现的既是对具体自然物的眷恋，又是对已经被遗忘了的该自然物之本源的怀念。在德·曼看来，浪漫主义的诗歌意象就是"一个神性缺场的符号（a sign of divine absence），（浪漫主义诗歌）对（自然）意象的有意识使用也就体现为

---

① Paul de Man, "Intentional Structure of the Romantic Image", in Paul de Man, *The Rhetoric of Romanticism*, pp. 4—5. 德·曼在这里所提出的具体花朵是本源之花的流溢这个观点显然是来自新柏拉图主义哲学创始人普洛提诺（Plotinus）的"流溢论"。

② 德·曼指出，"wie Blumen，/ entstehn"（像花朵一样绽放）这个美丽的诗句的美来自这样一个事实：它将包含在 entstehn 这个词当中的自然物的时间性—生成性与其自然物的"本体稳定性"（the ontological stability of natural objects）——即，非时间性—超验性——完美地融合了起来。但是这种融合的前提显然是我们对于"本源之超验性质"（the transcendental nature of the source）的遗忘。Ibid. 5。

对神性缺场的承认"①。简言之,浪漫主义诗歌的自然意象所传达的就是浪漫主义诗人的无根感和乡愁感,具有明确的意识——意图性,而非对自然景物的纯然呈现——希望"语词像花朵一样绽放"的表达就是试图通过语言符号的中介重新回到神性本源。

但是,语词能够带领诗人返回神性本源(一如朵朵具体鲜花显现那朵原初的本源之花)吗？德·曼的回答是否定的。

德·曼指出,"语词像花朵一样绽放"这个比喻表明,"像花朵一样绽放"仅仅只是一种语词欲望——事实上,语词根本不可能像花朵那样绽放,原因很简单：词语并没有花朵那样的自然本源,"词语产生于虚无([words] originate out of nothing)"。荷尔德林虽然试图寻找一种太初之言,但那注定是徒劳的——词语毕竟不是自然物,二者有本质的区别。因此,在德·曼看来,"语词像花朵一样绽放"这个比喻事实上是对浪漫主义诗歌自然意象的最好定义：所谓自然意象其实仅仅是语词的呈现,而非对自然物的客观再现(或艾略特所追求的客观对应物)——事实上,语词表达的仅仅是一种对于顿悟—显现的欲望,而且是一种永远不可能实现的欲望;语词只能够不断地涌现生成,但却绝对不能够像自然物那样显现其本源(因为根本没有太初之言)。这个观点与以意象派为代表的现代主义诗歌试图用语言意象呈现物的物性之主张是截然不同的。德·曼尖锐地指出："诗歌语言的本质就是不断地涌现生成,除此之外它之外什么目标也实现不了,诗歌语言永远是建构性的(constitutive),它总是不顾(实体)在场而不断地构想假设,但与此同时它又不能够给那些构想假设一个坚实的基础——因为那些构想假设在本质上仅仅是意识的一种意图而已(an intent of consciousness)。词语总是无根地漂浮在心灵之中——自然物的永恒性(the permanence of natural entities)以这种方式在永无休止的辩证法螺旋运动中(in the endlessly widening spiral of the dialectic)不断地被质疑,甚至被否定。"②这段极其晦涩的论述大意是：诗歌语言仅仅是诗人头脑中不断涌现的语词而已,是纯粹主体意识—意向的产物,它不仅不能够呈现神性本

---

① Paul de Man, "Intentional Structure of the Romantic Image", in Paul de Man, *The Rhetoric of Romanticism*, p. 6.
② Ibid.

源,也不能够客观地呈现自然意象——事实上浪漫主义诗人并非自然诗人,因为他们根本无视自然物的存在,自然之于浪漫主义诗人仅仅是一种触媒,通过这种触媒,他们真正想要追求的是所谓的"精神显形时刻"(a moment of spiritual revelation)。

德·曼选取了三个描绘阿尔卑斯山风景的浪漫主义文本片段来说明这个"精神显形时刻"是如何产生的。为了更好地把握德·曼的思路,我们将这三个文本片段全部引出。

第一个文本片段来自卢梭的《新爱洛漪丝》第一卷第二十三封信。卢梭写道:

> 使这片古怪的土地如此奇妙地对比分明,那不仅是人力的结果,大自然仿佛也乐于插一手,促成它与自己相对抗,人们在同一地方可以看到有不同的面貌:东边布满着春天的花,南边是秋季的果实,北边是冬季的白雪;大自然在同一时刻联合着一年四季,在同一地方有一切气候,在同一片土地上有相反的土壤,把其他各地的平原和阿尔卑斯山的物产联合为一种陌生的和谐。……在第一天,我觉得恢复了心的平静,我认为那是气象万千的美景的结果。我赞美那最无感觉的物体对我们最活跃的激情所具有的控制力,我还蔑视不能象一系列无生命的东西那样影响人们灵魂的那种哲学。然而这种平静状态持续了一夜,第二天又增强了,我便很快断定这里还有我不认识的一些其他原因。这一天我来到了最低的山上,然后我跑遍了高低不等的山头,又登上了我力所能及的最高山巅。在云雾中漫步了一阵,随后到达了一处晴朗的地方,从那儿夏季可以看到雷电和暴风雨在下方形成;哲人心中太虚构的图像从来没有那样的实例,要么只存在于人们拿来作为象征的那些地方。
>
> 就在这里,在我所处的清新空气里,我恍然意识到我情绪起了变化,以及长期丧失了的内心宁静得以恢复的真实原因。的确,这是所有的人都能够感到的普遍印象,不过并非大家都能注意到,即在空气纯净的高山上,人的呼吸感到更容易,身体觉得更轻松,脑筋也更灵活;肉体方面的快乐较不热烈,激情更能节制。那儿沉思采取我说不出的某种与我们目击的物象相应的崇高伟大的性质,带有我说不出的某种没有刺激和肉感的平静的快乐。人们在上升到人寰以上的天空时,仿佛把一切低劣的和尘

世的感情都抛弃了,而且随着接近于苍天,人们的灵魂也沾染到了天上永恒的纯净。人们到那儿会变得严肃而不忧郁,平静而不慵懒,既乐生又多思;一切太强烈的欲念淡化了;使人感到痛苦的那种尖锐性消失了;在心头只剩下轻松愉快的感觉;这便是舒适宜人的气候使在别处感到苦恼的激情能够造福于人。我认为,常住在这种地方,任何强烈的激动、任何忧郁症都能烟消云散;我奇怪,有益健康和良好的山间空气的沐浴何以不能成为医疗上和精神上的灵验的药方:"Qui non palazzi...(不是宫廷……)"

请设想一下我方才给您描写的印象并加以综合,您便可获得我现在愉快的心境的若干概念。您可以想象,千百种惊人的景色的复杂、伟大、美丽;想象在自己周围所看到的都是些崭新的东西、奇异的禽鸟、稀有的和不认识的植物以及观察那可以说是另一个世界并置身在一个新的世界中的快乐。所有这些对眼睛形成一种无法形容的混合,它的魅力还由于空气的清新而增大,空气使色彩更鲜明,线条更清晰,使所有的观点接近起来;距离比在平原上显得更小,平原上空气浓厚,给土地蒙上了面纱,地平线使眼睛看到更多的事物,好象容纳不下似的;总之,这里的景色有种说不出的神奇、超自然,它能悦人心目,使人们忘掉一切、忘掉自己,也不知身在何处。[①]

第二个文本片段来自华兹华斯《序曲》第六章。当华兹华斯与朋友攀登阿尔卑斯山的时候,他们遇到了一群欢庆革命的法国人,并与他们一起参加了庆祝。在那里,华兹华斯目睹了沙特勒兹修道院以及修士们正在遭受的危机,于是他先是祈祷上帝能够保佑这座肃穆得令人敬畏的著名寺院,然后又转向了自然的庇护的著名描写:

> ……在上帝面前,让君主与
> 农夫彼此平等。请放过这圣地
> 和它那超俗的信徒,为了人类
> 能够征服感性的欲望——只要靠信仰
> 与冥思,依赖上天赐予的真理的福音,

---

① 卢梭:《新爱洛漪丝》(第一、二卷),伊信译,北京:商务印书馆,1990年,第87—90页。

随时可达目标,享受胜利的
平静;也为了一个简单的企求:
两条壮观的大河、远处耀目的
山崖——那些万世不变的形状,
蔚蓝以太中纯洁的居民;还有
近旁这些令死神无奈、与人类
永远共存的森林——它们能使人
产生想象的冲动,希望能在此
思索,期望,崇拜和体味,能苦苦
挣扎,能在惶恐中任内心
迷失,并在混沌的深渊内将目光
引向远方,最终得到抚慰
与安宁。

稍后一点,华兹华斯又写道:

……但见不可丈量的山峰上,
林木在凋朽,朽极至永恒;有一个个
瀑布那凝止的冲落;这里,每一
转弯处都有阴风相逆,迷乱
而凄清;轰鸣的激流从碧蓝的天际
飞下,也有岩石在我们的耳边
低语——是些滴水的黑石在路边
交谈,似乎都有自己的嗓音
和语言;山溪湍急,凝视片刻,
即令人头晕目眩;放荡不羁的
云朵和云上的天宇则变换着骚动
与平静、黑暗与光明——峡谷中所有
这一切都像同一心灵的工场,
同一脸庞的容貌,同一棵树上的
花朵;是那伟大《启示录》中的

文字,是永恒来世的象征与符号,
属于最初、最后、中间、永远。①

第三个文本片段来自荷尔德林的诗作《归乡》("Heimkunft")第一节和第二节:

在阿尔卑斯山的崇山峻岭,夜色微明,云
凝聚着欢乐,覆盖着睡眼惺忪的
山坳。
逗趣的山风呼啸吹来吹去,
一道光线在冷杉树中一闪而过。
在慢慢逼近,在拼搏,在那令人又喜又恐的
骚动,
还是雏形,但很强大,正热衷于不伤和气
的争吵,
在千山万壑间,在这永恒的屏障里,这骚动
在酝酿,正一步一摇,
因为山里的早晨执意要崭露头角。
在那里,一年的延续比别处永无尽头,
时辰和日子的交替也比别处大手大脚,
难以区分。
尽管如此,海燕还是报时,在
群山间,在高高的大气中盘旋,呼唤白天……
这期间,银色的山峰在静静地闪耀,
玫瑰朵朵已缀满皑皑白雪。
再往高处,坐在光的金銮殿上,那纯洁、
快乐的上帝,正兴高采烈地变幻光的把戏……②

---

① 德·曼在这里所用的是《序曲》1850年版。译文引自威廉·华兹华斯:《序曲或一位诗人心灵的成长》,丁宏为译,第147、153页。
② 弗·荷尔德林:《荷尔德林诗选》,顾正祥译注,第34—35页。

德·曼指出,这三个描写阿尔卑斯山的浪漫主义文本片段的一个共同核心就是从真实的、人世间的自然到"精神的或神性的自然"(mental and celestial nature)的转圜。每一个文本的开篇背景都是一块位于难以企及的山峰和人类所居住的平原之间的地域,因而给人一种矛盾、混乱和强烈的悖论感。比如,卢梭的文本就刻意混杂,从而模糊了季节和地貌的区分。而华兹华斯则将一系列不可通约的因素都融为一体,从而创造了一种巨大的混乱,如"林木在凋朽,朽极至永恒""瀑布那凝止的冲落""轰鸣的激流从碧蓝的天际/飞下",等等。荷尔德林的诗歌中也同样充满了矛盾修辞法(oxymorons),如helle Nacht(明亮的夜晚),langsam eilt(缓慢的匆匆)等。总之,德·曼指出,在这三个片段中,"我们强烈地感受到了存在于所有自然客体内核中的那种内在张力(inner tension)——这种内在张力蕴含着巨大的高压能量,足以引爆整个自然世界"①。然而,在三个文本中,自然界的狂暴最后却在攀登运动过程中得到了舒缓:"在攀登运动中,诗歌想象似乎逐渐离开了人世间的自然,投射向了卢梭所谓的'另一种自然'——后一种自然来自天际之光,它缥缈、静穆、一尘不染。"在这个过程中,诗人也似乎从凡夫俗子蜕变为"蔚蓝以太中纯洁的居民"。诗人的语言也不像荷尔德林《面包与酒》中的那些生长于大地之上的"花朵",而是产生于蔚蓝的以太—天宇。绽放在大地自然中的"花朵"在三个浪漫主义文本中被移植到了另一种超自然的"自然"之中:"如果我们愿意的话,我们仍然可以将后一种自然称之为'自然',但这个自然却不再是物质、物品、大地、石头或花朵。对客体的乡愁最后变成了对一种在本质上永远也不可能具体化为在场的事物的乡愁。"②浪漫主义诗人对自然的乡愁感结果变成了对某种根本不存在的"蔚蓝以太"的空洞乡愁!

因此,德·曼指出,这三个文本片段所描述的其实是意识的转圜、升华或攀登,其路径就是浪漫主义的想象。正因为如此,华兹华斯才对想象力予以了高度的赞美,因为正是想象才赋予了他新的洞察力:

---

① Paul de Man, "Intentional Structure of the Romantic Image", in Paul de Man, *The Rhetoric of Romanticism*, pp.13—14. 德·曼这一洞见值得关注。的确,浪漫主义诗人虽然青睐自然,但他们笔下的自然却往往不是宁静的春夜或淙淙的小溪等秀美的风景,而是崇山峻岭、乱云飞渡、狂飙激流等具有崇高美的风景。

② Ibid., 15.

> 想象！随着我的目光和
> 歌声高扬飞升，
> 犹如无根的云雾……
> ……在篡夺的
> 力量中，在可怕承诺的
> 袭扰之中，当感官之光逐渐
> 泯灭，那肉眼所不能见的世界却显现出来，
> 那就是宏伟存在的居所……
> 在此战旗下，心灵
> 的向往不是奖杯、惠利或财富，
> 无须证明自己的伟绩，
> 只满足于自我完善、自我奖励的
> 思想，
> 沉浸在极度的欢乐中——
> 一如浸没在尼罗河的波涛中，它强大无比。①

在德·曼看来，华兹华斯的这个"想象力"表明的是，意识完全有可能自在自为地存在着，而不需要与外在现实世界发生任何关联："卢梭强调，在圣·普栾获得精神启示（illuminations）的时刻中没有任何感官因素（rien d'acre et de sensule）。华兹华斯甚至走得更远……认为，只有'当感官之光泯灭'的时候……想象才可能出现。"②

综上所述，在《浪漫意象的意向结构》一文中，德·曼从语言的无根性、建构性和意识的意向性两方面入手，对浪漫主义诗歌自然意象是对自然景物的客观呈现，并在自然意象中实现了心物交融、主客体合一这个传统的浪漫主义批评观进行了彻底的解构。一方面，语言符号的非本源性决定了语词不可能真实地呈现外物（语词根本不可能像花朵一样绽放）；另一方面，浪漫主义诗人

---

① 参见 William Wordsworth, *The Prelude* (1805), in J. C. Maxwell, ed., *William Wordsworth, The Prelude: A Parallel Text*, p. 238。

② Paul de Man, "Intentional Structure of the Romantic Image", in Paul de Man, *The Rhetoric of Romanticism*, p. 16.

笔下的自然意象也并非出自他们对自然的关注——自然仅仅是浪漫主义诗人借以激发想象、获得超自然灵视（supernatural vision）——即"另一种自然"——的触媒而已。简言之，德·曼的思路大致是这样的：浪漫主义的自然意象是语言编织的产物，而语言则是浪漫主义诗人主体意识之意向性建构的产物。但是我们不得不指出，《浪漫意象的意向结构》一文的论述逻辑不够清晰，语言表述尤其晦涩，这使得德·曼并没有将"意向性"这个核心问题透彻地阐发出来。① 为了更清楚地了解德·曼对浪漫主义的解构阅读，我们必须介绍他另外一篇浪漫主义研究的名篇：《时间性的修辞》。在这篇文章中，德·曼不再关注意识的意向性，而是将论述的焦点集中在浪漫主义研究中的另一个核心问题之上：浪漫主义诗歌自然意象的象征性与寓言性。

二、寓言与象征

在《真理与方法》中，伽达默尔注意到随着18世纪西方"天才美学"（the aesthetics of genius）和"体验艺术"（Erlebniskunst）的兴起，艺术被认为"既源于体验（experience），同时又是体验的表达（an expression of experience）"②。在这个背景之下，到了19世纪，诗歌与修辞术被彻底分开："天才无意识的创作理论在19世纪流行开来，其必然结果就是修辞术价值的衰落。"其具体体现就是原本具有同源性的象征和寓言的截然分离：

> 象征这个概念具有形而上学背景，因而完全没有寓言所拥有的修辞作用。因此，象征就有可能从感觉世界跃升到神性世界之中。事实上，感官世界（the world of senses）也并非漆黑一片、虚无弥漫——感官世界仍

---

① 德·曼对意图—意向问题更为清晰的论述出现在他的另外一篇文章中：《美国新批评的形式和意图》。在该文中，德·曼从意图的结构功能出发，对以科尔律治以及艾布拉姆斯为代表的浪漫主义的诗歌语言的有机性和浪漫想象的有机性理论予以了彻底的批判。德·曼指出，自然是有机的，但是语言和想象则不是有机的，而是具有意图—意向性的。语言和想象的意图—意向性决定了它们不可能客观纯然地呈现有机自然，那种将"有机自然"与"诗歌语言"相类比的观点是根本站不住脚的。参见 Paul de Man, "Form and Intent in the American New Criticism", in Paul de Man, *Blindness and Insight* (Minneapolis: University of Minnesota Press, 1983), p. 28。

② Hans-Georg Gadamer, *Truth and Method* (Beijing: China Social Sciences Publishing House, 1999), p. 63.

然流溢并映射着真理。如果不理解象征的这种诺斯替功能（gnostic function）和形而上学背景，现代象征概念是无法被理解的。……象征不是对符号的随意创造或任意选择，而是预先设定的：在可见之表象与不可见之意义之间存在的一种形而上的关联。可见之表象与不可见之意义之不可分离性、两个领域之间的"融合"是一切形式的宗教信仰的基础。因此，象征进入美学领域也就是可以理解的了。根据索尔格（Solger）的观点，象征艺术指的是"以这样或那样的方式使得观念得以显现的某物"，也就是说，艺术作品的特征就是表象与理念（ideal）的内在统一。而寓言却只有通过（机械地）指向它物才能够创造出这种有意义的统一。①

也就是说，在伽达默尔看来，象征具有认识论和形而上学的功能，而寓言则只具有阐释和修辞功能；象征是天才诗人神秘的审美体验和对审美体验的表达的完美融合，而寓言则只具有机械的比附或指称功能，属于诡辩修辞术。

伽达默尔对象征/寓言的梳理几乎可以被视为对科尔律治相关思想的阐发。在几乎可以看作是《圣经》诠释学著作的《政治家手册》一书中，科尔律治宣称："当代以及上世纪（指18世纪——笔者注）的史学和政治经济学都受到机械哲学（mechanic philosophy）的影响，因而是一种毫无生气的、概念化的知性（an unenlivened generalizing understanding）的产物。"与此相对，《圣经》中的历史则是"想象力的鲜活产物，是那种具有协调和中介性力量的产物。这种力量展现了隐含于感官形象中的理性（the Reason in Images of the Sense），并以理性永恒性和内在能量将感官之流组织起来，从而建立起了一整套象征体系（a system of symbols）"②。接下来，科尔律治以《旧约·以西结书》第一节关于"神的宝座"的叙述为例，声称《圣经》就是"上帝之言"。他进一步指出："在《圣经》中，事件和人物都必须具有双重含义，即，是过去与未来、暂时与永恒、具体与普遍的融合。它们既是形象（Portraits），同时又是观念（Ideals）。"③

---

① Hans-Georg Gadamer, *Truth and Method*, p. 66.
② S. T. Coleridge, *The Statesman's Manual*, in R. J. White, ed., *Lay Sermons* (London: Routledge & Kegan Paul Ltd., 1972), pp. 28—29.
③ Ibid. 30.

紧接着,科尔律治悲叹他所处的时代由于哲学观念的贫乏导致了一种苍白而冰冷的宗教。他指出:

> 我们这个时代中的种种问题之一就是认识不到表面意义和隐含意义之间的媒介(的重要性)。信仰要么被埋葬在死气沉沉的语词之下,要么被机械知性的伪劣货色(a counterfeit product of mechanical understanding)篡夺了其名称和荣誉——这种机械知性以一种盲目的自我陶醉混淆了象征(Symbol)和寓言(Allegory)之间的区分。①

那么象征和寓言到底有什么不同呢?接下来,科尔律治有一段著名的论述。他指出:

> 寓言将抽象观念(abstract notion)转化成一种图式语言(picture-language),而图式语言也仅仅是对感官客体的抽象呈现,所以图式语言本身也并无任何实质意义。(然而,在寓言/符号之间的关系中),无形状的本身(the principal,指抽象观念——笔者注)甚至比其影子替身(its phantom proxy,指图式语言——笔者注)还更无价值——虽然两者都缺乏实质意义(unsubstantial)。而象征(它总是 tautegorical——以不同方式表述同一事物)的特征即在于它以一种半透明的方式(a translucence)在个体(the Individual)中显现出了特殊(种属),在个别(the Especial)中显现出了一般(类别),在一般(the General)中显现出了普遍(the Universal),尤其是在时间(the Temporal)中显现出了永恒(the Eternal)。它总是参与那个它清楚地解释了的现实之中:它一方面展示了现实的整体性,另一方面又是(其所表征的)统一性(Unity)的有机构成成分。而寓言却只不过是空洞回声,是幻想(fancy)以武断的方式将空洞观念与事物幻象(the apparitions of matter)联系其来的结果,其风致和清晰度甚至还

---

① S. T. Coleridge, *The Statesman's Manual*, in R. J. White, ed., *Lay Sermons*, p.30. 科尔律治的理性/知性的区别"就如同他的幻想(Fancy)之于想象(Imagination)"的区别,具体而言,"理性是超感觉的器官;知性是我们归纳整合感知现象的能力。理性的知识统一地考察整体的法则;知性是现象的科学。理性追寻终极目标;知性研究达到目标的手段。理性是超越感官的真理的本源和实质;知性是凭感官来判断的能力……不难发现,这专属理性的领域就是人类的精神和宗教世界"。参见陆建德:《破碎思想体系的残编——英美文学与思想史论稿》,第6页。

不如倒映在清澈湖水中起伏的花园或牧场。①

在这段十分晦涩的文字中,科尔律治似乎想说明的是,在寓言中,抽象的观念与图式语言之间的关系是彼此分离而非有机地融为一体的,是"幻想"机械联想的产物,或如湖水中"花园或牧场"的倒影,只具有机械反射的功能;而在象征中,意象或图式语言就是与其所想要呈现的观念的组成部分,即,意象或图式语言与观念融为了一个彼此共存的、统一的有机整体。其大致意思与伽达默尔所说的"体验与体验的表达"的融合、"可见之表象与不可见之意义之不可分离性"类似。简言之,与科氏贬斥幻想、推崇想象的立场一样,在寓言/象征问题上,科尔律治明显批判前者、尊崇后者。

对于科尔律治的观点,艾布拉姆斯非常赞同,并在《浪漫主义抒情长诗中的结构与风格》一文中进行了更为深刻的解读。艾布拉姆斯认为,科尔律治在《文学生涯》(*Biographia Literaria*)中所提出的第二性想象及其在艺术创造活动中的功能体现了浪漫主义克服主客体分离的功能,因为艺术创造力在本质上就是一种综合和统一的能力,它能够将彼此不和谐的异质性元素统一在和谐之中。艾布拉姆斯指出:

> 在《文学生涯》中,科尔律治建立了他自己的玄学体系,其出发点就是为了克服其18世纪哲学前辈所开创的方法论中的单子论和知识学中的二元论,从而将截然分离的主客体转化为一种逻辑上的"反题",从而以正题—反题—合题这种浪漫主义辩证法从根本上解决这个问题。他说,这种知识论的"首要基础"就是在合题或"契合"中达到的"客体与主体"或"思想与外物的交融(coincidence)",从而使得各种元素恢复它们相互之间的协和关系……②

---

① "(它总是 tautegorical——以不同方式表述同一事物)"——括弧内这句话原文为希腊文。据说 tautegorical 是科尔律治自己造的词。科尔律治用象征而非寓言来探讨《圣经》的解读的确有些特别。我们知道,以克雷芒(Clement)、奥利金(Origen)、圣·奥古斯丁和圣·阿奎纳(Saint Thomas Aquinas)等为代表的古典《圣经》诠释学一直都是以寓言来探索《圣经》中的所谓微言大义,如《旧约》与《新约》的矛盾以及《新约》中的道德故事(parable)等问题。

② M. H. Abrams, "Structure and Style in the Greater Romantic Lyric", in Harold Bloom, ed., *Romanticism and Consciousness*, pp. 219—220.

显然，这种能够促成"客体与主体或思想与外物的交融"的伟大的第二性想象具体化为浪漫主义的诗歌策略正是科尔律治在《政治家手册》中所竭力推崇的象征，而幻想则对应着被科氏所贬斥的寓言。

科尔律治的这些观点进一步启发了艾布拉姆斯对前浪漫主义写作和浪漫主义写作之间本质差异的思考和研究。艾布拉姆斯指出，在前浪漫主义的写作模式中，寓言优于象征，而在浪漫主义写作模式中，象征优于寓言。这突出地反映在它们对自然风景不同的处理方式中。比如，在18世纪的风貌诗（loco-descriptive poetry）中，寓意（moral）总是作为一种可离析的观念被附加在风景之上——这明显体现在约翰·邓汉姆爵士（Sir John Denham）的诗歌作品（如《库珀山》["Cooper's Hill"]）之中。在约翰逊博士看来："这一类诗歌……的基本主题是诗意地描绘一种特殊的风貌景物，然后给这些风貌景物附加上一些（思想）装饰（embellishments），如怀古之幽情或偶感而发的沉思。"威瑟曼就认为《库珀山》就是通过"在景物中选取一些特定的风貌品质（topological elements），并将它们组织起来，从而从中引申出内战爆发前一位典型的保皇党人的（政治）立场"①。也就是说，这是一种将道德寓意强加在景物之上的寓言修辞。但在被艾布拉姆斯称为"优秀的浪漫主义抒情诗"中（如华兹华斯的《丁登寺》《不朽颂》，科尔律治的《午夜霜》《沮丧颂》以及雪莱的《西风颂》等），风景的选择不仅是特定的（particularized），而且还是非常具体的；寓意并非被强加于风景之上，而是彼此融合为一个不可分离的整体。② 以科尔律治为例，艾布拉姆斯指出，虽然科尔律治一度深受威廉·鲍尔斯（William Bowles）的影响，但到了写作《午夜霜》，尤其是《沮丧颂》的时候，"优秀浪漫主义抒情诗"的特征得到了高度体现："《沮丧颂》……是'交融想象'（coadunating imagination）的完美体现"；在这首诗中，"通过心灵与自然的持续交融，以及两者之间严丝合缝、一气呵成的隐喻展开（seamless metaphoric

---

① M. H. Abrams, "Structure and Style in the Greater Romantic Lyric", in Harold Bloom, ed., *Romanticism and Consciousness*, p. 208.
② 艾布拉姆斯指出，18世纪"风貌诗"的标题往往是一个较为笼统的"地理区域"（a geographical location），而"优秀浪漫主义抒情诗"的标题则往往精确到地点，甚至时间——如《丁登寺》的全称就是"Lines written a few miles above Tintern Abbey, on revisiting the banks of the Wye during a tour, July, 13, 1798". Ibid., 207—208。

continuity），自然成为思想，思想也成为自然"。① 艾布拉姆斯进而总结道："浪漫主义最优秀的风景诗都遵从了科尔律治的模式，它们展示了主客体之间的相互作用，其中思想将已经蛰伏于外在景物之中的东西吸纳并显现出来。……当浪漫主义诗人面对着一道风景时，自我和非我（non-self）之间的区分就倾向消融。"而其秘密就在于科尔律治所宣称的自己一直在寻求的一种"象征性语言"（a symbolic language）。②

艾布拉姆斯关于浪漫主义力图克服主客体之间的分裂以及通过尊象征贬寓言从而以其象征性写作模式来实现这一目标的观点遭到了德·曼的解构性批判。在写于 1969 年的《时间性的修辞》（"The Rhetoric of Temporality"）一文中，德·曼沿着伽达默尔的路线检视了从 18 世纪末到 19 世纪象征逐渐取代包括寓言在内的其他修辞格的过程。德·曼也指出，这一过程"与一种新美学的兴起有关"（即伽达默尔所说的"天才美学"）——这种新兴的美学认为：

> 天才的诗歌语言能够超越这种区分，因而能够将各种个体体验转化为普遍真理。当转化为语言之时，体验的主体性（the subjectivity of experience）同样被保留下来。于是，世界就不再被视为一个由各种毫无关联的、孤独漂浮的意义所组成的庞杂混合体，而是一个有各种象征构成的统一和谐的、具有整体性和普遍性的意义世界。这种对整体性之意义无限性（infinity of a totality）的诉求就构成了象征与寓言的对立——（与象征不同，）后者作为一个符号仅仅指示一个具体的意义，一旦被解码，其意义可以被迅速穷尽。……因此，在指意过程中，寓言往往呈现出一种枯燥的理性和说教，它自己并不构成该意义的一部分；而象征却被认为是建立在感官意象与该意象所暗示的超感觉之整体性（super-sensory totality）之间的密切统一（an intimate unity）。③

然而，德·曼却认为这种"新美学"是建立在象征/寓言之对立的错误前提之上的，即，象征语言具有认识论的功能，其意义不可穷尽，因而能够引领诗人

---

① M. H. Abrams, "Structure and Style in the Greater Romantic Lyric", in Harold Bloom, ed., *Romanticism and Consciousness*, p. 223.
② Ibid., 223—224. 着重号为笔者所加。
③ Paul de Man, *Blindness and Insight*, pp. 188—189.

触及不可言说的形而上的神秘,而寓言则属于修辞学范畴,其所指意义呆板教条、一目了然。但事实上,在德·曼看来,所谓象征语言其实被浪漫主义诗人过度神秘化了,不仅如此,象征与寓言在本质上难以截然区分,浪漫派所谓的象征其实仍然是寓言。在分析了寓言和象征在19世纪德国哲学领域的发展情况,德·曼用了大量篇幅仔细分析了以科尔律治和华兹华斯为代表的英国浪漫主义诗人以及以维姆萨特、艾布拉姆斯和威瑟曼为代表的浪漫主义批评家在这个问题上的漏洞甚至矛盾。

德·曼指出,在科尔律治看来,象征是"形式有机生长的产物"(the product of the organic growth of form);在象征世界里,"生命与形式是同一的……象征的结构是提喻结构,因为象征永远是它所表征的整体之物的一部分。因此,在象征性想象中,组成成分之间连续不断,没有任何断裂的发生,因为在这个过程中,感官对外物的感知与象征性想象一气呵成"。与此相对,"寓言形式则纯粹是机械呆板的,是一种抽象的观念",其能指和所指都是缺乏物质实存性的空洞,"是一种非物质实存性的形式(an immaterial shape)所表达的同样缺乏形态和物质实存性的影像(a sheer phantom devoid of shape and substance)"。① 德·曼进一步指出,这些观点以及科尔律治在《政治家手册》那段关于象征/寓言的著名论述中其实存在着"明显的含混"和自我矛盾:

> 《政治家手册中》……有一个明显的含混(ambiguity)。科尔律治认为寓言缺乏具体的物质实存性(substantiality),因而是浅陋的,他的目的是想以此来强调象征的价值。于是,我们便希望看到象征何以具有胜过寓言的丰富的有机性和物质性(organic and material richness)。然而,我们所看到的却是突然出现的明白无误的"半透明性"(translucence):"象征的特征即在于它以一种半透明的方式(a translucence)在个体(the Individual)中显现出了特殊……"

德·曼指出,这段话充分说明,科尔律治所力图证明的象征所具有的物质实存性实际上已经自我瓦解了,因为"半透明性"这个词表明,与寓言一样,象征其实也只是一种反射(reflection),"是对某种更为原初的统一性(original unity)

---

① Paul de Man, *Blindness and Insight*, pp.191—192.

的反射",然而显而易见的是,这种"原初统一性并不存在于物质世界中",因而也就不具有任何物质的实存性。① 然而,科尔律治似乎并没有意识到这个问题,反而在谴责寓言之所以劣于象征正是由于寓言"仅仅具有反射性":

> 我们十分惊讶地发现,在上述引文的最后部分,科尔律治将寓言否定性地界定为仅仅具有反射性。事实上,(科尔律治对)象征的精神化(the spiritualization of the symbol)已经发挥得太过,以至于那曾经专门用来界定象征的物质实存性(material existence)已经变得一点也不重要了。结果,象征变得和寓言一样拥有某个超越此物质世界的本源。在这两种修辞格中,同样重要的是对超验本源的指涉,而反映与其本源之间关系的主要性则居于次要地位——不管这种关系是建立在提喻的有机和谐(organic coherence of the synecdoche)之上(象征),或者是纯粹心智的安排(寓言)。两种修辞格均指向那个超验性本源(the transcendental source),尽管其指涉方式是含混朦胧的。

总而言之,科尔律治论点的前提是"象征具有有机实存性,因而优于寓言,但最后我们看到的却是对一种具有'半透明性'修辞语言的描述。在这一描述中,象征和寓言之间的(那种优劣)区分就变得没有什么意义了"②。在段晦涩的文字中,德·曼想要表达的是,由于"半透明"这个词的出现,科尔律治所认为的象征具有部分与整体的统一融合的有机关系其实还是与寓言一样,是一种符号与观念之间机械的反映/被反映的关系,因而也与寓言一样只具有语言的修辞性而非物质实存性。我们猜想,或许,在德·曼看来,如果科尔律治真的想要论述象征所拥有的融合主体/客体分离的功能的话,在这里他应该用 synthesis 这个词而不是 translucence。因此,德·曼指出,科尔律治所设立的象征/寓言的对立其实已经在他的论述中自行消解了。③

德·曼接着指出,虽然象征/寓言之二元对立在科尔律治的文本中已自行消解,但后世浪漫主义的研究者们如维姆萨特、艾布拉姆斯和威瑟曼等人却没

---

① Paul de Man, *Blindness and Insight*, p.192.
② Ibid., 192—193.
③ 也就是说,伽达默尔所指出的象征的认识论/形而上学功能与寓言的阐释/修辞功能之间的区别是根本不存在的,因为两者都只具有阐释修辞功能,都是语言固有的修辞性的体现。

有意识到这一点,他们反而继续推进科尔律治关于象征优于寓言的观点——这个观点典型地反映在他们对浪漫主义自然诗(Romantic nature poetry)的阅读分析之中。

德·曼抓住艾布拉姆斯分析科尔律治《沮丧颂》那段话"《沮丧颂》……是'交融想象'的完美体现……通过心灵与自然的持续交融,以及两者之间严丝合缝、一气呵成的隐喻展开,自然成为思想,思想也成为自然"指出,艾布拉姆斯想要说明的是,浪漫想象、象征语言以及隐喻手法彻底排除了18世纪的机械类比(analogy)手法,从而实现了"自然与心灵的交融",并使得"自然成为思想,思想成为自然"。(也就是说,思想与自然之间的关系的确是一种部分与整体的提喻关系。)然而,德·曼认为,艾布拉姆斯"并没有真正说明这种融合在何种程度上得到了实现并贯穿始终的——它最多只是表达了科尔律治追求统一融合的欲望,这就是科尔律治思想及其诗学策略力图追求的目标"。然而,德·曼指出,即使在浪漫自然诗中,我们也会发现,他们声称要抛弃的那种18世纪的机械类比修辞手法(也就是寓言修辞)事实上"作为一种自然意象的认识论模式(an epistemological pattern for natural images)并没有被放弃",而是仍然大量存在于浪漫主义诗歌之中,只不过艾布拉姆斯等人用了一些新的术语——如"亲和"(affinity)或"交感"(sympathy)来代替类比而已。然而,"诸如'亲和'和'交感'这些术语只适合用于主体之间,而非主客体之间的关系。于是,(心灵)与自然的关系就转换成了主体间的、人际的关系,归根结底,就是被一种主体与自我之间的关系所代替。从而,(在两者的关系中)强调的重点就从外在的自然转向了主体的内心"。浪漫主义的"亲和"或"交感"就转化成为"一种与极端唯心主义(a radical idealism)相类似的理论"。也就是说,科尔律治等人所谓主体/客体、心灵/风景的融合与合一结果还是变成了主体心灵对自然风景的主宰。德·曼援引华兹华斯的话说:"我常常难以将外在事物视为(非我的外在)存在,而是经常将外物当作内在于我自己非物质性自然的一部分而与它们进行交流。"① 也就是说,在体现浪漫主义的心灵/自然的交流的神秘的寓言化过程中,并不是"思想成为自然",而是"思想主宰了自然"——是诗人主体的心灵赋予外在自然以意义——也就是艾布拉姆斯所说的"浪漫主

---

① Paul de Man, *Blindness and Insight*, p. 196.

义诗人,尽管是自然诗人,但主要是人文主义者,因为他们选取非人的外在景物作为素材的原因仅仅在于后者是引起思考人的存在意义的触媒——这个意义就是思想和思想的成长"[1]。而且,华兹华斯在《序曲》第十二卷中也说,从那一个个蕴含在平凡生活中的、具有复原功效的时间之点(spots of time),我们可以深刻地洞悉"在何种程度上,/以何种方式,心灵才是主宰——外在感官/仅仅是她忠实的奴仆"[2]。

然而,德·曼敏锐地指出,如果我们仔细考察浪漫主义的诗歌实践就会发现,这种强调主体心灵主宰作用的极端唯心主义理论其实也并未付诸实施——因为事实上,许多浪漫派的自然诗都将意义之源投向了外在自然风景。德·曼再次以华兹华斯《序曲》第六章两段诗行为例:"……两条壮观的大河、远处耀目的/山崖——那些万世不变的形状,/蔚蓝以太中纯洁的居民;还有/近旁这些令死神无奈、与人类/永远共存的森林……",以及另一段:"不可丈量的山峰上/林木在凋朽,朽极至永恒;有一个个/瀑布那凝止的冲落(stationary blasts of waterfalls)……"德·曼指出,在这里,在自我与自然之间的辩证的关系上,华兹华斯有一种敏锐的时间意识,即,对于华兹华斯而言,"自然的运行(the movements of nature)体现了歌德所说的 *Dauer im Wechsel*——变化中的永恒(endurance within a pattern of change),即对那种能够超越外(时间)侵蚀的元时间的寂然状态(meta-temporal, stationary state)的肯定——衰变只能作用于自然的外表,不能触及其(既然不动的内在)核心"。也就是说,"变化中的永恒"其实是一个悖论——上述《序曲》中的诗行就是这样"一个醒目的时间性悖论(temporal paradox)"[3]。

但是,德·曼接着指出,"变化中的永恒"悖论只适用于自然,但却不适用于自我,因为如蛾子一样朝生暮死的自我是彻底地被囚禁于时间性和有限性之中的。然而,自我又往往不满足,甚至恐惧其时间性的存在,因而企图超越时间的侵蚀,"于是自我便生出一种希望,即将内在于自然而外在于自我的时间的静止

---

[1] M. H. Abrams, "Structure and Style in the Greater Romantic Lyric", in Harold Bloom, ed., *Romanticism and Consciousness*, p. 202.

[2] William Wordsworth, *The Prelude* (1850), Book XII, pp. 222—223,引自 J. C. Maxwell, ed., *The Prelude: A Parallel Text*, p. 479,着重号为笔者所加。

[3] Paul de Man, *Blindness and Insight*, pp. 196—197.

性(temporal stability)挪用到人身上,从而逃离'那不可思议的时间的触摸'"。也就是说,如果人的存在的确有什么意义的话,这个意义并不是来自人的内在心灵,而是来自对永恒的自然世界的挪用和"类比"。这样一来,在心灵与自然的关系中,居于主宰地位的就不再是心灵而是自然——这与上述华兹华斯的"心灵主宰"说产生了矛盾。不仅如此,在艾布拉姆斯等浪漫主义研究者的论述中,这个矛盾也明显地存在着。比如,德·曼说:"艾氏宣称:'浪漫主义最优秀的风景诗都遵从了科尔律治的模式,它们展示了主客体之间的相互作用,其中思想将已经蛰伏于外在景物之中的东西吸纳并显现出来。'这就毫无疑问地将先在性赋予了自然世界,心灵的功能仅仅局限于对自然的诠释。然而,这段引文却出自艾布拉姆斯……论证自我高于自然的那些段落。"①德·曼尖锐地问道:"我们到底应该相信哪种观点?浪漫主义到底是主观唯心主义(subjective idealism)……?或者是对某种形式的自然主义(naturalism)的回归?"②

总而言之,在德·曼看来,这些浪漫主义理论以及诗歌实践之中所存在的这些漏洞和矛盾表明,以科尔律治为代表的浪漫派诗人认为源自"第二性想象"的神秘的浪漫象征能够完美地融合主客体的分离的主张也就仅仅是一种难以实现的"欲望",机械类比的寓言仍然是浪漫派诗人不得不依靠的诗歌修辞策略。

在德·曼接下来的分析中,象征/寓言对立的消解还体现在艾布拉姆斯对17、18世纪风景诗与浪漫派的自然诗关于地域风貌的程式化(an inherited typology)和具体性(a specific locality)之间的论述矛盾中。德·曼指出,浪漫主义自然诗对风景的呈现其实并非总是具体的:"像华兹华斯这样的诗人在观察一片具体风景时,风景的意义可能会被极大地引申开来,从而用来表达一种该片具体风景并不包含的意义。风景的意义通常被一连串含混的空间序列(a spatial ambiguities)弄得含混不清,最后,读者所看到的不再是一片具体的风景,而是一个几乎没有任何意义的空洞的地理名词。"③德·曼认为《序曲》第六卷中华兹华斯关于他翻越阿尔卑斯山那段著名的诗行就是一个典型的例子,因为在那些诗行中,阿尔卑斯山具体的地域风貌并不十分清晰,华兹华斯

---

① Paul de Man, *Blindness and Insight*, pp. 197—198. 着重号为笔者所加。
② Ibid., 198.
③ Ibid., 206.

采用的还是"一种传统和因袭的象征论"（a traditional and inherited typology）。德·曼并没有清楚地说明华兹华斯采用的"一种传统和因袭的象征论"到底是什么，如果我们仔细阅读《序曲》这些诗行就会明白，他想指的其实就是英国文学传统代代因袭传承的概念体系——启示论联想（apocalyptic associations）。华兹华斯写道："山溪湍急，凝视片刻，/即令人头晕目眩；放荡不羁的/云朵和云上的天宇则变换着骚动/与平静、黑暗与光明——峡谷中所有/这一切都像同一心灵的工场，/同一脸庞的容貌，同一棵树上的/花朵；是那伟大《启示录》中的/文字，是永恒来世的象征与符号，/属于最初、最后、中间、永远。"①也就是说，"华兹华斯将一种源自古老的欧洲思想体系中的意义嫁接在他对阿尔卑斯山隘口的描绘语言之上。就此而言，华兹华斯的这类风景诗与其是科尔律治式的象征，毋宁说是寓言"②。

不仅如此，德·曼还认为，浪漫主义者对象征论所隐含的谬误以及寓言的普遍存在其实早就被浪漫派先驱卢梭所意识到，并有深刻的揭示——只不过文学史家们都没有注意到这一点，因而往往误读了卢梭。德·曼指出，在卢梭的《新爱洛漪丝》这部书信体小说中，象征论被证明是一种情感误置（pathetic fallacy），只有寓言才是卢梭所真正看重的修辞手法。比如，在该小说第四卷第17封信有关梅耶利（Meillerie）场景的那段描述中，内在心灵与外在自然之间似乎存在着一种非常紧密的交融关系。在这封信里，圣·普莱（St. Preux）在已经结了婚的于丽（Julie）的陪同下，重访了日内瓦湖北岸一处孤独隐秘的地方。卢梭特地强调这个孤独的地方荒凉如沙漠："这孤独的地方是个幽寂和荒凉的处所，但充满了那种只为善感的心灵所喜悦而对其他人显得可怕的地方。……把一个如此平和的居处跟围绕它的事物作比较，会觉得仿佛这荒凉的地方应该是从自然界的混乱中单独逃出来的两个情人的庇护所。"③这一段话似乎为我们展现了一种风景与心灵之间存在的应和交融关系——这片孤独、幽寂和荒凉的地方似乎再次点燃了这对旧日恋人之间的情欲，从而酿成大

---

① William Wordsworth, *The Prelude* (1850), in J. C. Maxwell, ed., *William Wordsworth, The Prelude: A Parallel Text*, p. 241. 译文引自威廉·华兹华斯：《序曲或一位诗人心灵的成长》，丁宏为译，第153页。
② Aidan Day, *Romanticism*, p. 18.
③ 卢梭：《新爱洛漪丝》（第三、四卷），伊信译，北京：商务印书馆，1993年，第241—242页。

错。然而,最后我们看到的却是,普栾,尤其是于丽最后还是用理智克制住了这种"情感误置",避免了错误的发生:"这件事最使我确信人的意志自由和德行的力量。有多少人受到微小的引诱而失败!"①这一个场景说明什么呢?这说明,卢梭清楚地认识到,所谓风景对心灵的影响之说其实根本就是一种典型的"情感误置"——主客体应和交融不仅是主体的幻觉,而且还有可能酿成判断和行动的错误。所以,卢梭不仅不是浪漫—象征论的始作俑者,恰恰相反,卢梭本人早就敏锐地看到了象征论的谬误所在。

正因为如此,在《新爱洛漪丝》第四卷第 11 封信关于伏尔玛别墅的那个场景中,卢梭就清楚地展示并捍卫了寓言的功能。在那里,德·伏尔玛夫人亲自打造的花园呈现出英国花园(*jardins anglais*)或中国园林似的自然美。然而,德·曼告诉我们,卢梭的花园并非他自己亲眼所见的某个真实的花园,"亦非个人心灵状态的表达"(the expression of a personal *état d'âme*),而是取材于 13 世纪法国诗人洛利斯的《玫瑰故事》(*Le Roman de la Rose*)中的情爱花园和笛福《鲁滨逊漂流记》中的荒岛花园——前者表现了德·伏尔玛夫人关于"看似自然天成的花园其实是人力打造、艰辛劳作结果"的论点,而后者则重复了笛福的清教伦理寓言,其目的是为了用花园来象征德·伏尔玛夫人身上所拥有的清教美德,如贞洁、克制、勤劳、坚韧等品格。所以,卢梭所采用的仍然是一种"传统和因袭"的程式性寓言——这就呼应了第 17 封信中对主客体应和—交融—象征论的批判。所以,在德·曼看来,《新爱洛漪丝》这部小说的真正目的就是展示象征与寓言的冲突,并"最终通过一种隐含的方式将寓言置于象征之上"——如果没有这个展示,"该小说就失去了其所有的意义"。②

在此基础上,德·曼进一步指出,如果理解了卢梭《新爱洛漪丝》所展现出的寓言化倾向,华兹华斯对风景地貌的寓言化也就不难理解了。③ 也就是说,浪漫主义诗人虽然力图用象征来代替寓言,但事实上他们的努力还是归于失败——貌似象征的寓言仍然顽强地存在于浪漫主义写作之中。因为浪漫主义诗人虽然企图在自然世界中逃避"时间的侵蚀",但是这种逃避最终还是归于

---

① 卢梭:《新爱洛漪丝》(第三、四卷),伊信译,北京:商务印书馆,1993 年,第 245 页。
② Paul de Man, *Blindness and Insight*, pp. 203—204.
③ Ibid., 204.

失败,因为主体与自然"并无相似之处",最后还是不得不痛苦地承认"时间性的宿命(temporal destiny)"。① 而揭示这种"时间性宿命"恰恰是时间性的寓言的功能。德·曼指出,象征强调的是部分与整体之间的共时空间性关系,即使有时间的侵入,那也仅仅是一种偶然(contingency)。但是,

> 在寓言世界中,时间是其原初性的构成因素。寓言符号及其意义(*signifié*)并非由某种信念(dogma)所规定……事实上,(在寓言中,)我们所拥有的仅仅是符号与符号之间的关系,其中,符号所指涉的意义已变得无足轻重。但是在符号与符号之间的关系中同样必然存在着一种构成性的时间性因素;它之所以是必然的,是因为只要有寓言,那么寓言符号所指的就必然是它前面那个符号。语言符号所建构的意义仅仅存在于对前一个它永远不能与之达成融合的符号的重复(repetition)之中,因为前一个符号的本质便在于其(时间上的)先在性(anteriority)。②

德·曼接着指出,通过在时间中建构意义,寓言"防止自我滋生出与非我融为一体的幻想";浪漫主义诗歌中仍存在着大量寓言这一现象表明,浪漫主义的创作已经不自觉地承认了一个被浪漫主义理论所压抑的事实:自我及其使用的语言的时间性或有限性(finiteness)决定了它们永远不可能达到某个绝对的或超验的真理。至此,德·曼终于引出了他自己的立场,在寓言和象征这对修辞格中,占优先地位的是前者而非后者,因为寓言从不讳言自己的时间性、修辞性和建构性:

> 象征要求同一性或统一性,而寓言却首先表明与本源的距离,并且放弃了乡愁感(nostalgia)和统一欲望,它在时间性差异(temporal difference)的空茫(void)中构筑着自己的语言。这样,它便能防止自我滋生出与非我融为一体的幻想,只有在这一刻自我才能彻底地、虽然不乏痛苦地认识到非我的非我性。我们发现,正是在获得这一痛苦认识的时刻,

---

① Paul de Man, *Blindness and Insight*, p. 206.
② Ibid., 207. 德·曼的这段话讲得十分玄虚。笔者认为要弄清楚这段话的意思,应当参阅索绪尔关于能指对应所指的符号"意义"(signification)和由符号与符号的在线性时间维度上的差异所产生的"语言价值"(linguistic value)的精彩论述。See Ferdinand de Saussure, *Course in General Linguistics* (Beijing: China Social Sciences Publishing House, 1999), pp. 114—115。

早期浪漫主义文学找到了自己真正的声音。然而,具有讽刺意味的是,这种声音却从来没有被人承认过,人们总是千篇一律地将这场文学运动称为原始自然主义(primitive naturalism)或神秘化了的唯我论(mystified solipsism)。我们所讨论的这些作家实际上已经远离了他们所眷恋的神学或哲学的本源……总之,我们所看到的是一个与传统画面完全不同的历史景观。主体与客体之间的辩证关系不再是浪漫思想的中心议题,现在这种辩证性已经被彻底地置入了一个存在于寓言符号体系之内的时间关系之中。它变成了一种处于时间困境(temporal predicament)中的自我与企图对抗这种困境的努力之间的冲突。从语言的层面来看,盛行于19世纪的象征优于寓言的论调只不过是这种企图将自我神秘化的诸形式之一。①

简言之,在德·曼看来,正是由于寓言不像神秘兮兮的象征那样讳言自己的时间性和有限性,不企图通过主体与客体、心灵与自然的融合来超越那根本无法超越的"时间困境",所以就其解构功能而言,寓言优于象征。

毫无疑问,德·曼对浪漫主义的解构阅读诠释令人有耳目一新之感;他对浪漫主义文本中的那些掩盖在意识层面之下的矛盾和抵牾的发掘和解剖使我们对浪漫主义有了更深入、更全面的认识。然而,其症结也十分明显,那就是为反对而反对、为解构而解构,因而难免常常削足适履,甚至流于钻牛角尖的强词夺理。对此,艾布拉姆斯在《解释与解构》("Construing and Deconstructing")一文中有尖锐的批判。然而,在该文中艾布拉姆斯的批判靶子主要是米勒,而且火力很猛,但是对于德·曼《时间性的修辞》一文的回应却显得苍白无力,这实在有点令人遗憾而不解。②

笔者认为,德·曼对象征的否定和对寓言的推崇其实存在着许多艾布拉姆斯没有注意到的漏洞。如他对科尔律治"半透明性"一词的解读、对浪漫主义主客体融合论的指责、对华兹华斯挪用自然"变化中的永恒"来表达个体生

---

① Paul de Man, *Blindness and Insight*, pp. 202—208.
② 参见 M. H. Abrams, "Construing and Deconstructing", in M. H. Abrams, *Doing Things with Texts* (New York & London: W. W. Norton & Company), 1989, pp. 297—332. 对德·曼的回应见该书第318—319页。

命希冀超越"不可思议的时间的触摸"以及对卢梭《新爱洛漪丝》的解读等——用德·曼的术语来说,虽然不乏"洞见"①,但"盲点"也同样不少。首先,在笔者看来,科尔律治的"半透明性"强调的是象征能够将普遍性寓于具体事物之中的功能,其中当然会有"反映"因素存在,但具体事物与普遍抽象性之间也的确存在着提喻的关系(就如同中国道家美学与关于道与山水的关系一样:道就是山水,山水就是道!)。这本是一个辩证法的常识,德·曼揪住这个问题显然有点钻牛角尖。其次,华兹华斯对自然山水所蕴含的永恒性赞美以及向往个体生命能够超越有限虽然是一种欲望,但生命的意义和尊严难道不就是存在于这样一个悖论之中吗?② 如雪莱所言,就连朝生暮死的飞蛾对星星都有向往的欲望(the desire of the moth for the star——即使那是一种在世俗意义上

---

① 比如,在主客体融合问题上,浪漫主义诗人们的论述的确摇摆不定,有时候甚至前后矛盾,德·曼的批评有一定的道理。另外,浪漫主义诗人对风景的描述虽然展示出了与17世纪以前西方诗歌将自然寓言化的不同动向,但他们却并没有完全做到将情感与风景、主体与客体融合起来的美学理想,因为他们所追求的还是为宇宙世界寻找"存在的理由"(raison d'être),为哥白尼之后崩溃的观念世界寻找意义——这个新的意义之源不在于上帝,而在于心灵的想象力。叶维廉指出:"浪漫主义者强调秩序可见于智心的想象活动,说这个智心不但可以认识宇宙的真质,而且可以赋给事物以秩序与意义。"(叶维廉:《美感意识意义成变的理路——以英国浪漫主义前期自然观为例》,见《叶维廉文集》[第贰卷],第99页。德·曼对《序曲》第六卷中翻越阿尔卑斯山那段诗行的寓言化批评不无道理。可以说,只有建立在道家美学基础之上的部分中国古典山水诗才真正做到了科尔律治所追求的"在一般中显现出了普遍,尤其是在时间中显现出了永恒"的美学理想——因为在庄子看来,道并不具有形而上的性质,道就存在于具体事物之中。但是,我们还必须指出的是,叶维廉教授所竭力推崇的道家美学与中国山水所追求的所谓"澄怀观道"、不涉及逻辑概念的、物象活泼自然涌动呈现的美学—诗学观也是有问题的,原因很简单:所谓物我两忘、无我之境等中国传统诗学思想根本没有注意到意识和语言的意向—意图性问题,更没有注意到意识—语言的建构性问题。事实上,在山水诗问题上,根本不存在叶维廉教授所说的"不调停"的呈现方式——诗歌中的任何自然意象都是意识和语言"调停"后的产物。就此而言,德·曼的解构主义文学批评对于我们清理中国传统美学—诗学理论是有一定借鉴意义的。

② 在理性主义者和怀疑主义者看来,身处"时间困境"中的脆弱的个体生命企图超越有限、追求无限和永恒的向往或许的确是一种自欺欺人的虚妄,但在美学意义上,这种向往恰恰为个体生命祛除偶在性恐惧,从而为"譬如朝露"的生命赋予目的与意义。正如朗吉弩斯所言:"自然将人们带到这个世界上来,并不是为了让我们做蝇营狗苟之徒:自然创造了我们、将我们带到这个壮观的宇宙中来,其目的不仅是要我们见证宇宙壮丽的演出,还在我们心中激发起对荣誉热切的向往。因此,自然一开始就在我们的心灵深处种下对超越我们有限存在的崇高和神圣的不可抑制的热爱。……环视我们周遭的生活,看看生命中所充塞的那些雄奇、壮丽和秀美,我们立刻就会明白生命的意义何在! 这就是为什么说,似乎出于本能,我们不会去向往清澈潺潺的小溪,而是赞美尼罗河、多瑙河,或辽阔无垠的海洋。"See Longinus, "On the Sublime", in Hazard Adams, ed., *Critical Theory since Plato*, p.93。

不可实现的欲望),作为万物之灵的人难道不应该有超越时间困境的欲望吗？再次,德·曼对卢梭《新爱洛漪丝》的解读也明显显示出牵强附会、削足适履的倾向,尤其是伏尔玛花园与于丽克制美德的寓言关系的论述就显得相当生硬,掺杂着想当然的个人臆断:即使卢梭阅读过《玫瑰故事》和《鲁滨逊漂流记》,也不能够证明卢梭在写作《新爱洛漪丝》的时候没有真正目睹过某个英国或中国园林式花园。最后,从心理科学的角度来看,人的心情受外在景物的影响的确可能是一种情感误置(pathetic fallacy),甚至也的确可能导致错误的决定(如梅耶利场景那封信),但审美经验的复杂性却非现代心理科学所能够妄加评判的。

总之,在笔者看来,《时间性的修辞》这篇文章所存在的这些或许德·曼本人并没有注意到(艾布拉姆斯可能更没有意识到)的盲点,从根本上讲是源自解构主义批评一味地坚持诗歌的语言修辞性,断然否定审美体验的存在以及诗歌语言对审美体验的探索和表现功能(这也可能与德·曼艺术修养不足有关——这个问题也显然是德里达的弱项)。

在德·曼的启发之下,20世纪70年代到80年代,一大批浪漫主义文学批评家开始从语言—意识的角度重新考察浪漫主义的诗歌策略。他们认为,浪漫主义诗人都在尽量回避一个他们自己已经认识到的问题,那就是自我的时间性以及构成自我的语言的时间性。这方面的代表性成果就是阿登·里德(Arden Reed)所编的《浪漫主义与语言》一书。该书的书名显然是对布鲁姆的《浪漫主义与意识》一书书名的有意模仿。这个模仿标志着进入20世纪80年代,浪漫主义研究已经不再像布鲁姆那样仅仅关注意识,而是开始关注那种与语言不可分离的、被语言所编制而成的意识。也就是说,从弗莱、艾布拉姆斯、布鲁姆以及哈特曼等注重诗人内在意识(不管是弗莱—艾氏的《圣经》革命意识内在化,还是布鲁姆的罗曼司内在化)等构成的《圣经》—原型—现象学研究范式逐步过渡到了另一个更为重要的问题:浪漫主义诗人的主体意识是不是与生俱来的、纯然不变的？如果在德·曼的启发之下,浪漫主义诗人所坚信的主体意识与外在自然之间能够在想象—象征中实现交融这个理论本身就被浪漫主义诗歌中大量出现的寓言所解构,那么,以科尔律治为代表的浪漫主义想象—象征论的症结究竟何在？

在笔者看来,德·曼还仅仅是揭示出浪漫主义诗歌中寓言压倒象征这个现象,但他还没有回答这个现象背后的根本问题,那就是诗人主体意识是不是与生俱来的、纯然不变的？在德·曼(以及德里达理论)的启发之下,一大批浪漫主义批评家开始将研究的焦点转向浪漫主义的主体意识与语言的关系问题。这些新一代浪漫主义研究学者明确拒绝先入为主地设定一个自我,因为他们认为,任何自我的意识都与某种修辞语言相关——语言结构是所有自我及其意识存在的基础。这个观点就是《浪漫主义与语言》一书所收论文的共同宗旨。下面我们将以该书中巴赫梯的《华兹华斯的修辞盗窃》("Wordsworth's Rhetorical Theft")一文为例,来简要阐述德·曼之后的浪漫主义的解构主义研究的基本思想。

三、《序曲》第一卷前 300 行中的礼物馈赠与"自我存在缺失"等问题

在为 1814 年版的《漫游》(*The Excursion*)所写的《序》中,华兹华斯清晰地阐述了后来成为华兹华斯巅峰之作的《序曲》的来历:从伦敦隐退到湖区之后,华兹华斯一直想写作一部"关于人、自然和社会"的"哲理长诗"——即,《隐士》。但是在全面展开这个浩大的写作工程之前,华兹华斯先尝试着进行一些准备性工作,就像是建造"一座哥特式大教堂……门厅"那样,写下一部"预备性诗歌"(preparatory poem)——该"预备性诗歌就是一部自传诗(biographical),其功能是用来检视诗人心灵的成长史,并以此来考察诗人是否具有足够的胆气和成熟的心智来完成这项艰难的工作"[①]。也就是说,《序曲》事实上是华兹华斯为写作《隐士》所做的准备——他自己又将其称为"自查报告":"着手准备如此重任的人,该严格/审查自己的人生,而我的自查/报告常能使我精神振奋……"[②]那么,在进行自查报告写作的时候,华兹华斯是否

[①] William Wordsworth, "Preface to the 1814 Edition of *The Excursion*", in W. J. B. Owen and Jane Worthington Smyser, eds., *The Prose Works of William Wordsworth*, Vol. III, p. 5.

[②] "When, as becomes a man who would prepare/ For such an arduous work, I through myself/ Make rigorous inquisition, the report/ Is often cheering…"见 William Wordsworth, *The Prelude* (1805), in J. C. Maxwell, ed., *The Prelude: A Parallel Text*, pp. 42, 43. 译文引自威廉·华兹华斯:《序曲或一位诗人心灵的成长》,丁宏为译,第 6 页。

真正地感到"精神振奋"呢？巴赫梯的《华兹华斯的修辞盗窃》通过对《序曲》第一卷前 300 行的细读，认为华兹华斯的自查报告不仅没有一点点振奋的精神气质，而且文本的缝隙处充满着矛盾、抵牾和对于传主自我身份建构的焦虑。

这个问题首先体现在华兹华斯对于《隐士》题材选取的焦虑。在 1805 年版和 1850 年版《序曲》第一卷中，华兹华斯清楚地告诉我们，他一直在弥尔顿式史诗、斯本塞式罗曼司以及民族史诗各种形式上纠结着，甚至还想按照自己的"心愿，编出一个故事，更贴近/自己的情绪与常思；一个斑驳的/故事，大体上不失高尚……"①（最后才决定写作一部"哲理长诗"。）然而，在 1805 年版中，华兹华斯马上意识到："但是令人扫兴的告诫却随之而来/那幅美丽的织造似乎缺乏/基础，而且，从头至尾/都显得迷蒙虚幻。"②巴赫梯提醒我们注意"迷蒙虚幻"(Shadowy and unsubstantial)、"织造"(fabric)以及"缺乏基础"(lack/ Foundation)这些在 1850 年版中被删掉的词汇。前后两个版本用词的修改表明，即使在 1850 年修改版中，华兹华斯的心目中仍然没有一个明确实在的个人心灵成长史等待着传记文字的实录——他的心中只有一些迷蒙虚幻的观念，而他的工作就是将那些迷蒙虚幻的观念织造成为一个"诗歌心灵的成长史"。巴赫梯指出："'织造'(fabric)这个词指的是一种人造工艺……它显然缺乏基础或蓝本(without 'foundation')，即，创作该诗的基础。"那么这个基础是什么呢？巴赫梯认为一是语言——织造诗歌的材料，二是"诗歌自我"(poetic self)。巴赫梯指出，在第一卷前 300 行中（即三个偷窃故事发生之前），华兹华斯一直为这个"诗歌自我"的空缺所焦虑："这个自我本身一直处于一种'缺乏'状态(in a state of 'lack')，即，这个自我本身并没有实在的内容，是一个没有自我的自我。于是，诗人就不得不

---

① William Wordsworth, *The Prelude* (1805), in J. C. Maxwell, ed., *The Prelude: A Parallel Text*, p.46. 译文参考了威廉·华兹华斯：《序曲或一位诗人心灵的成长》，丁宏为译，第9页。

② "But deadening admonitions will succeed/ And the whole beauteous fabric seems to lack/ Foundation, and, withal, appears throughout/ Shadowy and unsubstantial." See William Wordsworth, *The Prelude* (1805), in J. C. Maxwell, ed., *The Prelude: A Parallel Text*, p.46. 在 1850 年版中，这几行被删掉了。

写作一个关于自我的故事,即,一部关于他自己的自传。"也就是说,作为华兹华斯自传的《序曲》的根本目的是为了使得他接下来即将进行的"织造工作"(即《隐士》的写作)构筑一个本来没有的"基础"——也即,"获得写作的权威(authority)"①。

那么,在《序曲》第一卷的文本展开过程中,华兹华斯是否获得了他进行自传叙事所需要的叙事权威呢?巴赫梯的答案是否定的。如前文所述,《序曲》第一卷的文本诸多缝隙处表明,华兹华斯并没有因为自查报告的写作感到"精神振奋",恰恰相反,华兹华斯的疑虑、矛盾、困惑和焦灼一直没有得到解决。这些情绪首先体现在《序曲》第一卷开篇被艾布拉姆斯所称道的"应和之风"那些诗行中。②

在1805年版一开篇,华兹华斯就讴歌了两种上天恩赐给他的礼物:一是外在自然的清风,二是内在心灵的狂飙——两股风暴相互呼应,从而催生了他诗意的灵感:

啊,这轻柔的和风饱含天恩(blessing),
它来自绿野和云霄
……哦,欢迎你,上天的信使(messenger)!
哦,欢迎你,亲爱的朋友。
……我终能重新呼吸!
思绪与心潮向我涌来:似乎凭借着这神奇的礼物(miraculous gift),
我终于摆脱了那非自然之自我的重负(the burden of my own unnatural self)……
……此时此刻

---

① Timothy Bahti, "Wordsworth's Rhetorical Theft", in Arden Reed, ed., *Romanticism and Language* (London: Methuen & Co. Ltd., 1984), pp. 95—96.

② 值得注意的是,在正式出版的1805年和1850年两个版本中的第一卷讲述三个偷窃故事之前,华兹华斯花了300行来阐述自然对他心灵的滋养,似乎是为偷窃故事做某种铺垫。但是在最早的MS. JJ手稿和1799年版中,开篇即为对第一个偷窃故事的叙述。MS. JJ手稿和1799年版开篇参见Jonathan Wordsworth, M. H. Abrams, and Stephen Gill, eds., *William Wordsworth: The Prelude, 1799, 1805, 1850* (New York: W. W. Norton & Company, 1979), pp. 1—2, 487—488。

还赐予了我另一种礼物(a gift),它使得我的欢愉变得庄重神圣;
因为,我知道,当来自天宇的芳风
吹拂过我的身体,我同时也感觉到
一股应和的、创造的微风在我内心扬起(…felt within/ A corresponding mild creative breeze),
那是一股生命之风,它吹拂过
它所创造的万物,现在它已经
变成一阵狂飙,一种恣肆流溢的能量,
扰乱着自己所创造的万物(… a redundant energy/ Vexing its own creation)。[1]

初读起来,这些诗行似乎的确如艾布拉姆斯所理解的那样:诗人内在的灵感之风与外在自然的清风—狂飙相互应和,从而既滋养、抚育了他的心灵,又产生了诗歌写作冲动。但是,我们应该如何理解"扰乱着自己所创造的万物"(Vexing its own creation)这个句子呢?想象力在何种意义上又是对其创造的"扰乱"?对此,许多批评家并没有给予足够的注意。在巴赫梯看来,这个句子表明,艾布拉姆斯所提出的"浪漫主义的应和之风"这个论点是有问题的。

为了进一步弄清楚华兹华斯的创作心态,巴赫梯又对比了1805年版与MS. JJ手稿的异同。上述对自然之风的赞美诗句在1799年版中没有出现(1799年版基本上是一开始就直接叙述偷窃事件)。但是,这并不表明上述关于自然之风的诗句是1805年修改本加上去的。事实上,在最早的MS. JJ手稿中,华兹华斯就已经提到了"清风"和"狂飙"。在MS. JJ手稿中我们读到了这样的诗句:"a mild creative breeze, / A vital breeze which it has made, and soon becomes / A tempest, a redundant energy, / *Creating not but as it may* [ ], / *Disturbing things created*."(一股创造的和风,/那是它所创造的生命之风,它很快就变成/一阵狂飙,一种恣肆流溢的能量,/似乎并没有创造[ ],

---

[1] 原文参见 William Wordsworth, *The Prelude* (1805), in J. C. Maxwell, ed., *The Prelude*: *A Parallel Text*, p.34, 36. 请注意1805年版中的这些诗行与1850年版的不同。

而是扰乱了其创造之物。)①联系到 1805 年版中相应的诗句,我们大致可以猜测华兹华斯的大概意思:想象力本来是一阵创造性的清风,但后来却思绪飞扬,逐渐变成心灵中纷乱狂野的风暴,这股风暴不仅没有创造出诗人想要创造的诗歌意象,反而摧毁了心灵中原先创造出的意象。进而言之,所谓应和之风给予了华兹华斯创造的灵感之说是大有问题的:自然之风与想象的狂飙相互激荡,反而让诗人思绪纷乱、烦恼不安、无所适从。也就是说,在 MS. JJ 手稿中,我们看到的是比 1805 年版中"Vexing its own creation"更不肯定的语气,充满了疑虑不定的写作心态——creating *not but* as it may/disturbing things created 这个句法呈现出明显的"否定性语法结构和修辞结构"。巴赫梯指出,creating *not but* 实际上是一种反语法(litotes),即逻辑上所说的双重否定(double negation),这充分表明:"我所说的华兹华斯的语言否定性(the negativity of Wordsworth's language)——具体体现为否定性和限定性的语法和修辞形式——使得(《序曲》开篇)关于礼物的馈赠和重复这个问题的语义变得十分复杂和相当不稳定。这种否定性(语法和修辞)消解了一个单一的、清晰的意义的表征——在此,就是礼物的馈赠和收取。"②也就是说,华兹华斯表面上津津乐道的两种礼物(自然的滋养与心灵的想象)的意义其实是不稳定的,华兹华斯在最初的构思过程中(体现在 MS. JJ 手稿中)以及后来的两个修改本(1805 年版和 1850 年版)一直都是充满疑虑和矛盾的。

此外,"A tempest, a redundant energy/ Vexing its own creation"的语义

---

① 参见 Jonathan Wordsworth, M. H. Abrams, and Stephen Gill, eds. , *William Wordsworth*: *The Prelude*, 1799, 1805, 1850, p.494. 文本中括弧"[ ]"为手稿中原有。斜体为笔者所加。应该指出的是,巴赫梯在这里仅仅提到 MS. JJ 手稿。而事实上,《序曲》的创作过程和版本十分复杂。根据 J. 华兹华斯、艾布拉姆斯和吉尔的考证,在《序曲》成形之前华兹华斯似乎并没有一个创作一部大作品的计划:《序曲》中的许多段落都是 1798 年 11 月到 12 月这一段时间华兹华斯被"奇思幻想"(fancy)所驱使在一个笔记本(后来这个笔记本被多罗茜用来写其《日记》)上胡乱写下的一些诗句。(由于批评界已经约定俗成地用"华兹华斯"来指威廉·华兹华斯,用"多罗茜"来指多罗茜·华兹华斯——这甚至还引起了某些女性主义批评家的不满,但为了表述上的方便,本书仍然沿用这一称谓。)J. 华兹华斯、艾布拉姆斯和吉尔所编辑的 *William Wordsworth*: *The Prelude*, 1799, 1805, 1850 将这些诗句草稿整理编辑出"a, b, c, d, e, f, g, h"总共 8 部分。参见 Jonathan Wordsworth, M. H. Abrams, and Stephen Gill, eds. , *William Wordsworth*: *The Prelude*, 1799, 1805, 1850, pp.485—509。
② Timothy Bahti, "Wordsworth's Rhetorical Theft", in Arden Reed, ed. , *Romanticism and Language*, p.90.

也是闪烁不定的。丁宏为教授将其译为"……现在已成/风暴,一股强劲的能量,让激生的/造物像波涛一样汹涌"。笔者的翻译是"……现在它已经/变成一阵狂飙,一种恣肆流溢的能量,/扰乱着自己所创造的万物"。事实上,vex一词的确既有波涛汹涌之意,也有扰乱/烦扰之意。笔者根据巴赫梯的理解(这个理解与丁宏为教授不同)将其翻译为"扰乱"。华兹华斯到底用的是哪一种意思?如果联系到 MS. JJ 手稿中的"Creating not but as it may [ ],/Disturbing things created",我们则基本可以判断华兹华斯所指的应该是后一种意思:disturbing(扰乱)。经过改动后的1805年版和1850年版中的 vexing 的语义则趋向含混模糊。那么,华兹华斯为什么要将最早的 disturbing 改为语义模糊的 vexing 呢?

在这个问题上,巴赫梯的论述并不十分清楚。笔者认为,vexing 语义虽然比 disturbing 更模糊,但是正是这种模糊使得其内涵变得更为丰富,并更加真实地传达出诗人在构思过程中的诗思:天启的灵感与内在的想象相互激荡,如狂风恣肆、如波涛汹涌。事实上,诗人在创作过程中因为外在自然风暴与内在情感风暴相互撞击而产生不可遏制、但又难以传达诗思这点在中国古典诗学中早已有非常深刻的论述。如司空图《二十四诗品—豪放》:"观花匪禁,吞吐大荒。由道返气,处得以狂。天风浪浪,海山苍苍。真力弥满,万象在旁。"[①]陆机的《文赋》:"若夫应感之会,通塞之际,来不可遏,去不可止,藏若景灭,行犹响起。方天机之骏利,夫何纷而不理。思风发于胸臆,言泉流于唇齿。纷葳蕤以馺遝,唯毫素之所拟。文徽徽以溢目,音泠泠而盈耳。及其六情底滞,志往神留,兀若枯木,豁若涸流,览营魂以探赜,顿精爽而自求。理翳翳而愈伏,思轧轧其若抽。是故或竭情而多悔,或率意而寡尤。虽兹物之在我,非余力之所戮。故时抚空怀而自惋,吾未识夫开塞之所由也。"[②]也就是说,在外在自然之风的激发之下,诗人内在灵感也如洪波涌起:两股劲风在诗人心中相互激荡撞击。在那一时刻,诗人一方面文思如泉涌、难以自控;另一方面意图捕捉的那些灵感的语言符号也如雪莱《西风颂》中的枯叶一样纷乱飘散,刹那

---

① 司空图:《诗品—豪放》,见郭绍虞主编:《中国历史文论选(第二册)》,上海:上海古籍出版社,1981年,第205页。
② 陆机:《文赋》,见郭绍虞主编:《中国历史文论选(第一册)》,上海:上海古籍出版社,1979年,第174—175页。

间,一切既定的事物和概念都变得纷扰模糊——当然也包括诗人自己的主体意识了。因此,要将刹那间的心绪用语言符号清楚地表述出来是非常困难的。所以陆机才感叹:"恒患意不称物,文不逮意。盖非知之难,能之难也。"即,诗歌创作过程中是困难重重的。首先是观念捕捉物象的困难,其次是用语言表征观念的困难。① 进而言之,以解构主义批评理论观之,陆机所体会的这个困难之源头就在于诗人在自然之风与内在之风相互呼应过程中所形成的观念根本就不是一个实体,而是一种虚空(void),当然"应感"与"称物逮意"两个阶段都困难了——因为诗人所感受到的只是如德里达所言——能指相互替代过程中一闪而过的踪迹(trace)。在这个问题上,陆机的感受与华兹华斯是相同的(刘若愚那种认为陆机强调虚静、浪漫主义强调高峰体验的看法值得商榷):"收视反听,耽思傍讯"之后就是"精骛八极,心游万仞",后者所描述的精神状态与"A tempest, a redundant energy"是一致的。因此,笔者认为"Vexing its own creation"当指外在之风与内在想象的呼应碰撞太过激越,反而摧毁了一个个形成中的物象、观念和语言符号。也就是说,在这个过程中,原本来自虚空的物象与观念在灵感与想象合力作用下从无生有,纷纷产生,但同时又如泡沫般纷纷破灭,于是,《序曲》的自传就成为一部无中生有的精神史,而非个人经历的忠实记录。巴赫梯的意思是,华兹华斯早就意识到这个问题——就如同陆机所意识到的"意不称物,文不逮意",于是便在第一卷中虚构了三个偷窃场景,将这个"患"(创作焦虑)表达了出来。

因此,根据上述分析,巴赫梯指出,《序曲》一开始就给我们呈现出了"一种否定性的悖论(paradox of negativity)",言说—叙述者

> 身处一个否定性的或个人化(privative)状态之中:他既拥有同时又不拥有那种状态。第一个礼物所展现的是这样的情形:一个非自然的自

---

① 这也是为什么林赛·沃特斯在《美学权威主义批判》一书中说:"在审美体验中,我们可能正因为被大量的概念所淹没而受到感动。'在客体和我们对它的反应中存在着一种意义的过度繁衍现象,因为在这两者之间有太多的东西,一个确定的物体根本无法把握'……语言就像一把我们用来对付公牛眼睛的剑,总是刺不到点子上。构成文学的特殊的语言形式使我们明白了我们最重要的工具——语言是有局限性的。把事物联结起来的网络并非总是向心的,而是会出现难以捉摸的离心力。这种离心力既作用于思想符号也作用于话语符号。"林赛·沃特斯讲演:《美学权威主义批判》,昂智慧译,北京:北京大学出版社,2000年,第225页。着重号为笔者所加。

我(an unnatural self)收到了一种超自然的馈赠(a supernatural gift)——这种馈赠本来应该产生积极的效果——即,他本来可以通过这种馈赠找回其(原初、本真)自然的自我(a natural self)。但是这个(找回来的)自我的状态却仍然是具有否定性的——就如同"Creating not but…Disturbing things created"。因此,所谓创作的结果却是扰乱(vexation)。在此,我们看到了一个既自我肯定又自我否定的(矛盾的)自我(a self both his own and not his)。在此意义上,礼物的馈赠又像是在做减法,给予的同时又掠走。

巴赫梯的论述相当晦涩,但其基本意思大概还是能够被把握。那就是,华兹华斯在创作《序曲》时其实被一种非常矛盾的、左右为难的、既不/也不(neither/nor)的感觉所主宰——这种感觉——而非自然与自我的相互应答产生主体性——才是华兹华斯的真实心态。因此,华兹华斯试图通过第一卷前 300 行的礼物馈赠与收取的描述来建立自传叙事权威的努力事实上是失败的:我们没有看到"一个具有本体地位的、意义稳定的叙述者(an ontologically stable speaker)或一个未经扰乱的(整饬有序的)创作思路"①。

在对接下来 200 多行的分析中,巴赫梯又通过对 1805 年版中 defraud(欺骗)、false steward(低能的仆人)、phantoms of conceit(奇思幻想)、Unmanageable thoughts(桀骜不驯的思想)、the mother dove/ Sits brooding(孵卵的母鸽)等一系列关键词汇的分析,不厌其烦地表明其观点:《序曲》第一卷开端关于礼物馈赠的不稳定性所表现的就是华兹华斯的困惑、烦扰,以及建立自传叙事主体的挫败感:"那个将要写作个人自传的'我'不断地感受到与自然融合的挫败感,以及那种想要将自己描绘为一个统一的、'自然的'自我(a coherent,'natural' self)的挫败感……。那个'非自然之自我的重负'(the burden of my own unnatural self)是难以摆脱的。"也即,真实的自我是难以找到的。因此,"所谓'期盼'(hopes),所谓'思想'(thoughts)就是来自一个本身就处于匮乏状态中的、需要建立的'自我'。于是,那个自我存在的缺失(the "I"'s *manque à être*)最后只有用语言来填充——确切地讲,(华兹华斯)需要

---

① Timothy Bahti,"Wordsworth's Rhetorical Theft", in Arden Reed, ed., *Romanticism and Language*, p. 91.

用一种自传诗歌的语言形式来讲述一个关于自我是如何一步步变得身心统一、意义稳定的故事。"①巴赫梯认为,这就是第一卷前 300 行的核心思想。

那么,语言何以能够填充"自我存在的缺失"呢?

如前文所述,在第一卷中华兹华斯对他应该采用何种体裁写作《隐士》进行了痛苦的思考,甚至悲观地质疑整个《隐士》的写作工程:"啊!何不抛开这一切,纵情地/在田野中,在乡间小径上漫游,干脆/忘掉时间,任凭思绪空蒙(vacant musings)……"这是因为诗歌构思如同母鸽孵卵一样,太过痛苦,因此,"何苦让那在使命面前/一再变节的心灵挫败和折磨/我的一生。每次鼓起勇气,/立刻觉得有一些空洞的思绪(hollow thought)/悬停在心头,犹如对希望的禁令(some hollow thought/ Hang like an interdict upon her hope)"②。巴赫梯指出,"一再变节"的心灵被"挫败折磨"之句让我们想起早些时候华兹华斯对自然之风的失望所引起的那种烦扰、烦躁和困扰心情(vexation and disturbance)。但在这里,更值得我们重视的是"空洞的思绪"这个表述——这表明,华兹华斯所痛苦构思的《隐士》根本就缺乏基础的织造,与"迷蒙虚幻"是同样的东西,因而几乎遏止了华兹华斯的诗歌创作欲望。③

巴赫梯提醒我们尤其要注意 hollow 与 hang 这两个词的关联,尤其是 hang 在华兹华斯诗歌理论与创作实践中的独特意义。④

---

① Timothy Bahti, "Wordsworth's Rhetorical Theft", in Arden Reed, ed., *Romanticism and Language*, pp. 93—94.

② William Wordsworth, *The Prelude* (1805), in J. C. Maxwell, ed., *The Prelude: A Parallel Text*, p. 48. 译文参考了威廉·华兹华斯:《序曲或一位诗人心灵的成长》,丁宏为译,第 10 页。译文略有改动,尤其是原文中的"hollow thought",丁译为"苍白的思想",笔者改为"空洞的思绪"。

③ Timothy Bahti, "Wordsworth's Rhetorical Theft", in Arden Reed, ed., *Romanticism and Language*, p. 96. 华兹华斯在构思过程中所感受到的"空洞的思绪"与心灵的"挫败和折磨"其实就是陆机所述过的——当遭遇文思枯竭、心绪空蒙、"六情底滞"之时,诗人近乎绝望地感觉到"兀若枯木,豁若涸流……理翳翳而愈伏,思轧轧其若抽"。

④ 事实上,巴赫梯并不是注意到华兹华斯使用这个词的第一人——德·曼早就讨论过 hang 这个词在华兹华斯诗学理论与诗歌创作中的重要性了。参见德·曼《浪漫主义的修辞》(*The Rhetoric of Romanticism*)一书中《华兹华斯与荷尔德林》("Wordsworth and Hölderlin")一文对于《序曲》中"There was a Boy"片段的分析。在那个片段中,华兹华斯讲述了一个温德米尔的少年常常在黄昏时对着湖水模仿猫头鹰的叫声。有时候,"从湖的彼岸,/很快会传来夜枭的啸声,不断的/啸声,回答着他的召唤,时而长啸,时而……"但是有的时候,"回应的/只有那凝滞的空寂,似嘲笑他的/技巧,而当他在迟疑中聆(转下页)

在《〈诗集〉(1815)—序言》中,华兹华斯比较系统地阐述了他的想象论:"想象力……和存在于我们头脑中的、仅仅作为不在眼前的外在事物的忠实摹本的意象毫无关联。它是一个更加重要的字眼,意味着心灵在那些外在事物上的活动,以及被某些特定的规律所制约的创作过程或写作过程。"① 也就是说,想象与模仿完全不同,模仿是忠实地再现物象,而想象则是心灵对外物的改写。他接着指出:"人的头脑中由于受到某些本来明显存在的特性的激发,就使这些形象具有它们本来没有的特性。想象的这些程序是把一些额外的特性加诸于对象;或者从对象中抽出它的确具有的一些特性。这就使对象作为一个新的存在,反作用于执行这个程序的头脑。"② 这里,值得我们注意的是想象的隐喻功能——通过头脑中某些特性的激发,想象能够将某些外物的特征抽取出来加诸另外一些事物之上,从而形成一种新的存在。这个过程其实就是外物被隐喻—修辞化的过程。

为了说明想象力的这些特质,华兹华斯特地以 hang(悬挂)这个词在维吉尔的《牧歌》("今后我见不到你,绿油油的,悬挂在/长满树木的岩前……")、莎士比亚的《李尔王》("——在那半山腰上/悬挂着一个采茴香的人")与弥尔顿的《失乐园》("好像遥远的海上出现的一支舰队/悬挂在云端,借助赤道的风/

(接上页)听,那喘泻的/山溪常引起轻轻的惶悚,将水声/遥遥地载入他内心的幽坳;眼前的/景色也在不觉中移入他的/心灵,带着所有庄严的形象——/山岩、森林,还有在湖水恬适的/怀抱中不断变换天姿的云霄"。(There was a Boy… /would he stand alone/ Beneath the trees or by the glimmering lake,/ And there, with fingers interwoven, both hands … / Blew mimic hootings to the silent owls … / and when it chanced/ That pauses of deep silence mocked his skill,/ Then sometimes, in that silence while he *hung*/ Listening, a gentle shock of mild surprise/ Has carried far into his heart the voice / Of mountain torrents; or the visible scene/ Would enter unaware into his mind,/ With all its solemn imagery …) William Wordsworth, *The Prelude* (1850), in J. C. Maxwell, ed., *The Prelude*: *A Parallel Text*, p. 189—191. 译文参考了威廉·华兹华斯:《序曲或一位诗人心灵的成长》,丁宏为译,第 114—115 页。德·曼认为,在这个故事中,一开始是人与自然的应答,但后来则是心灵的想象,因此有一个从感知(perception)到想象(imagination)的过程。他尤其提醒我们注意 hung 这个词在这里的意义以及这个词与华兹华斯《〈诗集〉(1815)—序言》的关系。参见 Paul de Man, *The Rhetoric of Romanticism*, pp. 52—53.

① W. J. B. Owen and Jane Worthington Smyser, eds., *The Prose Works of William Wordsworth*, Vol. III, pp. 30—31. 中文见伍蠡甫、胡经之主编:《西方文艺理论名著选编》(中卷),第 58 页。

② Ibid., 32. 中文见伍蠡甫、胡经之主编:《西方文艺理论名著选编》(中卷),第 60—61 页。

沿着孟加拉……")中的使用为例子进行了深入的讨论。① 华兹华斯指出,维吉尔与莎士比亚对于这个词的使用就是"稍微运用了"他所说的"想象力这种能力",因为"不论羊群和采茴香的人,都没有像鹦鹉或猴子那样真正悬挂着。但是,由于感官面前出现这种模样的东西,心灵在自己的活动中,为了满足自己,就认为它们是悬挂着的"。而在弥尔顿的《失乐园》中,"悬挂"这个词则"表现了想象力的全部力量,并且把它贯穿在整个意象中……它(舰队)是在水面上航行着;但是诗人利用它给感官的印象,大胆地把它表现为悬挂在云端,一方面是使心灵在观察形象本身得到满足,另一方面是照顾与之相比的傲慢对象的动作和外貌"②。华兹华斯的意思是,无论是羊群、采茴香的人还是舰队,都不可能"悬挂"着——它们之所以"悬挂"着,是因为想象力从其他事物身上(如鹦鹉或猴子)抽取了"悬挂"这种特质并将想象力赋予其上。显然,在此,羊群、采茴香的人和舰队都在视觉意义上被隐喻—修辞化了(被比喻为鹦鹉或猴子),从而形成了"新的存在"。

此外,华兹华斯还从听觉意义上讨论了下列诗行中想象力是如何通过隐喻修辞的作用,一方面赋予了鸟儿它们原本没有的特性,另一方面又剥夺了它们原本有的某些特性:1)"野鸽孵(broods)着自己悦耳的啼声";2)"它的啼声隐没在丛林中,/微风吹起却又飘来";3)"布谷鸟啊!你可是一只鸟儿,还是一个飘荡的声音?"在现实中,野鸽当然不可能"孵着"自己的啼声。但是在想象力的作用之下,"野鸽孵着自己悦耳的啼声"就成为一个隐喻,从而使得"我们更能注意到野鸽一再柔和的啼叫,仿佛很喜欢倾听自己的声音,带着孵卵的时候所必然有的一种平静安闲的满足"。"它的啼声隐没在丛林中"也是一个隐喻,它一方面表示野鸽喜欢隐居的特点,另一方面则暗示野鸽的啼声是柔和的非尖锐刺耳的,就像"隐没在层层的绿荫里"一样。"布谷鸟啊!你可是一只鸟

---

① 此处所引三则引文原文分别为:"Non ego vos posthac viridi projectus in antro/ Dumosa *pendere* procul de rupe videbo. "(Virgil);"—half way down/ *Hang* one who gathers samphire. "(Shakespeare); "As when far off at sea a fleet descried/ *Hangs* in the clouds, by equinoctial winds/ Close sailing from Bengala…"(Milton)其中拉丁文 pendere 的意思即为英文的 hang。参见 W. J. B. Owen and Jane Worthington Smyser, eds., *The Prose Works of William Wordsworth*, Vol. III, p. 31。

② W. J. B. Owen and Jane Worthington Smyser, eds., *The Prose Works of William Wordsworth*, Vol. III, p. 31. 着重号为笔者所加。

儿,还是一个飘荡的声音?"之句则完全"抽去了布谷鸟的血肉存在"(dispossesses the creature almost of a corporeal existence)——春天里布谷鸟的啼声无处不在,但是却少有人看见这种鸟儿,所以在想象力的作用下,布谷鸟已经不再是真正的存在,而是变成了一种春天的精灵或精魂。①

而《决心与自立》一诗中捉蚂蟥的老人形象则是想象力"将几个意象联合起来从而使它们相互影响和改变"的典型例子:捉蚂蟥的老人"像有时见到的一个巨大石块,/横卧在一个草木全无的高处……/看起来它像一只有知觉的动物:/像一头海兽爬着,要去礁石上……/一动不动地就像是云朵一样——/这云朵听不见风的高声呼号,/而如果移动的话,就整个随风而飘"。华兹华斯自己评论说:"在这些意象中,想象力的赋予的能力、抽出的能力和修改的能力(the conferring, the abstracting, and the modifying powers of the Imagination),不论直接地或间接地发生作用,三者都是联合在一起的。大石头被赋予了某种生命力,很象是海兽;海兽被抽去一些重要的特性,跟大石头相似。这样处理间接的意象是为了使原来的意象(即石头的意象)跟老人的形状和处境更相象。因为老人已经失去这么多的生命和行动的标记,所以他已经接近上面两个对象相联接之点。说了这些以后,就不必再谈白云这个意象了。"②

正是在这个背景之下,我们发现 hang 这个词对于华兹华斯诗歌理论与创作实践具有特别重要的意义——它已经超出了其"悬挂"的本意,传达出的是华兹华斯想象理论的核心思想:想象力就是一种"赋予能力、抽出能力和修改能力",它能够通过隐喻修辞赋予、抽取或修改外物的特性。因此,巴赫梯指出:

> 在此我们无须考虑华兹华斯与科尔律治在想象与幻想问题上的争论就能够明白华兹华斯到底想说明什么。所谓"想象性"诗歌的意象并非对自然客体的原封不动的再现或忠实的模仿,而是具有修辞性(figural),或是心灵的修辞化(figuration of the mind)。某些自然客体并没有的特性以隐喻的方式被移植到——或者被"悬挂"在——自然客体之上,从而将客体固有的、恰当的特性(the proper or literal character of the object)进

---

① W. J. B. Owen and Jane Worthington Smyser, eds., *The Prose Works of William Wordsworth*, Vol. III, pp. 31—32.
② Ibid., 33. 中文见伍蠡甫、胡经之主编:《西方文艺理论名著选编》(中卷),第61—62页。

行了改变,从而变得不恰当了(improper)或被修辞性化了。华兹华斯明确告诉我们,外物特性的被转化或隐喻化(transfer or metaphorization)可以是从外物身上剥夺其固有的特性,也可以是将外物所没有的特性强加在外物身上。

巴赫梯形象地将华兹华斯想象力的这种"赋予能力、抽出能力和修改能力"称为"修辞盗窃"(rhetorical theft):"换言之,想象力具有盗窃能力:它能够从自然客体身上盗窃某些特性,并且也能够以隐喻的方式将某些(非自然客体所有的)特性增补(supplement)给自然客体。"①

这种修辞盗窃不仅发生在自然客体身上,对于主体也同样重要——换言之,主体也需要通过想象力从自然客体那里挪用一些特性以填充主体"自我存在的缺失"(the "I"'s *manque à être*)。巴赫梯指出,如果我们将《〈诗集〉(1815)—序言》中的论点抽出来"悬挂"于第一卷中那些挫败、迷蒙、困顿等困境(predicament)之上的话,我们就能够很好地理解华兹华斯写作《序曲》第一卷的真正目的了:

> 华兹华斯诗歌意图(poetic intentions)的实现(也即为这些意图寻找一个基础或"实在的家园")……必定是修辞性的(figural),或者,具体而言,是隐喻性的(metaphoric),必然存在着从自然客体特性的转换——要么从自然客体身上抽取某些特性(赋予主体),要么将不属于自然客体的特性强加于其上。我们曾经说过,(华兹华斯的)诗歌"自我"(the poetic "I")本身缺乏"根基",或缺乏一个实在的或"自然的"身位或身姿,它(在《序曲》第一卷中)仅仅是预测了一个自传叙事的开始。

但是,这个作为叙事的自传必定是修辞性的或隐喻性的——华兹华斯必定要从自然客体中抽取或盗窃某些特性,"从而使得自我能够变得'自然'和恰当(natural and proper)"②。也就是说,正是在修辞盗窃冲动的驱使之下,华兹华斯才在《序曲》第一卷300行之后叙述了三个偷窃(自然)的故事(第一次是偷

---

① Timothy Bahti, "Wordsworth's Rhetorical Theft", in Arden Reed, ed., *Romanticism and Language*, p. 97.
② Ibid., 98.

窃别人捕获的山鹬,第二次是偷悬崖上鸟窝里的鸟蛋,第三次是偷别人停泊在湖边的小船),试图以自然特性填充那个虚空的、缺失的自我存在,从而为写作自传体《序曲》建立叙事权威。"因此",巴赫梯指出:"(三个)偷窃场景完全不是偶然的或'自然的':它们一方面发挥着自传写作程式的功能,另一方面又是华兹华斯诗歌或想象工程得以从《序曲》第一卷开始逐渐展开的先决条件。'心灵'或自我既然不能够完成与自然的'礼物'(那个所谓的礼物本身就已经具有偷窃的意味)交换,它就势必从自然中进行偷取——这个偷窃行为一方面将自然客体进行了隐喻化,更主要的是,这个行为在另一方面也对自我进行了隐喻化,从而使得这个自我能够拥有一个与自然和谐相处的'自然的'、真实的故事。"① 这一段话中有几个问题值得注意。第一,偷窃故事往往是追悔自传必要的写作程式(convention of conversion autobiography)——的确,在自传写作中,我们往往都能够读到传主追悔性地(也隐含着些许个人欣赏)描述自己孩童时代的种种顽皮、淘气、恶作剧,尤其是小偷小摸等行为,如卢梭偷丝带、圣·奥古斯丁偷梨子以及华兹华斯的《采坚果》等故事都是这个写作程式的体现(关于华兹华斯的《采坚果》参见本书补遗部分)。第二,自传写作本身既是一种实际意义上的写作行为,又是一种阅读行为——传主通过追忆、审视和反省,阅读着自己的成长之路,从而逐渐建构了个人主体性和自传叙事权威。第三,自传写作同时又是阅读行为表明,自传并不是,或不完全是对传主个人经历的真实呈现,而是带有极大的虚构—修辞成分。在这几个意义上,巴赫梯认为,"华兹华斯的自传从一开始就将自己写成了一个关于隐喻的讽喻(an allegory of metaphor)"——在三个偷窃场景中,"想象或隐喻语言"就像"抽去了布谷鸟的血肉存在"一样,既抽取了自然的血肉存在,也抽取了华兹华斯自我的血肉存在:发生在自然与自我之间的一连串互动"抽取了自然以及自我本身固有的特性及其表征",使它们相互书写,从而使得双方都从恰当变成"不恰当"(improper),也即,变得具有修辞性。② 简言之,发生在自然与自我之间的三个偷窃事件并非如艾布拉姆斯等老一代批评家所认为的那样,表现了自我与

---

① Timothy Bahti, "Wordsworth's Rhetorical Theft", in Arden Reed, ed., *Romanticism and Language*, p. 98
② Ibid.

自然的交融,而是自我与自然的相互挪用、书写和相互修辞化的体现。

四、寓言与语言:《序曲》第一卷前两个偷窃故事

我们先来看华兹华斯叙述的第一个偷窃故事:

我的灵魂有美妙的播种季节,
大自然的秀美与震慑共同育我
长成……在我的记忆里
(十岁初,之前我已经度过九个夏天)
当山间的冰霜与寒风
掠去秋天里最后一朵番红花,我常常乐于
在半夜时分,迅游在悬崖峭壁
和空旷的草坡间,那里有山鹬
扑腾在草丛中。那时,我的肩上悬挂着(hung)一堆索套,
在内心深处我特别希望(In thought and wish)
自己是一个野蛮的破坏者(a fell destroyer)。逡巡在峭壁高处
一个又一个鸟套间,我急切地
探寻搜索,奔跑着,
继续奔跑着,一直向前奔跑;——月亮与星星
在我头顶上闪烁,我孤身一人,
似乎扰乱了星月银辉中充溢着的
宁静。
有时,在这深夜的巡游中
会发生某种事情:按捺不住的欲望会压倒
我的理性,于是别人的索套里的
收获顿时成了我手中的猎物。
每当我做过此事,就会听见
孤寂的山间响起低沉的呼吸声,
在我身后,跟随而来;还有分辨
不清的骚动之声,脚步的声音,

几乎如脚下的平坡——悄然无声。①

在巴赫梯看来,第一个偷窃故事首先暗示的仍然是与前 300 行一样的空蒙心绪或自我缺失问题。为了证明这个问题,巴赫梯将他所用的 1805 年版与其他版本的一些用词进行了比较。

在第一个偷窃故事中,316—318 行在 1805 年版和 1850 年版两个版本中没有什么变化,但 1850 年版中"In thought and wish"以及"I was a fell destroyer"被删去了,另外中间有些用语也有一些细微的变化。华兹华斯为什么要这样修改?问题的关键在哪里?巴赫梯指出,这是因为 wish 与第一卷开篇那些 "promise" "hope" "prophecy" "confidence in things to come" "assurance" "longing" "wish" "aspiration" "trust"等一样,都是"预叙性词汇"(proleptic terms)。一句话,这些语汇都展示了"属于我的将是……"("are mine in prospect…"——出自第一卷第 29 行)之句的意义。然而,如果那些预期的"思想和希望"(thoughts and wishes)——正如我们前面所看到的那样——一直都在不断地被阻挠、破坏,以至于最后终于发展成为"一些空洞的思绪/悬停在心头,犹如对希望的禁令"(some *hollow* thought/ *Hang* like an interdict upon her hope),那么,在这里我们看到,在第一个偷窃故事中,"思想和希望"同样被 hang 这个关键词所悬挂起来了。巴赫梯提醒我们尤其注意,hang 在"my shoulder all with springes *hung*"(我的肩上悬挂着一堆索套)这个句子里的具体位置:在这里华兹华斯采用的是倒装句的句法形式,hang 被置于

---

① 华兹华斯英文原文:"Fair seed-time had my soul, and I grew up/ Fostered alike by beauty and by fear…/The frost, and breath of frosty wind, had snapped/The last autumnal crocus, 'twas my joy/ To wander half the night among the cliffs/ And the smooth hollows where the woodcocks ran/ Along the open turf. In thought and wish/ That time, my shoulder all with springes hung,/ I was a fell destroyer. On the heights/ Scudding away from snare to snare, I plied/ My anxious visitation, hurrying on,/ Still hurrying, hurrying onward;—moon and stars/ Were shining o'er my head. I was alone,/ And seemed to be a trouble to the peace/That was among them. Sometimes it befell/ In these night wanderings, that a strong desire/ O'erpowered my better reason, and the bird/ Which was the captive of another's toils/ Became my prey;/ and when the deed was done/ I heard among the solitary hills/ Low breathing coming after me, and sounds/ Of undistinguishable motion, steps/ Almost as silent as the turf they trod." Quoted from William Wordsworth, *The Prelude* (*1805*), J. C. Maxwell, ed., *The Prelude: A Parallel Text*, pp.50—52. 部分中文译文参考了威廉·华兹华斯:《序曲或一位诗人心灵的成长》,丁宏为译,第 12—13 页。

句尾,这样一来,hang 这个词本身就处于悬停状态("hang" is left hanging),而处于悬停状态中的事物显然是"缺乏根基的"(lacking Foundation),从而有着坠落(fall)的危险。正因为这个坠落的危险:我们看到 fall(坠落)的出现——"I was a fell destroyer"(巴赫梯的意思是,虽然在该句中 fell 的意思不是坠落而是野蛮、凶残,但是从 fell 我们显然能够联想到 fall)。除此之外,destroyer 这个词也值得我们关注,它所负载的摧毁/破坏之义又让我们想起前面的"disturbing things created""Vexing its own creation""interdict upon her hopes"等句子所传达出的一系列挫败、失望、破灭等感觉。① 联想其《〈诗集〉(1815)—序言》中华兹华斯对 hang 的讨论,或许,巴赫梯在这里对 hang 这个词的解释并非完全牵强附会。在 1805 年版这个偷窃场景中,hang 的出现的确可能暗含华兹华斯希望从自然抽取(偷取)某些特性来修辞—隐喻性地叙述言说他的成长自传,但是,他同时也清楚,那可能也仅仅是他自己的"希望"而已,而那些希望在具体的诗歌构思写作过程中又不断遭到挫败。于是在 1850 年版中,华兹华斯便有意地删掉了明显体现出当初空蒙焦虑情绪的"In thought and wish"以及"I was a fell destroyer",从而试图掩藏《序曲》早期创造时那种找不到头绪的、无根的烦乱焦灼心态。

这个思路或许还有助于我们理解为什么在第一个偷窃故事中华兹华斯从试图亲自捕捉山鹬(希望获得自然的馈赠)转而窃取别人索套中的猎物这个问题。第一卷开篇中华兹华斯曾经大肆讴歌自然对他的慷慨馈赠和他与大自然之间的礼物交换。但是在这里我们看到的却不是馈赠—交换,而是侵扰—偷窃:"我孤身一人,/似乎扰乱了星月银辉中充溢着的/宁静。"(I was alone,/ And seemed to be a trouble to the peace/ That was among them moon and stars.)值得注意的是,这几行在早期几份手稿中是没有的。如在 MS. JJ 手稿中是这样的:"how my bosom beat/ With hope & fear."(希望和恐惧/使我的心儿怦怦乱跳。)而在 1799 年的两卷本《序曲》中则是这样的:"how my bosom beat/ with expectation."(怀着强烈的希冀/我的心儿怦怦乱跳。)②这

---

① Timothy Bahti, "Wordsworth's Rhetorical Theft", in Arden Reed, ed., *Romanticism and Language*, p. 100.
② See Jonathan Wordsworth, M. H. Abrams, and Stephen Gill, eds., *William Wordsworth: The Prelude*, *1799, 1805, 1850*, pp. 482, 2.

表明华兹华斯在早期构思《序曲》时,心境是非常混乱的和复杂的,呈现为"希望""希冀"与"恐惧"并存的矛盾心态。而到了1805年对早期手稿进行修改的时候,这些"希望""希冀"与"恐惧"则发展成为"我"与自然的相互侵扰。在1799年两卷本《序曲》的来源的 MS. V 手稿(多罗茜抄写的手稿)中,我们可以看出,华兹华斯已经在开始着手向1805年版的方向进行修改了。在这份手稿页上,对应于1805年版的上述诗行是这样的:"I was alone/ And seem'd to be a trouble to the peace/ That was among them; and they troubled me."(我孤身一人,/似乎扰乱了星月银辉中充溢着的宁静/,它们同时也扰乱着我。)可见,在那份手稿中,"传主对明月清辉(自然)的袭扰(也即传主本人'希望与恐惧'并存的烦乱心境的写照)其实也遭到了自然的反袭扰。这种存在于华兹华斯与自然之间的对称的、双向袭扰(double trouble)自然而然地将偷窃行为引向了另一个方向,从而结束了第一个偷窃故事的叙述"①。巴赫梯对版本的比对其实想要表明的就是,在对待自然的问题上,华兹华斯的思想其实是极其复杂的——从希望—希冀—恐惧到相互侵扰都说明一个问题:自然并非滋养抚育他心灵成长的保姆,他与自然也从未处于和谐圆融之中,而是相互"侵扰",即,进行着相互书写、相互抽取、相互修辞挪用。

从礼物交换到袭扰和偷窃的转换更为明显地体现在,有时候"按捺不住的欲望会压倒/我的理性",就是去偷窃"别人的索套里的/收获"。也就是说,本来传主是想从自然那里得到馈赠(捕获山鹬),但是到后来,"按捺不住的欲望"却促使他去偷窃本不属于自己的财物——这再次让我们联想起《〈诗集〉(1815)—序言》中华兹华斯对想象力的论述:想象力具有通过隐喻修辞将不属于某物的特性附着在其上的功能。②

偷窃了别人索套中的鸟儿之后,第一个偷窃故事达到了高潮:"每当我做

---

① Timothy Bahti, "Wordsworth's Rhetorical Theft", in Arden Reed, ed., *Romanticism and Language*, p. 101.
② 巴赫梯还注意到"the bird … became my prey"以一种巧妙的交错配列法(chiasmus)方式暗示了"bird of prey"(食肉猛禽)这个古用法被改写为"prey of bird"(被猎获的鸟)。也就是说,在想象力的作用下,事物(包括人与自然)之间的挪用、抽取、侵扰、偷窃完全是相互的:猎手可以变成猎物,而猎物也可以成为猎手。See Timothy Bahti, "Wordsworth's Rhetorical Theft", in Arden Reed, ed., *Romanticism and Language*, p. 101.

过此事,就会听见/孤寂的山间响起低沉的呼吸声,/在我身后,跟随而来;还有分辨/不清的骚动之声,脚步的声音,/几乎如脚下的平坡——悄然无声。"(I heard among the solitary hills/ Low breathing coming after me, and sounds/ Of undistinguishable motion, steps/ Almost as silent as the turf they trod.)这是《序曲》第一卷中的一段著名的诗行,但是这些诗行却是问题重重的。首先,与传统的追悔自传程式不同的是,在这里传主并没有像卢梭和奥古斯丁那样在偷窃行为发生之后感到内疚和自责,而是用一段突如其来的"孤寂的山间响起低沉的呼吸声"和混乱的"脚步的声音"来结束,这有什么意义? 其次,什么是"分辨不清的骚动之声"? 为何"脚步的声音"又几乎是寂静如草坡? 最后,low breathing,sounds of undistinguishable motion 以及 steps 这一系列声响的发出者—承载者是谁?

对于第一个问题,最为普通的解释是:做贼心虚、良心谴责、疑神疑鬼。但巴赫梯却不这样认为。他认为,我们应该将问题集中在后两个上面:弄清楚了这些声响的载体之后就弄清楚了华兹华斯的真实用意。他指出,华兹华斯在这里用的是一种"半拟人化"(partial personification)手法:呼吸、骚动、脚步等声音都应该是人所发出的,但是在这里我们却看不到任何人形的出现,只有传主自己"孤身一人"(I was alone)——发出"低沉呼吸"的人根本就没有出现、"声音"和"脚步的声音"的载体是的上述一系列"分辨不清的骚动""脚步的声音"又寂静如草坡。如果我们将那一系列声响视为符号,那么,"第一次偷窃事件的结果就是没有任何明显意义的符号的出现——就像一个只有局部的、不完整的人形形象的出现一样"。巴赫梯认为,我们甚至难以将这些声响看作是符号学意义上的符号,因为,任何符号一定都有指义(signification)。但是,这些声响要么是无形幽灵的"低沉的呼吸声"、要么是"分辨不清的骚动之声"、要么是寂静无声的"脚步的声音"。"因此,在这里,符号与意义难以区分——这不是因为没有意义存在,而是因为符号与意义以及它们之间的区分已经崩溃消失——就如同脚步声与其所踩踏的平坡之间的区分已经消失为'寂静'一样。"如果符号与意义是无法区分的,那么,符号就仅仅是一种"字面意义上的"(literal)存在——也即一种空洞的、空壳化的存在。换言之,这样的符号没有任何"单一的、确定的、稳定的指涉意义",因为它根本就没有任何意义(meaning):"它仅仅作为一个(空洞的)符号字面地(literally)存在着,除此之外并无他物。"巴赫梯为什么有这个判断呢？原因很简单：这里那些字面意义上的符号（声音、脚步）虽然看似有其意义（它们来自某种"骚动"），但问题是那些"骚动"本身却是"分辨不清的"。不仅如此，就连脚步声都是一种"寂静"（silent）的声音。因此，在这里，我们看到的不是追悔自传叙事常有的羞愧—悔恨—成熟—成长这样的程式化结尾，而是一个符号化事件，在这个事件中，我们看到的是一个个所指缺场的漂浮的能指。①

因此根据巴赫梯的思路，我们可以推测他的意思：这个故事本身可能是华兹华斯杜撰出来的，反映的是华兹华斯为写作《隐士》而建立叙事主体—叙事权威过程中遭遇的符号表征困境——想象力似乎并没有从自然中抽取某种实在的特性帮助他建立叙事的主体性，相反，在这个过程中，华兹华斯似乎更清楚地认识到，即使进行强行偷窃，自然最终也没有给予他任何可依赖的"根基"（foundation），反而使他感到更加"空悬"、更清楚地认识到语言符号的空洞—空壳性。

行文到此，笔者猜想，大多数华兹华斯研究者都会怀疑：巴赫梯的解读是不是一种过度的解构主义诠释？笔者本人也有这样的怀疑。

但是巴赫梯所提供的另一则手稿材料似乎又表明，他的解读还是有一定根据的。巴赫梯发现，在一份 MS. JJ 手稿中，"low breathing"之前有"when shape was（？ not？ no）[原文如此]figure to be seen"（大意是："当形体……还是一种可视的形状之时"）这么一句。巴赫梯指出，这个句子其实是用典于弥尔顿的《失乐园》："If shape it may be called it may be called that shape had non/ Distinguishable in member, joint, or limb,/ Or substance might be called that shadow seemed,/For each seemed either."（"如果形体可以被称为形体，它就是那种／与部件、关节或四肢难以区分的形体，／或者本质可以被称为影子，／因为本质与本质的影子似乎难以区分。"——摘自《失乐园》第二卷，第 667—670 诗行。）②这条材料足以说明华兹华斯在叙述第一个偷窃事件时似乎的确在思考语言符号的空洞性—空壳性问题。因此，巴赫梯得出结论：

---

① Timothy Bahti, "Wordsworth's Rhetorical Theft", in Arden Reed, ed., *Romanticism and Language*, pp. 102—103.
② Ibid., 104.

华兹华斯第一次偷窃行为的结果就是与自然中的符号(signs amind nature)遭遇——这些符号没有完整的形体(figure),或者说是一个被肢解的拟人修辞(a disinembered personification),它们将自己呈现为没有任何深意的(空洞)符号,换言之,它们仅仅是作为字面意义上的修辞符号而存在(literally figural signs)。第一次偷窃行为发生之后的这几行诗句是传主行窃后的体验,它们所展现的并非内疚或惩戒,甚至也没有情感或评论性意见,它们仅仅是对符号的听觉体验(the aural experience of signs)。①

巴赫梯进一步指出,在这里华兹华斯的偷窃物(山鹬)到底是自然("悬崖峭壁""空旷草坡")本身的品行或特性(property or attribute)或是"别人的索套里的"财物(property)——这些问题其实并不重要。重要的是这个行为的结果——那就是偷窃所产生的不是内疚和自责,而是"一个意义晦暗不清的符号(a sign)",而且不是一般意义上的符号(the sign),"而是一个展示其自身符号化过程(process of signification)的符号——具体而言,这就是一个对符号化过程的回溯性再现(a reflexive representation of signification)"。②

这一段晦涩难懂的论述的大意是:华兹华斯所讲述的第一个偷窃故事其实是一个寓言,或一个寓言的产生过程。偷窃的结果不是传统自传或成长文学每一次冒险经历都会对传主的心智道德成熟产生的重大意义——在这里,我们没有看到华兹华斯对他的偷窃行为有任何的内疚或悔恨,只有"对符号的听觉体验":莫名其妙的喘息声和脚步声。巴赫梯已经指出,那些喘息声和脚步声是没有载体的,但他没有说清楚的是:这些没有载体的声音有可能是华兹华斯偷窃之后出于内心恐惧而产生的幻听——他将这种内心恐惧抽取出来,投射、嫁接、附着在山谷草坡之上(拟人化),因而造成了一系列残缺的(dismembered)、漂浮的、没有所指的能指。将无根基的意义(内心恐惧)机械地投射、嫁接、附着在另一物之上的手法正是上文中我们在阅读德·曼时已经

---

① Timothy Bahti, "Wordsworth's Rhetorical Theft", in Arden Reed, ed., *Romanticism and Language*, p. 104.

② Ibid., 105. 注意巴赫梯使用 property 这个词的双关意义:既是品质特征,又是财物。按照华兹华斯自己的观点,想象力就是将他物的品质特征挪用或嫁接到另一物身上——这其实也就是相当于财物的偷窃或"修辞盗窃"。

了解到的、与象征（symbol）完全不同的寓言。正因为如此，接下来巴赫梯就指出，他在这里所说的读出的那个"展示其自身符号化过程的符号"其实就是本雅明和德·曼曾经研究过的寓言结构（a structure of allegory）。[1] 巴赫梯是德·曼《华兹华斯与荷尔德林》一文的英文译者，这篇文章受到德·曼的影响是显而易见的，只是他太过纠缠于一些细枝末节的版本用词问题，没有将德·曼的寓言论很好地运用于分析华兹华斯这个片段，当然也就不可能将这个片段的寓言性予以透彻清楚的分析。

在叙述完第一个偷窃故事之后，华兹华斯立刻转入了第二个偷窃故事——偷窃鸟巢里的鸟蛋：

> 我是一个劫掠者
> 常常在雌鸟筑巢的
> 险峻高峰实施劫掠，
> 那里山峦环抱、山风怒号。
> 我的目的虽然卑劣，有失体面，
> 但结果却未见卑鄙。哦，当我悬挂（hung）在
> 鸦巢之上，抓着几簇乱草，
> 扒紧湿滑的岩石上半英寸宽的裂缝，
> 几乎没有支撑（ill sustain'd），肩头撞击着
> 裸露的岩崖，（似乎）身体随劲风
> 在半空悬置（it seem'd, /Suspended）
> ——啊，此时此刻，
> 孤身一人垂悬（I hung alone）在危崖上，只听那
> 燥风呼啸着，以何种奇妙的语言
> 在耳际吐泻！天空不像尘世的
> 天空（The sky seem'd not a sky / Of earth）

---

[1] Timothy Bahti, "Wordsworth's Rhetorical Theft", in Arden Reed, ed., *Romanticism and Language*, p.105.

——飞纵的云朵多么迅捷!①

在这个偷窃故事中,同样存在着一些令人迷惑不解的问题。第一,"我的目的虽然卑劣,有失休面,/但结果却未见卑鄙"之句的意思是什么?卑劣的目的当然是指爬上悬崖偷窃鸟蛋,但是"未见卑劣"的结果是什么呢?这就引出第二个问题:事实上,这个偷窃故事没有告诉我们任何偷窃的结果!我们以急切的心情读下去之后却完全失望了:华兹华斯最后并没有告诉我们他是否偷到了鸟蛋,而是一连串的"悬挂""悬置""垂悬"等身体—心理状态——这些词汇是否与《〈诗集〉(1815)—序言》中华兹华斯对 hang 这个词与想象力的隐喻修辞有关?第三,"The sky seem'd not a sky/ Of earth"(天空不像尘世的/天空)这个句子到底要表达什么?在何种意义上"天空不像尘世的天空"?

这一系列问题表明,与第一个相比,第二个偷窃故事更不具有故事性—自传性。也就是说,按照巴赫梯的观点,这个偷窃事件仍然是一个"修辞盗窃",是发生在"山峦环抱、山风怒号"的自然环境中人与自然的相互修辞挪用和书写。这种人与自然的相互修辞挪用和书写的迫切性来自贯穿于整个故事的、由"悬挂""悬置""垂悬"等词汇所传达出的"无根基"感。正是出于主体的无根基感,华兹华斯才希望到自然去获得某种特性(偷窃)来为自己构筑根基,这就是华兹华斯所说"卑劣的目的"。但是到自然中去行窃的结果却衍变为"一次符号事件"(a semiotic event)——这个符号事件就是未见卑鄙的结果:"只听那/燥风呼啸着,以何种奇妙的语言/在耳际吐泻!"首先,"燥风"(干燥的风)是一个隐喻(山风似乎是一种坚硬的东西),是人对自然的心理投射。其次,这个意象实际上是呼应了第一卷开篇的"风奏琴"意象:悬空在山崖的那一时刻,华兹华斯与自然之风开始相互交流,自然之风以"奇妙的语言在耳际吐泻",于

---

① "… was I a plunder then/ In the high places, on the lonesome peaks/ Where'er, among the mountain and the winds,/ The Mother Bird had built her lodge. Though mean/ My object, and inglorious, yet the end/ Was not ignoble. Oh! When I have hung/ Above the raven's nest, by knots of grass/ And half-inch fissures in the slippery rock/ But ill sustain'd, and almost, as it seem'd,/ Suspended by the blast which blew amain,/ shouldering the naked crag; Oh! At that time,/ While on the perilous ridge I hung alone,/ With what strange utterance did the loud dry wind/ Blow through my ears! The sky seem'd not a sky/ Of earth, and with what motion mov'd the clouds!" Quoted from William Wordsworth, *The Prelude* (1805), in J. C. Maxwell, ed., *The Prelude: A Parallel Text*, p.52. 部分译文参考了威廉·华兹华斯:《序曲或一位诗人心灵的成长》,丁宏为译,第13页。

是,"指义行为(signifying act)发生了"。但是,这却是一个奇怪的指义行为,因为自然的"风奏琴"所奏出的"语言"(utterance)不仅没有激发其内在之风的激荡呼应,甚至也不为耳朵所熟悉——那是一种奇怪的语言(strange utterance),"既不属于自然,也不属于人"。①

不仅听见的语言是奇怪的,看到的更显得不可思议:"天空不像尘世的/天空——飞纵的云朵多么迅捷!"巴赫梯提醒我们注意,"The sky seem'd not a sky/ Of earth, and with what motion mov'd the clouds!"跨行句使得句子在这里产生了稍许停顿感,因而造成了阅读的第一印象——"The sky seem'd not a sky"(天空似乎不是天空),以及第二印象——"a sky/ Of earth"(尘世的/天空)。那么现在的问题是:在何种意义上"天空似乎不是天空"?对于这个问题,巴赫梯分析道:"说'天空似乎不是天空'等于是说它显得不像自己原有的那样,换言之,它不是它本来的样子,即不是事物那种恒常的自我(self-same thing)或坚实的身份(literal identity)……这个天空既非是也非不是(this sky neither is nor is not)……它仅仅能够显现(appear),但不能够存在(be)。"②也就是说,在巴赫梯的理解中,"The sky seem'd not a sky"(天空似乎不是天空)这个"垂悬"在句尾的短语隐含着华兹华斯对于事物本质的思考:悬挂在悬崖间,惊讶于天空的另外一种从未见过的奇特面貌,华兹华斯或许突然产生了这样思考:他在那一刻所看到天空仅仅是天空瞬息万变的"显现"(appearance)之一,不是天空本来的样子,或天空的本质存在(being)。那么天空有本质存在吗?第二个阅读印象——"a sky/ Of earth"(尘世的/天空)——似乎在说明天空的本质:天空本应该是尘世的(或大地的)。但是问题依然存在:天空在何种意义上是尘世的或大地的?巴赫梯认为,将天空归属于尘世或大地的构成特性或财产(property)仍然是一种隐喻修辞(而且是一种非常不恰当的隐喻修辞),而非对天空本质存在的呈现。的确,地上所看到的天空(尘世的天空)与悬崖上所看到的天空都是天空瞬息万变的表征之一,而非天空自在自为的本质——事实上,天空根本就没有任何本质存在,天空只存在于修辞

---

① Timothy Bahti, "Wordsworth's Rhetorical Theft", in Arden Reed, ed., *Romanticism and Language*, pp. 108—109.
② Ibid., 109.

领域之中,存在于表象的相似类比之中,只存在于"一个修辞性的或不恰当的类比——'似乎是'之中"①。

因此,巴赫梯指出,"天空似乎不是天空"这个艰难的表述表达的不是某物的存在而是某物的不存在——换言之,这个表述表达的不是某物是什么或曾经是什么,而是某物似乎不是什么。换言之,在此,华兹华斯思考的"不是表征问题,而是表征的不可能问题:事物从来没有存在过,事物仅仅是似乎存在过(nothing was; something only seemed not to be)"②。这也是为什么华兹华斯听不懂风的语言:"只听那/燥风呼啸着,以何种奇妙的语言/在耳际吐泻!"自然之风没有激起内在应和之风,没有催生具有灵视的交融想象,只是在耳边吐泻着奇怪的语音符号——原因很简单,本质—意义并不存在,自然与人的相互修辞盗窃也没有构筑起一个意义丰满的世界和有根基的自传叙事权威。

巴赫梯总结道,"何种奇妙的语言(?)"所发出的疑问与"飞纵的云朵多么迅捷!"的感叹为前两次偷窃事件做出了这样一个结论:"(《序曲》的)文本语言不具有指义性(indicative),仅仅是感叹性的(exclamatory),或置疑性的(interrogative)。"它意识到了(作为观念的)自然的修辞性,但又无法将这个问题清楚言说。"这就是《序曲》本身所拥有的'奇妙语言'——它本身的恰当的不恰当性(its own proper improper)——不是作为表征性语言(the language of representation)而存在,而是作为对语言的表征(the representation of language)而存在。"③

五、第三次偷窃事件:自然与自我的相互挪用和修辞盗窃

巴赫梯从自传语言的修辞性入手,探讨了前两个偷窃故事中,因为语言的修辞性而导致了华兹华斯建立叙述主体—叙事权威努力的失败。接下来,巴赫梯仍然以修辞盗窃为主要方法,并借助弗洛伊德的阳具—成长理论,探讨了第三个偷窃故事关于成长—失败的寓言。

---

① Timothy Bahti, "Wordsworth's Rhetorical Theft", in Arden Reed, ed., *Romanticism and Language*, p. 110.
② Ibid.
③ Ibid.

在结束第二个偷窃故事、开始叙述第三个偷窃故事前,华兹华斯插入了一段 21 行的议论感慨。其中,华兹华斯感叹道,人的心智似乎有一种说不清道不明的"技艺",它能够"将各种异质性因素调和起来"(reconciling of discordant elements),从而使得心灵拥有"音乐的广度与和谐"。正是这种"技艺"使得他早年的种种"恐惧""痛苦""追悔""烦扰"以及"倦怠"等情绪最后融合成为"宁静的生命"——这才是他原本真正的自我。于是他要感谢这"最终的结果"以及当初的"目的"。这里让我们不仅联想起第二个故事中"目的虽然卑劣……但结果却未见卑鄙"之句。这暗示,下一次偷窃事件仍然发生在自然环境之中,而且结果仍然可能衍变为一次"符号事件"。果然,接下来华兹华斯又一次赞美自然对他的熏陶和滋养:"但是我坚信/通常的时候,当自然愿意/塑造一个她所钟爱的生命,就会在他幼年的时候/以晨曦驱散云霾……"自然对生命的哺育和启迪有时候是"最温柔的造访",有时候则是"严厉的介入"。①但是显然,这一段感慨有一个华兹华斯或许没有意识到的矛盾:自然的熏陶和滋养与心智"技艺"的"调和"功能是可以统一的吗?所谓心智的"技艺"难道不就是华兹华斯在《〈诗集〉(1815)一序言》中所说的想象力所具有的抽取、挪用、嫁接的修辞功能吗?第三个偷窃故事正是这个矛盾的反映。

为了便于以下的文本分析,笔者在此将第三个故事全部译出引录:

> 夏季的一个傍晚,(在她的引导下)
> 我独自走进一艘牧羊人的小船,
> 一艘小划艇,系泊在岩洞中——
> 那是它通常停泊之处——的一株翠柳下。
> 它位于帕特戴尔湖岸边,一个溪谷
> 中,在那里,我是一个陌生人,一个
> 假日里四处闲逛的学童。
> 从村里小酒馆出发漫步前行,
> 不久那艘小划艇就映入我的眼帘——
> 完全是不经意的发现,

---

① See William Wordsworth, *The Prelude* (1805), in J. C. Maxwell, ed., *The Prelude: A Parallel Text*, pp. 52—54.

我松开缆绳划桨前行。
明月高悬,湖面波光粼粼
被银白的群山环绕;我将船
划离湖岸,我一次又一次
有节奏地奋力划桨,我的小船稳稳地前行着,
简直就像一个迈着庄重步履的人,
尽管速度越来越快。这是暗中行窃,
并带有恐惧的兴奋,我的小船前行着
与之相伴而行的并非没有山谷的回声,
两侧抛出的小小的
水圈,在月光中悠闲地闪烁,直至
汇成一处,划出细长的一道
白光耀目的航线。一座险峰耸立在
翠柳生长的山洞后面,
现在,我骄傲地划着桨
就像一个技艺娴熟的艄公,目光紧紧盯着那座巉岩的峰顶,
那是我视野内最远的距离,在我身后
除了点点繁星和苍苍天宇,空无一物。
她是个精灵似的小船,亢奋中,我用双桨
猛刺寂静的湖水,每刺一下,
我的身体都傲然耸起,我的小船像一只
天鹅轻快地划过湖面;
这时,就在曾挡住我视线的那座巉岩险峰后面,
又闪现出一座巨大的峭壁,似乎
在不由自主的本能力量的支配下,将它的
头颅高高扬起。我使劲划动桨叶,
在我与繁星间那巨大的山峰
逐渐变得愈加庞大,
随着我划桨的节奏,它就像一个活物,
大步流星向我逼近。我的双手颤抖着,于是调转

船头,在无言的水面上偷偷划回到
那翠柳岩洞;
在那里,我将我的划艇弃置在她的系泊处,——
然后穿过湖畔的草地走回家中,
思绪沉重而忧郁。但是,看到
那个景象之后,一种对未知
生命形态朦胧不清的意识
持续多日在我脑海中激荡;
在我的心绪中有一片黑暗,把它称作孤独
或它茫茫岑寂。消失的是
熟悉的物象:树木、
海洋与天空的形态,以及绿野的
斑驳五彩;
只剩下巨大超凡的形态,其存在
有别于活人,白天在我心灵中
移游,夜晚来骚扰我梦乡的安谧。①

---

① 英文原文:"One evening (surely I was led by her) /I went alone into a Shepherd's Boat,/ A Skiff that to a Willow tree was tied/ Within a rocky Cave, its usual home. / 'Twas by the shores of Patterdale, a Vale/ Wherein I was a Stranger, thither come/ A school-boy Traveller, at the Holidays. /Forth rambled from the Village Inn alone/ No sooner had I sight this small Skiff,/ Discover'd thus unexpected chance,/ Than I unloos'd her tether and embark'd. / The moon was up, the Lake was shining clear/ Among the hoary mountains; from the Shore/ I push'd, and struck the oars and struck again/ In cadence, and my little Boat mov'd on,/ Even like a man who walks with stately step/ Though bent on speed. It was an act of stealth/ And troubled pleasure; nor without the voice / Of mountains-echoes did my boat move on,/ Leaving behind her still on either side/ Small circle glittering idly in the moon,/ Until they melted all into on track/ Of sparkling light. A rocky steep uprose/ Above the Cavern of the willow tree/ And now, as suited one who proudly row'd/ With his best skill, I fix'd a steady view/ Upon the top of that same craggy ridge,/ The bound of the horizon, for behind / Was nothing but the stars and the grey sky,/ She was an elfin pinnace; lustily/ I dipp'd my oars into the silent Lake/ And, as I rose upon the stroke, my Boat/ Went heaving through the water, like a swan;/ When from behind that craggy steep, till then/ The bound of the horizon, a huge cliff. / As if with voluntary power instinct,/ Upreared its head. I struck, and struck again,/ And, growing still in stature, the huge cliff/ Rose up between me and the stars, and still,/ With measured motion, like a living thing,/ Strode after me. With trembling hands I turn'd,/ And(转下页)

从上下文看，第一句括弧中"在她的引导下"之句中的"她"应该是前面所说的自然。这又是一次孤独的自我在自然中的行窃故事。但是，自然果真哺育、滋养、引导了他吗？自然"最温柔的造访"体现在何处？"严厉的介入"又体现在何处？这是我们下面要追问的问题。

与前两个故事相比，第三次偷窃事件所花笔墨最多，同时也是最为复杂的。小船是某个牧羊人的财产（不完全是鸟儿和鸟蛋那样的自然物），小船有其恰当的归属：岩洞、翠柳、湖水、群山，而华兹华斯却是一个外来闯入者——"我是一个陌生人"（I was a stranger）。也就是说，这又是一次人闯入自然窃取"财产—品质"（property）的故事，但这个故事却套用了一个远游—史诗框架。巴赫梯指出，当华兹华斯驾船出发的时候，他用的语言是十分直接的——"我将船／划离湖岸"（from the shore／I pushed）——这是典型的远游史诗的写作模式（typology of the epic voyage）——如奥德赛回到伊萨卡（Ithaca），埃涅阿斯（Aeneas）回到拉丁姆（Latium）之旅。华兹华斯在这里虽然挪用了这个框架，展示的或隐喻的却是一个成长故事、一个自我发现之旅：小男孩要通过这次冒险经历发现自己，成为"一个男人"（a man）。但是，这个冒险"远航"的经历却仍然是一个修辞挪用过程，而非真正意义上的航海史：牧羊人的小船成了"我的小船"（my little boat）、"我的划艇"（my bark），这类语汇不断重复，显然就是将别人的财产挪用为自己的。与此同时，小船也被拟人化为华兹华斯自我的载体（the vehicle of Wordsworth' self）："我的小船稳稳地前行着，／简直就像一个迈着庄重步履的人（my little Boat mov'd on,／Even like a man who walks with stately step）。"巴赫梯指出，这个财产（或品质—特性）的剥

（接上页）through the silent water stole my way／Back to the Cavern of the willow tree.／There, in her mooring-place, left my bark,／And, through the meadows homeward went, with grave／And serious thoughts; and after I had seen／That spectacle, for many days, my brain／Work'd with a dim and undetermin'd sense／Of unknown modes of being; in my thoughts／There was a darkness, call it solitude／Or blank desertion, no familiar shapes／Or hourly objects, images of trees,／Of sea or sky, no colours of green fields;／But huge and mighty forms that do not live／Like living men mov'd slowly through my mind／By day and were the trouble of my dreams."Quoted from William Wordsworth, *The Prelude* (1805), in J. C. Maxwell, ed., *The Prelude: A Parallel Text*, pp. 54—56. 部分译文参考了威廉·华兹华斯：《序曲或一位诗人心灵的成长》，丁宏为译，第14—16页。

夺、转移、挪用过程所展示的其实就是华兹华斯自己的隐喻想象（metaphoric imagination）——这个问题不仅反映在小船作为载体（喻体）的意象之中，也反映在明显提醒读者注意"小船像人"这个明喻的用语"简直像……"（Even like）之中。① 也就是说，在偷船划进湖水的过程中，正如《〈诗集〉（1815）—序言》所说的，华兹华斯逐渐将一物的特征挪用到另一物之上，从而实现了隐喻化的过程——别人的船成了我的船，船又进而变成了"一个迈着庄重步履的人"。于是，华兹华斯寻找自我的成长之旅一开始就是一种修辞挪用之旅。接下来我们所看到的也的确如此，在这个成长之旅中，华兹华斯并没有经历任何真正意义上的磨难考验，而是再次遭遇一系列符号事件。

果然，在刚刚划入水中的一刹那，就像第一次行窃时的那种喘息声和第二次行窃时的那种"奇妙的语言"又再次响起："这是暗中行窃，/并带有恐惧的兴奋，我的小船前行着/与之相伴而行的并非没有山谷的回声（nor without the voice / Of mountains-echoes did my boat move）。"巴赫梯指出，在这里，华兹华斯挪用了小船，使之成为"我的小船"，这个挪用行为的"隐喻特征"（metaphoric character）是明显的——这个小船看起来"简直就像一个迈着庄重步履的人"。但是，这个隐喻效果却被"并非没有"（nor without）这个反语法（litotes）所削弱——被拟人化的小船其实并没有它自己的声音，只有山谷的回声。也就是说，作为载体（或喻体，vehicle），小船没有"自己的"（its own）声音，它以一种隐喻的方式将其他物的声音（或喻本，tenor）挪用了过来。巴赫梯说："在此，自传的载体（autobiographical vehicle）承载着另一种声音，那是'银白的群山'（hoary mountains）发出的声音。小船从自然之中（岩洞中的翠柳树下）'它通常停泊之处'被偷出，被挪用为'他的'财产。然而，在华兹华斯看来，即使如此，小船仍然为自然所有（a property of nature），它只能够以回声的方式回荡着自然的指义（echoing nature's signification）。"这说明什么问题呢？这说明，如果华兹华斯盗窃小船游荡湖面的冒险之旅是为了在自然中找到他自己，也即，"他'诗歌的自我'（poetic self）"的话，小船这个拟人化的明喻最后却"仅仅是回荡着他试图从自然中得到'他自己'的本性或自然的声音

---

① Timothy Bahti, "Wordsworth's Rhetorical Theft", in Arden Reed, ed., *Romanticism and Language*, p. 113.

(his own nature or natural voice)"①。也就是说,被拟人化的小船却没有自己的声音,只能够回荡群山的声音(空洞的符号),这暗示,华兹华斯的成长之旅注定仍然是一次无意义的符号事件,而非磨炼成长,所以也注定是要失败的。这在接下来发生的事情中得到了体现。

华兹华斯优美的诗句为我们描绘出当时的自然环境:宁静的湖面、巉岩险峰、点点繁星、苍苍天宇——这是一个空芜—空旷—空荡的环境。在这个空荡环境中,华兹华斯又如何能够从自然中进行修辞的盗窃挪用呢?巴赫梯提醒我们注意接下来的句子。当华兹华斯及其小船一起从山谷的回声中获得了自己的声音的同时,一种景物的转变发生了。小船的泊系地后面出现了一座"险峰":"一座险峰耸立在/翠柳生长的山洞后面。"(A rocky steep uprose/ Above the cavern of the willow tree…)而华兹华斯的目光和全部的注意力也紧紧"盯住"该巉岩险峰的"峰顶"(top)。巴赫梯认为,"险峰耸立"是一个关键词,它象征的是阳具——这是华兹华斯的一种心理修辞挪用——在他内心深处耸立的峰顶被挪用为一个象征着长大成人的阳具。按照精神分析的理论,阳具对于小男孩而言意味着"本源能指",因此耸立的险峰在这里暗示的就是"儿童对本源能指的挪用"(the child's appropriation of his primal signifier)。② 这个观点虽然不乏质疑的声音,但是巴赫梯接下来对一些关键词的分析却仍然有一定的说服力。

山峰"耸立"之后,小船被描绘为一个"精灵"(elfin pinnace)。巴赫梯认为,"小船"(pinnace)与阳具(penis)是同音词(homophony),从而使得小船本身也具有阳具暗示。"一旦我们认识到这个同音词,那么下面几行暗示的意义就清楚了:'小船'(pinnace)隐含着山脊的'顶峰'(pinnacle)。"也就是说,在内心深处,通过小船(pinnace)这个载体,华兹华斯已经不知不觉地将高高"耸立"(uprose)的山峰挪用为自己的阳具(希望长大成人)。这个暗示在下面几行诗句中进一步得到加强:"她是个精灵似的小船,亢奋中(lustily),我用双桨/猛刺(dipp'd)寂静的湖水,每刺一下,/我的身体都傲然耸起,我的小船像

---

① Timothy Bahti, "Wordsworth's Rhetorical Theft", in Arden Reed, ed., *Romanticism and Language*, p. 113.
② Ibid. 巴赫梯的这个观点来自尼尔·赫兹(Neil Hertz)。当然他也承认这个解释还是遭到李夫·帕克(Reev Parker)等人的质疑。

一只/天鹅轻快地划过湖面。"巴赫梯认为，这是在暗示双桨刺入水中的感觉就如同阳具刺入女性身体；此外，天鹅代表男性或阳具，但更为关键的是叙事者的"欲望"(lust)被体现在一个明显的自我勃起（长大成人）的象征中——"每刺一下，/我的身体都傲然耸起"。另外，这里这些充满阳具象征的意象在各种版本中都有不同的修改。巴赫梯指出，比较 MS. V 手稿和 1805 年版我们会发现，真正的改动是将"twenty times I dipp'd my oars"（我的双桨二十次刺入水中）改为"lustily I dipp'd my oars"。这似乎表明，在这个问题上华兹华斯对用词选择的确是经过了反复斟酌思考的。此外，当受到惊吓的华兹华斯最后返回岸边，"双手颤抖"，那曾经被比喻为"简直就像一个……人"的小舟(bark)，在 MS. JJ 手稿其中一页上显示，"my little bark"曾经被修改为"my little pinnace"。①

但是，在接下来的叙述中我们看到，华兹华斯对山峰耸立的挪用（挪用为阳具勃起）的期冀马上遭到了挫败："这时，就在曾挡住我视线的那座巉岩险峰后面，/又闪现出一座巨大的峭壁(a huge cliff)，似乎/在不由自主的本能力量(voluntary power instinct)的支配下，将它的/头颅高高扬起(upreared its head)。我使劲划动桨叶，/在我与繁星间那巨大的山峰/逐渐变得愈加庞大，而且/随着我划桨的节奏，它就像一个活物(like a living thing)，/大步流星向我逼近。"在此，我们看到，在华兹华斯的视线之中，翠柳岩洞后面那座巉岩险峰后面突然出现一座更高的峭壁，它高高耸立着，威猛阳刚的勃起之气势使得小船(pinnace)、高高跃起奋力划桨的我，以及岩洞后的巉岩峰顶都相形见绌——巴赫梯指出，它"将它的头颅高高扬起"(upreared its head)之句呼应了前面山峦的"uprose"和"我的身体都傲然耸起"(as I rose upon the stroke)划动船桨的语汇。而且，该山峰"将它的/头颅高高扬起……/在我与繁星间那巨大的山峰/逐渐变得愈加庞大"之句说明，随着该山峰的出现，华兹华斯获得了一个新的、更为广阔的视野范围，一个更大的自然。但同时，也正是该山峰的出现使得华兹华斯产生了莫名的恐惧，因而立刻调转船头，放弃了偷窃行为。这是为什么呢？巴赫梯指出，从精神分析角度来看，第三种"勃起"象征着父亲

---

① Timothy Bahti, "Wordsworth's Rhetorical Theft", in Arden Reed, ed., *Romanticism and Language*, pp. 114—115.

的阳具,它"介入了这场俄狄浦斯争斗(oedipal struggle),从而挫败了先前小男孩企图挪用(偷窃)原先那座较小的'耸立'的山峰作为自己的阳具或小船(phallus or pinnace)从而使得自己成人的努力"①。

这是典型的弗洛伊德式的精神分析方法,但这却并不完全是巴赫梯的观点,而是他对理查德·昂纳拉多(Richard Onorado)的介绍和展开。② 巴赫梯只是部分地吸取了昂纳拉多的观点,但是同时也指出,这种精神分析的解读虽然也发人深省,但是它却忽略了另一个更为深层次的问题:该偷窃场景的"修辞结构"(rhetorical structure)。那么什么是巴赫梯所说的"修辞结构"呢?

巴赫梯指出,第三个偷窃故事与前两个一样,其实也是华兹华斯企图从自然中抽取(偷窃)某些特性来填充自己、构筑自己的主体性:他偷窃小船,并将其挪用为"我的小船"(或"我的阳具");他挪用高高耸立的巉岩险峰,将其投射为心理意义上的自我成长——这一切都是人与自然的相互挪用,都是想让自我—小船感觉起来"简直就像"一个迈着庄重步伐的"(男)人"(Even like a man!)。但是,后来突然出现的那座将头颅高高扬起的山峰又意味着,自然也从人身上抽取、挪用、盗窃了人的特性——这就是自然的被拟人化。这种自然的拟人化在前两个偷窃故事中也是最后出现的:如第一个故事中的低沉呼吸、脚步的声音,第二个故事中的燥风吐泻着"奇妙的语言"。但是,第三个故事中自然的修辞化—拟人化显得更为复杂,尤其是那座后来出现的山峰:"我使劲划动桨叶,/在我与繁星间那巨大的山峰/逐渐变得愈加庞大,/随着我划桨的节奏,它就像一个活物,/大步流星向我逼近。"巴赫梯认为,这一句中存在着双重修辞,或修辞的修辞。"似乎/在不由自主的本能力量(voluntary power instinct)的支配下,将它的/头颅高高扬起"就已经是一个(部分的)拟人修辞。接下来,随着该山峰不断耸起,体积不断长大,于是进一步获得了完整的人格特征(被完全拟人化)——"它就像一个活物,/大步流星向我逼近",而且还是"随着我划桨的节奏"。巴赫梯分析说,这几句里面有两个修辞:一是拟人——

---

① Timothy Bahti,"Wordsworth's Rhetorical Theft",in Arden Reed,ed.,*Romanticism and Language*,p. 116.

② See Richard J. Onorado,*The Character of the Poet: Wordsworth in The Prelude*(Princeton: Princeton University Press,1971),pp. 271—273.

"大步流星向我逼近"(Strode after me),另一个是明喻——"它就像一个活物"(like a living thing)。也就是说,山峰被二度或双重修辞化了:先是被拟人化,进而这个拟人又被转化成一个明喻—拟人(like a living thing)。所以这里是比喻的比喻,修辞的修辞。换言之,"在表征意义上,它被表征为一座人—山(a man-mountain)或一个山—人(mountain-man)。但是,当我们所有的注意力都集中在那个明喻修辞(简直像……)以及'物'(thing)这个词的抽象意义的时候……这个表征中就出现这样一个语义(semantic meaning):它看起来像是一个具有表征功能的拟人化。一种'物'(自然拟人化的比喻)在拟人之后,又被明喻化为'像一个活(living)物'"。这段晦涩的论述到底是什么意思呢?其实也不复杂:巴赫梯只不过是在继续推进华兹华斯在《〈诗集〉(1815)—序言》中所提出的关于想象力的挪用—修辞理论。只是在这个场景中,人与自然之间的相互挪用—修辞显得更为浮躁,因为它涉及二度拟人化,或双重修辞。巴赫梯说,只有当我们认识到那已经被拟人修辞化的山峰又再度被拟人修辞化,我们才能够理解为何山峰的位移(motion)是有节奏的(measured):一方面,在心理上华兹华斯修辞性挪用了山峰(作为阳具),另一方面,山峰也修辞性地挪用了人的特征("大步流星向我逼近",而且"像一个活物")——正是在这个基础之上,华兹华斯与小船的移动又被修辞性地挪用到山峰身上:静止的山峰如何能够移动?有节奏移动的事实上是小船而不是山峰,山峰移动的节奏其实是华兹华斯划船的节奏。所以这个片段中存在着一个非常复杂的往返修辞、层层拟人的问题。正因为如此,巴赫梯指出,在三个偷窃场景中三次出现的 motion 这个词在不同的语境中呈现出不同的修辞特征:在第一个偷窃故事中,脚步声的"骚动"(the motion of the steps)是"分辨不清的"(undistinguishable),因为作为符号的脚步声只有"字面意义上的修辞性"(literally figural),因而是"恰当的不恰当"(properly improper);在第二个偷窃场景中那迅捷飞纵的云朵(the motion of the clouds)是难以言表的(unutterable),因为那些符号是"纯粹修辞性的",因而是"完全不恰当的";在第三个偷窃故事中的符号则是修辞的修辞(figurally figural),是一个拟人化的明喻,因此,移动(motion)才可以被说成是"有节奏的",也就是说,与前面两个场景一样,这也是一个修辞的位移(rhetorical motion)。① 巴赫梯没有清楚表明的是,与第一、第二个 motion 的修辞性相比,第三个 motion 则是更为复杂的往返修辞、层层修辞的产物,是华兹华斯对人与自然相互修辞挪用的进一步思考。

正是在这个时刻——华兹华斯认识到自我成长的修辞—话语性的时刻,惶恐挫败之感油然而生,于是,华兹华斯便放弃了这次偷窃:"我的双手颤抖着,于是调转/船头,在无言的水面上偷偷划回到/那翠柳岩洞;/在那里,我将我的划艇弃置在她的系泊处,——/然后穿过湖畔的草地走回家中,/思绪沉重而忧郁。但是,看到/那个景象之后,一种对未知/生命形态朦胧不清的意识/持续多日在我脑海中激荡;/在我的心绪中有一片黑暗,把它称作孤独/或它茫茫岑寂。消失的是/熟悉的物象:树木、海洋与天空的形态,以及绿野的/斑驳五彩;/只剩下巨大超凡的形状,其存在/有别于活人,白天在我心灵中/移游,夜晚来骚扰我梦乡的安谧。"巴赫梯提醒我们,这一段中有好几个词的使用值得我们仔细关注。

首先,当华兹华斯"走回家中"时,他的心情不是放松或愉悦,而是"沉重而忧郁":"through the meadows homeward went, with grave/ And serious thoughts…"Grave 一词字面意义是"沉重",但是它又有"坟墓""死亡"之意。华兹华斯将该词置于"through the meadows homeward went, with grave"一句之尾应该是有深意的,因为它显然有强调作用:强调的不仅仅是心情沉重,还有"死亡体验"——"一种自我表征的幻象的灭亡(the illusion of the representation of self)"②。

其次,在 1805 年版中"但是,看到/那个景象之后"(after I had seen/ That spectacle)中的 spectacle 一词在 MS. JJ 手稿中有两个与其意思相近的词,一处是 spectaccle(手稿中原文如此),另一处则是 sight。这表明,华兹华斯是经过反复斟酌才在 1805 年版中最后选定 spectacle 这个词。那么华兹华斯最终选定 spectacle 而非 sight 的考虑是什么呢?巴赫梯认为,这不仅仅是因为

---

① Timothy Bahti, "Wordsworth's Rhetorical Theft", in Arden Reed, ed., *Romanticism and Language*, p. 117.
② Ibid.

spectacle 比 sight 更有气势,更主要的是 spectacle 令人联想到该词的形容词 specular(镜子似的、反射的)。"在某种意义上",巴赫梯指出,当华兹华斯走回家的时候,"自我处于刚刚过去的经历与现在的意识之间的状况之中",这两种状况像镜子一样相互映射出各自的修辞性:"看到/那个景象(spectacle)之后,一种对未知/生命形态朦胧不清的意识(a dim and undetermin'd sense)/持续多日在我脑海中激荡……"①的确由于偷窃过程中所遭遇的往返修辞、层层修辞问题,自然给予华兹华斯的不是"最温柔的造访"和"引导",而是"严厉的介入"和更加"朦胧不清的意识"。

最后,在 1850 年版中,hang/hung 这个词再次出现:1805 年版中的"… in my thoughts/ There was a darkness, call it solitude/ Or blank desertion"该句在 1850 年版中被修改为"… o'er my thoughts/ There *hung* a darkness, call it solitude/ Or blank desertion"。巴赫梯认为,这是 1850 年版对 1805 年版的一个重大修改。他指出,hang 这个词之于华兹华斯有独特的含义——它是"一个隐喻或修辞的篡夺与挪用的符号"(a sign of metaphoric or rhetorical dispossession and appropriation)。在此,"心绪(或思想)"(thoughts)及其表达被"悬挂"了起来,或者说,一种"茫茫岑寂"的黑暗悬停在华兹华斯心头。②巴赫梯没有进一步解释为什么在进行 1850 年版修改时华兹华斯要选用 hung 这个词,或许,直至 1850 年版修改之时,华兹华斯仍然无法捕捉到一个坚实的意义,一个为写作《隐士》构筑叙事权威的坚实"基础"(foundation)——逗留、"悬浮"在他脑子里的仍然是"一种对未知/生命形态朦胧不清的意识"和一片"茫茫岑寂"的黑暗。

总之,与第一次和第二次偷窃事件一样,在第三次偷窃中,华兹华斯没有从自然中成功地挪用/偷窃到他所需要的财产—品质(property),以编织出一个小男孩通过航海冒险而长大成人的成长故事,他最后得到的仅仅是一片黑暗和茫然。不仅如此,最后甚至连自然形态都消失了:"消失的是/熟悉的物象:树木、/海洋与天空的形态,以及绿野的/斑驳五彩;/只剩下巨大超凡的形

---

① Timothy Bahti, "Wordsworth's Rhetorical Theft", in Arden Reed, ed., *Romanticism and Language*, pp.117—118.
② Ibid., 118.

态,其存在/有别于活人,白天在我心灵中/移游,夜晚来骚扰我梦乡的安谧。"那么什么是"巨大超凡的形态"?传统华兹华斯批评家可能都会指出,这就是艾布拉姆斯所说的"自然的超自然存在"——是华兹华斯的诗歌灵视才能够洞悉的"形态"。但是巴赫梯却提醒我们注意这个诗句的跨行句法结构:"But huge and mighty forms that do not live/ Like living men mov'd slowly through my mind."他指出,这个句法结构就如同"天空不像尘世的/天空"(The sky seem'd not a sky/ Of earth)跨行句式所强调的是天空的缺失——不在场一样(the sky seem'd not a sky…),这里的跨行也是提醒读者注意前半部分:"But huge and mighty forms that do not live"——这些形态根本就不存在,"自然的超自然的存在"根本就是一个虚无。①

接下来,巴赫梯又对"But huge and mighty forms that do not live/ Like living men mov'd slowly through my mind"之句中的悖论性问题进行了极其烦琐、艰涩的分析,从而得出结论:第三次偷窃不仅否定了任何"主题性的或表征性叙事"(thematic or representational narrative),也否定了任何主题性的或表征性解读的可能性,从而使得"第三次偷窃事件成功地展现为一种解构形式主义(a deconstructive formalism)",换言之,第三次偷窃故事在本质上并非与某个真正的偷窃事件有关,而是一个关于写作和诠释的寓言(an allegory of writing and interpretation)。②

综上所述,巴赫梯的观点就是,《序曲》第一卷所叙述的三个偷窃故事是否真实其实并不重要,重要的是这三个故事最后都呈现为一种符号事件。在这三个故事中,华兹华斯成功地展示了《〈诗集〉(1815)—序言》中关于想象力的挪用、抽取、嫁接功能的论述:人闯入自然之中企图获得自我—主体性和自传叙事的权威,然而结果却是人与自然相互挪用、相互书写,最后不仅"自我存在的缺失"(the "I"'s *manque à être*)没有得到填充,甚至连自然的形态也消失了。这大概就是为什么华兹华斯终身都未能写出他一直想写作的哲理长诗《隐士》的根本原因。

---

① Timothy Bahti, "Wordsworth's Rhetorical Theft", in Arden Reed, ed., *Romanticism and Language*, p. 120.
② Ibid., 120—123.

从德·曼和巴赫梯的浪漫主义研究的梳理中我们大致可以这样来总结浪漫主义批评的解构主义范式的思路和问题。在解构主义看来,自我和语言都是时间性的存在。语言也是一种时间性和有限性的现象(a temporal and finite phenomenon)。因此,我们也就根本无法找到一种能够超越时间和空间的语言。自我与语言在后结构主义的思想体系中是相互缠绕的。自然难以将自己与语言分开,因此也难以用语言来进行自我表达(如华兹华斯想要用自传的方式来言说个人心灵的成长就是不可能的)。自我——即使是一种具有高度自我意识的成年人——也无法脱离语言或其他符号体系而存在。为了表达自我,为了使自己成为一种具有自我意识的存在,简单地说,为了存在(in order to be),自我必须使用符号。而且,自我对符号的使用的前提不是自我能够与符号相互分离,确切地讲,自我就是符号的一部分,或者说,自我就是由符号所构成的。没有哪个自我能够逃离语言和符号体系的限制;也没有哪种语言或符号体系能够逃离时间性的限制。因此,浪漫主义诗学理论家认为,他们在象征语言中找到了一种能够将处于时间性中的主体或自我与某种更为广阔、经常是超验的客体相互融合的主张就仅仅是一种自我欺骗的虚幻(a delusion)。只是在某些偶然的情况下,浪漫主义诗歌才认识到了这种象征理论的虚幻性,比如在雪莱的《阿拉斯特》中,我们就看到诗人探讨了那种企图弥合自我与理想他者之间的鸿沟的不可能性,即,诗人意识到,浪漫派那种对于某个理想的主体性(an ideal subjectivity)的推崇可能只是一种唯我主义的空虚的自我虚幻。总之,浪漫派本来试图通过赋予主体以先在性的手法来融合主体与客体之间的鸿沟,然而,在后结构主义看来,这种企图最后所导致的结果却是自我的被勾销(self-cancelling logic)。①

不能否认,解构主义对于浪漫主义诗歌和诗学中的种种不为以前批评家注意的问题进行了卓有成效的揭示和追问,尤其是从意识和语言入手对浪漫主义想象能够将自然与心灵有机融合起来的传统观念当中的问题进行了耳目一新的批判(这对于我们重新审视中国古典诗学中那些"物我两忘""天人合一""以物观物"等玄虚而老套的诗学理论也是有帮助的)。但是,正如我们所看到的那样,解构主义的问题也是明显的。其中最为明显的问题主要有两点。

---

① 上述观点参见 Aidan Day, *Romanticism*, pp.120—121。

第一,为了否定而否定。为了颠覆既定观念,解构主义不惜牵强附会,挖空心思玩文字游戏(如巴赫梯那样)。第二,由于一味地纠缠于语言—修辞问题,解构主义将新批评以来文学批评否定社会—历史因素的倾向推向了极致。不管是德·曼的寓言论还是巴赫梯的修辞盗窃论,我们都看不到任何与浪漫主义及其时代的社会、政治和历史相关的任何论述。这就使得他们的浪漫主义批评难免陷入另一种偏执,从而也在另一个意义上遮蔽了浪漫主义的本来面目。因此,20世纪80年代后期,当新历史主义兴起之后,解构主义批评的文本—解构方法必然会受到攻击。于是,在浪漫主义研究领域内,从20世纪80年代后期起就兴起了一股以解构主义为批判靶标的研究浪潮,这就是我们下一章要论述的浪漫主义研究中的新马克思主义—新历史主义范式。

第四章

新马克思主义—新历史主义批评与英国浪漫主义研究

新历史主义文学批评兴起于20世纪80年代。该批判流派的理论资源来自新马克思主义对于劳动与异化问题的论述、福柯的话语权力理论、巴赫金的社会语言学、德里达的解构主义哲学以及海登·海特的元史学,等等。该派批评理论一方面承续了解构主义理论对于文学文本不定性进行挖掘的基本思路;另一方面则仍然关注文学文本的语言问题——但其切入的角度不仅仅是文学语言的形式—修辞问题,还包括文学语言的形式—修辞与其背后所掩藏的历史和政治问题之间的相互书写的关系。因此,新历史主义研究方法也常常被人们冠之以"小史考掘法"。但笔者却以为将其称为"修辞—小史考掘"似乎更为合适一些。此外还值得注意的是,在英、美学术界,新历史主义文学批评主要是一批学者对英国文学两个断代史研究的产物。简言之,新历史主义批评的产生并非沿着理论假设→文本研究跟进这个通常的路线。新历史主义的文学断代研究主要集中在英国文艺复兴时期的文学(尤其是莎士比亚和托马斯·莫尔)。但在中国学术界，每当人们一提起新历史主义就想到文艺复兴——许多学者不知道的是，新历史主义也是英国浪漫主义文学研究的产物。

在浪漫主义文学研究中，历史研究法一直存在着。早期运用历史研究方法进行浪漫主义研究的著作有克兰·布林顿的《英国浪漫主义的政治观念》(Crane Brinton, *The Political Ideas of the English Romanticism*, 1926)、大卫·爱德曼的《布莱克·预言家与帝国的对抗》(David Erdman, *Blake: Prophet Against Empire: a Poet's Interpretation of the History of His Own Time*, 1977)和卡尔·吴德林的《英国浪漫主义诗歌中的政治问题》(Carl Woodring, *Politics in English Romantic Poetry*, 1970)等。但这些早期的历史背景—文学前景的老套方法在20世纪80年代被新历史主义所继承并超越。安东尼·伊斯索普(Antony Easthope)指出，英国浪漫主义研究(他主要指的是华兹华斯研究)中的新马克思主义研究范式(新马克思主义与新历史主义两者常常并提)源自爱德华·汤普森的《英国工人阶级的形成》(1963)以及雷蒙·威廉斯的《乡村与城市》(1973)。① 这一派的代表人物有大卫·辛普森(David Simpson，代表作《华兹华斯的历史想象：迷惘的诗歌》[*Wordsworth's Historical Imagination: the Poetry of Displacement*, 1987])、大卫·威廉斯(David Williams，代表作《华兹华斯：浪漫主义诗歌与革命政治》[*Wordsworth: Romantic Poetry and Revolutionary Politics*, 1989])以及麦克尔·弗里德曼(Michael Friedman，代表作《一个托利党人文主义者的形成：威廉·华兹华斯与社区观念》[*The Making of a Tory Humanist: William Wordsworth and the Idea of Community*, 1979])。其中弗里德曼将马克思主义与弗洛伊德的理论融合起来，将历史与无意识问题融合起来，试图通过这种方式还原一个真正的华兹华斯。他认为，华兹华斯早年对法国革命的确还有激情，但后来被一种俄狄浦斯负罪感(Oedipal guilt)所困扰，从而放弃了早年的法国革命理想，转而在由"牧羊人和农民所构成的共和国"中寻找自己的

---

① 伊斯索普的概括显然不全面。从以下我们的梳理中可以看到，英国浪漫主义研究中的新马克思主义—新历史主义范式的理论来源是非常多元的：既有新马克思主义理论，还有福柯的话语权力理论、德里达的解构主义哲学，甚至巴赫金的社会语言学等。

身份(to renew his identity among "the perfect Republic of Shepherds and Agriculturalists")。弗里德曼的证据来自华兹华斯那些写于1809年的一些创作。弗里德曼试图通过这种方式来解读华兹华斯的《序曲》、论说文(prose)以及其他一些作品。①

正是在这种批评模式的影响之下,麦克干写出了《浪漫主义意识形态》(1983)一书。(他的基本观点就是,华兹华斯与其他浪漫主义诗人一样,都有着独特的浪漫主义意识形态,但在他们的创作中却可以抹去或掩盖这种意识形态的历史根源。后面我们将会看到,麦克干的理论资源其实是来自新马克思主义文学批评家马歇雷的《文学生产理论》(*A Theory of Literary Production*, 1978)。)另一位颇有成就的浪漫主义的新历史主义研究学者列文森及其代表作《华兹华斯鼎盛时期的诗歌:论文四篇》(1986)的理论基础也是来自马歇雷。马歇雷的理论之基本观点就是所谓"不在场"(absence),即,作家在创作的时候总是试图隐藏其意识形态,使之不在场。在这个思想指导之下,麦克干和列文森都试图通过还原或回溯历史语境,在华兹华斯(以及其他浪漫主义诗人)的作品中寻找那些没有被明确说出来的历史事件,或者挖掘作品中的矛盾和抵牾等细节。如列文森所言,新历史主义在研究浪漫主义文学的时候经常使用的一个术语或方法叫"历史想象"(historical imagination)。这个就像"自然的超自然主义"一样的"矛盾修辞术语"(oxymoronic phrase)所表达的就是这样一种批评立场:它坚信意识形态之所以具有整合外在"事物秩序"的社会功能,其根本原因就在于意识形态"完美地整合了内在心智(psyche)"。通过考察浪漫主义"历史性的想象",新历史主义的浪漫主义研究试图"通过考察内在于文本的诸种矛盾(illogical affirmations),将影响和组织了诗人(语言—想象)表征的那些历史—社会意义以及诗人对那些意义的要义路径重新挖掘出来"②。

但是,正如我们将要看到的那样,所谓浪漫主义研究中的新历史主义范式事实上并非铁板一块——新历史主义浪漫主义研究者们之间也是充满分歧和争议的。作为浪漫主义的新历史主义研究的代表人物之一的艾伦·刘在这个

---

① See Antony Easthope, *Wordsworth Now and Then: Romanticism and Contemporary Culture* (Bukinghan: Open University Press, 1993), pp. 131—132.

② Marjorie Levinson, *Wordsworth's Great Period Poems: Four Essays* (Cambridge: Cambridge University Press, 1986), p. 11.

问题上的观察是非常准确的。

艾伦·刘在2009年对浪漫主义研究中的新历史主义范式进行了简要的回顾和总结。他指出,所谓"浪漫的新历史主义"(Romantic New Historicism)并非一个有统一组织和共同理论主张的批评流派——它更像是"一个蜂群"(a swarm)——因为20世纪80年代从事此类研究的学者从来没有坐下来,开过一个正式的学术会议来确立其理论主张或原则。刘指出,这与文艺复兴研究中的新历史主义形成鲜明对比。研究文艺复兴文学的新历史主义学者们虽然也号称畏惧理论,但是他们的研究却显示出方法论上的高度统一。比如,"一篇典型的研究文艺复兴的新历史主义论文所采用的方法基本都是聚焦于某一个能够揭示出权力运作之谜的具体个人、事件或艺术品之上;比如一些能够引起震惊、引出一段丑闻或能够将'伊丽莎白世界图景'彻底颠覆的'奇闻逸事';绕口令一样的修辞术语——如交错配列(chiasmus)、权力的形式和形式的权力、文本的历史性和历史的文本性等展现语境与文本同等重要性的概念;那种能够击碎诠释者的历史的幻象、从而将诠释者赤裸裸地暴露在他自己的时间之中的自我反思的尖锐时刻"。与文艺复兴研究的新历史主义形成鲜明对比的是,"浪漫的新历史主义却是生长在理论之屋中的幽闭儿。这些理论或者是浪漫派自己的主张(如意识形态、辩证法),或者是耶鲁学派的理论(尤其是20世纪70年代盛行的语言理论,那些语言理论被用来解读卢梭、华兹华斯和雪莱等)。因此,毫不奇怪的是,浪漫新历史主义正是在这种情形之下表现得特别具有对抗性:对抗浪漫派理论本身、马克思主义理论、形式主义理论以及解构主义理论等"。但是具有悖论的是,刘指出,新历史主义的浪漫主义研究学者却难以形成一个统一的共识。后面我们将看到,麦克干的浪漫主义意识形态论与辛普森的浪漫主义多重地质构造论等观点就完全不同。因此,刘提醒我们:"与格林布莱特、蒙特罗斯等文艺复兴新历史主义研究学者相比,浪漫的新历史主义研究与其说是解决了问题,不如说是对一系列理论进行了颠覆,如辩证法理论、文化唯物论、形式主义、后结构主义、思想史研究、文本—历史研究、版本—校勘学研究等。"①

---

① Alan Liu, "A Poem Should not Be Equal To: / Not True", in Damian Walford Davies, ed., *Romanticism, History, Historicism: Essays on an Orthodoxy* (New York and London: Routledge, 2009), pp. xiii—xiv.

作为新马克思主义—新历史主义浪漫主义研究中的代表人物,艾伦·刘对该流派的归纳总结相当全面且到位。下面我们主要将麦克干的《浪漫主义意识形态》、赛尔斯的《华兹华斯与地产》、列文森的《华兹华斯鼎盛时期的诗歌:论文四篇》和辛普森的《华兹华斯的历史想象:迷惘的诗歌》等学术著作为个案,具体展开分析浪漫主义研究中的新历史主义范式所取得的成就及其问题。

一、何谓浪漫主义的意识形态?

在某种程度上,麦克干的《浪漫主义意识形态》一书可以被视为英国浪漫主义研究从新批评、现象学—认识论到解构主义批评的非历史—非社会—非政治研究的狭隘圈子中走出来、重新将文学研究与社会—历史—政治联系起来的第一步。但是,麦克干的基本思想和方法论也非其独创——威廉斯和本雅明或许是麦克干没有明确承认的理论来源。比如在《文化与社会:1780—1950》一书中,威廉斯提醒读者在阅读浪漫主义诗歌时应该注意法国革命与工业革命两大社会变革对浪漫主义诗人的影响——比如华兹华斯、科尔律治和骚赛如何从青年时代的政治狂热转向了后期柏克式的保守主义(Burkean conservatism);而工业革命所产生的"饥荒、贫困、冲突、迷惘、希望、能量(energy)、幻象(vision)、献身(dedication)"等问题也不应该仅仅被当成是这一时期的文学背景,而是这个时期"诗歌经验的赋形模式(mould)"。就政治、社会和经济领域内的动荡和变化对诗歌创作的具体影响而言,威廉斯集中考察了五个问题:1)作家/读者关系的变化;2)"公众"概念的变化;3)艺术生产的问题;4)作为所谓"想象真理"(imaginative truth)的艺术之"高级现实"(superior reality)的地位问题;5)独立于社会的创造性作家之自足天才(autonomous genius)问题。[①] 这些思想在威廉斯的《乡村与城市》一书中得到了更为具体的阐述。在该书第13章《常绿的语言》中,威廉斯就仔细考察了华兹华斯是如何通过似乎漫不经心、娓娓道来的叙事将读者从真正的社会现实

---

① Raymond Williams, *Culture and Society:1780—1950* (Middlesex: Penguin Books Ltd., 1963), pp. 49—50.

引向了对"自然力量"(the gentle agency of Nature)和"悲悯人性"(fellow-feelings)的思考,从而以所谓更为"高级的现实"置换了真实的现实——《毁坏的村舍》《迈克尔：一首牧歌》《丁登寺》和《序曲》等作品就是华兹华斯这种"自足的天才"诗学的典型体现。① 威廉斯的这些观点显然对麦克干、辛普森、列文森和赛尔斯等新马克思主义—新历史主义浪漫主义研究学者产生了重要影响。但是,麦克干关于文学研究的基本立场却似乎更来源于本雅明。在《启示》一书中,本雅明指出:"任何一部文明史同时也是一部野蛮史(a document of barbarianism)。正因为文明难以摆脱野蛮的纠缠,野蛮因而也总会影响到一代又一代历史的言述。"那么,有没有什么方法能够摆脱文明的野蛮叙事呢?本雅明的回答是有——那就是历史唯物主义,只有"历史唯物主义者才能够与历史保持尽量远的距离",从而也才能够更清楚地认识历史而不被历史表象所蒙蔽。② 就文学批评而言,本雅明的这段话的启示意义在于,他暗示了真正的唯物主义批评家的地位高于艺术家(因为艺术家缺乏清醒的历史意识),唯物主义的文学诠释就是揭示文学史丰碑(这个丰碑是一代又一代人意识形态合谋的产物)后面所隐藏的"野蛮"。正因为如此,加拉德指出,(唯物主义批评家)超然的(aseptic)态度使得他们能够发现被昏聩的艺术家所压抑的历史的蛛丝马迹,从而暴露出真理的虚伪性。伊斯索普就批评某些批评家把华兹华斯自己的话当真,这种批评事实上是一种合谋式的批评。③

正是在上述理论的指导之下,麦克干认为新马克思主义—新历史主义批评家的任务就是去揭示文学艺术生产意识形态的内在机制是如何运作的——尤其是浪漫主义文学是如何生产出了浪漫主义的意识形态的。要揭示这种文学艺术生产的内在机制,在麦克干看来,唯一的方法就是回归历史—社会语境,即,重新回到被形式主义所否定的社会—历史研究法。麦克干肯定地认

---

① Raymond Williams, *The Country and the City* (London: Chatto & Windus, 1973), pp. 127—133.

② Walter Benjamin, *Illuminations*, Hannah Arendt, ed. (London: Fontana, 1973), p. 248. 在《浪漫主义意识形态》一书中麦克干虽然没有明确引用本雅明,但是他大量引证了阿尔都塞、马歇雷、汤普森等新马克思主义批评家对黑格尔历史观的批判,尤其是伊格尔顿的《瓦尔特—本雅明,或走向一种革命批评》一书,这表明麦克干的"浪漫主义意识形态论"的确与本雅明有着内在的联系。See Jerome J. McGann, *The Romantic Ideology*, p. 167。

③ Antony Easthope, *Wordsworth Now and Then: Romanticism and Contemporary Culture*, p. 129.

为:"诗歌是社会历史的产物,因此,诗歌研究就应该建立在社会—历史的分析之上(grounded in a socio-historical analytic)。"但是他同时也指出,"这并不意味着'纯'文体研究、修辞研究、形式研究,或者其他专业化研究方法不能够或不应该被继续使用",但前提是"任何一种上述专业化文学批评都必须建立在社会—历史批评的基础(raison d'être)之上"。① 这就明确地将社会、历史和政治等被韦勒克等形式主义批评所排斥的所谓文学研究的"外在因素"或"非文学因素"重新引入了浪漫主义研究之中。

具体就浪漫主义研究而言,麦克干指出,浪漫派诗人在理论上创建了一种浪漫主义意识形态,但浪漫主义研究学者们都不加批判地接受了这种意识形态,从而遮蔽了浪漫主义文学真正的社会—历史本相。那么这种浪漫派自己建立起来的并由浪漫主义批评家们所推动的"浪漫主义意识形态"究竟是什么呢?从麦克干散乱而零碎的论述中我们大概可以提炼出他所谓的浪漫主义意识形态的内涵,那就是:一种以精神超越为主旨的内在信仰;具体而言,就是"追求和谐之理想"或"存在统一性"(the Ideal of Harmony or "Unity of Being")这个概念。② 这种精神超越只发生在心灵和精神领域之内(用黑格尔的理论来说,浪漫主义运动是一个艺术发展史而非社会发展史的问题——这个观点在麦克干看来一直主宰着英、美学术界对英国浪漫主义的认识——从19世纪的阿诺德、穆勒到20世纪的弗莱、艾布拉姆斯、哈特曼和布鲁姆都被困在这个意识形态之中),与外在的政治—社会现实问题没有关系。但是,麦克干认为,恰恰是这种所谓的道貌岸然的精神超越遮蔽了浪漫派诗人内心深处对现实社会政治问题的恐惧、逃避,甚至是与保守反动政治势力的

---

① Jerome J. McGann, *The Romantic Ideology* (Chicago and London: University of Chicago Press, 1983), p. 3. 在该书《序言》中,麦克干对新批评、解构主义等各种形式主义批评进行了猛烈的抨击。他说:"不管艺术品的形式表现如何,它们的物质性存在都是具有社会性的,都具有(社会—历史的)具体性和独特性。因此,对艺术品的研究就必须在一个社会—历史的框架(a socio-historical framework)中展开。但是,这个社会—历史框架同样也必须考虑到人为的批评史和学术史等因素(的构建作用)——正是这些因素所构成的媒介使得文化保持并再生产着它从过去那里所继承下来的艺术作品。"Jerome J. McGann, *The Romantic Ideology*, p. ix。

② 麦克干指出,"追求和谐之理想"或"存在统一性"这个概念最先由科尔律治提出,随后又被黑格尔和海涅进行过论述。这个概念是大多数浪漫派理论家共同追求的哲学目标,其象征是该隐的形象(the sign of Cain),即一种追求系统知识的激情(在科尔律治和德国的后康德哲学家们那里,就是追求思辨性的系统知识的激情)。Jerome J. McGann, *The Romantic Ideology*, p. 41。

合谋,因此,这种号称只追求精神超越、审美想象、矛盾统一、主客体合一的浪漫派诗歌——美学理论事实上并非非功利、非政治、非意识形态的。——这种号称非功利、非意识形态的浪漫主义诗学主张恰恰以其所谓超越历史现实的艺术口号与那个特定时代的保守势力达成了合谋,从而仍然是一种意识形态,即,浪漫主义意识形态。具体而言,在浪漫主义文学创作中,这种"浪漫主义意识形态"就体现为一种特殊的置换策略(displacement),即,以抽象化、观念化的方式来置换具体的社会——历史问题:"浪漫主义诗歌处处充满了置换和诗歌创作的极端观念化(conceptualization)——在这种策略的指导之下,(浪漫主义)诗歌所涉及的真正的社会问题被置入了各种理想化、观念化的世界之中。"①

在麦克干看来,这种浪漫主义意识形态的始作俑者是黑格尔和科尔律治。

众所周知,黑格尔对浪漫艺术的定位是从艺术发展史出发的,是相对于原始象征艺术和古典艺术而言的。黑格尔指出,在人类艺术发展史上,第一阶段是象征型艺术,其特征是变形、夸张、不协调、混乱,它不能够将精神理念与感觉形式协调起来。到了第二阶段的古典艺术中,象征型艺术的缺陷终于得到了克服——精神理念与感觉形式终于实现了和谐:"它(象征型艺术)把理念自由、妥当地体现在本质上就特别适合这理念的形象,因此理念就可以和形象形成自由而完满的协调。"②然而,在古典艺术精神与形式的和谐中,黑格尔也发现了缺陷,因为古典艺术所体现的"精神观念"并非超验的,而是拟人化的(anthropomorphic)。黑格尔指出:

> 古典型艺术中的概念与现实的符合却也不能单从纯然形式的意义去了解为内容和外在形象的协调……古典型艺术的内容的特征在于它

---

① Jerome J. McGann, *The Romantic Ideology*, p. 1. 麦克干指出,有的马克思主义批评家——如阿尔都塞,总是将诗歌艺术与意识形态相互区分开来。但在麦克干看来,这是完全有问题的:"诗歌,包括浪漫主义诗歌,'反映'并反思着艺术家所观察到的人类生活中个体的和社会的种种形态,而这些形态本身又构成了他的观察的组成部分。在浪漫主义时期,这种双重反映/反思——再现与思考——以一种具体的方式将浪漫主义诗歌领域置于意识形态层面之上。浪漫主义意识形态一个最为根本的幻象就是,只有诗人及其作品才能够超越一个由政治和金钱所主宰的腐败的世界。浪漫主义诗歌不断地陈言着这种幻象……" Jerome J. McGann, *The Romantic Ideology*, pp. 12—13。

② 黑格尔:《美学》(第一卷),朱光潜译,北京:商务印书馆,1995年,第 96 页。

> 本身就是具体的理念……也就是具体的心灵性的东西……所以要符合这样的内容,我们就必须在自然中去寻找本身就已符合自在自为心灵的那些事物……必须有本原的概念,先把适合具体心灵性的形象发明出来……这种形象就是理念——作为心灵性东西,亦即作为个别的确定的心灵性——在显现为有时间性的现象时即需具有的形象,也就是人的形象。

但是,在黑格尔看来,古典艺术的缺陷也在于此:拟人化的感性表现形式仍然难以传达普遍永恒的心灵,也即,它虽然也表现心灵,但仍然是具体的人的心灵,而不是"绝对的永恒的心灵"。[①] 因此,人类艺术最终就必须突破古典艺术具体形式的限制,寻找一种能够表现"绝对的永恒的心灵"方式——即将心灵"作为心灵性本身来认识和表现"的艺术表现方式。这,就是浪漫型艺术。黑格尔指出,浪漫派艺术形式超越了古典艺术的拟人方式,在内在精神中获得了和谐。这种内在世界就是浪漫艺术的内容——浪漫型艺术"把理念与现实的完满的统一性破坏了,在较高的阶段上回到象征型艺术所没有克服的理念与现实的差异和对立"。在此基础上,黑格尔进一步深刻地指出:"浪漫型艺术虽然还属于艺术的领域,还保留艺术的形式,却是艺术超越了艺术本身……(在浪漫型艺术中)艺术的对象就是具体的心灵生活,它应该作为心灵生活向心灵的内在世界显现出来……就必须诉诸简直与对象契合成为一体的内心世界,诉诸主体的内心生活,诉诸情绪和情感……"[②]

黑格尔对象征艺术、古典艺术和浪漫艺术的论述十分繁杂,篇幅所限我们无法(也无须)在这里进行全面介绍。我们只需要指出的是,黑格尔所理解的浪漫艺术就是精神化和内在化(用朱光潜先生的话来概括就是"精神终于溢出了物质形式,也就达到了浪漫艺术的阶段了")。在笔者看来,黑格尔有关浪漫型艺术的论述从哲学—美学的高度为华兹华斯、科尔律治、雪莱等英国浪漫主义诗人的诗学主张与实践提供了最为深刻、最具洞见的诠释。但是,黑格尔的问题在于他的浪漫型艺术与具体的社会—历史—政治等因素没有任何关系——浪漫艺术仅仅是艺术自我发展史上的一个阶段而已。在麦克干看来,

---

[①] 黑格尔:《美学》(第一卷),朱光潜译,第97—99页。
[②] 同上书,第101页。

黑格尔这种只从精神层面入手来定位浪漫艺术的观点其实就是浪漫主义意识形态的体现之一。正是在这个问题上，黑格尔与科尔律治具有多方面的相似之处。但是，麦克干指出，科尔律治虽然思想没有黑格尔深邃，体系也远不如黑格尔完备，然而科尔律治却是比黑格尔更为重要的浪漫主义意识形态理论的建构者。①

麦克干从对科尔律治的《政治家手册》的解读开始，为我们逐一理清了何谓浪漫主义意识形态以及浪漫主义与意识形态的关系等重要问题。

科尔律治的观点来自他对启蒙运动的批判性研究（他的研究对象主要集中在历史和《圣经》文本）。因为当时对于《圣经》的历史研究使得《圣经》的真实性受到了普遍的怀疑，科尔律治必须找出一个捍卫《圣经》和教会的新方法。他的方法就是认为《圣经》是关于人的信仰的真实记录，是信仰上帝的人的众生相，是宗教历史发展的真实展示。比如，在《政治家手册》一开篇，科尔律治就竭力推崇《圣经》经文誊写者（biblical scribes）和诗人，因为这些人最了解信仰与知识之间的相互依存关系，他们的观念也因此与科尔律治非常反感的、以休谟为代表的启蒙思想家的怀疑论以及理性主义截然相反。科尔律治声称：

> 纯粹的知性不足以帮助我们深刻理解道德之伟大——其原因在于这位历史学家（指休谟——笔者注）对于所谓<u>动机</u>的冷峻而系统性的追问掠走了我们对于历史伟人的任何崇敬之情。历史学家告诉我们，所谓英雄精神、英勇气概、宏大伟业都是出自卑劣的私利。但是在他们所列举的例子中，大部分都是杜撰或污蔑之词。在这种思想的指导之下，那些为我们的教会、宪法、公民和宗教自由得以建立的缔造者们和献身者们都被刻画为狂热而愚昧的宗教分子。但是比休谟的历史更为真实

---

① 麦克干指出，黑格尔的观点与科尔律治有诸多相似之处——将黑格尔的《美学》与科尔律治 1831 年 9 月 12 日的《桌边闲谈》相互比较就一目了然了——都是辩证的，都是动态的，都是体系化的。但更有趣的是黑格尔与科尔律治之间的差异。黑格尔的浪漫主义理论与他的哲学体系一样，是非常纯粹的、非常哲学化的、非常体系化的。而科尔律治虽然也向往黑格尔式的体系化，但他的浪漫主义理论却是一个浪漫主义诗人的理论，因而是不成体系的、零乱的——体现为格言警句、片段、未完成的论文等。作为浪漫主义意识形态的主要构建者（Romantic ideologue），科尔律治的贡献就是一大堆零散、碎片化的言论。Jerome J. McGann, *The Romantic Ideology*, pp. 46—47。

的历史以不可辩驳的历史事实肯定了那句浓缩着古人智慧的箴言——没有任何一桩伟业的建立不是热忱的驱使使然。请问什么才堪称热忱（enthusiasm）？所谓热忱难道不就是追求某种比小我更为珍贵的客体，或某种比小我更令人心潮澎湃的观念，因而在这种追求过程中将自我彻底忘却或吞噬（的激情和行动）吗？……在人们对于德行、宗教和爱国主义的真诚的追求热情之中，心灵得到了巨大的扩张和提升，从而超越了纯粹（自私的）小我，这使得我们不仅能够凭直觉感知到，也证明了终极真理的存在。①

注意这里科尔律治对于"热忱"的竭力推崇。所谓热忱就是一种精神追求——在科尔律治看来，这种纯粹的"热忱"的精神追求使得人们能够在基督教的召唤之下获得内在生命的扩张。因此，宗教是一个信仰的问题而非启蒙理性拷问或历史考据的问题："《圣经》中所言说的这些原则由于其特性，只能够根据我们对它们的信仰和感受的程度来理解（they are understood in exact proportion as they are believed and felt）。……使徒行传所言在字面上和哲学上都是非常正确的：我们（人类）是凭借信仰而活着的（we live by faith）……"②"我信仰，所以我理解"（Credidi, indeoque intellexi ——"I believed, and so I understood"）——《文学生涯》结语中科尔律治所引圣·奥古斯丁的这句名言将科尔律治的浪漫主义意识形态表述得尤为清楚。③

信仰与知识孰是孰非在这里并非我们关注的焦点。麦克干关注的是科尔律治的"热忱—信仰"论其实是一种逃避和遮蔽——通过将具体社会问题悬隔起来的方式、通过自己的眼睛从外部世界转向内在精神（热忱—信仰），科尔律治营造了一种似乎与现实无关的浪漫主义美学观。但是麦克干指出，这种貌似超越意识形态的观念其实仍然是一种意识形态，因为它所追求的所谓真理事实上并非中性的，而是"以个人热忱和利益追求为旨归的真理追问"（the enthusiastic and *interested* pursuit of truth）。简言之，科尔律治关于理性/知

---

① S. T. Coleridge, *The Statesman's Manual*, in R. J. White, ed., *Lay Sermons*, pp. 22—23. 下划线为笔者所加，原文为斜体。
② Ibid., 17—18.
③ S. T. Coleridge, *Biographia Literaria*, George Watson, ed., p. 287.

性、信仰/理解等问题的那一套论述在麦克干看来其实就是"一组或逻辑谨严或结构松散的观念,它表达的是某个阶级或社会群体的特殊利益关切"(即陆建德教授所说的"思想背后的利益"),因而本身就是一种意识形态,即,浪漫主义意识形态。①

麦克干指出,从穆勒、阿诺德到特里林直至当代英、美浪漫主义批评界,科尔律治观点的影响持续了150多年之久。尤其是在科尔律治所说的"精英阶层"(the clerisy)——英、美精英保守文化的捍卫者们——聚集的大学英文系(麦克干将其称为"小资产阶级的飞地")中,科尔律治的思想极具学术感召力。他们的代表就是弗莱、艾布拉姆斯以及艾氏的学生,如布鲁姆和哈特曼等。比如在哈特曼那篇影响深远的文章《浪漫主义与反—自我—意识》("Romanticism and Anti-Self-Consciousness")中,哈特曼就认为,"保持自我与生命互动中的融合"之欲望,"是浪漫主义诗人的中心关切"。浪漫主义诗人"试图回归'存在的统一性'。意识仅仅是一个中介、一个通道……(借用这个通道)艺术家使得所有事物都穿越期间,并获得一个整体感"②。麦克干指出,哈特曼这里所说的完全就是早期浪漫派诗人自我主张的翻版,因为在早期浪漫派的各种文本中,我们能够发现,他们不断地重复着这样一个基本思想,即,渴望获得和谐、系统、交融,能够以观念术语(conceptual terms)来建立起这些和谐体系。华兹华斯所说的"(此种)希望的焦虑"(the anxiety of [this] hope)就是这种急切地想要重新获得和谐、融合的情绪的体现。但是,麦克干指出,这种对于重新获得整体性的焦虑感其实就是处于浪漫主义时代欧洲历史—文化危机的体现,是浪漫主义时期欧洲时代精神的反映:"观念史家们都认为,那

---

① Jerome J. McGann, pp. 4—5. 在笔者看来,科尔律治的意思是说,启蒙理性关于《圣经》的真实性的争论其实是一个伪命题:《圣经》是信仰和情感的投射,不应该由客观理性来判断其真伪。而且,启蒙理性在本质上也是一种话语性的知识,因为根本就没有所谓中性的、抽象的、普遍的知识存在。科尔律治虽然看到了历史发展进程中的偶在因素,但他坚信的是黑格尔式的绝对精神,尤其是个人信仰(当然这个信仰在麦克干看来就是所谓的浪漫主义—德意志意识形态)。但是笔者认为,如果完全拘泥于历史事实和理性追问,世界上的一切将会变得索然寡味,甚至毫无意义——包括生命本身。浪漫主义对于诗歌和审美想象的推崇如果从理性—科学角度观之,则是滑稽可笑的,但是如果从个人信仰角度来看,我们是不是应该多一点点包容之心呢?

② Geoffrey H. Hartman, "Romanticism and Anti-Self-Consciousness", in Harold Bloom, ed., *Romanticism and Consciousness*, pp. 50—51.

个时代的政治和社会动荡背后存在着一种'认识论的危机'(epistemological crisis)——这些反叛性—颠覆性力量在浪漫主义的各种形式中得到了充分的体现。"①也就是说,浪漫主义对所谓和谐、融合的渴望和追求,对"自然原则""宇宙灵魂"等问题的思考并非纯粹的艺术问题,并非没有原则,并非超越了意识形态——恰恰相反,浪漫主义文学艺术就是时代—历史精神的体现,体现的是一种独特的浪漫主义意识形态。② 在此,麦克干牢牢抓住了"知识和信仰的历史性"(the historicity of knowledge and belief)这个核心论点,指出,以科尔律治为代表的超越具体历史—社会语境的超验观念其实并不具有任何精神的超验性,而都是具有历史性的。③ 这是麦克干批判浪漫主义—德意志审美意识形态的关键之处,这个思路也启发了列文森、辛普森、艾伦·刘等一大批新马克思主义—新历史主义浪漫主义研究者。

---

① 麦克干指出,哈特曼的观点影响很广,他的观点也代表着当代英、美学术界对浪漫主义文学的共识性看法。其论证力度来自哈特曼对浪漫主义一手文本材料的精准解读,但其缺点也在于此:哈特曼也如艾布拉姆斯一样,对于浪漫主义诗人的自我言述不加批判地完全接受、照搬转述。麦克干指出,科学地评价浪漫主义就不应该跟随浪漫主义的自我言述,而是应该使用非浪漫主义的术语。Jerome J. McGann, *The Romantic Ideology*, p. 41。

② Jerome J. McGann, *The Romantic Ideology*, p. 66. 麦克干指出,事实上,布莱克、华兹华斯和科尔律治都是在考虑如何为这个分崩离析的世界、如何为这个认识论危机寻找一个可解决的方案。而这些方案在麦克干看来就是浪漫主义的原则,就是浪漫主义的意识形态。尤其是他们屡屡津津乐道的自然和想象及其所能够带来的秩序和稳定性。麦克干指出,浪漫主义时期的文学几乎充满了拜伦在《恰尔德·哈洛尔德游记》的第三章中,面对后拿破仑时代的欧洲所产生的沉思:"这些话休提!真正的智慧/是创造或以大自然作为它的世界,/慈母般的大自然啊!谁能像你这般……"每当危机来到,浪漫主义诗人都会转向自然或创造性想象去寻求最后的庇护所。在19世纪早期摇摇欲坠、风雨飘摇的欧洲,诗歌给浪漫派诗人提供了内在心灵、精神自我能够皈依的坚实基础——因为只有诗歌才被认为能够超越那个时代的令人烦恼的思想冲突和意识形态变迁。Jerome J. McGann, *The Romantic Ideology*, p. 68。

③ Jerome J. McGann, *The Romantic Ideology*, p. 7. 麦克干指出,科尔律治的缺陷是显而易见的。科氏认为,只要历史研究者能够把握其研究对象的"哲学观念",任何纷繁芜杂的历史事件(historical facts)都能够得到一劳永逸的清楚解释。科学事实(scientific facts)可能随着时间的推移而发生变化,但是文化事实却是固定在时间之中的(fixed in time)——这就只需要研究者洞悉并把握蕴藏在文化事实后面的、将所有异质的甚至矛盾的事件统合协调起来的核心观念就可以了。但是,麦克干指出,科尔律治忽略了文化研究中必不可少的社会历史变化问题。科尔律治对文化史的把握其实是一种哲学化的、整体性的把握——这其实也就是黑格尔历史—文化观。这种历史—文化观所把握的历史不是一种普遍性的、超验的真理,而仅仅是一种有限的、具有时间性的观念。简言之,这其实就是一种关于知识的意识形态。Jerome J. McGann, *The Romantic Ideology*, p. 44。

二、浪漫主义意识形态的历史批判:海涅、马歇雷与《沉睡锁住了我的心》

麦克干认为,在他所考察的 19 世纪有关浪漫艺术的三种描述中,黑格尔和科尔律治的观点是浪漫主义(虚假)意识形态的始源——对于浪漫主义意识形态有清醒认识的只有海涅。事实上,麦克干在《浪漫主义意识形态》一书后面几章中对于英国浪漫主义文学的解读方法一方面是来自海涅在《论浪漫派》一书中所呈现出的历史距离感,另一方面则来自马歇雷的"不在场"理论。

就海涅而言,麦克干最为推崇海涅在《论浪漫派》一书中所展示出的浪漫主义批评的历史的距离感(critical distance)以及对浪漫主义意识形态的清醒认识。麦克干认为,海涅研究浪漫主义的方法既非对浪漫主义文学形式和主题思想的重复——即所谓科尔律治式的浪漫派批评(Romantic Criticism),亦非对浪漫主义文学形式和主题的哲学—观念化——即所谓黑格尔式批评(Hegelian Criticism)。[①] 与前两者截然不同,海涅的批评则是分析性的和批判性的(analytic and critical)。海涅对浪漫主义的观察点是一种客观的、反思性的、非浪漫主义式的批评视角。简言之,海涅的方法就是将过去的艺术作品放在现在的语境中来审视,从而使得过去与当代、研究主体与研究客体能够进行辨证对话(dialectical encounter),从而能够展开相互批判、相互阐发。因此,麦克干指出,海涅的浪漫主义研究方法的特点就是绝不试图去协调融合浪漫主义文学中的各种异质性或矛盾性因素,而是以客观开放的态度保持这些因素的异质和矛盾状态。这个方法的特点就是清醒的历史指向(historical orientation)。[②] 因此,麦克干对海涅的《论浪漫派》进行了非常详细的阅读,其原因就在于麦克干认为《论浪漫派》将浪漫派作品所蕴含的浪漫主义意识形态

---

① 麦克干指出,黑格尔式批评的危害对于当今的批评尤其危险,比如创造性想象、艺术的独立、诗歌的整体性以及诠释模式等盛行于当今批评界的概念都来自黑格尔。也就是说,黑格尔的理论帮助当今批评家建构了当今社会意识形态,使得当代浪漫主义批评家在浪漫主义意识形态的美学空间中丧失了自觉的批判意识和批判锋芒,从而不敢面对现实社会的政治问题。Jerome J. McGann, *The Romantic Ideology*, p. 48。

② Ibid., 49.

观念与其历史背景结合起来进行了马克思主义历史唯物论的分析。① 也就是说,在麦克干看来,海涅的浪漫主义批评之所以值得推崇就在于海涅所拥有的(黑格尔和科尔律治所没有的)历史批判意识——海涅虽然生活在浪漫主义时代,但他并非如后世浪漫主义研究者那样不加思考地全盘接受浪漫派的主张,而是以一种难能可贵的历史距离,对浪漫主义进行了客观公允的评价,因而能够帮助我们看到浪漫主义诗歌与浪漫主义意识形态结构之间的共谋关系。

海涅式浪漫主义历史研究方法的特点最为明显地体现在《论浪漫派》中海涅对德国浪漫主义诗人乌兰德的在1813年和1833年的两次阅读及其不同的阅读体验。海涅告诉他的读者,当1813年坐在莱茵河杜塞尔多夫古代宫殿的废墟上阅读乌兰德时,他还是个孩子,因此是带着浪漫主义的心情来阅读浪漫派诗人乌兰德的,他那时相信那些"令人神往的东西:富有骑士风尚和天主教气味的人物,在高尚的比武活动中格斗厮杀的骑士,可爱的侍从和贞洁的贵妇,北方的英雄骑士,爱情的歌者……"但是这些东西"后来使我"不堪忍受,因为20年后,"我增长了许多见闻……不再相信世上有没有脑袋的人,古老的鬼怪也不再能影响我的情绪……"② 麦克干指出,这充分表明,乌兰德的诗歌作品本身具有高度的历史意识和自我批评意识,同样,海涅对乌兰德的阅读也具有高度的历史意义和自我批评意识(historical self-consciousness),因此,1813年与1833年的阅读才能进行辩证的、历史的对话。基于此,麦克干总结道,海涅式的浪漫主义批评在本质上就是一种历史意识的主客体交融批评:一方面,

---

① 麦克干认为,海涅的批评方法在雷蒙·威廉斯那里得到了新生。像海涅一样,威廉斯也非常清楚,在诗歌研究中,历史事实与意识形态的纠结是关键。因此,威廉斯的贡献就在于他不仅再现了诗歌的历史性,而且没有忽略诗歌后面所隐藏的超历史的观念(trans-historical ideas),即,意识形态。Jerome J. McGann, *The Romantic Ideology*, p.12。

② 显然20年后成熟的海涅早已失去了儿童时期的浪漫情怀,而是以一种反讽的语气来评价浪漫主义诗歌作品。而且,海涅还指出,不仅他自己如此,乌兰德自己20年后也没有再写出当初那些充满浪漫情怀的作品了,"乌兰德之所以变得一声不响,乃是因为他的缪斯的意向和他的政治态度的要求陷入了矛盾。这位擅长用美妙的小曲和浪漫曲歌唱过去天主教封建主义时代的挽歌诗人……成了主张公民平等和思想自由的勇敢的发言人"。因此,"我再重复地说一遍,1813年的人们看到,乌兰德先生的诗歌里最完美地保存着它们那个时代的精神,并且不单是保存着政治方面的,而且还保存着道德和美学方面的精神。乌兰德先生代表了整整一个时期,现在他几乎是唯一代表这个时期的人了"。亨利希·海涅:《论浪漫派》,薛华译,上海:上海人民出版社,2003年,第262—266页。

批评主体以自己的历史语境去解读过去的作品;另一方面,批评主体也要允许批评客体的意识进入他的意识之中,即,让过去的历史来照亮或批判自己。于是,主体、客体和读者等身份都有了明确的区分,就不会陷入被动、人云亦云的批评模式当中去了。①

正因为有了这种清醒的历史意识,麦克干认为,海涅才能够比黑格尔和科尔律治更为清楚地看到浪漫主义的历史使命及其问题——那就是,对资本主义金钱社会的厌恶、批判和向中古风的逃避。在《论浪漫派》中海涅写道:

> 在中世纪,有一种看法盛于民众之中:如果要建造某一建筑,人们就得杀生,在其血迹上奠立基础,这样的建筑才能保持坚固,不可动摇……而如今人们理智多了,我们不再相信鲜血有创造奇迹的力量,既不相信贵人的血,也不相信上帝的血,大多数人们只是相信金钱……他们只相信经过铸造的金属,银质或金质的圣饼,承认它们才具有奇迹的力量;金钱是他们全部事业的始末。如果他们打算建造一处建筑,他们最操心的是在石基下放一些金块,放一小袋五花八门的铸币。是啊,中世纪的一切,个别的建筑物以及整个国家和教会大厦,都是以对神学的信仰为基础,而我们今天全部的设施都建筑在对金钱、对现实的金钱的信仰之上。前者是迷信,后者却是赤裸裸的利己主义。理性摧毁了前者,感情将摧毁后者。人类社会的基础总有一天会变得更加美好,欧洲所有心胸伟大的人物正在为这一新的更美好的基础而作艰苦的努力。②

的确,在此,我们看到海涅拥有两个批评视角,一个从当代视角出发来批判浪漫派对中古风的迷恋,另一个则是从浪漫派视角入手批判现代性金钱崇拜,从而也为浪漫派的所谓复古逃避进行了客观的辩护。麦克干指出,这两个视角使得海涅能够对过去给予同情的一瞥,尤其是对试图从庸俗市侩的当代(crass present)逃入中世纪梦幻世界的浪漫派给予了深切的同情。(海涅指

---

① Jerome J. McGann, *The Romantic Ideology*, p.56. 需要指出的是,以上观点是笔者根据《浪漫主义意识形态》一书中累赘啰唆、含糊不清的文字表述提炼出来的,或许并不完全呈现了麦克干的思绪。此外,笔者认为,麦克干强调文学批评中的历史意识没有问题,但说历史批评是"批评的完成形式"(Historical criticism is the completed form of criticism)就显得有些绝对了,因为它仅仅注意到艺术作品的历史—社会性,而忽略了艺术作品另一个重要的维度——审美性。

② 亨利希·海涅:《论浪漫派》,第237—239页。

出:"也许是对现在金钱崇拜的不满,对他们到处看到的利己主义的厌恶,促使德国几个真心有这种情绪的浪漫派诗人从当代遁入过去,鼓励复辟中世纪。")①因此,在海涅看来,浪漫主义的逃避冲动也是一种批判姿态(a critical gesture),一种对当代庸俗市侩风尚的抨击。②

麦克干指出,在海涅的浪漫主义研究中,更为难能可贵的是,他深刻地洞悉了以黑格尔为典型代表的知识体系所蕴含的意识形态,或,知识与意识形态的纠结和勾连:

> 从谢林后……我们的哲学家不再批判一般认识和存在的最后根据,不再漂浮于唯心论的抽象之中,而是寻找为现存事物辩护的根据,成为了实存事物的辩护者。他们早先的哲学家是蹲在破旧的亭子间苦思冥想他们的体系,贫穷而无所奢望,而我们现时的哲学家却身穿耀眼的朝服,他们成了国家哲学家,也就是说,他们想方设法为雇请他们的国家的一切利益做哲学的辩护。例如,黑格尔在信奉新教的柏林当教授,在他的体系里也接受了全部的福音新教的教义;谢林先生在信奉天主教的慕尼黑任教授,现在在他的讲课中甚至为罗马天主教使徒教会最荒谬的教理作辩护。是的,为了用比喻注释法(allegorical interpretations)使日暮途穷的朱庇特宗教免于全面崩溃,亚历山大里亚哲学家曾施展他们的全部才智,同样,我们的哲学家也试图为基督的宗教作类似的努力。我们无意探讨这些哲学家是否怀有某种公正的目的,但是我们看到他们和教士党有关系,

---

① 亨利希·海涅:《论浪漫派》,第238—239页。关于德国浪漫派对自然和中古风的迷恋及其蕴含的逃避,海涅专门论述了霍夫曼和诺瓦利斯两个不同的浪漫主义诗人的特征:"诺瓦利斯……侧耳倾听植物交谈,他知道所有怀春玫瑰的隐私,最后他和整个大自然合一,当秋天降临,残叶凋落,他就死了。与诺瓦利斯相反,霍夫曼到处看到的只是些幽灵,他们从各种中国茶壶和柏林假发中钻出来向他点首致意;他是个能把人变成凶兽,甚至凶兽变成普鲁士王国枢密大员的魔术师;他能够把死者从坟茔中召唤出来,但生命本身却把他当成一个阴森森的鬼怪,对他很不客气。……这两个诗人之间的重大相似之处,就在于他们的诗真正说来都是一种病态的表现。在这方面有人就曾说过这样的话:评论他们的著作不是批评家的事,而是医家的事。诺瓦利斯诗歌里的玫瑰色不是健康的颜色,而是害痨病的面色,霍夫曼《想象篇》中的紫红色并非天才的火光,而是伤寒温病发烧的症候。但是,我们有权来这样评论吗?我们,我们这些人自己不也不太健康吗?特别是现在,文学界看起来就像一处大病院?或许诗情就是人类的一种疾病,就像珍珠本是可怜的贝壳患病的产物?"(亨利希·海涅:《论浪漫派》,第160—167页。)

② Jerome J. McGann, *The Romantic Ideology*, p.35.

> 而后者的物质利益与保存天主教又联系在一起,因此,我们把他们叫做耶稣教团分子。但是诸位不要认为我们是把他们和旧耶稣教团分子混为一谈。旧耶稣教团分子是强大有力的,充满了智慧和毅力。唉!这些软弱无力的侏儒们是在想入非非,以为他们将会战胜那些甚至连黑色巨怪也难以克服的困难!人的精神从来也没有想出更大的组织,旧耶稣教团分子企图通过庞大的组织来保存天主教会。①

麦克干指出,文学批评与海涅在此批判的玄思哲学以及系统哲学一样,都有与意识形态相互勾连的危险。这就是为什么对于诗歌对其主题的自我呈现——也就是艺术过滤后的意识形态,应时刻保持高度警惕,而不应该不加批判地予以认可和拥抱。② 简言之,麦克干之所以推崇海涅的浪漫主义研究,主要原因就是海涅没有盲目相信浪漫派自己提出的诗歌可以超越社会—历史的主张,而是敏锐地认识到浪漫派艺术本身其实就是那个特定历史时代的产物以及对那个时代问题的回应——不管这种回应是积极的还是消极的。

但是海涅的历史研究法不太完善,因为他并未完全解决浪漫主义文学主张与"国家哲学"(即,国家意识形态)之间到底是通过何种文学策略实现了合谋的。因此,在宏观上认可海涅历史批判理论的同时,在针对具体文学作品的微观分析解读中,麦克干运用的是阿尔都塞的国家意识形态论,尤其是马歇雷的"不在场"论。也就是说,海涅为麦克干的浪漫主义阅读提供了一种清醒的历史意识,而马歇雷的新马克思主义"不在场"理论则为麦克干提供了一套戳穿浪漫主义意识形态神话的有效工具。

在《文学生产理论》一书中,马歇雷根据弗洛伊德的无意识论与马克思的意识形态批判,提出了文学文本生产过程中意识形态之不在场的问题。他指出:"任何一部书的言说都来自某种沉默(a certain silence)……因此,没有所谓封闭自足的书:任何一本书的言述都伴随着某种形式的不在场(a certain absence)——没有这种不在场,写作行为是不可能发生的。"这就是说,任何言述都意味着沉默、任何写作都意味着隐藏:"这就是为什么说对于每一种形式

---

① 亨利希·海涅:《论浪漫派》,第158—159页。
② Jerome J. McGann, *The Romantic Ideology*, p.37.

的生产,我们都必须也有必要追问其三缄其口的隐含意义,即,(不是它说了什么,而是)它没有说什么。直白与隐晦总是相辅相成的:因为但凡言说某事就必定有其他未被言说之物。"①这个理论尤其适合解释文学文本中意识形态不在场的问题。马歇雷指出:

> 某种确定的意识形态背景是任何形式的言述以及任何形式的意识形态表述(ideological manifestations)所必不可缺的,但这个背景却又总是沉默的——或者说是无意识的(unconscious)……就如同某一个行星围绕着一个根本不存在的太阳旋转一样,某种意识形态也产生于某些它不愿意言明之物——意识形态之所以存在就是因为(社会上)必须存在着某些不能言明之物。②

这种意识形态不在场现象在文学作品中体现得尤为明显,因为文学作品总能够通过具象化的描写将任何抽象思想予以客体化、形象化,从而将自己呈现为一种貌似超越具体历史—社会观念的审美沉思:

> 意识形态本身听起来总是内容丰富见解深刻,但是恰恰因为它在小说中的在场、它的可见性以及确定的形式,(小说中的)意识形态却言说着自己的不在场。通过文本(的运作),意识形态能够掩盖其意识形态的本性,能够超越自我的虚假意识、超越历史和时间。文本构建了关于某种意识形态的明确形象(即文学文本将意识形态思想予以了具体化——译者注),将其显现为一种客体,从而将文本自己与意识形态切割开来……③

也就是说,文学作品以其独特的艺术手段——如情节组织、人物遭遇、情感抒发等——再生产了意识形态,其结果就是将抽象的意识形态观念予以了具体化,读者于是往往被作品中的人物、情节、情感所感动,因而也就不知不觉地接受了作者强加给他的意识形态。

---

① Pierre Machery, *A Theory of Literary Production*, Geoffrey Wall, trans. (London and New York: Routledge and Kegan Paul Ltd., 2006), p.95.
② Ibid., 147.
③ Ibid., 148.

为了更为清楚地说明这个问题,麦克干以华兹华斯的《沉睡锁住了我的心》为例。麦克干指出,虽然 L. J. 斯文格尔(L. J. Swingle)将该诗作为浪漫主义"非教条诗"(non-doctrinal poetry)的典型,但是麦克干却认为,该诗是一首典型的表达浪漫主义意识形态的诗歌:因为《沉睡锁住了我的心》通过一系列浪漫修辞将死亡的恐惧这个世俗题材提升到了一个精神的、形而上的领域之中,从而使得人们从凡俗的现实世界中抽身而出,遨游在一个虚幻的精神超越的世界之中。他指出,该诗丰富的暗示性意义来自 earthly 和 earth's 等一系列词汇的巧妙运用。在第一节中,earthly 与尘世("人世的恐惧")、文化、意识有关——"这是一个人们收获与消耗的'大地'"(the "earth" upon which men do their getting and spending)。第二节中的 earth's 却指的是另外一个完全不同的地方——这不是一个充满人间恐惧的地方,而是一个亘古不变的、永久恒常的地方:它由岩石和树木组成。该诗传达的是一种悲怆的情绪:一种失去心爱之人的痛苦经历,一种虽然稍稍有些宽慰但却仍然使我们感到害怕的"人间的恐惧"以及一种淡然(solace)——但是这种淡然不能够、也不会消除悲伤和丧失之感。总之,该诗蕴含着的就是这些复杂的思想情感——它们深藏在眼泪所不及的心灵深处。①

然而,更为重要的是,麦克干指出,如果该诗不是在一种意识形态层面铺开的话,它的所有感人的力量和美学品质就显得无意义了。与西德尼类似题材的《离开我,我的爱人》("Leave Me O Love")的直白陈述不同,华兹华斯的诗更为隐晦、更富于暗示性,更为内在化。言说者对爱人之死的感觉是麻木的(lack of awareness),这不仅是因为他的爱人肯定会死去,更在于他对死亡终极意义的木然之感。华兹华斯将个人的丧失体验上升到一个抽象的层面,从而也带领着我们读者以最为观念化和启示性的维度来思考这个问题。爱人之死促使诗人既思考死亡又以形而上的抽象概念来解决死亡问题。于是,在第二节中,华兹华斯就将第一节中的无意识"问题"("problem"of unconsciousness)逐渐予以解决。亘古不变、沉默无语的大自然充满着(上帝)所给予的精神生命和整饬的秩序。山川大地是一个晦涩朦胧但却充满神秘意义的场所。要读懂这些神秘意义就必须全身心地、心醉神迷地投入其中。只有具有灵视能力的人——尤其是具有

---

① Jerome J. McGann, *The Romantic Ideology*, p.68.

灵视能力的诗人(the visionary poet)——才能够窥见并读懂这些意义。当浪漫主义诗歌涉及想象和自然的时候,它们就会将诗歌材料组织成为一个具体的诗歌原则(a specific network of doctrinal material)。自然万物是恒常稳定的和秩序井然的,它与想象密不可分——就如同一个意义丰富的符号体系与某种必不可少的诠释策略是密不可分的一样。①

因此,麦克干总结说,华兹华斯在《沉睡锁住了我的心》所传达出的观念就是浪漫主义诗歌的共同立场——也就是所有浪漫主义诗歌所共有的浪漫意识形态:诗歌,或者说所有艺术,都与党派政治、说教目的或任何教条教义毫无瓜葛;诗歌能够超越一切俗世之物。但是,麦克干肯定地认为,这个诗学美学原则却并非黑格尔所说的艺术发展史问题,而是英国,甚至整个欧洲19世纪初期政治社会问题的产物。他指出,在浪漫主义时期的欧洲,历史、政治和社会关系领域的裂变、冲突之复杂性超过了此前任何一个时代。因此,浪漫主义诗人事实上都在考虑如何为这个分崩离析的世界、如何为这个认识论危机寻找一个可解决的方案。在浪漫派诗人看来,在这个分崩离析的时代,只有通过跃升到心灵观念和精神向往层面上才能超越经验现实,从而才能够消弭这些现实的崩裂——而能够跃升到那个精神和心灵层面的人只有诗人!顺着这个逻辑,诗歌的本质就是它能够超越社会政治冲突、超越现实俗态人生的时间性和有限性。总之,麦克干指出,浪漫主义的这个根本立场其实并非如黑格尔所说是艺术从象征到古典再到浪漫主义内在发展的产物,而是19世纪初期欧洲社会历史现实的产物——雪莱的《为诗一辩》、华兹华斯的《〈抒情歌谣集〉序》、科尔律治的全部诗歌理论——都必须在这个背景下才能够得到正确的解释。这种号称超越现实和意识形态的浪漫诗学原则,在麦克干看来就是浪漫主义意

---

① Jerome J. McGann, *The Romantic Ideology*, pp.69—70. 在笔者看来,麦克干的解读还是有一定可取之处的,但是他对《沉睡锁住了我的心》中美学意义的嗤之以鼻就显得艺术修养不够了——满脑子政治批判的批评家看什么都是逃避或合谋。笔者认为,在这里关于我们究竟应该如何看待死亡的问题并非华兹华斯或者任何浪漫主义诗人独创的思考,庄子早就从精神超越和宏大豁达的宇宙意识出发来看淡死亡。此外,顾城之死究竟应该如何看待?海子之死应该如何看待?梵高之死?尼采之死?笔者以为,只有艺术家和诗人才能够将身体的生死问题提升到精神高度,那种对艺术一昧地进行政治批判的文艺批评事实上是对艺术家精神高度的削平。

识形态。①

综上所述，在麦克干看来，浪漫主义文学是以审美策略来掩藏其意识形态，即，是马歇雷所说的意识形态"不在场"论的最好体现。在麦克干的研究中，浪漫主义文学使其意识形态"不在场"的一系列具体诗学手段就是"掩盖"（occlude, disguise）、"抹去"（evade, elide, and erase）和"置换"（displace）等，即，以对具体景物、人物或想象的浪漫—审美的沉思来掩盖、抹去和置换具体的历史—社会问题及其逃避主义思想。②麦克干指出："任何文艺作品都一定有其特定的社会与历史指涉，但浪漫主义诗歌独特的诗学策略就是掩盖其与具体历史的参与或关联。尤其是当某首浪漫主义诗试图阐述其浪漫意识形态的时候，这种对社会—历史的遮掩手法就被运用得十分巧妙。"在麦克干的分析中，《毁坏的村舍》就是通过一系列典型的浪漫主义美学手法和修辞策略成功地掩藏了1792年英格兰西南地区农村社会的真实图景。③

三、《毁坏的村舍》《不朽颂》与《忽必烈汗》中的置换与抹去策略

在《芬维克笔记》（"Fenwick Notes"）中，华兹华斯说《毁坏的村舍》是根据

---

① Jerome J. McGann, *The Romantic Ideology*, p.69—71. 意思是说，浪漫主义诗人自认为掌握了生命、人性、自然、诗歌、审美、想象等问题的最高的本体意义，因此，他们的主张就不是主张，而是无须讨论、争辩的真理；他们的诗歌原则就是诗歌的本质，因而也就不是可供讨论辨析的原则；他们的诗歌意识形态在这个意义上也就不是普通意义上那种基于宗派—团体利益的凡俗的意识形态了。而麦克干要揭示的是：浪漫主义的这种目空一切的、高高在上的、对现实问题不屑一顾的审美精灵的姿态其实是逃避主义，它在本质上仍然是对现实社会—政治问题的反应，所以也是一种审美意识形态。因此，麦克干认为只有以历史的分析方法才能够看清浪漫主义貌似超越的意识形态动机。但是，在笔者看来，赋予诗歌艺术以超越现实功能的观点并非源自康德，在西方，从柏拉图到西德尼（尤其是西德尼在《为诗辩护》中提出的诗歌创造"第二自然"的问题），西方文艺理论的这个观点其实是一以贯之的。麦克干绝对排他性的新马克思主义—新历史主义政治批评使得他忽略了西方文艺理论批评史这条重要的路线。

② 在麦克干看来，英国浪漫主义的写作都是出自一种绝望感——这种绝望感不是形而上的，而是对现实政治的绝望。为了逃避这种绝望，华兹华斯的手段是"睿智的消极"，科尔律治是《忽必烈汗》那种神话—诗学想象。而第二代英国浪漫派的绝望甚至超过华兹华斯等——绝望感甚至是拜伦一夜成名的关键。他们的绝望感是来自欧洲革命的低潮。在麦克干看来，拜伦、雪莱和济慈也都是逃避主义者：拜伦逃往感官肉欲（sensationalism），雪莱逃往未来理想—乌托邦主义，济慈逃往审美主义。Jerome J. McGann, *The Romantic Ideology*, pp.117, 123。

③ Ibid., 82.

他自己1792年在英格兰西南地区农村所目睹的真实社会状况写成的。麦克干指出,事实上,华兹华斯这个说明有点多余(supererogatory),因为不管是1814年的读者或是更早时候该诗的草稿读者都不会不清楚诗中所描述的悲剧的真实性。麦克干的意思是,虽然华兹华斯明确告诉我们这是真实的社会图景,但是在他的修辞叙事展开过程中,其真实性却逐渐被美学和精神的沉思所替代、所置换,从而使得读者忘记了《芬维克笔记》所说的《毁坏的村舍》的真实性。因而也就非常巧妙地告诉读者,任何真实的图景都不重要,重要的是——就如同《沉睡锁住了我的心》一样——我们以精神的超越忽略或看淡日常生活中那些琐碎的真实。

《毁坏的村舍》的背景焦点是18世纪末和19世纪初家庭手工产业(cottage industry)所面临的破产状况。玛格丽特的丈夫罗伯特原本是一个织工。但是两次歉收以及战争加剧了他们的困境,终于使得罗伯特一家面临破产。于是罗伯特现在也与"大量手工匠人"(shoals of artizans)一样"不得不放弃手艺/带着妻儿老小,/去教区慈善机构乞讨面包"。最后,罗伯特在百般无奈之下终于决定从军,希望能够以此来摆脱家里的经济困境。但是罗伯特一走之后就杳无音讯,只留下妻儿在漫长时光中、在自然美丽的侵蚀中,慢慢地、悲惨地消亡在美丽的大自然中。这就是《毁坏的村舍》所叙述的故事的梗概。①

麦克干指出,在该诗中,"华兹华斯所采取的诗歌策略就是抹去我们的历史记忆,即,用一种深刻得'眼泪所不及'的思想超越(即,198行所提到的"restless thoughts")将这一个令人潸然泪下的惨痛悲剧发生过程中的种种具体细节悄然置换了。在'大自然'悄然的侵入过程中,玛格丽特本已坍塌破败的农舍被自然所覆盖并最终'毁坏了'。因此,《毁坏的村舍》呈现给读者的主宰性和记忆最为深刻的过程就是——自然对大地不可阻挡的呵护和永不停息的统治,而对于个人、文化以及社会对人间社会的悲惨命运的无可奈何仅仅是一笔带过"。在麦克干看来,罗伯特自己、英国社会机构,甚至整个英国对于"这个不幸的时代"(A time of trouble)都是无能力为的。玛格丽特那座农舍

---

① 本书所用《毁坏的村舍》版本来自 Damian Walford Davies, ed., *William Wordsworth: Selected Poems* (London: J. M. Dent, 1994), pp. 39—53. 以下不再一一注明出处。

的坍塌是英国社会冷漠的结果,但华兹华斯却将其视为"社会—自然理性功能"(a function of the social *reum natura*)不可避免的结果。①

麦克干进一步指出,在该诗中,华兹华斯以一种典型的"浪漫主义巧智"(Romantic wit)将农舍的日渐破败坍塌描述为自然"寂静而繁茂的生长"(Nature's "silent overgrowings")。但是麦克干指出,在华兹华斯对这个故事的再叙述中,这个美丽的比喻却将读者的注意力一步步地带入了自然美学的沉思中,逐渐离开了玛格丽特的悲剧之所以产生的本来十分清楚的社会—历史根源:英格兰西南那个具体的乡村被华兹华斯"所挪用、篡夺并最终又被审美地覆盖了。阿米蒂奇(Armytage)、诗人和读者的注意力都集中在感官以及植物等细节的堆砌上去了。在这种感觉的催眠状态之中,感觉之光最后终于熄灭,'隐秘的人性之光'终于照亮"②。所以,我们在诗中读到这一段:

> 我伫立着,凝望着花园的栅门
> 以兄弟般的爱思虑着那位妇女的苦难;这似乎
> 给予我一种慰藉
> 对于她的凄凉悲恸我只能祝福她。
> 最后我回到茅屋
> 在内心深处怀着淡淡的忧伤,思考着
> 人性的内在精神。
> 自然静静地侵蚀湮没着一切,
> 林木藤蔓、杂花野草繁茂生长,
> 而人性的内在精神却永不湮没。
> 老人看着这一切,然后说:
> "我的朋友,你已经太过悲伤了,
> 睿智的目的不是悲怆;
> 你应该学会睿智和快乐,不要再用被蒙蔽的双眼
> 阅读事物的形态。

---

① Jerome J. McGann, *The Romantic Ideology*, p. 83.
② Ibid.

她长眠在寂静的大地之中,这里依然一切平静如初。"①

不仅如此,坟墓中的玛格丽特仍然在无声地向"不安的"叙述者("restless" narrator)诉说着她对于属于自己那座小小的农舍的深厚情感,使得他的思考从人类—人性转向了"神秘的精神置换"(secret spiritual displacement)。也就是说,在这种独特的叙事策略作用之下,精神得到了某种神秘的升华,最后"置换"了读者对人间悲苦的思考。②《毁坏的村舍》的目的就是为了使得读者也像诗人一样获得这种置换—升华:

> 我依然记得墙上那些羽毛,
> 那些杂草、那些芦笋,
> 灰蒙蒙地被笼罩在薄雾和无声雨滴之中,
> 每当烦扰缠绕在我心头,一旦走过此地,
> 她的美景立刻使我顿觉安谧沉静,
> 世事沧桑带来的悲凉、绝望
> 和时间流逝的哀伤,立刻被抛在脑后,
> 那些情绪只是一闪而过的虚幻梦境
> 留下的是深沉的凝思。于是我起身,

---

① "I stood, and leaning o'er the garden gate/ Reviewed that Woman's sufferings; and it seemed/ To comfort me while with a brother's love/ I blessed her in the impotence of grief. / At length towards the cottage I returned/ Fondly, and traced with milder interest,/ That secret spirit of humanity/ Which, 'mid the calm oblivious tendencies/ Of nature, 'mid her plants, her weeds and flowers,/ And silent overgrowings, still survived,/ The old man seeing this resumed, and said,/ 'My Friend, enough to sorrow have you given, / The purposes of wisdom ask no more:/ Be wise and cheerful, and no longer read/ The forms of things with an unworthy eye. / She sleeps in the calm earth, and peace is here.'"这一段堪称华兹华斯最为美丽的诗行!虽然它可能的确压抑了社会控诉和政治批判,但是麦克干不明白一个简单的道理:诗歌不是政治批判和社会控诉,或者说不完全是政治批判和社会控诉。诗歌可以介入社会与政治,但是是以一种更睿智、更超越的态度来看待人间的种种悲苦或悲曲。对于现实社会的具体的悲苦,小小的诗人能够干什么呢?诗人毕竟不是政治家,不是社会活动家,诗人无力、也无须以诗歌去引导、煽动、颠覆、建设社会。诗人只能够以睿智的消极打量着一切、审视着一切、思考着一切。毕竟,任何激烈的政治斗争在历史长河中都仅仅是沧海一粟、短暂一瞬,站在人性和审美的高度,我们就能够理解杜甫的"国破山河在,城春草木深"了——人类的任何活动都是渺小的,只有自然无声的力量才是巨大的。

② Jerome J. McGann, *The Romantic Ideology*, p.84.

在愉快的心情中漫步向前。①

因此,在麦克干看来,《毁坏的村舍》是浪漫主义诗歌独有的置换(displacement)策略的典型代表。他指出,像狄德罗、戈德温或科罗布(Crabbe)这样具有洞见的批评家会去追问玛格丽特的遭遇后面的社会和经济问题,但是华兹华斯的兴趣却在于阻止——或反对——此种社会经济追问。麦克干指出,这种置换发生在 1793—1794 年和 1797—1798 年期间:发生在前期欧洲的社会—政治的动荡到后期新局面的出现,这个转化与这个时期华兹华斯的思想情感发展过程也是相吻合的:从前期的郁悒(个人遭遇以及外在政治—社会动荡所造成的)逐渐转向后期(写作该诗时)心情逐渐转向轻松释然。华兹华斯已经变成了一个诗人—叙事者,他早期那些焦虑的情绪转向了《毁坏的村舍》18—26 行中所描述的那个漫游者心中的沉郁之情,华兹华斯没有追问造成玛格丽特困苦遭遇的社会根源,而是以娓娓道来的方式细细品味玛格丽特的悲苦。换言之,玛格丽特的悲苦在华兹华斯心中所唤起的不是愤怒,而是面对自然的谦卑(humility)以及对受难者所给予的同情与爱。②

麦克干指出,《毁坏的村舍》体现的就是典型华兹华斯式的抹去和置换(erasures and displacements)诗学策略——这个策略也被运用在《索尔兹伯里平原组诗》(*Salisbury Plain*)和《丁登寺》之中。尤其是在《丁登寺》中,华兹华

---

① "I remember that those very plumes, / those weeds, and the high spear-grass on that wall, / by mist and silent rain-drops silvered o'er, / as once I passed, did to my mind convey/ so calm and still, and looked so beautiful / amid the uneasy thoughts which filled my mind, / that what we feel of sorrow and despair / from change, and all the grief / that passing shews of being leaved behind, / appeared an idle dream that could not live/ where meditation was. I turned away, / and walked along my road in happiness."

② Jerome J. McGann, *The Romantic Ideology*, p. 85. 贝特在《浪漫主义生态学:华兹华斯与环境传统》一书中指出:当代对华兹华斯的阅读基本上都是继承了德·昆西的路线(但他们都误读了德·昆西的戏谑),他们似乎都要求诗歌应解决所有政治和社会问题,忘记了契诃夫说过的话,诗歌的功能是提问而非给出答案。比如麦克干就像列文森评论《丁登寺》一样,批评华兹华斯在自然中寻找慰藉而不是去注意社会经济问题(麦克干同样批评济慈在《秋颂》中只看到燕子而没有注意到《谷物法》)。参见 Jonathan Bate, *Romantic Ecology: Wordsworth and the Environmental Tradition* (London and New York: Routledge, 1991), pp. 16—17. 的确,麦克干赞扬克莱布(Crabbe)能够正视农村贫困问题,而在华兹华斯《毁坏的村舍》这样的作品中,自然却成为一种"浪漫的置换"(Romantic displacement):华兹华斯在自然中获得的愉悦事实上是一种对社会—政治现实的逃避,甚至是压抑。参见 Jerome J. McGann, *The Beauty of Inflections: Literary Investigations in Historical Method and Theory* (Oxford: Clarendon Press, 1988), pp. 299—300。

斯将这种置换策略运用得更加娴熟（以至于我们连细微的人间悲苦都看不到），到了写作《不朽颂》的时候，这个策略被运用得到了炉火纯青的化境。①

在麦克干看来，《不朽颂》将所有的冲突都普泛化或神话化了——或者，更为具体地说，华兹华斯将社会—历史语境中的具体矛盾冲突予以了内在化，即，置入了内在的意识之中。比如"we in thought will join your throng"（"我们也想与你们同乐"——该句来自《不朽颂》第十节："唱吧，鸟儿们，唱一首欢乐之歌！/让这些小小羊羔/应着鼓声而蹦跳！/会玩会唱的一群！"）就是这个内在化过程（process of internalization）的典型表现。麦克干认为，这个内在化过程既是《不朽颂》一诗所思考的核心问题，也是该诗对这个问题的最后解答。②

《毁坏的村舍》开头四节为我们设立了一个对比：一方面是华兹华斯所有能够"听到的"，即，他对充塞于宇宙自然之中的欢乐的感觉和坚信；另一方面则是华兹华斯所能够看到的，或不能够看到的。（大致是说在华兹华斯的听觉与视觉之间、所听与所见之间形成了一个强烈的对比。）他之所见是丧失、失落，因而使他极其焦虑。这个对比因此在无形的、看不见的世界与有形的、看得见的具体世界之间建立起了一个明确的区分。"当年所见的情景如今已不能重见。"（the things which I have seen I now can see no more）因此，第二节所罗列的那些美丽景物并非具体所见的实录，而是过去经历的泛泛呈现。对这些经过记忆过滤后的具体景色的呈现说明，对具体事件的忘却或丧失恰恰是灵视之光（visionary gleam）的升华功能。③ 也就是说，华兹华斯注重的是倾听和回忆，而非目睹眼见，因为对于华兹华斯来说，眼见之具体事物并非最重要的，他需要透过具体事物、用心灵的灵视功能去看穿事物的本质或本相。这样的话，具体的社会—历史事件、具体人物的悲苦遭遇都仅仅是他"看透生命本

---

① 麦克干指出，在《丁登寺》中华兹华斯没有将所有社会现实痕迹抹去：《丁登寺》的前23行中，5年之间发生的一切仍然朦胧隐晦地埋藏在字里行间，只不过多少年来，华兹华斯的研究者们都没有注意到——直到马佳丽·列文森的成果出现，围绕《丁登寺》的历史秘密才终于被解开。列文森对《丁登寺》的新历史主义解读详见下文。本书所用《不朽颂》版本来自 Damian Walford Davies, ed., *William Wordsworth: Selected Poems* (London: J. M. Dent, 1994), pp. 315—319. 以下不再一一注明出处。

② Jerome J. McGann, *The Romantic Ideology*, p. 89.

③ Ibid.

质"的中介。这也就是麦克干所谓的浪漫主义意识形态,即,用精神化的超越来掩盖严酷的社会现实,但这其实仍然是一种政治姿态:一种反动的、与当局合谋的、黑格尔式的国家意识形态。

简而言之,麦克干指出,华兹华斯对大自然百鸟齐鸣、普天同庆的感觉(universal joy)是他看透万物内在生命(the life of things)的前提——就是对眼前具体事物的失明:"然而,有一棵树(a Tree),孤独地伫立在林间,/有一片孤寂的田野,展现在我的眼前,/它们都诉说着那已逝的往事:/我脚下那株三色堇(the Pansy)/也重复着同样的旧事。"麦克干指出,许多学者都天真地寻找华兹华斯所说的那棵树、那片原野以及华兹华斯看见那株三色堇的那个地方,但他们与华兹华斯一样,什么也没有看到,因为它们都已经消失了(are gone)——华兹华斯恐惧的是,那些消失的景物也会带走"the glory and the dream"。[1]

因此,麦克干总结说,如果说,《毁坏的村舍》和《丁登寺》这些早期作品在一定程度上展示了华兹华斯的置换策略的效果,那么,《不朽颂》则是华兹华斯对此种诗学策略的全面探索:《不朽颂》开始于一种恐惧——对诗人人生具体经历业已消失在迷茫的意识和记忆深处的恐惧;但是其结论却是诗人一再强调的坚定信念:"对往昔岁月的追思,在我的心底/唤起了历久不渝的赞美和谢意。"具体性"昙花一现"("fugitive":第9节),也非永恒(impermanent)。但是并非所有意识和记忆都是转瞬即逝、"昙花一现"(fugitive)。因此,华兹华斯最后唱出了"颂扬与赞美之歌"(lifts a final "song of thanks and praise")以讴歌他的这种置换行为,讴歌他所丧失的那些瞬间(moments of loss)。麦克干肯定地认为,该诗隐秘了其写作背景(历史)、传记材料以及社会历史信息等,而是以对其纯粹意识的记录(a record of pure consciousness)来置换了这些具体的信息。因此,该诗的悖论在于它以十分直接和具体的方式呈现了人类所有行为中最为神秘的和最不可捉摸的因素,即,"将具体事实转化为思想,将经验转化为意识形态"。该诗的悲怆之感(pathos)就是这个悖论的功能体现。华兹华斯的诗歌并没有完全忽略现实社会中的问题,他仅仅是将这些问题放

---

[1] Jerome J. McGann, *The Romantic Ideology*, p. 90.

到意识层面之上了。①

总之,麦克干认为,华兹华斯在该诗中思考了他个人以及其时代的悲剧性丧失:

> 如果他最后仅仅给我们呈现的是"最后在绝望中放弃了是与非的探寻"(yielded up moral questions in despair[1850年版《序曲》第十一章第305行——笔者注])——一种道德的绝望感,那么华兹华斯就是可怜可鄙的(pitiful)。事实上,华兹华斯意识到了他个人的丧失以及时代的脱节,他直面这些问题,也试图为这些问题寻找解决的方法。但是他最后所找到的不是一种真正的解决方法,而是为我们展现了他自己所感觉到的解决这些问题的急迫性。而这种迫切性也表明了弥漫在他那个时代深刻的文化危机。但华兹华斯将这些现实的危机转化为精神幻象(illusions)——他将这些问题进行了内在化的置换(the displacement)或观念化(conceptualization)。

因此,麦克干指出:"在那种观念化之中,华兹华斯将他自己真正的情感之声囚禁在他个人意识的囚笼(the bastille of his consciousness)之中。华兹华斯得到的是孤独(a solitude),但他却将其称之为宁静(peace)。"②

华兹华斯用观念化和精神化的方式来置换—抹去社会现实的诗学策略在麦克干看来也是解读科尔律治《忽必烈汗》的关键。

诺尔曼·拉迪奇(Norman Rudich)对该诗中科尔律治独特的"神话—诗歌转化手法"("mythopoetic" transformation)的研究引起了麦克干的兴趣。在发表于1974年的《〈忽必烈汗〉:一首政治诗》("'Kubla Khan', a Political Poem")一文中,拉迪奇指出,科尔律治独特的"神话—诗歌转化手法"使得诗人成功地用象征形式(symbolic forms)置换《忽必烈汗》写作时候欧洲具体的历史与社会所指。拉迪奇指出:

> 神话诗的另一个功能,即美学功能,就是将诗人的灵视幻象(vision)提升到崇高美学的高度,即,一种英雄气概。通过这种手法,科尔律治从

---

① Jerome J. McGann, *The Romantic Ideology*, p.90.
② Ibid., 91.

他所面对的政治现实中逃离了出来,并且还将那些政治现实转化为一场面向人类偏见和妄诞的英雄般的战斗——在这场战斗中,具有灵视的诗人是开路先锋。历史的真相就是,任何政治革命总是被暴君反复背叛、重复发生,任何政治革命都是血腥暴力失败的一再重复。只有诗人才能够领导人们走出这种地狱般的历史循环周期,从而在人与上帝的和谐关系中真正获得精神的安宁和幸福。《忽必烈汗》具有科尔律治式的反动政治(reactionary politics)的所有特征。尽管该诗的锋芒所指是两个野蛮暴君——忽必烈和波拿巴——但科尔律治将波拿巴主义与法国革命混为一谈,一起咒骂。因此,该诗其实就是号召人们放弃政治斗争,从而才能够使人们的灵魂获得审美、道德和宗教等方面的最高超越。因此,该诗将诗歌与历史相互割裂,从而使其意义提升到由绝对真理、永恒的善恶问题等构成的神学领域之中。[①]

这就是说,被《忽必烈汗》独特的浪漫主义修辞策略所抹去、所置换的那个本来在场,然而在诗歌中却不在场的历史现实就是法国革命和拿破仑风暴——科尔律治利用忽必烈这个东方传说悄无声息地将当时欧洲的社会—政治予以了置换。因此,拉迪奇所称的"神话—诗歌转化手法"其实就是麦克干所说的置换—抹去策略。

麦克干指出,在《忽必烈汗》那些怪诞浪漫的诗歌意象中,读者难以识别出具体的社会—文化所指,从而成功地将读者从现实世界带入纯粹的观念世界之中。[②]那么科尔律治在《忽必烈汗》中所呈现的是什么观念呢?这就是诗歌灵感的丧失和浪漫灵视对灵感的恢复。麦克干指出,就如同《沮丧颂》("Dejection: An Ode")一样,《忽必烈汗》一诗充满着对于诗歌创作能力之丧失的恐惧——这明显体现在该诗的"序言"部分科尔律治讲述他写作该诗被打断的情形和第二部分科尔律治渴望他能够获得"一种更新了的想象灵视"(a renewed imaginative vision)等细节之中。[③] 麦克干指出:

---

① Norman Rudich, "'Kubla Khan', a Politocal Poem", *Romanticism* 8 (1974), pp. 52—53.
② Jerome J. McGann, *The Romantic Ideology*, p. 101.
③ 麦克干所谓的"丧失主题"大概是指科尔律治所讲述的他在写作该诗时被打断的事情。参见 Duncan Wu, ed., *Romanticism: An Anthology*, 3rd edition, p. 619。

科尔律治与华兹华斯一样，坚信在一个世俗化的时代，诗歌的灵视功能能够帮助人们看透事物的生命本质。科尔律治最为珍视的"理念"（Idea）之于他所称的"理性"（the Reason）至关重要……与华兹华斯同样相似的是，科尔律治对其"理念"的追求又总是伴随着丧失、分离和背叛等阴郁的情绪。比如《忽必烈汗》这样的作品的浪漫主题就是丧失与丧失的威胁（loss and the threat of loss）——正如许多批评家都注意到的那样，雄伟辉煌的快乐之宫（pleasure dome）其实是一个最不稳定的（建筑）结构。象征性的暗河呼啸奔涌在忽必烈所统治的貌似强大却同样危机四伏、不稳定的帝国。

因此，这个大汗的耶路撒冷（this Jerusalem of Khan）是一个诗歌之梦，是一个想象中的理性之理念（an Idea of Reason）——科尔律治企图借此来否定历史发展和时间之流的非理性和野蛮性——后者将人世间的一切都扔进"不见阳光的黑暗海底"（down to sunless sea）。在科尔律治的梦幻中，人类文明岌岌可危这个悲观消极的思想被忽必烈汗的形象体现了出来。①

麦克干的文字表述朦胧艰涩，但其大概意思仍然还是可以被把握的：在那个风雨如磐、革命狂飙风起云涌的时代，科尔律治本来应该像他年轻时候一样积极地介入社会和政治，但是写作《忽必烈汗》时的科尔律治却将所谓诗才——想象力的丧失作为其诗歌题材，从而将读者的注意力从现实政治引向了一个虚幻的、忽必烈大汗的浪漫乐园之中。但是，笔者认为麦克干对于《忽必烈汗》的解读并不是十分成功，他虽然一再强调所谓浪漫主义诗学意识形态对现实政治的置换和抹去，但他却没有从史料上像列文森和辛普森那样为我们提供具有足够说服力的材料，以具体告诉我们科尔律治到底抹去了哪些现实问题。在他一闪而过提到的法国革命、拿破仑等问题上，他也没有细密的史料考据从而拿出确凿的证据来佐证《忽必烈汗》与后者有关系。因此，在笔者看来，麦克干对《忽必烈汗》的新马克思主义—新历史主义的分析并不成功。相比之下，麦克干两年后在《济慈与历史方法》（"Keats and Historical Method"）一文中

---

① Jerome J. McGann, *The Romantic Ideology*, p. 98.

对济慈《秋颂》的新历史主义解读就显得更加成熟了。①

四、"没有丁登寺的《丁登寺》"

继麦克干之后，英、美浪漫主义研究领域内一大批学者纷纷开始将新马克思主义—新历史主义方法运用于解读浪漫主义经典作品，其中，马佳丽·列文森的《华兹华斯鼎盛时期的诗歌：论文四篇》(1986)堪称这方面最为成功的著作之一。在该书中，列文森主要解读了华兹华斯的四部作品：《丁登寺》《迈克尔：一首牧歌》《不朽颂》和《皮尔城堡》("Peele Castle")。该书中，列文森主要是从社会—历史的考察入手来揭示华兹华斯诗歌中所暗含的一系列文本内在矛盾。列文森对华兹华斯的这种阅读有点类似于萨义德提出的后殖民主义批评"对位阅读法"(contrapuntal reading)，即，将华兹华斯诗歌文本中的矛盾冲突与其所处时代的政治社会问题——如法国大革命跌宕起伏以及18世纪末、19世纪初英格兰的社会地貌和自然地貌的变迁——进行对位阅读。与此同时，在该书中，她也仔细研究了这些社会的变迁和政治的动荡对于华兹华斯这位在启蒙理想熏陶之下成长起来的诗人所产生的心灵冲击。也就是说，列文森的方法并非老套的历史背景—文学前景的简单化描述，而是娴熟地使用了麦克干所说的置换—抹去策略，企图借此来揭示浪漫主义时期的社会—历史—政治问题与华兹华斯的创作心理、文本—语言意义之间的复杂纠结关系。②

在《导论》部分，列文森对她所使用的(新)"历史主义"(historicist)方法(她自己将其命名为解构—唯物主义)进行了较为详尽的阐述。她指出她所采用的这种研究方法一方面是对以大卫·爱德曼(David Erdman)、卡尔·吴德

---

① 关于麦克干对《秋颂》的新马克思主义—新历史主义的解读，请参见下一章《生态批评与英国浪漫主义研究》。

② 在《前言》部分，列文森说该书中的每篇文章都是对课堂中学生所提出的或她自己在备课过程的某一个具体问题的研究和解答。她说她在大学本科和研究生阶段所接受的关于浪漫主义的权威性定义虽然一直被她自己所接受，但当她自己成为老师之后，在教学上老一套浪漫主义研究中的权威论调却不为她的学生所接受——20世纪80年代新一代学生跟她一样，都在阅读阿尔都塞、巴赫金、威廉斯的理论，因而更关注政治和经验(即历史事实)分析。1980年她遇到了杰姆逊和一个专攻艺术史的学者蒂姆·克拉克(Tim Clark)。与这两人的谈话对她产生了很大震动——克拉克对《马拉之死》的谈话对她冲击尤其巨大。参见 Marjorie Levinson, *Wordsworth's Great Period Poems: Four Essays*, p. ix.

林(Carl Woodring)以及爱德华·汤普森(Edward Thompson)等为代表的、以经验主义—实证主义为方法的旧历史主义学派和以布鲁姆、哈特曼、德·曼以及艾布拉姆斯为代表的认识论—解构学派的反拨,但另一方面又是对上述两者的继承和发展。

列文森指出,汤普森、爱德曼和吴德林虽然都认识到,华兹华斯的伟大作品的力量来自华氏本人对于"雅各宾派革命理想的肯定和退缩"之二元张力之中,他们"却没有洞察到(当然也无法解释)华兹华斯诗歌中那些政治语言的精微性以及那些精微的政治语言与华兹华斯的诗歌原则和美学思想之间的关系"。也就是说,汤普森等旧历史主义批评家虽然非常清楚地阐述了浪漫主义诗歌作品与社会—政治的关系,但是他们的研究却忽略了"文本干涉"(textual intervention)这个问题。即,老一代历史主义批评家只看到社会—政治背景对文学创作的影响,却没有意识到社会文本与诗歌文本之间复杂的纠结关系。因此,列文森指出,老一代历史主义者们的观点虽然有时候也非常犀利、具有一定说服力,但是对于诗歌的理解并没有创见性。①

与汤普森等历史派相对的是以布鲁姆、哈特曼和德·曼为代表的耶鲁解构学派。在列文森看来,该派的基本观点就是将诗歌视为一种与社会—政治无关的、无功利计较的哲学行为,因而他们的浪漫主义研究就主要聚焦在心灵与自然之间那种"精微的协商"(subtle negotiation)关系。列文森指出:"华兹华斯诗歌作品及其阅读范式,其叙事的偶在性、反思性、对修辞和欲望的主题化,话语与充盈,重复与再生产——简言之,华诗中的反讽和意义死角(aporia)——为解构主义理论提供了完美的文学文本范例。或许可以这样说,浪漫主义的写作意识形态就是解构主义的阅读意识形态。"也就是说,在列文森看来,耶鲁学派浪漫主义研究的焦点并不在浪漫主义文学本身,而仅仅是借助于浪漫主义诗歌语言的自我解构、自我批判来阐述其解构主义文学理论本身。因此,列文森一针见血地指出,就华兹华斯研究而言,当代解构主义理论只是通过其解构批评"进一步强化了华诗的经典地位",这反而使得"华兹华斯诗歌研究更加远离历史追问",从而仍然难以解释华兹华斯诗歌作品的

---

① Marjorie Levinson, *Wordsworth's Great Period Poems: Four Essays*, p. 6.

本质。①

在列文森对浪漫主义各种研究范式的观察中,艾布拉姆斯范式比较特殊。她认为,如果说汤普森和爱德曼等老派历史主义者重视的是浪漫主义诗人写作的政治语境,耶鲁派批评家重视的是浪漫主义写作的文本语言语境,那么,艾布拉姆斯的华兹华斯—浪漫主义研究则属于一种既不受历史主义限制、又不受任何批评理论约束的独特的研究方法。她认为,艾布拉姆斯的《自然的超自然主义》一书以及其他几篇我们前面所讨论过的代表性论文构成了艾氏浪漫主义研究的全部思想,这种思想(被麦克干批判为浪漫主义意识形态批评)一方面将浪漫主义的政治关切与其语言形式特征联系了起来,但另外一方面又超越了具体的政治问题和语言形式。比如,在艾布拉姆斯对华兹华斯的阅读中,一些本来意义非常普通、宽泛因而也是完全无关紧要的词——如"希望"(hope)——在艾布拉姆斯看来却负载着华兹华斯所生活的那个时代的具体的政治意义。具体而言,艾布拉姆斯的目标不仅仅是展现浪漫主义写作与浪漫主义诗人对于法国革命失败的幻灭感之间的关系,而是一幅更大的图景——这幅图景将法国革命、浪漫主义诗歌与基督教末世论神学思想融为一体。但是,在列文森看来,艾布拉姆斯所勾勒的浪漫主义图景虽然气势恢宏,但与此同时也因为为了追求艾氏浪漫主义的整齐划一而将浪漫主义诗歌归纳得太过简单,从而忽略了浪漫主义诗歌的复杂性甚至矛盾性(比如拜伦就因为难以被纳入他的体系中而被排斥在其浪漫主义研究之外)。②

也就是说,在列文森来看,艾布拉姆斯事实上已经发现了浪漫主义诗歌中的矛盾,但是囿于麦克干所批判的浪漫主义意识形态形象,艾布拉姆斯却没有能够以历史主义的客观冷峻将其呈现出来。此外,汤普森等(旧)历史主义者所呈现的浪漫主义历史图景又显得太过单一。因此,列文森指出:"我们需要一种能够将艾布拉姆斯与汤普森的研究结合起来的(浪漫主义研究)方法。"她将这种研究方法称为一种"否定寓言论"(a theory of negative allegory)或"解构—唯物主义"(deconstructive materialism)——这种阅读理论一方面挪用了解构主义的文本拆分术,另一方面则吸纳了英国文化唯物论的社会批评

---

① Marjorie Levinson, *Wordsworth's Great Period Poems: Four Essays*, p. 7.
② Ibid., 8.

法，从而颠覆了笛卡尔式的意义—心理—诗歌/物质—社会—历史之二元对立（列文森坚信，在诗歌创作过程中，外在因素和私己—内在因素之间是相互推动、相互催生、相互融合、相互渗透的）。她指出，这种理论源自阿尔都塞、伊格尔顿、杰姆逊和马歇雷，并被浪漫主义研究者如约翰·巴利尔（John Barrell）、詹姆斯·钱德勒（James Chandler）、T. J. 克拉克（T. J. Clark）、约翰·古德（John Goode）、科特·亨兹曼（Kurt Heinzelman）、肯尼斯·约翰逊（Kenneth Johnston）、艾伦·刘、麦克干、大卫·辛普森和詹姆斯·透纳（James Turner）等人所广泛采用——"这些学者既是唯物论者，也是解构主义者……在他们看来，文学作品就是缺场的寓言（allegory of absence），其中，所指被一种根本不在场的能指（an identifiably absented signifier）所暗示。"比如，阿尔都塞就认为："在一种话语的压力和压抑行为之下，另一种话语就归于沉默——我听见了这种沉默。……我的所有努力就是使得第一种被压抑的沉默话语发出声音，从而驱散第二种话语。"列文森指出，阿尔都塞这里所说的文本的沉默或不可言说因素都是暗藏在作品之中的。作品中的句法结构、戏剧结构、主题意义、情感因素和修辞策略等问题中的矛盾冲突的那些内在难解之意（internal scandal）对于那些不加思考地认同诗人文本表面的读者来说，是绝对察觉不到的（比如《丁登寺》中对具体地点图景的抹去就属于这样一种矛盾）。列文森指出："正是在作品那些欲言又止、含糊不清的地方，在那些光滑的文本形式表层突然呈现出的凹凸不平甚至裂缝处，隐藏着该作品真正的意识形态情景（ideological situation）。"① 后面我们将会看到，列文森在这里所说的"意识形态情景"其实就是新历史主义批评家们所感兴趣的、隐藏在文本语言形式后面的真正的历史语境。

具体就华兹华斯而言，列文森认为，华兹华斯大部分诗歌那些貌似明确的浪漫主义"理念"（ideality）或主题（如自然对于心灵的呵护与滋养）事实上都与某种令他"感到烦扰的具体（历史）事件"有着密切的关联，但是华兹华斯本人却总是试图在诗歌文本中抹去或绕开这些历史因素，因而造成华兹华斯诗歌中出现大量的矛盾或含混——比如《丁登寺》标题与内容的不一致的问题。列文森倡导以一种"历史性的想象"（historical imagination）来追问华兹华斯

---

① Marjorie Levinson, *Wordsworth's Great Period Poems: Four Essays*, pp. 8—9. 着重号为笔者所加。

诗歌中那些所谓的"和谐"(harmonies)是如何抹去、压抑和掩盖了"社会和政治回声"。所谓"历史性的想象"其实就是对文本进行语境还原(contextual elucidation)——这个语境由诸多复杂因素构成,如"政治现实(political realities)和意识形态压力(ideological pressures)",以及由此而构成的、影响诗人创作的"社会—心理经验"(sociopsychic experience)。① 列文森指出,她所选取的四首华兹华斯的诗歌,每一首诗都用一种华兹华斯所独有的"心灵景"(the picture of the mind)替代或"篡夺"了具体、真实的图景:在这四首诗中,"叙述者或者真实地身临其境,或者以回望追忆的方式回到了由各种晦暗而复杂的社会意义(social meanings)及心理冲突(psychic conflicts)所构成的场景"。但是那个真实的原初场景却是被一种否定性的修辞策略进行了涂改或篡夺(比如《迈克尔:一首牧歌》中的那个无时间性的、无社会身份的、无明确思想倾向的诗人—叙述者之超然物外、超越世事的言述态度就逐渐使得读者忘记了迈克尔真正的悲剧所在)。列文森认为:

> 华兹华斯的这种独特的叙事策略之目的就是将真实情形进行消解或重构。正是通过这种方式,诗人—叙述者才能够给一个在(阶级)结构和(公众)心理都出现了裂缝的社会重新赋予一个稳定的秩序。因此,诗人所寻求的、因而也是他能够给其同时代人所提供的慰藉手段就是将意识形态冲突置换到一个新的语境之中——在那里各种矛盾、分裂、孤独、异化的冲突都可以以想象的方式得到解决。②

接下来,我们将以列文森对《丁登寺》的研究为例来考察列文森式的新马克思主义—新历史主义的浪漫主义研究是如何展现出了上述解构—唯物论的特征的。

《丁登寺》涉及自然、想象、心灵、人性、时间的流逝等主题,历来被浪漫主义研究者视为华兹华斯最优秀的代表作之一。③ 但许多研究者注意到该诗存

---

① Marjorie Levinson, *Wordsworth's Great Period Poems: Four Essays*, pp.1—2, 11.
② Ibid., 5—6.
③ 本书所用《丁登寺》("LINES WRITTEN A FEW MILES ABOVE TINTERN ABBEY, ON REVISITING THE BANKS OF THE WYE DURING A TOUR, July, 13, 1798")版本来自 James Butler and Karen Green, eds., *Lyrical Ballads, and Other Poems, 1797—1800* (Ithaca and London: Cornell University Press, 1992), pp.117—20. 以下所引该诗均不再一一注明出处。

在着一系列难解的问题。首先,该诗有点文不对题:这首通常被人们简称为《丁登寺》的作品其实并没有关于这座坍塌废弃寺院的任何描写。其次,在该诗的具体创作地点问题上,华兹华斯的说法前后矛盾:标题中说该诗创作于怀伊河上游(above),但后来却告诉侄子克里斯托弗·华兹华斯说:"我一离开丁登寺就开始写作(这首诗),一路上,渡过怀伊河,到了晚上快要进入布里斯托的时候就写完了。"这清楚地表明这首诗的写作地点不是在怀伊河的上游,而是在下游。我们不禁要问:《丁登寺》的具体写作地点到底在哪里?应当如何来解释这些疑问呢?①

列文森指出,为了回答这些疑问,我们必须还原华兹华斯在创作该诗时的复杂情绪。那么,当时的华兹华斯可能会有哪些复杂的情绪呢?列文森指出,1798年华兹华斯对丁登寺的感受是一个由"多方面因素所决定的事件,任何单一的因素都不具有(创作)动机和(文本)结构方面的主宰性"②。

首先是华兹华斯个人政治热情的微妙变调以及全社会政治风向的急剧变化给他带来的迷惘和尴尬。汤普森等人就认为,华氏这一时期虽然并没有完全放弃或背叛其早年的启蒙革命理想,他的政治热情却发生了某种变调或转向:一种"从启蒙人文主义(一种他自己曾雄心万丈地积极参与的、现实目标十分明确的奋斗事业)向更为空洞的、(对现实)更为漠然的、更为关注精神领域的慈善主义(这大概相当于所谓浪漫主义的悲悯)的转向"③。也就是说,在这一时期,华氏的目光不再聚焦于具体的社会革命问题,而是开始在一个远离现实的、更为抽象和内省的,亦即审美化的领域内来思考启蒙人文主义的主题。这给华兹华斯提供了巨大的创作能量。其次,在这一期间,英国社会的政治大气候发生巨大变化。1793年之后,中下层社会对法国革命和英国的激进主义的同情开始消失:启蒙理想对理性的绝对信仰被等同为法国革命,而法国革命这时候被认为是"对一个井然有序的社会的威胁";面临着法国的军事入

---

① Mary Moorman, *William Wordsworth: the Early Years* (Oxford: Oxford University Press, 1968), pp. 402—403. 这条材料也出现在《诺顿英国文学选》中,参见 M. H. Abrams, ed., *The Norton Anthology of English Literature*, 6th edition, Vol. 2 (New York and London: W. W. Norton & Company, 1993), p. 136.

② Marjorie Levinson, *Wordsworth's Great Period Poems: Four Essays*, p. 18.

③ Ibid., 19—20.

侵,狭隘的爱国主义和民族主义取代普适主义和本质主义成为英国社会的主流。在这种背景之下,那些仍然还在坚持18世纪80年代启蒙价值的人,在社会上被等同为共和分子、弑君者和无神论者。在世人眼里,华兹华斯和科尔律治便被视为仍然还在坚持启蒙价值的叛国者,其尴尬处境可想而知。① 列文森指出,他们曾经"深深地卷入了革命浪潮之中,(革命)信仰的狂潮将他们冲上了海滩",但当潮水退去他们却发现自己搁浅在海滩——"成为其英国同胞的敌人"。②

正因为如此,华氏在写完《丁登寺》之后的德国之行被汤普森看作逃避国内的政治迫害。③ 但1798年这次去国与1790年那次满怀激情去法国追求崇高的政治理想不同,这一次的德国之行对华兹华斯而言,完全是不得不为之的流亡之旅。如果是这样的话,那么我们完全可以设想,华兹华斯去国之前的丁登寺之行就肯定是百感交集、思绪万千的:有崇高的理想政治和波谲云诡的现实政治的矛盾("人生之谜的重负,/幽晦难明的世界的如磐重压")、有对多年困顿漂泊生活的不堪与对现在小康感觉的满足和难以放弃④、有对困于"城市的喧闹"的厌倦和重新回到自然以"康复""纯真的性灵"的向往、有对世人"飞短流长"的愤怒和"伪善寒暄"的鄙视,这一切融汇交织在一起,生发出一股复杂的怀旧和乡愁情绪:他要逃离的是现在充满敌意和威胁、自己却又深深眷恋的英格兰。⑤ 逃离英格兰之前,他想要证明自

---

① 具有浓重启蒙文化味道的《抒情歌谣集》出版于1798年,完全是不与时俱进的逆流之举。就此,巴特勒一针见血地指出:"1798年出版歌谣集——而且还在1800年增加一篇坚持诗歌的语言就是人民的语言的序言——是极不识相的行为。"玛里琳·巴特勒:《浪漫派、叛逆者及反动派:1760—1830年间的英国文学及其背景》,黄梅、陆建德译,沈阳:辽宁教育出版社、牛津大学出版社,1998年,第93页。
② Marjorie Levinson, *Wordsworth's Great Period Poems: Four Essays*, p. 20.
③ 这个观点间接地被戴伊所证实:"1797年华兹华斯和科尔律治在萨默塞特的时候,对法国入侵的恐惧与日俱增,这时候,政府派出的间谍监视着这两个人,因为他们有一段时间被怀疑为敌国的间谍。"参见 Aidan Day, *Romanticism*, p. 135。
④ 从个人境遇而言,此时的华氏物质生活已经基本稳定,在社会上也小有名气,也就是说已经基本进入"有闲阶级"的行列,要完全抛弃这些好不容易得到的小康感觉肯定是非常困难的。参见 Marjorie Levinson, *Wordsworth's Great Period Poems: Four Essays*, p. 23.
⑤ 所以,在旅居德国期间所写的《路茜组诗》中,华氏不断地将自然等同为英国,英国等同为一个天真可爱的儿童(路茜),把路茜等同为自己的一部分。参见 Marjorie Levinson, *Wordsworth's Great Period Poems: Four Essays*, p. 23.

己作为英格兰子民的身份,想要对英格兰献上自己最深情的一瞥。而丁登寺作为民族记忆的丰碑(memory locus)具有强烈的象征意义(她的历史记载着英国自从亨利八世以来英国的民族史诗),因此,告别英格兰最好的地方就是丁登寺了。而且,这个告别也一定有向自己过去的政治立场以及政治本身告别之意。

然而,丁登寺的废墟是可以满足华兹华斯怀旧感怀的地方吗?怀伊河的风光可以使他忘却政治的折磨从而纯化心灵吗?答案是否定的。

首先,这座废弃的西多会(Cistercian)寺院本身就是政治斗争的产物,因而充满了复杂的政治寓意。丁登寺的废墟肇始于亨利八世16世纪上半叶与天主教的决裂以及随之而来的大规模捣毁寺院运动(Dissolution)。从此之后,丁登寺和所有这次运动中被捣毁的寺院一样,就蕴涵着两种截然不同的意义。一是新教的肯定态度,认为这个运动代表着自由主义、启蒙理性、人文主义和爱国主义,它奠定了英国后来的繁荣(在法国革命期间,这个运动与法国革命者在法国的捣毁教堂行为相似,博得了雅各宾主义者的喝彩)。另一派则是代表着保守、信仰(fideistic)和怀旧倾向的天主教人士,他们彻底否定这个运动,认为它的发生完全是源于亨利八世的政治伎俩和个人贪欲;尤其糟糕的是,它摧毁了一个以习俗和兄弟情谊维系起来的有机社区(organic community),不仅造成了穷人无依无靠,而且还视贫穷为罪恶,从而导致了接下来两个世纪英国社会日益加剧的商业化和工业化。[①] 在华兹华斯身上,我们也可以清楚地辨认出两种相互矛盾的价值:一方面,是自由主义、人文主义;另一方面,是对传统、习俗和地域的依恋。[②] 我们完全可以想象,丁登寺本身复杂的政治寓意与华氏自己当时同样复杂而矛盾的政治思想既引起了他情感的共鸣,同时也使得他难以直接描绘、言说丁登寺,尤其是对于一个急于想摆脱政治羁绊的诗人而言。

其次,除了丁登寺的历史之外,其现状也没有给华兹华斯提供一个安静下来,清理自己纷乱的思绪,从而达到净化心灵的场所,因为当时的丁登寺虽然还

---

① Marjorie Levinson, *Wordsworth's Great Period Poems: Four Essays*, pp. 25—28.
② Ibid., 33.

仍然保留着"废墟的苍凉和凄美"①,1798年的怀伊河河谷的自然风光虽然也仍然旖旎如画,但现代工业和商业活动对这一地区的入侵也随处可见。列文森为我们描绘了一幅该地区真实的图景:林立的煤矿、河上来回穿梭的喧闹的驳船、一排排采煤工人的简陋工棚;离丁登寺800米之远的丁登镇是一个冶铁中心,1798年时,与法国的战争鏖战正酣,这些冶铁工厂开足马力,日夜生产;丁登寺和丁登镇周围的树林里充塞着因战争和经济恶化而无家可归的流浪汉,这些人唯一的谋生手段就是烧炭②;丁登寺的废墟里也住满了被剥夺了土地或失去工作的乞丐,他们向那些到这里来找"审美感觉"的游客讨几个铜板;农田(cottage plots)之所以"一直绿到门前"(these pastoral farms/green to the very door),是因为公共地早就被圈掉了,留给农家的可耕地只剩下他门口那一小块院前花园。③列文森这幅图景并非凭空臆造,而是直接采撷自18、19世纪的一些普通史料,其中尤以吉尔平的《怀伊河观感》(初版于1771年,后来多次再版)最为典型。④

面对着这样一幅真实图景,华氏还能够实现重访丁登寺的初衷——在自然山水中清理自己纷乱的情绪吗?他还能够在"绿荫掩映的怀伊河"畔忘却过去那无数个"沉沉黑夜"和"郁郁不欢的白天"和"浊世中"的"焦躁忧烦"和"昏沉热病"吗?他还能够像童年那样,"像一头小鹿/奔跃于峰岭之间,或深涧之旁,/或

---

① 19世纪一则史料这样写道:"孤零零处于怀伊河畔一片葱绿山谷之中的丁登寺的残垣断壁,具有一种独特的废墟的苍凉和凄美。其留下来的墙壁高耸入天,这更增加了她的魅力。……但即使如此,丁登寺本身却仍然不失为一个静修之地。"另外一则材料这样写道:"丁登寺本身被浓密的林木所掩映,其哥特式建筑的高大墙壁布满绿苔和常春藤,直刺云霄,这给丁登寺蒙上了一层神圣和神秘的美。"转引自Marjorie Levinson, *Wordsworth's Great Period Poems: Four Essays*, p. 31。
② 烧出的炭主要用于冶铁。参见Mary Moorman, *William Wordsworth: the Early Years*, p. 402。
③ 普郎布在《18世纪的英格兰》中指出:"圈地运动使得公共地(common rights)和小农场(small holdings)消失了,农民的耕地也只剩下一小块院前花园(a cottage garden)。"参见 J. H. Plumb, *England in the 18th Century* (Harmondsworth: Penguin Books Ltd., 1963), p. 153。
④ 威廉·吉尔平(William Gilpin)在《怀伊河观感》(*Observations on the River Wye*)中这样写道:"在一片凋敝的景象中,当地居民的贫困和悲惨尤其引人注目。他们在教堂的废墟中搭建起破败的小茅屋聊以栖身,他们似乎除了行乞之外别无职业。丁登寺及其周围地区曾被描绘为一片孤寂、宁静之地,但其真实情况却不是这样的:一英里半(约为2.41公里)附近,林立着巨大的冶铁工厂,它们整日里轰鸣着震耳欲聋的噪声……从前怀伊河水是那么的清澈,荡漾着粼粼的波光……而现在的河水则变得如此地泥泞浑浊。两岸淤塞的河滩以及其他一些症候也都显示出海潮影响的痕迹。"转引自Marjorie Levinson, *Wordsworth's Great Period Poems: Four Essays*, pp. 30—31. 莫尔曼认为,在华氏兄妹的这次旅行中,他们肯定随身携带着这本书,参见 Mary Moorman, *William Wordsworth: the Early Years*, p. 402。

清溪之侧,听凭自然来引导"吗? 我们已经看到,《丁登寺》给出的答案是否定的。列文森指出,原因很简单,"丁登寺和丁登镇的真实面貌挫败了华氏天才般的想象炼金术"①:丁登寺的历史和现状"是如此令人不舒服,与审美想象是如此格格不入",所以需要对其进行非历史、非现实的私人化和内在化——在一个私人化的内在审美空间里,历史和现实的具体性都可以被任意塑造,也就是说,在《丁登寺》中,真正的历史——丁登寺——被华兹华斯压抑了。② 因此,列文森肯定地认为,基于《丁登寺》这样的写作背景和动机,"这首诗的首要诗歌行为就是压抑社会(现实)(suppression of the social)",其具体手段就是一种"选择性的盲视"(selective blindness)③:"华氏的视觉/观念领域是不允许观看/思考不美的事物的——即那片风景的真正内容和外观。诗人通过其思想的眼镜来观看自然,'沉静的人间悲曲'之中所包含的多种隐喻淹没了处于真正苦难之中的真正的人的悲鸣。"④列文森忠告我们,诗人对"沉静的人间悲曲"的发现,对诗人自己是"一种可能的慰藉",一种思想的形成,但这个思想却来自我们从诗中所读出的"丁登寺和丁登镇——一个深藏在眼泪所达不到的地方"。("lies deep for tears"是《永生的信息》最后一句。)最后,具体的丁登寺逐渐内化为"心灵的丁登寺"(Tintern Abbey of the mind)。⑤ 这样,我们在前面所提出的两个问题(该诗标题与内容的不吻合以及上游/下游写作地点的表述矛盾)也就得到了清楚的解释。⑥

---

① Marjorie Levinson, *Wordsworth's Great Period Poems: Four Essays*, p.35.
② Ibid., 43.
③ Ibid., 37, 24.
④ Ibid., 45.
⑤ Ibid., 42—48.
⑥ 对"内河的喁喁私语"(soft inland murmur)一句,他自己特别注释说:"在怀伊河上游几英里的地方,海潮的影响就达不到了。"单独在《丁登寺》的文本语境中,这条注释看似多余,但联系到吉尔平在《怀伊河观感》中所说的"两岸淤塞的河滩以及其他一些症候也都显示出海潮影响的痕迹"之句,其欲盖弥彰的痕迹就十分清楚了:这一段(上游)河水由于不受海潮影响,所以流水淙淙,清澈见底,呈现出一派恬静而秀美的自然景象——这与下游的真实图景是完全不同的。这说明,《丁登寺》真正的写作地点应该在下游,"写于上游"之说并非华氏的笔误,而是他"选择性盲视"所置换的结果。对于《丁登寺》的写作地,近年来,华兹华斯专家米埃尔又提出新看法,认为该诗的确写于上游。限于篇幅,本文无法进行详细介绍。请参见 David S. Miall, "Locating Wordsworth: 'Tintern Abbey' and the Community with Nature", *Romanticism on the Net 20* (November 2000)。

列文森总结说,她对《丁登寺》所进行的这种解构—唯物主义解读(也即列文森版的新马克思主义—新历史主义批评)的主要目的就是试图挖掘《丁登寺》语言形式中所透露出的、真正的社会—历史—政治回声。然而,她对社会—历史回声的挖掘却并非意图冲淡或否定华兹华斯作为诗人的创作心理及其诗学思想。恰恰相反,"对这些新意义的挖掘和发现,将华兹华斯本人的生命焦虑感(existential *angst*)与他自己所经历的真实历史经验以及他所处时代和社会的现状联系了起来……(在《丁登寺》中,)华兹华斯为我们展示了一个诗人心灵的成长之旅——这是一种私己化的、自我生成的,但又呈现出明确因果关系的过程"。于是,在《丁登寺》中,真正的社会—历史图景被诗人心灵成长的图景所置换或严密地"封存"了起来:作为一种"提纯的"(purified)历史,《丁登寺》将真正的历史彻底放逐了。① 然而在列文森看来,华兹华斯的这种"封存"或置换手法却也正是华兹华斯伟大诗歌力量的源泉:

> 我想要追问和考察的正是那些成为华兹华斯伟大(不寻常的)智慧来源的、却被压抑抹去了的(寻常的)稗官野史(commonplaces)……我所要做的并不是想要贬低华兹华斯的超验性,或将华兹华斯的那些感人至深的作品予以庸俗化、琐碎化解释——我想要做的仅仅是通过挖掘华兹华斯伟大作品得以产生的真正的历史条件而刷新我们对于华诗所蕴含的伟大力量的感受——两者之间一直存在着明显的或无意识的竞争。……我的目标就是解释华兹华斯所采用的那些具体的修辞的、神秘化的和形式化手段——这些手段帮助华兹华斯消解其总是挥之不去的矛盾冲突的心理痼疾,也即,华兹华斯的意识形态立场(ideological knowledges)。②

五、《迈克尔:一首牧歌》与湖区"田产"问题

除了列文森这篇精彩的文章之外,另一位新马克思主义—新历史主义浪漫主义研究者赛尔斯从解读《迈克尔:一首牧歌》入手,也为我们揭示了一段隐

---

① Marjorie Levinson, *Wordsworth's Great Period Poems: Four Essays*, p. 2.
② Ibid., 3.

秘的湖区的农耕政治史。

《迈克尔:一首牧歌》是 1800 年版《抒情歌谣集》中所收录的最后一首诗。① 该诗与《毁坏的村舍》一样,被华诗研究专家们公认为是除了《序曲》之外华兹华斯最为伟大的叙事诗之一。该诗写于 1800 年,讲述的是一个发生在湖区的故事。湖区羊倌老迈克尔与妻子伊莎贝尔老年得子鲁克,对其钟爱有加。老迈克尔每日勤劳地耕种自己家祖传的一小块田产,并带鲁克去山坡上放羊、去山间听风。伊莎贝尔则在家操持家务并兼做点家庭纺织。一家人的日子过得虽然简朴,却也自给自足、其乐融融:

> 白昼已尽,
> 父子俩从户外的劳动回到家里,
> 但活儿未完;除了一个短时间,
> 三人走到干净的餐桌坐下,
> 每人一盆粥和提过奶油的牛奶,
> 桌子中间满满一篮子燕麦饼,
> 还有自制的家常乳酪。一吃完,
> 鲁克(这是儿子的名字)和老爹
> 不让双手闲着,又在炉边做起
> 便于做的事,或者为母亲的纺锭
> 整理好羊毛,或者修镰刀、连枷、长柄刀
> 以及其他家里地里用的小农具。②

每到夜晚,矗立在高处的老迈克尔家就点亮了被村里人称为"夜星"的油灯。然而鲁克 18 岁的时候,灾难却降临到这个幸福的小康之家。老迈克尔曾经为他的侄子担保,但侄子却遭意外破产,并连累到迈克尔,让他也欠上了沉重的债务。为了还清债务迈克尔本欲出卖他那一小块祖产,但是湖区小自耕农对土地田产的珍爱却又使他不能够放弃祖产。最后迈克尔和伊莎贝尔决定让鲁克到城里去投奔亲戚,希冀鲁克能够发财回来重振家业。但是进城不久,鲁克

---

① 本书所用《迈克尔:一首牧歌》版本选自 James Butler and Karen Green, eds., *Lyrical Ballads, and Other Poems, 1797—1800* (Ithaca and London: Cornell University Press, 1992), pp. 252—268。

② 译文参考了王佐良:《英国浪漫主义诗歌史》,北京:人民文学出版社,1991 年,第 68 页。

就堕落了:"鲁克开始堕落起来,/不好好干活,终于在那荒淫的城市里/走向了邪路,只落得身败名裂,/最后被迫去到遥远的海外/找一个藏身之处。"①这对于老迈克尔夫妇来说是一个沉重的打击。但是作为湖区农人—羊倌代表的老迈克尔却依然坚韧不拔,他仍然每天去看天、看云、听风、放羊,去给山谷里的羊圈多放几块石头,与老牧羊狗默坐。这样过了七年后死去。三年后伊莎贝尔也死去。迈克尔生前奋力想要保住的田产最后终于还是被卖掉(或许还是为了还那笔没有还清的债务)。被称为"夜星"的村屋也终于倒塌,也变成农田。提醒人们注意到这个悲苦故事的只有山谷溪水旁那一堆石头,那是迈克尔终生也没有能够修成的羊圈。

与早些时候写成的《毁坏的村舍》一样,《迈克尔:一首牧歌》的题材依然"微贱",讲述的故事依然悲苦,叙述风格依然沉郁顿挫、徐缓克制,结尾依然是自然无声的生长覆盖了人间种种怆痛悲情。

但是,就像忽略了《丁登寺》标题与内容不一致那个问题一样,在阅读《迈克尔:一首牧歌》的时候,许多读者也都忽略了该诗的副标题:"一首牧歌"——在何种意义上《迈克尔:一首牧歌》是一首牧歌?这是怎样一首牧歌?艾布拉姆斯指出,《迈克尔:一首牧歌》不是古典牧歌,而是以古典—贵族牧歌的形式讲述悲惨的现实,实现了华兹华斯所说的描写"微贱的村俗题材"。②尽管艾布拉姆斯和《诺顿英国文学选》的学术权威性令许多读者不加思考地就接受了这个观点,但是以罗杰·赛尔斯(Roger Sales)为代表的新马克思主义—新历史主义浪漫主义批评家却并不这样认为。与麦克干和列文森一样,赛尔斯也将其目光投向了《迈克尔:一首牧歌》文本中那些不在场的政治—社会因素,从而挖掘出了《迈克尔:一首牧歌》后面所隐藏的湖区田产问题以及华兹华斯本人曾经卷入的一场湖区政治斗争。

在介绍赛尔斯的观点之前,让我们先来简单介绍一下牧歌这种文类在西方文学以及英国文学传统中所具体负载的意义,只有在此基础之上,我们才能够弄清楚《迈克尔:一首牧歌》为什么是"一首牧歌"。

在《牧歌》一书中,特里·吉福德(Terry Gifford)从三方面定义了牧歌:第

---

① 译文参考了王佐良:《英国浪漫主义诗歌史》,第79页。
② M. H. Abrams, ed., *The Norton Anthology of English Literature*, 6th edition, Vol. 2, p.172.

一种是指作为一种文学传统的牧歌,起源于亚历山大时期,在欧洲文艺复兴时期成为主要的文学文类,代表的是从城市向农村的复归;第二种是一种更为宽泛的牧歌概念,指的是"任何将城市作为对立物的、描绘乡村景物的文学";第三种是一种贬义意义上的牧歌,指的是一种将乡村生活理想化的文学,这种文学模糊了现实的乡村生活中劳动的艰辛。① 格雷格·加拉德(Greg Garrard)认为吉福德的第一种牧歌可以被称为古典牧歌(classical pastoral),它包括从古希腊时期至 18 世纪的所有牧歌文学;吉福德的第二种关于乡村与城市的对立的牧歌事实上就是浪漫牧歌(Romantic pastoral);而吉福德的第三种贬义意义上的牧歌其实就是新马克思主义对美化乡村生活和自然风光的浪漫牧歌的批判。②

事实上,新马克思主义对于浪漫牧歌的批判肇始于威廉斯。在《乡村与城市》一书中,威廉斯一开始就指出,牧歌总是伴随着怀旧之情(nostalgia):牧歌总是试图把我们带回到一个"美好的过去"(good old days)——如老英格兰(Old England)惬意的田园生活和"农耕美德"(rural virtues),以此来抨击或逃避现实。③ 威廉斯明确指出,工业革命对自然(土地资源、水资源和矿产资源)的掠夺使得 18、19 世纪的英国诗人们开始重新思考乡村、自然和城市的关系。这种思考所引发的就是一股浓厚的自然风和乡村风——从自然中疏离出来的心灵企图重新在自然中找到"庇护与安慰"(retreat and solace)。这在《毁坏的村舍》结尾处(513—523 行)荒草覆盖毁坏的村舍的描写中被体现得特别典型——威廉斯指出,孤独的路人在这里看到的是"宁静的生命"(still life):"一个对抗纷扰和变化的意象。"除了自然风光之外,威廉斯指出,浪漫主义诗人还将目光投向了"微贱"的人物,甚至将这些人物理想化。正是在这个意义上,《迈克尔:一首牧歌》的副标题为"一首牧歌":因为该诗将湖区自给自足的农耕生活、将湖区农夫—牧羊人坚忍不拔、克勤克俭的农耕美德予以了理想化、浪漫化,甚至神秘化。迈克尔一家"不息的劳作/在山村里已经成为佳话"。但是湖区外面的商业势力却正在吞噬这种农耕生活及其美德:"那座被称为

---

① Terry Gifford, *Pastoral* (London: Routledge, 1999), p. 2.
② Greg Garrard, *Ecocriticism* (London and New York: Routledge, 2004), p. 34.
③ Raymond Williams, *The Country and the City*, p. 12.

'夜星'的茅屋/已经不复存在,在其曾经的地基之上/已经被犁铧翻犁:其周围环境/也已经发生巨大的改变。"①

威廉斯的《乡村与城市》一书开启了新马克思主义——新历史主义批评家对于华兹华斯将牧歌神秘化的批评路线,赛尔斯的《威廉·华兹华斯与地产》一文就是这方面的代表。②

赛尔斯指出,华兹华斯虽然描绘了迈克尔和他的妻子遭受的艰辛,但却没有具体指出这个艰难困苦的来源,也没有对这些悲剧进行透彻的社会——政治分析,尤其是对主宰湖区的真正的"经济力量"(economic agency)故意视而不见。因此,《迈克尔:一首牧歌》不是一首古典牧歌,而是一首矫揉造作的浪漫牧歌——华兹华斯玩弄的是"伪牧歌主义者"(crooked pastoralist)的老把戏。③

赛尔斯尖锐地问道:"在《迈克尔:一首牧歌》中华兹华斯到底想要兜售什么?"④答案是,华兹华斯写作《迈克尔:一首牧歌》的目的是想要竭力兜售一幅湖区自给自足的乡村经济生活以及农人坚韧不拔的精神和家庭关爱的和谐图画。的确,在1801年写给查尔斯·福克斯(Charles Fox)的一封信中,华兹华斯自己宣称:

> 在《兄弟》和《迈克尔:一首牧歌》两首诗当中,我试图描绘出一幅家庭关爱(domestic affection)的画卷,我自己知道这一类人现在只生活在英国北部。他们都是独立的小产业所有者,在当地被称为小自耕农(statesmen)。他们体面,有教养,每天在自己那块小小的土地上勤劳地耕作。与人口稠密地区不同,家庭关爱在那些人口稀少的农村地区的人

---

① Raymond Williams, *The Country and the City*, pp. 127—130. 所引诗句为笔者自译。

② Roger Sales, "William Wordsworth and the Real Estate", in Roger Sales, *English Literature in History 1780—1830: Pastoral and Politics* (London: Hutchinson & Co. Ltd., 1983), pp. 52—69. 自从约翰·巴利尔(John Barrell)以来,在浪漫主义诗歌对于18世纪末、19世纪初表现英格兰农村风貌的问题上,新马克思主义—新历史主义浪漫主义研究者们便将注意力越来越多地投射到土地拥有问题之上。巴利尔关注了圈地运动的后果,而辛普森则从行政堂区的历史记录(parish records)和农史资料中寻找19世纪早期格拉斯米尔山区真正的农村风貌,从而揭示华氏在诗歌中如何压抑了真正的历史。赛尔斯的文章是这方面研究的集大成者。

③ Roger Sales, *English Literature in History 1780—1830: Pastoral and Politics*, p. 55.

④ Ibid., 57.

们(当然前提是他们的生活并不贫困)之中体现得最为强烈。对于那些只见到过雇工、雇农和贫穷产业工人的人士而言,这些小地产拥有者(他们的土地是从祖先那里继承下来的)独有的家庭关爱之情所蕴含的力量巨大得简直不可想象。他们所拥有的那一小块田地就是维系这种家庭关爱之情的纽带——土地就像石碑一样,上面镌刻着这些情感,使得人们世世代代千百次凝望追忆这些情感——否则人们就会将这些情感完全遗忘。[1]

这在《迈克尔:一首牧歌》中体现为勤俭的迈克尔一家所代表的前资本主义(18世纪早期)的自给自足的英国农业—牧业经济乌托邦:迈克尔以及其妻子伊莎贝尔对于他们的劳作和生活非常自豪——因为那是他们自己的工作!在那里,也还没有出现所谓的资本主义劳动分工。家庭手工业(cottage industry)似乎在一个真空环境中美妙地进行着:"她是一个生活忙碌的女人/全部的身心都在家庭事务的操劳中:她有两架古老的/纺车,大的那架用来纺织羊毛,/小的那架用来纺织亚麻,如果其中一架在休息/那是因为另外一架正在转动。"牧羊、耕作和家庭手工业使得迈克尔一家不仅生活自给自足,而且似乎构成了一个与外界隔绝、隐士一样的家庭单位——迈克尔一家人既不参与任何经济活动,而其"夜星"茅屋也"孤独"地屹立在山谷中:"他们的茅屋位于一块隆起的山梁上/孤独地屹立着,坐北朝南,/……西边是临湖的村子。/从村口远远望去,茅屋每晚必亮的孤灯/提醒着人们居住在山谷中的那家人,/村里人,不管老少,都将那茅屋称为'夜星'。"

但是令华兹华斯悲哀的是随着工业化、商业化的日益加剧,这些北方小自耕农正在失去作为维系"家庭关爱之情纽带"的土地,而土地的失去就意味着那些小自耕农以及他们所代表的那些传统价值观的消亡。因此,赛尔斯指出,在《迈克尔:一首牧歌》中,华兹华斯展示了北方小自耕农身上所体现的"勤劳、节俭、毅力和坚韧"等牧羊人—农夫的美德,"他宣称这些美德只有在18世纪早期的英国社会中才存在,也只有这些传统的美德才能让英国重新回归到正确的轨道上"。华兹华斯最初的想法是通过写作一首牧歌来拯救那业已失

---

[1] Ernest de Sélincourt, ed., *The Early Letters of William and Dorothy Wordsworth 1787—1805* (Oxford: Oxford University Press, 1935), pp. 261—262.

去的传统的牧羊人的生活,但是我们在《迈克尔:一首牧歌》中所体味到的更多是安魂曲或挽歌的味道:华兹华斯在这首作品中既赞美又埋葬了迈克尔与他所代表的价值:"那座被称为'夜星'的茅屋/已经不复存在,在其曾经的地基之上/已经被犁铧翻犁;其周围环境/也已经发生巨大的改变,只有那棵曾经位于村头的橡树/还依然挺立;那半途而废的羊圈如今只剩下一堆残垣/但在绿头山边的淙淙山涧旁还仍然清晰可见。"赛尔斯指出:"《迈克尔:一首牧歌》的文本组成了一个圆圈,我们从羊圈的废墟开始,最后又回到了这个废墟。"这个文本的圆圈形式以及流淌在字里行间的哀婉安魂曲表明,在呼啸而来、势不可挡的现代性列车面前,任何维护传统村社的社会救治方案都是没有任何作用的。①

然而,在赛尔斯看来,这首悲怆的安魂曲所埋葬的不仅是迈克尔一家及其所代表的农耕美德,更为重要的是被《迈克尔:一首牧歌》的文本形式刻意置换、压抑,甚至歪曲了的真实的湖区农业经济史。在《迈克尔:一首牧歌》中迈克尔说过这样一段话:"当我接手的时候,/这些田产的赋税已经十分沉重(burthen'd);/到了我四十岁的时候,我所继承的田产/已经剩下不到一半。"这里的沉重赋税所包含的意义是什么?此外,在该诗的结尾处,那犁过"夜星"的"犁铧"的主人是谁?也就是说,是谁最后攫取了迈克尔那一小块田产和宅基地?赛尔斯指出,在《迈克尔:一首牧歌》中,两个关键问题——迈克尔土地的租期问题(the issue of land tenure)以及犁过湖区平静土地的、搅动了湖区宁静生活的犁铧主人的身份问题——都语焉不详。在赛尔斯看来,华兹华斯对于这两个问题的回避并非出自一时的疏忽,而是华兹华斯精心设计的结果。我们知道迈克尔决定为他的侄儿担保,而且华兹华斯暗示这个侄儿不生活在湖区,"因为一些不可预测的灾难/突然降临到他的身上"。这听起来更像是湖区外面商业世界不可预测的盛衰而非湖区的自然节奏和农耕生活的特征。迈克尔决定让鲁克去城里打工来还债(pay off forfeitures),以保住而用不着变卖祖传的那一点点房产和土地(real estate),也意味着鲁克还有希望从父亲那里继承这份祖业。鲁克离开了湖区的农舍,他忘记了家庭关爱等乡村美德,忘记了田间劳动所获得的骄傲和尊严是维系家庭的纽带,因而堕落了。也就是

---

① Roger Sales, *English Literature in History 1780—1830: Pastoral and Politics*, pp.54—55.

说，华兹华斯向我们暗示，摧毁了迈克尔祖产的是一个外在于湖区农耕社会的遥远的商业世界；后来买下迈克尔田产的人不是湖区居民，而可能是一个在堕落的城市（dissolute city）里发了财的陌生人。也就是说，华兹华斯非常巧妙地在《迈克尔：一首牧歌》的文本中构筑起了一个拥有农耕美德的湖区与堕落的城市—商业世界之间的二元对立。这个二元对立掩盖了湖区真正的土地问题，掩盖了掠夺了迈克尔田产的真凶，因为它使得发生在山区农村的变化看起来似乎是外部商业势力入侵以及自然过程变迁的结果。①

那么谁才是攫取了迈克尔田产的真凶呢？仔细考察湖区的农史资料，我们会发现，真实的历史是：19世纪初期导致湖区北方自耕农大批破产的真凶并非外部商业势力，而是主宰湖区经济生活的封建庄园贵族（lords of manors）以及从中世纪继承而来的"土地保有习惯法"（customary tenure）。在1794年出版的《康伯兰郡农业状况总览》（*General View of the Agriculture of the County of Cumberland*）一书中，约翰·巴里（John Bailey）论述了湖区地主是如何迫使小自耕农承担封建义务（feudal obligations）：

> 可能在全英国没有几个地方像康伯兰一样，土地被切割成非常小的一块块，每一小块土地都有其耕种主人；但绝大多数的土地却被掌握在庄园贵族手里，这些土地以一种被称为"土地保有习惯法"的法律形式租借给佃农耕种。当遇到财产转让（on alienation）、领主死亡或佃农自己死亡等情况时，佃户或其家属就必须支付贡金（fines）和退还贡物（heriots）。此外，佃户在每年的所谓"恩惠日"（Boon-days）的时候，还必须缴纳各种各样的税金，或承担各种各样的义务劳作，诸如为领主搬运泥炭、为领主犁田、收割谷物、制干草、送信件，或其他领主所吩咐的事务等。②

根据巴里的估计，在康伯兰郡大约有三分之二的土地处于这种"土地保有习惯法"的封建体系之中。那些纯粹依靠租借土地耕种的人生活得更悲惨，因为康伯兰的贵族和乡绅几乎不会签订有约束性的文件（binding documents），或者开出一租就是连续9年的租期。安德鲁·普林格（Andrew Pringle）的《威斯

---

① Roger Sales, *English Literature in History 1780—1830: Pastoral and Politics*, pp. 56—57.
② Ibid., 58.

特摩兰的农业状况总览》(*General View of the Agriculture of the County of Westmoreland*)对于"土地保有习惯法"的形式也进行了抨击。湖区的小自耕农也必须向领主征缴纳什一税(tithe),因为这些封建领主是教会财产和权利的继承者(lay impropriators)。① 这些史料清楚地表明,当时湖区大部分像迈克尔那样的自耕农其实并不真正拥有祖传的土地,他们只是在"土地保有习惯法"的名义下拥有其土地——根据后者规定,一旦他们不能够履行对领主的"封建义务",他们就必须把土地归还给领主。也就是说,最后攫取了迈克尔田产的并非湖区外面的某种工商业势力,而是湖区内部的封建领主。

那么华兹华斯为什么要在《迈克尔:一首牧歌》中掩盖这个事实呢?这就需要将《迈克尔:一首牧歌》与1818年华兹华斯发表的两篇助选演讲文章进行对位阅读。1818年威斯特摩兰郡举行议会选举,华兹华斯以小册子的方式发表两篇帮助湖区贵族劳瑟家族(Lowthers)竞选的文章:《致威斯特摩兰产业所有者的两篇演讲》("Two Addresses to the Freeholders of Westmorland")。在第一篇演讲中,华兹华斯说:

> 为了维护英国的繁荣富强,大城市和工业制造中心的那些民主活动必须受到英国一些大贵族家族(他们拥有大量田产和世袭权力)的制衡——否则,英国的法律和宪法将很难应付随时可能出现的社会动荡。就我们郡而言,我必须提醒人们,有一个非常重要的问题他们根本没有意识到,那就是,在我们这个地区有些极具影响力的人士对于我们地区是如此重要,通过他们对政府的巨大影响力,他们能够促成有利于威斯特摩兰人们福祉的任何法案的通过。我们必须承认,劳瑟家族就是这样一个具有巨大影响力的家族……②

在湖区,劳瑟家族不仅财力雄厚、名声显赫,而且还拥有华兹华斯这样高明的吹鼓手,难怪劳瑟兄弟最后轻松击败了他们的竞选对手——辉格党的亨利·

---

① Roger Sales, *English Literature in History 1780—1830: Pastoral and Politics*, p. 58. Lay impropriators 指的是亨利八世捣毁寺院运动之后获得教会权利的封建贵族。参见 http://en.wikipedia.org/wiki/Dissolution_of_the_Monasteries (2021年5月8日访问)。

② William Wordsworth, "To the Freeholders, & c.", in W. J. B. Owen and Jane Worthington Smyser, eds., *The Prose Works of William Wordsworth*, Vol. III, p. 160.

布罗曼(Henry Brougman)。①

那么华兹华斯为什么要如此尽心尽力地支持劳瑟家族呢？原因很简单，后者是华兹华斯的恩主：华兹华斯的父亲曾经是劳瑟家族的政治代理人(political agent)；劳瑟家族曾经在1806年帮助华兹华斯在威斯特摩兰购置了一小块田产，而且还帮助华兹华斯还清了一笔债务；1813年正是劳瑟家族利用他们巨大的影响力为华兹华斯谋取到了威斯特摩兰税务官的职位。华兹华斯竭力支持劳瑟兄弟就不奇怪了。②

正是基于上述史料的考证，赛尔斯指出，如果说1818年华兹华斯两篇针对湖区自耕农的演讲是为劳瑟家族所做的明目张胆的竞选广告的话，早些时候写成的《迈克尔：一首牧歌》则可以被看作是为劳瑟家族所做的隐晦的竞选广告；两者所表达的观点和用意只有程度的差异而没有本质的区别。赛尔斯同时还提醒我们，劳瑟家族不仅控制着湖区大量田产，同时还开始向工商业资本主义发展。如湖区的怀特切文(Whitechaven)等市镇就是劳瑟家族所经营的煤炭和烟草帝国的势力范围。因此，在《迈克尔：一首牧歌》中，鲁克最后所去的地方并非湖区内部某个具体城镇，而是湖区外面一个不知名的城市。赛尔斯推测，如果鲁克去的是怀特切文，他看到的将是因为劳瑟家族煤炭产业的发展而造成的大量失去土地、流离失所的小自耕农。也就是说，在赛尔斯看来，以劳瑟家族为代表的湖区封建贵族一方面继续享受封建特权，另一方面又在积极发展资本主义工商业。正是湖区封建贵族的双重压榨才造成了湖区小自耕农的大量破产。但是在《迈克尔：一首牧歌》中，华兹华斯却把读者的注意力引向了湖区外部的某个资本主义工商业力量，这完全是对真实历史的掩盖和歪曲：1818年的两篇助选演讲以及早年间写成的《迈克尔：一首牧歌》都是华兹华斯为劳瑟家族所做的宣传广告。③也就是说，通过将"变化"归咎于神

---

① 赛尔斯指出，劳瑟家族在湖区的经济和政治影响力是如此巨大，以至于整个湖区其实就是一个"口袋选区"(pocket borough,指1832年议会改革前由个人或家族控制的英国市镇选区)，这有理由使我们怀疑《序曲》第九章以及其他地方华兹华斯把湖区描绘为一个平等主义的共和国(egalitarian republic)的真实性。Roger Sales, *English Literature in History 1780—1830: Pastoral and Politics*, p. 58。

② 关于华兹华斯受到劳瑟家族恩惠以及1818年他助选劳瑟家族的具体情况，请参见 Mary Moorman, *William Wordsworth, a Biography: The Later Years, 1803—1850* (Oxford: Oxford University Press, 1968), pp. 344—363。

③ Roger Sales, *English Literature in History 1780—1830: Pastoral and Politics*, p. 59。

秘的力量或某个外来人,华兹华斯故意模糊了他所钟爱的湖区内部的阶级剥削和阶级压迫:《迈克尔:一首牧歌》呈现出的是一幅幅男耕女织、自给自足的美好图景,但是这些图景却非常巧妙地掩盖了以劳瑟家族为代表的湖区庄园贵族才是造成迈克尔悲惨遭遇的元凶这一根本事实。

当然,华兹华斯对劳瑟家族的支持也并非仅仅出于受惠者对恩主的谄媚。从1818年的两篇演讲和《迈克尔:一首牧歌》等文献我们可以看出,经历了法国革命之后的华兹华斯在政治思想上的确有一个很大的转向。他强烈地感受到资产阶级对私利的追求正在动摇整个英国社会的根基,因此对传统社会价值的崩溃悲叹不已,对于那种能够将英国乡村凝聚成为一个有机社会的"道德黏合剂"(moral cement)的缺失他也表示出极大的悲观和失望。但是,虽然华兹华斯讴歌小自耕农迈克尔所代表的坚韧、勤劳、与大自然融为一体和家庭关爱,他真正推崇的却是以劳瑟家族为代表的乡绅或庄园贵族——在华兹华斯眼里,只有这些乡绅和封建贵族才是一个有机的英国社会的道德黏合剂。这就是为什么就他背叛了法国革命理想的指责,华兹华斯在1839年辩解说:"我是一个自由的热爱者,但是我也深知,自由不能够脱离秩序和维护贵族制度的思想而存在。"①这个思想事实上贯穿在1801年致福克斯的信、《论辛特拉条约》(*The Convention of Cintra*)以及《湖区指南》(*The Guide through the District of the Lakes*)等华兹华斯的一系列作品之中。

综上所述,赛尔斯认为在《迈克尔:一首牧歌》中,华兹华斯出于自己的个人私利以及保守主义的政治立场,将湖区的农耕社会进行了美化,对湖区内部的社会结构尤其是封建领主对湖区农民的压迫和剥削等严酷现实进行了置换和遮蔽。这与上述麦克干、列文森的观点如出一辙,也就是典型的新马克思主义—新历史主义批评。我们认为,赛尔斯的某些观点值得关注,但也不能绝对化。比如浪漫主义的生态批评就认为华兹华斯的农耕理想是对现代化的批判并对当代世界的生态危机具有很大的启示意义。尤其是在《迈克尔:一首牧歌》中,迈克尔所拥有的农人的坚韧不拔、克勤克俭,以及他的身心与其周遭自然环境的浑然和谐一体就值得当代人认真品读:

---

① See George Little, *Barron's Memoirs of Wordsworth* (Sydney: Sydney University Press, 1975), p. 25.

干牧羊这一行,他行动敏捷,
比一般人更警觉。
这样他学会了如何懂得一切的风,
一切不同声音的狂飙。不止一次,
在别人毫无察觉的时候,他听到南方
地底下响着音乐,就像在遥远的
苏格兰山上有人在吹奏风笛。
老羊倌一听到这个警号,立刻想到
他的羊群,于是他对自己说:
"这风是在替我准备活儿!"
确实如此,任何时候,只要风暴一起,
旅人纷纷找地躲避,却见牧羊老人
奔向山上。一千次他投身在雨雾的中心,
孤单一人。雾来的时候他在山上,雾走的时候他依然高踞峰顶。
他就这样生活着,过了八十生辰。
谁要是以为那些绿色的山谷,
溪水,岩石对老羊倌的思想
没有影响,谁就大错特错了。
那些田野,他曾在那里愉快地呼吸了
人人共享的空气;那些山岭,他曾一次又一次
徒步跨越;它们在他的心上
刻下了多少事情的印象:
艰苦,本领,勇气,欢乐,恐惧;
他的心如一本大书,收藏了记忆……
那些田野啊!那些山岭啊!它们都怎能
不紧紧抓住他的感情?对于他,它们是
一种盲目的爱所给的愉快感觉,
这也是人生本身的愉快。①

---

① 译文参考了王佐良:《英国浪漫主义诗歌史》,第66—68页。

生态批评家批评加拉德说,《迈克尔:一首牧歌》这些诗句完全不是什么故意营造的矫揉造作的牧歌,而是真正的生态文学的先声。另一位浪漫主义生态批评家贝特也认为,《迈克尔:一首牧歌》既是一种乌托邦式的承诺,又是一种挽歌式的纪念;迈克尔与土地的那种无言的、无意识的亲密无间的联系只有仔细阅读才能被发掘出来。华兹华斯对于湖区的家园栖居感在《迈克尔:一首牧歌》这样的作品中被描绘为一种"家园逻各斯"(a logos of *oikos*):身心与自然融为一体的迈克尔才能够感觉到这种我们业已遗忘的"家园逻各斯"。① 在下一章里我们还要专门论述浪漫主义生态批评范式的主张以及生态批评家对新马克思主义—新历史主义的批评。

六、"历史想象"与华兹华斯的行乞诗

在本章导论部分,我们已经了解到,浪漫主义的新马克思主义—新历史主义研究范式并非一个统一的批评流派,在这个范式之内事实上也存在着诸多的差异、分歧,甚至相互的抵牾。虽然也重视考察浪漫主义诗人(尤其是华兹华斯)诗歌作品中的社会—历史—政治因素,但是,辛普森的《华兹华斯的历史想象:迷惘的诗歌》(*Wordsworth's Historical Imagination: the Poetry of Displacement*)一书在根本立场上就与麦克干的浪漫主义意识形态论完全相悖。麦克干认为浪漫主义文学是浪漫主义意识形态的产物,这个浪漫主义意识形态就是通过以浪漫审美想象来回避和置换社会政治问题。辛普森虽然也注重历史的考掘,但他的观点却是:浪漫主义诗人(尤其是华兹华斯)并没有一个统一的浪漫主义意识形态,面对当时复杂的社会问题和各种政治争论,华兹华斯并没有以选择性的盲视策略予以逃避,而是以诗歌写作的方式深深地卷入其中。也就是说,华兹华斯的诗歌创作就是华兹华斯对当时社会—政治问题的观察和思考。但是由于那些问题是如此复杂,以至于华兹华斯本人难以

---

① 分别参见 Greg Garrard, *Ecocriticism* (London and New York: Routledge, 2004), p. 41; Jonathan Bate, *Romantic Ecology: Wordsworth and the Environmental Tradition* (London and New York: Routledge, 1991), p. 103。

提出一个哪怕是个人性的解决方案,而是陷入了深深的迷惘困惑之中。这就是辛普森《华兹华斯的历史想象:迷惘的诗歌》一书的基本思想。该书的标题有两层意思:第一,华兹华斯的诗歌想象并非凌空蹈虚的审美逃避,而是有着坚实的历史根基——即,华兹华斯的想象是一种"历史想象";第二,华兹华斯的诗歌语言和诗歌思想参与了当时复杂的社会问题和政治问题的争论,但是华兹华斯却并没有找到一个清晰的答案,因而造成了其诗歌语言和创作思想的重重矛盾——即,华兹华斯的诗歌是一种"迷惘的诗歌"(poetry of displacement)。

在该书的导论部分,辛普森对他的研究方法进行了比较详细的介绍。他指出,许多热爱华兹华斯诗歌的人(如穆勒)都认为,华兹华斯的伟大之处在于两点:一是自然,二是孤独。辛普森指出:"华兹华斯一直被定位为一个伟大的自然和孤独的诗人(the poet of nature and of solitude)。自然和孤独被认为是华兹华斯心灵想象和创作能量的两个主要来源。这种独特的想象被认为是英国其他诗人都不具备的,仅仅为华兹华斯所独有的。"但是,辛普森认为,这个为华兹华斯研究界广泛认可的观点却忽略了一个重要的问题,那就是,在华兹华斯个人看来,"任何私己性(privacy)都不能够离开外在社会环境的因素影响。社会环境的变化总是影响着(诗人)私己性经验的创造力、想象力和精神状态。在华兹华斯的写作中根本没有那种完全自在自为的私己或个人的想象"。一言以蔽之,在辛普森看来,华兹华斯对于自然以及对于人性的思考都离不开具体社会—历史因素的制约。①

因此,辛普森指出,虽然与其他诗人相比,华兹华斯的个人生活以及诗歌创作似乎都显得孤独沉静,但是,那并非真实的华兹华斯。华兹华斯时刻关注着他那个时代的社会问题,并且将那些社会问题写入了他的诗歌之中:"华兹华斯式的想象(Wordsworthian imagination)在本质上既是社会性的(social)……也是历史性的(historical)——即,是某一个具体历史语境中具体社会事件的产物。"这首先是因为,任何创造性想象都不可能脱离由人类社会和时间—空间所构成的"经验环境"(empirical circumstances)的影响;其次,华兹华斯的许多诗歌作品事实上都是直接以一些具体历史事件或社会问题为题材,如法国革

---

① David Simpson, *Wordsworth's Historical Imagination: the Poetry of Displacement*, p.1.

命、英国的社会现状、穷人的悲惨境遇,等等,只不过这些具体历史事件往往被华兹华斯掩藏在其诗歌文本背后而不容易被普通读者所察觉;再次,那些即使不是以历史事件为题材的华兹华斯诗歌(尤其是早期诗歌)中的某些细节也是历史性的——这些细节为我们展示出的是一个矛盾、迷惘、失落和异化的而非有机—统一的写作主体。①

也就是说,在辛普森看来,华兹华斯的审美想象和诗歌创作在任何一方面都是社会—历史的产物。但是,辛普森提醒我们,更值得我们关注的是,华兹华斯的诗歌创作不仅展现了当时某些尖锐的社会问题,他的诗歌同时也参与了社会公共舆论对这些社会问题的讨论——即,华兹华斯的诗歌不仅仅是社会—历史的产物,更是社会—历史的参与者。正是在这个意义上,华兹华斯的所有诗歌都具有"隐含的公共意义"(public import),也既是说,华兹华斯的诗歌并非浪漫主义诗人的个人独语,而是与社会—政治问题密切相关的公共话语(public discourse)。他指出:"华兹华斯一直被认为是一个描写个人内心体验的诗人,很少人知道华兹华斯其实在某种意义上也是道德家和政治—经济学家。……我的论点是:华兹华斯的写作是对那种以公民和公共美德(civic or public virtue)来对抗商业—工业经济之危害因素传统观点的维护——只不过华兹华斯对这个观点的维护在其诗歌中被组织得十分微妙、难以察觉。"简言之,在辛普森看来,华兹华斯并非是一个孤独的、只描写个人私己内心体验的诗人,而是以其诗歌写作深深地卷入、参与了当时的社会—政治问题的讨论。他进一步指出,华兹华斯一直以诗人的姿态表达他深切的社会关怀。虽然他也写过一些政治—经济论文,但华兹华斯毕竟不是政治学家、不是社会学家、不是宣传鼓动家、不是柏克、不是潘恩,他仅仅是一个诗人而已,而诗人对于政治—社会问题的关注显然有其诗学策略。遗憾的是,当代文学批评界不愿意对华兹华斯的诗学理论主张后面的政治—历史潜在话语进行挖掘——这就意味着对于华兹华斯对他那个时代英国社会问题的思考,我们至今都并没有获得一种全面、系统而正确的认识和了解。②

然而,辛普森接着指出,即使用社会—历史研究来取代"自然和孤独"这个

---

① David Simpson, *Wordsworth's Historical Imagination: the Poetry of Displacement*, p. 2.
② Ibid., 2—3.

对华兹华斯的传统定位标签,社会—历史研究模式也可能难以摆脱华兹华斯研究领域中的一个固有阅读窠臼,那就是"对华兹华斯进行过分统一性的阅读"(an over-coherent reading of Wordsworth)。① 辛普森坚决地认为,并没有一个简单的、统一的、一成不变的华兹华斯——即,华兹华斯的政治思想及其作为诗人的主体性并非简单透明、一以贯之的。这是因为在华兹华斯思想中,作为诗人的审美想象与社会—历史事件之间呈现为一种相互关联、相互催生,又相互挫败的关系:

> 华兹华斯式的主体性(Wordsworthian subjectivity)其实是一个载体(a medium),它承载、传输着各种语言和经验的能量(the energies of language and experience),它清楚地传达出他那个时代的紧张和焦虑……只有很少诗人作家的心灵能够像华兹华斯的心灵那样,是一个充满着谬误、冲突和不确定性的场所。简言之,华兹华斯是一个具有高度自我意识的诗人,他所写出的是他对世界的印象以及他自己对这些印象所产生的印象。

辛普森的表述啰唆晦涩,但其大意还是大概可以被把握:华兹华斯的自我意识和写作主体并非封闭僵化的,而是敞开容受的,它容受并聚集着各种能量和意

---

① David Simpson, *Wordsworth's Historical Imagination: the Poetry of Displacement*, p. 3. 辛普森指出,对于华兹华斯诗歌和思想进行统一性归纳的始作俑者是科尔律治和 J.S. 穆勒。后者认为华兹华斯最好的诗歌没有冲突和瑕疵,展现的是"宁静沉思中的永恒愉悦之感"。阿诺德在编辑华兹华斯的诗歌的时候,就试图整理出一套统一的华兹华斯诗歌思想,即,阿诺德选本的出发点是抬高精神性贬低思想性、抬高自然性贬低社会性,以精神的超越和自然的冲淡来消解冲突、矛盾和内心张力——阿诺德认为这才是华兹华斯优秀诗歌的本质所在。于是阿诺德区分出了所谓优秀的华诗和糟糕的华诗。但是,辛普森指出,阿诺德对于华兹华斯诗歌经典的选编却没有注意到华兹华斯诗对于财产和劳动等问题的焦虑和深深的关切。即,传统的华兹华斯研究学者(以穆勒和阿诺德为代表)没有注意到华兹华斯诗歌的社会—政治维度,都只是人云亦云地将精神、沉思、孤独、自然、自我等标签用来非常简单化地定位华兹华斯。辛普森指出,华兹华斯的诗歌的确有上述精神和自然成分,但即使那些成分也只能够在一种物质性历史语境(a material history)中才能够得到理解。辛普森指出,遗憾的是,大部分华兹华斯的现代读者都被科尔律治、穆勒以及阿诺德所误导。因此,辛普森指出,他对华兹华斯的研究不再依赖所谓优秀华诗和糟糕华诗这一截然对立的标准。他指出,即使是被认为形式和谐、主客体相互融合的优秀华诗也传达着焦虑——如《丁登寺》和《不朽颂》。而华兹华斯的焦虑则表明:根本没有一个统一的华兹华斯。在这个问题上,辛普森的观点显然与麦克干是不一致的。See David Simpson, *Wordsworth's Historical Imagination: the Poetry of Displacement*, pp. 9—10.

识,因此,这种华兹华斯式的主体性其实就是巴赫金的"多声糅杂"(heteroglossia)理论所蕴含的主体间性。正是因为华兹华斯诗歌语言中的这种承载容受性、多声糅杂性和主体间性,华兹华斯的诗歌语言回荡着他所处的那个时代的各种社会—政治论战,因此成为其时代最具代表性的文化历史档案。①

总之,在辛普森看来,作为诗人的华兹华斯的主体性是未完成的、非统一的。这在华兹华斯的诗歌写作中体现为频繁使用的戏剧手法(dramatic method)。比如在《山楂树》("The Thorn")中,华兹华斯就是有意识地采用了一个身份不明确的戏剧言说者(dramatic speaker)来讲述故事,不仅如此,读者还被清楚地告知要特别注意《山楂树》中戏剧言说者与诗人本人的距离。②通过这种独特的华兹华斯式的戏剧言说手法,华兹华斯一方面展示着叙述自我(narrative ego)的行为和思想,另一方面又邀请读者参与其中。辛普森指出,华兹华斯在其诗歌写作中频繁使用这种戏剧叙事手法的根本原因是其意识形态思想本身是不确定的和开放的。比如在《西蒙·李》中,华兹华斯居然要求他的读者也参与故事构造:"我的好心读者呀,我看见/你耐心地等候多时,/现在都恐怕已经在指望/我讲出个什么故事。/读者呀,要是在你的心里/能储藏沉思默想的赏赐,/那么不管在什么事物里/你都能发掘出故事。/我下面要说的十分简短,/请务必耐心地等待:/这不是故事;如果你想想,/也许能编出故事来。"③辛普森指出,这充分表明华兹华斯的目的就是为了打破读者对作者权威的信赖,拒绝以叙事主体的叙事权威来给出任何意识形态的答案。这就使得华兹华斯的诗歌在本质上就像一个不规整的、扭曲的地质构造一样,各个层次的地质构造相互扭曲、冲突、背离。正是因为华兹华斯诗歌的这种复

---

① See David Simpson, *Wordsworth's Historical Imagination*: *the Poetry of Displacement*, pp. 3—4. 巴赫金的多声糅杂理论参见 Mikhail Bakhtin, "Discourse in the Novel", in Julie Rivkin and Michael Ryan, eds., *Literary Theory*: *An Anthology* (Oxford: Blackwell Publishing Ltd., 1998), pp. 32—44。

② 《山楂树》最早载于1798年版《抒情歌谣集》,但没有任何注释说明。到了1800年版的时候,华兹华斯专门为该诗加了一段长长的注释,即,"Note to 'The Thorn'"。其中,华兹华斯明确告诉读者,该诗的那个叙述者并非他本人,而是一个虚构的、有着极强迷信幻象的中年人。见 James Butler and Karen Green, eds., *Lyrical Ballads*, *and Other Poems*, *1797—1800*, pp. 350—351。

③ William Wordsworth, "Simon Lee", in Damian Walford Davies, ed., *William Wordsworth*: *Selected Poems*, p. 78.

杂的地质构造使得华兹华斯成为一种辛普森所称的"迷惘或异化的诗人"(the poet of displacement or alienation)。其戏剧化叙述手法就是这种探索的典型体现。①

"displacement"这个词在华兹华斯批评中并不新鲜。哈特曼的《1787—1814年间华兹华斯的诗歌》(Wordsworth's Poetry：1787—1814)中就已经提到这个概念,但哈特曼主要是在一种心理分析意义上来使用这个词的。②当然正如我们在上文中看到的那样,在浪漫主义研究中对这个术语探讨得最深入的是麦克干。在麦克干的《浪漫主义意识形态》一书中,该词的具体意义是"置换",它描述的是一种浪漫主义特有的写作策略,在这种策略的运作之下,浪漫主义诗人在自然、审美想象和形而上的沉思中将令人不舒服的真实风貌抹去或随笔带过了——即,"置换"了现实政治。这种"置换"策略构成了浪漫主义意识形态对现实政治的逃避手段之一。但是,辛普森对华兹华斯诗歌戏剧化叙事策略和复杂"地质构造"的观点从根本上就是对麦克干浪漫主义意识形态理论的否定。辛普森明确指出,当代文学理论,尤其是马克思主义文学理论批评太过关注整体性问题(totality)——各种意识形态理论——包括浪漫主义意识形态论——都是这种"整体性向往"(totalizing aspiration)的表征。他指出:"如果我们想要揭示主体间性是如何在语言之中运作的,我们就必须放弃所有与意识形态有关的理论……从而才能够使我们真正接触社会—历史学家所面对的那种物质性(历史)。"③

辛普森指出,正是出于对整体性宏大理论的不满,他才为该书的副标题选

---

① David Simpson, *Wordsworth's Historical Imagination*: *the Poetry of Displacement*, pp. 7—8. 辛普森所发现的华兹华斯独特的戏剧叙事手法被华兹华斯研究界广泛忽略。在《毁坏的村舍》《迈克尔:一首牧歌》《康伯兰的老乞丐》《爱丽丝·菲儿》等作品中这种隐藏诗人主体的叙事手法大量存在着。

② 哈特曼在分析《序曲》第十四卷华兹华斯回忆攀登斯诺顿峰的那些著名诗句中使用了这个词。哈特曼认为,华兹华斯对攀登斯诺顿山峰的回忆性描述在写作过程中实际上已经逐渐被诗人自我的心灵—想象所取代:"穿过浓雾的诗人似乎穿过的是他自己的想象——对此他自己根本没有意识到……(对攀登山峰的描绘)逐渐被自我幻象所取代(self-displacing vision)。因此,在华兹华斯那里,对往事的回忆过程(reflection)就逐渐变成了一个自我内省(reflexive)的过程。" Geoffrey H. Hartman, *Wordsworth's Poetry*: *1787—1814* (New Haven and London: Yale University Press, 1964), pp. 64—65。

③ Geoffrey H. Hartman, *Wordsworth's Poetry*: *1787—1814*, p. 12.

用了 displacement 这个词。① 此外,他对这个术语的使用并没有排斥哈特曼和麦克干给这个术语赋予的意义,恰恰相反,他"所做的是想要将两者在一种或许可以被称为历史无意识的层面上(the historical unconsciousness)进行融合互补"。辛普森进一步指出,他赞同麦克干对于 displacement 的经验化定位,但是他不赞同用"浪漫主义意识形态"这个标签来对华兹华斯做出的绝对化裁判。辛普森认为,麦克干对华兹华斯的理解中存在着一种"冗余倾向"(a residual tendency)——麦克干非常绝对地认为华兹华斯完全实现了"置换"(displacement),但麦克干没有意识到华兹华斯诗歌中事实上存在着大量的欲言又止的含混和难以调和的矛盾和冲突(即辛普森所说的"冗余")——这些都不是"置换"或逃避所能够解释的。比如,麦克干肯定地认为,《毁坏的村舍》就是用自然无声的生长来置换当时英国农村真实的悲惨社会图景(具体内容见前文)。但是辛普森指出,麦克干这个结论太绝对,至少后者没有充分意识到《毁坏的村舍》中的叙述者(personae of narrator)与诗人之间的张力关系:精神超越带给叙事者的愉悦并不一定就是诗人华兹华斯的愉悦。因此,在辛普森看来,麦克干对《毁坏的村舍》的解读就显得太过"整体化"。这种解读反而为读者塑造了一个所谓简单而统一的"华兹华斯式的主体性"(the Wordsworthian subjectivity):"一个不是通过与自然的融合,而是对(外在世界的)否定和消解而获得的有机统一的主体人格(an organically coherent personality)。"辛普森强调道,在华兹华斯的诗歌中,一种所谓的"displacement 的现象"(the phenomenon of displacement)的确存在,但是

> 那并非仅仅是华兹华斯置换外在世界的结果,也是主体性语言本身的表征(the language of subjectivity)。麦克干宣称(在《不朽颂》中)华兹华斯

---

① 辛普森指出,他本有许多其他的术语可以选取,如 alienation, divided labour, property, industry, urbanization, civic virtue 等,但是最后他还是选取了 displacement 这个更为"低调"(the humbler)的词。他指出,上述术语虽然也基本能够表达他所想要表达的意思(其中,alienation 最接近他想要表达的意思,但是这个词由于海德格尔以及马克思和布莱希特的使用而显得太具有心理分析的味道,而这些心理分析的意思跟他对华兹华斯的理解是完全不同的),但是那些词已经被当代文学理论使用得太滥,以至于已经僵化了。而且,他使用 displacement 这个词不是为了给已经汗牛充栋的理论术语再增加一个新的理论术语,而是为了刻意绕开文学理论框架的束缚。当然,如果这个词含有心理分析的味道也是有可能的,因为对于诗人语言的历史定位必定涉及有意识的表征与无意识的表征之间的关系。Geoffrey H. Hartman, *Wordsworth's Poetry: 1787—1814*, p. 13。

"失去了(现实)世界,从而获得自我灵魂的不朽"——这似乎表明,华兹华斯的确成功地置换了现实世界。但是,如果我们仔细分析华兹华斯的诗歌语言,我们就会发现,华兹华斯事实上并未成功地抹去那些阻碍他追求超验世界之诗歌理想的现实世界中的蛛丝马迹。事实上,有很多诗歌都试图寻求一种能够超越经验—历史(the empirical-historical)的别样(即,被置换的)世界,以获得某种精神慰藉(consolation)。但问题是:用于表达那种努力的语言却往往包含着对自身的解构。如果我们试图将华兹华斯视为一个道德载体的话,我们就必须承认,displacement 之于华兹华斯既是他实现了的诗歌经验,同时也是他诗歌经验过程中痛苦和挫败感的表现。[①]

在此我们就明白了辛普森对 displacement 这个词所赋予的意义:这个词在辛普森的著作中一方面表示诗人主体性的不定性和未完成性,另一方面则表示诗歌语言的"自身解构"性(这个表述基本是德里达的原话)。也就是说,和列文森一样,辛普森一方面注重发掘华兹华斯诗歌背后的社会—历史因素;另一方面又如德·曼一样(见前文),敏锐地洞悉诗歌语言和主体性的非统一—有机性。[②] 正是出于这样的理解,笔者踌躇再三,才决定将辛普森的副标题"The Poetry of Displacement"翻译为"迷惘的诗歌"。

总之,辛普森的浪漫主义研究是马克思主义的社会—历史批评与解构—

---

① David Simpson, *Wordsworth's Historical Imagination: the Poetry of Displacement*, pp. 13—14. 着重号为笔者所加。麦克干对《不朽颂》的解读见前文或 Jerome J. McGann, *Romantic Ideology*, p. 88。

② 辛普森的观点与巴赫金也有相似之处。他认为语言的历史语义永远是不确定的,这不仅是因为所谓"客观的"历史档案之精微细节常常是相互矛盾的(也就是说大历史后面的小史或稗史经常是相互抵牾、难以统一的),还在于诗人的主体—私人语言(subjective-private language)与主体间性—公共语言(intersubjective-public language)之间所构成的复杂语义关系:"诗人在选择一种语言的语义的时候并不总是有明确意识的,并不总是选择了一种意义就必定会否定掉其他的意义。事实上,经常存在的情况是,对于一种意义的选择并不能够阻止其他意义的生长。"不仅语言如此,主体性和主体间性也都是问题丛生的:"一旦我们认识到无意识本身的问题性,那么,我们就不可能准确地确定主体性开始于何处,主体间性又终止于何处——所谓主体性和主体间性这些术语与其说是某种描述性的精确概念,毋宁说是意识形态论战的口号。"这大概是说,恰恰是因为无意识本身的不确定性,所谓主体性和主体间性之间的界限其实是相当不好界定的,是模糊含混的,因此使用这些术语的时候人们并非在对某种客观现象进行科学的描述,而是在捍卫各自的政治—思想立场。在辛普森的研究中,上述问题典型地体现在华兹华斯的诗歌创作中——如《爱丽丝·菲儿》中"relief"这个词所蕴含的华兹华斯个人语言与其所处时代的公共语言之间复杂的语义纠结。详细分析请见下文。

形式主义语义分析的结合——这种结合就是新马克思主义—新历史主义批评的完美体现。前面我们已经看到了德·曼和列文森的浪漫主义研究各自的特点和成就。以笔者粗浅的观察,与列文森相比,辛普森的解构意味更浓;与德·曼相比,他对社会—历史因素又给予了更多的关注。所以,虽然列文森号称她的研究方法是解构—唯物主义,但是真正将两者成功结合起来的——也即,真正体现出新马克思主义—新历史主义浪漫主义研究精髓的是辛普森及其《华兹华斯的历史想象:迷惘的诗歌》一书。接下来,我们将重点介绍辛普森对《康伯兰的老乞丐》《几个乞丐》和《爱丽丝·菲儿》等作品的解读。

  与《毁坏的村舍》和《迈克尔:一首牧歌》一样,《康伯兰的老乞丐》也属于华兹华斯在《〈抒情歌谣集〉序》中所声称的以"微贱的村俗生活"(low and rustic life)为题材的诗歌——这与新古典主义所青睐的宫廷—贵族题材是完全不同的。在回答为什么要选取这样的题材的时候,华兹华斯有一段著名的论述。他说,在"微贱的村俗生活"中,"人性当中最为本质的情感找到了更好的土壤,从而才能够使那些情感逐渐臻于成熟……在那种生活中,我们的基本情感处于一种更为单纯质朴的状态,因而就能够得到更为缜密的沉思和更为有力的表达……"[①]华兹华斯的这些观点被艾布拉姆斯和布鲁姆等批评家所接受。比如艾布拉姆斯就认为《康伯兰的老乞丐》展示了华兹华斯"对人的本质生命(essential human life)的礼赞"[②]。而布鲁姆则认为该诗是"华兹华斯最为本质的自然人(the irreducible natural man)思想的完美表达:人回到赤身裸体的原始本真状态之中,但是他却依然拥有凛然的尊严,依然拥有无限的价值"[③]。那么,在《康伯兰的老乞丐》中,华兹华斯所说的那些单纯质朴的情感是否真正得到了强有力的表达呢?换言之,在那些作品中,华兹华斯的眼光是否的确仅仅"孤独地"注视着"单纯质朴"的人性,从而将他自己的诗歌写作与其所身处

---

  ① W. J. B. Owen and Jane Worthington Smyser, eds., *The Prose Works of William Wordsworth*, Vol. I, p. 124.
  ② M. H. Abrams, "Introduction: Two Roads to Wordsworth", in M. H. Abrams, ed., *Wordsworth: A Collection of Critical Essays* (New Jersey: Prentice-Hall, 1972), p. 10.
  ③ Harold Bloom, *The Visionary Company: A Reading of English Romantic Poetry* (New York: Doubleday & Company, 1963), pp. 188—189.

的时代的社会问题完全剥离开了呢？从上面赛尔斯对《迈克尔：一首牧歌》的阅读我们知道，华兹华斯并没有实现1800年《〈抒情歌谣集〉序》的诗歌主张。《康伯兰的老乞丐》也是一样的。

《康伯兰的老乞丐》以第一人称口吻描摹了湖区一个孤独而沉默的老乞丐的形象：

> 漫步中，我曾经看到一位老乞丐；
> 他坐在大路旁边一个不高的
> 石墩上……拿起村姑乡妇施舍的面粉
> 染白的袋子，一一取出里面的
> 残糕剩饼；他慎重专注的目光
> 慢慢盘算似的把东西看一遍。
> 阳光下面，他坐在那个小石墩
> 第二级上，独自吃着他的食粮——
> 周围是渺无人烟的野岭荒山。
> 他风瘫的手虽然避免浪费，
> 但是毫无办法，食物的碎屑
> 依然像小阵雨洒落在地上；
> 一只只小小的山雀不敢过来
> 啄食注定归它们享用的吃食，
> 只敢来到距他半拐杖的地方。①

在接下来的叙述中，有几个重要的信息值得我们注意。首先是老乞丐的专注和沉默："他的眼睛/总是盯视着地上，一边往前走，/眼光就在地上移动；因此通常/看到的不是乡野之间的常见/景物，也不是山岭、峡谷和蓝天，/他的视野只是脚前一块地方……"在这里我们看到的似乎并非一个邋遢肮脏、可怜可鄙的老乞丐，而是一个有着凛然不可冒犯之自尊气度的退伍老兵！其次，还值得我们关注的是乡里乡亲对他的态度——那不是施舍者对受施舍人的居高临下

---

① 本书所用《康伯兰的老乞丐》版本选自 James Butler and Karen Green, eds., *Lyrical Ballads, and Other Poems, 1797—1800* (Ithaca and London: Cornell University Press, 1992), pp. 228—234. 译文参考了华兹华斯：《华兹华斯抒情诗选》，黄杲炘译，第12—13页。

的怜悯态度,而是一种默默的尊重:

> 悠闲的骑马人
> 给他施舍也不随手扔在地上,
> 而是停下马来,为的是让钱币
> 稳稳当当地落在老汉帽子里;
> 离开他时,人家也不随随便便——
> 即使催动了坐骑,还是要侧过
> 身子,扭头朝这上年纪的乞丐
> 仔细地看看。夏天里,管着路卡
> 收通行费的妇女在她的门前
> 摇着纺车时,只要看见老乞丐
> 在路上走来,就会放下她的活,
> 为他拉开门上的闩让他通过。
> 在树木茂密的小路上,当驿车
> 辚辚的轮子将要超过老乞丐,
> 那驾车的驿差会在后面叫他,
> 要是叫过后他的路线不改变,
> 驿差的车轮悄然地靠近路边,
> 让驿车在他的身旁轻轻驶过——
> 嘴里既不骂,心里也全无怨气。①

紧接着,华兹华斯突然插入一段议论:"但别以为这人没用,政治家们! /精明强干使你们的心思不宁, /你们手里一直准备着的扫帚, /要扫世上的讨厌虫……"正是这段突然插入的议论将《康伯兰的老乞丐》与"如何济贫"这个搅动着当时整个英国社会的政治争论联系了起来。

在《康伯兰的老乞丐》一诗开头,华兹华斯就交代了该诗的写作背景:"包括本诗所描绘的老人在内的这类乞丐,很可能不久将会绝迹。他们是些穷苦的人,而且大多数都是年老体衰的人,只能让自己在邻近一带按着一定的路线

---

① 译文参考了华兹华斯:《华兹华斯抒情诗选》,黄杲炘译,第13—14页。

周而复始地走着。在某些固定的日子里,他们从一些人家得到定期的施舍;这种施舍有时是现钱,更多的时候则是食物。"①这段话以及上述"政治家们"要扫除这些乞丐的评论蕴藏着丰富的史料信息。

在18世纪90年代,湖区内乞讨现象十分醒目。多罗茜的日记中清楚地记载了那些真实的情况。他们要么大量出现在路边,要么挨家挨户地敲门乞讨。这一方面是由于18世纪中后期湖区大量小自耕农失去了自己的土地,从而逐渐沦为赤贫的人,甚至乞丐。②另一方面,1794年农业歉收使得英国社会在18世纪90年代中后期经历了一个所谓的"匮乏年代"(years of scarcity),这进一步加剧了湖区以及整个英国农村的贫困问题。③托马斯·罗格勒斯(Thomas Ruggles)在《贫困史》(*The History of the Poor*)一书中告诉我们,由于农业歉收,"1795年夏天……英国所遭受的粮食极度匮乏和谷物价格飙升之强烈,老一代都从未体会过,也是过去一个世纪的人们所没有经历过的"④。西蒙·李、捉蚂蟥的老人、《几个乞丐》中那个身材高大的妇女和她的孩子以及爱丽丝·菲儿等穷人、流浪汉、流浪妇女和乞丐等著名的"微贱题材"人物都是这个背景之下的产物。也就是说,华兹华斯并非借助"微贱的村俗生活"来考察简单质朴的人性,而是对18世纪末、19世纪初英国真实社会—经济史的记录。或者说,华兹华斯这一时期的诗歌写作深度参与了当时英国政

---

① William Wordsworth, "The Old Cumberland Beggar, a Description", in James Butler and Karen Green, eds., *Lyrical Ballads, and Other Poems, 1797—1800*, p. 228.

② 关于湖区自耕农失去土地的问题,请参见上文关于《迈克尔:一首牧歌》的论述。事实上,多罗茜在其《日记》中对这个问题也有记载:"他(指约翰·费舍尔——笔者注)说……不久以后(湖区)将只剩下两类人:极其富有的人和极其贫困的人。小自耕农正在被迫出卖自己的田产,(湖区里)所有的土地最后将被掌握在一个人手里。"Mary Moorman, ed., *Journals of Dorothy Wordsworth*, 2nd edition (Oxford: Oxford University Press, 1971), p. 19. 西蒙·李、捉蚂蟥的老人、《几个乞丐》中的妇女以及爱丽丝·菲儿应该都属于这一类人。

③ 根据坡因特提供的史料,1794年英国遭遇一次严重的农业歉收。该年秋天,英国小麦价格开始飙升。到1795年1月,小麦的平均价格为7先令/1蒲式耳——这是1790年以来最高的价格。而到了1795年8月,小麦价格又在这个基础上几乎翻了一番。而到了1801年3月,小麦价格则已经攀升到19先令/1蒲式耳。参见 J. R. Poynter, *Society and Pauperism: English Ideas on Poor Relief, 1795—1834* (London: Routledge & Kegan Paul, 1969), p. 45。

④ 转引自 David Simpson, *Wordsworth's Historical Imagination: the Poetry of Displacement*, p. 171。

治界和文学界对贫困和乞讨这一严重社会问题的讨论。①

归纳起来，当时英国社会对于如何处理贫困和乞讨问题有如下几个代表性观点，而华兹华斯的行乞诗与这几种观点都有着复杂的关联。

一种态度是同情和关爱，这主要是 18 世纪中后期感伤文人的立场，如多比亚斯·斯摩莱特（Tobias Smollett）的《汉弗莱·克林科》（*Humphry Clinker*，1771）以及劳伦斯·斯特恩（Laurence Sterne）《感伤的旅行》（*A Sentimental Journey Through France and Italy*，1768）。尤其值得注意的是亨利·麦肯齐（Henry Mackenzie）流传甚广的《有感情的人》（*The Man of Feeling*，1771）。在那个作品中，当施舍者施舍乞丐之后，俩人并排坐着，没有任何尊卑贵贱之分，自由自在地谈论着社会状况：一种兄弟般的情谊（common feelings）在施舍者和被施舍者之间被建立了起来。②

华兹华斯的行乞诗其实就是这个文学大气候的产物，而华兹华斯本人在一定程度上也受到 18 世纪中后期弥漫在文人圈子里的那种感伤情调所影响。③ 但是，华兹华斯的行乞诗却更为复杂——他并非仅仅被动地跟随斯特恩等人抒发着感伤和关爱的陈词滥调。比如在《康伯兰的老乞丐》中，我们就看不到老乞丐与施予者之间任何形式的言语和情感交流：这个漂泊的老人似乎也是来自另外一个世界；他似乎是一种幽灵般的存在，甚至"就连农家养的那些恶狗/都懒得对他吠叫，没等他走过/门口便掉头走开。男孩和女娃、/闲汉和忙人、新穿紧身裤的顽童、/小伙子和姑娘全在他身旁经过，/连缓慢的牛车也把他甩在后面"。

对于穷人、流浪汉和乞丐，当时英国社会的另一类人所持的态度不是同情，而是厌恶，并号召减少堂区济贫（parish relief）。如弗雷德里克·伊顿爵士（Sir Frederick Eden）就倡议对全社会的济贫系统予以严格控制，因为这个

---

① 梅友在《〈抒情歌谣集〉的当代性》这篇著名的论文中注意到，事实上当时许多"杂志诗"（magazine poetry）都以乞丐为题材，而且此前感伤小说中也经常涉及富足又具有感伤情怀的人与流浪穷人遭遇之类的情节。也就是说，华兹华斯此类题材的诗歌并非他的独创，而是社会—文学大气候的产物。参见 Robert Mayo，"The Contemporaneity of the *Lyrical Ballads*"，*PMLA* 69.3（1954），p.500。

② David Simpson，*Wordsworth's Historical Imagination: the Poetry of Displacement*，p.165.

③ 多罗茜的一则日记表明，华兹华斯对"感伤忧郁"和任何"能够使人联想到破落孤寂"的事物也都充满兴趣。参见 Ernest de Sélincourt, ed.，*Journal of Dorothy Wordsworth*，Vol. I（New York: the Macmillan Company，1941），p.165。

系统"鼓励了懒惰、不节俭和道德败坏"。他严厉地指出:"贫困劳动人口的困境不是源于他们收入低(不管那些慈善家希望给他们增加到何种水平都不够),而是因为他们自己花钱大手大脚,没有节俭美德。"约瑟夫·汤森德(Joseph Townsend)甚至更为不留情面,他建议废除整个堂区救济系统:"穷人所有的希望和不幸都有赖于他们自己。他们的希望在于自我节制、勤劳、忠诚以及与雇主友好相处——除此之外,我们无法自救。"汤森德指出,每个社会都有贫穷现象,然而,"唯一的问题就在于:哪种人应该遭受冻馁之苦?挥霍的人或节俭的人?懒惰的或勤劳的?有美德的或堕落的?"亚瑟·杨(Arthur Young)则建议给那些乞丐或即将沦为乞丐的人一块田地,以便让他们能够体验物质上的自给自足是如何获得的,并进而对政府和社会机构产生忠诚。我们可以看出,与斯特恩等感伤主义文人不同,这些人对于穷人和乞丐的态度是非常冷酷强硬的。[①] 尤其值得注意的是在反对政府济贫这条路线上,态度最为坚决的就是柏克。在《论贫困》一书中,柏克指出:"如何获取生活所需并不是政府所能够管得了的。有的政治家觉得他们能够这样做,那完全是徒劳的。"因此柏克强烈反对政府介入济贫事务。他指出,罗马帝国的教训告诉我们,政府"不要试图去供养其国民",因为国民一旦习惯于被供养,他们就会变得"永不餍足了":一旦老百姓把获取面包的希望寄托在政府那里,"他们最后将会吞噬那喂养他们的手"。[②] 不仅如此,他还认为,对于穷人,仅仅是感伤的同情悲哀是于事无补的:对穷人与其表示毫无意义的空洞感伤同情,不如"按照每个人的实际能力将同情转化为实际行动",就是尽其所能做"慈善事业"(charity)。他指出:"毫无疑问,对穷人行善是所有基督徒必须面对的责任。"[③]另外就是要教导穷人学会"忍耐、勤劳、克制、节俭和虔敬"等美德。[④] 也就是说,柏克根本不赞同政府层面的救济行为,而仅仅赞同民间慈善事业和激励穷人自强自立。柏克的这些观点隐隐约约地出现在华兹华斯的诗歌之中。

---

① 以上史料转引自 David Simpson, *Wordsworth's Historical Imagination: the Poetry of Displacement*, p. 167。

② Edmund Burke, *Thoughts and Details on Scarcity* (London, 1795), pp. 2, 31. (注:该版本未注明出版社)。

③ Ibid., 4, 18.

④ Ibid., 4.

但后面我们也会看到,并非像许多人所认为的那样,华兹华斯也并不完全就是柏克的信徒。

与上述两种意见不同,在当时的英国社会还有另外一批被华兹华斯称为"政治家"的人士提出了一揽子的政府救济方案——其中的代表人物就是臭名昭著的功利主义哲学家边沁和著名的保守派政治家皮特。

边沁对行乞现象极为厌恶,并以其超凡的洞察力对当时英国社会的行乞现象进行了细致入微的观察和描述。边沁将乞讨现象所产生的种种危害(mischiefs)大致归结为:1)乞丐往往胡搅蛮缠、强行索取,而且故意利用心肠软人士的"同情痛感"(the pain of sympathy)来索取施舍;2)肮脏邋遢恶心;3)鼓励懒惰,败坏勤劳等社会美德;4)导致犯罪,等等。为了解决行乞问题,边沁提出建立一种类似于他在1785年提出的"圆形监狱"(panopticon)模式改造1576年英国就设立的"教养院"(work house)或"工场"(industry house)和"贫民习艺所"(school of industry,建立于1723年),以一种新的方式来收容并改造乞丐和流浪汉。边沁罗列了建造此种工场在建筑设计方面的9种主要考虑及其所蕴含的功能。比如第四项和第五项建筑原则分别是使其具有道德改造和规训纪律的功能。具体设计是:14.全景式透明;15.随时监控;16.劳改分子根本无法知道监控者在场与否。[①] 边沁所设计的这种圆形监狱式的工场的目的就是清除乞丐和流浪汉——有谁愿意被关在那种监狱一样的工场呢?

如果说作为学者的边沁仅仅从理论上对解决行乞问题进行了探索,那么作为政治家的皮特则提出了一个引起很大争议的《皮特法案》(Pitt's Bill)。《皮特法案》的一个最引人瞩目的特征就是对政府济贫体制进行全面改革以及强制性地建立贫民习艺所。而此种改革所需的巨大资金投入则来自对所有产业所有者所征收的济贫税。事实上,因为农业歉收,早在1795年12月的一个法案就已经授权济贫委员会(the guardians)增加对各行政堂区(parish)征收的济贫税,从而使之能够保证对穷人的救济供应。因此,毫不奇怪的是,

---

① Jeremy Bentham, *Pauper Management Improved*, in John Bowring, ed., *The Works of Jeremy Bentham*, Vol. 8 (Edinburgh: William Tait, 1843), http://oll.libertyfund.org/titles/2208 (2021年5月8日访问)。

对于皮特计划反对最为强烈的声音来自中产阶级纳税人:他们不得不为了兴建那些习艺所而缴纳更多的税钱。尽管行政堂区的意思是将习艺所的利润用于救济事业本身,但兴建那些习艺所前期的投资花费还是相当大的。①

那么现在我们要问的是:在18世纪90年代关于如何处理贫困、乞丐和流浪汉这个问题上华兹华斯的态度是怎样的?进而言之,《康伯兰的老乞丐》以及下文我们将讨论到的《几个乞丐》和《爱丽丝·菲儿》等作品透露出了怎样的信息?

我们知道,在《康伯兰的老乞丐》中,华兹华斯明确批评以边沁和皮特为代表的"政治家"手里"一直准备着扫帚",想要扫除康伯兰的老乞丐这样的"讨厌虫"(即,把他们关进贫民习艺所里去)。在该诗出版多年以后的《芬维克笔记》中,华兹华斯回忆道,该诗题材人物源于他少年时代亲眼所见:

> 我时年23岁。当时许多政治—经济学家都开始讨论如何向行乞开战,同时也是——即使不是直接地,至少也是间接地——向施舍行为(Alms-giving)开战。到(1834年的)《济贫法》修正案(the AMENDED poor-law bill)时,这个冷酷的过程已经走到了极致。然而,那些动议的冷酷本质却被掩盖在冠冕堂皇的口号之中:其中之一就是把穷人托付给其所在社区的自愿捐赠(voluntary donations of their neighbours)——但准确的说法则是:要么迫使穷人接受济贫工场协会(the union poor House)的救济,要么迫使他们放弃其基督徒的体面和尊严、不得不接受施舍(Alms),因为对于施舍者而言,此种施舍并非出自其良善的本性,而是一种被迫的行为。结果,除了那些真正具有仁爱慈悲之心的人士之外,贪婪自私之徒事实上反而可以一毛不拔。②

由于成书年代久远,《芬维克笔记》又是访谈录,充满着不规范的口语表达,这造成了我们理解华兹华斯这段话中许多用词和语句的困难,笔者也只能够根据上下文以及当时的历史背景猜测(笔者的上述翻译也有很大的猜测成分)其

---

① 《皮特法案》的大致内容请参见 J. R. Poynter, *Society and Pauperism: England Ideas on Poor Relief, 1795—1834*, pp. 62—76. 正是因为反对声音太强烈,《皮特法案》1796年提出,1797年即被废止。

② Jared Curtis, ed., *The Fenwick Notes of William Wordsworth* (Tirril: Humanities-Ebooks, 2007), pp. 112—113.

大致意思。比如"社区自愿捐赠"具体所指的可能是中产阶级被迫缴纳济贫税用以创办和维持"贫民习艺所"这个事情——或许,当时政府对济贫税的征收打的是"自愿捐赠"的幌子?此外,中产阶级或者也可以以实物捐赠的方式(即原文中的"施舍")来冲抵缴纳济贫税?但不管怎样,《芬维克笔记》中的这条材料所蕴含的中心思想是明确的(这与《康伯兰的老乞丐》一诗中的思想是一致的):华兹华斯强烈反对边沁—皮特济贫路线。这具体体现为华兹华斯连续用了两次"forced"这个词,以表达他对"济贫工场协会"(即"贫民习艺所")以及强迫性的而非自愿的施舍形式的愤怒。

那么华兹华斯反对边沁和皮特路线的原因是什么呢?在《康伯兰的老乞丐》中,华兹华斯给出的答案比较复杂,但仔细分析起来,不外乎三个。一是乞讨行为和乞丐都是"自然法则"的产物:"上帝创造的万物,不管多低贱,/形象多卑下、野蛮,即使最讨厌、/最愚蠢的,都不会完全与善无缘——/任何形式的存在,都会同一种/善的精神和意向,同一个生命/和灵魂不可分离地联系在一起。"所以,人们应该以仁爱之心善待大自然的生灵万物——包括乞丐和流浪汉:只要他们保得住"清白","再落魄也不会/沉沦到遭受鄙视的地步;只要/不冒犯上帝,就不会永遭驱逐……"这就是明显地在回应边沁和皮特将乞丐和流浪汉关进"贫民习艺所"的动议了。华兹华斯的第二个理由是乐善好施行为也能够培育施舍者的宽厚之心:

  这老汉慢慢地挨门
  逐户走去,村民们看见他就像
  看见不然就记不起来的往事
  和乐善好施的记录。这就使人
  常常以宽厚为怀……
  在农庄和孑然独立的农舍间,
  在野村和稀稀落落的屯群里,
  不管老乞丐来到了什么地方,
  难背弃的惯常做法自然促成
  仁爱的举动
  ……不知不觉间就这样使得灵魂倾向德行

和真正的善良……①

尤其值得注意的是华兹华斯的第三个理由:对乞丐给予同情能够使得那些衣食无忧的施舍者本人得到告诫并感到庆幸:

> 同情、思索的第一次轻轻叩击,
> 由此,他们发现了自己的同类
> 处在一个匮乏、悲哀的世界中。
> 安乐的人坐在门前,像绿墙上
> 挂下、悬在他头顶上方的梨子,
> 全在阳光中饱餐;年轻力壮的,
> 幸运而没心思的,有栖身之处
> 而且在同类人的圈子里过着
> 舒心日子的,全在他身上看到
> 无声的告诫,对想到自己享有的
> 恩惠、权利和没有冻馁之忧的人,
> 这必然打动他们的心,使他们
> 在片刻之间掠过了一阵自我
> 庆幸的念头……②

辛普森指出,华兹华斯笔下的老乞丐"不是对于穷人的侮辱,也不是不鼓励他们努力自强……而是刺激和劝诫——那些还没有沦为乞丐的人应该庆幸并感谢自己相对还算过得去的命运,从而以更'愉快的心情'进行施舍。(在《康伯兰的老乞丐》中)也同样隐含着(边沁所说的)'同情痛感'(the pain of sympathy),但是这种'同情痛感'却被华兹华斯转化成为一种具有完全积极意义的自我尊严感(self-esteem),以及一种对于自己相对幸运的命运的庆幸"。也就是说,衣衫褴褛、身躯佝偻的老乞丐以及对老乞丐的施舍不仅没有使湖区的乡里乡亲感到不舒服,反而使得他们感到庆幸并在施舍的过程中获得了一种自我尊严感。辛普森认为,被乞丐现象弄得不舒服的其实是那些

---

① 华兹华斯:《华兹华斯抒情诗选》,黄杲炘译,第15—16页。
② 同上书,第17页。

"体面的中产阶级"或边沁和皮特那样的"政治改革家":他们被"同情痛感"所烦扰,因为他们觉得"如果不给乞丐施舍点什么,他会感到有点愧疚"①。简言之,在辛普森看来,在《康伯兰的老乞丐》中,华兹华斯非常明确的观点就是:

> 悲苦景象以及对于悲苦之人的同情体验不是对社区的威胁,而恰恰是维系社区的最好方式。与中产阶级的政治学说和社会改革家的理论不同,华兹华斯的观点是,贫穷的村民需要这些四处游走的乞丐来获得一种自我尊严——如果没有乞丐,他们就难以体会到这种自我尊严感。这些效果在诗中几乎是漫不经心地表露出来的:村民们从根本上需要老乞丐的存在——就像老乞丐自己"风瘫的手"无法避免"食物的碎屑依然像小阵雨洒落在地上"一样。在该诗中,慷慨已经超越了慷慨这个概念本身。

因此,"该诗显然是对边沁理论的挑战——后者认为人们对于乞丐的自然反应是不舒服甚至恶心。华兹华斯则认为,善行对于芸芸众生——包括小鸟——都会产生极大的关爱之情"②。

在理清了华兹华斯对边沁和皮特的强烈反对态度之后,我们接下来需要追问的是:华兹华斯对于柏克的观点又持着怎样的态度呢?詹姆斯·钱德勒(James Chandler)从柏克和华兹华斯都反对政府介入济贫这个共同的观点入手,认为《康伯兰的老乞丐》的写作与柏克思想有着密切的联系。③ 但辛普森却认为,华兹华斯与柏克思想虽有一定的关联,但远非钱德勒所说的那么简单。辛普森指出,柏克所持的强烈的放任主义精神(*laissez-faire* spirit)在《康伯兰的老乞丐》中的确能够找到蛛丝马迹。但是华兹华斯比柏克要谨慎得多,比如他就没有像柏克那样居高临下地训诫乞丐要学会"忍耐、勤劳、克制、节俭和虔敬"等美德。简言之,在辛普森看来,康伯兰的那个老乞丐的个人道德人

---

① David Simpson, *Wordsworth's Historical Imagination: the Poetry of Displacement*, p. 169. 事实上,同样的观点也出现在《疯母亲》("The Mad Mother")和《迈克尔:一首牧歌》之中。

② Ibid., 170.

③ James K. Chandler, *Wordsworth's Second Nature: A Study of the Poetry and Politics* (Chicago and London: University of Chicago Press, 1984), pp. 88—89.

格是模糊的——在该诗中,我们根本看不出那个老人身上是否具有或不具有柏克所说的那些美德。辛普森认为,华兹华斯的这种策略实施上就使得他避开了当时社会一个广泛争论的问题:是否应该区分开"值得救济的穷人与不值得救济的穷人"？这种策略就使得华兹华斯将读者的注意力从穷人—乞丐的道德问题引向了个人行善行为所蕴含的社会整合功能以及行善者个人的道德崇高感。而且,在华兹华斯思想中,只有"赤贫的人"才对乞丐怀有悲悯之心和行善过程中的道德崇高感:

> 但是问问这穷人,这赤贫的人,
> 去吧,去问问他,在避免恶行的
> 冷静以及无可避免的善举中,
> 是不是有什么东西能够使得
> 人们的灵魂感到满足呢？没有——
> 人和人相亲;最穷的穷人盼望
> 在消沉的生活里,有时候他能
> 确知并感到他们本人曾经
> 给予和分发了某种小小祝福;
> 能确知并感到他们本人曾经
> 对需要人家善意的人行过善,
> 为这个原因,我们都有恻隐心——①

华兹华斯接着举出了一个具体的例子来进一步说明只有穷人才会对他的穷人同类怀有真诚的恻隐之心,那是乞丐的一个女邻居:"她自己虽然拮据,/每逢周期五,却务必从自己的伙食储备中准时地慷慨取出/一大把,装进这老乞丐的袋里。/然后,她怀着一颗兴奋的心儿/从门口走回到壁炉跟前坐下,/并在天堂里营建自己的希望。"②但是,这种穷人之间相互行善的良知却非那些远离赤贫阶层的中产阶级所能够感受得到的——对于肮脏丑陋可怜的乞丐,后者的感觉"介乎于厌恶感和'同情痛感'之间"。辛普森指出,在华兹华斯看来,

---

① 译文参考了华兹华斯:《华兹华斯抒情诗选》,黄杲炘译,第18页。
② 同上。

"中产阶级想要将这些四处流浪、令人厌恶、污染视觉的乞丐扫除,关进封闭的习艺所,从而使得他们能够自食其力,而且不会让富裕的旅游者们在视觉上感到不舒服"。因此,辛普森认为在《康伯兰的老乞丐》中,华兹华斯的思想相当复杂微妙,难以简单地等同于柏克思想的注脚。①

《康伯兰的老乞丐》之复杂微妙之处还不止上述问题。既然华兹华斯既不赞成边沁和皮特那种冷酷的"贫民习艺所",又不像柏克那样追问乞丐的个人道德问题,那么,华兹华斯本人有无解决贫穷和行乞这个严重社会问题的方案呢?《康伯兰的老乞丐》最后结尾处给读者设计出了一个解决方案,那就是布鲁姆所说的"自然人"——华兹华斯告诉他的读者不必在这个问题上争执不休,就让沉默无语的老乞丐在群山荒野中自由地、诗意地漂泊,与自然融为一体吧:

> 就让他去吧,给他一个祝福吧!
> 世上万事的潮流虽把他挤进
> 那大片荒野,让他在那里显得
> 未受责难和损害地独自一人
> 呼吸和生活吧;还是让他带着
> 上天的仁慈法则赋予他的善。
> 四处漂泊吧:只要他一息尚存,
> ……就让他去吧,给他一个祝福吧!
> 只要他还能流浪,让他去吸取
> 山谷中的清新空气,让他的血
> 去同霜风和冬雪搏斗吧;就让
> 无节制的风掠过荒原,吹得他
> 灰白的头发拍打枯槁的脸颊。
> ……就让他不管在何时何地,只要
> 他愿意,就在树荫下坐下,同鸟分享
> 他凭机遇获得的食物;而最后,

---

① David Simpson, *Wordsworth's Historical Imagination: the Poetry of Displacement*, p. 172.

> 一如在大自然的照看下生活,
> 让他在大自然的照看下死亡!①

我们不得不承认,作为华兹华斯的传世名篇之一,《康伯兰的老乞丐》的结尾处的确诗意盎然:春日里清新的山风、深秋里凛冽的霜风、隆冬里漫天的飞雪——在大自然四季周而复始的轮回中,老乞丐在山谷里踽踽独行,他灰白的头发和枯槁的脸颊已经与清风、寒霜、飞雪和啄食的鸟儿完全融为一体。他顽强地生存在自然中,最后也将默默地消融在自然中。

然而,这种诗意化的言述毕竟不是解决贫穷和行乞的政治方案:毕竟老乞丐——事实上任何一个乞丐——都不是浪漫的"自然人",而是悲苦的社会人。社会人的问题只能够通过社会方案来解决。《康伯兰的老乞丐》诗意盎然的结尾处事实上也隐含着解决行乞问题的社会方案,那就是让乞丐们自生自灭。这个方案不仅以诗意的方式再次表达了反对政府救济的动议,也隐晦地传达了华兹华斯作为一个中产阶级一分子的隐秘私心。辛普森指出:"仔细推敲起来,我们也有充分的理由怀疑华兹华斯诗中的这些微妙之处对于那种反对政府救济流浪穷人的(中产阶级)观点是一种有意为之的鼓动(lobby)。"②虽然华兹华斯的"反边沁"(anti-Benthamite)立场是明确的,但是这个立场却有着私心成分。在上文中我们已经了解到,皮特1796年的动议之所以遭到中产阶级的集体抵制就是因为在各个堂区兴建习艺所和工场的费用大部分来自对中产阶级征收的济贫税。作为中产阶级队伍中的一员,我们完全有理由怀疑华兹华斯是否考虑过个人捐税问题。正因为如此,辛普森指出,华兹华斯的反边沁立场使得他"与那些反对征收济贫税的人非常舒服地坐在了一起"③。也就是说,华兹华斯鼓励保留流浪乞丐生活方式和村民施舍(charity)的观点恰好契合了那些反对政府征税(不管是用于堂区贫民救济还是用于修建造价高昂的习艺所)的中产阶级的利益。另外还有一个更值得我们深思的问题是:正如上文所分析的,华兹华斯的方案事实上就是让孤苦伶仃、老无所养的老乞丐在饥

---

① 译文参考了华兹华斯:《华兹华斯抒情诗选》,黄杲炘译,第19—20页。
② David Simpson, *Wordsworth's Historical Imagination: the Poetry of Displacement*, p.172.
③ Ibid.

寒和乞讨中自生自灭——这看似诗意盎然,但与边沁与皮特将乞丐关进苦役工场劳作而死又有什么分别?

当然,我们也不能够就如此武断地就将华兹华斯与柏克和边沁以及皮特等保守派完全等同起来。在辛普森看来,任何将华兹华斯思想归类为某一具体意识形态的做法都会失之简单化。作为华兹华斯的名作之一,《康伯兰的老乞丐》的文学话语与18世纪90年代英国社会关于济贫问题争论的政治话语复杂地交织在一起。辛普森指出:"华兹华斯急于通过讲述那个康伯兰老乞丐的故事来使其体面的读者(polite reader)意识到时间对于生命的侵蚀,急于呈现穷人身上所拥有的道德尊严(moral dignity)——他是如此之急迫,以至于最后没有能够为该诗确立一个明确的意识形态立场(ideological affiliations)。"辛普森接着指出,他这样说并非想要为华兹华斯道德上的某些瑕疵进行开脱(如关于济贫税的问题),而是因为华兹华斯的思想的确复杂多变。比如,在1821年2月26日他写给劳瑟爵士(Lord Lowther)的信件中,华兹华斯说:"你越是通过增加他人负担的方式来加强济贫机构建设,你就越会促使穷人的数量进一步增加。"而且在该信件中,他还表达了一种近似于马尔萨斯的观点,那就是对于当地一个以行乞为生的妇女与一个酒鬼鞋匠马上要结婚表示出十分的厌恶反感。① 但是在1835年的《附笔》(Postscript)中,他又坚决地宣称:"所有找不到工作的人,或者挣不到足够的薪水来保证其身体健康强壮的人,其生计都应该得到法律的保障",甚至那些"在街头路边流浪的人"都应该得到相同的保障。②

因此,《康伯兰的老乞丐》一诗中事实上充满了华兹华斯写作该诗时英国社会对于如何处理行乞、乞丐等社会现象的争论。但显然的是,《康伯兰的老乞丐》并没有给出一个明确的答案,而是将诸多复杂的思想融汇在一起——其中有斯特恩的感伤主义情怀、有柏克的反政府介入论、有边沁和皮特的影子,当然也有作为诗人的华兹华斯的浪漫悲悯以及作为中产阶级一分子的华兹华

---

① Ernest de Sélincourt, *The Letters of William and Dorothy Wordsworth*, *the Later Years 1821—1830*, Alan G. Hill, ed. & revised (Oxford: Oxford University Press, 1978), p. 39.

② W. J. B. Owen and Jane Worthington Smyser, eds., *The Prose Works of William Wordsworth*, Vol. III, pp. 240—241.

斯的隐秘私心——所有这一起都使得我们在阅读《康伯兰的老乞丐》的时候要尽量避免麦克干那样的简单和武断。这一点使得辛普森的新历史主义浪漫主义研究超越了他的前辈。

辛普森认为在《康伯兰的老乞丐》中，华兹华斯通过模糊老乞丐的道德人格，避免了当时济贫问题上一个广泛的争论：值得救济的和不值得救济的乞丐。但是这个问题到了华兹华斯写作《几个乞丐》时就无法避免了。

《几个乞丐》("Beggars")写于 1802 年，收录在《1807 年两卷集》(*Two Volumes*, 1807)中。① 该诗中所描绘的情形是多罗茜 1800 年 5 月 27 日的一次亲身经历。华兹华斯根据多罗茜的叙述于 1802 年 3 月将其写成《几个乞丐》一诗。② 多罗茜日记中，那个身材高大、向她乞讨的妇女来自苏格兰，与其丈夫和三个孩子在一起。华兹华斯在《几个乞丐》中对多罗茜的叙述进行了一定的改写。首先，华兹华斯省去了多罗茜日记中那个乞妇的丈夫和她"牵着的一个大约 2 岁的赤脚小孩"(她丈夫并未参与乞讨)。其次，在《几个乞丐》中华兹华斯强调了乞妇漂亮的外貌："她也许比高个儿男子还高……/她气度高贵……/伟岸的身材够得上做个/女王……"因此，该女人激发了"我"的浪漫想象——她或许能够"统帅古代亚马孙女战士，/或做希腊岛屿上某个寨主的妻子"。更为重要的是，华兹华斯采用了第一人称的叙述方式，再现了"我"是如何与那个身材高大、"气度高贵"的行乞女人及其两个男孩相遇——并受骗的。在该女人的苦苦哀求之下，"我"给了她一些钱，虽然她讲述的悲苦故事并不让"我"相信："她走到我面前，伸出了手掌，/苦苦地哀求我施舍一点；/我知道，在英格兰的土地上，/这样的悲苦不能出现；/可我还是给她钱，因为这人物/就像一株艳丽的野草，看着十分漂亮。"但是，接下来，"我"遇到两个追蝴蝶玩的小男孩，他们的长相表明他们显然都是刚才那个女人的孩子，可这俩孩子却告诉"我"说他们是孤儿，他们的妈妈"已经去世了许多日子"。"住口，孩子们！这是假话；/她是你们的妈妈，是这回事！"经过一番争吵之后，那俩"快活的流浪儿飞跑着去找别的乐"。

---

① 本书所用《几个乞丐》版本来自 Ernest de Sélincourt, ed., *The Poetical Works of William Wordsworth*, Vol. 2 (Oxford: Clarendon Press, 1965), pp. 222—224. 部分中文译文参考了华兹华斯：《华兹华斯抒情诗选》，黄杲炘译，第 174—176 页。以下如非必要，不再一一注明出处。

② Mary Moorman, ed., *Journals of Dorothy Wordsworth*, 2nd edition, pp. 26—27, 100.

这首诗在华兹华斯创作的全部作品中并非名作——既无悲怆感伤的情怀,亦无天人合一的空灵,但该诗却涉及当时英国社会在济贫问题上一个广泛争议的问题:哪些穷人是值得救济的?哪些是不值得救济的?

很显然,《几个乞丐》中的母子仨人都属于"不值得救济的"骗子—穷人。但问题是,为何叙述者"我"明明知道那个乞妇和她的孩子们都是骗子,但他却甘愿上当受骗、对其予以施舍呢?原因很简单,那个乞妇气度不凡、长相好看。值得注意的是,华兹华斯将该女人描绘为"一株艳丽的野草"(a Weed of glorious feature)。这表明,在华兹华斯心目中,这种女人与"吉普赛人"一样,都是生长在大地之上的野花杂草——虽然无用(weed 也有累赘无用的意思),倒也无害,而且也还赏心悦目。塞林科特最早发现"a Weed of glorious feature"之句用典于斯本塞的《缪欧坡特摩斯,或蝴蝶的命运》("Muiopotmos, or the Fate of the Butterflie")一诗。① 但是辛普森指出,斯本塞的诗提醒人们要警惕对于虚幻之美不假思索、盲目欣赏所存在的危险:在《缪欧坡特摩斯,或蝴蝶的命运》中,那只美丽而粗心的蝴蝶最后落入了美丽的蜘蛛网之中。那么,在《几个乞丐》中,叙述者"我"是否就是斯本塞笔下那只美丽而粗心的蝴蝶呢?我们知道,在《几个乞丐》中,女人和小孩都明显是骗子。虽然明知女人在撒谎,"我"却仍然给她钱,仅仅是因为她外表的漂亮。这是否说明华兹华斯本人并不认同叙述者"我"的观点?是否意味着诗人华兹华斯事实上是通过这个故事批评了"我"的这种"无头脑的慷慨"(insouciant generosity)?抑或说还存在着另一种解释:华兹华斯是否通过诗人—蝴蝶的双重意象(俩小孩既追蝴蝶又欺骗"我":"我"其实就是被欺骗、被追捕的蝴蝶)认可了此种明知上当受骗的施舍行为呢?——事实上芸芸众生(包括"我"以及美丽的乞妇和骗人的孩童)都如蝴蝶一样朝生暮死,我们何不干脆抛开任何道德判断、尽情欣赏我们所能够欣赏的(外在)美丽?② 最后一种解释可以从华兹华斯本人的说辞中得到证实——华兹华斯曾经对 H. C. 罗宾逊(H. C. Robinson)说,他写作《几个乞丐》的目的就是为了"展示美丽健康的身体所拥有的力量,以及儿童身体中

---

① Ernest de Sélincourt, ed., *The Poetical Works of William Wordsworth*, Vol. 2, p. 509.
② David Simpson, *Wordsworth's Historical Imagination: the Poetry of Displacement*, pp. 175—176.

旺盛的生命力——即使处于道德堕落状态之中也是如此"①。

由此可见,《几个乞丐》看似简单,实则复杂。第一人称叙述手法的运用、叙述者—蝴蝶双重意向的设计、对斯本塞《缪欧坡特摩斯,或蝴蝶的命运》的挪用——这一切都显示,在写作《几个乞丐》的时候华兹华斯思想的复杂性:他既思考、回应边沁等人所提出的"值得救助的/不值得救助的"乞丐等社会—道德问题,也沉思着生命的美丽和短促等哲学问题,从而悬搁与回避了前一个社会—道德问题。但是对于所有这些问题,华兹华斯并没有给出一个确切的答案。当然,在辛普森看来,华兹华斯也是不可能给出任何确切答案的。

《1807年两卷集》中另一首同样涉及慈善和流浪主题的诗是《爱丽丝·菲儿》。② 与《几个乞丐》一样,在这首诗中,华兹华斯也是将别人的所见所闻写成了一个自己的故事。根据多罗茜1802年2月和3月的两则日记记载,该故事是罗伯特·格拉汉姆(Robert Graham)的亲身经历,他将那次经历讲述给华兹华斯兄妹,华兹华斯大概是在1802年3月12—13日写成了该诗。③ 在该诗中,华兹华斯仍然以第一人称的方式复述了格拉汉姆与一个名叫爱丽丝·菲儿的流浪小女孩的遭遇。小女孩的斗篷被"我"所坐的马车挂破了,因此十分伤心,即使"我"将她带进马车并不断安慰,她还是哭得没完没了:"所有的劝慰她毫不理会……抽抽搭搭地不断流着泪——/伤心得似乎永远没个完……"直到"我"出钱叫店主人给她买了件新斗篷,"这个小孤儿爱丽丝·菲儿/第二天变得得意又欢快"。当"我"问她想去哪里的时候,小女孩说:"达勒姆。"而且她"没有爸爸,也没有妈妈。/可是,先生,我属于达勒姆(And I to Durham, Sir, belong)……"

黄杲炘先生将"And I to Durham, Sir, belong"翻译为"可是我是达勒姆的人",或可商榷,因为原句的意义并不清楚:小女孩或许出生在达勒姆,或许

---

① David Simpson, *Wordsworth's Historical Imagination: the Poetry of Displacement*, pp. 175—176.

② 本书所用《爱丽丝·菲儿》版本来自 Ernest de Sélincourt, ed., *The Poetical Works of William Wordsworth*, Vol. 1 (Oxford: Clarendon Press, 1963), pp. 222—224. 部分中文译文参考了华兹华斯:《华兹华斯抒情诗选》,黄杲炘译,第170—173页。以下如非必要,不再一一注明出处。

③ Mary Moorman, ed., *Journals of Dorothy Wordsworth*, 2nd edition, pp. 92, 100.

按照1662年的《住所法》,她属于达勒姆堂区救济名单上的人。① 但是如果她是属于达勒姆堂区的话,小女孩又为何出现在路边呢? 或许她所说的"属于"指的是她的流浪区域——即,流浪时出现得稍微多一点的地方。就此而言,爱丽丝·菲儿就像康伯兰的老乞丐那样,是属于那种依靠人们随意施舍而生存的乞丐,也就是说是没有"住所证"的、因而也就没有资格接受堂区合法救济的流浪穷人,是属于应该被遣返的对象。因此,辛普森提醒我们注意,在《爱丽丝·菲儿》中我们看不出爱丽丝·菲儿与达勒姆之间到底是什么关系,而且叙述者"我"似乎也没有详细了解这个问题的强烈欲望。通过叙述者之口我们了解到她是一个"孤儿"。但"孤儿"仅仅说明她无父无母的状态,或许她根本就是一个私生的孩子:"在英国法律中,孤儿与私生子(bastard——当时流行的说法)没有明显的分别。布莱克斯通评论说,私生子(女)被认为无人养育,没有什么财产可以继承,有时被称为'非婚生子女'(*filius nullius*:son of nobody),有时也被称为'讨厌鬼'(*filius populi*:bastard,也有'非婚生子'之意)。"因此,辛普森猜测说,爱丽丝说她自己"属于达勒姆"大概就是相当于布莱克斯通所说的"众人之女"(daughter of the people)的意思。边沁用的是"公众的孩子"(children of the public)这个称谓来称呼这类非婚私生子(女),"意思是这一类孩子从4岁起就应该被放到工场里去做工"②。因此,在辛普森看来,《爱丽丝·菲儿》一诗负载着极其复杂而含混的社会—历史意义。

在辛普森的解读中,除了"归属"问题之外,《爱丽丝·菲儿》的含混还体现在其他几个具有同样含混社会语义的用词之中,其中一个就是 relief:"所有的

---

① 1601年伊丽莎白女王颁布的《1601年济贫法》(*The 1601 Act*)对于接受救济的穷人的堂区归属就已经有规定,如必须是出生在某一堂区,或在某一堂区连续居住三年。在此基础之上,1662年查理二世的《住所法》(*Settlement Act 1662*)更是严格规定:穷人必须根据自己的出生地等条件获取某一堂区的"住所证"(settlement certificates)才能够在该堂区获得救济,违者就要被遣送回原籍。这样做的目的一是减轻某一堂区的济贫压力,二是为了加强对流浪乞丐的管理。但是到了18世纪末,一批启蒙知识分子开始对《住所法》进行严厉抨击——其中的代表就有亚当·斯密。笔者以为,从1601年到1834年英国济贫法的发展对于中国的贫困救济立法是有很大借鉴意义的——《住所法》对于我国社会更好地管理流浪乞丐、减少社会犯罪具有尤其重要的参考价值。请分别参见 Robert Pashely,"Pauper Legislation of the Reign of Elizabeth", in Robert Pashely, *Pauperism and Poor Laws* (London: Longman Brown Green and Longmans, 1852), pp. 196—197.; J. R. Poynter, *Society and Pauperism: English Ideas on Poor Relief*, 1795—1834 (London: Routledge & Kegan Paul, 1969), pp. 3—7.

② David Simpson, *Wordsworth's Historical Imagination: the Poetry of Displacement*, p. 178.

劝慰她毫不理会(Insensible to all relief);/可怜的姑娘坐在车子里面,/抽抽搭搭地不断流着泪——/伤心得似乎永远没个完。"辛普森指出,relief 一词在19 世纪的含义并不是"劝慰",而应该是"救济",尤其指上文中我们所了解到的"堂区救济"(the parish doles)。因此,辛普森指出,在该诗中,叙述者"我"似乎是在暗示,爱丽丝(及其所代表的流浪的穷人)难以被有组织的社会公共机构救济(beyond the reach of public assistance)——虽然字面意思上"我"的劝慰难以减轻她的悲伤:"难道在这里我们不是在被告知:爱丽丝不是社会公共救济机构所能够救助的,因此,只有英雄式的叙述者'我'才能够真正给予救助?(或者他也没有能做到?)"①也就是说,在处理格拉汉姆提供的那则素材的时候,华兹华斯仍然在思考着《康伯兰的老乞丐》中那个困扰着华兹华斯的公共救济和私人慈善究竟哪一种方式能够真正解决贫困的问题:公共救济自然无法彻底改变爱丽丝的命运,但私人偶发的善心就能够做到吗?虽然获得了"斗篷"的爱丽丝"第二天变得得意又欢快",但是小小的一件斗篷能够从根本上解决爱丽丝的生计问题吗?——毕竟,爱丽丝并没有对"我"表示任何感激之情。因此,对于这些问题,华兹华斯是语焉不详的,这种语焉不详同时也表明华兹华斯本人虽然以文学话语的方式参与了当时社会济贫问题的讨论,但是由于其思想的复杂和多变,华兹华斯并没有给出一个明确的答案。

总之,辛普森提醒我们要特别注意华兹华斯经常以戏剧言说者第一人称的口吻转述别人的故事这个独特的手法。在辛普森看来,这种独特的叙事方式使得华兹华斯能够与其叙述者的态度既同一又保持距离。"因此,作为读者,我们如果仔细地阅读华兹华斯的这些作品的话,我们的阅读体验就会是一种连续不断的置换和断裂/位移(continual displacement and dislocation):我们不断地陷入迷惘之中——在何种程度上作为读者的我们是华兹华斯诗歌戏剧言说者娓娓道来的故事的倾听者?在何种程度上我们都是(诗人—作者)权威视角的参与者?"②也就是辛普森所说,华兹华斯的诗歌是一种"迷惘的诗歌"。同样是运用新马克思主义—新历史主义批评方法,我们可以清楚地看出,辛普森的"迷惘诗歌"论比麦克干简化的"浪漫主义意识形态"论要客观

---

① David Simpson, *Wordsworth's Historical Imagination: the Poetry of Displacement*, p.179.
② Ibid., 183.

科学得多。

综上所述,浪漫主义研究中的新马克思主义—新历史主义范式以其敏锐的历史意识和道德担当,对此前浪漫主义研究中的种种形式主义研究范式进行了彻底的颠覆和尖锐的批判,为我们展开了浪漫主义时期英国社会和文学长期以来被压抑的一面。这是新马克思主义—新历史主义范式的贡献。然而,我们也看到,这种研究范式同样存在着诸多问题和盲点。比如伊斯索普就认为,这种新历史主义—马歇雷式的研究方法的问题就是将诗歌"锁禁"(locking)在其本身的历史语境之中——如同玛丽·雅各布斯(Mary Jacobus)在《浪漫主义、写作与性别差异》(*Romanticism, Writing and Sexual Difference*, 1989)一书中所说,在新历史主义研究者眼里,伟大的浪漫主义文学作品《序曲》仅仅是一份历史档案——这就完全抹杀了华兹华斯以及《序曲》的文学—美学价值。[①] 不仅对于华兹华斯是如此,新马克思主义—新历史主义批评排他性的社会政治批判对于所有浪漫主义优秀诗歌的审美价值都予以忽略或否定。此外,麦克干、列文森、辛普森、赛尔斯等人由于太过注重在自然山水中寻找社会政治冲突,也忽略了19世纪初工业革命兴起之时自然山水本身所面临的被破坏的威胁(事实上列文森对怀伊河两岸高炉林立、河水被污染的史料的解释本身就说了这个问题,只不过列文森囿于其政治批判而忽略了工业化、浪漫主义和生态环境问题)——这成了20世纪90年代兴起的所谓绿色浪漫主义,即,浪漫主义研究中的生态批评范式的突破口——这是在下一章中我们要展开的讨论。

---

① Antony Easthope, *Wordsworth Now and Then: Romanticism and Contemporary Culture* (Buckingham: Open University Press, 1993), p.132.

第五章

生态批评与英国浪漫主义研究

20世纪90年代,随着西方文学批评界新马克思主义—新历史主义范式的逐渐式微以及生态批评的兴起,在浪漫主义研究领域内也同样出现了所谓的绿色浪漫主义研究范式,即,浪漫主义研究的生态批评范式。[①] 而事实上,作为一种新兴的文学批评范式的生态批评与新批评、解构主义以及新马克思主义—新历史主义一样,其兴起也与浪漫主义文学研究有着密不可分的关系——在某种程度上,我们几乎可以说,生态批评范式本身就是浪漫主义研究的产物。[②] 两者的勾连在《浪漫主义研究》(Studies in Romanticism)杂志1996年秋季

[①] 关于生态批评的词源学考证,参阅 Peter Barry, An Introduction to Literary and Cultural Theory (Manchester and New York: Manchester University Press, 2002), p. 249 和 Greg Garrard, Ecocriticism (London and New York: Routledge, 2004)。

[②] 现代生态意识的发端一般被认为是根源于1962年卡森《寂静的春天》一书的出版。此书的标题提示我们当代生态学对浪漫意象的挪用:它取典于济慈《冷酷的妖女》一诗中关于鸟鸣喑哑的场景。参见贝特为《浪漫主义研究—绿色浪漫主义》专辑所写的《主编导语》。Jonathan Bate, "Editorial (of Green Romanticism)", Studies in Romanticism 35.3 (1996), p. 355。

号《绿色浪漫主义》中被体现得十分明显。

在《绿色浪漫主义》(Green Romanticism)专辑的《主编导语》中,贝特指出:"1989 年是个有意义的年份。"为什么呢？就是在这一年,柏林墙倒塌,苏东阵营开始崩溃,同时也是在 1989 年,在巴黎、阿姆斯特丹和伦敦首次召开了一系列与全球环境问题有关的国际会议。贝特指出,当西方一方面自鸣得意地宣称"我们打赢了冷战"的时候,另一方面却又不得不承认人类面临着一场新的战争——"生态灾难(ecocides),其规模之大不亚于(全球性)饥荒"。所以,贝特指出,如果 20 世纪人类历史"存在着一个所谓福柯式的断裂(a Foucauldian rupture),即一个认知转变时刻(a moment of epidemic change)的话,它发生的时刻就是 1989 年"①。在生态意义上,人类历史在那时面临着一个新危机——1989 年全球环境问题国际会议的召开在某种意义上揭开了一场新战争的序幕。

那么,当代生态危机所蕴含的所谓"福柯式断裂"与浪漫主义研究有什么关系呢？作为浪漫主义研究专家的贝特就追问道:"在这个断裂中浪漫主义文学遗产对我们意味着什么？在拉托尔(Latour)将政治问题与生态危机结合起来的思路指导之下,我们应该如何重读浪漫主义诗人？"②贝特指出,事实上,浪漫派诗人在两百年前所思考的那些问题也正是当代生态学所关注的问题——浪漫主义文学遗产的当代意义正在于此。因此,绿色浪漫主义必将是任何具有历史意识的生态批评关注的中心——这也是当代重读浪漫主义文学的必然路径。③

---

① Jonathan Bate,"Editorial (of *Green Romanticism*)", p.355.
② Ibid.
③ 贝特指出:"我们已经有太多在德里达、福柯理论支撑之下的浪漫主义研究了,此外,现在是我们运用其他一些理论家——如奥尔多·里奥珀特(Aldo Leopold)、默里·布克钦(Murray Bookchin)和米歇尔·塞雷斯(Michel Serres)的理论来研究浪漫主义的时候了。"(Ibid., 356.)需要指出的是,从生态批评的角度来重读浪漫主义文学并非仅仅是批评范式的转换——由贝特的观点我们已经看出,绿色浪漫主义的兴起从根本上是有其强烈的现实背景。这从收录在《绿色浪漫主义》中的另一篇文章——加拉德的《激进牧歌？》一文中就可以清楚看出。在该文中加拉德指出,如同"仁慈的屠宰"(humane slaughter)一样,"激进牧歌"(radical pastoral)显然是一个矛盾修辞法。这个矛盾修辞指的就是浪漫主义所蕴含的激进生态政治内涵以及 20 世纪 90 年代以来一批有社会良知的浪漫主义研究学者出于对全球自然环境日益恶化的焦虑,有意地挖掘浪漫主义文学经典所蕴含的生态伦理价值。在加拉德看来,浪漫主义研究中的"激进牧歌"(转下页)

正是基于如此强烈的社会使命感和新的生态文学观,贝特为《浪漫主义研究》杂志组织了《绿色浪漫主义》专辑。除了贝特所撰写的《主编导语》之外,该期共收录6篇文章,它们分别是派特的《浪漫派有多绿?》(Ralph Pite,"How Green were the Romantics?")、麦库西克的《科尔律治与自然结构》(James C. McKusick,"Coleridge and the Economy of Nature")、卢西尔的《布莱克的深度生态学》(Mark Lussier,"Blake's Deep Ecology")、莫顿的《雪莱的绿色沙漠》(Timothy Morton,"Shelley's Green Desert")、贝特的《与天气共居》(Jonathan Bate,"Living with the Weather")以及加拉德的《激进牧歌?》(Greg Garrard,"Radical Pastoral?")等。六位作者均为当代绿色浪漫主义研究的代表人物,他们所研究的对象也基本涵盖了浪漫主义主要作家。接下来,我们将主要根据加拉德的《激进牧歌?》一文展开介绍所谓的绿色浪漫主义,即浪漫主义的生态批评范式的基本主张。

根据加拉德的归纳,浪漫主义的生态批评有如下几个特征。第一,明确批判新历史主义的浪漫主义研究范式中所存在的人类中心主义和非唯物论问题;第二,重构浪漫主义文学经典;第三,方法论上的跨学科性或学科融合(将气象学、生态学、农学、历史学、政治学和文学修辞学等融为一体)。

加拉德将浪漫主义的生态批评范式称为一种"新新历史主义"(newer historicism),用以呈现绿色浪漫主义对新马克思主义—新历史主义批评范式的继承与超越的关系。在加拉德看来,浪漫主义研究中的新马克思主义—新历史主义范式的代表就是麦克干及其《浪漫主义意识形态》一书中所表达的观点。从上一章的论述中我们已经了解到麦克干的基本观点,那就是,浪漫主义诗人的代言人艾布拉姆斯宣称浪漫主义诗人的创作是一种"自然的超自然主义",但是,在麦克干看来,没有任何诗歌能够真正实现超自然主义——超越历史和社会,摆脱意识形态的控制——浪漫主义诗歌尤其如此。因此麦克干主张,在浪漫主义文学研究中,新马克思主义—新历史主义批评家应该去揭示浪漫主义艺术生产是如何将浪漫主义意识形态予以了非历史化、抽象化和观念化的,从而遮蔽了浪漫主义意识形态的历史具体性,使得读者和批评家们在阅

(接上页)这个矛盾修辞范式也标志着浪漫主义研究中各种语言—形式主义批评的末路。Greg Garrard,"Radical Pastoral?",*Studies in Romanticism* 35.3 (1996),p.449。

读浪漫主义诗歌过程中不自觉地认同其乔装打扮的浪漫主义意识形态。①加拉德认为，麦克干的新马克思主义—新历史主义浪漫主义研究范式虽然有着多种弊端，但是这种观点至少比此前的解构主义否定一切的激进文本—形式主义要好一些，因为它至少还承认有一种"独立存在的真实"（the independent real）。然而，在加拉德看来，麦克干所提出的浪漫主义意识形态论所存在的问题却在于：他们将真实的社会—经济状况与诗歌对这些真实历史的表征对立起来的做法（即他们对历史的重构还原）不可避免地带有人类中心主义的偏见（anthropocentric bias），"因此我们也可以将（新）历史主义历史化"，于是我们就可以发现，浪漫主义对自然的关注本身并不是对任何社会—历史问题的逃避。加拉德指出，事实上，新马克思主义—新历史主义政治批判的理论预设一开始就是错误的，那就是"认为政治仅仅是关于人与人之间的社会关系"，忽略了"政治"（politics）这个词的词源与城邦—家园（*polis*）的关系。麦克干之所以推崇海涅是因为后者能够以一种批评距离将艺术品还原到其所产生的"具体的人类环境"（concrete and human environment）之中。但是，加拉德指出，直至生态批评兴起我们才意识到所谓"具体的人类环境"中的"自然环境"因素。因此，加拉德指出，生态批评也是一种政治批评，但是这是一种全新的政治批评，它导致了一种新历史编撰学（a new historiography）的出现，后者从生态角度对马克思主义有关"存在的物质条件"（the material conditions of existence）进行了新的诠释，从而矫正了马克思主义史学观。②

---

① 值得注意的是，加拉德指出了麦克干思路的两个来源，一个是威廉斯，另一个是本雅明。（参见 Greg Garrard, "Radical Pastoral?", pp. 451—452。）的确，在某种意义上威廉斯的《乡村与城市》一书已经为麦克干的浪漫主义意识形态说奠定了基础。在该书中威廉斯提醒读者在阅读浪漫主义诗歌时应该把注意力集中到诗歌背后真正的社会—政治历史背景——后者在浪漫主义诗歌中却常常被压抑。然而，麦克干的理论资源更多的却是来自本雅明。在《启示》（*Illuminations*）一书中，本雅明指出任何一部文明史同时也是一部野蛮史，因为历史总是难以避免意识形态的介入，只有历史唯物主义者才能够与历史保持尽量远的距离，从而也才能更清楚地认识历史。参见 Walter Benjamin, *Illuminations*, Hannah Arendt, ed., p. 248。

② Greg Garrard, "Radical Pastoral?", pp. 452—453. 生态批评坚持认为自然在华氏和雪莱的诗歌中占有中心地位，这个做法并不新颖，但他们给这种观点赋予了新的政治意义。反讽的是，作为新历史主义批评先驱的威廉斯曾经这样评价《抒情歌谣集》的重要性："（华氏）积极的同情（active sympathy）真正关注的是心灵的变化，一种在自然遭到恣意改变的历史时刻（土地、水以及原材料和基本元素都在被改变）出现的一种新的意识（即使只发生在少数人那里），这种意识开始进入了一个新的历史时期，一种我（转下页）

这种对"存在的物质条件"的新诠释首先体现为一种新的"唯物论"思想。新新历史主义—绿色浪漫主义批评家认为,新马克思主义—新历史主义浪漫主义研究虽然号称唯物论,却实则看不到物质的真实存在。这在莫顿对雪莱的研究中体现得尤其明显。莫顿指出,意识形态并非存在于抽象的上层建筑领域之中,而是更为具体地体现在现实的物质生活——如人们的饮食活动之中。他指出:"人们的消费行为是全球资本流通(global flow of money)、(文化)象征秩序(symbolism)、(个人)快乐和痛苦的集散地……吃麦当劳汉堡包就是在消费一种意识形态——这个意识形态所包含的不仅仅是某个公司形象(corporate image)的问题,更是千百万吨(被消费的)牛肉。或者说,当你在享用一顿英国式'农民午饭'(a British 'Ploghman's Lunch')的时候,你其实就是在参与一种意识形态的消费——因为奶酪和布莱斯顿泡菜(Branston pickle)所传达的健壮的英国农民形象及其牧歌神话(Georgic myth)其实就是一种市场营销策略(marketing ploy)。"① 也就是说,莫顿坚决否定了意识形态的非物质性观念。正是根据对意识形态的新唯物论理解,莫顿对雪莱的素食主义政治主张、个人食谱及其文学作品进行了全新的解读。

不仅如此,在生态浪漫主义者看来,麦克干及其追随者们的非唯物论思想体现在他们对作为物质性存在的自然的否定。比如艾伦·刘就宣称"自然是不存在的"——所谓自然其实仅仅是特定的意识形态建构的定义。② 伊斯索普

(接上页)们现在称为工业化的时期。"也就是说,威廉斯认为华氏对自然的热爱是真挚的,华兹华斯对自然的爱也导致了他对人类的爱。威廉斯指出:"对于华兹华斯,有一个原则是需要特别强调的,那就是对自然、对自然法则的一往情深。华兹华斯对自然的爱一开始就包含着一种更为宽泛的对人类的爱。"(参见 Raymond Williams, *The Country and the City*, p. 127.)因此,加拉德认为虽然新马克思主义批评总是把威廉斯当成是他们的先驱,但从后者的一系列作品,尤其是《乡村与城市》来看,威廉斯其实应该是生态批评的先驱。(Greg Garrard, "Radical Pastoral?", p. 454.)此外,在笔者看来,加拉德在这里所说的"新历史编撰学"大致相当于我国学科体制中独有的,由著名学者顾颉刚、侯仁之、史念海和谭其骧等所开创的中国历史地理学。谭其骧教授的《何以黄河在东汉以后会出现一个长期安流的局面》一文就是这方面的代表。见谭其骧:《长水集》(下册),北京:人民出版社,2011 年。

① Timothy Morton, *Shelley and the Revolution in Taste: the Body and the Natural World* (Cambridge: Cambridge University Press, 1994), p. 4. 布莱斯顿泡菜为一种美味的英国产泡菜,尤其盛行于英国南部地区。本章要展开介绍莫顿的雪莱研究,在此我们不详细阐述。

② Alan Liu, *Wordsworth: The Sense of History* (Stanford: Standford University Press, 1989), p. 104.

也宣称:"华兹华斯对自然没有任何兴趣。"①亚历山大·威尔逊(Alexander Wilson)也指出:"自然是文化的一部分。……我们对自然的体验——不管是在加拿大段落基山区旅游,还是在电视上观看动物世界,或者是打点我们自家的花园——这一切都是经过调节了的(mediated)。自然总是被各种修辞术(如摄影、工业、广告和美学)以及宗教、旅游和教育等社会形式建构的产物。"②也就是说,加拉德指出,在自然的文化建构论中,"自然永远不可能以其原生面貌展示给我们"——即使格拉斯米尔的牧羊人或古代的希腊人也不可能获得一种对于自然山水的无调节的、直接的接触和感悟,"因为我们总是以某种方式、总是在一种既定的文化认知模式中来体验世界"。新马克思主义—新历史主义正是企图用这种"自然的文化建构论"来论证华兹华斯描绘格拉斯米尔湖区自然风光的真正目的其实是逃避社会—政治现实。因此,加拉德指出,新马克思主义—新历史主义的浪漫主义研究仍然没有超越他们想要超越的文本—形式主义,仍然是一种内在—符号批评,仍然没有能够将浪漫主义研究引向一种真正的"外在指涉"(a real "exterior")。③与此相对应,克洛伊玻尔明确声称:"生态文学批评关注的焦点是自然和文化过程的结合部。……生态批评不是(像解构主义和新马克思主义那样)用一套套玄虚的理论话语将文学批评的真正对象掩藏起来,而是勇敢地直面并强化我们关于文学艺术的一个基本观点,那就是,文学艺术的功能就是将文化体验与自然现实结合起来。"④正是在这个思想的指导之下,以贝特和克洛伊玻尔为代表的浪漫主义生态批评家走向了彻底的反文本主义,即否定自然的文化符号性,凸现自然本身的现实性。正是在此意义上,克洛伊玻尔认为浪漫主义诗人与科学家有着共同的目标:

---

① Antony Easthope, *Wordsworth Now and Then: Romanticism and Contemporary Culture* (Buckingham: Open University Press, 1993), p. 1.

② 转引自 Greg Garrard, "Radical Pastoral?", p. 457。

③ Ibid., 458. 德·曼和巴赫梯的问题在于把自然过分符号化了,而麦克干等人的问题又太过政治化。生态批评对这两种浪漫主义批评理论都反对,强调自然的实在性,甚至是神圣—超验性。然而在笔者看来,生态批评本身虽然在一定程度上对上述两种浪漫主义批评模式的问题有所纠正,但是由于其过度的生态关怀,该流派与前两种一样,都忽略了浪漫主义文学作为文学的审美性。这是 20 世纪浪漫主义批评的通病。

④ Karl Kroeber, *Ecological Literary Criticism: Romantic Imagining and the Biology of Mind* (New York: Columbia University Press, 1994), p. 1.

与科学家一样,浪漫主义诗人不像当代(解构主义和新马克思主义—新历史主义)批评家那样去刻意关注语言的自我解构性,也不刻意地将明显的意识形态偏见予以哲学—普遍化——浪漫主义诗人的首要目标是去解读自然—物质世界的本质,因为所有的文化、语言和所有的意识形态形式,从根本上讲,都是在这个本质基础之上被建构出来的。①

在加拉德的梳理中,浪漫主义的生态批评范式在上述新新历史主义的唯物论主张指导之下,不仅从生态批评入手重读了大量浪漫主义文学经典,还对浪漫主义文学进行经典重构工作,即,以生态批评的视角重新挖掘了一大批以前被浪漫主义文学史家所忽略了的浪漫生态文学经典——如华兹华斯的《湖区指南》《达顿组诗》《远足》和雪莱的《麦布女王》"注释17"以及《为素食一辩》等论文。贝特是这种浪漫主义文学经典生态批评重构的开创者。通过重构贯穿英国诗歌的风貌诗传统(locodescriptive tradition)——这个传统从汤普逊、蒲伯、华兹华斯、科尔律治、克莱尔(Clare)、司各特(Scott)、哈代(Hardy),一直延续到当代的西尼(Heaney)——贝特不仅对所谓华兹华斯鼎盛时期的经典作品分类进行了挑战,而且还对所谓后浪漫主义的历史分期也提出了质疑。此外,莫顿则通过阅读雪莱的《为素食一辩》等论文建立起了一种独特的饮食政治学(politics of diet)。这两位批评家的成果我们将在下文进行详细介绍和梳理,在此不予赘述。浪漫主义的生态批评范式在方法论上则体现为跨学科融合。从贝特、克洛伊玻尔和莫顿等人的研究中我们可以明显看出这些学者所拥有的农学、气象学、历史学、生物学、政治学、修辞学等方面的知识以及敏锐的文学文本阅读能力。

接下来,我们将主要以贝特和莫顿的研究详细展开介绍浪漫主义生态批评范式所取得的成就。

一、《秋颂》与坦博拉火山爆发

拜伦的诗《黑暗》("Darkness")作于1816年,描绘了一个近乎黑色的冬天

---

① Karl Kroeber, *Ecological Literary Criticism: Romantic Imagining and the Biology of Mind*, p.98.

的情形:"我做了一个梦,或许那并不完全是梦:/璀璨的群星和明亮的太阳都消失了……"(I had a dream, which was not all a dream. / The bright sun was extinguish'd, and the stars/ …)贝特问道:拜伦在1816年写这首诗的背景是什么?贝特注意到,拜伦的日记表明1816年气候特别异常:从4月到9月的183天中,瑞士(拜伦居住在日内瓦)有130个雨天;7月的平均气温比1807年低4.9摄氏度。1816年7月伦敦一连下了18天雨。欧洲和美国的气象历史资料表明1816年的夏天确实是异常糟糕的——是一个没有夏天的年份。结果是粮食歉收、粮价上涨、食品短缺、社会动荡。① 因此贝特认为,要解释拜伦这首诗就不能够仅仅将其与其他文学作品或文化现象相联系,而更应该将文学与自然相互联系起来,即用自然来解释文学。贝特提醒我们关注拜伦在1816年写给罗杰斯(Rogers)的信件和该诗之间的关系。《黑暗》一诗写于1816年7月21日至8月25日之间,而在1816年7月29日他写给罗杰斯的信中他这样写道:"最近大气中持续弥漫着雾霾——烟雾——阴雨——浓雾持续不散……"②所以贝特认为《黑暗》可能并不是拜伦的噩梦,而应该是对当时气候状况的忠实记录。

由拜伦的《黑暗》和日记入手,贝特对1816年前后英国的气象学资料进行深入考掘,并由此出发对从济慈的《秋颂》进行了全新的解读。从贝特对《秋颂》的研究中我们可以看出,他不仅为我们展现了新兴的生态批评与浪漫主义研究之间的紧密联系,而且还从当代生态伦理出发,对麦克干、辛普森、列文森等人一味地进行政治批判的新马克思主义—新历史主义的浪漫主义研究提出了严厉的批评,从而不仅为当代浪漫主义研究开辟了一条新的途径,也给生态批评理论提供了一个确实可行的文学研究领域。

20世纪70年代之前,《秋颂》一直被英、美批评界视为济慈六大颂歌中最为成熟的作品,因为该作品是济慈著名的"消极能力"诗学论的典型体现:《秋颂》既无任何深刻的隐含意义,更没有诗人主体的在场,它所展现的仅仅是一幅由听觉(蚊蚋的悲鸣、蟋蟀的歌唱、燕子的呢喃和知更鸟的"百转千鸣")、视

---

① See Jonathan Bate, "Living with the Weather", *Studies in Romanticism* 35.3 (1996), pp. 433—434.

② 转引自 Jonathan Bate, "Living with the Weather", p. 433。

觉(氤氲的秋雾、灿烂的秋日、压弯枝头的苹果、鼓胀的葫芦和榛子、黏稠的蜂巢、绞缠的野花、金黄的麦穗、层层的云霞)以及味觉(浓香的罂粟)所组成的纯粹客观的、非个人化的、宁静而丰饶的秋景静物画。例如 C. H. 赫福特(C. H. Herford)早就指出,济慈的前几首颂歌在不同程度上都被一个共同的主题所主宰,那就是:"美,尽管也有灿烂的绽放,但最后都归于凋零。"然而在写于几个月之后的《秋颂》中,这个主题让位于

> 一种专注于美本身的、平静而惬意的沉吟:"果实圆熟的季节"所唤醒的不是如夜莺的歌声那样的浪漫幻境(romantic vision)和浪漫神往(romantic longing)。《秋颂》满足了我们所有的感官(愉悦),但却不使任何感官耽于不能自拔的迷恋或沉醉;《秋颂》中的每一景物都给人一种餍足而不腻烦的、恰到好处的愉悦感,这是一种圆熟饱满的、瓜熟蒂落的美……在这里,济慈没有感到预言(prophecy)或追忆的必要。①

甚至像哈特曼这样的大家在其《诗歌与意识形态:济慈〈秋颂〉研究》一文中也肯定地认为:"丰饶并非《秋颂》的主旨,(《秋颂》的主旨)一言以蔽之就是真正的非个人化(true impersonality)。"②这种观点在国外济慈研究界几乎已经形成一种定论,对此,约翰·威尔斯(John Whales)在 2005 年出版的《济慈》一书中总结说:

> 写于 1819 年 9 月的《秋颂》被批评家们一致认为是济慈对颂歌形式探索的最高体现。大多数批评家都认为,这首作品最为完美地体现了济慈所主张的自我投射(self-projecting)和自我否定(self-abnegating)诗歌创作理想,即,在这首作品中济慈成功地实现了他对非说教(non-didactic)、非灌输性(non-hectoring)诗歌的追求。这种诗歌能够以(独特的)想象来欣赏物的它性(the otherness of things),它通过感官意象而非(抽象)论辩方式来呈现物,(在这样的诗歌中)似乎是物在言说着一切。

---

① 转引自 Arnold Davenport, "A Note on 'To Autumn'", in M. H. Abrams, ed., *English Romantic Poets: Modern Essays in Criticism*, 2nd edition, p.441.
② Geoffrey H. Hartman, *The Fate of Reading and Other Essays* (Chicago: Chicago University Press, 1975), p.146.

总之,威尔斯总结道,在许多济慈研究学者眼里,在《秋颂》中"作为言说者/诗人的'我'被彻底封闭了起来",因为与前几首颂歌相比,《秋颂》将"不安"和"焦虑"降到了最低限度。①

为了证明这个观点,批评家们大都引用济慈本人 1819 年 9 月 21 日写给雷诺兹的信(以下简称"雷诺兹通信")作为强有力的佐证,在那封著名的信件中,济慈为我们明确提供了《秋颂》的写作背景和起因:

> 现在这个季节多么美好!空气清新,温和中带着一丝沁人的凉意。真的,我不是开玩笑,这是一种素净的天气,天空一尘不染,贞洁如狄安娜。我从未像今天这样喜欢收割后的茌田——是的,它比春天里(农田给人的)冷绿感要好很多。不知怎的空旷的茌田看起来很温暖——同样的道理某些绘画看上去也很温暖——星期天散步时这种感觉强烈地触动了我,从而有感而发写下了一些诗句(即《秋颂》——译者注)。我希望你现在的生活十分充实,从而无暇考虑天气的问题。我自己就曾经多次享受过快乐的时光以至于忘记了那些时候的天气是怎样的……不知何故我总把秋天与查特顿联系起来。②

持"消极能力"和"非个人化"论的批评家们一致认为,这段话已经清楚地表明,《秋颂》是济慈在享受 1819 年 9 月温切斯特乡间美好天气和美丽秋色时,以闲适而惬意的心态对眼前景物进行静物写生的产物,因而具有无我的、冷静的形式。

然而,并不是所有的批评家都认同这个观点。在《济慈与历史方法》一文中,著名的新历史主义批评家麦克干就坚决否认《秋颂》实现了"消极能力"和"非个人化"理论。他说:"《秋颂》的词语似乎想营造出一种静物写生的画面(pictorial silence)……在该作品中,诗人——如同许多批评家所说的那样——似乎真的快要获得某种程度的消极能力,即将自己从诗中抽身出来并

---

① John Whales, *John Keats* (New York: Palgrave Macmillan, 2005), p.111.
② Grant F. Scott, ed., *Selected Letters of John Keats* (Cambridge, Massachusetts: Harvard University Press, 2002), p.345. 在 2006 出版的《浪漫主义文学选读》(第三版)中,邓肯·吴仍然持类似观点,并仍然以"雷诺兹通信"中的这段话作为佐证。参见 Duncan Wu, ed., *Romanticism: An Anthology*, 3rd edition, p.1341.

泯灭诗人的自我意识。如同那尊希腊古瓮一样,《秋颂》中的意象也(似乎)具有能够'将我们从思想中的泥沼'抽出来的'冷静的形式'(silent forms)。"①然而,麦克干指出,当这些批评家坚持在《秋颂》的修辞和意象中来寻找如希腊古瓮一样"冷静的形式"时,他们都避而不谈该诗第三节一开始诗人突然发出的叹息:"春歌在哪里?/哎,春歌在哪方?/别想念春歌,——你有你自己的音乐……"麦克干认为,这几行诗句就显然不是"消极能力"和"非个人化"所能够解释的,因为它打破了无我的宁静,传达出的是一种具有明确自我意识的忧伤感。因此,麦克干肯定地认为:"这几行诗句表明,《秋颂》是某种欲望的产物……是一个心灵的梦想,这个心灵试图去追忆那个业已破灭的春天的承诺(the lost promise of the spring)。济慈幻想着那样一个秋天——他写下了这首颂歌——因为他需要找到某种方式来平息那个令人伤感的问题——'春歌在哪里?'"因此,《秋颂》根本就"不是非个人化的",而是有其"具体的倾向和意图"的。② 那么,济慈写作《秋颂》的具体意图("欲望")和"倾向"到底是什么呢? 为了回答这个问题,麦克干采用了新历史主义的语境还原法,先考证了《秋颂》的出版史。

根据麦克干的考证,《秋颂》首次出版于1820年7月1日的《拉米亚、伊萨贝拉、圣亚尼节前夕和其他诗歌》(以下简称《1820年集》)中。这个集子的出版人是泰勒(Taylor)和赫西(Hessey),他们也是1818年《恩底弥翁》的出版商。众所周知,这个版本的《恩底弥翁》一出版就遭到了J.C.洛克哈特和J.W.克罗克等人的恶意苛评。但是济慈本人并不是唯一的受害者,出版商的利益显然也受到打击。所以当1819年济慈再次与泰勒和赫西接触,商讨出版他的新作品的时候,泰勒和赫西虽然兴趣浓厚但也显得相当谨慎小心——他们担心的是这个新集子会遭遇《恩底弥翁》同样的命运。于是,在《1820年集》的出版问题上济慈与出版商进行了艰苦的谈判。最初,这个集子似乎根本就没有任何出版的希望,直到后来德鲁里·雷恩在剧院上演《奥托大帝》的决定才改变了泰勒对济慈新作品的态度。但出版商的条件是新作品中不能包含任何所谓不体面的内容和政治激进主义思想,以免使这些作品成为那些本来就对

---

① Jerome J. McGann, *The Beauty of Inflections* (Oxford: Clarendon Press, 1985), pp.59—60.
② Ibid., 60.

济慈心怀恶意的评论家再次攻击的靶子。济慈最初虽然强烈反对,但后来还是不得不同意他们的意见而做出让步,结果,"发表在雷·亨特《指示者》(Indicator)杂志上的两首诗最后没有能够入选《1820年集》,因为济慈本人以及出版商都担心由于与雷·亨特这个在当时具有政治敏感度的名字相联系而(再次)给予评论家任何(攻评的)口实"①。这清楚地表明,《1820年集》的最终出版是济慈在政治问题上向出版商做出妥协让步的结果。

然而,济慈之所以最后做出妥协,也并非完全出于出版商的压力。在麦克干看来,济慈本人对《1820年集》的出版也有着非政治化的考虑。1818年洛克哈特和克罗克从政治和诗艺两方面——尤其是后者——对济慈的奚落在济慈年轻而敏感的心灵上投下的阴影是巨大的。所以,在麦克干看来,济慈本人出版《1820年集》的目的主要是想显示:(1)其真正的诗歌技巧和功力;(2)他并不是一个"多愁善感"或"羸弱"的诗人。麦克干指出,济慈的努力是成功的,正如我们后来所看到的那样:"这本集子的出版反响很好,甚至在各地都受到了热烈的追捧。在《1820年集》中,济慈所写的投合了当时大多数读者所喜欢听到的。"②麦克干的这些观点——尤其是洛克哈特和克罗克的恶评对济慈的身心造成的巨大伤害——值得关注。根据济慈1818年10月8日写给出版商赫西的那封信,国内外许多偏爱济慈的学者都声称济慈其实是一个十分坚强的人,因为从那封信中我们似乎可以看到一个心胸豁达、严于自我剖析的济慈。然而,约翰·巴纳德在《泰晤士报—文学副刊》上于2009年12月2日发表的文章《谁杀死了约翰·济慈?》表明,事实可能并非如此。巴纳德认为洛克哈特在《布莱克伍德》杂志上的攻评对济慈造成了"深深的伤害",其严重程度远远超过了济慈"当时以及后来的崇拜者们所愿意承认"。巴纳德的证据来自一条长期以来不被济慈研究的学者们所注意的材料:刊载于1821年7月27日《晨报》上一封署名"Y"(据考证此人就是济慈的同窗好友C.克拉克)的来信。在该信中,作者Y强烈谴责了《评论季刊》和《布莱克伍德》杂志给予济慈的"粗暴和野蛮的对待"(rough and brutal usage)。作者描述了1818年9月或10月的某个晚上,"济慈躺在床上整夜未眠,激动而痛苦地(with sensative-

---

① Jerome J. McGann, *The Beauty of Inflections*, pp. 51—52.
② Ibid., 52.

bitterness)诉说着他所遭受的种种不公正对待"。作者虽然也赞美济慈的"高贵、骄傲和无畏",但他指出,济慈毕竟"还很年轻,只有23岁",而且对诗歌创作充满激情,然而他纯真的激情却遇到"一帮野蛮暴徒"的"鱼雷""长矛""刺刀"和"恶魔般的嘲笑"。因此,作者认为,照顾身患肺结核的弟弟可能是致使济慈去世的原因,但他不认为那是"唯一的原因"。① 这条材料强有力地佐证了麦克干14年前的推断。

总之,在麦克干看来,出版商以及济慈本人对于《1820年集》的期待决定了这个集子中所有作品的非政治化倾向,即对政治和社会问题的疏离和回避。麦克干尖锐地指出,与同时期拜伦的《唐璜》和雪莱的《普罗米修斯的解放》等作品相比,济慈《1820年集》中的那些以神话为题材的作品(如《拉米亚》)呈现给读者的是与现实政治无关的艺术、神话和浪漫想象。也就是说,这个时期的济慈所考虑的不是像拜伦和雪莱那样用诗歌来为社会和政治事业服务,"而是用艺术和美的调节(mediations of art and beauty)来消解社会政治冲突"②。作为《1820年集》中最受欢迎的作品,《秋颂》的"欲望"和"倾向"就不仅是展示其诗艺以回击评论界的奚落,更重要的是用艺术和美来调节并消解政治冲突。

那么,在《秋颂》中这种艺术对现实政治的调节和消解是如何实现的呢?麦克干借用了另一位济慈研究学者伊恩·杰克(Ian Jack)的研究成果,指出《秋颂》对于秋收景象的描绘(比如农人—劳动者的形象)其实是"高度程式化的(stylized)",这种效果来自济慈在《秋颂》中所采用的一系列艺术手法,如把季节拟人—神话—古风化(把秋天拟人为罗马神话中的谷物与耕作女神克瑞斯和酒神巴卡斯),尤其是通过在诗中嵌入法国风景画家普桑(Poussin)和克劳德(Claude)作品(如普桑的《四季—秋》,见图5-1)的影子,济慈过滤并改写了眼前现实的秋景,即将现实浪漫化、审美化。麦克干指出,除了伊恩·杰克之外,还没有哪一位济慈研究学者注意到《秋颂》与普桑的《四季》等绘画作品之间互文关系,但杰克却没有将其与"雷诺兹通信"中那句突如其来的话"不知怎的空旷的茬田看起来很温暖——同样的道理某

---

① John Barnard, "Who Killed John Keats?", *TLS*, Dec. 2, 2009. "sensative"原文如此。
② Jerome J. McGann, *The Beauty of Inflections*, p.53.

些绘画看上去也很温暖"联系起来。然而这个问题却十分重要,因为我们可以肯定地认为,《秋颂》中的人物形象和风景是济慈头脑中所熟悉的各种风景名画"艺术调节"的产物,因此,这首诗所呈现的"并不是一系列'自然的'秋景",而是经过了"一系列画框"过滤之后的秋天。通过这些手法的运用,《秋颂》传达了秋冬季节交替之时人们所能联想起的一切(陈腐的)文学主题:"死亡与更生、成熟与衰败、驻留与消失。"①

图 5-1　普桑:《四季—秋》

也就是说,通过对神话和名画的挪用,《秋颂》以一种非历史—非现实的、超然的艺术形式置换并最终放逐了1819年9月温切斯特那个现实中的秋天,从而将《秋颂》引向了"死亡与更生、成熟与衰败、驻留与消失"这些陈腐的颂秋/悲秋主题,因而也就将秋天、秋景普泛化、虚构化。麦克干指出:

> 《秋颂》要求我们相信,即主动地悬搁我们对这个事实的不信任——那就是,所有的秋天都是一样的。我们必须将所有的秋天都想象为普遍

---

① Jerome J. McGann, *The Beauty of Inflections*, pp. 54—55.

存在的"雾霭的季节,果实圆熟的时令"。但是,济慈之所以强迫我们相信这个论断,是因为他自己知道,就像我们也知道一样,这不是真的。那样一个丰稔的、果实累累的、富足的秋天仅仅存在于(济慈的)心灵之中。居住在城市里的人和生活在工业化社会中的人,只有在艺术品的记忆中(in the memories of art)才能够看到这样的秋景。而且,即使在乡村,这样丰饶的秋天也是很少见的,尤其是在19世纪早期。事实上,1819年的确给英格兰带来了一个丰年,但这个丰年之所以引人注目仅仅是此前(英国遭受了)连续几个灾年。①

麦克干这段话讲得费劲,但其意思还是基本清楚的:《秋颂》并非实写,而是艺术的虚构,是神话故事和绘画作品过滤的产物,是济慈心灵想象的产物;1819年虽然的确是个丰年,但这个所谓的丰年仅仅是相对于此前连续几个灾年而言的。麦克干似乎在暗示,1819年英格兰的秋天事实上并非《秋颂》所传达的那么富有诗意(不管是颂秋还是悲秋),济慈通过神话传说与艺术作品的过滤重写,将这个秋天普泛化,从而让人们忘记了1819年英格兰尖锐的社会政治矛盾!因此,《秋颂》在本质上与大部分浪漫主义诗歌一样,是一首体现了所谓浪漫主义意识形态的"逃避诗"(escapist poem)。②"逃避诗"之说并非出于麦克干的臆断,而是来自他对济慈8月12日到10月初蛰居温切斯特所写的一系列信件进行细读分析的结果。从这一段时间的信件中我们可以清楚地看到,济慈的心情是十分愉快和惬意的。然而,麦克干提醒我们,彼德卢大屠杀(Peterloo massacre)就发生在济慈到达温切斯特前四天,他(似乎)对于能够离开政治动荡感到非常高兴。温切斯特以及济慈在那里居住的日子被济慈不断地视为逃离个人困境和当时社会矛盾的避难所。即使他也通过《检查者》(*Examiner*)杂志密切追踪8月到9月之间英国发生的一系列政治事件,但与此同时他这个时期的大多数信件表明,他庆幸自己能够在这个时候蛰居在温切斯特,因为这个古朴宁静如"修道院式的温切斯特"③似乎有一种魔力能够将他从个人生活困窘的烦恼和当时危险而尖锐的政治冲突中解脱出来,进入

---

① Jerome J. McGann, *The Beauty of Inflections*, pp. 57—58.
② Ibid., 61.
③ Grant F. Scott, ed., *Selected Letters of John Keats*, p. 369.

一个奇妙的宁静的世界之中。比如,在"1819年9月17、18、20、21、24、25、27日致乔治和乔治安娜·济慈"的信中,济慈虽然也"谈了点政治"(a little politics),如英国的自由主义政治传统和刚刚发生的彼德卢大屠杀事件,①但该封信中的大部分内容并不涉及政治,而是渲染温切斯特的宁静古朴以及他自己此时居住于此的惬意:"温切斯特这个地方非常适合我。这里有一座壮丽的大教堂、一所学院、一座罗马天主教礼拜堂、一个循道宗联谊会和一个独立教派联谊会。整个城里没有一架织机,除了做面包和奶油之外没有什么工业。这有一批富裕的天主教徒。这个地方体面、古朴,有点贵族味道。此外,里面还有一座女修道院。"②《圣马可节前夕》一诗中所向往的"宁静的小镇氛围"和"一种在凉爽的傍晚散步于古老的边陲小镇的感觉"③在温切斯特的自然环境中以及《秋颂》的文本世界中得到了实现。在这样惬意的环境里,济慈还用得着去"理会什么肥胖的路易、肥胖的摄政王或威灵顿公爵"④吗?显然,在济慈心目中,诗歌并非政治斗争的武器,恰恰相反,"诗之大美(the great beauty of Poetry)就在于它能够使任何事物、任何地方变得有趣"⑤。

因此,麦克干严厉地指出,作为一首典型的浪漫主义诗歌,《秋颂》在政治上属于海涅在《浪漫派》中所批判的那种具有"复古(reactionary)和逃避"倾向的艺术作品——通过上述种种复古性的艺术手段,《秋颂》成功地逃避了当时的一系列重大事件:"恐怖专政(the Terror)、拉德王(King Ludd)、彼德卢、六法案(the Six Acts),以及摄政时代频繁发生的财政危机;在这个世界中,人们忘却了乔治三世的庸碌、摄政王的荒唐以及威灵顿的卑劣。"⑥

麦克干对《秋颂》的出版情况、写作目的,尤其是神话/绘画过滤问题的考掘彻底颠覆了以哈特曼为代表的、用"消极能力"和"非个人化"来解读《秋颂》的形式—审美论,显示了新历史主义探幽发微的功底和敏锐的政治—历史意识,因而在20世纪80年代济慈批评界产生了重大影响。然而进入20世纪80

---

① Grant F. Scott, ed., *Selected Letters of John Keats*, pp. 366—367.
② Ibid., 363.
③ Ibid., 369.
④ Ibid., 331.
⑤ Ibid., 369.
⑥ Jerome J. McGann, *The Beauty of Inflections*, pp. 61—62.

年代以来，随着批评风尚的转变，麦克干的观点也遭到了生态批评家贝特的反驳，从而导致了围绕着《秋颂》的又一轮争论。

对于麦克干的"1819年的确给英格兰带来了一个丰年，但这个丰年之所以引人注目仅仅是此前（英国遭受了）连续几个灾年"这句话（见上文），贝特提出问题：是什么原因造成了1816—1818年欧洲的粮食歉收和1819年的丰年？为此，贝特仔细查阅了相关气象资料。这些资料表明："在伦敦，1816年7月连续下雨18天，本月只有1天的气温达到70华氏度[约为21.1摄氏度]；而在上一年的同月，有连续19天气温超过70华氏度，而且只下雨3次。1816年8月只有2天气温达到70华氏度，而在前一年的同月则有13天。1816年9月1日中午伦敦的气温是47华氏度[约为8.3摄氏度]，而前一年9月上旬的平均气温则是63华氏度[约为17.2摄氏度]。"① 而且，贝特发现，欧洲和美国的气象资料也表明1816年的夏天确实是异常糟糕的，它甚至被称为"一个没有夏天的年份"，其直接的结果是粮食歉收、食品短缺、粮价上涨、社会动荡。那么造成1816年这种气象和农业灾年的原因是什么呢？贝特认为原因就是1815年印度尼西亚坦博拉（Tambora）火山的爆发：这是自1500年以来全世界范围内最大的火山爆发，它致使松巴哇岛（Sumbawa）和龙目岛（Lombok）两个岛上8万人罹难；火山灰冲入平流层，降低了大气能见度，并遮蔽了太阳，从而造成了全球性气温下降。其后果持续了三年，造成了全球性生态影响。在欧洲，从1816年开始，由于谷物的歉收而引起的食品短缺所引起的社会骚乱事件几乎发生在欧洲每一个国家。直到1819年欧洲才再次恢复到正常的气候，从而迎来了一个难得的丰年。② 对于1819年气候转好和农业丰收，英国

---

① Jonathan Bate, "Living with the Weather", p. 433.
② Ibid., 433—434. 贝特的观点值得重视：如果印尼的坦博拉火山爆发对欧洲甚至美洲都产生了影响的话，那么对于亚洲的影响肯定更为巨大——这个推测得到了我国清史研究最新成果的证实。众所周知，嘉庆、道光之际是清王朝由盛转衰的转折点，但如何解释这个转折，清史学界一直有不同的看法。上海交通大学历史系曹树基教授在《坦博拉火山爆发与中国社会历史——本专题解说》一文中就主张从坦博拉火山爆发入手来研究"道光萧条"问题。他引证了大量气象史和农史资料——如嘉道之际云南水稻荞麦减产、双季稻在江南地区推广的失败、冷水性黄海鲱数量激增以及胶东地区番薯推广的中断等，指出坦博拉火山爆发所引起的寒冷气候是这些现象的主因，而且，"从影响的时间和温度下降的程度来看，其程度要较北美和欧洲更为深远"。因此，"道光及其之后清王朝的由盛转衰，固然与白银的减少息息相关，但坦博拉火山的突然爆发使得嘉道年间成为600年来最为寒冷的一段时间，并且持续了60年，深深影响（转下页）

的气象和农史资料有更清楚的记载:1819 年 8 月 7 日到 9 月 22 日 47 天之内有 38 天是阳光明媚、秋高气爽的好天气;1819 年 9 月 15—22 日这一周气温一直维持在宜人的 18.3 摄氏度左右(而前三年相应周的气温大约是 12.8 摄氏度)。1816 年夏季英国遭遇了恶劣的天气和随之而来的粮食歉收,这种状况一直持续到 1817、1818 年。"最后,到了 1819 年,终于迎来了一个美好的夏天、一个丰收之年、一个美丽的秋天。"① 因此,贝特建议从气象史和农史背景、而非麦克干所倡导的政治—社会史入手来解读《秋颂》,其理由很简单:"对《秋颂》的任何鲜活的解读(living reading)"都必须把握一个基本事实——人"不可避免地生活在天气之中"。② 以此为切入点,贝特认为《秋颂》并非如麦克干所言是一首试图通过浪漫幻象来逃避"摄政王时代腐败文化"的逃避诗,而是一首"天气诗"(weather poem)。③

有趣的是,与麦克干一样,贝特对《秋颂》"天气诗"论的证据也大量源于对济慈居住在温切斯特期间信件的阅读,比如那封被济慈研究者们所反复引证的"雷诺兹通信"中对美好天气的感叹("现在这个季节多么美好! 空气清新,温和中带着一丝沁人的凉意。"),尤其是在 1819 年 8 月 28 日写给范妮·济慈的信中,济慈感叹道:

> 这两个月美好的天气是我能得到的最大的满足。没有冻得通红的鼻子,不会冷得发抖,只有宜于思考的美妙环境,一条带有叠痕的干净毛巾,一盆足够每天洗十次脸的清水。每天的运动量不需要太大,一天一英里[约为 1.61 公里]就够了。我最大的遗憾就是虽然在海边住了两个月——而且还是个宜人的海滨浴场,但我的身体状况却使我不敢下水洗

(接上页)了农业生产,这对于'道光萧条'无疑是雪上加霜"。他指出:"长期以来历史学家宣称历史学是研究'人'和'社会'的,可是如果眼光不继续向下,关注自然界,并把自然的变动作为人类历史进程的变量之一,往往并不能真正理解历史。"(参见曹树基:《坦博拉火山爆发与中国社会历史——本专题解说》,载《学术界》,2009 第 5 期,第 39—41 页。)这个观点对于文学研究也具有参考意义。比如贝特就认为以麦克干为代表的新历史主义批评的问题就在于他们"过分关注阿尔都塞式"的"人的因素",从而忽略了文学与环境、气候等自然因素的关联。(Jonathan Bate, "Living with the Weather", p. 437.)就此而言,以贝特为代表的生态批评对于弥补形式主义以及新历史主义的偏狭是有积极意义的。

① Jonathan Bate, "Living with the Weather", p. 440.
② Ibid., 440—441.
③ Ibid., 440.

澡。但我仍然喜爱这里的天气。我喜欢美好的天气,因为在我心目中美好的天气就是我想拥有的最大的幸福。只要给我书籍、水果、法国葡萄酒、美好的天气以及一点户外音乐……我就能非常安静地过掉一个夏天,不去理会什么肥胖的路易、肥胖的摄政王或威灵顿公爵。①

的确,如果我们仔细阅读济慈这个时期的信件就会发现,济慈曾经不止一次反复说起空气与身体的问题,这完全可以理解:肺结核病人最需要的是美好的天气、清洁的水、干净的空气;济慈到温切斯特去主要是出于自己身体的需要,并非是对"摄政王时代腐败文化"和动荡政治局势的逃避,应该说,在这个问题上麦克干的逃避指责是有失公允的。根据史料记载,当济慈的遗体被克拉克、卢比等医生解剖开后,人们发现济慈患的是"最严重的肺结核——他的肺已经全部坏死了"。因此,贝特认为济慈不是被恶毒的评论家杀死的,而是"死于(恶劣的)天气"。贝特因此推想,当济慈在"雷诺兹通信"中提到过去那些快乐得忘记了天气是什么的好日子时,他所指的大概就是坦博拉火山爆发之前的那些阳光明媚、空气清新的日子,因为这次火山爆发恰好与他首次出现肺结核症状同时发生。可想而知,身为肺结核患者,连续忍受了四年恶劣气候之后,在1819年那个美好的夏天和秋天,济慈的心情是多么愉快!②

当然,在贝特看来,将《秋颂》定位为"天气诗"并不是说它仅仅是1819年秋天温切斯特的气象学记录,而是指随着1819年气候转好带来的温切斯特农村一片金黄的丰收秋景,面对着眼前这幕丰饶景象,济慈忠实地记录了当时的景色(并非经过神话与绘画的过滤)以及自己愉快的心情,并由此而产生了对气候、阳光、动植物等组成的生态网络以及人的存在—栖居—家园感等问题的思考。③

贝特指出,《秋颂》的文本世界并非如麦克干所认为的那样是一个由神话和名画所构成的互文结构,而是一个由各种生物构成的、彼此依存的、和谐的

---

① Grant F. Scott, ed., *Selected Letters of John Keats*, p. 331.
② Jonathan Bate, "Living with the Weather", p. 441.
③ 贝特指出:"天气是文化与自然相互交织关系的重要体现。塞里斯(Serres)在《自然契约》(*La contract naturel*)中指出,农民和水手比科学家、政治家更了解天气的力量。"浪漫主义者倾听农民和水手的智慧,从而挑战了"现代社会对文化与自然的割裂";这也是为什么"许多浪漫主义诗歌都是天气诗"的原因。Ibid., 439, 444。

生态系统(eco-system)。比如,在第一节中,济慈就通过采用一种貌似隐喻的换喻手法将各种看似不相干的元素组织成为一个有机整体。他说,第一节中出现的一系列配对物,如雾霭与圆熟(mists and fruitfulness)、挚友与阳光(bosom-friend and sun)、果实与祈福(load and bless)等,第一眼看上去"并不像面包与黄油那样是联系'自然'的配对物。人们会觉得这种强行扭结(yoking)显得非常突兀,甚至有些粗暴,因而可能看起来像是隐喻(metaphor)"。但是,贝特认为,它们不是隐喻而是换喻(metonymy)。这是济慈所采用的一种独特的修辞策略,通过这种修辞策略,"在该诗中从一物到另一物的转换完全是自然而然的,而绝非令人感到突兀的、强行扭结的产物",这种自然转化(naturalization)的效果就是《秋颂》的文本——生态世界"创造了一种自然万物的相邻性(contiguity)",即,自然界中各种看似不相干的事物被自然而然地结合在一起,从而为我们展示了一个由阳光、苹果、葫芦、蜜蜂、野花、蚊蚋、燕子、蟋蟀等自然元素共同构成的、饱满充盈、完整而广阔的生态系统。① 这种整体性的生态意识还体现在第二节中的秋收场景,尤其是"被罂粟的浓香所薰醉,你的镰刀/放过了下一垄庄稼和交缠的野花"这一句之中。细心的读者在读到这一句时可能会问:济慈为什么在此要提到麦田里的罂粟和野花?贝特认为,这是"济慈对系统生态学(community ecology)的内在法则——即物种多样性(biodiversity)是生态系统适应与存活的关键——有一种本能体悟"的表现。在生态学领域内有一种"虚幻多余"(illusory excess)理论,即,为了能够抵御不测的气候变化,一个生态系统必须有足够多的物种,只有这样系统才有自我修复和再生功能;有些物种在某一时期里看起来可能是多余的,但一旦生态系统发生变化,这些多余物种就可能会成为维持系统生存的关键性因素,因此"它们的多余性(superfluousness)其实是一种必要性"。贝特指出,《秋颂》第二节中的罂粟和野花就是"虚幻多余"论的典型例子:

> 从农业经济学来看,麦田里的野花是无用的杂草,一种多余的东西,但是在不同的生态环境里,它们可能比谷物还有用……(济慈之所以选择罂粟)并非完全出于营造审美效果的目的——虽然田野里与金黄的麦穗

---

① Jonathan Bate, "Living with the Weather", pp. 441—442.

交相辉映的一片片红色罂粟就如同莫奈的《野罂粟》一样(能够营造出一种五彩斑斓的、妖冶的美感),(而是提醒我们注意罂粟的)药用价值:"罂粟的浓香"使我们想起具有镇痛治病功能的鸦片。①

与《秋颂》的文本—生态系统相比,贝特认为《秋颂》最为重要的生态思想体现在济慈拒绝认可笛卡尔式的现代性宪政(Cartesian modern constitution)关于心灵与物质、主体与客体、内在与外在、文化与自然等一系列二元切分,即,济慈以一种与现代几何学思维完全不同的浪漫主义拓扑学思维,思考了人的"家园感"(a sense of being-at-home-in-the-world)这个非普通生态学所能够涵盖的哲学本体问题。② 在《秋颂》中,这个家园感不仅体现为由"所有生物共同构成的大家庭气氛"(an at-homeness-with-all-living-things)(该诗结尾处的"燕子、红胸知更鸟、蟋蟀、羊群、河边的柳树以及蚊蚋"等自然元素与第二节的农田、第一节的果园等文化元素彼此和谐共存、共同烘托了这个家庭氛围),更为重要的是,它还体现在人的内在心灵与外在自然环境的相互交融。贝特提醒我们注意,与济慈前几首颂歌相比,"该诗中没有'我'去倾听夜莺的歌唱或凝视希腊古瓮:自我已经与生态系统融为一体"③。这种交融不是外在环境中各种自然—物质元素的简单共存,而是"外在生态"与"内在生态"(exterior and interior ecologies)之间的相互交融④,即,外在自然环境的精神化与内在心灵的自然化:一方面,心灵将主体情感和想象投注到外在自然之中;另一方面,心灵也向自然敞露,让自然万物之流涌入心灵——正是在这个心灵与自然相互渗透、相互受容的过程中,人获得了真正的家园感。这种家园感的特征不是非时间性的、指向彼岸的审美超越,而是具有非常确定的时间性和此岸性,显示出济慈思想的重大转变。这就是为什么与《希腊古瓮颂》选择一尊静穆的、超越时间的人工艺术品作为其客观对应物(objective correlative)不同,《秋颂》的"审美化静穆之点"(aestheticized still-point)是刚刚秋收之后短暂的静穆,但这种静穆之点却不是非时间性的审美超越,恰恰相反,"在该诗的结尾

---

① Jonathan Bate, "Living with the Weather", p.442.
② Ibid., 444.
③ Ibid., 443.
④ Ibid., 444.

处,群飞的燕子和长大的羔羊提醒我们下一年春天(的来临)"。所以,在《秋颂》中,"济慈放弃了前几首颂歌审美超越的冲动,关注的是自然时间的内在性(the immanence of nature's time)和季节的更替"。正是在这个意义上,《秋颂》不仅是一首关于天气的诗,也是一首关于时间的诗:内在的时间性记忆与外在的气候变化相互交融,共同构成了人的家园感。① 贝特指出,济慈这种内在心灵与外在自然之间以气候—时间为触媒的相互应答与交融从而获得家园感的思想可能来自科尔律治的《午夜霜》。《午夜霜》中的一切:"霜的形状、闪烁的火苗、窗棂上的薄雾、微风、细浪、流云、滴答的檐水、屋檐上的冰柱"——这些事物的律动与诗人玄虚的沉思构成了一种"朦胧的亲合(dim sympathy)"。② 尤其是在《午夜霜》最后一节中我们可以清楚地看出,作为气候象征的午夜霜是诗人主体内在性记忆(时间)的外在对应物,"午夜结束之时,农舍的环境与诗人心灵的生态(the ecology of the poet's mind)相交融,难以分离"。正是在这种内在心灵与外在自然环境之间"朦胧的亲合"和"交融"之中,"诗人学会了如何与自己、与其家人以及环境建立一种稳定的居住关系",即获得一种真正的家园意识。因此,贝特指出,在《午夜霜》以及《秋颂》中,浪漫主义诗人以一种拓扑学的直觉将自然环境与诗人心灵完美地融合起来,从而打破了笛卡尔式的主体/客体之二元对立:诗人心灵的想象性飞跃既投射、消融在自然万物之中,同时自然万物也涌入诗人心灵之中,在这个状态中,诗人的心灵与自然环境完美地融为一体,从而营造出真正的家园感——自然山水的精神化和心灵的山水化——只有在这种状态中家园感才能够得到真正的体会。③

---

① Jonathan Bate, "Living with the Weather", p. 444.
② Ibid. , 446.
③ 贝特指出,《午夜霜》所展示的世界是"一个拓扑学的网络结构(topological network)而非牛顿式的行动—反应序列"。那么这种拓扑结构与牛顿序列有何不同呢? 他举例说,如果你把一张手帕平铺开来,点与点之间的距离是确定的——这是古典几何学的原理;但如果你将这张手帕揉成一团放进口袋,那么点与点之间的平面距离就会在一个新的立体空间中被拉近,甚至完全重叠起来——这就是所谓的拓扑学网络结构。时间和天气的结构就是按照拓扑学原理来构成的。作为一首关于时间和天气的诗,《午夜霜》所展现的就是萌生于这种拓扑直觉的浪漫主义家园意识,其特征就是心灵与自然在拓扑学式的审美—想象空间中的相互融合、重叠和应答。(Ibid. , 445—446.) 这个观点可以与艾布拉姆斯相互印证。在论心灵与自然的关系时,艾布拉姆斯指出:"浪漫主义经常认为心灵能够将生命、形貌和激情投射到宇宙之中……华兹华斯与科尔律治诗歌的独特之处不仅在于赋予自然以生命和灵魂,而且在于他们不(转下页)

但是,贝特指出,在现代性宪政的冲击之下,这个由自然生态以及心灵生态共同构成的家园却显得极其脆弱——浪漫主义的诗歌之于当下的意义就是促使我们去思考这种脆弱:"拜伦的《黑暗》告诉我们,当生态系统被破坏,人际联系也会遭到相同的摧毁;济慈的《秋颂》和科尔律治的《午夜霜》则思考的是我们与其他事物,尤其是大地的联系,思考的是脆弱的、美丽的、但又十分必要的生态整体性(ecological wholeness)。"① 这,就是以《秋颂》为代表的浪漫主义诗歌的当代意义。

二、爱自然、爱自由与爱人类:《序曲》对传统牧歌形式的颠覆

《浪漫主义生态学:华兹华斯与环境传统》一书堪称生态批评的浪漫主义研究的权威著作。在该书"序论"中贝特对解构—形式主义和新马克思主义—新历史主义的华兹华斯研究都进行了清理批判。贝特认为,20 世纪 60 年代的华兹华斯研究对于意识和想象的强调是一种资产阶级个人主义—唯心主义的阅读方式,而 20 世纪 80 年代的研究则属于后阿尔都塞—马克思主义阅读。② 在贝特的分析中,20 世纪 60 年代的华兹华斯研究中的解构—形式主义批评的代表人物是德·曼、哈特曼和布鲁姆,他们解读华兹华斯的关键词是语言、意识、灵视和想象。20 世纪 80 年代的华兹华斯研究则出现了反解构—形式主义的历史主义转向,麦克干的《浪漫主义意识形态》是始作俑者,艾伦·刘出版于 1989 年的《华兹华斯:历史之感》是其高峰。③ 贝特认为 20 世纪 80 年代以来华兹华斯研究中的政治批判模式其实是继承了黑兹利特对华兹华斯的政治解读路线(但与麦克干等人不同的是,黑兹利特对华兹华斯的政治解读是

(接上页)断地强调外在生命也构成了作为观察者的人的生命和灵魂的一部分——两者之间不断地相互交融。"艾布拉姆斯认为,浪漫主义诗人追求内在心灵与外在自然的相互融合是有其目的的,那就是复活被笛卡尔以及霍布斯等人弄得生机全无、死气沉沉的物质性和机械性宇宙,并且通过弥补主体(具有生命活力和明确目的性的、价值盈盈的个体经验世界)与客体(被体积、数量和机械运动等物理学观念扼杀了生命的自然世界)之间的分离,"来克服人与世界相分离的异化感",即,"将人重新融入外在(自然)环境之中"。参见 M. H. Abrams, *The Mirror and the Lamp* (Oxford: Oxford University Press, 1971), pp. 64—65。

① Jonathan Bate, "Living with the Weather", p. 447.
② Jonathan Bate, *Romantic Ecology: Wordsworth and the Environmental Tradition* (London and New York: Routledge, 1991), p. 9.
③ Ibid., 2.

积极的而非否定的)。麦克干重新开创这条路线是为了挑战德·曼、哈特曼和布鲁姆等人的解构—形式主义范式——新马克思主义—新历史主义批评家们用历史、社会、政治等关键词替换了解构—形式主义的语言、意识、灵视、想象。然而,在贝特看来,解构—形式主义与新马克思主义—新历史主义的批评立场和批评方法虽然各不相同,但是在忽略甚至否定华兹华斯是一个自然诗人这个问题上两种批评流派却是相同的:德·曼、布鲁姆、哈特曼关注华诗的超自然因素以强调修辞、意识、灵视和想象,而麦克干则故意忽略华诗中的自然山水以凸显政治历史因素。

然而,文学既非纯粹的形式—修辞小道,亦非纯粹的政治—历史注脚——约翰逊曾经说过,文学的根本功能就是教会我们如何去"更好地享受生活,或更好地去忍受生活"。贝特认为,华兹华斯的诗歌就是教会我们如何通过享受自然去享受生活。也就是说,自然一直都是华兹华斯关注的焦点:他歌咏水仙花,他居住在美丽的湖区——这两点足以让他配得上自然诗人的称号。① 因此,"现在是还原华兹华斯'自然诗人'本相的时候了——华兹华斯自己一直努力想要成为自然诗人,雪莱也是用自然诗人来称呼他,在维多利亚时代读者的眼里他更是这样的一位诗人"。贝特明确宣称,在当代全球生态危机的背景之下,我们应该重新认识华兹华斯作为自然—生态诗人的身份,重新回归维多利亚时代的华兹华斯批评模式,并从当代生态批评角度入手挖掘华兹华斯之于当代社会的意义。②

《浪漫主义生态学:华兹华斯与环境传统》一书共分四章。第一章探讨自然尤其是湖区之于华氏的重要性,并指出在华氏的爱自然与革命激情之间有着统一性:《序曲》中第八章对于湖区环境的描述为第九章的政治叙事做了铺垫。第二章探讨了生态思想在华兹华斯散文、信件和诗歌文本中的体现,如《湖区指

---

① Jonathan Bate, *Romantic Ecology: Wordsworth and the Environmental Tradition*, pp. 4—5. 贝特认为,作为自然诗人的华兹华斯是维多利亚时期的华兹华斯批评家们——如 J. S. 穆勒、J. 罗斯金、L. 斯蒂芬和 W. 莫里斯等人的共识。如罗斯金在《现代画家》中就向我们证明了没有自然的华兹华斯诗歌是不可想象的——罗斯金将华兹华斯描绘为"现代诗人中对自然观察得最深刻、最仔细的人"。正是因为罗斯金和莫里斯等人对华兹华斯自然—生态思想的大力宣传,才导致了"国家信托会"(National Trust)和"英国国家公园系统"(English National Park System)两个致力于保护英国自然环境的组织的建立。Ibid., 9—10。

② Ibid., 9.

南》和《十四行诗:有感于肯德尔和温德米尔湖铁路计划而作》等。第三章探讨了罗斯金对《远足》的阅读。第四章探讨了地点命名对于栖息于大地之上的人之自我身份的关系,并指出,地点命名在英国诗歌中有一个连续的传统,而且这种诗歌的地域性也将爱大地与爱祖国区分开来,从而也为生态思想中的生态法西斯主义进行了回击。① 接下来我们将重点介绍贝特对《序曲》第八章的生态解读。

在上一章中我们已经讨论过麦克干对华兹华斯《毁坏的村舍》中的所谓置换策略的批判性解读。事实上,麦克干的观点有可能源于德·昆西。在1845年发表的一篇文章中,德·昆西批评华兹华斯在《毁坏的村舍》中并没有为罗伯特和玛格丽特的悲剧原因提供更进一步的历史细节,而是在哲学玄思中绕开了这些关键的问题。② 但是,穆勒却对《远足》(《毁坏的村舍》是其组成部分)给予很高的评价:

> 这些诗歌以一种巨大的力量激发起了我自己心灵中最为愉快的情感,即对自然风光和田园生活的强烈喜爱,我一生之中大量的快乐都来自这种情感,而且它们还舒缓了我最近的低沉情绪。……但是如果华兹华斯只是将自然美景呈现在我面前的话,他绝对不会对我产生如此巨大的影响。在这方面,司各特比华兹华斯做得更好,而且一个即使是二流的风景画家也比任何诗人都要成功。华兹华斯的诗歌是我的精神良药,因为它们不仅表现了外在风物的美,关键还在于,华兹华斯的诗歌传达了在美感的感发之下的各种情感状态或涂抹着情感色彩的思想状态。它们似乎就是我一直在寻找的情感陶冶。在华兹华斯的诗歌中我似乎能够找到一种内在欢愉的源泉(a source of inward joy),一种能够为所有人分享的、源自同情和想象的快乐……它们使我感到,在宁静的沉思中存在着真正的、永恒的快乐。华兹华斯教会了我们这些,他教会了我不远离普通人的普通命运和普通情感,而且极大地增加对这些命运和情感的兴趣……其结果就是,我终于逐渐从习惯性的低沉情绪中走了出来,并且再也没有受

---

① 关于生态法西斯主义的问题,请参见张旭春:《现代性、生态法西斯主义与生态批评》,见张旭春:《浪漫主义、文学理论与比较文学研究论稿》,上海:复旦大学出版社,2013年,第46—66页。

② 德·昆西的论述参见 Jonathan Bate, *Romantic Ecology: Wordsworth and the Environmental Tradition*, pp.13—14。

到低沉情绪的侵扰。①

贝特指出,德·昆西和穆勒代表的是两种不同的阅读方式:"德·昆西的阅读是唯物主义的、现实主义的、怀疑论的和责问式的,从而也就是政治性的;穆勒的阅读则是精神性的和情感性的、同情性的和参与性的,从而也就是疗治性的(medicinal)。德·昆西的阅读是功利主义的,穆勒的阅读是浪漫主义的。"②

贝特指出,当代对华兹华斯的政治阅读(以麦克干、列文森和赛尔斯等为代表)基本上都是继承了德·昆西的路线(但他们都把德·昆西的戏谑弄得太严肃)。他们似乎都要求诗歌解决所有政治和社会问题,忘记了黑兹利特所说过的话:"诗歌是我们灵魂之中的一种精妙的微粒,它扩展、精练、提纯并升华了我们的生命……诗歌不是印刷在书本中的那些十个音节的文字",不是韵律辞藻,"而是人的心灵用以与自然交流的普遍语言","在任何有美感、力量感或和谐感的地方——如海浪的拍打、鲜花的盛开——就有诗的萌芽"。③ 浪漫主义诗学就秉持这样的主张:诗歌不仅存在于语言中也存在于自然中;诗歌不仅是一种语言的传达,也是一种人与自然世界之间进行情感交流的方式。浪漫主义牧歌诗人约翰·克莱尔(John Clare)曾用"常绿的语言"(A language that is ever green)表达了与黑兹利特相似的观点:"真正的诗歌不是写下的文字/而是表达思想的意象,/它们在纯洁的心灵中荡起涟漪,/使心灵沉醉于幸福之中。/……/原野是诗人的领地,/牧羊人脚下的野花/昂首绽放,给予他快乐无限。/(诗歌)是一种常绿的语言……"④对克莱尔来说,牧歌就是自然的生命和美,它能够把快乐带给每一个仔细观察自然的人,能够将最为质朴的心灵崇高化——也就是说,对自然的爱必定导致对人类的爱,因而也必然导致淳朴美好的大同社会。贝特自然而然地引出了他的基本观点:爱自然也是一种政治——一种美好的、仁爱的自然主义政治。贝特从对《序曲》所开创的新牧歌形式的分析入手来阐述他的观点。

在《牧歌与意识形态:从维吉尔到瓦雷里》(*Pastoral and Ideology:*

---

① John Stuart Mill, *Autobiography*, John M. Robson, ed. (London: Penguin Books Ltd., 1989), pp. 121—122.
② Jonathan Bate, *Romantic Ecology: Wordsworth and the Environmental Tradition*, pp. 14—15.
③ Ibid., 17.
④ Ibid., 18.

Virgil to Valéry)一书中,安娜贝尔·帕特森(Annabel Patterson)追问道:"为什么华氏要在《序曲》中创立一个迷你牧歌史,从而将过去与现在、中欧与北英格兰对照起来,最后在结论中赞美的是湖区牧羊人的坚韧与高贵?"她接着追问道:华兹华斯的牧歌到底是哪一种因素的产物?"是一个具有社会政治本能的人愤怒于工业化和农业革命对农民和农村所造成的严酷现实的产物,还是以一种微妙的方式参与了英国政府的反革命计划,即以一种田园诗对农事的艰辛和土地所有问题(华兹华斯自己在1803年时成为不动产所有者)的探索推进了一种保守的意识形态?"她指出,这个问题之所以需要追问是基于华兹华斯倡导了一种个人的"决心与自立"而非社会进步信念来对抗艰辛的假设。① 贝特指出,这两点都不对。他认为,华兹华斯的牧歌思想最为典型地体现在《序曲》第八章中,在那里,华兹华斯将他对湖区山水的爱和由法国革命所激发起的"社会进步理论"完美地结合了起来。如果这个假设能够成立的话,我们就应该彻底放弃以前那种"年轻时期具有激进政治思想的华兹华斯和具有保守意识形态的反革命的华兹华斯"的传统模式。贝特肯定地认为,如果生态思想也是一种意识形态的话,那么提倡与自然和谐相处的意识形态的政治意义比纯粹的左/右政治意识形态更为深刻。② 贝特所要探讨的就是华兹华斯以自然为中心的政治思想,即一种自然—政治论。③

贝特从《序曲》第七章、第八章和第九章的结构安排入手来说明他的论点。

---

① Annabel Patterson, *Pastoral and Ideology: Virgil to Valéry* (Oxford: Clarendon Press, 1988), p. 272.
② Jonathan Bate, *Romantic Ecology: Wordsworth and the Environmental Tradition*, p. 19.
③ 然而,在接下来的论述中,我们发现,贝特的"自然—自由—独立"的立论——也就是企图由自然切入政治的假设很难被这种哲学理论所证实。在这个问题上贝特的论述显得相当空泛而老套。在笔者看来,这是因为华兹华斯并非简单的生态诗人或自然诗人,华兹华斯的思绪是极其复杂的——从前面几章的论述中我们也看到,不管是艾布拉姆斯、布鲁姆、哈特曼、德·曼,还是麦克干、列文森、辛普森、赛左斯,他们的观点虽然都不一样,但从不同的角度为我们展现了华兹华斯诗学—政治思想的多面性、多元性和复杂性。我们当然不能够断定华兹华斯没有生态意识(哪怕是潜在的生态意识),但仅仅将华兹华斯定位为生态诗人显然比前面我们所论述的批评家还要简单化。或许正是意识到生态批评理论的薄弱,贝特才绞尽脑汁试图将自然与自由政治联系起来。显然的是,这种联系由于缺乏理论基础,必定是相当困难的。简言之,两个原因造成了贝特的空泛:第一,华兹华斯并非简单的生态诗人;第二,生态批评理论相当薄弱,特别是将生态理论与现代政治哲学理论相联系这个思路是十分成问题的——正如贝特自己所言,这仅仅是一个假设——但是事实证明,贝特的这个假设在他的书中并没有得到成功的论证。

他指出,《序曲》第八章《回溯:对大自然的爱引致对人的爱》在时间上早于第七章《寄居伦敦》,但在结构安排上却被置后。贝特认为,这种安排是有深意的。我们知道,第七章描绘了大城市伦敦的冷漠、污秽与堕落。的确,华兹华斯对于伦敦没有任何好感。他举例说在他自己小的时候,非常向往伦敦。有一个"跛脚"的小孩曾经有机会去伦敦,这让他非常羡慕。但是当这个小孩回来的时候,"老实说,/我难免感到失望。我一再追问,/但他说的每个字都那么乏味,/尚不如笼中学舌的鹦鹉……尤其令我/迷惑不解的是,那里的人们/怎么可能互为邻舍,却不相/往来,竟然不知各自的名姓"①。在第七章《寄居伦敦》接下来的诗行中,华兹华斯继续不厌其烦地描述他对伦敦的反感:浮华、嘈杂、喧嚣,尤其是该章结尾处:

> 多少次,在一条条涌动的街上,我加入
> 人群之中,对着自己说:"从我
> 身边掠过的每一张脸庞都是
> 一团神秘!"曾经这样看着
> 他们,以后也未消疑云……直至眼前的
> 人潮化做超乎现实的行进,
> 犹如远山中夜奔的鬼影,或梦境的
> 幽灵。一次,我在涌动的行列中
> 迷失……这时,
> 一个盲人乞丐的形象(并不
> 少见)突然使我震动。他靠墙
> 站立,扬起脸庞,胸前那张
> 纸上写出他的身世:他从
> 哪来,他是何人。这景象抓住
> 我的内心,似乎逆动的洪波
> 扭转了心灵的顺游。这一纸标签
> 恰似典型的象征,预示了我们

---

① 威廉·华兹华斯:《序曲或一位诗人心灵的成长》,丁宏为译,第170—171页。

所能知道的一切，无论涉及
自身，还是整个宇宙……①

贝特指出，这些段落典型地体现了华兹华斯对于现代大城市对人性异化的敏感——在城市中，人的存在已经被减缩为标签单上面的数据。的确，华兹华斯在这里对于大城市压抑人性、使人异化的指责是有道理的，在这个问题上贝特的观点有道理。

华兹华斯对城市（伦敦）的反感还通过第七章对伦敦巴塞洛缪大集市与第八章格拉斯米尔乡间集市的刻意对比体现了出来。这明显反映在《序曲》第七章结尾与第八章开始的精心安排的结构衔接：第七章以巴塞洛缪大集市结束，而第八章则以格拉斯米尔乡间集市开头。在贝特看来，这两个"集市"的上下衔接是有意义的。

在巴塞洛缪集市上，我们看到的是嘈杂、混乱，小丑、小偷、骗子恣意横行：

……多么巨大的冲击——
对眼睛，对听觉！野蛮人的或地狱般的无序
与嚣噪——像是错乱的心灵幻构的
图案，充满怪异的形状、动作、
场面、声响与色彩！
……高杆上倒悬着吱吱
乱叫的猴子……小丑们竞相扭腰肢，出怪相，
发怪音……
……天下所有
能移动的奇绝都汇集于此——侏儒、
白化病人、彩身的印第安人、识数的马、
智慧的猪、吞石咽火者、巨人、
口技演员、隐身少女……
——人类的愚笨与疯狂，以及
愚笨与疯狂的业绩——共凑成这怪物的

---

① 威廉·华兹华斯：《序曲或一位诗人心灵的成长》，丁宏为译，第190—191页。

> 议会。其间,所有的帐篷、天棚
> 都口开四方,倾吐,吸入着男人、
> 女人、三岁的孩子、怀中的婴儿,
> 似乎整个集市是个大工厂。①

与这"怪物的议会"和"大工厂"相比,第八章一开始则为我们呈现一年一度的格拉斯米尔山区集市:它祥和、安宁、友爱、淳朴,就像一个大家庭的聚会,环抱在周围的葱绿青山是其家长:"他们举办的/是个乡间集市,是一次欢聚;……对于幽谷中所有的居民,这是个/喜庆的日子,大家都热望它的/来临。趁着早晨的凉爽,他们/从棚舍或田间将牛群赶来,用围栏/将羊群圈起,然后开始商量/价钱。……集市上并无商厅,只有一两个/货摊……"在这里,我们看到的不是伦敦城里那种陌生、冷漠、混乱、嘈杂,而是人与人之间、人与自然之间亲密无间的关系——羊倌、农夫、羊群、小母牛、跛子、盲人、商贩,以及"他们中最可爱的"山谷中那个甜美的姑娘,

> ……她卖的
> 东西都产自父亲的果园,手提
> 这些红润的物产,在人群中走来
> 走去……一对老迈的夫妇,并肩坐在
> 树荫下,凝望着人群,欣悦的微笑
> 舒平额头的皱纹……
> 集市上充溢着欢乐与欣愉,老人
> 传给孩子,孩子们也感染着老人,
> 似乎每个人都来分享这喜悦的
> 气氛。这幽谷有着宽阔的胸怀,
> 四周的景物宏大而壮观,拥抱着
> 这里的乡亲……
> 安恬的
> 山岩上闪耀的晨曦向他们投来

---

① 威廉·华兹华斯:《序曲或一位诗人心灵的成长》,丁宏为译,第192—193页。

慈爱；山岩上也充满爱意，从高处
俯首关怀，还有那静憩的白云、
隐蔽处那些山溪的绵绵不绝的
交谈，以及海尔芙琳——虽苍老，
却倾听着这欢声唤醒静默的乡邻。①

接下来，华兹华斯还将他在伦敦经历的焦灼异化感与湖区给予他的家园感进行了对比，从而进一步展示了湖区的自然风光以及淳朴的人性之于他心灵复原的作用："大自然！在那巨城的人与物的漩涡中，/我怀着厚重的虔诚，真切地感受到了/我曾接受的恩惠，来自你，来自/乡间的静谧统辖的妙境，/它们首次将美感注入我的/心中；优美的境地，远胜过那个/万树名园——热河的无与伦比的山庄……"②的确，第七章中伦敦陌生而冷漠的人群与湖区乡间亲密的人际关系形成了强烈的对比——格拉斯米尔山谷就是"一个小家庭"(a little family of men)——"其唯一的家长(patriarch)就是四周葱绿的山丘"。③

因此，贝特指出，《序曲》第七章结尾与第八章开始的衔接是华兹华斯精心安排的结构，其目的就是想通过将湖区的友爱互助与城市集市里的混乱、嘈杂、欺诈相对比，从而尖锐地批判工业化和城市化对人的异化所造成的人情淡薄、世态炎凉："在城里，家庭生活被动地从属于挣钱和花钱，而在格拉斯米尔山区，人们被群山所哺育，自然就是这些山民的父母。"④群山的哺育以及与自然大地的血脉相连，形成了湖区山民善良淳朴的美德，并使得他们在放牧和耕作中感受到了城市人所丧失了的、非异化的身心自由：

……那育我成长的乐园比它

---

① 威廉·华兹华斯：《序曲或一位诗人心灵的成长》，丁宏为译，第202—204页。
② 译文参考了威廉·华兹华斯：《序曲或一位诗人心灵的成长》，丁宏为译，第204—205页。
③ Jonathan Bate, *Romantic Ecology: Wordsworth and the Environmental Tradition*, p.21. "Little family"丁宏为教授译为"当地的乡亲"，似不妥。原文："what sounds are those, Helvellyn, which are heard/ Up to thy summit, through the depth of air/ Ascending, as if distance had the power/ To make the sounds more audible? What crowd/ Is yon, assembled in he gay green field? Crowd seems it, solitary hill! To thee,/ Though but a little family of men." 因此，在贝特看来，《序曲》第八章中的格拉斯米尔山谷其实就是华兹华斯在《湖区指南》中所描绘的"那种理想共和国"。对华兹华斯长期被忽略的经典散文《湖区指南》的论述请见下一节。
④ Ibid.

> 更加可爱;这里所富有的是大自然
> 原始的馈赠,让所有感官更觉
> 甜美,因为太阳、天宇、四季
> 或风雨雷电虽变幻不息,却发现
> 这里有忠诚的劳动者与它们相伴——
> 自由的人们,为自己劳作,自由地
> 选择时间、地点、目标;以自己的
> 需求、自己的享受、天然的职业
> 与操劳为向导,在欢乐中达到个人
> 或社会的目的,而且——虽未去追求
> 也无意识——一队美德总跟随
> 在后面:朴实、美、必然的天宠。①

在贝特看来,正是这种在自然哺育中形成的自由的心灵和美德,才使得作为劳动者的湖区山民成为自然忠实的伴侣,他们与自然界的各种因素和四季形成了一个和谐的整体。也就是说,湖区的农人将他们的生活、土地、自然、劳动完全融合在一起——正是在这个意义上,格拉斯米尔的山民——华兹华斯的羊倌——完全没有马克思所说的劳动异化问题,因为在马克思看来,只有当"我们为他人劳动的时候,我们就被异化了",但是,"华兹华斯的羊倌却是自由的,他们是为自己劳作,(因此)他们所代表的就是未异化的劳动精神(the spirit of unalienated labour)"。② 在《致兰道夫主教的一封信》中华兹华斯将这个思想表达得尤其清楚:"他们(官僚阶级)没有公正地保护人民最为重要的财富——这种财富虽然看不见,但却弥足珍贵,那就是为自己和家人获取生活来源的劳动的权力。"③ 贝特援引马克思《1844 年经济学哲学手稿》中的观点说,利用大自然获取个人利益的劳动者就是异化,但在格拉斯米尔,羊倌保持着自己的活力,他也没有盗用大自然以获取私利,因此,湖区羊倌和农人所从事的就是一

---

① 威廉·华兹华斯:《序曲或一位诗人心灵的成长》,丁宏为译,第 205—206 页。
② Jonathan Bate, *Romantic Ecology: Wordsworth and the Environmental Tradition*, p. 22.
③ William Wordsworth, *A Letter to the Bishop of Llandaff*, in W. J. B. Owen and Jane Worthington Smyser, eds., *The Prose Works of William Wordsworth*, Vol. I, p. 43.

种自由的、非异化的劳动——唯有这种劳动才能够培育淳朴善良的人性,也才能够使人获得真正的身心自由。①

贝特还通过比较传统牧歌—罗曼司与《序曲》的差异来进一步论证华兹华斯对湖区山民勤劳、坚忍不拔等美德的敬仰。的确,在《序曲》第八章中我们可以清楚地了解到,与传统牧歌—罗曼司虚构的农神乐园或被桃花源化了的农耕美景不同,华兹华斯笔下的格拉斯米尔是湖区山民艰辛劳作、充满危险和悲苦的现实生活的写照——它既非中国皇帝的热河行宫,亦非古希腊的阿卡迪亚或贺拉斯笔下长满桃金娘(myrtle)、由牧神主宰的塞宾农场(Sabine farm),更不是莎士比亚的阿尔丁森林或斯本塞《牧人月历》中的世界:"我童年时目睹的乡间/风俗与习惯只不过是尚能温饱的/生活所特有的平淡无奇的副产,/当然,它充满了美——能让人感受到/美好。但是,激发我想象力的是我/常听常见的那些危险与悲苦的/景象,是人类在强大的自然外力/面前所经历的苦难……那岿然不动的磐石与逶迤不息的/河川都是它们的活的见证。"②显然,华兹华斯在这里所展示的的确不是传统牧歌—罗曼司超人间的虚幻浪漫,而是居住在格拉斯米尔山谷中普通山民们的艰辛、悲苦以及他们沉默的坚韧。③ 贝特指出,这一段明显偏离了传统牧歌体的甜美和关于黄金时代的神

---

① Jonathan Bate, *Romantic Ecology: Wordsworth and the Environmental Tradition*, p.22. 显然,贝特在这里是刻意用马克思主义劳动异化理论来反驳麦克干等人的新马克思主义—新历史主义的批评立场。在笔者看来,贝特对于华兹华斯"爱自然等于爱自由"政治思想的解读虽然有一定的道理,但是他仍然没有能够解释湖区农人、牧羊人生活的艰辛——毕竟华兹华斯和多罗茜并非山民和羊倌——麦克干和赛尔斯的问题仍然是犀利而难以被破解的。

② 威廉·华兹华斯:《序曲或一位诗人心灵的成长》,丁宏为译,第208页。着重号为笔者所加。

③ 格拉斯米尔牧羊人沉默的坚韧也塑造了他们健壮的外形和高贵的品质:"有他的存在,/最为威严的荒野也会再增几分/庄重……他……/身材高大,在浓雾中昂首阔步/四周的羊群酷似格陵兰的白熊;/或者,当他走出山丘的阴影,/他的轮廓会突现鲜明,殷红的/夕晖使其灵光四射,显出/神圣;或有时,我在远处看见他,/背衬着天宇,一个孤独而超然的/物体……/就这样,人的外表在我的/眼前现出高贵……"(威廉·华兹华斯:《序曲或一位诗人心灵的成长》,丁宏为译,第211—212页。)因此,贝特指出,在华兹华斯笔下,"真正的高贵不体现在贵族身上,而是体现在艰苦劳作的羊倌身上"。(Jonathan Bate, *Romantic Ecology: Wordsworth and the Environmental Tradition*, p.25.)山民的悲苦与坚韧在我们中国农民身上甚至更为明显——汶川地震时,北川老农民朱元荣就是一个典型。参见张旭春:《浪漫主义、文学理论与比较文学研究论稿》,第301页。

话，展现的与其说是浪漫的罗曼司牧歌，毋宁说是现实主义的浪漫悲情！① 此外，与传统牧歌——罗曼司那种绿野广袤、清泉流淌、牛羊遍地的景色不同——虽然他在德国格斯拉尔的确看到过这样的美景——但华兹华斯最为钟爱的还是他的家乡——英格兰北方山区峻峭坚硬的景色。在那里，坚硬悲苦的自然环境不仅塑造了英国北方自耕农坚韧的性格，也赋予了他们对自由的热爱。在1805年版《序曲》中华兹华斯这样写道：

> 但是，我赞美你们，
> 你们这些巉岩与峭壁！你们
> 更能抓住人的内心！你们的飞雪与激流
> 凶猛恣肆，你们狂暴的山风，
> 在我孑身一人踽踽独行于
> 你茫茫的荒野中时，凄厉地嚎叫！
> 那里，牧人在冬季随时准备迎接暴风雪，
> 有预感时，他将羊群从高处
> 赶入避风的山凹，然后
> 沿着陡峭的山路，从家里羊圈里
> 背来沉重的饲料，撒在雪地上，
> 在那里饲养它们，熬过艰难日子，直到风暴<u>锁息</u>，
> （这是他们的土话）。②

---

① Jonathan Bate, *Romantic Ecology*: *Wordsworth and the Environmental Tradition*, p. 23. 在这里，1805年版中有一个"Matron's Tale"，讲述了一个牧羊人遇险的故事。这个故事最早本来是写给《迈克尔：一首牧歌》的，讲述的是一个小孩救羊羔又被他父亲所救的微贱但又崇高的故事。但为什么1850年版要删去？或许是因为1850年时的华兹华斯更加平和了，不再执着于悲苦叙事。

② "yet hail to you,/ your rocks and precipices! Ye that seize/ the heart with firmer grasp! Your snows and streams/ ungovernable, and your terrifying winds,/ that howled so dismally when I have been/ companionless among your solitudes! / there, 'tis the shepherds's task the winter long/ to wait upon the storms: for their approach/ sagacious, from the height he drives his flock/down into sheltering coves, and feeds them here/ through the hard time, long as the storm is *locked*,/ (So do they phrase it) bearing from the stalls/ a toilsome burden up the craggy ways/ to strew it on the snow."选自 J. C. Maxwell, ed., *William Wordsworth*, *The Prelude*: *A Parallel Text*, pp. 314—317. "locked"这个湖区土话在1850年版中被删去了，这说明华兹华斯试图使得1850年版显得更加优雅，但这恰恰说明华兹华斯失去了自己早年使用"村俗语言"的特征。下划线为笔者所加，原文为斜体。

值得注意的是在这个 1805 年版本中出现的"locked"(笔者译为"锁息"):这个词这一方面典型地体现了华兹华斯所倡导的用普通人的村俗语言写诗的主张,另一方面也真实地体现了湖区山谷中的艰苦生存环境。因此,贝特指出,在这一段是典型的华兹华斯式牧歌——这种新的浪漫牧歌展现的不是优雅的阿卡迪亚,而是湖区牧羊人严酷的生活条件:陡峭的山崖、凛冽的山风、恶劣的暴风雪和羊倌艰苦的劳作。但是华兹华斯"赞美(hail to you)这一切",因为湖区羊倌的生活虽然艰辛,但他的精神是自由的——"因为,在他所奉职的/广阔区域里,他自觉是个自由的人"。① 贝特指出,就像海尔芙琳(Helvellyn)山下格拉斯米尔乡村集市中的村民一样,在这里,牧人唯一需要敬畏的是"自然而非贵族",也就是说只有在虽然艰苦,但却无拘无束的自然环境中生活的羊倌才"自觉是个自由的人"。② 也就是说,自然与自由在这里构成了完美的统一。

因此,贝特总结说,华兹华斯从根本上反对那种津津乐道田园生活闲情逸致的阿卡迪亚式的虚假牧歌——这种牧歌在 18 世纪特别盛行(以蒲伯为代表),华兹华斯关心的是在贫瘠的土地上为温饱挣扎的农人或羊倌,他们的生活虽然艰辛但却自足而快乐,"用人们耳熟能详的柏克术语来讲,传统的罗曼司—牧歌展示的是秀美,而华兹华斯的牧歌展示的是崇高"③。由此出发,贝特对于新马克思主义—新历史主义批评家的观点进行了回击。他指出,麦克干、赛尔斯等人批评华兹华斯将牧羊人崇高化是为了文学效果而掩盖真正的政治社会现实,认为华兹华斯的"牧歌"与传统牧歌的"庄重的悠闲"(the *otium cum dignitate*)是一致的。还有人认为华兹华斯不仅在崇高美学上,在政治思想上也受到柏克的影响,也提倡一种爱国主义和以父权制为基础的注重家庭

---

① "he feels himself,/ in those vast regions where his service is,/ a freeman…" 引自 J. C. Maxwell, ed., *William Wordsworth*, *The Prelude*: *A Parallel Text*, p. 316。
② Jonathan Bate, *Romantic Ecology*: *Wordsworth and the Environmental Tradition*, p. 24.
③ Ibid., 28. 在贝特看来,对于 18 世纪之前的牧歌诗人,华兹华斯欣赏的只有维吉尔一人,因为维吉尔的《农事诗集》(*Georgics*)也描述了农人生活的艰辛和坚韧:维吉尔笔下那个"非异化的老克里希人(old Corycian)"与华兹华斯的北方自耕农非常相似,他们"在贫瘠的土地上艰难刨食,但却自给自足、生活得十分快乐。"Ibid., 27。

伦理价值的保守主义政治。①但是,贝特指出,他们没有注意到在第八章中,华兹华斯批评那些"拘泥于僵死的/概念或形式的人们,你们看不见/事物的灵魂,会将我少年时见到的/牧人形象——体现在人身上的大自然的/圣洁与尊严——称做虚影或幻象"②。贝特认为,在这里,华兹华斯批评的是那些信奉马尔萨斯和边沁主义的人。正如黑兹利特所批评的那样,马尔萨斯和边沁的社会是一种机械的、功利主义的、缺乏人性的社会,与华兹华斯的湖区农耕有机体完全不同。③ 也就是说,虽然华兹华斯与柏克的思想有一定的相通性,但华兹华斯的思想主要还不是柏克式的家庭伦理政治,而是自然—自由的农耕政治。

对于雷蒙·威廉斯批评穆勒欣赏华兹华斯的诗歌是因为诗歌体现了一种私己的内在的个人审美经验,是社会改革难以实现时个人逃避革命的手段——因为诗歌作为一种"内在欢愉的源泉(source of inward joy)总能够为(诗人)提供一个逃避之路"——这一观点④,贝特也予以了回击。他认为,威廉斯对穆勒的阅读有误:穆勒并不是这样阅读华兹华斯的,他说华兹华斯教会他如何与自然交流,这"不是逃避,而是更为深切地增加对人类共同情感和命运的兴趣"。也就是说,从爱自然出发,华兹华斯极大地升华了他对爱的理解:华兹华斯的爱超越了罗曼司—牧歌浪漫诗化的做作的贵族爱情——华兹华斯的爱是启蒙现代性所追求的泛爱,他笔下的历史"是劳动者的历史,是一方水土的历史";华兹华斯"给普通人赋予了伟岸的形象,将羊倌写入编年史——这是一个极其激进的(政治)行为"。贝特指出,这才是理解《序曲》第八章的内容及其标题"对大自然的爱引致对人的爱"的关键:对自然的爱不仅导致了华兹

---

① 的确,在《序曲》1850年版第七章中华兹华斯用呼语法直接向柏克表示了敬意(但1805年版却没有也不可能有这一段):"柏克的天才!……我看见他——/老迈但强健——挺拔如橡树……/……可是,/当他辛辣地讥刺、抨击并告诫/人们警惕所有建筑在抽象/权利之上的制度;当他赋予被时间/验证的常规与法律至高无上的/地位,称习俗中结成的纽带/具有强劲的生命;当他以蔑视的/口吻否定时髦的理论,强调/人们生来就有忠顺……"在此,华兹华斯似乎的确在强调一种柏克式的家庭政治(the politics of home)。华兹华斯与柏克思想的关系比较复杂,篇幅所限,这里无法予以展开讨论。

② 威廉·华兹华斯:《序曲或一位诗人心灵的成长》,丁宏为译,第212—213页。

③ Jonathan Bate, *Romantic Ecology: Wordsworth and the Environmental Tradition*, pp. 29—30.

④ 穆勒对华兹华斯诗歌的欣赏见前文。威廉斯对穆勒的批评见 Raymond Williams, *Culture and Society: 1780—1950* (Middlesex: Penguin Books Ltd., 1963), pp. 80—81。

华斯的泛爱之心,还使得他能够看见爱的存在,甚至存在于城市之中。① 贝特指出,"对大自然的爱引致对人的爱"这个思想也体现在《序曲》的第七、第八和第九章构成的"三联画"(triptych):第七章《寄居伦敦》展示城市对人的异化,第八章《回溯:对大自然的爱引致对人的爱》讲述自然对异化心灵的疗治和纯真的复归,第九章《寄居法国》则是由自然之爱到通过法国革命来实现人类泛爱这个启蒙理想的自然结果。因此,这是一个异化→爱自然→革命/爱人类的完整心路历程。因此,贝特指出,在这三章安排中,第八章是关键——因为只有通过自然对心灵的革命洗礼,人们才能够获得泛爱之心,从而才有可能采取政治革命行动来实现启蒙现代性对人权的追求。正因为如此,我们才能够在第九章中读到华兹华斯对于法国革命这样的回答:

> 而且,这痛恨对我的支配日益
> 增强,却也掺杂着怜悯与温情,
> 因为当希望尚存,会有温情
> 寄予劳苦大众。一天,我们
> 偶遇一饱受饥饿摧残的少女。
> 她拖着疲惫的脚步,尽力与她的
> 小母牛同行。她用一根绳子

---

① 在 1805 年版《序曲》中,华兹华斯回忆了他在伦敦看到的一个乞讨的父亲怀抱着生病的儿子的令人泪下的一幕:"我曾在一个街心/空场中见到过一位父亲——因为/他的确有那神圣的名字;他坐在一道/矮墙的柱基上,墙上铁铸的栅栏/围起一片开阔的草坪。这位/个别的人(This One Man)静静地坐在那里,双膝/平托着一个患病的孩子,他把/病儿带来见见阳光,呼吸一些/新鲜的空气。他并不关心谁从/面前经过,也未留意我对/他的注视,而是用粗壮的手臂/(这工匠的袖子卷到肘部,这会儿/是偷闲从工作中溜出)将孩子围在/怀中,低下头去倾注的目光中/无法形容的爱意——本来是为了/寻找空气和阳光,却似乎害怕/它们伤害了自己这可怜的孩子。"这表明正是因为华兹华斯回到湖区亲近自然之后才能够在城市中也发现爱。但这一段在 1850 年版中被移到第七章去了(见威廉·华兹华斯:《序曲或一位诗人心灵的成长》,丁宏为译,第 189—190 页),贝特认为这是 1850 年版修改中"结构布局上最大的败笔之一"。在贝特看来,这个老父亲在这里扮演着观察者的角色,他其实就是第七章中那个被"标签"标注身份的、被城市异化了的老乞丐。这个在城市中标签化的老乞丐只有通过回溯格拉斯米尔山谷中的羊倌才能够得到救赎,因此这个老父亲就是"被救赎的老乞丐形象"(the redeemed image of the blind beggar)。Jonathan Bate, *Romantic Ecology: Wordsworth and the Environmental Tradition*, pp. 31—32. 脚注所引《序曲》请参见 J. C. Maxwell, ed., *William Wordsworth, The Prelude: A Parallel Text*, p. 344. 对于"这位个别的人"(This One Man)之表述,丁宏为教授解释说,它"含独特、纯真、完整、孤独等义"。见威廉·华兹华斯:《序曲或一位诗人心灵的成长》,丁宏为译,第 200 页。

> 将小牛拴在手臂上,任她舔食着
> 小路上的食物。只见她那无血色的
> 双手不停地编织,无精打采地
> 打发着孤寂。看到这景象,我的
> 朋友情绪激动地说:"我们就是
> 为此而战。"①

贝特指出,从爱自然到爱人类的转换,其中的核心思想就是启蒙现代性的普遍之爱或泛爱思想,也就是说,自然与革命在启蒙现代性中是二位一体的。这就是为什么卢梭"作为浪漫派的先锋既是爱自然的倡导者,又是法国革命的预言家"②。

  总之,贝特想要力图证明的是,华兹华斯并不像麦克干、辛普森、列文森、赛尔斯和帕特森等新马克思主义—新历史主义批评家所认为的那样,后期沉溺于湖区湖光山色的根本原因是他在政治上趋向保守,甚至反动。恰恰相反,正是因为华兹华斯在湖区的自然山水中重新找回了他曾经失去的本心,从而才能够在《序曲》的写作中为我们展示一幅从爱自然到爱自由、爱人类,到法国革命的过程。正是因为《序曲》中这些激进的政治革命因素,华兹华斯同时代的批评家都认识到《序曲》的政治激进—颠覆性而非保守性。比如以保守著称的托马斯·麦考莱(Thomas Macaulay)在读了 1850 年版《序曲》之后说:"这只不过是一个老旧的故事,是关于(诗人如何)醉心于山水林泉的老调重弹,是关于风景如何作用于心灵的老套而浅薄的哲学妄诞……它再次讲述了法国革命及其对一个狂热青年性格形成所产生的影响的故事……这部作品是彻头彻尾的雅各宾主义(to the last degree Jacobinical)……我终于明白为什么华兹华斯生前不出版它了。"③贝特指出,如果我们认可麦考莱的观点,即,《序曲》的基调就是"彻头彻尾的雅各宾主义"的话,那么《序曲》的其他因素——如自然山水——也是雅各宾主义的一部分。因此,在 1801 年 1 月 14 日写给福克斯的信中,华兹华斯提到的建立在节俭、勤劳和"家庭关

---

  ① 威廉·华兹华斯:《序曲或一位诗人心灵的成长》,丁宏为译,第 251 页。
  ② Jonathan Bate, *Romantic Ecology: Wordsworth and the Environmental Tradition*, pp. 31—32.
  ③ Thomas Babington Macaulay, "Journal, July 28, 1850," in Jonathan Wordsworth, M. H. Abrams, and Stephen Gill, eds., *William Wordsworth: The Prelude, 1799, 1805, 1850*, p. 560.

爱"等价值基础之上的小型有机社区(the small organic community)和"家庭政治"(politics of home)本身顺理成章地就应该是雅各宾主义的,而非柏克式的。① 也就是说,贝特力图证明,华兹华斯对湖区农耕—有机社会的青睐、对于自然山水的热爱是他早年激进革命思想的延续而非背叛。华兹华斯的路线是由对格拉斯米尔的山水之爱到人类之爱再到普适之爱(法国革命)。这个过程表明,

> 华兹华斯的共和牧歌(republican pastoral)中的社会主义思想是一种非常特别的政治理念。其所向往的"生命的充盈和完整"(莫里斯语)是建筑在与自然同一或自觉从属于自然的思想的。因此,格拉斯米尔式的政治模式在根本上是建立在人与自然环境的和谐基础之上的,这种政治模式超越了柏克(反法国革命)和潘恩(支持法国革命)。回归自然并不等于放弃政治,而是将政治引入一个新领域,即关注爱自然与爱人类的关系,也就是人权(the Rights of Man)和自然权(the Rights of Nature)之间的关系。《序曲》的语言偶尔是红色的,但永远是绿色的。②

贝特指出,穆勒对华兹华斯的阅读告诉我们,诗歌虽然不指引人们走向街头进行直接的政治抗争,但是诗歌却有着改变人们心智的力量。正因为如此,"穆勒(对华兹华斯的)阅读的精髓就是自然的美,宁静和永恒是人类社会和心理健康的必要因素"③。为什么这么说呢?贝特回到了华兹华斯《毁坏的村舍》。在他看来,麦克干等新马克思主义—新历史主义批评家从浪漫主义意识形态入手指责华兹华斯用审美沉思偷偷地替换了严酷的社会现实(见前文相关论述)的观点因为太过执着于意识形态政治批判,从而造成了对该诗真正内涵的忽略。对于《毁坏的村舍》一诗的那段著名的结尾(见上文),贝特认为,我们看到的是:尽管人间悲剧一再发生、人类社会痛苦之极,但杂草却依旧静悄悄地、同时也是茂盛地生长着,似乎对于人间悲剧十分漠然。但是,华兹华斯却在这杂草丛生的景象之中看到了"人性的精神"一如杂草"依然"顽强地"存

---

① Jonathan Bate, *Romantic Ecology: Wordsworth and the Environmental Tradition*, pp. 32—33. 但这又怎么能解释1850年版对柏克的崇敬?
② Ibid., 33.
③ Ibid.

在"。因此,在这里我们似乎看到了一个反讽:自然的冷漠反而保证了人性的存在。但是,贝特提醒我们注意"survived"这个词的拉丁词源:"超越—超验性地生存"(to live beyond)。贝特指出,华兹华斯的泛神论思想就体现在这个词之中:有机生命体的生命——人的生命与自然的生命——在超越—超验意义上是相同而且相通的:在这个意义上,杂草藤蔓总会以其顽强的生命力覆盖人间的断墙残壁,玛格丽特的生命也没有消亡,而是融汇在自然界永不止息的生命洪流之中了。这就像《沉睡锁住了我的心》一样,个体的死亡并不是生命的终止,相反肉体的死亡意味着个体生命融入了宇宙的生命洪流之中——"地球运行的轨道"(Earth's diurnal course),因而得到永生。① 因此,贝特指出,人性的存在依赖于自然的存在——人与自然的生存是相辅相成的。②

三、湖区的政治意义与生态意义:华兹华斯的农耕—共和主义思想及实践

但是,仅仅通过《序曲》作为新型牧歌形式的阅读还不足以得出自然与自由之间的必然联系。接下来,通过对《湖区指南》《致兰道夫主教的一封信》和《素描随笔》的重新解读,贝特进一步深入地挖掘了华兹华斯爱自然与爱自由的生态—政治思想。在《湖区指南》中,华兹华斯为我们呈现了一幅与《序曲》第八章相似的图景:"在那些山谷中我们发现了一个完美的牧羊人和农人的共和国。他们放牧耕作,家庭经营,自给自足,偶尔也同乡里乡亲进行物品交换。两三头奶牛就足以供给全家人所需的牛奶和乳酪。村里的小教堂是矗立在那

---

① 这让笔者想起微信朋友圈曾里流传的一篇美文《等我们老的时候》。其中有这么一句话:"等我们老的时候,我们关注的已不再是人,而是自然。到那时,我们所有的爱,所有的情感,都会融入对自然的无限崇尚之中。只有那时,才会有心境,才会有时间,静静地体味大自然的美与和谐。"此之谓也!

② Jonathan Bate, *Romantic Ecology: Wordsworth and the Environmental Tradition*, pp. 33—34. 这也是为什么贝特在其 2000 年的著作《大地之歌》一书的第八章《诗境》一开始引用杜甫的"国破山河在,城春草木深"来作为该章的题记。见 Jonathan Bate, *The Song of the Earth* (London: Picador, 2000), p. 205。或许正是"睿智的消极"这一大智慧使得华兹华斯与杜甫在洞悉人间悲情和自然之冷漠这一悖论问题上达成了奇妙的共识。比较文学界许多学者都将华兹华斯与陶渊明、王维相比较,在笔者看来,华兹华斯与杜甫倒还存在着诸多可比性。贝特注意到这个问题,但是他却将这个问题予以了生态批评的简单化处理。也就是说,生态批评这个先入为主的批评框架反而妨碍了他进一步挖掘两者之间的真正共通之处。这不能不说是一个遗憾——这个问题也同样存在于浪漫主义研究的其他批评范式之中。

些农舍中的唯一高大建筑,也是这个淳朴的共和国中的最高治理机构。村民们其乐融融地生活于这个繁荣的国度之中,它有良好的社会组织,就像是一个理想国——治理规范这个理想国的宪法就是四周环绕的群山。"①在贝特看来,《湖区指南》这段话所提到的几个语汇,如共和国(commonwealth)、理想社会(ideal society)、组织有序的社区(organized community)等都是来自一种激进的共和主义传统(a tradition of radical republicanism),其根源可以追溯到英国内战时期——就此而言,早年激进的华兹华斯与后来寄情山水的华兹华斯在政治思想上没有什么不同。②

贝特的这个观点事实上是来自 Z. S. 芬克(Z. S. Fink)。在《华兹华斯与英国的共和传统》一文中,芬克提出了一个非常独特的观点:没有前后两个不同的华兹华斯之说——即激进的青年华兹华斯和保守反动的老年华兹华斯。芬克指出,华兹华斯的政治理想从年轻到老年是一以贯之的。这个理想的根源主要不是戈德温和卢梭,而是英国 17 世纪那些清教革命家,如弥尔顿、哈林顿(Harrington)、西德尼(Sydney)、莫伊尔(Moyle)等(芬克更进一步指出,这些英国清教革命家的思想也是华兹华斯交好的吉伦特派的理论来源——这与激进的雅各宾派不同)。芬克认为,如果按照这个思路来分析,华兹华斯早年《致

---

① Ernest de Sélincourt, ed., *Wordsworth's Guide to the Lakes* (London and New York: Oxford University Press, 1977), pp. 67—68. 在第 67 页的一个脚注中,华兹华斯还写道:"在这个人烟稀少、与世隔绝的地区里,有一个最令人愉悦的风俗,那就是任何人在遭遇不测时总会得到乡里乡亲的热心帮助——湖区人深信,幸福和快乐就是建立在这种乡里乡亲之间互助互爱的纯良风尚之上。这个风尚被当地一则朗朗上口的谚语生动地描绘出来:'朋友很远,邻居很近(Friends are far, when neighbours are nar)。'这种互助友爱不仅体现在户外劳动中,而且贯穿在湖区人生活中的方方面面。从前,一旦有人生病(尤其是某个家庭主妇生病)的话,邻里乡亲——尤其是那些在乡社里有一定职位的乡亲——总会带点礼物去慰问看望。这个习俗至今仍然没有消失——当地人将其称为'乡亲一家'(owning the family)——被视为一种(不成文的)盟约:任何人在任何时候遭遇危难不幸的时候,大家都应该援手相助,这应该成为湖区人的独有的品质。"(Ernest de Sélincourt, ed., *Wordsworth's Guide to the Lakes*, pp. 67—68.)这个注释更为清楚地表明了华兹华斯对于湖区山民那种淳朴民风的欣赏,这种民风在华兹华斯看来,就如同瑞士阿尔卑斯山中的山民所组成的那种由善良、友爱、互助、勤劳、坚韧等美德所组织成的"帮民大会"自由政治。贝特所欣赏的就是这种自然—农耕—自由的政治体。虽然贝特在华兹华斯政治思想的研究问题上有简单化倾向,但是他对《湖区指南》这部长期被华兹华斯研究界所忽略的作品的挖掘研读(这也正是加拉德所说的浪漫主义生态批评对于浪漫主义的经典重构)对于我们重新认识华兹华斯以及其他浪漫主义诗人还是有现实意义的。

② Jonathan Bate, *Romantic Ecology: Wordsworth and the Environmental Tradition*, p. 21.

兰道夫主教的一封信》和后来《对威斯特摩兰自耕农的两篇讲话》在基本政治理念上是前后一致的。芬克明确指出,华兹华斯对于英国的政治制度很满意,这个政治制度就是国王、贵族和民主因素的有机融合和平衡,从而形成了独具英国特色的政治体制。①

那么,如何才能够将华兹华斯源自 17 世纪英国清教革命家的政治理想与湖区农耕社会结合起来呢?即,在解释或解读华兹华斯政治思想问题上,生态批评到底能够发挥怎样的功能?正如我们在前文中已经论述的那样,贝特的论点就是:在华兹华斯思想中——就如同在卢梭思想中一样——爱自然与爱自由是一致的;但华兹华斯的政治思想与卢梭又有所不同,那就是华兹华斯更倾向于讴歌人与人之间、劳动者与土地之间的亲密和谐的、非异化的关系,尤其是清教徒式的湖区山民—劳动者身上所蕴含的善良、勤劳、坚忍不拔等牧人—农人美德。贝特指出:"通过将格拉斯米尔山谷与共和主义联系起来,华兹华斯回溯性地找到了他自己革命激情的源泉,那就是他自幼就非常熟悉的乡村社区。"②这种迷你共和国式"乡村社区"政治结构的典型就是华兹华斯一直敬仰的瑞士阿尔卑斯山区农民所创造"帮民大会"(Landesgemeinde)。

我们知道,在《致兰道夫主教的一封信》中华兹华斯就已经提到瑞士的"牧歌—山区共和国理想"(pastoral mountain republic)。③ 而在同年的《素描随笔》(*Descriptive Sketches*)中华兹华斯还花了大量篇幅仔细讲述瑞士山区牧羊人的生活,这些牧羊人成年生活在峻峭秀丽的山区,自由自在,他们"不是任何人的奴隶",自然教会他们如何"感受自己的权利"。④ 总之,在贝特看来,湖

---

① Z. S. Fink, "Wordsworth and the English Republican Tradition", *Journal of English and Germanic Philology* 47.2 (1948), pp. 107—108. 应该指出的是,华兹华斯在《序曲》第八章以及《湖区指南》中津津乐道的是英国文化传统中弥足珍贵的自由传统,但是这种自由是传统、习惯、习俗积淀逐渐形成的,她流淌在英国人的血液中,不是通过暴力革命所获取的那种自由。就此而言,中年之后的华兹华斯与柏克的保守主义自由思想的确有相通之处——芬克所谓没有前后两个不同的"政治华兹华斯"的论点是有一定道理的。

② Jonathan Bate, *Romantic Ecology: Wordsworth and the Environmental Tradition*, p. 21.

③ 参见 W. J. B. Owen and Jane Worthington Smyser, eds., *The Prose Works of William Wordsworth*, Vol. I, p. 39。

④ John O. Hayden, ed., *William Wordsworth: The Poems*, Vol. I (New Haven and London: Yale University Press, 1977), p. 410.

区的自然环境与瑞士阿尔卑斯山的环境一样,能够造就自然—农耕共和主义政治模式;华兹华斯式的牧歌表达的就是这样一种政治理想:"瑞士联邦的民主代议制及其选举大会都给华兹华斯展示出一种理想的政治参与模式——只有当人性与自然处于和谐统一的条件下,这个政治模式才能够发挥作用。湖区(的政治组织)被(华兹华斯)认为最为接近瑞士帮民大会:就像在瑞士一样,在湖区,华兹华斯展望了科尔律治所说的'一种独特的自给自足的牧歌生活模式,只有这种牧歌生活模式才能够允许并催生真正的共和精神'。"①在贝特的观察中,直到1901年,柯特琴(Kitchin)才在其著名的《威斯特摩兰的自耕农》中认识到华兹华斯早就讨论过的问题:"他们(湖区牧人和农民)对自由问题的理解与瑞士和挪威的农民一样;他们也像斯堪的纳维亚人和瑞士人一样,珍爱呵护着这种自由,它的精神本质就是淳朴、自立,它浸透在山民的血液之中。"因此,贝特指出,华兹华斯的牧歌—共和主义政治理想的核心就是:"牧歌生活催生共和主义",同样的道理,"华兹华斯所重新定义的牧歌文学也激发了人们对自然的敬畏和对政治自由的热爱"。②

华兹华斯为湖区所设计的"帮民大会"式的牧歌—共和主义政治理想还不只是停留在诗歌和散文写作之中,而且将其付诸在实际行动之中:这一方面体现在华兹华斯《湖区指南》寓意深刻的写作之中,另一方面体现在华兹华斯反对旅游业的兴起、在湖区修建铁路之动议的激烈行动。

《湖区指南》最初以未署名方式初版于1810年,是华兹华斯应邀为约瑟夫·威尔金森牧师(the Rev. Joseph Wilkinson)所绘制的一组湖区版画所写下的文字介绍。华兹华斯写作这些文字的初衷一是出于个人经济原因,二是对威尔金森拙劣版画的不满(威尔金森版画质量究竟如何,我们不得而知——根据阿卡姆提供的信息,目前只有牛津大学图书馆藏有一本)。③ 该书长期以来被排斥在华兹华斯经典作品之外——艾布拉姆斯主编的《诺顿英国文学选》

---

① Jonathan Bate, *Romantic Ecology: Wordsworth and the Environmental Tradition*, p. 25.
② Ibid. 需要指出的是,当今世界一些小国家经常搞出的"公投"即可以追溯至15世纪瑞士的"帮民大会"。但是这种小国寡民式的部落—乡社民主并不适合疆域辽阔、民族构成复杂的大国。
③ 参见 Simon Akam, "Wordsworth's Lake District, 200 Years On", *Washington Post*, June 6, 2010。

和邓肯·吴主编的《浪漫主义文学选读》(第三版)都没有选用该书任何片段。① 然而,该书却是19世纪中前期华兹华斯拥有最多读者的作品。阿诺德说他曾经遇到过一个牧师,对该书十分推崇,并问他说华兹华斯除了这本书之外是否还写过其他书。塞林科特认为,这则逸事虽然可能有讥讽牧师们无知无识的味道,但是也充分证明该书在当时"广受欢迎"的程度。② 摩尔曼也说,该书是华兹华斯"最为畅销的作品"。③ 根据贝特的考证,19世纪30年代中期《远足》印刷了四版,是当时华兹华斯印数最多的作品(图5-2)。但是到了1835年,《湖区指南》成为华兹华斯第一部印数达到五版的作品。此后,该书印刷出版次数不断攀升:从1842年到1859年的17年间,《湖区指南》又出版了五版。④

18世纪对自然之美的发现导致了英国人对湖区风景的赞叹和湖区旅游业的兴起。为了方便游客,格雷(Gray)和韦斯特(West)等人写作了大量的湖区旅游指南之类的书。但是华兹华斯的《湖区指南》却非我们通常所理解的旅游指南类书——按照塞林科特的理解,《湖区指南》的"首要目的"是用最真挚的情感来"传授知识"。⑤

何谓旅游?如何旅行?在《湖区指南》第一部分"给游客的指南和信息"一开始,华兹华斯写道:"在写作本书的过程中,笔者的主要目的就是给那些有品位的、对(湖区)风景有感情的读者提供心灵的指南或向导"——只有怀揣这样的"心灵指南",人们才能够真正体味到湖区的美景。因此,《湖区指南》并非流于介绍旅游景点和旅游路线的一般意义上的旅游手册(华兹华斯当然也为读

---

① 贝特指出,今天我们有必要重读《湖区指南》,其意义有二。第一,《湖区指南》表明,华兹华斯并非现实社会—政治的逃避者,他对现实的关注大大超过我们的想象——那些号称唯物论者的批评家如巴特勒和麦克干等人恰恰忽略了华兹华斯思想中物质性的生态环境问题。第二,今天我们来重读《湖区指南》不仅能够还原19世纪读者心目中的华兹华斯,而且还有助于我们反思传统批评对经典的狭隘界定:"如果我们(像新历史主义那样)要将浪漫主义历史化的话,我们就必须把《湖区指南》从边缘地位提升到中心来。" Jonathan Bate, *Romantic Ecology: Wordsworth and the Environmental Tradition*, p. 42。
② Ernest de Sélincourt, ed., *Wordsworth's Guide to the Lakes*, p. vi.
③ Mary Moorman, *William Wordsworth, a Biography: The Later Years, 1803—1850*, p. 384.
④ 关于该书复杂的版本史可参见 Ernest de Sélincourt, ed., *Wordsworth's Guide to the Lakes*, pp. iii—vii 以及 Jonathan Bate, *Romantic Ecology: Wordsworth and the Environmental Tradition*, pp. 42—43。
⑤ Ernest de Sélincourt, ed., *Wordsworth's Guide to the Lakes*, pp. xxii.

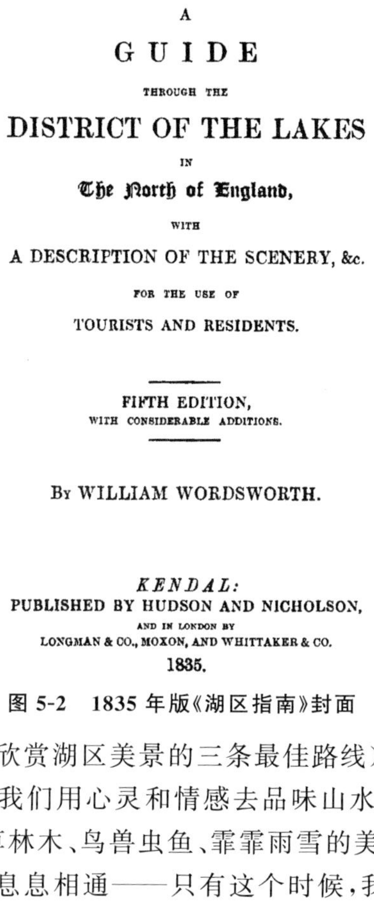

A
GUIDE
THROUGH THE
DISTRICT OF THE LAKES
IN
The North of England,
WITH
A DESCRIPTION OF THE SCENERY, &c.
FOR THE USE OF
TOURISTS AND RESIDENTS.

FIFTH EDITION,
WITH CONSIDERABLE ADDITIONS.

By WILLIAM WORDSWORTH.

KENDAL:
PUBLISHED BY HUDSON AND NICHOLSON,
AND IN LONDON BY
LONGMAN & CO., MOXON, AND WHITTAKER & CO.
1835.

图 5-2 1835 年版《湖区指南》封面

者详细提供了能够真正欣赏湖区美景的三条最佳路线），而是教导人们如何旅行而非旅游——只有当我们用心灵和情感去品味山水的时候，我们才能够真正领悟到山川沟壑、花草林木、鸟兽虫鱼、霏霏雨雪的美与灵性，也才能够领悟到我们的生命与自然的息息相通——只有这个时候，我们才是精神意义上的行者而非走马观花的游客。"华兹华斯为我们呈现的景色不仅仅是浮现在脑海中形象，而且是'荡漾在血液和心灵中的情感'"——塞林科特的评价既精准又与《湖区指南》一样富有诗意。① 正是满怀这种"荡漾在血液和心灵中的情感"，华兹华斯对湖区任何一处美景的描绘都充满着盎然的诗意——远非一般的旅游手册可比。比如他对温德米尔湖的介绍：

---

① Ernest de Sélincourt, ed., *Wordsworth's Guide to the Lakes*, p. xxiv. 在我们这个时代，旅游已经成为拉动 GDP 的一大支柱产业；美如仙境的九寨沟一年之中大部分时间都是一片人头攒动、热闹非凡的景象，哪里还有行者们旅行的安静空间？所以懒惰的笔者很多时候宁愿待在书斋里"精神徜徉"也不愿外出"旅游观光"。

这个湖的南端虽然人迹罕至,但却有很多有趣的景点,尤其是斯托尔城堡(Storr's Hall)和菲儿福特(Fell-foot)。在那里,康尼斯顿山脉(the Coniston Mountains)巍峨耸峙,横亘在湖的西面。相对而言,整个温德米尔湖的其他地方则显得比较平坦。从湖西面的哥拉斯维特(Grathwaite)登上山顶,被称为罗林森的 Nab(Rawlinson's Nab)的岬角、斯托尔城堡以及特洛特贝克山(Troutbeck Mountains)的落日景色非常壮观。……要欣赏温德米尔美景,最好既站在岸边又游荡在湖面。行驶在湖面上,没有任何一个湖泊像温德米尔那样能够呈现出一幅又一幅令人眼花缭乱的美丽画卷,这主要是因为温德米尔广阔的湖面、众多的小岛、源头的两个溪谷以及溪谷周围雄壮的山峦。只有在湖的中央,你才能够同时欣赏到两个溪谷的壮丽景色。你可以在每天任何时候观赏湖中小岛,但是你最好找一个月明星稀的宁静之夜去——三个小时的夜航之旅,会让你领略到温德米尔北面湖区的秀丽、安谧和庄重。夜航之旅的最后,你可不要忘记观赏那广袤的湖水和那静静地汇入湖水的河水。那河水安静地流淌着,好像不是流自峻峭的溪谷或暴涨的山洪,而是从宁静的湖水流出去似的。①

在第二部分"湖区风景描绘"中,华兹华斯同样用诗一样的文笔,不仅为读者更加详细地描述了湖区各地风景(如山峦的形状、表层植被、光影变化、溪谷沟壑、星罗棋布的大小湖泊、湖区的鸟类、沙丘小岛、古老的冰斗湖、河流走向、林木种类、云的形状和气候特征等),还从地质学和气象学知识入手,介绍了湖区的地质地貌以及气候变化的特征和成因。如关于山丘表层植被:

　　(湖区)山丘的表层大部分都是被这里湿润的气候滋润得青葱碧绿的草坡(turf)。就像附近的纽兰德(Newland)一样,这些草坡也会有一些光秃秃的地方,但是总的来看,湖区的山丘几乎全部都被柔软而茂盛的牧场所覆盖。另外有的地方则是大片巉岩;豪雨时节,暴涨的溪流和如注的雨水冲刷掉了表层草皮,将土壤裸露出来。一道道沟壑(也是在雨水和山洪的作用下形成的)经常将山丘笔直地劈开。这些沟壑纵横交错,在山丘的

---

① Ernest de Sélincourt, ed., *Wordsworth's Guide to the Lakes*, pp. 5—6. Nab 一词语义待查。

表面划下一条条 W 和 Y 字形的伤疤。①

值得注意的是,在第二部分第一节"自然形成的湖区景色"(View of the Country as Formed by Nature)中,华兹华斯有意识地以大加瓦尔山(Great Gavel)和斯科菲儿山(Scawfell)两山之间某一点的高空为中心来鸟瞰整个湖区:湖区众多山谷都从这一个中心点延伸开来,"就像是无数轮辐从轮毂中心放射出去一样"②。在贝特看来,华兹华斯在这里是有意地呈现一个"拥有一个共同中心的统一的地域"③。也就是说,以那个地点为中心,整个湖区的山峦、溪谷、沟壑、湖泊、河流,以至于鸟类、植被、气候等因素共同构成了一个有机的生态系统。甚至是湖区大量不起眼的小冰斗湖(Tarns)也是这个生态系统的有机组成部分:

> 在介绍了湖泊之后,我也不能不提到这个地区大量存在的被称为冰斗湖的冰川的特征。在自然系统中(in the economy of Nature),作为湖泊的附属物,冰斗湖自有其功能。在暴雨季节,大量倾泻在山峦之上的降水如果毫无任何阻挡地冲入平原的话,势必导致人们的居住地洪水泛滥。而冰斗湖就能发挥储存、阻挡洪水的功能。高处的冰斗湖和其他湖泊能够首先容纳一部分洪水,所以当那些枝干溪流最终汇入主干河流的时候,其破坏力就被大大削弱了。冰斗湖就发挥这样的分流功能。而储存在冰斗湖中的积水……在久旱的时候又能够给溪流提供源源不断的水源。④

贝特指出:"托马斯·韦斯特等人似乎从来就没有注意过这些冰斗湖,可能是因为他们觉得它们既不秀丽也不壮观。也就是说,其他的'指南'仅仅关注那些壮丽的湖泊如何构成了湖区的风景,而华兹华斯的兴趣却在于那些地处高

---

① Ernest de Sélincourt, ed., *Wordsworth's Guide to the Lakes*, p. 27.
② Ibid., 22.
③ Jonathan Bate, *Romantic Ecology: Wordsworth and the Environmental Tradition*, p. 46. 华兹华斯对湖区冰斗湖的科学研究和动情描绘使笔者想到四川贡嘎山脚下著名的低海拔海螺沟冰川。几年前,笔者曾经去海螺沟"旅游"过一次,只见冰川上游客如织、人声鼎沸。大量的人体二氧化碳排放使得部分冰川开始消融成涓涓细流。笔者在这里强烈呼吁四川省旅游部门控制海螺沟旅游业的发展,至少加强对游客肆意破坏冰川行为的管理,为子孙后代计,保护好川西平原这座上天赐予我们的天然空调。
④ Ernest de Sélincourt, ed., *Wordsworth's Guide to the Lakes*, pp. 39—40.

地的较小的冰斗湖在生态系统（ecosystem）中的功能。"①

在第二部分的第二节"与湖区居民相关的面貌"中，华兹华斯将论述的中心聚焦到了湖区的自然系统与其湖区居民之间的有机关系上。他指出，湖区的民居史表明，湖区居民以"融入和顺从的方式"，用他们的手"绘制了本地山区深处的外貌特征"。他的例子就是具有典型湖区民居特色的湖区茅屋（cottage）：

> 它们（湖区茅屋）遍布山谷、山坡和危岩之上。在某些人迹更为罕至的山谷中，即使在今天也还没有遭到傲慢建筑（assuming buildings）的侵入："一片片像稀疏的星星，但又各自独立，/在它们羞涩的幽深处闪烁着微暗的光，/或快乐地相互对望，/如同被云彩分开的星辰。"这些民居……与构筑它们的岩石的颜色相同。……这些简陋的民居使得任何一个有思想能力的观光者都感觉到：它们是自然的产物。或者（更加夸张一点地说），它们与其说是建造起来的，还不如说是生长出来的——在湖区居民本能的驱使之下，它们从岩石中生长了出来——它们是如此地简陋粗犷——你看不到任何人为的装饰，但又是如此地美！

这些建筑"以其独特的形式提醒我们自然进程的存在"，因此"显得像是孕育于万物的生命原则之中"。② 这种人与自然环境和谐交融的有机结构的结果就是一种有机的社会结构：这是一个"由牧人和农人所组成的完美的共和国，每一个人的劳动都是为维系其家庭的生计或用于周济邻里"。这里没有贵族，没有骑士或乡绅；其统治力量就是自然，而非王侯贵胄。正是在这里，华兹华斯找到了他"理想中的山区共和国"（a visionary mountain republic）。③

然而，令华兹华斯感到不舒服的是，湖区所有这些自然美景和农耕—共和美德随着旅游业的兴起、工业化的发展和外来人口的涌入而发生了变化。在第二部分第三节"变化，以及阻止变化之糟糕结果的品位规范"一开始就悲叹道，在过去60年里，"一种装饰性造园业（Ornamental Gardening）在英国兴

---

① Jonathan Bate, *Romantic Ecology: Wordsworth and the Environmental Tradition*, p. 46.
② Ibid., 62—63.
③ Ibid., 67—68.

起,并逐渐主宰着全英国的建筑艺术"①。这种装饰性的建筑风格被大量涌入湖区、但却没有乡土感的外来居民带入了湖区。这些人似乎尤其钟情德温河与温德米尔湖中的那些小岛,于是那些美丽的小岛迅速被"毁容"(defaced)。比如,原来那些环绕在圣赫伯特修隐居处(St. Herbert's Hermitage)的原始林木被大量砍伐,整个岛上被种植上苏格兰冷杉。这些纺锤形冷杉排列得整整齐齐,如同军队方阵。比这个更糟糕的是,在牧师岛(Vicar's Island)最高处的正中央,耸立起了一座高大的正方形建筑,看起来就像是天文台。甚至还有人建议在美丽的温德米尔四周筑起堤坝来分割湖岸!总之,在华兹华斯写作《湖区指南》的时候,"没有人不会在人们以前经常光顾的地方被突然出现的不协调玩意儿弄得很不舒服。那些玩意儿破坏了原本安谧和谐的形式和色彩"。如此种种,都让华兹华斯愤怒不已:"一种人造的景观已经出现在本地,原有的那些婀娜多姿、风情万种的自然美已经被破坏。我们还能把这座神圣的小岛还给自然吗?"②

当然蜂拥而至的外来地产所有者和游客是赶不走的,现代化的进程也是不可阻挡的。华兹华斯自己可能也深知这一点。因此,在第三节最后,华兹华斯殷切地希望人们(尤其是那些外来居民)能够关注湖区的生态系统、珍惜湖区的自然美景:"本书作者的愿望就是希望在这个岛上所有有纯粹品位的人,在(经常是不断地)造访英格兰北部湖区的时候,能够认识到,湖区是国家财产,我们每一个人都有权用眼睛欣赏她的美,用心灵感受她的美。"③华兹华斯希望将湖区变成"国家财产"的愿望最后终于得到了实现:经过罗旺斯勒(Rawnsley)等一代又一代华兹华斯—罗斯金思想崇拜者的不懈努力,《1949年国家公园及乡村开放法案》(*The National Parks and Access to the Countryside Act 1949*,也被简称为《1949年法案》[*The 1949 Act*])终于在1949年建立和通过——华兹华斯《湖区指南》的思想为后世英国环保主义运

---

① Ernest de Sélincourt, ed., *Wordsworth's Guide to the Lakes*, p. 69.
② 华兹华斯还对外来人在温德米尔湖岸大量种植落叶松林感到愤怒。他指出,自然力量如风雨和浪潮当然也会作用于并改变地表形态,比如冲刷掉地表土壤层。但是自然本身却拥有一种内在的修补复原能力。但是,现在被人工种植的落叶松林所覆盖了的那些原本长满栎木和冬青的巉岩却永远也难以复原了。应该说,华兹华斯这些思想在一定程度上的确是具有先见性的生态意识。Ibid., 71-72。
③ Ibid., 92.

动提供了丰厚的思想资源。①

还值得一提的是,罗旺斯勒在 1883 年的时候发起了一个"湖区保护协会"(Lake District Defence Society)。这个协会当时进行的一个最大的抗争活动就是反对在湖区中心地区修建铁路的动议,以保护湖区步行小道。其实,最早反对将铁路修进湖区的人也是华兹华斯。1844 年,工程师约瑟夫·洛克(Joseph Locke),建筑承包商托马斯·布拉西(Thomas Brassey)、威廉·麦肯齐(William Mackenzie)、罗伯特·史蒂芬森(Robert Stephenson)和乔治·黑尔德(George Heald)等人建议修建一条由肯德尔至温德米尔的铁路(The Kendal and Windermere Railway)。对此,华兹华斯反应强烈,不仅写下了一首《关于肯德尔—温德米尔铁路的十四行诗》("Sonnet on the Projected Kendal and Windermere Railway"),还连续给《晨报》(Morning Post)写了两封信,以表达他的关切。在那首十四行诗中华兹华斯写道:"英格兰还有没有哪个角落/没有遭到野蛮的侵蚀?"人们"如何能够忍受这样的破坏?""……如果人心已死,/清风吹拂着说,山涧洪流啊,请用你们/持续不断的轰鸣声,来抗议这桩错误。"②在写给《晨报》的第一封信中,华兹华斯质疑在湖区修建铁路的意义:因为湖区矿产资源匮乏(就连石矿都被开发得差不多了),土地狭小贫瘠,"它(湖区)既无物资输出,也无须物资输入";湖区居民稀少,对交通要求不高。在华兹华斯看来,湖区唯一的特产就是其湖光山色和远离城市的安静环境。开发商说修建铁路会方便外地游客进入湖区,但是华兹华斯却认为,以当时湖区周围的交通条件来看,进入湖区并不困难,所以修建铁路反而会破坏湖区唯一的资源。在这封信的最后,华兹华斯总结说,既然湖区唯一的资源就是美景和环境,那么,"就让美景不要被破坏,环境不要被强暴"③。在第二封信里,华兹华斯讨论了大规模、有组织的旅游的问题。当时约克郡和兰卡郡一些

---

① 《1949 年法案》的基本宗旨源于 1945 年"道尔报告"(the Dower Report)——根据该报告,国家公园功能涉及"严格保护英格兰的自然风景""保护野生动植物和具有历史意义的建筑"以及"在一定程度上维持传统耕作方式"等。这些观点的确都能够在华兹华斯的《湖区指南》中找到来源。参见 Jonathan Bate, *Romantic Ecology: Wordsworth and the Environmental Tradition*, pp. 47—48。笔者认为,《1949 年法案》对于当前正在以大拆大建的方式进行乡村城市化"大跃进"的当代中国是有很大借鉴意义的。

② Ernest de Sélincourt, ed., *Wordsworth's Guide to the Lakes*, Appendix II, p. 146.

③ Ibid., 148, 156.

富有的资本家貌似慷慨地计划出资组织大批产业工人周末乘火车去温德米尔观光休息。对此,华兹华斯给予了强烈批评。他说:"以这种方式将工人组织起来载入湖区度假娱乐事实上是将他们当成小孩。他们必须规规矩矩跟着雇主,否则就是不守规矩。"华兹华斯建议说,那些雇主们与其如此虚伪做作,不如提高而非克扣工人的工资待遇,从而使他们能够有钱自由出行。此外,在第二封信中,华兹华斯还担心,一旦铁路建成,大量外地有钱人会涌入湖区修建别墅(当然他们在其赚钱的地方还有房产,这些候鸟一样生活的富人对湖区的土地没有任何情感),其结果就是湖区的穷人会被逼得离开他们祖祖辈辈生于斯长于斯的土地。①

浪漫主义研究中的生态批评范式经由贝特的开创之后,便引发了大量从生态批评出发对浪漫主义经典作品进行的重读,或对一些原本不为浪漫主义文学史所重视的次要作品进行经典重构。如麦库西克的《绿色写作:浪漫主义与生态学》(James C. McKusick, *Green Writing*：*Romanticism and Ecology*)对科尔律治的研究、卢西尔(Mark Lussier)对布莱克的研究、莫顿(Timothy Morton)对雪莱的研究、克洛伊玻尔的《生态文学理论:浪漫想象与心灵生物学》(Karl Kroeber, *Ecological Literary Criticism*：*Romantic Imagining and the Biology of Mind*)对华兹华斯和雪莱的研究等。其中,值得我们关注的是莫顿对雪莱生态思想(尤其是雪莱的素食主义思想)的重新挖掘。

在《雪莱的绿色沙漠》一文中,莫顿指出,在浪漫主义"回归自然"这个反社会—反资本主义的口号之下蕴含着"浪漫主义生态学"(Romantic ecology)四个基本主题:保护、救赎、改革和可持续性(发展)(preservation, redemption, transformation and sustainability)。他指出,华兹华斯关心的是前两者(保护与救赎)——这具体体现在华氏对以格拉斯米尔为代表的农耕共和主义的怀念。但是,作为浪漫主义生态诗人另一位代表的雪莱所追求的却是后两者,即,改革和可持续性发展,因为雪莱追求的是"人的天性"(human nature)而非华氏的"超自然"(supernature)。② 简言之,在莫顿看来,雪莱和华兹华斯虽

---

① Ernest de Sélincourt, ed., *Wordsworth's Guide to the Lakes*, Appendix II, pp.158—159, 162.
② 例如,在《致华兹华斯》一诗中,雪莱就批评华兹华斯号称"自然诗人"(Poet of Nature),结果却因为太过注重精神和灵视(vision)而变成了一个超自然的诗人。

然都具有早期的生态思想,但两者的指向是非常不同的。雪莱主张的是一种改造自然以造福全世界的未来主义(futurism)而非华兹华斯那种伤感和怀旧——雪莱不属于"捣毁机器主义者"(Luddite)——恰恰相反,雪莱相信技术进步能够更好地改造世界而非毁灭世界,因此,他的政治革命思想兼有技术乌托邦和生态乌托邦(technotopia and ecotopia)的混杂(因而也不免存在着诸多矛盾和混乱)。[①]正因为如此,莫顿认为雪莱的生态政治思想比华兹华斯更为宏大,他们两人代表着构成整体生态思想的不同两极——"全球化的思考"与"地域性的行动"(think globally, act locally)是区分雪莱和华兹华斯生态思想的另一个标志。"华兹华斯是一个在地域生态系统(local ecosystem)中写作的诗人",在华兹华斯的湖区生态系统中,"夜枭与温德米尔少年相互应答"。而"雪莱则是一个(具有)全球(生态意识的)诗人:参与对话和应答的各方是世界各大洲(continents speak to each other)"[②]。

莫顿对雪莱的生态思想研究主要集中在两方面:第一是雪莱的素食主义思想,第二是雪莱的技术乌托邦所构想的"绿色沙漠"幻景。篇幅所限,我们将集中介绍莫顿在《雪莱与味觉革命——身体与自然世界》(*Shelley and the Revolution in Taste: the Body and the Natural World*)一书中对雪莱素食主义思想及其实践的挖掘——在笔者看来,莫顿对雪莱素食思想及其政治乌托邦的研究之意义甚至大于贝特对华兹华斯农耕共和主义的研究。

四、雪莱的素食主义思想及素食生活

根据早期雪莱传记作家爱德华·特里拉旺尼(Edward Trelawany)出版于1878年的《雪莱、拜伦及其他作家生活实录》(*Records of Shelley, Byron, and the Author*)一书的记载,拜伦和雪莱对于饮食都十分克制。1822年某一

[①] 莫顿主张将雪莱的未来主义生态思想放在英国文学的"千年至福写作"(millenarian writing)传统中来理解。这种"千年至福"思想其实是现代性线性时间观的文学表达。笔者完全赞同这个观点,并且认为正是在这个意义上,雪莱并非启蒙运动的批评者而是启蒙现代性的推进者。Timothy Morton, "Shelley's Green Desert", *Studies in Romanticism* 35.3 (1996), p. 426。

[②] Timothy Morton, *Shelley and the Revolution in Taste: the Body and the Natural World* (Cambridge: Cambridge University Press, 1994), p. 420。

天,拜伦与特里拉旺尼有这样一段对话:"拜伦:'我不好请你吃饭,因为我的餐饭只有苏打水和饼干。'特里拉旺尼:'我也承诺过雪莱夫妇(客随主便)。他饮食之简单不亚于你,也只是些纯净水和面包而已。'拜伦:'蛇(指雪莱)简直是不吃不喝……'"特里拉旺尼说,拜伦简朴的饮食习惯是出自美容考虑,因为拜伦对于"发胖的恐惧"如此之巨大,以至于他的饮食几乎到了挨饿的地步,拜伦吃的是"一些冷土豆泥、米饭、鱼,或者醋泡的蔬菜"。而雪莱则声称他的简朴是出于经济上的(pecuniary)原因:他说他如果"不节俭饮食"根本没钱出版他的作品。但是,这个理由显然不是完全真实的——更为真实的理由是"雪莱对身体根本不在意",以至于雪莱甚至想要彻底摆脱肉体,将自己变成一个"中空的珠贝"(an empty shell)。雪莱自己也用双关语来巧妙地解释自己的名字:Shelley:shell-lyre(lyrical)——一个抒情的珠贝。① 但那却是一个"中空"的珠贝。由于长期素食,甚至忽略饮食,雪莱生命最后几年身体骨瘦如柴、羸弱不堪。

但是,莫顿指出,雪莱怪诞的素食生活以及他对自己身体的忽略并非简单的生活习惯问题(当然也不是他自己所说的出于经济上的原因),而是与雪莱本人的激进政治思想有着密切的联系。也就是说,素食、身体和激进政治在雪莱的哲学—诗学思想、文学创作和个人生活实践中有着复杂的纠缠关系。这个问题在中国雪莱研究界一直没有引起足够的重视。比如对于雪莱的《麦布女王》这样的作品,我们仍然在用老套的政治革命模式来解释。而对于《麦布女王》尤其是第八章那个著名的"注释17",中国雪莱研究界长期没有予以关注。对于雪莱的几篇主要的论文,如《为素食一辩》《论素食系统》《驳自然神论》和未完成的论《狩猎法》残篇等也几乎无人论及。就此而言,莫顿的研究既有助于我们认识到雪莱生命中的另一面,也为我们认识当代西方生态批评理论如何操作提供了一个生动的个案。

莫顿立论的基础十分独特新颖:作为饮食消费通道的身体在本质上是社会和自然环境之间的界面或接口(interface);因此,从饮食研究出发,就必定能够清理出"身体及其社会—自然环境之间相互纠结的关系"。这个观点在浪

---

① 以上材料均见 Timothy Morton, *Shelley and the Revolution in Taste: the Body and the Natural World*, p.78。

漫主义时期文学社会学中得到了强有力的印证——在这个时期,浪漫主义诗人对于"自然、身体和消费等问题"的关注、思考和写作"都具有强烈的政治含义"。这典型地反映在雪莱的思想、生活和创作之中。莫顿指出,通过在理论上和实践上身体力行地倡导素食,雪莱在19世纪20年代参与发动了一场饮食领域内的味觉革命,这个革命的根本目的是政治性的——其对抗的靶子就是那种控制着消费、生产和文化的政治强权。简言之,雪莱的饮食(确切地讲是素食主义)革命为人类勾画出了身体与其周遭环境之间的一种新型(虽然具有强烈乌托邦味道)关系。就方法论而言,莫顿将自己的雪莱研究称为"绿色文化批评"(green cultural criticism)——这种所谓的"绿色文化批评"的根本目的其实就是试图弥合新历史主义的政治批评和生态批评的环境意识之间的隔阂。在莫顿看来,诸如新历史主义等注重历史政治问题的文学批评虽然号称关注历史语境问题,但却没有对真正的物质文化(比如饮食)因素给予足够的关注。莫顿指出:"饮食和文学都是文化史的最为重要和富有生命力的组成部分。饮食与文学都面临着伦理的和美学的选择,这些选择既是想象性的,同时一旦被想象出来又被付诸实践。素食主义者的日常生活在本质上涉及了同情(sympathy)、人道主义(humanitarianism)、生态学、社会变革,甚至是革命等重大问题。"[①]也就是说,通过将生态批评理论与文化唯物主义结合起来,莫顿试图完全超越以麦克干为代表的新历史主义浪漫主义批评空洞的政治批判,从而将浪漫主义研究引向既更为细致,又更为宏大的真正的"绿色文化批评"。

为了详细考察雪莱的素食主义诗学及其实践,在《雪莱与味觉革命——身体与自然世界》第一章《动物的权利》("The Rights of Brutes")中,莫顿为我们挖掘并成功地还原了1790年至1820年间英国中上层社会流行的素食主义话语和动物保护主义话语的真实图景。他的基本观点就是:雪莱本人的素食主义思想并非突发奇想——《麦布女王》和《素食一辩》等作品都是当时英国社会素食主义话语氛围的产物,是当时整个社会素食主义亚文化的一个回声和反映。

[①] 以上均见 Timothy Morton, *Shelley and the Revolution in Taste: the Body and the Natural World*, pp.1—2。

在《动物的权利》这一章一开始,莫顿就明确地提出了一个令人意想不到的问题:"吃,意味着什么?"他的观点是:"饮食不仅仅是生物意义上的(身体)需求,也具有文化意义上的象征意义:饮食行为参与了商品的社会流通过程(the social flow of commodities)。"① 正是在这个理论预设之下,莫顿意图从饮食问题入手,围绕都市文化、帝国经济以及作为法国革命产物的各种权利话语(如玛丽·沃尔斯通克拉夫特的《为妇女权利一辩》、托马斯·泰勒的《为保护动物一辩》、雪莱的《为素食一辩》等)等因素,重绘1790—1820年英国的思想、政治和文学语境。只有在这个背景之下我们才能更好地理解雪莱的素食主义思想、素食主义生活习惯和素食主义文学创作。

首先,值得我们关注的是当时伦敦大规模的城市化所带来的食品造假问题。

通过对一些偏僻史料——如贝特曼的《伦敦疾病报告》(Thomas Bateman, *Reports on the Diseases of London* …,1819)、阿卡姆的《论食品造假》(Frederick Accum, *A Treatise on Adulteration of Food* …,1820)以及拉维特的《威廉·拉维特的艰辛生活》(William Lovett, *The Life and Struggles of William Lovett* …,1876)② ——等文献的挖掘,莫顿发现,1790—1820年期间随着都市化现象的出现,英国的一些大城市——尤其是伦敦就开始出现了早期的现代都市病:如肮脏、拥挤、疟疾等传染病等,但更为严重的是食品造假问题(adulteration)。伦敦城市人口的增加导致食品匮乏,食品匮乏就必然会导致食品造假,食品造假再导致的是一种食品"虚假丰富"(simulated abundance)的表面现象。城市化导致了一种新的和复杂的食品生产和流通的链条。比如阿卡姆的《论食品造假》一书就为我们呈现了伦敦食品造假泛滥成灾的事实,但是市政当局在查办这些黑心商人时却面临重重困难。首先是各种原材料供给商(包括那些为制假商人提供诸如添加在面包中的明矾的化学家们)、食品制造商和食品零售商之间所形成的复杂网络关系难以追索,其次

---

① Timothy Morton, *Shelley and the Revolution in Taste: the Body and the Natural World*, p.13. 显然,莫顿对于饮食所蕴含的文化象征意义的观点是明显受到了福柯在《规范与惩罚》中对于身体的政治—社会意义和格林布莱特新历史主义关于社会能量流通等观点的影响。

② 18、19世纪英国的书籍标题都很冗长,上述三本著作也一样,笔者在这里仅以其核心部分简称,特此注明。

是因为急剧扩张的伦敦市本身已经形成了一个"本源(origins)已经丧失"了的都市迷宫(a maze),因此便造成了"假货的流通渠道历经许多曲折的路线,以至于任何缜密的侦探都难以找到制假之源"。帕尔默(R. Palmer)在《时代的素描:反映 1770—1914 年间时代变迁的歌谣》(*A Touch of the Times: Songs of Social Changes 1770—1914*,1974)一书中就收录了 1825 年流行于伦敦市井坊间的一首民谣,标题就叫《伦敦的假货》("London Adulterations")。该民谣对于伦敦食品造假的描绘与阿卡姆相似,但更侧重于展现伦敦的消费者是如何上当受骗的。在该民谣中所罗列的假货单子上,有胡椒粉和肉类等。比如肉类:"屠夫把干涩的老羊肉吹胀(puffs up),使其嫩如羔羊,/还经常将老公山羊当成东南部丘陵草原上的羊来出售;/(还有人)把一头老水牛的血放干,当成白色的小牛肉出售。/这些人真应该被他们自己的屠刀千刀万剐,他们简直是死有余辜。"在阿卡姆看来,食品制假不仅有损消费者利益和健康,关键的问题还在于它是滋生社会腐败的渊薮:"就生活必需品和奢侈消费品品质的败坏而言,可以毫不夸张地说,在公共事务和宗教意义上我们也都处于一种'虽生犹死的状态之中'(in the midst of life we are in death)。"①

其次,动物保护话语也为这个时期素食主义话语的兴起提供了理论准备。莫顿考掘出 18 世纪末、19 世纪初英国出版的大量关于动物保护的著作,如劳伦斯的《论马的哲学和实用意义》(John Lawrence, *A Philosophical and Practical Treatise on Horse*, 1796)、乔治·尼科尔森的《论人对待低等动物的行为方式》(George Nicholson, *On the Conduct of Man to Inferior Animals*, 1797)、李特森的《论作为一种道德责任的禁止肉食行为》(Joseph Ritson, *An Essay on Abstinence from Animal Food, as a Moral Duty*, 1802)、埃尔克森爵士的《论禁止残酷虐待动物的法案》(Thomas Erskine, *The Speech of Lord Erskine, in the House of Peers, on the Second Reading of the Bill for Preventing Malicious and Wanton Cruelty to Animals*, 1809)等。其中劳伦斯本是个农夫,在《论马的哲学和实用意义》一书中,他对被运到

---

① 以上材料均参见 Timothy Morton, *Shelley and the Revolution in Taste: the Body and the Natural World*, p. 14。看来食品造假的问题并非中国特色,或许这是每个国家在社会经济发展某一过程中都必然会遭遇的问题。还可参见美国作家厄普顿·辛克莱(Upton Sinclair Jr.)的小说《屠场》(*The Jungle*)。

伦敦史密斯菲尔德(Smithfield)屠宰场的牛在贩运过程中的惨状感到极其震惊。他还猛烈抨击了史密斯菲尔德屠宰场虐待动物的行为,认为那是残暴的和缺乏理性的。他认为,人们有权利享用生活必需品和消费品,但这些产品的获得必须符合仁爱之心和人道主义美德。值得注意的是,劳伦斯在该书中将虐待动物和废奴主义话语以及争取普选权的呼吁等结合在一起。①

因此,从此我们可以明确地看到,当时的素食主义话语、动物保护主义话语等,都与法国革命倡导的博爱、人权等启蒙政治话语有密切关系。比如在许多动物保护主义者——如李特森和亨利·克劳(Henry Crowe)看来,所谓"人性"(humanity)意味着同情、仁爱、人道——即人善良的本性(human nature)。因此,人们应该以仁爱同情之心倾听那些被宰杀的动物悲惨的哀号——那种令人心碎的哀号能够使人反思肉食的非人道性和素食主义的人道伦理。如在《论给予动物人道关怀》(*An Essay on Humanity to Animals*,1798)一书中,托马斯·杨(Thomas Young)指出:"即使有最为简便的方法,一个具有仁爱之心的人也不应该为了食物而去屠杀动物。绵羊温顺的面容中发出无声的辩词(mute eloquence)——'她躺在屠刀之下,/以温顺的目光仰望着屠夫,乞求饶她一命'——这种目光胜过一切辩词,每个有仁爱之心的人都不可能不为之动容。"②正因为有这样的背景,对雪莱影响很大的托马斯·泰勒的《为保护动物一辩》(Thomas Tylor, *A Vindication of the Rights of Brutes*, 1792)就明确地将素食主义与启蒙政治联系了起来。

总之,莫顿总结说,这一时期的动物保护话语(比如关于《狩猎法》的争论)与人权政治是密切相关的——如果动物的权利都应该被保护,那么人权更应该受到尊重。③ 这在雪莱的素食主义思想与其激进政治理想中也得到了充分

---

① Timothy Morton, *Shelley and the Revolution in Taste: the Body and the Natural World*, pp. 15—16.
② 莫顿指出,杨在这里所提到的所谓羔羊"沉默的语言"(mute language)所蕴含的哀怜之情在目睹羔羊被屠宰的旁观者的注视目光(gaze)中得到了进一步强化。他指出,一言不发的注视目光所内含的悲悯情怀之巨大超乎任何雄辩的语言。他特地指出,18世纪关于自然崇高风景的话语中出现了"自然之脸"(nature's face)这个独特的概念。由此而出现的面容或对视的概念(the idea of faciality)作为激发悲悯—同情之心的源泉构成了雪莱诗歌创作的重要主题——尤其是《麦布女王》——我们下面将要专门论及《麦布女王》的对视诗学。Ibid., 28—29。
③ Ibid., 29—30.

的体现。

在上述背景之下,当时英国社会出现了一批自称为"婆罗门"(Brahmins)①的素食主义推动者。莫顿指出,这些"英国婆罗门"是一批并非出于经济原因,而是出于医学养生和道德伦理原因选择素食的人,他们有时也将自己称为毕达哥拉斯主义者(Pythagoreans)、"自然食品"食用者(eaters of a natural diet)等。② 根据莫顿的统计,在当时文学界那些以自然食品为题材进行写作的作家中,有大约10人在认真进行着素食生活实践。如果把范围扩大到文学圈之外,把所有有素食主张写作的人全部包括进来,人数可能会扩大一倍。

---

① 根据莫顿的考证,这个称谓是上述《论马的哲学和实用意义》的作者劳伦斯发明的。(Timothy Morton, *Shelley and the Revolution in Taste: the Body and the Natural World*, p. 16.)众所周知,婆罗门是印度最高种姓,多为素食者。英国的所谓婆罗门显然是受到印度文化的影响——这个影响从约翰·奥斯瓦尔德(John Oswald)就可以看出。奥斯瓦尔德是爱丁堡铁匠的儿子,在印度旅行过两年,并在印度皈依了印度教,后来写作了《自然的哭泣》(*The Cry of Nature*, 1791)一书。在该书中他大量引录了印度教经文(因此在某种意义上奥斯瓦尔德是英国印度学的奠基人之一)。值得注意的是奥斯瓦尔德的素食主义及其激进政治思想的相互交织。《自然的哭泣》全书的中心思想是批判科学理性主义。奥氏指出,人类的进步偏离了自然素食状态,从牺牲祭祀走向了血腥的宰杀,所以这个所谓进步的过程就是人一步步走向了人类中心主义的过程,在这个过程中人既毁灭了自然又毁灭了他自己。Ibid., 21—23。

② 莫顿的这个区分可能有些绝对。事实上如乔治·尼科尔森的《论食物》(*On Food*, 1803)中"天然食品"(wholefood)——事实上就是素食(如全麦面包)——的鼓吹就不仅仅是出于医学养生或道德伦理之目的,而是有着社会经济学的考虑,甚至社会阶级身份的偏见。莫顿自己也指出,《论食品》这本书其实是写给那些有着比较良好教育,但经济上并不宽裕、享受不起奢侈食物(如肉食)的文化中产阶级的——反正也吃不起肉,不如把钱省下来"购买书籍或追求精神上的快乐"。然而遗憾的是,这种简朴的饮食观并未得到工人阶级的认可,"那些粗鄙的人"喜吃面包、淀粉类食品,尤其是肉食而非有机杂粮食品——工人阶级的食谱是一种复杂的食物简单化的烹制(如烤肉),而文化中产阶级的食谱却与工人阶级完全相反,是将简单的食物进行精细化烹制(即在素食烹饪问题上精益求精)。因此,"在素食问题上出现了所谓上流社会和下流社会之分,其中饮食成了一种能指(a signifier),也就是一种阶级身份的标志"。(这个观点值得重视。1821年《伦敦杂志》上发表了一篇论述素食主义者的文章,莫顿推测该文作者可能是托马斯·皮科克[Thomas Peacock]。在该文中,作者就讽刺了那些出生上流社会——如雪莱等素食主义—婆罗门的"自我作秀"[self-presentation],作者指出那些素食的"业余爱好者"与吃不起肉的工人阶级在素食问题上的相似与区别——对于两种人而言,素食都具有政治意义:对于以雪莱为代表的婆罗门素食主义而言,素食主义是乌托邦激进政治的隐喻,而对于那些想吃肉而吃不起肉的穷人[以及某些收入拮据的中产阶级]而言,素食具有的却是现实政治意义——他们吃素是因为贫穷而无肉可吃。Timothy Morton, *Shelley and the Revolution in Taste: the Body and the Natural World*, p. 21.)此外尼科尔森的《论食物》还有"土地经济学"(land economy)的考虑:"养活一个人所需土地仅仅是喂养一头牛所需土地面积的1/4。"(这个观点在雪莱的《麦布女王》"注释17"中也可以看到。)"这就是为什么英国生产不出足够的粮食养活其子民"的原因之一。Timothy Morton, *Shelley and the Revolution in Taste: the Body and the Natural World*, pp. 17—18。

总之,莫顿指出,这一时期的动物保护主义和素食主义话语蕴含着深刻的政治革命隐喻,因为这些话语不仅引发了人们对动物的同情,还极大地引起了人们对阶级和种族压迫的深刻反思,从而激发了素食主义者们对社会改革的强烈呼吁——这明显地体现在芒波多(Monboddo)、李特森以及雪莱夫妇等素食主义者的社会改革主张之中。也是在这个历史背景之下,我们才有可能来阅读并理解雪莱及其夫人玛丽·雪莱的写作。①

在上述历史背景之下,通过对大量雪莱传记的阅读,莫顿对雪莱本人的素食主义生活习惯进行了详细的考证,挖掘出了雪莱生平传记中许多不为学术界所知道的材料。

莫顿从重读19世纪各种雪莱传记(尤其是豪格、皮科克、梅德文和特里拉旺尼等人的雪莱传记)入手为我们还原了雪莱素食生活的不同发展阶段和细节。莫顿认为,早期雪莱传记作家们都注意到甚至亲眼见到了雪莱的素食生活习惯,但他们却要么以"圣徒行传"(hagiographic)方式为后人塑造了一个与世隔绝的隐士—诗人形象,要么以"病理学"(pathological)方式为我们讲述雪莱素食生活与其身体疾病的关系,从而都弱化了雪莱素食生活习惯和素食主义思想中的政治和意识形态内容。②

根据这些早期传记所提供的材料,我们可以发现雪莱的素食主义思想以

---

① 莫顿花了大量篇幅讨论了玛丽·雪莱的名作《弗兰肯斯坦》和《最后一个人》。他提醒我们注意,《弗兰肯斯坦》的怪物一开始并非肉食动物,它吃草莓、饮泉水,后来开始吃动物下水。莫顿指出,弗兰肯斯坦其实就是现代普罗米修斯(这也是该小说的副标题),但这部小说关注的不是普罗米修斯的盗火行为,而是关于普罗米修斯化(人类的文化—文明化)的问题:文化(烧烤肉食)的产生是对自然(素食)的入侵和破坏。在莫顿看来,这就是《弗兰肯斯坦》的主题。而《最后一个》则描述了未来某个时候瘟疫疾病对人身体的威胁。莫顿认为这完全是深度生态学的思想(拜伦的《黑暗》一诗传达了同样的思想)。Timothy Morton, *Shelley and the Revolution in Taste: the Body and the Natural World*, pp. 47—56。

② Timothy Morton, *Shelley and the Revolution in Taste: the Body and the Natural World*, pp. 57—58。莫顿所阅读的这些早期传记有 Thomas Jefferson Hogg, *The life of Percy Bysshe Shelley*, 2 vols., London, 1858; Thomas Love Peacock, *Memoirs of Shelley, with Shelley's Letter to Peacock*, London, 1909; Thomas Medwin, *The Life of Percy Bysshe Shelley*, London, 1913; Edward John Trelawany, *Records of Shelley, Byron, and the Author*, 2 vols., London, 1878,等等(以上版本未注明出版社)。在莫顿看来,早期雪莱传记的这两种写作方式也被当代雪莱传记作家所继承——如圣—克莱尔的《戈德温主义者与雪莱主义者》(W. St. Clarre, *The Godwins and the Shelleys*, 1989)和霍尔姆斯的《雪莱的追求》(R. Holmes, *Shelley: the Pursuit*, 1974)。比如霍尔姆斯就认为雪莱的素食生活与雪莱所患(或所恐惧)的象皮病(elephantiasis)、肠胃疾病(abdominal discomfort)和抽搐病(spasm)等有关。Ibid., 59—60。

及素食生活实践是如何一步步发展起来的。早在伊顿公学时期,在林德博士的影响之下,雪莱所阅读的一些激进书目中就包含了一些与饮食相关的书籍,如柏拉图的《斐多篇》中关于希波克拉底(古希腊名医)所倡导有关身体和灵魂的整体论的医学思想。① 此外,在这一时期雪莱还翻译了柏拉图《理想国》中大量有关医学和饮食的段落。

根据克拉克和豪格的记载,雪莱可能是在牛津大学时就已经开始了某种程度(而非彻底)的素食生活。豪格也在其传记中详细记录了他与雪莱在牛津大学时每天所遵守的毕达哥拉斯生活规范:"早起是必须的、也是有益的;就像古代的毕达哥拉斯信徒(Pythagoreans)一样,我们也与众神在一起……"这里值得我们注意的是豪格所提到的"毕达哥拉斯信徒"一词——我们知道,雪莱一直笃信毕达哥拉斯学派的灵魂转世论(metampsychosis),而且这个信念也贯穿在他全部的著作中。②

托马斯·梅德文讲述了雪莱被牛津大学开除之后的一些逸事。他说,大概在 1811 年至 1813 年之间他经常与雪莱在圣巴赛洛缪医院(St Bartholomew's Hospital)散步,这个时候雪莱非常渴望成为一名医生:

> 他(雪莱)经常告诉我,在所有可能性中,他更倾向于选择医生这个职业,因为这能够使得他有机会来减轻人类的痛苦。他(天天)到一家医院去溜达,对于死亡的各种形态非常了解,——"这是一所麻风病医院",——我曾经听他引录了这么一段——"这里躺着/数不清的病人——

---

① 值得我们注意的是,柏拉图用希波克拉底的著作《养生法》(Regimen)来阐述这样一个观点:进食不应该是一个盲目任意的行为(人不应该是一个纯粹为了美食而吃的吃货),而应该是一个理性的行为,即,按照对身体有益的原则来进食。莫顿指出,有资料表明,雪莱对于古代有关饮食方面的资料有浓厚的兴趣。雪莱有一本笔记本(这个笔记本伴随着雪莱意大利之行的前后一大段时间)的扉页内侧抄写了一大段希腊名言:"亚特兰蒂斯人说他们从不吃有灵魂的生物,因此他们在睡眠时从不做梦。"安静的睡眠是素食主义者的目标之一。Timothy Morton, *Shelley and the Revolution in Taste: the Body and the Natural World*, 62。

② 根据毕达哥拉斯的学说,每一个动物的身体之内都有人的灵魂存在,都有可能在下一个轮回中变成人。根据豪格的记载,牛津大学时期的雪莱每天的食物是蔬菜、沙拉、馅饼、水果、冷水、茶、咖啡和一小点红酒。豪格还以圣徒行传的范式记录了雪莱是如何羞愧于"自己的灵魂被囚禁于肉体之中"这个事实,以及雪莱最初的戒荤生活尝试。后来,他还把雪莱的生活比作是"一个苦修隐士"的生活。他最初遇见雪莱是在一次饭局上,"他的食量相当小";而且雪莱也非常不喜欢"学院里的公共宴会"。Timothy Morton, *Shelley and the Revolution in Taste: the Body and the Natural World*, pp. 60—61。

他们患着各种疾病/极度的抽搐,或/心脏病引起的晕眩——反正都是些热病之类",以及"绝望的人/照料着患病的人,拥塞着这个医院"。他告诉我,(看到这些场景)他宁愿自己早点咽气。他的日常需求非常少,他并不听从医生的建议,而是仍然坚持其素食生活。只有一个真正的毕达哥拉斯主义者才知道,对于一个素食主义者而言,肉食是多么令人厌恶。①

梅德文还详细记载了在意大利期间雪莱的饮食所体现出的圣人般的不食人间烟火:

> 用餐的时候,雪莱一般都会有一本书放在餐桌上,他的饮食相当节制。吃饭之于一般人主要是快乐,而雪莱则对口腹之乐没有任何兴趣,以至于他经常会问"玛丽,我吃过饭了吗?"他从不喝酒,水是他主要的饮料(当然比萨的水质是最好的)。当然他对于茶还是喜欢的,曾经幽默地自称为"茶主义者"。梅德文认为雪莱"完全是感官享乐的仇敌……他的饮食完全是一个隐士的食谱"。②

1812年早些时候雪莱开始与戈德温接触。这时,雪莱开始思考粗茶淡饭的饮食习惯之于心智的冷静清醒以及道德伦理的关系。在《权利宣言》(*Declaration of Rights*)中,雪莱论述说:"对于那些向往自由的人而言,心灵与身体的健全清醒(sobriety of body and mind)是非常重要的;因为如果没有清醒,就不可能促进心灵产生高度的慈善意识,也不可能有冷静和坚定的勇气去执行心灵的命令。"③显然在这个时候,雪莱就已经将素食与政治问题联系在一起了。

根据上述材料,比较可信的是大约在1812年三月的时候,雪莱与第一任妻子哈里特·维斯布鲁克(Harriet Westbrook)居住在都柏林的格拉夫顿街(Grafton Street)的时候,他们开始成为正式的素食者。在1812年3月14日写给希契纳小姐(Miss Hitchner)的一封信中(雪莱口授、哈里特执笔),我们看到这样的叙述:"我们的生活毕竟不同于那些世俗之徒……也许你并不知道我们曾发誓不再吃肉,并不知道我们信奉的是毕达哥拉斯的哲学体系……两

---

① Timothy Morton, *Shelley and the Revolution in Taste: the Body and the Natural World*, p.58.
② Ibid., 61—62.
③ P. B. Shelley, *Declaration of Rights*, in David Lee Clark, ed., *Shelley's Prose or the Trumpet of a Prophecy* (London: Fourth Estate, 1988), p.72.

周已经过去了,但我们并没有因此感觉不好。"① 回到伦敦后雪莱夫妇住在库克饭店(Cook's Hotel)。根据豪格记载,在那里雪莱对于用餐时间的漠不关心使得豪格非常烦恼。如果雪莱是女人的话,他肯定是最早的厌食症患者(anorexia)。豪格说在用餐时雪莱从不吃羊肉,而且总是在吃饭时读书。豪格和哈里特由于吃不到"恶心的肉食",不得不在餐间补充着吃一些小烤饼。豪格还记录了雪莱在这个时候所喜欢的主食——panada,即一种清水泡面包,加上一点点黄糖和豆蔻仁的面糊餐。② 1812—1813 年雪莱的素食主义思想愈加激进。1812 年 11 月 5 日雪莱遇上了牛顿(John Frank Newton),并加入了牛顿等人所组成的一个激进的素食团体。③ 1812 年他在写给豪格的信中说:"我在继续吃素,春天到来的时候,哈里特活泼了一些,我的健康情况因此大大好转;尽管也可能是因为不像你在伦敦那样神经太紧张精神受羁绊。"④

根据豪格的记载,大概在 1813 年春天,雪莱的日常食谱彻底走向了素食:"他只吃豆类,完全不饮酒。"在布莱克奈尔(Bracknell)的时候,雪莱和他的素食圈子朋友们甚至连鸡蛋、黄油、牛奶、贝类和奶酪等都不吃。也大概就是在 1813 年,雪莱对《麦布女王》那个著名的"注释 17"进行了修改,单独出版了《为素食一辩》。⑤ 在 1813 年 11 月 26 日雪莱写给豪格的一封信中他透露,他自己

---

① 见江枫主编:《雪莱全集》(第 6 卷),第 294 页。然而,到了 1812 年 4 月 16 日的一封信中,哈里特就开始抱怨:"在船上的 36 个小时我们什么也没吃,后来马上开始吃肉。你可能会觉得这很不可思议,但珀西(即雪莱)和我姐姐都被这次航行弄得恶心,而且我们也都被素食生活弄得体质瘦弱,如果我们继续这样的话那就等于在找死。"参见 Timothy Morton, *Shelley and the Revolution in Taste: the Body and the Natural World*, pp. 63—64。

② Timothy Morton, *Shelley and the Revolution in Taste: the Body and the Natural World*, p. 64。

③ 牛顿本人是素食主义者、自然主义者(naturist)和拜火教信徒(Zoroastrian),著有《回归自然》(*The Return to Nature*, 1811)一书——雪莱的《为素食一辩》就引录了该书部分段落。Ibid., 65。

④ 见江枫主编:《雪莱全集》(第 6 卷),第 379 页。

⑤ 莫顿指出,这个标题明显是对玛丽·沃尔斯通克拉夫特《为妇女权利一辩》的模仿和回应。他指出:"现代批评家们不能够确定雪莱单独出版《为素食一辩》是不是出于推销《麦布女王》的一种'精明的市场策略'(shrewd marketing strategy),或仅仅是一个孤立的行为。这两本书在内容上是有联系的,但其所指向的阅读群体显然不同。《为素食一辩》比《麦布女王》更为公开地出版,其出版商是一个经营医学书籍的书商(名叫卡洛),它保持了《麦布女王》的紧凑性,但通过一种对伦理的生动的和个人化的反映,将《麦布女王》中对暴政、迷信和商业的批判以一种较为曲折隐晦(refracting)的方式进行了修改,与此同时还进一步强化了激进自我形象的呈现方式(radical self-presentation)。《为素食一辩》按照《麦布女王》中美德与政治的密切关系倡导了对个人美德的培育的重要性。" Timothy Morton, *Shelley and the Revolution in Taste: the Body and the Natural World*, pp. 67—69。

翻译了普鲁塔克两篇关于素食的文章,足见这个时候雪莱对于素食的兴趣已经由身体健康层面上升到了哲学层面了。①

根据梅德文的传记,到了1814年中期,由于雪莱"拼命读书、严格的素食生活,以及过度使用鸦片,这严重损坏了他的体质",他的身体状况变得很糟,所以最后不得不离开伦敦。但是大概也就是在这个时候,雪莱与玛丽一见钟情并私奔到法国——从此玛丽便取代哈里特成为能够理解雪莱的诗歌和思想的红颜知己。雪莱也从此将他力图影响哈里特的素食主义思想和生活习惯(显然并没有成功)传授给玛丽。事实上,从1814年到1816年,雪莱和玛丽就合作搜集素材,准备写作与《麦布女王》主题相同的作品——玛丽的《弗兰肯斯坦》和雪莱的《莱昂和茜斯娜》(后改名为《伊斯兰的反叛》)。不太为学术界所知道的是,作为奇幻小说最早代表的《弗兰肯斯坦》之创作灵感在一定程度上也来自雪莱的素食主义思想对玛丽的影响。②

1816年当雪莱和玛丽从瑞士回来之后,他甚至开始以克为单位来为其饮食定量(这在玛丽的一则日记中有清楚的记载)。1817年雪莱与画家海顿结识。海顿的记载为我们展现了雪莱反对虐待动物的一些细节。根据海顿提供的资料,1817年1月的某个时候,"雪莱说他简直不能忍受华兹华斯喜滋滋地谈论被捕获的鳟鱼那亮闪闪的美丽,(雪莱)认为(捕获鳟鱼)完全是不人道的。他对虐待动物的行径感到极其恶心,以至于那种感受难以言表"③。这在史密斯的记载中也有体现。1817年,贺拉斯·史密斯在马洛遇见雪莱。他的第一

---

① 在该信中雪莱告诉豪格:"我已经翻译完我们一起读过的普鲁塔克的两篇论文。这两篇文章的确写得卓著。我打算写篇评论,在绪论中论证一下神秘教和毕达哥拉斯的饮食规律。"这里提到的"评论"就是雪莱的《驳自然神论》。见江枫主编:《雪莱全集》(第6卷),第425页。

② 根据玛丽·雪莱1815年5月12日一则日记记载,雪莱曾经戏谑性地给她开出了一份女巫食谱:"9滴人血;7粒火药;1/2盎司腐坏的人脑组织;13只捣烂的尸虫。"莫顿指出,这份女巫食谱虽然是哥特小说的典型标志,但其中所暗含的却是关于人体部位的饮食禁忌(如人血和人脑组织),传达出的仍然是一种健康的素食主义思想——这些思想显然被玛丽所接纳,并体现在《弗兰肯斯坦》以及《最后一个人》的创作之中。参见 Timothy Morton, *Shelley and the Revolution in Taste : the Body and the Natural World*, pp. 71—72。

③ 豪格也记载过雪莱类似反对虐待动物的言论:"与那些纯粹为了娱乐而残杀鸟类的荒唐举动相比,植物学是一门多么有益而纯洁的职业啊。那些射杀鸟儿的人将痛苦强加给鸟儿,从而在射杀过程中享受到了一种病态的快乐。这种杀生的快乐使人们日渐亲近于下层、盗匪、恶劣习惯的社会。"显然,在雪莱的思想中,"阶级政治、普适性的人道主义"及其素食主义是有机地结合在一起的。Ibid., 73—74。

印象也是雪莱生活得如圣徒一般:"他的生活极其简朴,除了面包、蔬菜和水外基本不吃任何其他食物。好一个撒玛利亚人……"史密斯将雪莱的饮食当作苦修(askesis)的一种形式,认为这之于雪莱有伦理和政治意义:"雪莱已经有好些年的素食生活了,他这样做并非出于毕达哥拉斯或婆罗门主义的观点,认为肉食会导致放纵享乐,导致对上帝所造生灵的毁灭。而是出于认为屠杀'森林公民和河流天空居民'、吃肉饮血等行为,会使屠杀者和饕餮者变得愈来愈狂暴,最后使他们动物化(animalize)。这种病态的感伤和错误的结论并没有使他变成基督教的苦修士(Lent),但他对自己的身体非常忌妒(jealous of his body),渴望坚守心灵的主宰地位,时刻保持心灵的纯净和神圣,防止其遭受卑劣欲望的扭曲污染。他对心智(intellect)的虔诚和忠诚几近狂热。"史密斯也记载了雪莱在临近马洛的一个树林边上呵斥射杀松鼠的两个孩童。①

在莫顿的著作中还有大量关于雪莱的素食主义生活习惯和反对虐待动物的各种细节,限于篇幅我们不再一一罗列出来。但是,从以上事实我们已经可以看出,雪莱的素食主张和素食生活并非完全是出自对自己身体健康的考虑,而是与其激进的启蒙政治紧密相连系的——这种联系在雪莱的文学创作中得到了更为充分的体现。

五、素食主义思想与雪莱的文学创作

从以上关于雪莱的素食生活细节中我们可以看出,素食之于雪莱不仅仅是一个个人饮食习惯的问题,而是与雪莱本人(以及1790年至1820年间整个英国上流社会)的激进政治思想有关。既然素食主义思想对于雪莱是如此重要,显然雪莱的文学创作不可避免地会大量涉及素食主义和政治革命的问题(对于这个问题的探讨中国雪莱研究界至今尚未出现)。莫顿坚信,饮食话语、诗歌写作与政治革命之间存在着复杂的关联——简言之,"雪莱的诗歌就以一

---

① Timothy Morton, *Shelley and the Revolution in Taste: the Body and the Natural World*, p.75.

种独特的想象方式重构了他的素食思想"①。

莫顿敏锐地认识到雪莱的政治—哲学思想以及文学创作中的所谓"饮食话语"(a discourse of diet)问题。莫顿指出,雪莱诗歌中大量的与食物相关的意象不是无缘无故的。为了进一步理清雪莱的饮食革命与其激进政治之间的关系,莫顿集中讨论了雪莱六首诗歌作品:《麦布女王》(Queen Mab)、《宇宙的精灵》(The Daemon of the World)、《阿拉斯特》(Alastor)、《莱昂和茜斯娜》(Laon and Cythna)、《马伦吉》(Marenghi)和《普罗米修斯的解放》(Prometheus Unbound),以及四篇论文:《为素食一辩》("A Vindication of Natural Diet",即著名的《麦布女王》"注释17"的改写本)、《论素食系统》("On the Vegetable System of Diet")、《驳自然神论》("A Refutation of Deism")和未完成的论《狩猎法》残篇(the unfinished piece on the Game Law)。为了简便起见,我们将主要围绕《麦布女王》(尤其是第八章)以及雪莱其他几篇关于素食的论文来介绍莫顿的观点,并在介绍、分析莫顿观点过程中展开笔者本人的看法。

《麦布女王》讲述了一个梦幻故事。少女艾安蒂(Ianthe)的灵魂被麦布女王掠走,给她展示过去、现在和未来的幻景。在雪莱研究界,普遍的观点是《麦布女王》是18岁的雪莱凌空蹈虚的政治乌托邦革命幻想。②但是莫顿却认

---

① Timothy Morton, *Shelley and the Revolution in Taste : the Body and the Natural World*, p. 83. 莫顿指出,在素食主义与诗歌创作问题上雪莱并不孤立。比如拜伦的《异教徒》中的康拉德过的就是一种简朴的、苦行僧式的生活;他饭食粗粝、少言寡语,但却性情沉静、头脑清楚。因此,在《异教徒》中,素食被拜伦描绘为一种心智的食粮(a food for the mind)——这与雪莱《为素食一辩》的观点是一致的。但拜伦只是想塑造一个对自己的身体严格控制的强力者,其艰苦卓绝的斯巴达式的生活是为了其他人。而雪莱对禁欲苦修的兴趣则是一种重构身体的方式,这种素食苦修具有倡导人与动物相互和平与同情关系的伦理学—政治学意义。此外,勃朗宁不仅诗歌创造而且个人生活方式也都深受雪莱素食主义思想的影响。Ibid., 82—84。

② 中国学术界对于《麦布女王》的研究完全受政治批评的左右,其代表性观点就是上海译文出版社编辑为邵洵美翻译的《麦布女王》所写的《出版前言》:"《麦布女王》……表达了他(雪莱)对于人类将最终摆脱愚昧和专制统治,走向光明的信念。……商业资本主义社会的兴起,给人类带来新的灾难。自由、友谊连同爱情,一切的一切都能为金钱所收买。黄金成了'一尊活佛,睥睨一切,统治着人间万物'。长诗又用不少篇幅对于宗教作了有力的揭露:'帝王们最早结了盟与人权作对,教士们最早用上帝的名义做买卖'。诗歌的最后部分是人类光明前途的预言。麦布女王撩开'时间'的幕布的一角,看哪,'未来世界不再是地狱,而是爱情、自由、健康'。寸草不长的沙漠现在布满了河流、森林和良田;在旧世界里,人的一生不过是'一场痛苦郁结的噩梦',而现在人人丰衣足食,人类的聪明才智得到了解放……在这富于浪漫主义色彩的长诗中,雪莱把社会变革的必然性看成是抽象的自然精神或宇宙精神的体现。在有些地方,诗歌流露出浓重的空想社会主义色彩。"雪莱:《麦布女王》,邵洵美译,上海:上海译文出版社,1983年,第I—II页。

为,《麦布女王》"企图以一种乌托邦式的和《圣经·启示录》式的方式来解决社会和道德问题,这些问题困扰着人类,而且把他们与自然分离,成为自然的对立面。在这部作品中,解决人类种种问题、使人能够真正获得自由的可能性手段之一就是放弃肉食"①。因此,他提醒读者注意《麦布女王》中大量与饮食相关的内容,尤其是第八章。

在第八章中,雪莱从对宗教和专制的黑暗的现实描写(第七章中的流浪犹太人阿哈索罗斯[Ahasuerus]为代表)转向了对未来的展望。但这个转换何以实现?其中介是什么?在莫顿看来,这个中介就是饮食意象。在第八章一开始,雪莱就写道:"过去和现在,你已经亲眼目睹:/真是一片凄凉。现在,精灵呀,/我要让你看一看将来的秘密。/时间!快快掀起你黝黑的羽翼;/双手捧出你吃掉一半的婴孩。"②莫顿指出,这种以"吐出食物"的意象来表达革命预言的方式既怪诞又暴力。也就是说,在雪莱的诗歌创作中,乌托邦革命与饮食话语纠缠在一起:"《麦布女王》是一系列启示论,在这里启示论的表达方式与饮食消化(alimentary)相关。"③

为什么这么说呢?莫顿考察了"吞噬婴儿"这个意象的来源。这个意象来自罗马神话中农神食子(Saturn Devouring His Son)的故事(见图5-3)。而农神(Saturn)又与希腊神话中的克罗诺斯(Kronos)——时间之神有着某种联系(时间也吞噬着世间万物)。也就是说,"时间吞噬婴儿"这个意象表达了雪莱对于人类历史(时间性)发展问题的复杂思考——我们是往后退还是向前看,应该使用暴力还是不使用暴力。因此,"从时间之口抢出婴儿这个意象既有回忆,又有预言。"莫顿指出,在罗马神话中,人类黄金时代的象征就是农神,但他却残暴地吞食自己的孩子。因此,人类历史上曾经有过的这个黄金时代其实也是一段人相食(肉食)的残暴野蛮时代。这个黄金时代在雪莱的思想中也是19世纪弱肉强食的帝国主义和隐喻意义上的人相食的集权主义政治的象征。④ 因此,雪莱的黄金时代不是过去(这与华兹华斯和卢梭不一样),而是未来——《麦布女王》就是这样一部面向未来的乌托邦寓言。

---

① Timothy Morton, *Shelley and the Revolution in Taste: the Body and the Natural World*, p. 84.
② 雪莱:《麦布女王》,邵洵美译,第91页。
③ Timothy Morton, *Shelley and the Revolution in Taste: the Body and the Natural World*, p. 84.
④ Ibid., 85—86.

第五章　生态批评与英国浪漫主义研究　349

图 5-3　戈雅:《农神食子》

那么这个未来的黄金时代如何才能够实现呢？仔细阅读雪莱的诗歌和论文，尤其是《麦布女王》，我们可以清楚地看到，在雪莱的革命思想中，饮食革命——即放弃肉食回归素食——是其政治乌托邦革命成功的关键。为什么呢？莫顿指出，雪莱之所以在饮食革命上大做文章，其根本原因就在于雪莱对于主体/客体关系的重新认识——而这个主客体包含的内容很多，诸如人与自然、人与动物、动物与动物、人与人，等等。而饮食则是所有主客体关系中最为重要的纽带。莫顿说，在《麦布女王》中，"饮食意象以及接下来的素食讨论，象征着主体/客体关系的革命性转换。由于饮食是有机体生存的必要手段，因此饮食话语就包含着进食者与被食者之二元对立关系（a dualism of eater and eaten）——进食者主体性因此就是其食谱所决定的：'我吃故我在（I am this because I eat that).'"①

那么,人是怎样一种存在呢?人的饮食与其存在之间有着怎样的关系呢?雪莱的观点很直截了当:人本来是素食动物,但却违反了自然规律,变成了肉食动物,这就决定了作为肉食的人是一种反自然的存在。在《麦布女王》"注释17"以及其他几篇论文中,雪莱全面阐述了人类应该放弃荤食、回归素食的饮食革命主张,以及这种饮食革命之于雪莱式乌托邦伦理和政治革命的必要性和重要性。

在雪莱看来,人类的肉食习惯之所以是违反自然规律的,原因是:与豺狼、虎豹、狮子等肉食动物不同,人类的自然食谱本来是素食而非荤食——也就是说,人类原本其实是素食动物:"比较解剖学使我们得知,人类在任何一方面都类似素食动物(frugivorous animals),但和肉食动物(carnivorous animals)却无任何相似之处。人既没有可以用作捕捉猎物的利爪,也没有可以用作撕扯活物皮肉的锋利牙齿。一名指甲长达两英寸的中国一品大官会发现光靠他那双手连一只兔子也抓不住的。"那么人何以成为肉食动物了呢?雪莱的答案是,人吃肉完全是为了满足口腹之欲,于是便违反自然规律,用各种惨无人道的手段,"将野牛驯化为家牛,将公羊弄成阉羊",并发明了烹饪厨艺以使得那些动物原本坚硬的肌纤维组织变得松软,从而使得原本根本无法咀嚼肉食的人类牙齿能够嚼碎肉食,并使得那原本无法消化肉食的人类肠胃能够消化肉食。②

雪莱的这些思想其实是来自普鲁塔克。在"注释17"最后的一段,雪莱附上了普鲁塔克《肉食篇》中的希腊原文(在《为素食一辩》中,这段话被删去了):

> 你们把蛇、豹和狮子都称为野兽,自己却恣意杀戮,你们的凶残比上述动物毫无逊色。它们杀生是为了糊口,你们却是为了猎取美味……至于说,人类本性不宜肉食,这点从肢体形态可以得到证明。因为人类的躯体和天生宜于食肉的动物毫无相似之处:因为人没有钩喙、没有利爪、没有锯齿,也没有健壮的肠胃和火热的消化力,足以把重滞的肉食变成养料,加以吸收。相反,恰恰从他们平滑的齿牙、窄小的肠胃、柔软的舌头和

---

① Timothy Morton, *Shelley and the Revolution in Taste: the Body and the Natural World*, p. 85.
② Thomas Hutchinson, ed., *The Complete Poetical Works of Percy Bysshe Shelley* (London: Oxford University Press, 1961), p. 828.

迟钝的消化力看来,他们的本性是和肉食无缘的。①

不仅如此,普鲁塔克还指出,人要是不用工具根本不能够像食肉动物那样亲自捕杀猎物,更不用说吃动物的肉了。他说,如果有人不信这个道理的话,请你试试看能否"用牙齿咬死一头牛,用嘴嚼烂一头猪"。更为恶劣的是,人类"伤天害理已经到了无以复加的地步,以至于把肉食加以'美味'的称号,而且还用别的东西来调味,放进去油、酒、蜜、盐、醋,以及叙利亚和阿拉伯的各种香料,简直像要把它当作必须防腐保存的尸体"。由于肉食并非人类的天然食谱,但人类的肉食习惯又偏偏要违反自然规律,因此

> 一旦肉食经过如此一番融解、软化或者几乎可以说是腐烂的过程,想倚仗烹饪来处理它是很困难的事;即使处理了,吃下去会使人百病丛生,胃口败坏……同样,人类最初吃的不过是一些凶恶的害兽,后来才设法猎取弱小的鱼鸟,嗜杀的天性在这些动物身上初步施展、获得成功之后,就转向为人民服役的牛、温顺的羊和报晓的雄鸡。这样下去,欲壑难填,人类才堕落到以战争和流血来自相残杀的地步。②

总之,在普鲁塔克看来,肉食生活导致了对动物的残酷屠杀,但是肉食非但没有促进人的身体健康,反而使得人类"百病丛生"。尤其严重的是,肉食还带来了严重的政治—伦理后果:为争夺资源和权力而进行的战争,进而造成了人类的自相残杀。普鲁塔克就是这样将肉食问题的讨论从人的生理结构一步步引向了政治问题。

普鲁塔克的思想对于雪莱素食思想的产生具有重要影响(当然普鲁塔克

---

① 雪莱:《麦布女王》,邵洵美译,第 173—174 页。

② Thomas Hutchinson, ed., *The Complete Poetical Works of Percy Bysshe Shelley*, p. 834. 莫顿指出,雪莱并没有将普鲁塔克的原文完整引录出来。在关于烹饪的论述上,雪莱其实是将普鲁塔克原文中讲述的一个故事进行了简化改写:一个斯巴达人拿了尾鱼叫旅店老板烹饪,店老板要他拿奶酪、醋和油,斯巴达人说如果他有这些就不会来求店主了。普鲁塔克在此用的一个词 trophē——意思是非自然的、反自然的。莫顿指出,在普鲁塔克看来,肉食是对人类食谱的非自然的增补(supplementary),但这种不自然的增补也暗含着其他动物的死亡(因此吃肉事实上就是把人的身体变成了一座埋葬动物尸体的坟墓)。不仅如此,调料又是对肉食(味道)的继续增补,这导致了罗马帝国对东方世界的香料贸易。我们可以看到,在《麦布女王》"注释 17"中,雪莱也严厉批判了英国对印度香料等海外奢侈品的需求及其贸易所导致的血腥掠夺战争。(Ibid., 832.) 莫顿还提醒我们注意德里达解构主义的增补概念在普鲁塔克和雪莱这里具有政治寓言。参见 Timothy Morton, *Shelley and the Revolution in Taste: the Body and the Natural World*, p. 130.

并非雪莱素食主义思想的唯一来源——牛顿、蒲伯、戈德温和普拉特等人的思想也是其素食主义思想的众多来源)。难怪在《麦布女王》"注释 17"中雪莱明确地宣称:"饮食领域内的变革比其他领域更为重要,因为饮食革命直接指向了万恶的根源。"①

那么雪莱所谓的万恶具体指的是什么呢? 仔细阅读《麦布女王》及其"注释 17",以及《论素食系统》和《驳自然神论》等论文,我们发现在雪莱的心目中,"万恶"包括精神与肉体的失调、身体的痛苦和疾病、儿童性早熟、"拥挤的城市里腐臭的空气、化学气体排放"等都构成了"人类难以计数的恶行"(the mass of human evil)。② 显然,雪莱的确是较早感受到工业化—城市化对人的身体和生存环境带来恶性影响的浪漫主义诗人(从这个意义上来看,将雪莱与华兹华斯一道视为生态文学的先驱的确也不无道理)。

比如就身体健康而言,雪莱也认为,人类的肉食嗜好使得"荤腥在他的躯体内点燃起/一切丑恶的本能,在他的心坎里/烧旺了一切邪念和一切妄想、/怨愤、失望和憎恨,从而发生了/痛苦、死亡、疾病和罪行"③。这个思想在"注释 17"中通过对普罗米修斯盗火故事别出心裁的解读得到了更为清楚的表述。雪莱指出,对于普罗米修斯的故事,我们"从来没有得到满意的解释"。这个故事的真实寓意是:普罗米修斯为人类盗火的同时,也教会了人类用火烧烤肉食,从而改变了人类的自然食谱,其结果就是将疾病带给了人间:"赫西俄德说,在普罗米修斯出现之前,人类从来不受病痛的折磨……"但是,"勇敢的普罗米修斯/自从他打天上偷来了火,/慢性的毒瘤和各式各样的病症/都逐渐降临地面……"④而在《论素食系统》中,雪莱更是固执地认为,疾病不是人体的自然状态——人之所以生病,全都是因为违反自然规律的生活方式。雪莱明确指出,他写作《论素食系统》的目的就是证明"食用动物肉是人类非自然的生活方式之一,它也是使人患病的根本原因"。他还举例说,素食者长寿的人要远多于肉食者,比如古希腊哲学家和早期基督教的隐士严格地践行粗茶淡饭

---

① Thomas Hutchinson, ed., *The Complete Poetical Works of Percy Bysshe Shelley*, p. 833.
② Ibid., 828. 需要指出的是,这一段话没有出现在单独出版的《为素食一辩》之中。克拉克认为《为素食一辩》的写作要早于《麦布女王》"注释 17"。见 David Lee Clark, ed., *Shelley's Prose, or the Trumpet of a Prophecy* (London: Fourth Estate, 1988), p. 81.
③ 雪莱:《麦布女王》,邵洵美译,第 101 页。
④ Thomas Hutchinson, ed., *The Complete Poetical Works of Percy Bysshe Shelley*, p. 826.

的素食生活方式,为我们"提供了大量(如何通过素食而获得)长寿的典型范例"①。他还以其素食圈的朋友牛顿为例说明素食之于健康和美丽的功效。在《麦布女王》"注释17"的一个注释中,雪莱写道,正是由于素食生活方式,"牛顿……的儿女全都是超乎寻常的美丽而健康的孩子。他的女孩子们全都是雕塑家完美的模特儿"。而且那些孩子们的性情也温和体贴、举止得体。他甚至认为,他那个年代的婴儿死亡率之所以很高,根本原因就是肉食(尤其是"死鱼")不仅使得哺乳期妇女母乳分泌不足,而且母乳品质也遭到了污染。②因此,雪莱建议人类重新回归素食生活。他说:"只要尝试得当,所有肉体上或精神上的疾病都可以通过素食与清水(食疗法)得到减轻……如果遵从自然的食谱系统(即素食——译者注),人类唯一的病症就将只是年纪的衰老;我们的寿命将会延长……"③

除了戕害人类的身体健康之外,雪莱认为肉食还败坏了人类本来应该有的善良和同情之心。在《驳自然神论》一文中,雪莱不仅继续阐述肉食习惯之于身体健康的伤害,还特地指出:"一头美丽的羚羊在老虎的利齿下呻吟,一头无助的牛在屠夫的斧头下哀鸣"——这些景象本来应该引起"每颗善良而纯洁心灵的同情",但许多人不仅"完全无动于衷",而且还"将这种屠杀当作欢欣鼓舞的话题、'光荣'的源泉……"④这个观点在未完成的论《狩猎法》残篇里也得到了一定程度的表述。他说,英国贵族打猎是为了"享受一种野蛮和血腥的运动——但是这个所谓的(贵族)运动对任何一个文明和善良的心灵而言都会因为厌恶和恶心而战栗"⑤。

---

① P. B. Shelley, "Essay on the Vegetable System of Diet", in David Lee Clark, ed., *Shelley's Prose, or the Trumpet of a Prophecy*, pp. 93—95.

② Thomas Hutchinson, ed., *The Complete Poetical Works of Percy Bysshe Shelley*, p. 834.

③ Ibid., 830. 关于素食有利于健康的思想,雪莱可能受到卢梭的影响。在《爱弥尔》中,卢梭认为,素食就是回归自然性的途径。他指出,乡村妇女比城市妇女吃更多的蔬菜、更少的肉食,所以她们的后代更健壮,因为蔬菜比肉食更有机、更天然、更少污染。而且,素食妇女的奶水显然比肉食妇女的营养价值要高。卢梭甚至提倡食白水煮熟的、不加任何调味品的蔬菜食品。参见 Timothy Morton, *Shelley and the Revolution in Taste: the Body and the Natural World*, pp. 42—45。

④ P. B. Shelley, "A Refutation of Deism", in David Lee Clark, ed., *Shelley's Prose, or the Trumpet of a Prophecy*, p. 134.

⑤ P. B. Shelley, "On the *Game Law*", in David Lee Clark, ed., *Shelley's Prose, or the Trumpet of a Prophecy*, p. 342.

显然,莫顿所说的浪漫主义所倡导的同情性想象或想象性同情的确在雪莱反对杀戮动物、倡导素食的思想中得到了比华兹华斯更为典型的体现。

如果想象性同情能够使人对动物给予怜悯,对于人类同胞就更应该如此。正是在这种浪漫主义生态想象同情观念的促使之下,雪莱对于当时的残暴的贸易进行了强烈的抨击。在《麦布女王》中,雪莱就将饮食话语与残暴的奴隶制联系了起来。在"原始国家"(热带国家):

> 他(人)或是被奴役
> 在那血污的土地上,给压成泥浆;
> 或是被当作货物来易取威名,
> 一切内心的冲动完全消亡,
> 人类的意志也成为买卖的商品;
> 或则用来跟基督徒交换黄金,
> 被他们拖曳到遥远的大小岛屿上,
> 在把人抽得皮开肉烂的皮鞭声里,
> 为万恶的奢侈与富贵去做苦工……
> 或则是拉去忍受合法的屠杀,
> 在烈日下变成虫蛆:在这种地方,
> 帝王们最早结了盟与人权做对,
> 教士们最早用上帝的名义做买卖。①

---

① 雪莱:《麦布女王》,邵洵美译,第 99 页。在这里,我们也可以看出诗人塞缪尔·普拉特(Samuel Pratt)的痕迹,他也提倡素食并反对奴隶贸易。对于普拉特和雪莱而言,奴隶贸易体现的是一种主体与客体、人类与自然之间的主宰与被主宰的关系。人对环境和动物的工具性态度(亚里士多德就将奴隶看作是没有灵魂的工具,见《政治学》)同样也可以被用于人与人之间的关系。1788 年,普拉特出版了《人性,或自然权利》一诗,该诗是当时反对奴隶贸易的、日益高涨的文学声音的一个组成部分。在该诗中,素食主义被用来表达一种激进的人道主义。雪莱在《麦布女王》的第八章中挪用了普拉特的《人性,或自然权利》中的素食思想以传达一种激进的政治理想,即人对待动物的态度决定了人对待自己同类的态度,与动物和谐相处就会导致一种新型的和谐的人际关系的产生;不热爱动物的人就不可能热爱人类同胞自己——如奴隶贸易那样。这个观念解释了在第八章中雪莱为什么要用"不流血的胜利"(bloodless victory)这个修辞。这个表述既有"无生命的"意思,也有"不残暴"之意。但在这个语境中它的意思是在走向未来的新世纪里,对身体的摧残是可以避免的。这个短语在《阿拉斯特》中会再次出现。Timothy Morton, *Shelley and the Revolution in Taste: the Body and the Natural World*, p. 96。

雪莱就是这样将由肉食引起的人类的"万恶"从身体健康、动物保护、奴隶贸易,一步步引向了对政治暴政的抨击——虽然在我们看来,他的论证显得强词夺理,甚至荒诞不经。他指出,人类最高的"恶"就是暴政,而暴政产生于暴君暴烈甚至疯狂的个人性情,而暴烈而疯狂的性情则来自嗜酒啖肉这种违反自然的恶劣饮食习惯:

> 犯罪源于疯狂。疯狂源于疾病。……身心健全的人绝不会犯罪。只有那些性情暴烈、眼睛充血、血管暴胀的人才会拿刀杀人。素食带来的好处并不是乌托邦式的。它不单单是一个改革法制的问题;如果人心的罪恶倾向和暴烈性情不减除,那么,犯罪思想依然不会消弭。素食则可以把这一切罪恶连根铲除。

他举例说,如果巴黎人一日三餐都是素食的话,"他们还会残忍地投票通过罗伯斯庇尔那份放逐名单吗?"你能够从嗜酒啖肉的罗马暴君尼禄因为憎恨人类而红胀的脸颊上看到一丝安详和健康的痕迹吗?尤其是拿破仑:"波拿巴铁青的面孔、多皱的额头、黄浊的眼珠子、惊悸的神经系统——这些都明白地表现出了他嗜杀好胜的性格和永不餍足的野心。如果波拿巴家族世代素食的话,他就既不可能有篡夺波旁王朝王位宝座的野心,也不可能最终获得那样的权力。"①

顺便值得一提的是,除了素食的政治—伦理革命意义之外,雪莱还论述了素食革命的政治—经济学意义——雪莱推崇农耕经济,反对畜牧经济,他强烈呼吁将生产肉食的牧场改造为生产粮食的农田,原因很简单,种植业足够为人们提供必要的口粮,而畜牧业不仅是对土地的极大浪费,还导致了农民的贫困和富人的奢侈,导致了贫富分化和政治道德腐败。② 所以,雪莱的理想国是一个没有浪费的农耕社会。在《麦布女王》"注释17"中,他说:

---

① Thomas Hutchinson, ed., *The Complete Poetical Works of Percy Bysshe Shelley*, pp. 829—830.
② 在雪莱看来,肉食对于贵族而言是一种身份的标志,是奢侈的标志,但他们的奢侈是由农民来提供的,而农民却无法享受这个奢侈:"农民如要追求这种时髦享受,便不得不使全家大小忍饥挨饿。没有疾病和战争这两个扑灭人口的因素,大量的牧场将会弃置不用。维持一个家庭所需要的劳动,远不及我们一般所想象的那样繁重。农民现在不但为他们自己工作,还要为贵族、军队和厂主工作。"参见雪莱:《麦布女王》,邵洵美译,第171页。

这种素食淡饮的生活习惯在政治经济上所能够带来的变化一定大有可观。那些不可一世的肉食者便再也不会一顿饭吃掉一亩地去戕害自己的身体了，也不必再从那些劳苦农民家中常年饥饿的婴孩们口中，夺下许许多多面包，化作一杯杯葡萄酒，一口口金酒，去助长关节炎、疯癫和脑充血了。我们如果把养肥一头牛所用去的营养性植物，直接从土地怀抱里取来吃在自己的肚子里，一定可以获得高出许多倍的营养，既不会使你堕落，也不会产生疾病。地球上那些最肥沃的地区，现在实际上都用以种植牲畜饲料，由此而搁置和浪费的人类食品，数量实在无法计算……再说，凡是首创这种巨大改革的国家，都会在不知不觉中形成一种重农风气；商业以及它所带来这种罪恶、自私、腐败，也会逐渐衰减；更符合自然的生活习惯将产生更文雅高尚的风习，各种复杂非凡的政治关系也会相应简化，每个人自会察觉和了解究竟为什么要爱国，自会把关心国家的繁荣看作自己的本分……肉食和烈酒的采用，直接会妨碍人的平等权利。农民如要追求这种时髦的享受，便不得不使全家大小忍饥挨饿。

雪莱甚至指出，如果没有畜牧业的话，单纯的粮食和蔬菜种植"维系一个家庭所需要的劳动，远不及我们一般所想象的那样繁重"。他以自己在威尔士看到的几个建筑工人为例子："因为业主没有能力发工资，于是他们晚上在小块贫瘠的土地上耕种，收成所得，养活了人口众多的家庭。普拉特在《面包，或穷人》那首诗的注释里讲到一个勤奋的工人，他利用每天上班以前和下班以后的时间，种植了一个小小的园子，后来居然过着令人羡慕的生活。"①应该说，雪莱的素食革命并非完全是乌托邦式的空想。他在这里提出的种植粮食所消耗的资源要大大少于畜牧业的这个观点至今仍然值得我们思考。②

---

① Thomas Hutchinson, ed., *The Complete Poetical Works of Percy Bysshe Shelley*, pp. 831—832.
② 雪莱的素食—农耕生态思想不仅仅停留在个人素食生活习惯、政治革命幻想和诗歌写作领域，也体现在他反对将用于种植粮食、提供素食的农田改造成生产肉食的牧场的农耕主义思想。他自己甚至花了很大工夫学习农学知识。1820 年，雪莱在意大利的比萨（Pisa）遇见了农业专家梯耶（George William Tighe），跟随他学习大量有关根茎植物种植和农业化学方面的农业知识。在写作《西风颂》的那个笔记本的背面我们可以看到雪莱所记录的大量农学知识。参见 Richard Holmes, *Shelley: the Pursuit* (London: Weidenfel & Nocolson, 1974), p.576. 此外，雪莱还曾经参与了一项农业水利工程。1812 年，雪莱和哈里特到达卡那封郡（Caernarvonshire）的特里马多克（Tremadoc）。当时一个名叫马多克斯（William Alexander Madocks）的辉格党议员赞助兴建的一个水利大坝工程正在进行：人们准备在入海口处建一座大（转下页）

因此，从以上雪莱有关素食的论文我们可以清楚地看到，素食革命之于雪莱的乌托邦政治革命能否实现的重要意义：人和动物食谱的革命带来的是人与自然、人与动物的关系重新归于和谐友爱，从而也使得暴虐、暴政最终从地球上消失。正如莫顿所指出的那样："在《麦布女王》的天启论幻象（apocalyptic vision）中，对于强调乌托邦饮食（革命）的重要性表明在进食者（主体）和被食者（客体）之间关系的一种革命性转换正在发生。对食人暴力的揭示与未来和平祥和的前景形成鲜明对比。"① 也就是说，正是因为素食革命的成功，使得原来的肉食关系中的那种进食者（主体）与被食者（客体）的暴力关系被一种世间生灵万物和谐共处的新关系所取代。正因为如此，我们在《麦布女王》第八章第二节就看到了这样一幅和谐的"天启论幻象"图景：

> 欢快来到精灵身上。
> 穿过时间的永久幕帷的缝隙，
> 只见希望在恐惧的迷雾中炯炯发光；
> 世界已不再是地狱；
> 爱情、自由、健康，
> 以它们成熟的果实帮助它长成（their ripeness of the manhood of its prime）；
> 它的全身的血脉
> 于是配合着大小星球，击着节拍；
> 灵魂的生命弦索
> 在那里拨弹出甜蜜又懒散的曲子，
> 散布着美妙的音乐，声调悠扬，
> 从短暂的死亡中攫取新的生命，——

（接上页）坝，从而将入海口变成良田（这个资料在Holmes的传记中可以查到）。但经过一个艰苦的冬天，大坝在1813年2月还是出现了裂缝，马多克斯本人也濒临破产。在整个工程计划和兴建过程中，雪莱怀着浓厚的兴趣积极参与其中。他曾经到萨塞克斯等地积极参与募捐筹资活动，并在特里马多克当地向乡绅和地主募捐——虽然收效不大，但足以说明雪莱并非完全是一个书斋政治家。Timothy Morton, *Shelley and the Revolution in Taste: the Body and the Natural World*, pp. 229—230。

① Timothy Morton, *Shelley and the Revolution in Taste: the Body and the Natural World*, p. 85.

犹如夜来的清风长吁短叹，
惊醒了蜷卧在海洋上的层层细浪，
一边创造着自己的呼吸，一边死去，
任着性子忽大、忽小、忽升、忽降：
它是感情的清泉，
从这动人的音乐中产生，
接着便悠静地、和缓地、温柔地
在那精灵的俗念凡虑中荡漾。①

莫顿分析说，在这一段诗行中，我们可以清楚地看到人与自然的密切关联。首先，拟人化的修辞（即指"their ripeness of the manhood of its prime"之句）给大地赋予了人性；其次，大地与艾安蒂（Ianthe）的灵魂和谐共生，成为一体。莫顿指出，显然，

> 诗人在这里描述的是全球性的变革。但其修辞却将这种变革与人的同情、情感的变革联系了起来。这个新世界的基调是毕达哥拉斯的宇宙音乐，也是身体得以获得祥和、安定、和谐的手段。因此，在后来的诗节中，健康便成为人与自然相联系的第三个纽带。在福柯看来，在古希腊文化中，饮食不仅是构筑身体与心灵和谐的关键，也是构筑身体与有生命的自然的途径。毕达哥拉斯的素食主义符合这个模式。②

也就是说，在《麦布女王》所构想的乌托邦政治革命设计中，雪莱在上面几篇论文中所阐述的素食主义思想得到了进一步、更为具体的体现——一种新的饮食话语将把人类带向一个大地与人和谐共处的、存在于未来而非过去的黄金时代：

啊，人类的精灵呀！赶紧趋向
你的目的地，道德已经在那儿
为全宇宙安排下了普遍的和平，

---

① 雪莱：《麦布女王》，邵洵美译，第91—92页。
② Timothy Morton, *Shelley and the Revolution in Taste: the Body and the Natural World*, pp. 86—87.

>你在人间万物的消长盛衰中，
>坚定地、沉静地屹立，像一座灯塔，
>俯瞰着无边无际的惊涛骇浪。
>"万物生存的地球上充满了福祉，
>那些被万年万载的暴风雪驱赶着，
>在南北极周围打转的冰冻的海浪，
>完全解放了。——不像从前，
>一切东西都不敢在那儿滋长或生存，
>浩瀚的大荒四周是无尽的寒霜，
>万里一色，包围着这沉寂的疆域。
>现在芬芳的岛屿上又飘来一阵阵熏风，
>吹醒了平静的海洋，那海洋便把
>光明的巨浪滚上陡斜的沙滩，
>它的吼叫变成了悦耳的回声，穿过一簇簇仙气氤氲的小树丛，
>轻轻地伴随着人间万物共庆升平。"①

尤其值得注意的是，在这个麦布女王召唤出来的新的由素食伦理主宰的世界里，除了上述"天启论宇宙幻景"之外，一种新的食物链上的主客体关系诞生了——野蛮的肉食时代那种猎手—进食者与猎物—被食者的对峙关系转换成为一种没有暴力追逐、没有血腥杀戮的、自然界各个物种之间和平和谐共处的大同世界。体现这个大同世界的象征就是凶狠的眼光与恐惧的眼光之间的对峙变成了温柔目光的相互对视(faciality)：

>这些计算不出沙粒数量的荒漠，
>世世代代积聚起来的热气，
>从不让一头鸟活命、一根草滋生
>只有青绿的四脚蛇求欢行乐时
>发出尖锐的啾唧声来打破闷热的静默；
>现在却布满了河流和森林，

---

① 雪莱：《麦布女王》，邵洵美译，第93—94页。

> 麦田和草原,以及白色的村舍。
> 这片吓呆了的原野当初曾见到
> 野蛮的征服者沾满了亲友们的血渍(kindred blood);
> 一头母虎把一块块的羔羊肉
> 去餍足她没有生牙的雏儿们的馋吻(the unnatural famine),
> 呼喊声和嗥叫声响彻整个沙漠;
> 现在却有了一片倾斜、光润的草地,
> 开满了雏菊,向着初升的太阳,
> 献上它扑鼻的熏香,笑盈盈地
> 看一个婴孩在他母亲的面前,
> 跟一条舔着他脚跟的
> 翠绿又金黄的蜥蜴,
> 分享他丰盛的早餐。①

在这里,原本人与动物、动物与动物之间野蛮血腥的掠食与被掠食关系变成了和平友爱的关系,而空旷的荒漠变成了生机盎然的农耕空间。② 莫顿提醒我们注意荒漠、太阳、雏菊、母虎、母亲、婴孩、蜥蜴等生物之间原来的"亲友"(kindred)关系在新的"对视"(mutual look)中得到了恢复——这是一种不再带有掠食目的、暗含凶残的杀机的对视,而是一种温柔友爱的相互对视:雏菊和太阳笑意盈盈地看着母亲面前的婴孩;婴孩与蜥蜴共同分享而不是争夺丰盛的早餐。尤其需要指出的是蜥蜴这个意象。在古希腊神话中蜥蜴被认为是一种能够以目光杀人的蛇。然而,在这里蜥蜴的目光却是一种爱的沟通——在蜥蜴这个意象中,主客体之间原来的死亡与暴力因素被彻底消除了,取而代

---

① 雪莱:《麦布女王》,邵洵美译,第 94—95 页。
② Timothy Morton, *Shelley and the Revolution in Taste: the Body and the Natural World*, pp. 87—88. 莫顿提醒我们注意这些诗行上面与《圣经》中的天堂描写、弥尔顿的《失乐园》以及骚塞《塔拉巴》(*Thalaba*)等文本之间存在着的复杂互文关系。比如,在《塔拉巴》中,由沙漠、蜥蜴等景物构成的"蛮荒的"伊斯兰东方化景象(Islamic orientalism)与"湛蓝的天空、金色的原野,犹如英格兰/美丽的农田"所代表的"文明化的"西方主义幻景(the "occidentalism" of mirage)形成鲜明对比。"文化"(culture 一词的词源是拉丁语的 *colo*,意思是"我耕作")被等同于农耕的英格兰,与狩猎的阿拉伯人形成鲜明对比。而《麦布女王》第八章也为我们勾勒了这么一片由农耕文化构成的绿洲。

之的是一种相互亲昵的对视,因此,"雪莱笔下温顺的蜥蜴向我们所展示的是原本主宰着主客体关系中的暴力和死亡现在被彻底消除了"①。

蜥蜴与婴孩的对视也预示了后面狮子—羔羊的对视:"狮子现在不再渴求鲜血:/你可以看到他蹲在太阳底下,/伴着毫不畏惧的小羚羊游戏;/他的爪尖藏了起来,他的牙齿/也不再伤人,习惯的势力已经/使他的本性变得像羔羊一样(His nature as the nature of a lamb)。"不仅如此,更重要的是人与羔羊的对视:"他(指人类)现在不再/宰杀那直面凝视着他的羔羊(the lamb that looks him in the face),/把它切成肉末,张口大嚼……"②羔羊无助、恐惧的目光(the look of lamb)将浪漫主义的想象性同情传达得极其痛彻心扉。人类只有放弃肉食才能放下屠刀,从而才能避免与羔羊在屠刀面前那凄惨绝望的目光进行对视。也就是说,在这个伟大的人性改造革命计划中,雪莱没有诉诸抽象的政治革命或政治改革,而是诉诸"浪漫主义的想象性同情"。莫顿指出,雪莱在《麦布女王》中用浪漫主义"对视修辞"成功地唤起了读者的想象性同情:"那些柔顺的动物在被屠宰前投向人们的温顺而可怜的目光足以使我们思考他们内心的哀号,足以打动人类残忍的心。这可怜的一瞥对于屠宰者和被屠宰者而言都息息相关——就像人与自然之间天然存在的同情关系(sympathetic bond)一样。"③

总之,莫顿总结说,《麦布女王》中对视的时刻(a moment of faciality)消解了主体客体之间的对峙,展示了一个乌托邦式的主体间性(a Utopian intersubjectivity)——自然界所有生灵万物都融合为一个"仁爱的主体"(a humane subject)——它表明所谓"客体的客体性"(the objectness of the object)这个概念本身是错误的,因为将某物视为客体其实就是占有某物,将其置于"我"的控制之下。而在雪莱的乌托邦世界里——具体而言,在《麦布女

---

① Timothy Morton, *Shelley and the Revolution in Taste: the Body and the Natural World*, p.88.
② 雪莱:《麦布女王》,邵洵美译,第97页。
③ Timothy Morton, *Shelley and the Revolution in Taste: the Body and the Natural World*, p.98. 人对动物,尤其是弱小动物的宰杀的确蕴含着某种程度上的残暴性。笔者还记得小时候一次亲眼看见父母单位食堂炊事员宰杀一只鹅的情形:当炊事员揪住那只鹅、举起明晃晃的刀子准备割它喉咙的时候,那只鹅无助地挣扎着,凄厉地惊叫着,突然我看见鹅惊恐而绝望的眼睛中流出了一滴清亮的眼泪——在那之前,我从来不知道鹅居然也会流泪。三十多年过去了,那滴凄清的鹅泪仍然让人不忍回想。

王》的乌托邦世界里,"那样的客体是不存在的,存在的只有相互穿透的主体间性(an interpenetrating subjectivity)。但(作为主体的)'我'——一个被改造的(新生的)改革者(a reformed reformist)的'我'、那个作为爱万物一如爱'自我'的'我'仍然存在着"①。

贝特在为《浪漫主义研究》杂志1996年秋季号《绿色浪漫主义》专辑所写的《主编导语》中将1989年这个特定的年份作为新马克思主义—新历史主义的所谓冷战派批评与新型的生态批评(全球气候转暖派批评)的分水岭有一定意义:随着苏东阵营开始崩溃,意识形态的争论已经不再是全球关注的主要问题了,随之而来的挑战不是超级大国之间的核大战,而是诸如切尔诺贝利核事故、臭氧层稀薄以及全球气候转暖所造成的生态—环境灾难。② 这一段话充分体现出了浪漫主义生态批评的社会担当感。在笔者看来,浪漫主义的生态批评的确不失为具有真正良知的文学批评——比起之前所有20世纪西方文艺理论的文本—语言—形式主义、政治正确的意识形态各种批评,生态批评的全球性道德担当值得尊敬。也正是在这个意义上,生态批评对浪漫主义文学的重新解读并予以重新正名——将浪漫主义文学经典从解构主义的文本颠覆和新历史主义的政治批判中解放了出来,使得我们认识到浪漫主义文学对于人类文明贡献的另一面。

但是,我们也必须指出,浪漫主义的生态批评与之前的浪漫主义批评范式也有着相同的问题,那就是过分注意了浪漫主义文学的外在性因素,忽略了浪漫主义文学作为文学的内在审美性。对于这个问题,本书将在结论部分进行进一步分析。

---

① Timothy Morton, *Shelley and the Revolution in Taste: the Body and the Natural World*, p. 99.
② 参见贝特为《浪漫主义研究—绿色浪漫主义》专辑所写的《主编导语》。Jonathan Bate, "Editorial (of *Green Romanticism*)", *Studies in Romanticism* 35.3 (1996), p. 335。

结　论

文史互证与文学诠释的限度

本书分别从新批评、神话—原型—《圣经》批评、解构主义批评、新马克思主义—新历史主义批评和生态批评入手,介绍了20世纪西方文学批评范式与英国浪漫主义文学研究之间的纠缠关系。我们已经看到,一方面,英国浪漫主义文学(理论与创作实践)为20世纪西方文学批评理论提供了丰富的分析对象,支撑了诸多文论流派的论述主张,如新批评的反讽—悖论以及含混诗学、弗莱的神话原型批评、艾布拉姆斯的《圣经》批评、贝特等人的生态批评(以及本书没有论述到的以里斯克为代表的后殖民主义研究范式和以梅勒为代表的女性主义研究范式)等;另外一些理论——如德·曼的解构主义批评和麦克干的新马克思主义—新历史主义批评,甚至是在浪漫主义研究过程中才逐渐形成的,即,正是浪漫主义文学研究才催生了后来我们所熟悉的诸种"主义"的产生——这一点常为中国当代文论界所忽略。另一方面,20世纪西方文学批评理论的发展又极大地推进了英国浪漫主义文学研究的深入发展——新批评派对浪漫主义诗歌中的反讽、悖论、含混等问题的挖掘不仅超越了新人文主义对浪漫主义观的空洞批判,而且还第一次将浪漫主义文学作为"文学"来进行研究;而弗莱和艾布拉姆斯从神话—原型—《圣经》入手的浪漫主义研究则为我们揭示了浪漫主义在西方文化—文学史中的独特地位;以德·曼和巴赫梯为代表(也包括本书没有论及的米勒对雪莱《生命的凯旋》和华兹华斯《沉睡锁住了我的心》的解读以及玛丽·雅各布斯对华兹华斯《序曲》的解读)的解构主义范式更是从语言与意识的关系以及语言的修辞性入手,揭示了浪漫主义诗歌语言的自我解构性问题;以麦克干、辛普森以及列文森等人为代表的新马克思主义—新历史主义批评则再次回到18—19世纪英国的社会、历史、政治问题与浪漫主义文学的纠结,从而将20世纪英国浪漫主义研究逐渐带出了语言—形式研究的泥沼;随之而兴起的生态批评一方面沿着新马克思主义—新历史主义的回归社会现实的路线继续推进对浪漫主义文学历史维度的解析,另一方面则又从更为宏大的生态历史视角出发反驳了新马克思主义—新历史主义对浪漫主义诗人的政治批判,从而为我们揭示了浪漫主义文学所蕴含的早期生态意识和生态思想,以及这种先驱思想之于当代社会和当代文学的启示。我们可以毫不夸张地说,没有20世纪文学理论的介入,英国浪漫主义文学研究可能仍然徘徊在维多利亚时代的传记—历史研究之窠臼中。因此,梳理英国浪漫主义文学研究与20世纪西方文学批评理论的发展之间复杂的互动关系,挖掘、清理20世纪英国浪漫主义研究的学术史便是本书的主要任务。

　　但是,这种梳理、挖掘和清理工作的完成却并非本书任务的完全结束。从本书五章的批评性梳理我们也能够清楚地看到,20世纪的英国浪漫主义文学批评史的大致路线就是各家各派在语言—形式、内在意识、社会—历史三个主要方向上相互否定、相互排斥。换言之,五种批评流派(也包括本书没有论述到的其他浪漫主义研究流派,如后殖民主义批评和女性主义批评等)所用的研究方法基本上都没有跳出韦勒克所说的内在研究和外在研究两个基本模式。进而言之,20世纪英国浪漫主义文学研究的每一种范式基本上都是排他性的——一方批评立场的建立总是以否定另一方为出发点,因而也就自然而然地导致了德·曼所说的洞见与盲视的相辅相成:似乎一种批评洞见的获得总是要以付出某些方面的盲视为代价——就如同"太阳总是隐藏在阴影里"一样，真理与谬误也总是寄生共存的。① 事实上，正如我们在前面五章的论述中所看到的那样，任何一个流派的浪漫主义文学的解读虽然都不乏洞见，然而有些"洞见"却也因为绝对的排他性而显得诠释过度了。这种过度诠释问题几乎存在于我们所论述过的每一个批评的浪漫主义文本解读之中。

比如，德·曼和巴赫梯从解构主义入手对浪漫主义文本的解读的确令人有耳目一新之感；他们对浪漫主义文本中的那些掩盖在意识层面之下的矛盾和抵牾的发掘和解剖使我们对浪漫主义有了更深入、更全面的认识。然而，解构—形式主义为反对而反对、为解构而解构的"预设批评立场"，使得他们难免常常削足适履，甚至流于钻牛角尖的强词夺理。如德·曼对卢梭《新爱洛漪丝》中伏尔玛花园与于丽克制美德的寓言关系的论述就显得相当生硬，掺杂着想当然的个人臆断：即使卢梭阅读过《玫瑰故事》和《鲁滨逊漂流记》，也不能够证明卢梭在写作《新爱洛漪丝》的时候没有真正目睹过某个英国或中国园林式花园。再比如巴赫梯在《序曲》第一卷第三个偷窃场景中的"小船"(pinnace)、"阳具"(penis)和"山峰"问题上大做文章就显得过分细读而流于牵强附会、诠释过度了。②

---

① 德·曼以新批评的反讽—含混论与有机论为例指出，新批评一方面洞悉文学语言的反讽—含混性（参见本书对布鲁克斯和燕卜荪的介绍），但另一方面却又盲目地跟随科尔律治强调文学作品形式的"有机存在"(organic entity)。德·曼认为，新批评对文学语言反讽—含混性的揭示是一种洞见，但是这个洞见的获得却隐藏着一个他们自己没有意识到的盲点：反讽—含混论事实上摧毁了他们所尊崇的科尔律治的"有机论"(反之亦然)。德·曼因而感叹道，批评家们似乎都逃不出一个宿命，那就是与他们"所说的与他们意图说的总是不一致"。批评家们预设的"批评立场"往往被他们的实际"批评结果"所颠覆。换言之，任何批评洞见的获得都是因为他们受控于某种"特定的盲视之中"。正因为如此，在德·曼看来，只有"读者"才能够既看到批评家的洞见又洞悉他们的盲点的"优势"。德·曼的"读者"就是指那些从事批评的批评的人——如他自己（也包括本书作者）。因此，"批评的批评(to write critically about critics)就是去反思任何一种盲视的洞见中的那种悖论效果(the paradoxical effectiveness of a blinded vision)……"参见 Paul de Man, "The Rhetoric of Blindness: Jacques Derrida's Reading of Rousseau", in Paul de Man, *Blindness and Insight* (Minneapolis: University of Minnesota Press, 1983), pp. 103—106. 德·曼的"洞见—盲视"理论是建立在语言的修辞—解构论之上的，因此，我们同样也可以指出德·曼批评活动中的洞见（对语言修辞性的揭示）与盲点（忽略文学的社会—历史维度，尤其是文学的审美维度）也是共存的。我们能否拥有一种超越洞见/盲视悖论的批评方法？这就是本书最终试图探讨的问题。

② 同样的问题也出现在米勒对雪莱《生命的凯旋》以及《沉睡锁住了我的心》的解构阅读中。艾布拉姆斯就非常不客气地批评米勒对《沉睡锁住了我的心》的阅读是一种"过度解读"(over-reading)。参见 M. H. Abrams, *Doing Texts with Texts* (New York: W. W. Norton & Company, 1989), p.324。

如果说内在研究的问题在于过分纠缠字、词、版本等细枝末节,从而走向过度诠释的话,外在研究则体现为另一种过度,那就是,过分纠缠于琐碎史料和政治批判。比如出于"浪漫主义意识形态论"这个预设立场,麦克干在解读《秋颂》时,将济慈蛰居温切斯特与逃避彼德卢事件(政治)联系起来就显得相当生硬和武断——正如贝特所批评的那样,身患肺结核的济慈真正需要的是一个有益于身体健康的疗养地而非政治避难所!但贝特也并不见得比麦克干更客观。在生态批评的固定框架下,贝特一味地强调在《秋颂》中挖掘济慈的生态意识,这也不可避免地会产生偏颇和疏漏。比如,贝特从"你的镰刀/放过了下一垄庄稼和交缠的野花"中读出鸦片的医药功效也显得十分牵强;而对于心灵的生态与自然生态在《秋颂》中是如何相互交融这个论点的分析(其实是一个诗学问题,只不过用生态术语重新包装)更是显得草率苍白,因而只好借科尔律治的《午夜霜》来凑数。此外,虽然麦克干关于"春歌之叹"的解释含糊不清,但他毕竟还是注意到了这个问题,而贝特则干脆对这个问题置之不理(对于"绘画问题"贝特也只字不提!),其原因不难理解:"春歌之叹"所传达的忧伤难以用生态系统与拓扑学—家园感来解释。

于是,我们不禁要追问:在文学批评中,语言—形式、内在意识以及社会—历史三个因素难道一定是相互排斥的吗?文学的外在研究与内在研究难道是不可以通约互补的吗?洞见的获得一定要付出盲视的代价吗?文学批评能否防止过度诠释现象的产生?这是本书写作过程中一直想要追问的最终问题,也是困扰了笔者本人多年的问题。因此,在本书结论部分,笔者试图以我国20世纪人文学科领域内最为卓越的学者之一的陈寅恪先生所提出的"文史互证"理论为出发点,结合20世纪英国浪漫主义文学研究中的种种问题,探索文学的内在/外在研究的结合,语言—形式、内在意识和社会—历史的结合的可能性—可行性问题以及如何防止过度诠释的问题。

我们再来阅读华兹华斯的一首小诗《沉睡锁住了我的心》①:

  A slumber did my spirit seal;　　沉睡锁住了我的心,
  I had no human fears;　　　　　我已无人间的恐惧;

---

① 该诗英文本选自 Damian Walford Davies, ed., *William Wordsworth: Selected Poems*, p.129,中文译本选自王佐良:《英国浪漫主义诗歌史》,第61页。

She seemed a thing that could feel	她也化物而无感应，
The touch of earthly years.	再不怕岁月来接触。
No motion has she now, no force;	如今她无力也不动，
She neither hears nor sees;	不听也不看，
Rolled round in earth's diurnal course,	只随地球日月滚，
With rocks, and stones, and trees.	伴着岩石和森林转。

关于这首小诗的解读，从科尔律治开始（他认为这是华氏为妹妹多罗茜所写的一首想象性的墓志铭），国外华兹华斯研究学者众说纷纭，争执不休。这些争执主要发生在柯林斯·布鲁克斯（Cleanth Brooks）和 F. W. 贝特森（F. W. Bateson）之间、米勒和艾布拉姆斯之间以及艾柯对哈特曼的批评等。为了引出本书的论点，我们在这里只介绍哈特曼对这首诗的诠释以及艾柯对哈特曼"过度诠释"的反驳。哈特曼认为这首诗明确表达了"丧葬"的母题，接下来，他以一种典型的弗洛伊德方式对这个主题进行了解读。他认为这首诗的第二节并没有表示出亲人去世时应有的悲怆，因为根据弗洛伊德的理论，现代人往往会在艺术中以一种无意识的置换手法（an uncanny displacement）将巨大情感进行低调处理或彻底压抑。① 因此，"第二节的真正力量"主要来自两个"委婉语式的置换"。② 一是用"Rolled round in earth's diurnal course"（只随地球日月滚）这一句所包含的地球引力意象（gravitation）暗示但却置换了"坟墓"（grave）的意象；另外就是用最后一句的最后一个词 trees 暗示但却压抑了一个本应该出现的，与 fears，years 和 hears 有相同韵脚的词，这个词就是 trees 的变音词/回文词（anagram）："眼泪"（tears）。但显然哈特曼对这种置换和压抑是不欣赏的，他指出："如果最后一个词被读成 tears（眼泪），那个普遍性的生动隐喻一下子就获得了生命，于是，诗人的哀伤就如同在田园挽歌中那样，在自然中回响。然而，tears 在诗中却必须要让位于那个被写出来的、呆滞却明确的变音词/回文词：trees。"③

---

① Geoffrey H. Hartman, *Easy Pieces* (New York: Columbia University Press, 1985), p. 146.
② Ibid., 149.
③ Ibid., 149—150.

哈特曼的解读（弗洛伊德精神分析与形式主义文本分析的完美结合）细致而新奇。但是，在1990年于剑桥大学克莱尔学院（Clare Hall）所作的"诠释与过度诠释"讲座中，艾柯却将其批评为过度诠释（over-interpretation）的典型范例。在艾柯看来，并非每一个读者都如哈特曼那样敏锐，能够从"Rolled round in earth's diurnal course"之句中联想起 gravitation，再进而联想到 grave；而且，tears 也不是 trees 的变音词/回文词。艾柯说这种诠释无异乎"一种诠释赌博"：先确定这首诗的主题（丧葬），然后再挖空心思从文本寻求一切可以支撑这个主题的"语义同位素"（semantic isotopy）。然而，艾柯认为，哈特曼所找到的语义同位素显然太过"宽泛"（generic）了，从而造成了过度的诠释。① 那么，怎样才能阻止过度诠释呢？为此，艾柯提出了作品意图（intentio operis）或文本意图（intention of the text）这个新概念，即作品或文本是一个由各部分共同构成的有机整体，整体与部分之间相互制约，从而阻止了读者的主观解读："对一个文本某一部分的诠释如果为同一文本的其他部分所证实的话，它就是可以接受的；反之，则应抛弃之。正是在这个意义上，文本内在的统一性（the internal textual coherence）控制着那原本难以驯服的读者冲动。"②他所说的作品意图其实就是我们通常所说的文本语境（或上下文），正是文本语境的制约作用限制了意义的无限衍生。但是，需要指出的是，在强调作品意图、排除读者意图的同时，艾柯也排除了作者意图在诠释活动中的作用。他指出，文本的意图之所以能够限制诠释的无度，主要是它产生了"一个标准读者"（model reader），而这个"标准读者"的作用就在于能够勾勒出一个与"经验作者"（empirical author）不同的"标准作者"（model author），文本意图就是该标准作者所产生的。③ 也就是说，标准作者概念的提出实际上是对传统历史/传记批评追寻经验作者意图的否定，所以，艾柯明确承认，在他的诠释理论中，"经验作者的意图被完全忽略了"，原因很简单："'经验作者的意图'这一概念毫无用处。我们需要尊重的是文本，而不是那个具体的作家本人。"④

---

① Stefan Collini, ed., *Interpretation and Overinterpretation* (Cambridge: Cambridge University Press, 1992), pp. 62—63.
② Ibid., 65.
③ Ibid., 64.
④ Ibid., 65—66.

显然，艾柯的文本意图仅仅是形式主义批评的一种温和表达，比起他所批评的哈特曼的形式分析并没有本质的区别。所谓"文本内在的统一性"只能够在一定程度上限制过度诠释的发生，但由于对经验作者的否定排除了作者意图，从而也就排除了另一重要语境因素——历史语境的制约，所以它仍然只是一种非常形式化的诠释方式，仍然难以真实科学地还原作品的原初意义。一个简单的诘难是：判断所谓标准读者和标准作者的标准在哪里？

艾柯以所谓的文本意图（文本语境的制约）来限制诠释活动的任意性其实来源于圣·奥古斯丁所开创的《圣经》诠释学——他自己也明确承认这一点，但他所忽略的恰恰是后者对历史意义的强调。继奥古斯丁之后，圣·阿奎纳将这个问题进一步深化。在《〈圣经〉的性质和范围》(The Nature and Domain of Sacred Doctrine)中，阿奎纳进一步推进了早已存在的《圣经》四重释义法，即《圣经》中每一个词都包含着历史或字面义(historical or literal)、讽喻义(allegorical)、道德义(tropological or moral)和神秘义(anagogical)四个层次。其中，字面义是一切衍生意义的基础，它决定并限制了后三种意义的诠释不可能是任意和混乱的。在《〈圣经〉的性质和范围》的第十章中，阿奎纳指出：

> 如奥古斯丁所言，《圣经》不可能产生意义的混乱，因为所有的这些意义都建基在字面义之上——任何论点的产生都只取决于字面义而非那些先入为主的讽喻义。然而，《圣经》的地位却并不因此而受到些微的削弱，因为任何信仰所必需的事物都不包含在精神意义(the spiritual sense)之中——精神意义本身也只有在《圣经》的字面义中才能够得到最为清楚的呈现。①

显然，艾柯的文本意图与阿奎纳所谓的字面意义是基本相同的。他们都是企图通过以文本语境为基础来限制意义的衍生。但值得注意的是，阿奎纳的字面意义还有一层意思，那就是该词的历史意义，这不仅表现在他将字面意义与历史意义等同(historical or literal)，还表现在对《圣经》四重释义法的辩驳中，他明确地将奥古斯丁所提出的四重释义法——历史(history)、原因

---

① 参见 Hazard Adams, ed., *Critical Theory since Plato* (New York: Harcourt Brace Jovanovich, Inc., 1992), p.118。

(etiology)、类比(analogy)和讽喻(allegory)意义——的前三种归入他所说的字面意义之下:"这三种意义——历史、原因、类比都可被归入字面意义",其中,"类比意义就是指《圣经》文本中任何一个地方所阐述的事实(truth)不能够与其他地方的事实产生矛盾"。① 显然,阿奎纳的类比意义相当于艾柯的文本意图或文本的内在统一性,即文本语境。也就是说,在阿奎纳看来,一个词的字面意义其实就是其符号意义(词源)、历史意义(历史事件)和文本语境意义(类比)的统一体。这一点是非常重要的:恰恰是因为《圣经》文本中每一个词的意义都首先确定于其符号意义以及其后面所包含的历史典故意义,并统一在文本的语境意义(上下文的内在连贯性)之中,所以任何解读《圣经》讽喻意义、道德意义和神秘意义的发挥都不能逾越这条界限。这就是阿奎纳《圣经》诠释学的为防止过度诠释而设立的诠释限度。

但是,应该指出的是,阿奎纳认为这种诠释理论仅仅适用于《圣经》研究,而不能够被用于世俗文本,也就是文学作品的诠释(这个问题被但丁等人所突破)。事实上,如果把这种诠释理论用于文学批评,我们会发现其中所涉及的问题还要更复杂一些:因为除了词语的符号意义和历史典故意义之外,文学作品中的词语还包含着作者的心灵、情感(即艾柯所排除的"经验作者"问题)及其时代的精神气质。这就是陈寅恪先生所说的古典/今典以及想象性同情的问题。下面我们会看到,在陈寅恪先生的文史互证方法中,古典与今典的结合以及想象性同情的参与在一定程度上共同构筑了防止诠释活动无度蔓延的围栏。

那么什么是文史互证呢?仔细研读陈寅恪的著述(尤其是《冯友兰中国哲学史上册审查报告》《读哀江南赋》《柳如是别传—缘起》和《元白诗笺证稿》等几篇文章)②,我们发现这个概念既包括研究对象也包括研究方法。前者主要包含两层意义:一是以史证诗,二是以诗证史。文史互证的第二个内容是其具体的研究方法,这主要体现在陈寅恪所提出的"了解之同情"这个概念之中。这也包含两方面内容。一是建立在"古典"与"今典"结合之上的"了解",即以

---

① Hazard Adams, ed., *Critical Theory since Plato*, p. 118.
② 这几篇文章分别见于陈寅恪:《陈寅恪集:金明馆丛稿二编》,北京:生活·读书·新知三联书店,2001年;陈寅恪:《陈寅恪集:金明馆丛稿初编》,北京:生活·读书·新知三联书店,2001年;陈寅恪:《陈寅恪集:柳如是别传》(上),北京:生活·读书·新知三联书店,2001年。

扎实的史料考证功夫廓清文本的词源学意义("古典")及其后面可能隐藏的具体历史事件("今典")。二是在此基础之上的"同情":即对研究对象(包括作家和作品)予以审美想象和情感投射。显然,将"了解"(历史考掘)与"同情"(审美沉思)结合起来的方法,既避免了无事实根据的印象式批评的弊端,又摆脱了考据批评的烦琐和僵化,从而能够还原文学作品的生命。更为关键的是,这种让历史考掘与审美沉思的相互制约的批评方法不失为阻止过度诠释的一种有益尝试。

事实上,这种文史互证的方法并非没有出现在英国浪漫主义研究之中。比如本书中所论述到的辛普森对《爱丽丝·菲儿》的解读就是既依靠了作品意图(即文本语境,词语的语义意义或符号意义),又依靠了历史语境(词语的历史意义)。如果我们不知道18世纪末、19世纪初英国社会关于慈善救济的争论,不知道relief,fell和cloak一词的"古典"意义(互文性意义)和"今典"意义(在18世纪末、19世纪初英国社会所蕴含的独特的政治含义),我们就难以真正了解《爱丽丝·菲儿》一诗所要表达的真正含义。反过来,对这首诗的解读又能够使我们进一步认识那一段历史。更重要的是,两者的结合有力地阻止了基于所谓读者过度诠释的发生。

如果说,"文史互证"中的"古典与今典"方法帮助我们更好地诠释了《爱丽丝·菲儿》,那么,"文史互证"的另一面——"了解之同情"则有助于不滥用所谓"标准读者"的特权过度地解读《丁登寺》,从而还原出该诗的真正含义——这就是列文森的贡献:她一方面从史料入手解释了"没有丁登寺的《丁登寺》"这个困扰着许多批评家的《丁登寺》之谜;另一方面,通过对《丁登寺》中空白、沉默、模糊和断裂进行细致入微的文本分析,她为我们展示了1798年7月英国社会的时代精神和社会状况。[①] 其中,既有以诗证史,又有以史证诗;而且,具体操作方法上也有将古典(文本语境意义)与今典(具体历史指涉)结合起来的思路。

然而,在笔者看来,列文森对《丁登寺》的解读(以及辛普森对《爱丽丝·菲儿》的解读)仍然是一种过度诠释。为什么呢?这体现在她过分强调了意识形

---

① 关于列文森对"解构—唯物主义"/新历史主义批评方法的全面阐述,请参见 Marjorie Levinson, *Wordsworth's Great Period Poems: Four Essays*, pp. 1—13。

态或政治因素（也就是历史）对《丁登寺》的决定，强调了政治批判（即今典的政治意义），而没有去感悟、同情作品和（经验）作者的情感。简言之，她的批评只有了解，缺乏同情。① 列文森的确从史料中令人信服地发掘出了缠绕在华氏心头的诸多复杂的情感和思想，但她的问题在于将那些情感和思想无一遗漏地整合在政治/意识形态之下，从而使得她还原历史的初衷变成了简化历史。如果说列文森批评华兹华斯用"选择性盲视"压抑了具体的历史的话，那么，我们也可以说，列文森自己也以一种先入为主的"选择性盲视"，有选择性地过滤、忽略或压抑了《丁登寺》的精粹——作为伟大艺术品的精粹。正是在这样一种"选择性盲视"之下，列文森非常简单地得出结论说，《丁登寺》之所以压抑历史和现实，是因为华氏"学会了将其兴趣从历史（即那些他觉得背叛了自己的地点、人和事件）中剥离出来，然后将其投入诗歌之中——后者才是一个更为安全稳妥的投资"②。这个过度的政治诠释遭到了艾布拉姆斯的尖锐批评，因为她不仅以一种"先入为主的框架"（a priori knowledge）来削足适履地在文本中读出她想要读出的政治意义，尤其严重的是，这种政治阅读消解了文学作品的丰富性"提供给任何一个时代的读者的想象愉悦（imaginative delight）"。总之，"严峻的政治阅读不仅是封闭、单调的主题阅读"，而且还褫夺了文学阅读的快感。③

艾氏的"想象愉悦"和"阅读的快感"这些概念与陈寅恪的"了解之同情"有相通之处。从了解之同情出发，我们不得不承认，如果暂时撇开丁登寺的被压抑和上游/下游矛盾这些问题，作为英国文学最伟大的经典作品之一的《丁登寺》中的确有一种崇高的力量在冲击着我们，有一种优美和高贵在感动着我

---

① 韦勒克曾经说过，文学经典之中所储存的不是僵死的"史料"（documents），而是"丰碑"（monuments）——它们记载着一个个鲜活的生命。这隐约涉及一点陈寅恪先生"了解之同情"所包含的诠释思想。列文森虽然也认为文学经典中记录着一个个华兹华斯所说的"时间之点"（spots of time），但她却把这些"时间之点"当作"历史的储存所"（deposit of historicity），即一堆堆尘封的、没有生命的、等待历史学家去考掘的史料，而非记录生命的丰碑。正如我们已经看到的那样，列文森这种单向的历史观，不仅抹杀了历史的生命、阻碍了与古人进行情感交流的可能性，并因此导致了她对华兹华斯过度的政治化诠释。分别参见 René Wellek, *Discriminations: Further Concepts of Criticism* (New Haven and London: Yale University Press, 1970), p. 20.; Marjorie Levinson, *Wordsworth's Great Period Poems: Four Essays*, p. 9.

② Marjorie Levinson, *Wordsworth's Great Period Poems: Four Essays*, p. 36.

③ M. H. Abrams, *Doing Texts with Texts*, pp. 369—370. 着重号为笔者所加。

们,有一种"眼泪所不能表达的思想"在震撼着我们。那种力量和美就是一种华氏自己所说的"在宁静中回忆起来的激情"(emotion recollected from tranquility)和"睿智的消极"(wise passiveness)——一种因具体情感的升华而获得的杜(甫)诗式的沉郁顿挫的力量和美:"我已经学会了观察,不再像/粗心的少年那样;我也听惯了/这低沉而又悲怆的人生乐曲,不粗粝,也不刺耳,却浑厚深沉,/能净化、驯化我们的心灵。"陈寅恪在评论《琵琶行》时说,白居易之所以超越了元稹,原因就在于后者之《琵琶歌》仅仅是就事论事,因而"其旨嫌庸浅",而白诗则既是为"长安故倡女感今伤昔而作",又"连绾己身迁谪失路之怀",从而达到"能所双亡,主宾俱化"。这就是说,白诗的情感之源既来自现实,但又不囿于现实(如果那样的话,《琵琶行》就会成为《琵琶歌》那样庸浅浮泛之作),即将诸种具体而复杂的情感进行整理、调节和克制,最后达到升华和超越。对于华兹华斯在《丁登寺》一诗中的所谓"选择性盲视"也应该作如是观。如前文所述,来丁登寺之前,诗人怅惘怔忡、郁结满怀,而当身临其境,目光所及更使他"焦躁烦忧"。在这种情况下,诗人没有选择写出一首优美的风景诗(因为那将是虚伪和做作),也没有选择将丁登寺及其周围的景象客观地呈现出来(那将是一首政治控诉诗,至多是一首像哥德斯密的《荒村》那样的悲悯诗),而是以"选择性盲视"过滤了现实:将过去与现在、政治与风景、现实与幻想融合为一体,并且以"睿智的消极"将具体而复杂的个人情感通过"宁静中的回忆"升华为对人生之秘的洞悉。[①]正如艾布拉姆斯所言,《丁登寺》是一首"抒情性的沉思诗"(lyric meditation),思考的是"关于凡俗的人、关于在无尽的沧桑沉浮、挫折失败之中成长、成熟,从而获得对人生的更为深刻的、但也是

[①] 在《丁登寺》中,华兹华斯写道:"万象的和谐与怡悦/以其深厚的力量,赋予我们/安详静穆的目光,凭此,才得以/洞察物象的生命。"(杨德豫译:《华兹华斯抒情诗选》,第111页。着重号为笔者所加。)这典型地体现出"宁静中回忆起来的激情"和"睿智的消极"。笔者个人认为,《沉睡锁住了我的心》的意义也在于此。哈特曼发现了该诗中的置换和压抑(如 trees 对 tears 的置换和压抑),但他却不理解、也不欣赏这种压抑和置换。笔者却认为,该诗的力量恰恰不是来自对悲怆情绪痛快淋漓、肆无忌惮的宣泄,而是来自对悲怆的节制和升华:路茜虽然死了,但她的骨灰却因为埋入地下而与大地融为一体,从而成为寥廓宇宙的一部分,因而她的死毋宁说是一种更生,一种因为小我生命最终汇入宇宙生命洪流中而获得的对世俗生命的超越。她因此也的确获得了永生和不朽,诗人也在某种程度上洞悉生死的意义。这种"睿智的消极"让我们想起庄子的生死观。庄子认为,生命之旅"相与为春秋冬夏四时行也",人之死只不过是"偃然寝于巨室"。(《庄子—外篇—至乐》)因此,人应该以豁达的胸怀来齐生死:"吾以天地为棺椁,以日月为连璧,星辰为珠玑,万物为赍送。吾葬岂不备邪?"(《庄子—杂篇—列御寇》)

令人忧伤的认识:在这时间之旅中,有哪些注定要丧失,哪些注定要收获";全诗的基调笼罩在"华兹华斯式的或个人化的崇高"基调之中,但这种个人化的崇高感却深深地感动着"每一个人的心灵"。① 一个基本的常识是:由眼泪升华而来的思想比没有思想的眼泪具有更为隽永的价值和震撼力。这就是基于"了解之同情"而得到的"想象愉悦"。这种快乐既建立在"理解"(扎实的史料)之上,又以"神游冥想"的方式实现了对作家和作品的"同情",从而避免了列文森那样削足适履的、过度的政治诠释。

综上所述,本书作者认为,文学批评不可能没有限度——这个限度就是文本语境与历史语境的双重制约。陈寅恪先生所创立的"文史互证"方法完美地体现了这种思想:古典与今典的结合、了解之同情的应用等具体方法将历史的考据与审美的想象完美地结合了起来,从而既有效和科学地诠释了作品的意义,又为诠释活动建立起了不可逾越的围栏,防止了诠释活动的任意性。② 简言之,文史的相互纠结是文学作品存在的基本方式,也是其相互诠释的基本条件。诠释的度就在于此。这,就是本书行文最后的一点粗浅思考。

---

① M. H. Abrams, *Doing Things with Text*, pp. 379, 389.
② 正如艾金伯勒所言,"历史的探询和批判或美学的沉思,这两种方法以为它们是势不两立的对头,而事实上,它们必须互相补充",因此,真正客观的文学研究应该是"将历史方法与批评精神结合起来,将'案卷'研究与'文本阐释'结合起来,将社会学家的审慎与美学家的大胆结合起来"。见艾金伯勒:《比较文学的目的,方法,规划》,见干永昌、廖鸿钧、倪蕊琴选编:《比较文学研究译文集》,上海:上海译文出版社,1985年,第116、102页。

补　遗

《采坚果》的版本考辨与批评谱系

在1800年出版的《抒情歌谣集》中收录了华兹华斯一首奇怪的诗：《采坚果》。① 在该诗中，华兹华斯以第一人称叙事手法，回忆性地描述了自己童年时一次采坚果的经历。诗中写道，某个"美好的"一天，"我"手执铁钩，肩挎布袋，身着"节俭的"房东太太所收藏的"破旧鹑衣"（cast-off weeds），把自己打扮得"古怪而有趣"；然后，"我"跨门而出，急切地向一片"遥远的"榛子林"进发"。"我"艰难地穿过原本无路的层层"岩壁"、丛丛"草甸"以及枝蔓"缠绕的灌木"，最后来到一片人迹罕至的幽雅的榛子林。一开始，"我"沉溺于这片美丽的"处女之地"（A virgin scene!）所提供的"盛宴"：那浓密的"树荫"（bower）、淙淙的溪水、空谷的"幽兰"以及绿苔茸茸的"青石"——这一切都让"我"的心留恋沉醉，甚至与"缥缈的虚空"一起飘散。读到

---

① 参见 James Butler and Karen Green, eds., *Lyrical Ballads and Other Poems*, 1797—1800, pp.218—200。下文的中文译文参见华兹华斯：《华兹华斯抒情诗选》，黄杲炘译，第90—92页。个别地方译文有改动。

这里，传统的华兹华斯研究者可能会非常兴奋，因为这为"华兹华斯是自然诗人"的立论提供了一个典型的个案例证。然而，这一次，华兹华斯可能要让他们失望，因为行文至此，华兹华斯笔锋突然一转，向我们描述了一个令人意想不到的戏剧性事件：

>……然后我站起身来，
>把枝条拽向地面，裂帛声声，
>糟蹋无情：那幽僻的榛荫(nook)
>和绿苔茸茸的闺阁(bower)，
>都被踩躏(deformed)和玷污了(sullied)，从而顺从地
>献出了它们的文静之身(quiet being)。

当践踏了这片树林之后，"我"一方面为自己"富赛国王"而兴奋；而另一方面，目睹那片"寂静的树林"和"闯入的天空"(intruding sky)，"我"又"感到一阵痛楚"。最后，"我"突然向某个不知名的姑娘发出忠告：

>所以，最亲爱的姑娘，请怀着温柔的心
>穿行在这树荫中；请用温柔的手
>轻抚——因为在这树林中有个精灵(a spirit)。

这之所以是一首奇怪的诗，不仅是因为它是华兹华斯一生当中所写过的唯一一首具有明显性暗示的作品，更主要的是这首诗存在着太多欲言又止的含混——尤其是最后三行劝诫之言更是疑点重重：且不问那位被劝诫的"最亲爱的姑娘"到底是谁(是《路茜组诗》中的那个"孤星"或"幽兰"般神秘的路茜，还是作者的妹妹多罗茜？)更为关键的是，作为全诗的收煞部分(coda)，这三句在结构和语气方面出现得似乎太过突兀，以至于它们没有能够将全诗组织成一个可理解的整体。

事实上，在该诗早期的研究中，后一个问题正像诗中那个神秘的"精灵"一样，使得大批颇有名气的华兹华斯专家显得笨拙而尴尬。如大卫·费里(David Ferry)就认为这三句于全诗的结构完全是"多余的"(superfluous)，他说："这几句似乎偏离了(全诗)的主旨，或者仅仅是部分地与之相关，因而也就

将其余部分过分简化了。"①帕金斯(David Perkins)则直截了当地宣布,这三行完全是个"败笔"(a mistake)。② 而当著名学者哈特曼在其同样著名的《1787—1814年间华兹华斯的诗歌》一书中论述到该诗时,对于这个问题则完全置之不理。③

那么,这首诗到底是作者自己精心创作的成功之作还是一时兴起的随意涂鸦? 如果是后者的话,他又为什么坚持要把该诗收录进其成名之作的第二版《抒情歌谣集》之中? 再进一步的问题是:在该诗中华兹华斯是否采用了某种春秋笔法? 如果是,那些曲笔又隐含了哪些个人或历史的隐秘? 总之,华兹华斯通过这首诗究竟想要表达怎样的思想呢? 近年来,随着英、美批评界对华兹华斯研究的日渐推进,上述问题在各个方面得到了富有成效的深刻揭示。这些成果对于我们全面而深入地认识华兹华斯的思想是非常有帮助的。接下来,本文从版本和批评两方面入手,梳理国外学界对该诗的研究,希望对国内华兹华斯的研究能够起到一定的借鉴作用。

一、版本考辨

列文森在《浪漫主义的碎片诗》中说,《抒情歌谣集》中所收录的《采坚果》以一个"半行句"(a hemistich)开头,这明显是一个删节标志(the mark of a truncation),它"暗示着某个先行存在的语境",也即"某个业已遗失的完整版本"。④

列文森的判断是正确的,但那个"完整的版本"并未"遗失",而且,还存在好几种不同的版本,因而使得《采坚果》这首诗牵涉一段复杂的版本公案。这

---

① David Ferry, *The Limits of Mortality: An Essay on Wordsworth's Major Poems* (Middletown: Wesleyan University Press, 1959), p. 25.

② David Perkins, *Wordsworth and the Poetry of Sincerity* (Cambridge: Belknap Press of Harvard University Press, 1964), p. 184.

③ Geoffrey H. Hartman, *Wordsworth's Poetry: 1787—1814* (New Haven and London: Yale University Press, 1964), pp. 73—75. 同样的现象也出现在吴德林的书中,Carl Woodring, *Wordsworth: Riverside Studies in Literature* (Boston: Houghton Mifflin, 1968), pp. 64—66.

④ Marjorie Levinson, *The Romantic Fragment Poem: a Critique of a Form* (Chapel Hill and London: University of North Carolina Press, 1986), p. 60.

个问题其实在德·塞林科特(Ernest de Sélincourt)1944 年编辑《华兹华斯诗歌全集》时就注意到了。德·塞林科特不仅引用《芬维克笔记》中华兹华斯的原话,"这首诗原写于德国。本来是计划中的有关我自己生平的一部作品的一部分,但后来还是从中拿掉,因为觉得将它放在那里不合适(struck out as not being wanted there)",他还提到多罗茜给科尔律治的一封信的手稿中也发现了《采坚果》的一种手稿本;此外,德·塞林科特还指出,两卷本的《序曲》中有些段落也明显来自《采坚果》;最后,更重要的是,德·塞林科特还附上了一个完整的全本(他附的便是后来编号"鸽庐手稿 16 号"中的那个本子)。①

继德·塞林科特之后,里德对《采坚果》的版本做了更为细致的考证。

根据里德的考证,《采坚果》的不同版本分别出现于下列手稿中。它们是:Prel MS JJ,也即"鸽庐手稿 19 号"(DC MS 19);the Christabel Nb,也即"鸽庐手稿 15 号"(DC MS 15);Nb 18 A,也就是"鸽庐手稿 16 号"(DC MS 16);DCP 中一篇 22.2 厘米×13.8 厘米零散页上面的一个片段,也即"鸽庐手稿 24 号"(DC MS 24);多罗茜写给科尔律治的一封信(该信可能写于 1798 年 12 月 14 日,或 21 日,或 28 日)中所附的那个短本(以下简称"多罗茜短本")。②

这样,按照里德的观点,《采坚果》就至少有五种不同的版本,他们分别是:"鸽庐手稿 19 号"(以下简称"19 号")、"鸽庐手稿 15 号"(以下简称"15 号")、"鸽庐手稿 16 号"(以下简称"16 号")、"鸽庐手稿 24 号"(以下简称"24 号")以及"多罗茜短本"。1800 年版的《抒情歌谣集》用的是"15 号"删节本,德·塞林科特收录进《华兹华斯诗歌全集》的是"16 号"删节本——即,都是两份手稿的后半部分。

近年来,有人又提出了与里德不同的观点。琼斯(Gregory Jones)认为,《采坚果》应该有六种版本,其中三种长本,三种短本。三个长本分别是"15 号""16 号"和"24 号"。而三个短本中最早的一个出现在多罗茜 1798 年 12 月在德国时写给科尔律治的那封信中(即"多罗茜短本");另外两个就是"15 号"和"16 号"中的后半部分,分别见于 1800 年版的《抒情歌谣集》和德·塞林科

---

① Ernest de Sélincourt, ed., *The Poetical Works of William Wordsworth*, Vol. 2, pp.504—506.
② Mark L. Reed, *Wordsworth: the Chronology of the Early Years, 1770—1799* (Cambridge: Harvard University Press, 1967), pp. 331—332.

特的《华兹华斯诗歌全集》中。批评家们常用的是德·塞林科特在《华兹华斯诗歌全集》中所采纳的版本,即从"16号"中截出来的那个本子。① 显然,与里德相比,琼斯只是将各种版本分为长本和短本两类,在版本考证问题上他不仅没有提供更多的新材料,而且不知为什么他还居然忽略了"19号"那个本子——虽然琼斯这篇文章写于1996年,比里德的研究要晚将近30年! 从琼斯引证里德这个现象来看,他不应该不知道里德的考证。那么原因在哪里呢? 我个人认为,这可能是因为琼斯并没有把"19号"当作《采坚果》的一个成型的本子,因为虽然"15号"中的第27—43行(I would not strike a flower … A silent station in this beauteous world)、第44—46行(And dearest maiden, thou upon whose lap/I rest my head, oh! Do not deem that these/Are idle sympathies)以及"16号"中的第39—43行(For, seeing little worthy or sublime … A silent station in this beauteous world)都分别出现在"19号"中,但是,仔细读起来,这些内容仅仅是华兹华斯对其童年时代所作所为的感慨,不能够构成《采坚果》的基本文本轮廓;而且,"19号"内容极其庞杂,那些诗行仅占全部内容中的极少一部分,所以琼斯才没有考虑把"19号"中那些诗行看成《采坚果》的成型版本之一。

关于这几个版本的成稿时间顺序也有不同的观点。

德·塞林科特根据"16号"认定,《采坚果》最早的本子写成于1798年夏天——也即华兹华斯离开英国赴德国前。② 而里德却认为,在时间顺序上,最早被写成的应该是"19号"本,"15号"次之,"16号"再次之,"24号"(被掌握在华兹华斯的小姨子萨拉·哈琴森[Sara Hutchinson]手中)最晚成稿。但里德难以确定"多罗茜短本"与其他手稿本之间的时间顺序。他只能够肯定"24号"是所有本子中最晚出现的(即晚于1798年冬天华兹华斯兄妹蛰居德国的时候)。里德还认为,"19号"本是所有版本的萌芽。而"19号"又是《序曲》的手稿本之一,看来《采坚果》这首诗应该是从《序曲》创造中衍生出来的。但不管怎样,里德认为,《采坚果》的最早的成型本子应该是成于1798年秋天或初

---

① Gregory Jones, "Uncensoring Wordsworth's 'Nutting'", *Studies in Romanticism* 35.2 (1996), p.215.
② Ernest de Sélincourt, ed., *The Poetical Works of William Wordsworth*, Vol. 2, p.504.

冬。① 里德推断,华兹华斯可能很早就在考虑把《采坚果》作为一首独立的诗从《序曲》中分离出来,因为华兹华斯自己曾经亲口说过,该诗"原写于德国。本来是计划中的有关我自己生平的一部作品的一部分,但后来还是从中拿掉,因为觉得将它放在那里不合适"②。

巴特勒(James Butler)和格林(Karen Green)两人的观点与里德基本一致,但他们更肯定地认为,出版于 1800 年版《抒情歌谣集》中的短本(也就是"15 号"的后半部分)是最早的本子,这个本子"应该是创作于戈斯拉尔,时间在 1798 年 10 月 6 日至 12 月 28 日之间;而其增加了前半部分的长本(即'15 号')则应该是成于 1798 年 12 月 21 日至 1799 年 4 月底华兹华斯离开德国前夕"③。他们虽然也不敢完全肯定"15 号"本与"多罗茜短本"哪一本子更早,但根据那封信的日期落款来看,它应该是写于 1798 年 12 月 21 日至 28 日之间,这就是说,"'15 号'可能要更早一些"。④

除此之外,更值得注意的是,巴特勒和格林两人的考证比较明确地肯定了"15 号"中的前后两部分的成稿顺序,即,华兹华斯最先写下了少年的故事("创作于戈斯拉尔,时间在 1798 年 10 月 6 日至 12 月 28 日之间"),而该故事的结尾部分完全是作者自己画蛇添足似的随意涂鸦;华兹华斯原本并没有考虑到要把这三句与全诗的结构有机地融为一体,甚至也没有认真考虑过要通过这三行来隐含某种深层的寓意;只是到了后来作者才补写了前半部分关于路茜的故事(大概"成于 1798 年 12 月 21 日至 1799 年 4 月底华兹华斯离开德国前夕"),以便给少年的故事加上一个诱因,并使其结尾显得合乎情理。这也是为评论界所广泛接受的解释。评论界推测,出于某种原因,华兹华斯再后来又删除了前半部分(路茜的故事),只保留后半部分(少年的故事)出版,于是我们所看到的出版于 1800 年的《抒情歌谣集》中的版本仍然还是存在那个扑朔迷离、没头没脑的结尾。⑤ 这个问题非常关键,因为它所涉及的不仅是版本问题,更主要的是牵涉华兹华斯创作该诗的基本动机。

---

① Mark L. Reed, *Wordsworth: the Chronology of the Early Years, 1770—1799*, pp. 331—332.
② See Ernest de Sélincourt, ed., *The Poetical Works of William Wordsworth*, Vol. 2, p. 504.
③ James Butler and Karen Green, eds., *Lyrical Ballads, and Other Poems, 1797—1800*, p. 218.
④ Ibid., 391.
⑤ Ibid., 391—392, 551.

在这个问题上,琼斯的考证有更新的发现。

琼斯一方面继承了里德以及巴特勒和格林的某些观点,另一方面则推进或修正了他们的某些看法。他也认为,"15号""16号""24号"以及"多罗茜短本"四个本子都创作于1798—1799年冬天华兹华斯兄妹蛰居德国戈斯拉尔的时候;而且他也认为"15号"应该是最早出现的长本(或全本)。对此,他提出了比前人更有说服力的证据。他认为,在"16号"和"24号"中,该诗的前后两部分(即少年的故事与路茜的故事)之间没有出现空白;而在"15号"中,前后两部分之间有相当大的空白空间,这显示这两部分不是从头至尾一气呵成的,而是分别写成于不同的时间。而且,"16号"和"24号"都是有标题的("Nutting"),而"15号"和"多罗茜短本"却没有标题,这显示出"16号"与"24号"都是后来修订的结果,而"15号"与"多罗茜短本"则是作为即兴之作的原始文本。

更为关键的是,在"15号"前后两部分的时间顺序问题上,琼斯力排众议,认为"15号"前半部分是先于后半部分成型的(虽然不一定行诸文字)。他的证据来自"15号"本的布局(参见本书附录一和附录二)。尽管在手稿中两部分的顺序还是前后分明的,但前半部分结束于手稿64页左面,结尾句只占半行(… Are idle sympathies);后半部分(即后来出版于1800年《抒情歌谣集》中的本子)则开始于手稿65页的右面下方大概1/3的地方(也就是说65页右面上方整整2/3的页面空间是空白的),而且其开头句"It seems a day…"也缩进了半行才开始(即列文森所说的hemistich——"半行句")。①

这说明了什么呢?说明虽然后半部分成稿(即行诸文字)可能要早于前半部分,但与此同时华兹华斯又预留了足够多的空白页来补写前半部分。由于预留空白太多,结果等到将该诗前半部分补写完之后,却没有把这些空白空间完全填满,因而在我们所看到的"15号"的成稿中,前后两部分之间出现了如此多的空白。也就是说,虽然后半部分可能早于前半部分行诸成文,但前半部分关于路茜的故事则可能是后半部分的诱因,因而以某种方式早于后半部分成型。

琼斯猜测,华兹华斯先目睹并感慨路茜对小树林的蹂躏,然后才回忆起自

---

① 参见本书附录一和附录二。

己少年时代那次采坚果之旅。这里面也存在着两种可能性。第一种可能性是华兹华斯在多罗茜事先不知道的情况下先写下了前半部分(如果"19号"早于"15号"的话,这种解释是有可能成立的:我们知道,"19号"中有好几段诗行后来都出现在"15号"的前半部分中,包括他把头枕在路茜大腿上这个尴尬的场景[And dearest maiden, thou upon whose lap/I rest my head, oh! Do not deem that these/Are idle sympathies]。当然,也可能多罗茜知道此事,但她在信中对科尔律治进行了隐瞒。如果当时华兹华斯兄妹对该诗的前半部分所涉及的性暗示的确极度敏感因而不愿轻易示人的话,那么多罗茜刻意向科尔律治隐瞒这一层意义是完全不奇怪的,因为后者比任何人都清楚他们兄妹之间的那种亲密关系);第二种可能性是前半部作为腹稿先于后半部分在华兹华斯头脑中成型,因为华兹华斯往往有在动笔之前打腹稿的习惯,有时甚至大段大段的诗行也是先在头脑中完成,而后才行诸文字的。①

如果这两种可能性成立的话,那么该诗的结尾就是对前半部分的自然呼应,而非与全诗结构相抵牾的、突如其来的"败笔";而且,这还可以解释华兹华斯为何在出版短本时仍然要坚持用这三行看似没头没脑的箴言来收煞——因为它作为一种文本标识或印记,提示着该诗的写作诱因以及另一个版本的存在。

还应该注意的是,加有标题的"24号"那份手稿被掌握在萨拉·哈琴森手中,这表明这个本子是华兹华斯1799年5月从德国戈斯拉尔回英国后写成的(华兹华斯1800年才向玛丽·哈琴森求婚,他们于1802年结婚。里德认为这个本子是成于1800年6月5日左右,即当华兹华斯离开加洛山[Gallow Hill]去格拉斯米尔之时)。② 这个情况说明从1799年冬天到1800年夏天(《抒情歌谣集》出版前夕),华兹华斯急于出版短本;对于第一个长本(也即"15号"中的那个本子),他还在进行两个版本("16号"和"24号")的修改,而这两个版本都保留了作为全诗诱因的路茜的故事。

以上是《采坚果》版本的基本考辨情况。

在弄清版本问题之后,另一个更为关键的问题是:为什么在1800年版的

---

① Gregory Jones, "Uncensoring Wordsworth's 'Nutting'", p. 216.
② Mark L. Reed, *Wordsworth: the Chronology of the Early Years, 1770—1799*, p. 332.

《抒情歌谣集》中，华兹华斯删去了前半部分路茜的故事，而仅仅保留了在结构上不完整的后半部分？对此，人们可以提出好几种合情合理的解释。比如由于《采坚果》中的路茜与《路茜组诗》中的路茜的原型都是多罗茜，因此，长版开篇中那些具有明显暴虐和色情的暗示对于兄妹双方来说都是很尴尬的。① 另外，长本中所描述的"他与路茜一起躺在树丛中，并且他的头还枕在她的大腿上"的情景如果出版的话，华兹华斯——或许是多罗茜，或许是两个人——不会没有顾虑。此外，华兹华斯自己可能也会吃惊于他何以会去津津乐道地渲染一种女性的性暴力——即使这种描述是隐晦的和譬喻性的。最后，当《采坚果》于 1800 年（被收录在《抒情歌谣集》）出版时，华兹华斯正在向玛丽·哈琴森求婚，而当时在多罗茜与玛丽之间似乎的确出现过一些相互的忌妒和敌视——这种忌妒甚至也的确掺杂着些情欲的成分。② 所以，以上种种因素都可以清楚地解释为什么华兹华斯最后选择出版的是被删节过的短本而非最初写成的长本。

然而，这种解释虽然在一定程度上能够成立，但仔细推敲起来，我们不难发现，其中也存在着不小的问题，即它过分拘泥于零散的史料，并掺杂了非常多的个人臆断。所以，我们认为这种解释尚不足以彻底还原 1798 年至 1800 年间华兹华斯最真实、最本质的思想状态。接下来，我们就将对《采坚果》的各种批评观点进行一点粗略的梳理和剖析，希望能够从中获得对华兹华斯的文学思想和政治思想更深入的认识。

---

① 在给其妻子的一封信中，当时也旅居在德国的科尔律治曾经提到，那里的德国人都以为华兹华斯兄妹是一对情人："他把他的妹妹带在身边是一步错棋（a wrong Step）——在德国，只有已婚的女人或穿着已婚服饰的女人才可以被介绍给客人。（在这里，）"妹妹"（Sister）仅仅用来称呼情妇（Mistress）。"（14 January 1799）Earl Leslie Griggs, ed., *Collected Letters of Samuel Taylor Coleridge*, Vol. I (Oxford: Clarendon Press, 1956), p. 270。

② 贝特森曾经指出，《萤火虫》（"The Gloworm"）是晚些时候写成的《路茜组诗》中的一首诗，显然该诗最初也是写给多罗茜的，但在掌握在萨拉·哈琴森手中的手稿中，"路茜"被"玛丽"所替代。贝特森猜测，华兹华斯可能是想要安慰他妒火中烧的妻子，因而才将原诗稍做改动，假装那是献给玛丽的。但我们知道《萤火虫》中的路茜的确是多罗茜，因为在华兹华斯致科尔律治的一封信中有该诗的另一个版本，在那个版本中，诗中的女人名为"爱玛"——而"爱玛"常常是华兹华斯诗中专指多罗茜的代名。而且，在该封信里华兹华斯还明确注明说："诗中所描述的是大约 7 年以前发生在多罗茜与我之间的事情"。参见 Mark L. Reed, *Wordsworth: the Chronology of the Early Years, 1770—1799*, p. 228。

二、批评谱系

根据笔者掌握的材料，对《采坚果》所作的最早的评论来自海伦·达比西尔(Helen Darbishire)。她认为《采坚果》的主题是"人与自然的精神交感(spiritual sympathy)"①。显然，这种解释十分体面，但对于诗中的路茜以及少年对树林的蹂躏摧毁行为中所隐含的性暴力意味的解释却没有任何说服力。

5年之后，哈特曼注意到了这一层意义。他说，如果要用一幅寓意画(emblem)来描述华兹华斯的思想成长，最恰当的莫过于《采坚果》一诗中所呈现的"被蹂躏的闺阁"(A Mutilated Bower)这个意象。他指出，蹂躏树荫的场景经常出现在罗曼司文学——如阿里奥斯托(Ariosto)的《疯狂的奥兰多》之中。然而，在《采坚果》中，华兹华斯却给这种主题赋予了新的含义，即浪漫主义诗人通过挪用并超越罗曼司关于"花神和古老潘神"的陈词滥调而成为真正具有"人心的诗人"(a poet of the human heart)。这样一来，诗中的"闺阁"与其说指的是某一个真正的树荫，毋宁说象征着罗曼司文学这个古老的文类。《采坚果》的重要性也在于此，它几乎是"英国诗歌转折的标志：它一方面回顾了罗曼司传统，另一方面又预示了这个传统的衰落"，即这首诗代表着浪漫主义文学"从主题到主角(the themes and agents)对斯本塞和弥尔顿模式的全面人文化(humanization)"。因此，在哈特曼看来，该诗的真正主题是浪漫主义与罗曼司文学的冲突：只有通过对罗曼司文学的摧毁，浪漫主义才能够触及"人心"，才能够呈现出浪漫主义与新教精神和启蒙精神同构的人文性。为了将诗中寓言性的奸暴行为与所谓的"人心"联系起来，哈特曼否认诗中存在着任何真正的人的行为。他说，尽管《采坚果》中蹂躏"闺阁"般秀丽的榛子林的行为有一点点"关于性和猎手的欲望的暗示"，但那是"纯粹心理性的"。因此，少年对榛子林的摧残不仅与真正的性、性别、强暴等问题无关，反而是浪漫主义对自然人文化的体现，是浪漫主义的成人仪式：

---

① William Wordsworth, *The Prelude*, Ernest de Sélincourt, ed., 2nd revised edition by Helen Darbishire (Oxford: the Clarendon Press, 1959), p. 610.

> 《采坚果》的主题不是自然中的生命或对这种生命的神秘展示,而是少年的执拗任性如何在同情性想象(sympathetic imagination)中逐渐臻于成熟。……对于少年而言,树荫以忍受和温柔来承受他的暴力;对于(浪漫主义)诗人来说,自然的被摧毁则是其心灵成熟的关键。……通过对树荫的蹂躏(这是罗曼司文学的典型主题),少年融入了自然而不是与自然分离。他的情感被逐渐人文化,《隐士》中有关想象与自然结合的主题在此已经被预示出来了。①

这样,哈特曼以一种比海伦·达比西尔更为体面和圆通的方式避开了《采坚果》中的性暴力这个令老一代批评家多少有些尴尬的问题。

10年之后,另外两位批评家运用心理分析的批评方法对《采坚果》进行了新的解读。他们反对哈特曼将该诗的性寓言转化为纯粹的诗学问题,但与哈特曼一样,他们也故意弱化或降低该诗的暴虐行为。布里斯曼(Leslie Brisman)一开始承认诗中描述了少年"对榛子林的摧残",但他马上又说:"那些具有明显性暗示的描述与其说叙述了少年对树荫的奸暴,不如说是对一个精致的文本的破坏。"②库克(Michael Cooke)虽然也承认诗中涉及少年对树林的暴力行为,但他却认为这种暴力行为仅仅是一种比喻,通过这种比喻,该诗"摆脱了创伤和不正常的依恋情感,因而使得全诗关于成长的主题得以继续展开"③。库克甚至认为,少年在摧残树林之后所感到的痛苦之情表明华兹华斯所伤害的是他自己潜在的"阴性人格"(feminine aspect)——他现在才认识到其存在,并将其组织到自己的人格之中。库克的结论与布里斯曼相似:通过对树荫"些微的施暴"(a little rape),诗人"毫无创伤地"建构了一种雄性超我(a male superego)。④

尽管与哈特曼小心翼翼地予以绕开不同,布里斯曼和库克注意到了该诗

---

① Geoffrey H. Hartman, *Wordsworth's Poetry: 1787—1814* (New Haven and London: Yale University Press, 1964), pp. 73—74.
② Leslie Brisman, *Romantic Origins* (Ithaca: Cornell University Press, 1978), pp. 298—300.
③ Michael Cooke, *Acts of Inclusion: Studies Bearing on an Elementary Theory of Romanticism* (New Haven: Yale University Press, 1979), p. 149.
④ Ibid., 299—300.

中的性与暴力的因素,但他们却又几乎完全与前者的基本立场一样。如果说哈特曼将该诗的寓言非人化,其目的是为了证明它的人文性,布里斯曼和库克则是通过承认少年的奸暴行为来颂扬该诗的人文性。一如哈特曼的解读,强暴行为是少年生命以及树荫生命之不可或缺的组成部分,因为它使得施暴者与受害者双方都成长为自己应该有的角色。所以,任何创伤经历都是个人成长历程中的必要阶段,不管它是寓言性的、真实的还是心理性的。

继布里斯曼和库克之后,一些批评家对《采坚果》进行了新的解读。他们对该诗寓意的挖掘与前者是一样的,但评价却是否定性的而非肯定性的。马龙·罗斯(Marlon Ross)、乔纳森·阿里克(Jonathan Arac)和玛丽·雅各布斯(Mary Jacobus)都认为,该诗典型地反映了男性是如何通过对女性进行社会——历史的征服来确保其男性自我意识的成长的;他们都认为,对具有女性性征的树荫(及其代理人路茜)的征服是华兹华斯成人仪式的必要步骤。他们都认为,《采坚果》认同并再现了当时两性差异的主流观点,也就是将女性视为男性成长过程中不可或缺的牺牲品或献祭物。

罗斯声称,在该诗中,"姑娘以及自然都不可能成为行使任何形式的身体侵犯(如性侵犯)的主体",而恰恰是这种不可能性在诗中"被转化为(侵害与被侵害)双方达成心理和谐的前提"。①

这些批评家们无一例外地把诗中"闺阁"般的树荫定位为女性:它或者象征着处女(20 世纪 70 年代以前的观点),或者象征着母亲(70 年代以后的观点);但不管怎样,这两种观点认为,对那片女性树荫的暴行是小男孩成人的必要手段。在这样的观点的指导下,批评家的注意力就集中在被摧残的树荫而非最后那个被规劝的姑娘身上。小男孩的暴行或者被解释为对处子般贞洁的自然的摧残,或者是对自然母亲所施予的暴行。

进入 20 世纪 90 年代,《采坚果》的研究谱系中增加了新的理论因素。蕾切尔·克罗伏特(Rachel Crawford)则从拉康理论出发来分析该诗。她注意到该诗赋予了树荫双重的性别特征:秀丽的榛子林并非完全是阴性的:"高而

---

① Marlon Ross, "Naturalizing Gender: Women's Place in Wordsworth's Ideological Landscape", *ELH* 53.2 (1986), p. 394.

挺拔"的树枝以及饱胀的坚果都表明这座林子也具有雄性性征。从此出发,克罗伏特认为诗中的少年所摧毁的不单单是母亲的形象,而是父亲和母亲双重形象,因此使得他能够把自己从父母/子女的垂直关系中解脱出来,然后建立起了成人—兄长/处女—妹妹的水平关系。但她的结论与上述研究者几乎还是一样的:妹妹的形象在该诗中被压抑了,其目的还是为了确立诗人自己的男性主体。①

克罗伏特对于《采坚果》中的双性特征的论述启发了琼斯。在《对华兹华斯〈采坚果〉解审查》一文,琼斯从该诗中的性别混乱(gender confusion)和互文性两个问题入手,对《采坚果》进行了更为深入的解读。②

受克罗伏特的启发,琼斯也认为,因为虽然闺阁般纯净的林荫在性暴力的侵犯下,最后"顺从地/献出了它们的文静之身",因而在性属上应该是女性,但榛子树"高而直,/悬着簇簇诱人的榛子"又表明这片林荫同时也具有男性性征。因此这片榛子林作为被性侵犯的对象,其侵犯者既可能是男性也可能是女性——这是该诗性别混乱之体现之一。此外,琼斯还注意到全诗结尾处"闯入的天空"这个奇怪的意象所蕴含的性别混乱。琼斯指出,"闯入的天空"首先是一个结构性因素,它将长本和短本两个故事统一了起来,即将华兹华斯从他对少年经历的回忆中唤醒过来,重新意识到路茜在眼前的存在:由于路茜的踩蹋,眼前也是一片"闯入的天空"。此时,两个相隔了数年之久的踩蹋行为最后终于在这个时间之点中被融合了起来。也就是说,"闯入的天空"这个意象作为一种结构性因素,将全诗组织成为一个首尾呼应的统一整体——如果没有长本的存在,这个意象的结构功能是难以理解的。

然而,"闯入的天空"在修辞上却属于词的误用(catachresis):无形的天空何以能够像有形的阳具一样"闯入"或刺入某一片领域?琼斯认为,这恰恰是全诗之眼,是理解华兹华斯对于性、欲望等问题构想的钥匙:

> "闯入"的观念——刺入、侵犯、强奸——是一个修辞建构。只要你那

---

① Rachel Crawford, "The Structure of the Sororal in Wordsworth's 'Nutting'", *Studies in Romanticism* 31.2 (1992), pp.197—211.

② Gregory Jones, "Uncensoring Wordsworth's 'Nutting'", pp.213—243. 以下有关琼斯的观点均出自该文,不再一一注释。

样去想象,"非闯入性的"(unintrusive)天空(它本身高高在上、具有母性、沉静)也可以转化为像阳具那样具有侵略性的器物。直言之,性侵犯,甚至性闯入(sexual intrusiveness)不必决定于是否拥有实在的男性性器。女性的性要求也可能是狂暴和具有侵犯性的——就如同天空也可以闯入树林一样。因此,"闯入的天空"是诗中的枢纽,它使得女性的"粗野交媾"(rude intercourse)成功地取代了男性的"强暴"观念。

琼斯还通过考证该诗的互文性进一步证实这个观点。可能是受到哈特曼的启发,琼斯也认为《采坚果》一诗是对罗曼司这个古老文类的刻意挪用和改写(克罗伏特也注意到这个问题,但没有对此做进一步展开)。他注意到,在《采坚果》中,华兹华斯至少与弥尔顿的《失乐园》、维吉尔的《埃涅阿斯纪》、斯本塞的《仙后》、阿里奥斯托的《疯狂的奥兰多》以及莎士比亚的《如愿》等前罗曼司名著构成复杂的互文纠结。限于篇幅,我们只简要介绍"16号"本子与莎士比亚的《如愿》之间的互文关系。

在"16号"这个本子中,华兹华斯把路茜与《如愿》(*As You Like It*)中的奥兰多联系起来:"Thou, Lucy, art a maiden 'inland bred'/And thou has 'know some nurture'…"其中的直接引语"inland bred"和"know some nurture"都来自《如愿》的第2幕第7场。当老公爵(Duke Senior)和杰开斯(Jaques)坐在阿尔丁森林的树荫下用餐的时候,奥兰多持剑而上,要求他们把食物分一些给他和他的仆人亚当吃。老公爵便问道:"你是迫于患难才这样强横,还是天生的没有礼貌才这样的粗鲁呢?"奥兰多回答说:"你是第一下就猜着了:患难的锐尖夺去了我的礼貌;但我是内地生长的(I am inland bred),颇知一些礼教(And I know some nurture)。但是止住,我说:在我的事情没办完之前,谁敢动这水果,谁就是死。"[①]但老公爵和杰开斯没有在意他的无理与恫吓,而是以宽厚和慷慨接待他。这使得奥兰多不得不为自己的粗野抱歉和辩解:"我请你们饶恕我:我以为这里的一切都是野蛮的,所以我板起威吓的面孔。"[②](I thought that all

---

① 中文译文引自莎士比亚:《莎士比亚全集》(第三集),梁实秋译,北京:中国广播电视出版社,1995年,第43页。

② 同上书,第44页。

things had been savage here,/And therefore put I on the countenance/ Of stern commandment.)这即是说,当置身于野蛮之地,奥兰多就准备以野蛮面孔示人,即男性的孔武有力;而如果置身于礼仪之邦,他就会因此而变得温良恭谦;如果不是置身于一个具体的场景之中,奥兰多也就几乎无法确定他的真正身份。

或许和奥兰多一样,路茜的野蛮行径也是源自一个错误的观念,即认为她当时身处于一个野蛮的场景之中。而华兹华斯本人则像老公爵一样告诫路茜说,这片林子并不蛮荒,而是"温柔的",这样,路茜就应该"怀着温柔的心"、以"温柔的手"来"轻抚"她。但是将路茜等同于奥兰多的用意还不止这些。奥兰多不仅是男性,而且一开始还显然故意炫耀他的雄性暴力;这样一来,《采坚果》的读者会自然地将树林的性属定位为女性,那么手持铁钩侵犯树荫的路茜也自然被等同为与奥兰多一样的男性强暴者(male rapist)。

因此,通过将路茜与奥兰多联系起来,华兹华斯不仅给路茜赋予了男性性征,而且还使我们联想起典型的莎士比亚式喜剧/罗曼司世界(Shakespearean comic/romantic world);其中的人物总是频繁地将自己伪装成其他的性别(最为人们所熟知的莫过于《威尼斯商人》)。这样,《采坚果》的性别混乱就似乎不是不经意的结果,而是作者的精心设计。

在华兹华斯的作品中,没有其他任何一首诗像《采坚果》那样用引号直接引用莎士比亚。琼斯认为这种对文艺复兴时期诗学模式的直接借用使得华兹华斯能够言说那些 18 世纪诗学词汇所无法言说的话题,如性别混乱、狂暴的性幻想以及女性对独立性取向的渴望等问题。换言之,华兹华斯是以文学的方式或在文学史领域内来言说或探讨某些激进的社会问题——这些问题在 18 世纪末的英国具有非常典型的意义:通过刻意的用典,华兹华斯向我们展示了一种关于性和性别的激进话语,而后者恰恰是被 18 世纪英国正统社会规范所排斥和压抑的。比如,通过将路茜与莎士比亚戏剧中的男性角色相联系,华兹华斯表明,路茜的性属,或者说性属本身在本质上仅仅是表演性的,即任何性属都可以像道具一样可以根据表演的需要而任意更换——就如同环球剧院中饰演女人的男演员一样。华兹华斯想要阐明的是,不管是在生理上或是社会意义上,性和性属都是含混和不稳定的。推而广之,任何既定的话语疆界都是非本质性的,因而都是可以被逾越、打破和解构的。

琼斯总结说,只有把《采坚果》的长本和短本结合起来阅读,我们才会发现华兹华斯创作这首诗的真实用意:一是灵视革命宣言(a visionary manifesto),另一个则是个人化的恳请(personal plea)。这两个目的在长本和短本中的结尾部分都是一样的。就前者而言,华兹华斯所要言说的对象是我们——读者:性与性别等观念不是固定不变的,不具有先在的本质,而是可以被想象、被构建、被塑造的。就第二个目的,即个人化的恳请而言,华兹华斯的言说对象仅仅是路茜一人。不管他有多么激进的思想,但对于路茜的激进(越轨行为)他却是恐惧的:在1798年的那个冬天,在戈斯拉尔,多罗茜几乎就是华兹华斯全部的情感和精神上的支柱。当他意识到多罗茜所表现出来的独立的性取向时,华兹华斯是矛盾的:在理论层面上,他认可之,但在自己的现实生活中,他又担心,甚至恐惧因此而失去多罗茜——在全诗的结尾的"用温柔的手""怀着温柔的心"的恳请(plea)表明,路茜的确具有某种让他恐惧的另类、反叛的欲望形式,因此他恳请她用"温柔"这个能够为18世纪英国社会所认可的女性美德将这种反叛欲望予以控制。华兹华斯的矛盾性便体现在这里。

因此,《采坚果》一方面是一首激进的政治性作品(a political poem),因为它倡导了一种颠覆性的性和欲望模式(这在18世纪末的英国社会是非常革命性的,对于未来更是具有指导意义);但另一方面,《采坚果》又是一篇个人生平记录(personal record),因而也就极大地限制了其政治理想的广度——将多罗茜的后半生与《采坚果》联系起来并以之来裁定《采坚果》可能会有些过分,但我们又不得不将它们联系起来:他关于路茜要"温柔"的忠告是否发生了作用?而1798年后多罗茜后半生的遭遇——她终生未嫁,在生活和情感上都依附于华兹华斯(这种依附从她的《日记》中可以清楚看到);极度的性压抑(sexually and romantically abstinent);长年卧病在床;后20年精神失常——这一切都非常清楚地回答了这个问题。

这样一来,我们就可以充分理解《采坚果》版本的复杂性问题。一方面不停地修改各种长本,但却又选择出版删节过(删掉了路茜的"粗野交媾"场面)的短本,这个事实充分表明了1798年至1800年间华兹华斯的个人生活与政治态度的矛盾性。

琼斯的论文发表于1996年。3年后,另一位批评家又对琼斯的观点进行了批判。① 皮里茨（Janice Peritz）在《性政治与〈采坚果〉：思想、修辞、幻想之问》一文中指出，版本问题不是《采坚果》一诗的主要问题，原因很简单：出版于1800年版的《抒情歌谣集》中的短本所描述的事件并未真实存在或发生过，它可能只是华兹华斯一时兴起的"随意涂鸦"（a nonsense）或"幻想碎片"（a fragment of fantasy）而已，"那些长本和晚些时候成稿的本子仅仅是作者为了给那个涂鸦之作——也即幻想碎片——添加一个使其看似真实的起因的尝试"，但那些尝试显然是"不成功的"，作者自己也可能不满意，因而才没有让其面世。这样一来，所谓"删节"或"自我审查"问题就纯粹是琼斯等人子虚乌有的臆断。皮里茨认为，《采坚果》收煞处关于"温柔"的规劝之辞并非如琼斯所说是出于华兹华斯面对多罗茜日渐流露的性独立意识、从而担心自己终究会失去多罗茜的私心，因而便对此前自己所构想并认可的颠覆性话语的躲闪或规避；恰恰相反，由于玛丽·沃尔斯通克拉夫特在《为妇女权利一辩》等著作中对卢梭关于妇女美德论述的批判，"温柔"一词在18世纪末的英国社会中负载着相当激进的政治意义，它代表着一种旨在使妇女在身体和德操等各方面都得到解放的"颠覆性的美德政治"（a subversive politics of virtue），而非卢梭在《爱弥尔》中所鼓吹的那种女性对于男性哈巴狗似的附庸和奴性。《采坚果》中的"温柔"就应该在这个背景之下来理解，只有这样我们才能真正弄清楚华兹华斯是如何在诗歌创作中实践了玛丽·沃尔斯通克拉夫特激进的政治思想的。

此外，皮里茨还发现，《采坚果》的文本结构与柏克在《法国革命论》中一段有关1789年10月6日早晨，法国国王路易十六，尤其是王后玛丽·安托瓦内特受辱的描述非常相似。在柏克的描述中，"一伙残忍的暴徒和刺客"在杀死卫士之后，"闯进王后的卧室"几乎强奸了美丽的王后；接下来，王室成员从凡尔赛宫中被强行带到巴黎游街示众，"周围尽是可怕的呻吟、尖利的叫声、激动的颤抖、下流的谩骂以及以最下贱的女人撒泼的姿态像魔鬼发疯般地展现的种种难以言表的恶行"；最后，高贵的玛丽·安托瓦内特"以一种肃穆的忍耐、以一种适合她的身份和门第"的态度忍受了那些以革命名义实施的暴行。行

---

① Janice Haney Peritz, "Sexual Politics and the Subject of 'Nutting': Question of Ideology, Rhetoric, and Fantasy", *Studies in Romanticism* 38.4 (1999), pp. 559—595. 以下有关皮尔茨的观点均出自该文，如非必要，不再一一注释。

文至此,柏克忍不住感慨道:"啊! 是什么样的革命! 我必须要有怎样的一颗心,才能不动感情地关照那场升起和那场没落!"①皮里茨认为,《采坚果》的基本情节框架几乎是柏克故事的翻版,但在时间顺序上是完全倒过来的;他暗示,《采坚果》基本上是对柏克故事的刻意改写,通过这种改写,华兹华斯想要表明的是:"尽管革命行为具有暴力性,但这种暴力却并非不道德的。对榛子林无情的蹂躏(隐喻性地)开辟出了一片……'更新想象力'的新天地,这个行为本身包含着(诗人)主体追求崇高的潜在能力,这种能力使得他能够获得一种美丽而坚韧的'精神力量'。"②如果说,琼斯对《采坚果》的政治—历史解读还因为所谓"自我审查"说而有所保留的话,皮里茨则从暴力革命(颠覆柏克)与美德政治(认同沃尔斯通克拉夫特)两方面对《采坚果》进行了完全肯定性解读,从而将华兹华斯从女性主义的责难中彻底解救了出来。至此,对华兹华斯以及《采坚果》的批评似乎又回到了海伦·达比西尔和哈特曼等人的肯定性评价,但这已经是另一种意义上的肯定了。

综上所述,《采坚果》一诗不仅牵涉一段复杂的版本公案,而这段复杂的版本公案又引发了一段甚至更为复杂的阐释公案。就目前的史料看,前者基本可以定论;而后者却似乎仍然没有终结,而且还可能会永远"延宕"下去。但不管怎样,如果说《采坚果》难以为我们确切地证实华兹华斯某个具体的诗学观或政治观的话,那么,其版本考辨史和批评史至少可以证伪一个论点:华兹华斯是美学上的自然诗人(nature poet)和政治上的消极浪漫派。

---

① 参见柏克:《法国革命论》,何兆武、许振洲、彭刚译,北京:商务印书馆,1998年,第94—101页。皮里茨没有注意到,《采坚果》的各个长本都以"Ah! What a crash was that!"开头,这与柏克的"啊! 是什么样的革命!"之句式非常相似。这是否可以进一步印证《采坚果》的确是对柏克的刻意挪用和改写呢? 然而,遗憾的是,由于皮尔茨完全否定长本的意义,他因而也就难以体察到这个重要的相似点。而且,柏克还用讽刺的口吻强调说,玛丽·安托瓦内特受辱的那天是个"美好的日子"——《采坚果》短本的开头句也几乎是一样的:"It seems a day,/one of those heavenly days which cannot die."这也是皮里茨没有注意到的细节。

总的来看,皮尔茨的解读有点陈寅恪先生"文史互证"方法论的味道。这种方法论本来应该使得皮尔茨在深度和广度上对《采坚果》的阐释取得激动人心的成果,但显然由于皮尔茨的史学修养不足,史料掌握不够(尤其是固执地否定版本史料的价值),从而使得他对《采坚果》的解释力度大打折扣。

② Janice Haney Peritz, "Sexual Politics and the Subject of 'Nutting': Question of Ideology, Rhetoric, and Fantasy", p. 582.

附 录

一、"鸽庐手稿 15 号"第 64 页的左面

（选自 James Butler and Karen Green, eds., *Lyrical Ballads, and Other Poems*, 1797—1800, pp.548—549.）

DC MS. 15, 64ᵛ

Transcriptions 549

[*Nutting*]

22b	See those two stems	
23	Both stretched upon the ground two brother trees	
24	That in one instant at the touch of spring	
25	Put forth their tender leaves and for nine years	
26	In the dark nights have both together heard	
	not	
27	The driving storm — I would∧strike a flower	1
28	As many a man will strike his horse, at least	
	o	
29	If from the want[?e]⎰nness in which we play	
30	With things we love, or from a freak of	
31	Or from involuntary act of hand	5
	⎧nruly	
32	Or foot u⎨[?] with excess of life	
33	It chanced that I ungently used a tuft	
34	or snapp'd the stem	
35	Of foxglove bending oer his native rill	
36	I should be loth to pass along my road	10
37	With unreprov'd indifference, I would stop	
38	Self-question'd, asking wherefore that was done	12
39	For seeing little worthy or sublime	
40	In what we blazon with the pompous names	
	⎧power	
41	Of ⎨action and action I was early taught	
42	To love those unassuming things that fill	
43	A silent station in this beauteous world	
44	And dearest maiden thou upon whose lap	
45	I rest my head oh! do not dream that these	
46a	Are idle sympathies.	14

The lines on 64ᵛ may have been entered before some or all of what is on 64ʳ. Right-hand margin numbers refer to the reading text of "I would not strike a flower," above, which originated in *Prelude* MS. JJ (DC MS. 19; see the photographs and transcriptions in *Prelude 1799*, pp. 76–79, and the transcription in the *apparatus criticus* to ll. 27b–43 on p. 303, above). A draft for ll. 44–46a here on 64ᵛ is in MS. JJ in a brown ink darker than that of the manuscript's base text; that darker ink in MS. JJ matches the color of what is written here on 64ᵛ and of the added conclusion (ll. 94–99) on 66ʳ. Thus the reference to "dearest maiden" in *Prelude* MS. JJ is not the germ that first produced *Nutting* but an addition made there, probably during the writing of the "introduction" in DC MS. 15.

二、"鸽庐手稿 15 号"第 65 页的右面

(选自 James Butler and Karen Green, eds., *Lyrical Ballads, and Other Poems*, 1797—1800, pp. 550—551.)

Transcriptions   55[1]

[*Nutting*]

46b	It seems a day	
47	One of those heavenly days that cannot die	
48	When through the autumnal woods a	
	figure quaint	6
49	Equipp'd with wallet and with crooked stick	
50	They led me and I follow'd in their steps	
51	Trick'd out in proud disguise of beggars	
	weeds	
52	Put on for the occasion by advice	
53	And exhortation of my frugal dame	
54	Motley accoutrement of power to smile	10
55	At thorns and brakes and brambles	
	and in truth	

WW's copy of *Nutting* was probably entered here with space left above it and on preceding pages for an introduction; DW described *Nutting* in a letter to STC, December 21 or 28, 1798, as "the conclusion of a poem of which the beginning is not yet written." Thus the lines now on 63ᵛ, 64ʳ, and 64ᵛ probably postdate entry of the text here on 65ʳ.

Right-hand margin numbers refer to the text of *Nutting* as published in *LB* 1800.

参考文献

Abrams, M. H. "Introduction: Two Roads to Wordsworth." *Wordsworth: A Collection of Critical Essays*. Ed. M. H. Abrams. New Jersey: Prentice-Hall, 1972.
——. *Doing Things with Texts*. New York: W. W. Norton & Company, 1989.
——. *Natural Supernaturalism: Tradition and Revolution in Romantic Literature*. New York: W. W. Norton & Company, 1971.
——. *The Mirror and the Lamp*. Oxford: Oxford University Press, 1971.
——, ed. *English Romantic Poets: Modern Essays in Criticism*. 2nd edition. London: Oxford University Press, 1975.
——, ed. *The Norton Anthology of English Literature*. 6th edition. Vol. 2. New York and London: W. W. Norton & Company, 1993.
Adams, Hazard, ed. *Critical Theory since Plato*. New York: Harcourt Brace Jovanovich, Inc., 1992.
Akam, Simon. "Wordsworth's Lake District, 200 Years On." *Washington Post* June 6, 2010.
Alexander, Meena. *Women in Romanticism*. Basingstoke and London: Macmillan Education, 1989.
Bahti, Timothy. "Wordsworth's Rhetorical Theft." *Romanticism and Language*. Ed. Arden Reed. London: Methuen & Co. Ltd., 1984.
Bakhtin, Mikhail. "Discourse in the Novel." *Literary Theory: An Anthology*. Eds. Julie Rivkin and Michael Ryan. Oxford: Blackwell Publishing Ltd., 1998.

Barnard, John. "Who Killed John Keats?" *TLS* Dec. 2, 2009.

Barry, Peter. *An Introduction to Literary and Cultural Theory*. Manchester and New York: Manchester University Press, 2002.

Bate, Jonathan. "Editorial (of *Green Romanticism*)." *Studies in Romanticism* 35. 3 (1996).

——. "Living with the Weather." *Studies in Romanticism* 35. 3 (1996).

——. *Romantic Ecology: Wordsworth and the Environmental Tradition*. London and New York: Routledge, 1991.

——. *The Song of the Earth*. London: Picador, 2000.

Benjamin, Walter. *Illuminations*. Ed. Hannah Arendt. London: Fontana, 1973.

Bentham, Jeremy. *Pauper Management Improved*. In *The Works of Jeremy Bentham*. Ed. John Bowring. Vol. 8. Edinburgh: William Tait, 1843. http://oll.libertyfund.org/titles/2208（2021年5月8日访问）.

Bernbaum, Ernest. "The Romantic Movement." *The English Romantic Poets: A Review of Research*. Ed. Thomas M. Raysor. London: Oxford University Press, 1956.

Bloom, Harold. *The Visionary Company: A Reading of English Romantic Poetry*. Ithaca: Cornell University Press, 1971.

——. *The Visionary Company: A Reading of English Romantic Poetry*. New York: Doubleday & Company, 1963.

——, ed. *Romanticism and Consciousness*. New York: W. W. Norton & Company, 1970.

Bohls, Elizabeth A. *Romantic Literature and Postcolonial Studies*. Edinburgh: Edinburgh University Press, 2013.

Bourke, Richard. *Romantic Discourse and Political Modernity*. New York: St. Martin's Press, 1993.

Brisman, Leslie. *Romantic Origins*. Ithaca: Cornell University Press, 1978.

Brooks, Cleanth. *The Well Wrought Urn*. New York and London: Harcourt Brace & Company, 1942.

Burke, Edmund. *Thoughts and Details on Scarcity*. London, 1795.（该书未标明出版社）

Butler, James, and Karen Green, eds. *Lyrical Ballads, and Other Poems, 1797—1800*. Ithaca and London: Cornell University Press, 1992.

Chandler, James K. *Wordsworth's Second Nature: A Study of the Poetry and Politics*. Chicago and London: University of Chicago Press, 1984.

Clark, David Lee, ed. *Shelley's Prose, or the Trumpet of a Prophecy*. London: Fourth Estate, 1988.

Coleridge, Ernest Hartley, ed. *The Complete Poetical Works of Samuel Taylor Coleridge*.

Oxford: Clarendon Press, 1912.

Coleridge, S. T. *The Statesman's Manual*. In *Lay Sermons*. Ed. R. J. White. London: Routledge & Kegan Paul Ltd., 1972.

——. *Biographia Literaria*. Ed. George Watson. London: J. M. Dent & Sons Ltd., 1977.

Collini, Stefan, ed. *Interpretation and Overinterpretation*. Cambridge: Cambridge University Press, 1992.

Cooke, Michael. *Acts of Inclusion: Studies Bearing on an Elementary Theory of Romanticism*. New Haven: Yale University Press, 1979.

Crawford, Rachel. "The Structure of the Sororal in Wordsworth's 'Nutting'." *Studies in Romanticism* 31.2 (1992).

Curtis, Jared, ed. *The Fenwick Notes of William Wordsworth*. Tirril: Humanities-Ebooks, 2007.

Davie, Donald. *Purity of Diction in English Verse*. London: Chatto & Windus, 1952.

Davies, Damian Walford., ed. *William Wordsworth: Selected Poems*. London: J. M. Dent, 1994.

Day, Aidan. *Romanticism*. London: Routledge, 1996.

de Man, Paul. "Intentional Structure of the Romantic Image." *The Rhetoric of Romanticism*. New York: Columbia University Press, 1984.

——. *Blindness and Insight*. Minneapolis: University of Minnesota Press, 1983.

Easthope, Antony. *Wordsworth Now and Then: Romanticism and Contemporary Culture*. Buckingham: Open University Press, 1993.

Eaves, Morris, and Michael Fischer, eds. *Romanticism and Contemporary Criticism*. Ithaca and London: Cornell University Press, 1986.

Eliot, T. S. *Selected Essays*. London: Faber and Faber Ltd., 1932.

——. *The Use of Poetry and the Use of Criticism*. London: Faber and Faber Ltd., 1933.

Empson, William. *Seven Types of Ambiguity*. 1st edition. London: Chatto and Windus, 1930.

——. *Seven Types of Ambiguity*. 2nd edition. London: Chatto and Windus, 1947.

Feldman, Paula R., and Theresa M. Kelley, eds. *Romantic Women Writers: Voices and Countervoices*. Hanover and London: University Press of New England, 1995.

Ferry, David. *The Limits of Mortality: An Essay on Wordsworth's Major Poems*. Middletown: Wesleyan University Press, 1959.

Fink, Z. S. "Wordsworth and the English Republican Tradition." *Journal of English and Germanic Philology* 47.2 (1948).

Franklin, Caroline. *Byron.* New York: Routledge, 2007.

Franklin, Michael J., ed. *Romantic Representations of British India.* London and New York: Routledge, 2006.

Frye, Northrop, ed. *Romanticism Reconsidered.* New York: Columbia University Press, 1963.

Frye, Northrop. *A Study of English Romanticism.* Sussex: Harvester Press Ltd., 1983.

——. *Fearful Symmetry.* Princeton: Princeton University Press, 1969.

Gadamer, Hans-Georg. *Truth and Method.* Beijing: China Social Sciences Publishing House, 1999.

Garrard, Greg. "Radical Pastoral?" *Studies in Romanticism* 35.3 (1996).

——. *Ecocriticism.* London and New York: Routledge, 2004.

Gifford, Terry. *Pastoral.* London: Routledge, 1999.

Griggs, Earl Leslie, ed. *Collected Letters of Samuel Taylor Coleridge.* Vol. I. Oxford: Clarendon Press, 1956.

Hartman, Geoffrey H. *Easy Pieces.* New York: Columbia University Press, 1985.

——. *The Fate of Reading and Other Essays.* Chicago: Chicago University Press, 1975.

——. *Wordsworth's Poetry: 1787—1814.* New Haven and London: Yale University Press, 1964.

Hayden, John O., ed. *William Wordsworth: The Poems.* Vol. I. New Haven and London: Yale University Press, 1977.

Hazlitt, William. "The Spirit of the Age, or Contemporary Portraits." *The Selected Writings of William Hazlitt.* Ed. Duncan Wu. Vol. 7. London: Pickering & Chatto, 1998.

Holmes, Richard. *Shelley: the Pursuit.* London: Weidenfel & Nocolson, 1974.

Hulme, T. E. "Romanticism and Classicism." *Criticism: the Foundations of Modern Literary Judgment.* Eds. Mark Schorer, et al. New York: Harcourt, Brace and Company, 1948.

Hutchinson, Thomas, ed. *The Complete Poetical Works of Percy Bysshe Shelley.* London: Oxford University Press, 1961.

Jones, Gregory. "Uncensoring Wordsworth's 'Nutting'." *Studies in Romanticism* 35.2 (1996).

Kison, Peter J. *Romantic Literature, Race, and Colonial Encounter.* New York: Palgrave Macmillan, 2007.

Kroeber, Karl. *Ecological Literary Criticism: Romantic Imagining and the Biology of Mind.* New York: Columbia University Press, 1994.

Leask, Nigel. *British Romantic Writing and the East.* Cambridge: Cambridge University

Press, 1992.

Levinson, Marjorie. *The Romantic Fragment Poem: a Critique of a Form*. Chapel Hill and London: University of North Carolina Press, 1986.

——. *Wordsworth's Great Period Poems: Four Essays*. Cambridge: Cambridge University Press, 1986.

Little, George. *Barron's Memoirs of Wordsworth*. Sydney: Sydney University Press, 1975.

Liu, Alan. "A Poem Should not Be Equal To: / Not True." *Romanticism, History, Historicism: Essays on an Orthodoxy*. Ed. Damian Walford Davies. New York and London: Routledge, 2009.

——. *Wordsworth: The Sense of History*. Stanford: Stanford University Press, 1989.

Lovejoy, Arthur O. "The Meaning of Romanticism for the Historian of Ideas." *Journal of the History of Ideas* 2.3 (1941).

——. *Essays in the History of Ideas*. Baltimore: Johns Hopkins University Press, 1948.

Macherey, Pierre. *A Theory of Literary Production*. Trans. Geoffrey Wall. London and New York: Routledge and Kegan Paul Ltd., 2006.

Mayo, Robert. "The Contemporaneity of the *Lyrical Ballads*." *PMLA* 69.3 (1954).

McGann, Jerome J. *The Beauty of Inflections: Literary Investigations in Historical Method and Theory*. Oxford: Clarendon Press, 1988.

——. *The Romantic Ideology*. Chicago and London: University of Chicago Press, 1983.

Mellor, Anne K. *Romanticism and Gender*. New York and London: Routledge, 1993.

Miall, David S. "Locating Wordsworth: 'Tintern Abbey' and the Community with Nature." *Romanticism on the Net* 20 (November 2000).

Mill, John Stuart. *Autobiography*. Ed. John M. Robson. London: Penguin Books Ltd., 1989.

Moorman, Mary. *William Wordsworth, a Biography: The Later Years, 1803—1850*. Oxford: Oxford University Press, 1968.

——. *William Wordsworth: the Early Years*. Oxford: Oxford University Press, 1968.

——, ed. *Journals of Dorothy Wordsworth*. 2nd edition. Oxford: Oxford University Press, 1971.

Morton, Timothy. "Shelley's Green Desert." *Studies in Romanticism* 35.3 (1996).

——. *Shelley and the Revolution in Taste: the Body and the Natural World*. Cambridge: Cambridge University Press, 1994.

Narayan, Gaura Shankar. *Real and Imagined Women in British Romanticism*. New York: Peter Lang Publishing, Inc., 2010.

Nicolson, Marjorie Hope. *Mountain Gloom and Mountain Glory: the Development of the Aesthetics of the Infinite*. Ithaca and New York: Cornell University Press, 1959.

Onorado, Richard J. *The Character of the Poet: Wordsworth in The Prelude*. Princeton: Princeton University Press, 1971.

Owen, W. J. B., and Jane Worthington Smyser, eds. *The Prose Works of William Wordsworth*. 3 vols. Oxford: Clarendon Press, 1974.

Pashely, Robert. "Pauper Legislation of the Reign of Elizabeth." *Pauperism and Poor Laws*. London: Longman Brown Green and Longmans, 1852.

Patterson, Annabel. *Pastoral and Ideology: Virgil to Valéry*. Oxford: Clarendon Press, 1988.

Peritz, Janice Haney. "Sexual Politics and the Subject of 'Nutting': Question of Ideology, Rhetoric, and Fantasy." *Studies in Romanticism* 38.4 (1999).

Perkins, David. *Wordsworth and the Poetry of Sincerity*. Cambridge: Belknap Press of Harvard University Press, 1964.

Pite, Ralph. "How Green were the Romantics?" *Studies in Romanticism* 35.3 (1996).

Plumb, J. H. *England in the 18th Century*. Harmondsworth: Penguin Books Ltd., 1963.

Potter, Stephen, ed. *Coleridge: Selected Poetry and Prose*. London: Nonesuch Press, 1971.

Poynter, J. R. *Society and Pauperism: English Ideas on Poor Relief, 1795—1834*. London: Routledge & Kegan Paul, 1969.

Reed, Mark L. *Wordsworth: the Chronology of the Early Years, 1770—1799*. Cambridge: Harvard University Press, 1967.

Richards, I. A. *Coleridge on Imagination*. London: Kegan Paul, Trench, Trubner & Co. Ltd., 1934.

Ross, Marlon. "Naturalizing Gender: Women's Place in Wordsworth's Ideological Landscape." *ELH* 53.2 (1986).

Rudich, Norman. "'Kubla Khan', a Political Poem." *Romanticism* 8 (1974).

Ruskin, John. *Modern Painters*. Vol. II. London: George Allen, 1906.

Ruston, Sharon. *Romanticism*. Shanghai: Shanghai Foreign Language Education Press, 2007.

Sales, Roger. "William Wordsworth and the Real Estate." *English Literature in History 1780—1830: Pastoral and Politics*. London: Hutchinson & Co. Ltd., 1983.

Santner, Eric L., ed. *Friedrich Hölderlin: Hyperion and Selected Poems*. New York: The Continuum Publishing Company, 1990.

Saussure, Ferdinand de. *Course in General Linguistics*. Beijing: China Social Sciences Publishing House, 1999.

Scott, Grant F., ed. *Selected Letters of John Keats*. Cambridge, Massachusetts: Harvard University Press, 2002.

Sélincourt, Ernest de, and Helen Darbishire, eds. *The Poetical Works of William Wordsworth*. 5 vols. Oxford: Clarendon Press, 1963—1966.

Sélincourt, Ernest de, ed. *Journal of Dorothy Wordsworth*. Vol. I. New York: the Macmillan Company, 1941.

——. *The Letters of William and Dorothy Wordsworth, the Early Years 1787—1805*. Oxford: Oxford University Press, 1935.

——. *The Letters of William and Dorothy Wordsworth, the Later Years 1821—1830*. Oxford: Oxford University Press, 1978.

——. *Wordsworth's Guide to the Lakes*. London and New York: Oxford University Press, 1977.

Simpson, David. "Romanticism, Criticism and Theory." *The Cambridge Companion to British Romanticism*. Ed. Stuart Curran. Cambridge: Cambridge University Press, 1993.

——. *Wordsworth's Historical Imagination: the Poetry of Displacement*. New York and London: Methuen, Inc., 1987.

Sun, Cecile Chu-chin. "Mimesis and 兴 Xing, Two Modes of Viewing Reality: Comparing English and Chinese Poetry." *Comparative Literature Studies* 43.3 (2006).

Wellek, René. "The Concept of 'Romanticism' in Literary History. I. The Term 'Romantic' and Its Derivatives." *Comparative Literature* 1.1 (1949).

——. "The Concept of 'Romanticism' in Literary History. II. The Unity of European Romanticism." *Comparative Literature* 1.2 (1949).

——. *Discriminations: Further Concepts of Criticism*. New Haven and London: Yale University Press, 1970.

Whales, John. *John Keats*. New York: Palgrave Macmillan, 2005.

Williams, Raymond. *Culture and Society: 1780—1950*. Middlesex: Penguin Books Ltd., 1963.

——. *The Country and the City*. London: Chatto & Windus, 1973.

Wimsatt, W. K. *The Verbal Icon*. Lexington: University of Kentucky Press, 1967.

Woodring, Carl. *Wordsworth: Riverside Studies in Literature*. Boston: Houghton Mifflin, 1968.

Wordsworth, Jonathan, M. H. Abrams, and Stephen Gill, eds. *William Wordsworth: The Prelude, 1799, 1805, 1850*. New York: W. W. Norton & Company, 1979.

Wordsworth, William. *The Prelude: A Parallel Text*. Ed. J. C. Maxwell. Middlesex:

Penguin Books Ltd., 1971.

Wu, Duncan, ed. *Romanticism: An Anthology*. 3rd edition. Oxford: Blackwell Publishing Ltd., 2006.

艾·阿·瑞恰慈:《文学批评原理》。杨自伍译,南昌:百花洲文艺出版社,1992年。

奥古斯丁:《忏悔录》。周士良译,北京:商务印书馆,1963年。

柏克:《法国革命论》。何兆武、许振洲、彭刚译,北京:商务印书馆,1998年。

拜伦:《恰尔德·哈洛尔德游记》。杨熙龄译,上海:新文艺出版社,1956年。

曹树基:《坦博拉火山爆发与中国社会历史——本专题解说》。载《学术界》,2009年第5期,第37—41页。

陈寅恪:《陈寅恪集:金明馆丛稿初编》。北京:生活·读书·新知三联书店,2001年。

陈寅恪:《陈寅恪集:金明馆丛稿二编》。北京:生活·读书·新知三联书店,2001年。

陈寅恪:《陈寅恪集:柳如是别传》(上)。北京:生活·读书·新知三联书店,2001年。

弗·荷尔德林:《荷尔德林诗选》。顾正祥译注,北京:北京大学出版社,1994年。

干永昌、廖鸿钧、倪蕊琴选编:《比较文学研究译文集》。上海:上海译文出版社,1985年。

黑格尔:《美学》(第一卷)。朱光潜译,北京:商务印书馆,1995年。

亨利希·海涅:《论浪漫派》。薛华译,上海:上海人民出版社,2003年。

华兹华斯:《华兹华斯抒情诗选》,黄杲炘译,上海:上海译文出版社,2000年。

江枫主编:《雪莱全集》(第4卷)。石家庄:河北教育出版社,2000年。

江枫主编:《雪莱全集》(第5卷)。石家庄:河北教育出版社,2000年。

江枫主编:《雪莱全集》(第6卷)。石家庄:河北教育出版社,2000年。

林赛·沃特斯讲演:《美学权威主义批判》。昂智慧译,北京:北京大学出版社,2000年。

卢梭:《新爱洛漪丝》(第一、二卷)。伊信译,北京:商务印书馆,1990年。

卢梭:《新爱洛漪丝》(第三、四卷)。伊信译,北京:商务印书馆,1993年。

陆建德:《破碎思想体系的残编——英美文学与思想史论稿》。北京:北京大学出版社,2001年。

玛里琳·巴特勒:《浪漫派、叛逆者及反动派:1760—1830年间的英国文学及其背景》。黄梅、陆建德译,沈阳:辽宁教育出版社、牛津大学出版社,1998年。

诺思罗普·弗莱:《批评的剖析》。陈慧、袁宪军、吴伟仁译,天津:百花文艺出版社,1998年。

诺思洛普·弗莱:《批评之路》。王逢振、秦明利译,北京:北京大学出版社,1998年。

莎士比亚:《莎士比亚全集》(第三集)。梁实秋译,北京:中国广播电视出版社,1995年。

莎士比亚:《新莎士比亚全集》(第十卷)。方平译,石家庄:河北教育出版社,2000年。

谭其骧:《长水集》(下册)。北京:人民出版社,2011年。

王佐良:《英国浪漫主义诗歌史》。北京:人民文学出版社,1991年。

威廉·华兹华斯:《序曲或一位诗人心灵的成长》。丁宏为译,北京:中国对外翻译出版公司,

1999年。
伍蠡甫、胡经之主编:《西方文艺理论名著选编》(中卷)。北京:北京大学出版社,1989年。
雪莱:《麦布女王》。邵洵美译,上海:上海译文出版社,1983年。
雪莱:《雪莱抒情诗选》。查良铮译,北京:人民文学出版社,1995年。
杨德豫译:《华兹华斯抒情诗选》,长沙:湖南文艺出版社,1996年。
叶维廉:《叶维廉文集》(第壹卷)。合肥:安徽教育出版社,2002年。
叶维廉:《叶维廉文集》(第贰卷)。合肥:安徽教育出版社,2003年。
张旭春:《浪漫主义、文学理论与比较文学研究论稿》。上海:复旦大学出版社,2013年。

消失的普明坝子,消失的乡村中国(代后记)

  大概人越是奔向知天命的时候,怀旧感念就越是浓烈。我20世纪80年代中期离开家乡四川绵阳之后,在许多地方学习、工作、生活或旅行过,那些地方都曾给我留下美好的记忆。但最近一两年才突然发现,自己心灵深处最为念兹在兹的却是绵阳的普明坝子——那片小小的坝子是哺育我长大成人的摇篮。

  2014年春节,借回家探亲的机会,我终于抽空去了一趟普明坝子,希望能够重温儿时生活的点点记忆。然而,没有想到的是,这次怀旧之行收获的不是感伤,而是沮丧和失望。

  记忆中的普明坝子,位于普明二大队(谢家湾)和三大队(邓家沟)绵延起伏的小丘陵与边堆山之间。清澈的安昌江从边堆山脚下蜿蜒流过,普明坝子大概就是安昌江水千万年冲刷所形成的一个小小的冲积平原(因为太小,所以叫坝子)。安昌江水以及纵横交错、密如蛛网的大小沟渠滋润着坝子里大片肥沃的农田(从当代生态学来看,正是因为那些如毛细血管一样的大小沟渠使得这个坝子成为一个能够进行自我调节的有机生态系统)。在一片片棋盘状的农田之间,散落着无数个被清流、翠竹、皂角、苦楝、香椿、柏树、榆钱以及各种果树环抱的农舍院落。这些农舍或粉墙青瓦,或土垣茅棚,都具有浓厚的川西北民居风格。

记忆中,这片坝子冬天奇冷。早上,厚厚的"白头霜"覆盖着冬眠的田野和山丘的衰草。沟渠里雾气蒸腾,溪水清冽,冰冷刺骨,有时还漂浮着晶莹的冰凌。春天,整个坝子则云蒸霞蔚、生机盎然。大片绿油油的麦苗、胡豆苗和黄灿灿的油菜花之中,点缀着一簇簇雪白的梨花、粉嫩的杏花、火红的桃花。在这个季节,农村娃子们都会就地取材,制作一种土玩具:摘下一管还没完全成熟的胡豆角,一头用小木签穿两个鲜红的蛇泡果,另一头插上一截青麦穗,做成金鱼状,放入沟渠奔涌的春水中,任其漂流。

每年5月,则是传统的农忙季节。"文革"后期,每到农村里"大战红五月"的时候,绵阳县(现为绵阳市)各地小学都有农忙假。学生们被组织起来,到农村去帮助农民抢收成熟的麦子(大概是为了尽快腾出麦田抢种水稻),同时也借此机会在农村的广阔天地里锻炼自己的意志品质。当时,我们每个班每天都有定额的收割或扬场任务要完成。烈日下,麦田里燠热如蒸笼,细小的麦芒黏在油汗涔涔的身体上,奇痒难当。当然,我们有时候也会利用麦田玩地道战之类的打仗游戏。运气好的时候,你能够在麦田深处意外地捡到一窝鸟蛋,而运气糟糕的时候则有可能遭遇缠在麦秆上、向你恶狠狠吐着红信子的菜花蛇或乌梢蛇。比起在学校里枯燥乏味的学习,每年红五月的农忙假给我们提供了一个释放童心、贴近自然、认识农村生活的机会。

夏秋之交的普明坝子则是另外一番景象。农民在稻田起早贪黑忙着抢收稻谷,甚至在半夜你都能够听到木质拌桶上"砰喳!砰喳!砰喳!"的打谷声。间或,夜空中还回荡着一种栖息在稻田中、当地土话称为"鹁鸡子"的野生水禽"咕哝哝!咕哝哝!咕哝哝!"的鸣叫。这个季节用刚刚打出来的新米做成的米饭黏糯清香,美味异常。

总之,普明坝子给我留下的童年记忆就是随四季变换着色彩的农田、农舍、炊烟、鸡鸣、犬吠、耕作、收割等场景,想起来还真有点《桃花源记》的味道。当然,这种描述是经过记忆选择过滤后的结果,多少有点浪漫化。事实上,普明坝子虽然有肥沃的良田和优良的灌溉系统,当时农民们也终年艰辛劳作,但他们的生活(包括我们的生活——笔者至今仍然厌恶吃红苕!)却非常穷困清苦。坝子里的农民一年四季大都衣衫褴褛,饭食粗粝。《牧马人》中所描述的江油姑娘逃荒北方的情况在当时的普明坝子并不是一件稀罕事。因此,客观地讲,20世纪70年代的普明坝子并非富足忘忧的桃花源,而是当时全中国农村贫穷困苦的缩影。

此外,普明坝子还有一个特色就是它多元化的居民构成。除了农田和农舍之外,在这个小小的区域中,还分布着我父母亲工作的普明中心小学、我的母校普明中学(20世纪70年代称朝阳中学)、普明机械厂、民航(大概是航校的一个仓库)以及四川测绘局(对外称202)等单位。六大队丘陵深处还有一个神秘兮兮的三线工厂827。一条简陋的柏油路将这些单位连接了起来。所以这个区域并非完全封闭的川西北农村,而是奇迹般地汇聚了来自中国各地人群。借用现在一句流行的文化术语来说,这个坝子早在20世纪七八十年代就呈现出具有中国特色的"文化多元性"。比如,在我父母工作的普明中心小学就读的学生中,有将近三分之一的同学是来自坝子里面的这些工厂或科研单位。那些孩子们操着带有自己父母家乡口音的普通话,颇为得意地炫耀着他们的爸爸妈妈从北京、上海和广州等大城市带回来的漂亮的文具盒、彩色蜡笔,甚至还有奶糖和泡泡糖。这一切都使得我们这些本地娃子艳羡不已。

当然,记忆最深的还是我家所在地普明中心小学。那所简陋的乡村小学在当时有一个非常美丽的名字——"梨儿苑小学",因为学校内遍布着一棵棵遒劲苍老的大梨树。每到春天,整个"梨儿苑小学"就变成了一个大花园。那些树皮粗糙皲裂的老梨树都开满了芬芳馥郁的白色花朵,将整个小学笼罩在洁白的梨花世界之中。梨花花朵小比铜钱,洁白清丽,花气芬芳袭人,引来一群群野蜂在花丛间忙忙碌碌地飞来飞去。到了初夏,嫩绿的树叶将整个小学掩映在浓荫之中。早春时节那些缀满枝头的梨花都结成了一个个小青果。这时候,大群黑斑麻雀、白脸喜鹊、小口袋雀以及斑鸠等川西北丘陵地区常见的鸟类便飞来啄食这些初生的小青梨。它们在浓荫间追逐嬉戏、聒噪欢鸣,吵得学校的老师们有时候甚至无法午休。到了七八月份,小青果便长成了大梨子。但可能是因为树龄太老或品种不好,那些梨子的质地粗如砂砾,猛咬一口很可能会崩掉门牙。而且其滋味寡淡干涩,甚至微苦,所以虽然树上硕果累累,但在我的记忆中几乎没有窃贼来偷这里的果子。

然而,这一切美好的记忆在这次探访之旅中却被击得粉碎——普明坝子已然消失得无影无踪了。

当年那些翠竹环抱、炊烟袅袅的农舍已经荡然无存。鳞次栉比的工业园区、花哨艳俗的住宅小区吞噬了它们。密如蛛网的沟渠已然踪影全无,只有一个个垃圾淤塞、青黑发臭的污水塘还依稀提醒着它们当年的水道走向。甚至连普明二大队(谢家湾)那片丘陵也变成了一个满目疮痍、尘土飞扬的大工地。这哪里是我想要寻访怀旧的普明坝子?套用一句网上流行语"相见不如怀念"——我真的非常后悔这次心血来潮的怀旧之行了。

发生在普明坝子上的变迁,就是绵阳城市化的一个缩影,就是中国台湾音乐人罗大佑《一样的月光》所描绘场景的大陆翻版。

在推土机、挖掘机无情的轰鸣声中,曾经的普明坝子及其所代表的传统川西北乡村风貌已经无可挽回地被掩埋在大片钢筋水泥建筑和恣意延伸的柏油马路下面。那片被埋葬的风貌不仅包括丘陵、河谷、平坝地貌特征和清溪、翠竹环抱的民居等可视性—物质性因素,还包括春耕夏种、秋收冬藏、婚丧嫁娶、宗法谱系、民歌民谣等非物质性文化因素。以其水渠灌溉网来自都江堰这一事实以及《三国志》中有关"涪城"的史料来推断,那片被埋葬的风貌在普明坝子至少已经延续了两千年之久。

我不知道绵阳境内还有多少个像普明乡这样古老的川西北乡村已经消失,或正在消失。

感慨之余,我不禁产生了这么几个小问题:1.绵阳的地理区位、产业结构、经济实力、投资环境、人文底蕴、国际化程度是否能够支撑起绵阳"大城市"之梦?如果仅仅(以毁掉大片良田为代价)以摊大饼的方式进行面积—人口数字意义上的城市扩张,其结果可能并非一个有品质、有内涵、有创新活力的"大都会",而仅仅会是一个"大城镇"。2.退而言之,即使绵阳农村城镇化进程不可遏制,但城市规划部门是否可以考虑有选择地保留一些历史悠久、特色鲜明的村落,抢救一批诸如古塔、牌坊、宗祠等古迹,使它们作为文化活化石而继续存在,从而在一定程度上留住一点点老绵阳乡村文化传统的血脉?3.在这个大拆大建的浪潮中,绵阳的文化学者们是否对历史文化断裂的危机有清醒的认识?是否应该有一点点文化使命感和历史紧迫感?是否应该在绵阳老记忆还未消失之前,赶紧搜集村社档案、乡里族谱、民间老照片等资料,并尽快展开口述史工程,以此来抢救以普明坝子为缩影的绵阳乡村记忆?或许,只有这样,我们才能够使绵阳的后代儿孙们在档案馆中感知并延续祖辈们曾经生活过的这片土地上的文化记忆。

附:"桃花岛之殇"

"桃花岛"本是涪江中一处芦苇丛生的沙洲,上面栖息着无数野生水禽。这个充满野趣的沙洲、这个野生水鸟的家园本应该被好好地保护起来,以其原初的野生风貌给绵阳人留住一片未经人工雕饰的自然风貌,给小孩子们留下一个可以与自然亲近的乐园。但现在却也被地产商开发成一个不中不西、不伦不类、花里胡哨、俗不可耐的住宅小区。实在令人痛心不已!

2014 年 2 月
于歌乐山下四川外国语大学博文楼